Un hombre enamorado

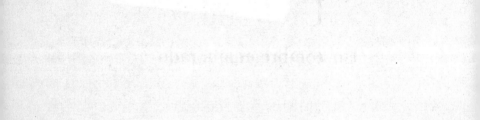

Karl Ove Knausgård

Un hombre enamorado

Mi lucha: Tomo II

Traducción del noruego
de Kirsti Baggethun y Asunción Lorenzo

EDITORIAL ANAGRAMA
BARCELONA

Título de la edición original:
Min kamp. Andre bok
© Forlaget Oktober as
   Oslo, 2009

Publicado con la ayuda de NORLA

Ilustración: foto © Astrid Dalum / POLFOTO

Primera edición en «Panorama de narrativas»: abril 2014
Primera edición en «Compactos»: junio 2016

Diseño de la colección: Julio Vivas y Estudio A

© De la traducción, Kirsti Baggethun y Asunción Lorenzo, 2014

© EDITORIAL ANAGRAMA, S. A., 2016
   Pedró de la Creu, 58
   08034 Barcelona

ISBN: 978-84-339-7800-4
Depósito Legal: B. 10738-2016

Printed in Spain

Liberdúplex, S. L. U., ctra. BV 2249, km 7,4 - Polígono Torrentfondo
08791 Sant Llorenç d'Hortons

Tercera parte

El verano ha sido largo, y aún no ha terminado. El 26 de junio acabé la primera parte de la novela, y desde entonces, hace más de un mes, tenemos a Vanja y a Heidi en casa, sin ir a la guardería, con todo el trabajo extra que eso conlleva. Yo nunca he entendido lo de las vacaciones, nunca he sentido necesidad de tenerlas, siempre he preferido trabajar. Pero si hay que tener vacaciones, las tengo. Pensábamos pasar la primera semana en esa pequeña cabaña que Linda insistió en comprar en una huerta comunitaria el otoño pasado, con la intención de que fuera en parte un lugar donde escribir, y en parte donde pasar los fines de semana. Pero a los tres días nos dimos por vencidos y volvimos a la ciudad. Meter a tres niños pequeños y dos adultos en una superficie muy limitada, con gente rodeándonos por todas partes, sin otra cosa que hacer que arrancar y cortar la hierba, no es precisamente una buena idea, sobre todo si la atmósfera reinante ya es tensa antes de instalarse. Tuvimos varias discusiones muy subidas de tono en ese lugar, sin duda para gran diversión de los vecinos, y la sensación que me producían esos centenares de jardincitos decorosamente cuidados, con todas esas personas viejas y medio desnudas, me hacía sentirme claustrofóbico e irascible. Los niños captan rápido esas situaciones y luego las aprovechan, sobre todo Vanja, que reacciona casi al instante a cualquier alteración de tono o volumen de la voz, y si la cosa va a más, se pone a hacer lo que sabe que más nos disgusta, y que nos hace perder los estribos si esa situación se alarga. Si de antemano uno ya está lleno de frustración, resulta casi imposible defenderse, y a partir de ahí empiezan los gritos, chillidos y demás miserias. La semana siguiente alquilamos un coche y nos fuimos a Tjörn, en las inmediaciones de Gotemburgo, donde la amiga de Linda, Mikaela, también madrina de Vanja, nos había invitado a la casa de verano de su novio. Le preguntamos si sabía lo que era convivir con tres niños. Y si estaba realmente convencida de querer tenernos allí. Dijo que lo estaba, había pensado que podría hacer bizcochos y cosas así con los niños, y llevárselos a bañarse en el mar y a pescar cangrejos, para que Linda y yo pudiéramos disfrutar de un poco de tiempo para nosotros solos. Nos dejamos tentar. Fuimos en coche hasta Tjörn, a ese extraño paisaje que se parece mucho al del sur de Noruega. Aparcamos delante de la casa de verano y desembarcamos con los niños y todos nuestros bártulos. La idea era quedarnos allí una semana, pero a los tres días recogimos de nuevo nuestras cosas, nos metimos en el coche y pusimos de nuevo rumbo al sur, para el evidente alivio de Mikaela y Erik.

Las personas que no tienen hijos, por muy inteligentes que sean, no suelen tener ni idea de lo que va el tema, al menos eso era lo que me ocurría a mí antes de tener a los míos. Mikaela y Erik son personas ambiciosas. Desde que la conozco, Mikaela ha ocupado exclusivamente cargos de ejecutiva en el mundo de la cultura; Erik dirige una fundación de alcance mundial, con sede en Suecia. Después de Tjörn, se iba a una reunión en Panamá, para luego pasar unos días de vacaciones con Mikaela en la Provenza; así viven, lugares sobre los que yo sólo he leído, están abiertos para ellos. En esa vida irrumpimos nosotros con pañales y toallitas húmedas, con John, que gatea por todas partes, Heidi y Vanja, que se pelean y gritan, ríen y lloran, nunca comen en la mesa, nunca hacen lo que les decimos que hagan, al menos no cuando estamos con más gente y es cuando más *deseamos* que se porten bien, porque lo notan, claro, cuanto más nos importa, más indómitos se vuelven. Y aunque la casa era grande y espaciosa, no lo era tanto como para que las niñas se volviesen invisibles en ella. En su deseo de parecer generoso y amante de los niños, Erik hacía como si no temiera por ningún objeto de la casa, pero su lenguaje corporal lo delataba; los brazos apretados contra el cuerpo, la manera en la que todo el rato iba colocando las cosas que las niñas acababan de descolocar, y su mirada distante. Estaba cerca de las cosas y del lugar que había conocido durante toda su vida, pero muy lejos de las personas que allí se alojaban esos días, mirándolas más o menos como se mira a los topos o a los puercoespines. Yo entendía cómo se sentía y él me caía bien. Pero me había presentado en su casa con todo eso, lo que imposibilitaba un verdadero encuentro. Erik se había formado en Cambridge y Oxford, y había trabajado durante varios años de broker en el mundo financiero londinense, pero durante un paseo que Vanja y él dieron hasta una colina junto al mar, dejó que la niña se pusiera a trepar libremente a varios metros delante de él, mientras él contemplaba las vistas, sin reparar en que ella sólo tenía cuatro años y era incapaz de ver el peligro, así que tuve que subir hasta allí corriendo, con Heidi en brazos. Cuando media hora después nos sentamos en un café, yo con las piernas entumecidas tras la dura carrera cuesta arriba, y le pedí que le diera a John trocitos de un bollo que le dejé al lado, pues yo tenía que controlar a Heidi y a Vanja, a la vez que ir a buscarles más comida, dijo que sí, que lo haría, pero no cerró el periódico, ni siquiera levantó la vista, y no vio por tanto que John, a medio metro de distancia de él, se estaba poniendo cada vez más nervioso, para acabar gritando con tanta fuerza que la cara se le puso color púrpura, frustrado porque ese trozo que tanto le apetecía estaba delante de sus narices, pero fuera de su alcance. Me di cuenta de que la situación cabreó a Linda, sentada al otro extremo de la mesa, pero se dominó y no hizo ningún comentario. Esperó a que saliéramos y nos quedáramos un momento a solas para decirme que volviéramos a casa enseguida. Acostumbrado a sus caprichos, le dije que se callara y que no tomara decisiones estando tan cabreada, y entonces resultó que se cabreó aún más,

11

claro, y así seguimos hasta que a la mañana siguiente nos metimos en el coche y nos marchamos de allí.

El despejado cielo azul y el angosto paisaje azotado por el viento, y sin embargo muy hermoso, junto con la alegría de los niños y el hecho de que nos encontráramos en un coche y no en el compartimento de un tren o a bordo de un avión, que habían constituido nuestro medio de transporte los últimos años, distendió el ambiente, pero no tardamos mucho en volver a las andadas, porque teníamos que comer, y el restaurante que encontramos y donde paramos, resultó pertenecer a un club náutico, pero el camarero me dijo que si cruzábamos el puente llegaríamos a la ciudad, y allí, a unos quinientos metros, había otro restaurante, de manera que veinte minutos después nos encontrábamos sobre un puente alto y estrecho, pero densamente transitado, empujando dos carritos de niño, hambrientos y sólo con un paisaje industrial a la vista. Linda estaba furiosa, los ojos se le habían puesto negros, siempre acabamos así, dijo rabiosa, y eso no le pasa a nadie más que a nosotros, nada nos salía bien, íbamos a comer toda la familia, podía haber sido algo agradable, pero en vez de eso íbamos andando bajo el viento, rodeados por coches ruidosos y humos de escape por un puente de mierda. ¿Había visto alguna vez a una familia con tres hijos en una situación parecida? El camino que seguíamos acababa en una verja metálica con el logo de una compañía de seguridad. Para entrar en la ciudad, que encima parecía triste y lánguida, tuvimos que dar un rodeo de al menos quince minutos por un polígono industrial. Yo quería dejar a Linda, porque siempre se estaba quejando, siempre quería algo distinto, y nunca hacía nada para conseguirlo, se limitaba a quejarse, quejarse y quejarse, nunca aceptaba la situación tal y como se presentaba, y cuando la realidad no se correspondía con su idea preconcebida, era a mí a quien se lo reprochaba, tanto en cosas importantes como en cosas sin importancia. Bueno, lo habríamos dejado, pero la logística siempre volvía a unirnos, teníamos un coche y dos carritos de niño, de manera que no resultaba tan fácil hacer como si lo dicho no se hubiese dicho, empujar los sucios y destartalados carritos por el puente, subirlos hasta el bonito club náutico, meterlos en el coche y asegurar a los niños en sus sillas para llevarlos al McDonald's más próximo, que resultó ser una gasolinera en la periferia de Gotemburgo, donde yo me senté fuera en un banco a comer mi perrito caliente, mientras Vanja y Linda se quedaron en el coche comiéndose los suyos. John y Heidi se habían dormido. Cancelamos la visita que habíamos planeado al parque de atracciones de Liseberg, pues no habría conseguido más que empeorar la situación, tal y como estaban las cosas. En lugar de eso nos paramos unas horas más tarde, como por impulso, en un llamado País de los Cuentos barato y cutre, donde todo era de la peor calidad. Llevamos primero a los niños a un pequeño «circo», que consistía en un perro saltando por unos aros a la altura de la rodilla, una mujer forzuda con pinta masculina, seguramente de un país del este de Europa, que vestida con un bikini lanzaba esos mismos aros al aire, para luego hacerlos girar alrededor de sus caderas, arte que dominaban todas las chicas de mi clase en la primaria, y un hombre rubio de mi edad con babuchas, turbante, y michelines que le colgaban por los pantalones bombachos, que se llenaba la boca de gasolina y que escupió cuatro veces fuego hacia arriba, al techo bajo. John y Heidi miraban atónitos. Vanja, que sólo pensaba en una tómbola por la que acabábamos de pasar, y donde te podía tocar un peluche, no paraba de tirarme del brazo, preguntando cuándo acababa la función. De vez en cuando miraba a Linda, que estaba sentada con Heidi sobre las rodillas. Tenía lágrimas en los ojos. Cuando salimos y empezamos a bajar hacia el pequeño Tívoli, empujando cada uno un carrito, al pasar por delante de una gran piscina con un largo tobogán de agua, que en la parte más alta exhibía un enorme trol, de casi treinta metros de altura, le pregunté por qué lloraba.

—No lo sé –contestó–. Los circos siempre me han conmovido.

—¿Por qué?

—Porque son tan tristes, pequeños y cutres y al mismo tiempo tan hermosos...

—¿Éste también?

–Sí. ¿No has visto a Heidi y a John? Estaban completamente hipnotizados.

–Pero Vanja y yo no –objeté sonriendo. También Linda sonrió.

–¿Qué? –preguntó Vanja, volviéndose hacia mí–. ¿Qué has dicho, papá?

–He dicho que mientras estábamos en el circo, tú sólo pensabas en el peluche que acababas de ver.

Vanja sonrió de ese modo en que solía sonreír cuando hablábamos de algo que ella había hecho. Contenta, pero también impaciente, preparada para más.

–¿Qué he hecho? –preguntó.

–No has parado de tirarme del brazo, diciendo que querías ir a comprar un boleto ya.

–¿Por qué? –preguntó ella.

–¿Cómo quieres que yo lo sepa? Supongo que te gustaría conseguir ese peluche.

–¿Vamos ahora? –preguntó.

–Sí –contesté–. Es allí abajo.

Señalé el largo sendero asfaltado hacia las atracciones del Tívoli, que apenas podíamos vislumbrar a través de los árboles.

–¿Para Heidi también? –preguntó.

–Si ella quiere –respondió Linda.

–Sí que quiere –afirmó Vanja, inclinándose sobre Heidi, que iba sentada en el carrito–. ¿Quieres uno, Heidi?

–Sí –contestó la niña.

Tuvimos que comprar boletos por importe de noventa coronas, hasta que ambas tuvieron su pequeño ratón de trapo en la mano. El sol ardía en el cielo sobre nuestras cabezas, el aire del bosque no se movía, toda clase de estridentes y retumbantes sonidos de los aparatos se mezclaban con la música de los ochenta procedente de las casetas que nos rodeaban. Vanja quería un algodón de azúcar, así que diez minutos después estábamos sentados en una mesa junto a un quiosco, al sol y rodeados de impertinentes y zumbantes avispas, con el azúcar pegándose a todo, a la mesa, a los carritos, a los brazos y a las manos, para sonora irritación de los niños, no era eso lo que se habían imaginado al admirar el cuenco de azúcar girando en el quiosco. Mi café estaba amargo y era casi imbebible. Un niño sucio vino hacia nosotros montado en un triciclo, chocó contra el carrito de Heidi y nos miró expectante. Tenía el pelo y los ojos oscuros, podría ser rumano o albanés, tal vez griego. Después de empotrar la rueda unas cuantas veces más en el carrito, se colocó de tal manera que no podíamos salir. Y allí se quedó, con la mirada clavada en el suelo.

–¿Nos vamos o qué? –pregunté.

–Pero Heidi quería montar –objetó Linda–. ¿No podemos hacerlo primero?

Un hombre robusto con las orejas salientes, también él moreno, se acercó, levantó al niño del triciclo, y lo llevó en brazos hasta la plazoleta que había delante del quiosco. Le acarició un par de veces la cabeza y acto seguido se acercó al pulpo mecánico que manejaba. De los brazos del pulpo colgaban pequeñas cestas en las que uno se podía montar, y que se movían lentamente hacia arriba y hacia abajo, sin parar de dar vueltas. El niño conducía su triciclo por la plazoleta, por donde no paraban de ir y venir personas vestidas de verano.

–Claro que sí –contesté. Me levanté, cogí los algodones de azúcar de las niñas y los tiré a una papelera. Luego empujé el carrito de John, que iba moviendo la cabeza de un lado para otro con el fin de captar todo lo interesante que ocurría por allí, atravesé la plazoleta y recorrí el camino que conducía a la «ciudad del Oeste». Pero en la «ciudad del Oeste», que era un montón de arena con tres cobertizos recién construidos, en los que ponía respectivamente «Mina», «Sheriff» y «Prisión», –los dos últimos llenos de carteles de «Se busca, vivo o muerto»–, rodeados, por un lado, de abedules y una rampa por la que subían y bajaban unos jóvenes con unas tablas con pequeñas ruedas pequeñas y, por el otro, de un área para montar a caballo que estaba cerrada. Al otro lado de la verja, justo enfrente de la «Mina», la mujer del circo del este de Europa estaba sentada en una piedra fumando.

–¡Montar! –dijo Heidi, mirando a su alrededor.

–Vamos entonces a lo de montar en burro, que está junto a la salida –propuso Linda.

John tiró el biberón de agua al suelo. Vanja se metió por debajo de la valla y corrió hacia la mina. Cuando Heidi se dio cuenta, se bajó del carrito y fue tras su hermana. Descubrí una máquina blanca y roja de Coca-Cola en la parte de atrás de la oficina del sheriff, me hurgué en el bolsillo del pantalón corto y miré el resultado: dos gomas de pelo, un pasador con dibujos de mariquitas, un encendedor, tres piedras, dos conchas blancas que Vanja había cogido en Tjörn, un billete de veinte coronas, dos monedas de cinco y nueve de una.

–Voy a sentarme ahí abajo a fumarme un cigarrillo mientras –dije, haciendo un gesto en dirección a un árbol caído en el extremo del recinto. John levantó los brazos.

–Vale –dijo Linda, cogiendo al niño–. ¿Tienes hambre, John? –le preguntó–. Qué calor hace. ¿No hay ninguna sombra para sentarme con él?

–Allí arriba –contesté, señalando hacia el restaurante, que tenía forma de tren, con la barra en la locomotora y las mesas en el vagón. No se veía un alma. Las sillas estaban colocadas con el respaldo contra las mesas.

–Sí, me voy allí –dijo Linda–. Le daré un poco de teta. ¿Les echas tú un vistazo a las niñas?

Asentí con la cabeza, me acerqué a la máquina de Coca-Cola y saqué una lata. Luego me senté en el tronco, encendí un cigarrillo y miré hacia ese cobertizo hecho a toda prisa, del que Vanja y Heidi salían y entraban por la abertura.

–¡Aquí dentro está muy oscuro! –gritó Vanja–. ¡Ven a verlo!

Agité la mano, lo que por suerte le bastó. Vanja llevaba todo el rato el ratón apretado contra el pecho.

Por cierto, ¿dónde estaba el ratón de Heidi?

Dejé vagar la mirada por la cuesta. Justo delante de la oficina del sheriff estaba tirado en la arena boca abajo. En el restaurante, Linda colocó una silla junto a la pared, se sentó y se puso a dar el pecho a John. Al principio, el niño agitaba las piernas,

16

pero luego se quedó muy quieto. La mujer del circo estaba subiendo la cuesta. Un tábano me picó en la pierna y le di un manotazo con tanta fuerza que se quedó aplastado y extendido en mi piel. El cigarrillo me sabía horrible con ese calor, pero aspiraba con gran perseverancia el humo hasta los pulmones, mientras miraba las copas de los abetos de un verde intenso donde les alcanzaba el brillo del sol. Otro tábano se me posó en la pierna. Intenté ahuyentarlo e irritado me levanté, tiré el cigarrillo al suelo y me acerqué a las niñas, con la lata de Coca-Cola medio llena y todavía fría en la mano.

—Papá, vete a la parte de atrás, mientras nosotras entramos, a ver si puedes vernos por los agujeros, ¿vale? —me pidió Vanja, mirándome con los ojos entornados.

—Muy bien —dije, y di la vuelta al cobertizo. Oía cómo se reían y movían dentro. Incliné la cabeza hacia una de las rendijas y miré. Pero el contraste entre la luz de fuera y la oscuridad de dentro era tan grande que no veía nada.

—Papá, ¿estás ahí? —gritó Vanja.

—Sí —contesté.

—¿Nos ves?

—No. ¿Os habéis vuelto invisibles?

—¡Sí!

Cuando salieron, hice como si no las viera. Clavé la mirada en Vanja, mientras la llamaba, como buscándola.

—Pero si estoy *aquí* —decía, agitando los brazos.

—¿Vanja? ¿Dónde estás? Sal, esto ya no tiene gracia.

—¡Estoy aquí! ¡Aquí!

—¿Vanja...?

—¿De verdad que no puedes verme? ¿Soy invisible de verdad?

Parecía muy contenta, a la vez que un atisbo de inquietud se percibía en su voz. En ese instante John empezó a llorar. Miré hacia arriba. Linda se levantó, con el niño apretado contra su cuerpo. Esa manera de chillar no era habitual en él.

—¡Ah, ahí estás! —dije—. ¿Has estado ahí todo el tiempo?

—Siií —contestó Vanja.

—¿Oyes cómo llora John?

Asintió con la cabeza, mirando hacia lo alto de la cuesta.

–Tenemos que irnos –dije–. Ven.

Quise coger a Heidi de la mano.

–No quiero –dijo–. No quiero coger mano.

–¡De acuerdo, pero móntate en el carrito!

–No quiero carrito.

–¿Quieres que te lleve en brazos entonces?

–No quiero –contestó.

Bajé a por el carrito. Cuando volví, Heidi se había subido a la verja. Vanja se había sentado en el suelo. Linda había salido del restaurante y estaba en el camino mirando hacia abajo, haciéndonos señas con la mano para que nos acercáramos. John seguía chillando.

–No quiero andar –dijo Vanja–. Tengo las piernas cansadas.

–Apenas has andado un metro en todo el día –dije–. ¿Cómo puedes tener las piernas cansadas?

–No tengo piernas. Tienes que llevarme en brazos.

–No, Vanja, qué tonterías estás diciendo. No puedo llevarte en brazos.

–Sí.

–Siéntate tú en el carrito, Heidi –dije–, e iremos a montar.

–No quiero carro –dijo.

–¡No tengo piernas! –dijo Vanja, gritando la última palabra.

Sentía cómo la ira me ardía por dentro, y me entraron ganas de levantarlas a las dos y llevarlas apretadas bajo los brazos. Más de una vez las había llevado así, ellas agitando las piernas y gritando, y yo mirando sin parpadear a la gente con la que me cruzaba, la cual observaba con gran interés la escena, como si yo llevara una máscara de mono o algo por el estilo.

Pero esta vez logré contenerme.

–¿Te sientas en el carrito, Vanja? –le pregunté.

–Si tú me subes –contestó.

–No, tienes que subir tú sola.

–No –dijo ella–. No tengo piernas.

Si no accedía a su deseo, podíamos estar allí hasta la mañana siguiente, porque aunque Vanja carecía de paciencia y se daba por vencida ante la más insignificante resistencia, era, en cambio, infinitamente cabezota cuando se trataba de su propia voluntad.

–Vale –dije, cogiéndola en brazos y sentándola en el carrito–. Tú ganas otra vez.

–¿Ganar qué? –preguntó ella.

–Nada –contesté–. Ven, Heidi, nos vamos.

La bajé de la verja, y después de un par de tibios no quiero, no quiero, estábamos ya subiendo la cuesta, Heidi en mi brazo, Vanja en el carrito. Por el camino recogí el ratón de trapo de Heidi, le sacudí el polvo y lo metí en la bolsa que colgaba del carro.

–No sé lo que le pasa al niño –dijo Linda cuando llegamos arriba–. Ha empezado a llorar de repente. Tal vez le haya picado una avispa o algo así. Mira...

Le levantó el jersey y me enseñó una pequeña marca roja. El niño pataleaba en sus brazos, con la cara enrojecida de tanto chillar.

–Pobrecito mío –dijo Linda.

–A mí me ha picado un tábano hace un rato –dije–. Tal vez sea eso. Pero ahora siéntalo en el carrito y vámonos. De todos modos no podemos hacer nada con eso ahora.

Ya atado con las correas, se dio la vuelta y hundió la cabeza en la tela sin parar de gritar.

–Tenemos que ir al coche –dije.

–Sí –asintió Linda–. Pero primero tengo que cambiarle el pañal. Hay un cambiador allí abajo.

Empezamos a bajar la cuesta. Ya llevábamos allí unas cuantas horas y el sol estaba más bajo en el cielo. Algo en esa luz que llenaba el bosque me recordaba las tardes de verano en casa, cuando solíamos ir con mis padres a bañarnos en el mar al otro lado de la isla, o cuando nos íbamos solos al saliente del estrecho debajo de la urbanización. Por unos instantes me invadieron los recuerdos, no en forma de sucesos concretos, sino más bien como estados de ánimo, olores, percepciones. Cómo la luz, que a mediodía era más blanca y más neutra, por la tarde se volvía más plena, oscureciendo los colores. ¡Correr por el sendero del umbrío bosque un verano en la década de los setenta! ¡Tirarse de cabeza al agua saladísima y nadar hasta el islote de Gjerstadholmen, al otro lado! El sol brillando sobre las rocas vivas, poniéndolas casi doradas. Esa hierba tiesa y seca que crecía en las hondonadas entre ellas. La sensación de profundidad debajo de la superficie del agua, tan oscura en la sombra del monte. Los peces que nadaban por allí. ¡Y las copas de los árboles sobre nuestras cabezas, con sus frágiles ramas temblando en la brisa del sol! La fina corteza y debajo el tronco, liso como un hueso. El follaje verde...

–Allí está –dijo Linda, señalando un pequeño edificio octogonal de madera–. ¿Me esperas?

–Vamos bajando despacio –dije.

En el bosque, al otro lado de la verja, había dos Papá Noel de madera. Con ellos se justificaba lo de País de los Cuentos.

–¡Mira, Papá Noel! –gritó Heidi. Desde hacía tiempo le interesaba mucho ese personaje. Ya muy entrada la primavera, señaló la terraza por donde había entrado Papá Noel en Nochebuena, diciendo «viene Papá Noel», y cuando jugaba con alguno de los regalos que él le había traído, siempre dejaba clara su procedencia. No obstante, resultaba difícil saber qué posición ocupaba ese personaje en su mundo, porque cuando por accidente vio la ropa de Papá Noel en mi armario, ni se sorprendió ni se indignó, no se le había revelado nada, se limitó a señalar y a gritar «Papá Noel», como si se tratara del lugar donde él solía cambiarse de ropa, y cuando nos topábamos con el viejo indigente de barba blanca que solía estar en la plaza delante de nuestra casa, ella se levantaba a veces en el carrito, gritando a pleno pulmón: «¡Papá Noel!»

Me incliné hacia ella y le planté un beso en la regordeta mejilla.

–¡Beso no! –dijo.

Me reí.

–¿Puedo darte un besito a ti, Vanja?

–¡Noooo! –contestó.

Nos cruzamos con un flujo pequeño pero constante de personas, la mayoría con ropa de colores claros, pantalón corto, camiseta y sandalias, algunos con pantalones y zapatillas de deporte, sorprendentemente muchos de ellos obesos, casi nadie bien vestido.

—¡Mi papá en la cárcel! —gritó Heidi alborozada.

Vanja se volvió en el carrito.

—¡No, papá no está en la cárcel! —le dijo.

Me reí de nuevo y me paré.

—Vamos a esperar un ratito aquí a mamá —dije.

Tu papá está en la cárcel, era una frase que se decían los niños en la guardería. A Heidi le parecía algo extraordinariamente bueno, y solía decirlo cuando quería presumir de papá. Cuando volvimos la última vez de la cabaña, Linda contó que se lo había dicho a una señora mayor que iba sentada detrás de ellas en el autobús. Mi papá en la cárcel. Como yo no iba con ellas, sino que me había quedado en la parada con John, la afirmación quedó suspendida en el aire, irrebatida.

Incliné la cabeza y me sequé el sudor de la frente con la manga de la camiseta.

—¿Puedes comprar otro boleto, papá? —preguntó Vanja.

—Nada de eso —contesté—. ¡Pero si ya te ha tocado un peluche!

—Por favor, papi, otro más.

Me volví y vi a Linda, que venía hacia nosotros con John sentado en el carrito. Parecía contento bajo su gorra.

—¿Todo bien? —pregunté.

—Sí. Le he lavado la picadura con agua fría. Pero está cansado.

—Así se dormirá en el coche —dije.

—¿Qué hora crees que es?

—Las tres y media tal vez.

—Entonces estaremos en casa sobre las ocho.

—Sí, más o menos.

Una vez más cruzamos el pequeño recinto del Tívoli, pasando por delante del barco pirata, una pobre fachada de madera con unas pasarelas detrás de las que había algún que otro hombre con una sola pierna o un solo brazo, espada y pañuelo

21

en la cabeza, el cercado de las llamas y el de las avestruces, y la pequeña zona pavimentada en la que unos niños montaban en cochecitos, hasta llegar a la entrada, donde había una pista de obstáculos, es decir, unos troncos y unas paredes de tablones separadas por una tela metálica, un trampolín y un pequeño picadero para montar en burro, donde nos detuvimos. Linda cogió a Heidi, la llevó en brazos hasta la cola y le puso un casco en la cabeza, mientras Vanja y yo nos quedamos de pie junto a la verja, para verlo todo bien con John.

Había cuatro burros en la pista, llevados por los padres. El picadero no tendría más de treinta metros de largo, pero casi todos tardaban mucho tiempo en recorrerlo, porque se trataba de burros, no de ponis. Y los burros se paran cuando les da la gana. Padres desesperados tiraban todo lo que podían de las riendas, sin que los animales se moviesen ni un milímetro. Les daban inútiles golpecitos en los costados, los jodidos burros seguían quietos. Uno de los niños lloraba. La mujer que vendía las entradas no paraba de gritar consejos a los padres. ¡Tira todo lo que puedas! ¡Más fuerte! Tirad, no les importa. ¡Fuerte! ¡Así, así!

–¿Ves, Vanja? –dije–. ¡Los burros se niegan a andar!

La niña se rió. Me alegré al verla contenta. Al mismo tiempo, estaba algo preocupado por cómo reaccionaría Linda con el burro; su paciencia no era mucho mayor que la de Vanja. Pero cuando les llegó el turno a ellas, lo manejó todo con elegancia. Cada vez que el burro se paraba, ella se daba la vuelta y se quedaba de espaldas contra el costado del burro, a la vez que hacía chasquear la lengua. Había montado a caballo cuando era pequeña y durante mucho tiempo su vida había girado en torno a los caballos; quizá por eso sabía lo que tenía que hacer.

Heidi estaba radiante a lomos del animal. Cuando el burro ya no se dejaba engañar por el truco del chasquido, Linda tiraba con tanta fuerza y decisión de las riendas que el animal no podía oponer resistencia.

–¡Qué bien montas! –le grité a Heidi. Luego miré a Vanja–. ¿Quieres montar tú también?

Vanja negó enérgicamente con la cabeza y luego se puso las gafas. Había montado en poni desde que tenía año y medio, y el otoño en que nos mudamos a Malmö, cuando tenía dos años y medio, la apuntamos en una escuela de equitación. Se encontraba en medio de Folketspark, era una pista de equitación triste y caduca, con el suelo cubierto de serrín. Para ella, todo aquello era fantástico, todo lo devoraba ávidamente, y luego no paraba de hablar de ello. Se sentaba en su poni desaliñado con la espalda recta, y Linda la llevaba, dando una vuelta tras otra por el picadero, algunas veces me tocaba a mí o a alguna de las chicas de once o doce años que parecían pasarse allí la vida, mientras un instructor iba en el medio, diciéndoles lo que tenían que hacer. No importaba mucho que Vanja no siempre entendiera las instrucciones, lo importante era la experiencia con los caballos y el ambiente que la rodeaba. El establo, el gato que tenía a sus crías escondidas en el heno, la lista de quién iba a montar qué caballo esa tarde, el casco que ella misma había elegido, el momento en el que llevaban el caballo a la pista, lo de montar en sí, el bollo de canela y el zumo de manzana que se tomaba luego en la cafetería. Era el momento culminante de la semana. Pero en el transcurso del otoño siguiente las cosas cambiaron. Tenían un nuevo instructor y Vanja, que aparentaba más de los cuatro años que tenía, se encontró con exigencias que no sabía manejar. Aunque Linda se lo dijo al hombre, la cosa no cambió, Vanja empezó a protestar cuando tocaba ir a montar, no quería de ninguna manera, y al final lo dejamos. Incluso cuando vio a Heidi montar aquel burro por el parque sin exigencia alguna, se negó en rotundo.

Otra actividad a la que nos apuntamos fue un grupo en el que los niños cantaban, dibujaban y también hacían otras cosas. La segunda vez que Vanja asistió tocaba dibujar una casa y ella pintó de azul la hierba. La mujer que dirigía la actividad se le acercó y le dijo que la hierba no era azul, sino verde, y le pidió que hiciera otro dibujo. Vanja rompió la hoja en pedazos, comportándose de una manera que a los demás padres les hizo fruncir el ceño y sentirse orgullosos de lo bien educados que estaban sus hijos. Vanja es muchas cosas, pero por encima de todo es susceptible. Y me inquieta que sea una cualidad que ya se esté afirmando. Verla crecer también cambia imágenes de mi propia infancia, no tanto por la calidad como por la cantidad, el propio tiempo que uno pasa con sus hijos, y que es infinito. Tantas horas, tantos días, tantísimas situaciones que surgen y que se viven. De mi propia infancia sólo me acuerdo de unos cuantos episodios que he vivido como fundamentales e importantísimos, pero que ahora entiendo como algo bañado en un mar de otros sucesos, lo que elimina por completo su sentido, pues ¿cómo puedo saber que justo esos sucesos que han permanecido en mi mente fueron decisivos, y no todos esos otros de los que no recuerdo nada?

Cuando discuto cosas como ésas con Geir, con quien hablo por teléfono una hora cada día, él suele citar a Sven Stolpe, que en algún lugar escribe sobre Bergman afirmando que habría sido Bergman independientemente de dónde se hubiera criado, por lo que se deduce que uno es como es, sin que influya para nada el entorno. La manera en la que uno reacciona frente a la familia viene antes que la familia. Cuando yo era pequeño, me enseñaron a explicar toda clase de cualidades, actos y sucesos en base al ambiente en el que habían surgido. Lo biológico y lo genético, es decir, lo que viene dado, apenas existía en el mapa, y cuando aparecía, era contemplado con desconfianza. A primera vista, esa actitud puede parecer humanista, ya que está íntimamente relacionada con la idea de que todos los seres humanos son iguales, pero examinada más atentamente, también puede expresar una actitud mecanicista ante el ser humano, que, nacido vacío, deja que su vida la forme su entorno. Durante mucho tiempo, yo tomé una posición meramente teórica ante este planteamiento, que es tan básico que se podría emplear como tabla de impulso para entrar en cualquier contexto; si por ejemplo el factor destacado es el medio, entonces el ser humano es, en un principio, igual y moldeable, y una buena persona puede crearse mediante una intervención en su entorno, de ahí la fe de la generación de mis padres en el estado, el sistema de educación y la política, de ahí su ardiente deseo de desechar todo lo que había sido, y de ahí su nueva verdad, que no se encontraba en el interior de la persona, en lo individual y único, sino al contrario, en lo externo del ser humano, en lo colectivo y general. Quien expresa esto con más claridad tal vez sea el autor Dag Solstad, que siempre ha sido el cronógrafo de su época contemporánea, en el texto de 1969 en el que se encuentra su famosa frase: «No queremos dar alas a la cafetera», lo que significa: fuera lo espiritual, fuera lo entrañable, adelante un nuevo materialismo. Ahora bien, el que esa misma postura pudiera estar detrás de la demolición de viejos barrios, de la construcción de carreteras y aparcamientos, a lo que se oponía la izquierda intelectual, claro está, no se les ocurrió nunca, y tal vez no ha sido posible que se les haya ocurrido hasta ahora, en que la relación entre la idea de la igualdad y el capitalismo, el estado del bienestar y el liberalismo, el materialismo del marxismo y la sociedad mercantil es ya obvia, porque el mayor creador de igualdad es el dinero, que nivela todas las diferencias, y si tu carácter y tu suerte son magnitudes mensurables, el dinero es el modelador más inmediato, y de esa manera surge el fascinante fenómeno que consiste en que masas de personas aleguen su propia individualidad y originalidad actuando idénticamente, mientras aquellos que antaño abrieron esa puerta, defendiendo la igualdad, acentuando lo material y la fe en el cambio, están ahora rabiando contra su propia obra, que consideran creada por el enemigo. Pero, como ocurre con toda clase de razonamientos simples, éste tampoco es del todo verdad, la vida no es una magnitud matemática, no tiene ninguna teoría, sólo práctica, y aunque resulte tentador entender la reorganización de la sociedad hecha por una generación basándose en su visión de la relación entre herencia y ambiente, se trata de una tentación literaria y consiste en el placer de especular, es decir, probar la idea a través de las esferas más diversas de la actividad humana, más que en el placer de decir la verdad. El cielo es bajo en los libros de Solstad, que son extremadamente susceptibles a las corrientes de su época, desde el sentimiento de alienación en la década de los sesenta, el culto de lo político a principios de los setenta y luego, justo cuando empezaron a soplar los vientos, hasta el distanciamiento a finales de esa misma década. Esta tendencia, que recuerda a una veleta, no tiene por qué ser ni una fuerza ni una debilidad para una obra literaria, sino simplemente una parte de su material, una parte de su orientación, y en el caso de Solstad, lo esencial siempre se ha encontrado en otra parte, es decir, en el lenguaje, que resplandece con su nueva elegancia anticuada, e irradia ese brillo tan singular, inimitable y repleto de espiritualidad. Ese lenguaje no se puede aprender, ese lenguaje no se puede comprar con dinero, y precisamente en ello reside su valor. No es que nazcamos iguales y las condiciones de vida hagan nuestras vidas diferentes, sino al revés, nacemos diferentes y las condiciones de vida igualan nuestras vidas.

Cuando pienso en mis tres hijos, no sólo me aparecen sus caras tan características, también me transmiten un determinado sentimiento. Ese sentimiento, que es inalterable, es lo que ellos «son» para mí. Y lo que «son» ha estado presente en ellos desde el primer día que los vi. No sabían hacer nada, y lo poco que sabían hacer, como mamar, levantar los brazos como acto reflejo, mirar a su alrededor, copiar, lo sabían hacer todos, de manera que lo que «son» no tiene nada que ver con cualidades, no tiene nada que ver con lo que saben hacer o lo que no saben hacer, es más bien una especie de luz que arde dentro de ellos.

Sus rasgos distintivos, que empezaron a manifestarse al cabo de unas semanas, han permanecido inalterados, y son tan diferentes en cada uno de ellos que resulta difícil creer que las condiciones que les ofrecemos a través de nuestra conducta y nuestra manera de ser hayan tenido alguna importancia decisiva. John tiene un temperamento dulce y amable, ama a sus hermanas y sus aviones, trenes y autobuses. Heidi es extrovertida y se relaciona con todo el mundo, le interesan los zapatos y la ropa, sólo quiere ponerse vestidos, y se siente bien en su pequeño cuerpo, algo que manifestó por ejemplo cuando en la piscina cubierta desnuda delante del espejo le dijo a Linda:

«¡Mamá, mira qué bonito es mi culo!» No soporta que la reprendan, si se levanta la voz delante de ella, ella se aparta y se echa a llorar. Vanja, por su parte, se defiende y contesta, tiene un genio terrible, es resuelta, sensible y racional. Se acuerda de todo, se sabe de memoria la mayor parte de los libros que le leemos y los diálogos de las películas que vemos. Es divertida, nos reímos mucho con ella en casa, pero fuera, se deja influir por el ambiente en el que se encuentra, y si le resulta demasiado nuevo o inusual, se cierra en banda. Su timidez apareció cuando tenía unos siete meses, manifestándose en que simplemente cerraba los ojos, haciéndose la dormida, cuando se le acercaban personas desconocidas. Todavía lo hace muy de tarde en tarde; si va sentada en su carrito y nos encontramos inesperadamente con alguno de los padres de la guardería, por ejemplo, sus ojos se cierran. En Estocolmo, en la guardería, que estaba justo enfrente de nuestra casa, se juntó, tras un principio muy cauteloso y vacilante, con un niño de su edad llamado Alexander, y jugaba con él con tanta energía en las instalaciones del parque que el personal nos contó que a veces tenían que defenderlo de ella, porque él no siempre soportaba la vehemencia de la niña. Pero por regla general se le iluminaba la cara cuando Vanja llegaba, y se ponía triste cuando ella se iba. Desde entonces, ella siempre ha preferido jugar con niños, al parecer hay algo en lo físico y en la intensidad en el juego que ella necesita, tal vez porque resulta sencillo y proporciona fácilmente una sensación de dominio.

Cuando nos mudamos a Malmö, ella empezó en una nueva guardería, situada muy cerca de Västra Hamnen, en la parte nueva de la ciudad, donde vivía la gente más adinerada, y como Heidi era tan pequeña, era yo el que se ocupaba de la mayor. Cada mañana cruzábamos la ciudad en bicicleta, pasando por los antiguos astilleros, hasta el mar. Vanja con su pequeño casco en la cabeza y abrazada a mí, yo con las rodillas a la altura del estómago en la pequeña bicicleta de mujer, ligero y alegre, porque la ciudad aún era nueva para mí, y los cambios de luz en el cielo por la mañana y por la tarde aún no habían sido incluidos en la mirada saturada de lo habitual. Lo primero que

Vanja decía por la mañana era que no quería ir a la guardería y a veces lo decía llorando, pero yo lo interpretaba como algo pasajero, convencido de que poco a poco le iría gustando. Pero al llegar a la guardería no se separaba de mis rodillas, a pesar de las tentaciones de las tres empleadas del establecimiento. Yo opinaba que lo mejor sería lanzarla a ello, marcharme de allí y dejar que se las apañara por su cuenta. Pero semejante crueldad fue rechazada tanto por las empleadas como por Linda, y allí estaba yo, sentado en un rincón, con Vanja sobre las rodillas, rodeado de niños jugando, con un sol radiante fuera que se iba volviendo más otoñal conforme transcurrían los días. Cuando a media mañana tomaban un tentempié que consistía en trozos de pera y manzana repartidos por el personal en el jardín, Vanja sólo lo aceptaba si lo podía comer a diez metros de distancia de los demás, y cuando hacíamos eso, yo con una sonrisa de disculpa, me resultaba curioso, porque esa manera de relacionarse con la gente era igual que la mía: ¿cómo había podido captarlo esa niña de dos años y medio? Naturalmente las cuidadoras consiguieron separarla de mí poco a poco, y yo podía coger la bicicleta de nuevo y volver a casa a escribir, mientras ella lloraba de un modo desgarrador a mis espaldas. Al cabo de un mes, podía dejarla y recogerla con normalidad, pero por la mañana de vez en cuando decía que no quería ir, e incluso lloraba, aunque ya raramente. Cuando llamaron de una guardería que estaba al lado de nuestra casa y dijeron que tenían una plaza libre, no dudamos en aceptarla. Se llamaba El Lince y era una cooperativa de padres, lo que significaba que todos los padres estaban obligados a prestar sus servicios como personal durante dos semanas al año, aparte de ocupar uno de los muchos puestos administrativos o prácticos que había. En aquel momento no sabíamos hasta dónde iba a penetrar en nuestra vida esa guardería, al contrario, sólo hablábamos de las ventajas que nos ofrecería: trabajando allí conoceríamos a todos los amiguitos de Vanja, y a través de los cargos y las reuniones que éstos implicaban, también conoceríamos a los padres. Nos dijeron que era habitual que los niños fueran a casa de sus compañeros, de manera que nosotros también tendríamos tiempo libre cuando lo necesitáramos. Además, y eso quizá fuera lo más importante, no conocíamos a absolutamente nadie en Malmö, y ésa sería una manera fácil de establecer nuevos contactos. Y así fue, al cabo de un par de semanas fuimos invitados al cumpleaños de uno de los niños. A Vanja le hizo mucha ilusión, en parte porque le habíamos comprado unos zapatos dorados que estrenaría para la fiesta, aunque a la vez no quería ir, lo que era bastante comprensible, teniendo en cuenta que todavía no conocía mucho a los niños. Encontramos la invitación en su estante de la guardería un viernes por la tarde, y la fiesta se celebraría el sábado de la semana siguiente. Cada mañana de esa semana, Vanja preguntó si ya era el día de la fiesta de Stella. Cuando le decíamos que no, ella preguntaba si era «pasado mañana», que para ella era el horizonte más distante imaginable. La mañana en la que pudimos decirle por fin que sí, que aquel día era la fiesta en casa de Stella, la niña se levantó de la cama y corrió al armario a ponerse los zapatos dorados. Un par de veces cada hora preguntaba si faltaba mucho, lo que podría haber resultado insoportable de no ser porque siempre había cosas que hacer para acortar el tiempo de espera. Linda la llevó a una librería a comprar el regalo, luego se sentaron en la cocina a dibujar una tarjeta de felicitación, las bañamos, las peinamos y les pusimos leotardos blancos y vestidos de fiesta. Entonces el estado de ánimo de Vanja cambió de repente. Ya no quería ponerse ni leotardos ni vestido, no iría a ninguna fiesta, y tiró los zapatos dorados contra la pared, pero después de esperar pacientemente a que pasara el breve estallido, conseguimos vestirla, incluso logramos ponerle el chal blanco de punto que le habían regalado para el bautizo de Heidi, y cuando por fin estaban listas en el carrito delante de nosotros, volvían a mostrarse muy ilusionadas. Vanja estaba seria y callada, con los zapatos dorados en una mano y el regalo en la otra, pero cuando se dirigía a nosotros para decirnos algo, era con una sonrisa. A su lado iba Heidi, enérgica y alegre, porque aunque no sabía adónde nos dirigíamos, la indumentaria y los preparativos seguramente le habrían

29

indicado que se trataba de algo fuera de lo normal. La casa en la que se celebraba la fiesta se encontraba unos cientos de metros más arriba en nuestra misma calle, que estaba repleta de los movimientos característicos de las tardes de sábado en la ciudad: los últimos compradores cargados con bolsas se mezclan con los jóvenes que acuden al centro para estar sin hacer nada delante del Burger King y el McDonald's, y los muchos coches que pasan lentamente ya no son sólo los utilitarios funcionales de familias entrando o saliendo de algún aparcamiento, sino que cada vez se ven más coches bajos, resplandecientes y negros, con la música martilleando la carrocería, conducidos por veinteañeros inmigrantes. Delante del supermercado había tanta gente que nos vimos obligados a detenernos un momento, y cuando la vieja y flacucha señora que sobre esa hora solía estar allí en su silla de ruedas avistó a Vanja y a Heidi, se inclinó hacia ellas y tiró de una campanita que tenía colgando de un palo, mientras sonreía de un modo que para ella mostraría sin duda su amor por los niños, pero que a ellos les parecía aterrador. Las niñas, sin embargo, no dijeron nada, se limitaron a mirarla. Al otro lado de la puerta había un drogadicto de mi edad sentado en el suelo con una gorra en la mano extendida. Tenía a su lado una jaula con un gato y cuando Vanja lo vio, se volvió hacia nosotros y dijo:

–Cuando vivamos en el campo, tendré un gato.

–¡Gato! –exclamó Heidi señalándolo.

Iba empujando el carrito por el borde de la acera y tuve que bajarlo a la calzada para adelantar a tres personas que andaban jodidamente despacio, y que al parecer creían que la acera era de su propiedad. Anduve muy deprisa unos cien metros y volví a subir el carrito a la acera en cuanto los adelantamos.

–Puede que tardemos mucho en ir a vivir al campo, Vanja –dije.

–No se pueden tener gatos en un piso –objetó ella.

–Así es –corroboró Linda.

Vanja volvió a su postura inicial, apretando con ambas manos la bolsa del regalo.

Miré a Linda.

—¿Recuerdas cómo se llama el padre de Stella?

—No me acuerdo... —contestó ella—. Ah, sí, ¿no era Erik?

—Sí, sí, eso es. ¿En qué trabaja?

—No estoy muy segura —contestó Linda—. Pero es algo de diseño.

Pasamos por delante de Gottgruvan, la tienda de chucherías, y tanto Vanja como Heidi se inclinaron hacia delante para mirar el escaparate. El local siguiente era el del prestamista, y a continuación había una tienda que vendía estatuillas y colgantes, ángeles y budas, además de incienso, té, jabones y otros objetos new age. En los escaparates colgaban carteles que informaban sobre la llegada a la ciudad de gurús del yoga y videntes famosos. Al otro lado de la calle había una tienda de ropa de marcas baratas, Ricco Jeans and Clothings, «Moda para toda la familia», y a continuación estaba TABOO, una especie de tienda «erótica» que tentaba con dildos y muñecas que exhibían distintos modelos de saltos de cama y ropa interior tipo corsé en la ventana que había junto a la puerta, que no se veía desde la calle. Más allá estaba Bergman, bolsos y sombreros, que sin duda permanecía inalterada tanto en el género como en la decoración interior desde su fundación, en la década de los cuarenta, y Radio City, que acababa de quebrar, pero que seguía exhibiendo un escaparate repleto de luminosas pantallas de televisión, rodeadas de los más variados aparatos eléctricos, con los precios en grandes letreros de cartón naranjas y verdes. La regla era que cuanto más subías la calle, más baratas y dudosas eran las tiendas. Lo mismo regía para la gente que se movía por ahí. Al contrario que en Estocolmo, donde vivíamos en el centro de la ciudad, aquí la pobreza y la miseria eran visibles en las calles. Eso me gustaba.

—Aquí es —dijo Linda, deteniéndose frente a una puerta. Un poco más allá, delante de un bingo, había tres mujeres de unos cincuenta años, con la piel descolorida, fumando. Linda miró la lista de nombres en el panel junto al portal, y marcó un número. Pasaron dos autobuses muy seguidos, haciendo un ruido infernal. En la puerta sonó un zumbido y entramos en el oscuro portal, dejamos el carrito junto a la pared y subimos las dos plantas, Linda con Vanja de la mano y yo con Heidi en brazos. La puerta estaba abierta, y el piso también estaba oscuro. Sentí cierto malestar al entrar directamente, me habría gustado llamar, lo que habría hecho patente nuestra llegada, porque nos quedamos en la entrada, sin que nadie nos hiciera caso.

Dejé a Heidi en el suelo y le quité la chaqueta. Linda estaba a punto de hacer lo mismo con Vanja, pero ella protestó: primero se quitaría las botas para poder ponerse los zapatos dorados.

Había una habitación a cada lado de la entrada. En una había niños jugando con gran dedicación y en la otra unos adultos charlando. En el pasillo que seguía hacia dentro vi a Erik, que estaba de espaldas hablando con una de las parejas de padres de la guardería.

–¡Hola! –saludé.

Él no se volvió. Dejé la chaqueta de Heidi encima de un abrigo en una silla. Mi mirada se cruzó con la de Linda, que estaba buscando un lugar donde colgar la chaqueta de Vanja.

–¿Entramos? –preguntó.

Heidi se abrazó a mis piernas. Yo la cogí en brazos y avancé unos pasos. Erik se volvió.

–Hola –dijo.

–Hola –contesté.

–¡Hola, Vanja!

Vanja le dio la espalda.

–¿Quieres darle el regalo a Stella? –le pregunté.

–Stella, ha llegado Vanja –dijo Erik.

–Dáselo tú –dijo Vanja.

Stella se levantó de entre el grupo de niños. Sonrió.

–¡Felicidades, Stella! –dije–. Vanja te trae un regalo. –Miré a Vanja–. ¿Quieres dárselo tú?

–Dáselo tú –contestó en voz baja.

Cogí el regalo y se lo di a Stella.

–Es de Vanja y de Heidi –señalé.

–Gracias –dijo, rasgando el papel. Al ver que era un libro lo dejó en una mesa donde estaban los demás regalos, y volvió al juego.

–¿Bueno? –dijo Erik–. ¿Todo bien?

–Sí, sí –contesté, sintiendo cómo la camisa se me pegaba al pecho. Me pregunté si se notaría.

–Qué piso tan estupendo –comentó Linda–. ¿Tiene tres habitaciones?

–Sí –contestó Erik.

Tenía siempre una expresión como pícara, como si supiera algún secreto inconfesable de sus interlocutores. Era difícil de interpretar; su media sonrisa podía ser irónica, bondadosa o insegura. Si hubiera tenido un carácter marcado o fuerte, eso podría haberme inquietado, pero resultaba indeciso de una manera débil o indolente, de modo que lo que él pudiera pensar u opinar no me preocupaba en absoluto. En ese momento me importaba más Vanja, agarrada a Linda y mirando al suelo.

–Los demás están en la cocina –nos indicó Erik–. Hay vino, si queréis tomar una copa.

Heidi ya había entrado en la otra habitación, y estaba frente a una estantería de juguetes con un caracol en la mano. Tenía ruedas y una cuerda de la que se podía tirar.

Saludé con un gesto a los padres que estaban al final del pasillo.

–Hola –dijeron.

¿Cómo se llamaba él? ¿Johan? ¿Jacob? Y ella, ¿era Mia? No, joder, él se llamaba Robin.

–Hola –contesté.

–¿Todo bien? –preguntó él.

–Sí, sí –contesté–. ¿Y vosotros?

–Bien, gracias.

Les sonreí. Ellos me devolvieron la sonrisa. Vanja soltó la mano de Linda y entró vacilante en la habitación donde estaban jugando los niños. Durante un rato los estuvo mirando de reojo, luego fue como si se decidiera a lanzarse del todo.

–¡Llevo unos zapatos de oro! –dijo.

Se agachó y se quitó uno, luego lo levantó por si alguien quería mirar. Pero nadie quería. Cuando se dio cuenta, se lo volvió a poner.

–¿Por qué no te sientas a jugar con ellos? –le pregunté–. ¿Has visto? Están jugando con una gran casa de muñecas.

Hizo lo que le dije, se sentó junto a los demás niños, pero se limitó a mirarlos sin hacer nada.

Linda cogió a Heidi en brazos y fue hacia la cocina. La seguí. Todo el mundo nos saludó, nosotros les devolvimos el saludo y nos sentamos en la mesa larga, yo junto a la ventana. Estaban hablando de billetes baratos de avión, cómo en un principio parecían precios de ganga, pero luego iban aumentando con un suplemento tras otro hasta acabar en un billete tan caro como los de las compañías aéreas más caras. Luego la conversación pasó a tratar de la compra de cuotas ambientales, y después, de esa oferta de vacaciones en tren chárter que acababan de lanzar. Supongo que podría haber dicho algo al respecto, pero no lo hice, la locuacidad pertenece a uno de los innumerables campos que no domino, de modo que como de costumbre, me limité a asentir con la cabeza a lo que decían, sonriendo cuando los demás sonreían, mientras deseaba con toda mi alma estar en otro sitio. Junto a la encimera de la cocina estaba Frida, la madre de Stella, preparando algo parecido a un aliño. Ya no convivía con Erik, y aunque ambos compartían con normalidad el cuidado de Stella, de vez en cuando se notaba cierta irritación y resentimiento en las reuniones de la directiva de la guardería. Ella era rubia, tenía los pómulos altos, los ojos rasgados, y un cuerpo largo y esbelto, vestía bien, pero estaba demasiado satisfecha con ella misma, demasiado absorta en ella misma, para que la encontrara atractiva. No tengo ningún problema con personas poco interesantes o poco originales, pueden tener otras cualidades más importantes, tales como calor humano, consideración con los demás, amabilidad, sentido del humor y aptitudes que hacen fluir una conversación, crear una sensación de seguridad a su alrededor, hacer funcionar una familia, pero las personas no interesantes que se creen muy interesantes y se jactan de ello me causan una sensación de malestar casi físico cuando tengo que estar cerca de ellas.

Colocó el plato con lo que yo pensaba que era un aliño, pero que resultó ser un *dip*, en una bandeja con palitos de zanahoria y de pepino. En ese instante Vanja entró en la cocina. Cuando nos vio, vino hacia nosotros y se colocó junto a mí.

–Quiero ir a casa –dijo en voz baja.

–Pero si acabamos de llegar –le contesté.

–Vamos a quedarnos un ratito –dijo Linda–. ¡Mira, os van a dar chucherías!

¿Estaba pensando en la bandeja con verduras?

Sí, seguramente.

En este país estaban locos.

–Te acompaño –le dije a Vanja–. Ven conmigo.

–¿Te llevas a Heidi también? –preguntó Linda.

Cogí a mi hija pequeña en brazos y Vanja nos siguió hasta la habitación donde estaban los niños. Frida venía detrás de nosotros, con la bandeja en las manos. La colocó en una mesa pequeña.

–Aquí tenéis algo de comer antes de que llegue la tarta –dijo.

Los críos, tres niñas y un niño, seguían jugando con la casa de muñecas. Por la otra habitación correteaban otros dos niños. Erik estaba allí, junto al equipo de música, con un CD en la mano.

–Tengo algo de jazz noruego –dijo–. ¿Te gusta el jazz?

–Bueno... –contesté.

–Noruega tiene buen jazz –opinó.

–¿Quiénes son? –pregunté.

Me enseñó la funda. Era un grupo del que jamás había oído hablar.

–Qué bien –dije.

Vanja estaba detrás de Heidi e intentaba levantarla. Heidi protestaba.

–Heidi no quiere que la levantes, Vanja –le dije–. Déjala en paz.

Como seguía en su empeño, me acerqué a ellas.

–¿No quieres zanahoria? –le pregunté.

–No –contestó.

–Hay *dip* –la animé. Me acerqué a la mesa, cogí un palito de zanahoria, lo unté en la cremosa pasta blanca, seguramente hecha con nata agria, y me lo metí en la boca–. Mm –dije–. ¡Qué rico!

¿Por qué no podían darles perritos calientes, helado y refrescos? ¿Piruletas? ¿Gelatina? ¿Pudin de chocolate?

Qué estúpido país de idiotas era aquél. Todas las mujeres jóvenes bebían tanta agua que les salía por las orejas, pensaban que era «útil» y «refrescante», pero lo que hacían era disparar la curva de jóvenes incontinentes del país. Los niños comían pasta integral, pan integral y toda clase de extrañas clases de arroz integral que sus estómagos no llegaban a digerir del todo, pero eso no importaba, porque era «útil», «refrescante» y «sano». Ah, confundían comida con espíritu, creían que podían llegar a ser mejores personas comiendo, sin entender que una cosa es la comida y otra la idea que despierta. Si se lo decías, si decías algo semejante a eso, eras un reaccionario o sólo un noruego, es decir, una persona que tiene un retraso de diez años en relación con ellos.

–No quiero –dijo Vanja–. No tengo hambre.

–Vale –dije–. Mira. ¿Has visto? Allí hay un tren. ¿Quieres que lo montemos?

Ella asintió con la cabeza, y nos sentamos justo detrás de los demás niños. Empecé a colocar las vías del tren formando un semicírculo, a la vez que ayudaba a Vanja a poner las suyas con cuidado. Heidi se había ido a la otra habitación, donde se paseaba a lo largo del estante, estudiando todo lo que había en él. Cada vez que los movimientos de los dos niños se volvían demasiado violentos, ella se daba la vuelta y los miraba.

Erik puso por fin un disco y subió el volumen. Piano, bajo y un sinfín de instrumentos de percusión amados por un determinado tipo de percusionistas de jazz, esos que golpean una piedra contra otra o que aprovechan materiales de su entorno.

Para mí era unas veces nada y otras ridículo. Odiaba cuando esa clase de música recibía aplausos.

Erik siguió la música con la cabeza antes de volverse, guiñarme un ojo e irse hacia la cocina. En ese instante sonó el timbre. Eran Linus y su hijo Achilles. Linus, que llevaba un trocito de rapé debajo del labio superior, vestía pantalón negro, abrigo oscuro y una camisa blanca. Tenía el pelo rubio y un poco desarreglado, los ojos que miraban hacia el interior de la casa eran honestos e ingenuos.

—¡Hola! —dijo—. ¿Cómo te va?

—Bien —respondí—. ¿Y a ti?

—Bueno, tirando.

Achilles, que era menudo y con grandes ojos oscuros, se quitó la chaqueta y los zapatos, mientras miraba fijamente a los niños detrás de mí. Los niños son como los perros, descubren siempre a sus iguales en medio de una multitud. Vanja también lo miró, era él a quien había elegido para desempeñar el papel de su anterior amigo, Alexander. Pero en cuanto se hubo quitado la ropa de calle y el calzado, Achilles se acercó a los demás niños y Vanja no pudo hacer nada para impedirlo. Linus se deslizó hacia la cocina y esa expresión ansiosa que me pareció ver en su mirada sólo podía deberse a sus expectativas de poder charlar con alguien.

Me levanté y miré a Heidi. Estaba sentada junto a la palmera yuca debajo de la ventana, haciendo montoncitos en el suelo con la tierra de la maceta. Fui hacia ella, la levanté del suelo, volví a meter en la maceta toda la tierra que pude, y a continuación fui a la cocina en busca de un trapo o algo parecido. Vanja me siguió. Cuando llegamos, se sentó sobre las rodillas de Linda. En el salón, Heidi se puso a llorar. Linda me miró interrogante.

—Yo la cojo —dije—. Sólo tengo que encontrar un trapo para limpiar el suelo.

Había mucha gente junto a la encimera de la cocina. Me pareció que la comida ya estaba lista, y en lugar de acercarme, me fui al cuarto de baño, cogí una buena cantidad de papel hi-

37

giénico, lo mojé bajo el grifo y me dirigí al salón para limpiar la tierra del suelo. Cogí en brazos a Heidi, que seguía llorando, y me la llevé al baño a lavarle las manos. Se retorcía y pataleaba.

–Tranquila, cielo –dije–. Habremos terminado en un segundo. Sólo un poco más. ¡Así!

Cuando salimos, dejó de llorar, pero no estaba del todo contenta, no quería que la sentara en el suelo, sólo quería estar en brazos. En el salón estaba Robin, con los brazos cruzados, vigilando a su hija Theresa, que sólo le llevaba unos meses a Heidi, pero que ya sabía articular frases largas.

–Bueno, bueno... –dijo–. ¿Estás escribiendo algo?

–Sí, un poco –respondí.

–¿Escribes en casa entonces?

–Sí, tengo un cuarto para mí.

–¿Y no te resulta difícil? Quiero decir, ¿no te entran ganas de ver la tele, poner una lavadora o cualquier otra cosa en lugar de escribir?

–Me organizo bien. Tengo un poco menos de tiempo que si dispusiera de un despacho, pero...

–Sí, claro –dijo él.

Era rubio, llevaba el pelo un poco largo y se le rizaba por la nuca, tenía los ojos azul claro, la nariz chata y las mandíbulas anchas. No era ni fuerte ni débil. Vestía como si tuviera veintipocos años, aunque tenía treinta y muchos. No tenía ni idea de lo que pensaba, no podía adivinar lo que ocurría dentro de él, y sin embargo no había en ese hombre nada misterioso. Al contrario, su cara y su aura daban la impresión de sinceridad. Y sin embargo, y a pesar de todo, percibía en él una sombra de otra cosa. En una ocasión me había dicho que trabajaba en la integración de refugiados en el municipio, y tras preguntarle cuántos refugiados se recibían aquí y cosas semejantes, lo dejé estar, porque supuse que mis opiniones y simpatías al respecto se encontraban tan alejadas de la norma que él representaba que se notaría antes o después, quedando yo como el malvado o el estúpido, lo que generaría una situación que yo no deseaba.

Vanja, sentada en el suelo, un poco apartada de los demás niños, nos miraba. Dejé en el suelo a Heidi y fue como si Vanja lo estuviera esperando, pues se acercó, cogió a su hermana de la mano, la llevó hasta el estante de los juguetes y le alcanzó el caracol de madera con antenas que giraban al hacerlo rodar.

–¡Mira, Heidi! –dijo, quitándoselo de la mano, y poniéndolo en el suelo–. Tiras de la cuerda y da vueltas. ¿Lo entiendes?

Heidi agarró la cuerda y tiró de ella. El caracol volcó.

–No, así no –dijo Vanja–. Yo te enseñaré.

Enderezó el caracol y tiró de él con cuidado unos metros.

–¡Tengo una hermanita! –dijo en voz alta al vacío. Robin se había acercado a la ventana y estaba mirando el patio trasero. Stella, que de por sí era impetuosa, y que además estaba más vivaracha que nunca, ya que se trataba de su fiesta, gritó con voz excitada algo que no entendí, señalando a una de las dos niñas más pequeñas, la cual le alcanzó la muñeca que tenía cogida de un brazo. Stella fue a por un carrito, metió en él la muñeca y se puso a empujarlo por el pasillo. Achilles había encontrado a Benjamin, un niño que tenía medio año más que Vanja, y que solía estar profundamente concentrado en algo, un dibujo, un montón de piezas de lego o un barco pirata con figuras. Era imaginativo, independiente y bueno. Ahora estaba sentado con Achilles montando el tren que Vanja y yo habíamos empezado. Las dos niñas pequeñas salieron corriendo tras Stella. Heidi lloriqueaba. Tendría hambre. Me fui a la cocina y me senté al lado de Linda.

–¿Puedes ir a vigilarlas un rato? –le pregunté–. Creo que Heidi tiene hambre.

Asintió con un movimiento de la cabeza, me puso un instante una mano en el hombro y se levantó. Tardé unos segundos en enterarme de lo que iban las dos conversaciones que se estaban desarrollando alrededor de la mesa. Una trataba de lo de compartir coche, y la otra de coches. Entendí por la conversación que en un momento ésta se había dividido. La oscuridad de fuera era densa, la luz en la cocina escasa, las caras suecas de cejas fruncidas en torno a la mesa estaban sombreadas, los ojos resplandecían a la luz de las velas. Erik, Frida y una mujer cuyo nombre no recuerdo se encontraban junto a la encimera, de espaldas a nosotros, preparando comida. La ternura por Vanja me había llenado del todo. Pero no había nada que hacer. Miré de reojo a la persona que tenía la palabra, mientras bebía a pequeños sorbos el vino tinto que alguien me había colocado delante.

Justo enfrente de mí se encontraba la única persona que se diferenciaba de las demás. Cara grande, mejillas llenas de cicatrices, facciones bastas, mirada intensa. Sus manos, que reposaban sobre la mesa, eran grandes. Llevaba una camisa estilo años cincuenta y unos vaqueros azules remangados por las pantorrillas. También su corte de pelo era de los cincuenta, y lucía patillas. Pero no era eso lo que lo distinguía de los demás, sino su carisma, el que se notara tanto su presencia aunque no hablara mucho.

Una vez, en Estocolmo, asistí a una fiesta en la que había un boxeador. Estaba sentado en la cocina, su presencia física era manifiesta, proporcionándome una clara pero desagradable sensación de inferioridad, de que yo estaba por debajo de él. Curiosamente, el desarrollo de la velada me daría la razón. La fiesta se celebraba en casa de Cora, una amiga de Linda. El piso era pequeño y había gente charlando de pie por todas partes. Sonaba música. Fuera, las calles estaban nevadas. Linda se encontraba en avanzado estado de gestación, tal vez sería la última fiesta a la que asistiéramos antes de la llegada de la niña, que lo cambiaría todo, de manera que aunque estaba cansada, quiso quedarse un rato más. Yo bebía vino y charlaba con Thomas, un fotógrafo amigo de Geir; Cora lo conocía por su pareja, Marie, que era poeta y había sido su monitora en la escuela popular de Biskops-Arnö. Linda se había sentado en una silla algo retirada de la mesa debido a su abultada tripa, se reía y estaba alegre, y ese carácter introvertido y algo incandescente que la había caracterizado los últimos meses, sólo lo intuía yo. Al cabo de un rato se levantó y salió de la habitación, yo le sonreí y centré de nuevo la atención en Thomas, que dijo algo sobre los genes de los pelirrojos, tan notablemente presentes allí esa noche.

Alguien estaba dando golpes en algún sitio.

–¡Cora! –oí–. ¡Cora!

¿Era Linda?

Me levanté y salí al pasillo.

Los golpes venían del otro lado de la puerta del baño.

–¿Eres tú, Linda? –pregunté.

–Sí –contestó–. Creo que se ha atrancado la puerta. ¿Puedes ir a buscar a Cora? Tiene que haber algún truco para abrirla.

Entré en el salón y toqué en el hombro a Cora, que tenía un plato con comida en una mano y una copa de vino tinto en la otra.

–Linda se ha quedado encerrada en el baño –le dije.

–¡Ay, ay, ay! –dijo, dejó el plato y la copa y salió disparada.

Hablaron un rato a través de la puerta cerrada, Linda intentaba seguir las instrucciones que recibía, pero no servía de nada, la puerta seguía cerrada a cal y canto. Todos los presentes estaban ya al tanto de la situación, se respiraba un ambiente alegre y alterado a la vez, un grupo se reunió en el pasillo para dar consejos a Linda, mientras Cora, aturdida y angustiada, repetía sin cesar que Linda se encontraba en avanzado estado de gestación, y que teníamos que hacer algo. Al final se decidió llamar a un cerrajero. Mientras lo esperábamos, me senté delante de la puerta a hablar con Linda al otro lado, incómodamente consciente de que todo el mundo oía lo que decía, y de mi falta de capacidad de acción. ¿Por qué no daba de una vez una patada a la puerta y la sacaba de allí? Así de sencillo y contundente.

Nunca en mi vida había abierto una puerta de una patada, no sabía si aquélla era muy sólida, ¿y si las patadas no servían de nada? En ese caso haría el ridículo.

El cerrajero llegó media hora después. Dejó en el suelo una bolsa de tela con herramientas y se puso a manipular la cerradura. El hombre era bajo, llevaba gafas y tenía una incipiente calva. No decía ni palabra al grupo de gente que lo rodeaba, mientras probaba una herramienta tras otra sin ningún resultado, la jodida puerta seguía tan cerrada como antes. Al final se dio por vencido y le dijo a Cora que era imposible, que no conseguiría abrir esa puerta.

–¿Qué podemos hacer? –preguntó Cora–. ¡Ella está en avanzado estado de gestión!

El hombre se encogió de hombros.

–Tendréis que abrirla de una patada –dijo, empezando a recoger las herramientas.

¿Quién iba a dar la patada?

Tendría que ser yo, yo era el marido de Linda, era responsabilidad mía.

El corazón me latía con fuerza.

¿Debería hacerlo? ¿Dar un paso hacia atrás, ante la mirada de toda esa gente, y dar una patada lo más fuerte que pudiera?

¿Y si la puerta no se movía? ¿Y si se abría y golpeaba a Linda? Ella tendría que protegerse en un rincón.

Inspiré y expiré un par de veces, pero no sirvió de nada, seguía temblando por dentro. No había nada que me gustara menos que atraer la atención de esa manera. Y resultaba aún peor ante ese gran riesgo de fallar.

Cora miró a su alrededor.

–Tenemos que dar una patada a la puerta –dijo–. ¿Quién puede hacerlo?

El cerrajero se marchó. Si iba a hacerlo yo, tendría que ser ya. Pero no podía.

–Micke –dijo Cora–. Él es boxeador.

Estaba a punto de ir a buscarlo.

–Se lo puedo preguntar –dije. Así al menos no ocultaba lo humillante de la situación, así le diría directamente que yo, el marido de Linda, no me atrevía a dar una patada a la puerta, pero te pido a ti, que eres boxeador y un gigante, que lo hagas por mí.

Micke estaba en el salón, junto a la ventana, con una cerveza en la mano, charlando con dos chicas.

—Hola, Micke —le dije.

Me miró.

—Linda sigue encerrada en el baño. El cerrajero no ha conseguido abrir la puerta. ¿Crees que podrás abrirla de una patada?

—Claro que sí —contestó, mirándome un instante antes de dejar la botella y salir al pasillo. Lo seguí. La gente le abrió paso.

—¿Estás ahí? —le preguntó a Linda.

—Sí —contestó ella.

—Aléjate todo lo que puedas de la puerta. Voy a abrirla de una patada.

—Vale —dijo Linda.

Micke esperó unos instantes. Acto seguido, levantó el pie y dio una patada tan fuerte que rompió la cerradura entera. Las astillas volaron por los aires.

Cuando Linda apareció, algunos aplaudieron.

—Pobrecita —dijo Cora—. De verdad que lo lamento muchísimo. Exponerte a esto y justamente a ti...

Micke dio media vuelta y se fue.

—¿Cómo te encuentras? —pregunté.

—Bien —contestó Linda—. Pero creo que tal vez deberíamos irnos a casa.

—Por supuesto —asentí.

En el salón se apagó la música, dos mujeres de unos treinta años se disponían a leer sus atrevidos poemas, alcancé a Linda su chaquetón, me puse el mío y me despedí de Cora y de Thomas con la vergüenza quemándome por dentro, pero me quedaba una cosa por hacer: tenía que dar las gracias a Micke por lo que había hecho. Me abrí paso entre los oyentes de poesía y me detuve junto a la ventana, frente a él.

—Gracias —dije—. La has salvado.

—Bah —dijo, encogiendo sus enormes hombros—. No ha sido nada.

En el taxi, camino de casa, apenas podía mirar a Linda. No había reaccionado cuando debería haberlo hecho, sino que como un cobarde había dejado que lo hiciera otro. Todo eso estaba en mi mirada. Yo era un desgraciado.

Cuando nos hubimos acostado, ella me preguntó qué me pasaba. Le dije que estaba avergonzado por no haber abierto la puerta de una patada. Linda me miró extrañada. Ni se le había ocurrido. ¿Por qué iba a hacerlo yo? No era propio de mí hacer ese tipo de cosas.

El hombre que ahora estaba sentado al otro lado de la mesa me recordaba al boxeador de Estocolmo. No tenía nada que ver ni con el tamaño de su cuerpo ni con su masa muscular, porque aunque algunos de los presentes tenían torsos entrenados y fuertes, parecían no obstante ligeros, su presencia en la habitación era efímera e insignificante, como la de un pensamiento fugaz, no, era algo diferente, y cada vez que me encontraba con ello tenía la sensación de quedarme corto, viéndome a mí mismo como ese hombre atado y débil que era y que vivía en el mundo de las palabras. Me quedé meditando sobre ese tema, mientras de vez en cuando lo miraba de reojo, a la vez que escuchaba a medias la conversación en curso. Se había desviado ya hacia distintas clases de pedagogía, y qué colegios tenía pensados para cada uno de sus hijos. Tras un pequeño paréntesis en el que Linus habló de un día deportivo en el que había participado, se pasó al tema del precio de la vivienda. Se constató que había subido muchísimo los últimos años, pero más en Estocolmo que allí, en Malmö, y que a lo mejor sólo era cuestión de tiempo que la tendencia cambiara, tal vez caería tan bruscamente como había subido. Linus se volvió hacia mí.

–¿Y cómo están los precios de la vivienda en Noruega? –me preguntó.

–Más o menos como aquí –contesté–. Oslo es tan cara como Estocolmo. En provincias están algo más baratos.

Me miró un rato más, por si yo aprovechaba la invitación a abrirme a él que me había ofrecido, pero como vio que no era el caso, se volvió de nuevo y siguió hablando. Lo mismo había hecho en la primera reunión general a la que asistimos, pero en esa ocasión con un matiz crítico; cuando la reunión se estaba acercando a su fin, y Linda y yo aún no habíamos intervenido, nos dijo que todos teníamos que dar nuestra opinión, ése era el objetivo de una cooperativa de padres. Yo no tenía ni idea de qué opinar sobre el asunto que se discutía, y tuvo que ser Linda la que, con el rostro ligeramente enrojecido, expuso los pros y los contras en nombre de la familia, ante la mirada de la totalidad de los reunidos. El asunto que se trataba era si se debía despedir a la cocinera contratada por la guardería y apostar por un cátering, que resultaría más barato, y, en caso afirmativo, qué tipo de comida se debería elegir: normal o vegetariana. El Lince era en realidad una guardería vegetariana, de hecho, había sido la razón de su creación, pero ahora sólo había dos padres vegetarianos absolutos, y como los niños no comían gran cosa de todas esas variedades de verduras que se les servían, muchos padres opinaban que lo mejor sería dejar el vegetarianismo. La discusión duró varias horas y barrió el tema como una red de arrastre el fondo del mar. Por ejemplo, salió a relucir el porcentaje cárnico de las distintas clases de salchichas; las salchichas que se compraban en las tiendas tenían el porcentaje impreso en el paquete, pero no así las salchichas utilizadas por las empresas de cátering, ¿cómo podía saberse entonces su contenido cárnico? Yo pensaba que las salchichas eran salchichas, no tenía ni idea de aquel mundo que se abrió ante mis ojos aquella noche, y menos aún de que había gente capaz de volcarse tan profundamente en un tema como aquél. ¿No es agradable para los niños tener a una cocinera haciéndoles la comida en su cocina?, pensé, pero no lo dije, y poco a poco empecé a esperar que toda esa discusión transcurriera sin que tuviéramos que decir nada; bueno, hasta que Linus clavó en nosotros su mirada astuta e ingenua a la vez.

Oí llorar a Heidi en el salón. Volví a pensar en Vanja. Por regla general, solucionaba situaciones como aquélla haciendo exactamente lo mismo que hacían los demás. Si los demás sacaban una silla, ella sacaba una silla, si los demás se sentaban, ella se sentaba, si los demás se reían, ella se echaba a reír, incluso cuando no sabía de qué se reían. Si los demás se ponían a correr y a gritar nombres, ella corría y gritaba nombres. Ése era su método. Pero Stella la había descubierto. Una vez que por casualidad me encontraba cerca, la oí decir: *¡No haces más que imitar! ¡Eres un loro! ¡Un loro!* Eso no la detuvo, el método resultaba demasiado exitoso para eso, pero aquí, donde Stella tenía su corte, seguramente se sentía impedida. Pero yo sabía que ella había entendido de qué se trataba. Varias veces le había dicho lo mismo a Heidi, que no hacía más que imitar y que era un loro.

Stella tenía un año y medio más que Vanja, que la admiraba por encima de todas las cosas. Cuando se le permitía participar en el juego, siempre era gracias a Stella, que ejercía el mismo dominio sobre todos los niños de la guardería. Era una niña guapa, tenía el pelo rubio y los ojos grandes, vestía siempre con gusto, y sus rasgos de crueldad no eran ni mejores ni peores que los que mostraban otros niños pertenecientes a la escala superior de la jerarquía. Eso no me creaba ningún problema con ella. Lo problemático para mí era lo consciente que era de la impresión que causaba en los adultos y la manera en la que aprovechaba su encanto, su candor. En mis turnos obligatorios en la guardería, nunca lo tenía en consideración. Cuando ella clavaba en mí sus ojos radiantes para pedirme algo, yo reaccionaba con desinterés, lo que naturalmente la desconcertaba y hacía que aumentara sus intentos de embaucarme. En una ocasión que vino con nosotros al parque después de la guardería, sentada en el carrito doble junto a Vanja, mientras yo cargaba con Heidi sobre un brazo y empujaba el carrito con el otro, se bajó unos cientos de metros antes del parque, porque quería ir corriendo el último trecho, a lo que yo me opuse rotundamente, la llamé y le dije con voz muy severa que tenía que quedarse sentada en el carrito hasta que llegáramos. ¿No veía que pasaban coches? Me miró extrañada, no estaba acostumbrada a ese tono, y aunque no me sentía muy satisfecho conmigo mismo y la manera en la que había resuelto la situación, también pensé que no le vendría mal un *no*. Pero había tomado buena nota de ello, porque cuando media hora después, para su gran deleite, les di vueltas por los aires cogidas por los pies, y luego me arrodillé a luchar con ellas, algo que a Vanja le encantaba, sobre todo tomar impulso, correr hacia mí y empujarme para que me cayera, Stella me dio una patada en la pierna cuando llegó hasta mí, se lo permití dos veces, pero cuando lo hizo por tercera vez, se lo dije, me haces daño, Stella, lo que no le importó en absoluto, claro, resultaba muy emocionante, me dio otra patada mientras se reía a carcajadas, y Vanja, que la copiaba en todo, se reía de la misma manera, entonces me levanté, la cogí por la cintura y la puse de pie en el suelo. Me entraron ganas de decirle «Escúchame, niña de mierda», y seguramente lo habría hecho de no haber sido porque su madre tenía que ir a buscarla media hora después. Opté por decir «Escucha, Stella», con voz dura e irritada, mirándola a los ojos. «Cuando digo que no, quiere decir no. ¿Lo entiendes?» Ella miró al suelo y se negó a contestar. Le levanté la barbilla y le dije otra vez: «¿Lo entiendes?» Ella asintió con un movimiento de la cabeza, y la solté. «Voy a sentarme en ese banco, vosotras podéis jugar hasta que llegue tu madre.» Vanja me miró desconcertada. Pero luego se rió y tiró de Stella. Para ella esa clase de escenas eran cotidianas. Stella dejó inmediatamente el tema, para mi gran alivio, porque en realidad estaba pisando arenas movedizas, pues ¿qué podría haber hecho si ella se hubiera puesto a llorar o a chillar? Pero acompañó a Vanja al gran «tren», que estaba hasta arriba de niños. Cuando llegó su madre, traía dos vasos de cartón con café con leche. En una situación normal, me habría ido enseguida. Pero cuando me alcanzó el café, no pude sino sentarme y escucharla hablar de su trabajo, mirando con los ojos entornados el bajo sol de noviembre, mientras vigilaba a medias a las niñas.

La semana que estuve de turno obligatorio en la guardería, en principio trabajando como un empleado cualquiera, transcurrió más o menos como me esperaba; había trabajado mucho en instituciones a lo largo de mi vida, y manejaba las tareas rutinarias de un modo que, según dio a entender el personal, no era usual en los padres, a la vez que tampoco me resultaba ajeno vestir y desvestir a los niños, cambiar pañales e incluso jugar con ellos si hacía falta. Como es natural, los niños reaccionaron de distinta manera a mi presencia. Uno de los que andaba por la guardería sin amigos, por ejemplo, un chiquillo desgarbado de pelo rubísimo, quería estar sentado en mis rodillas todo el rato para que le leyera o simplemente para estar allí. Con otro me quedé jugando media hora después de que todos los demás se hubieran marchado, su madre se retrasó, pero él se olvidó de ello mientras jugábamos con el barco pirata, y para su gran deleite, yo introducía todo el rato nuevos elementos como tiburones y barcos que atacaban, e incendios. Un tercero, el mayor de todos los niños, buscó el camino directo a mis lados más débiles, sacándome del bolsillo el llavero cuando nos sentamos a comer. El mero hecho de que no se lo impidiera, aunque me cabreara, le hizo agudizar el olfato. Primero me preguntó si en el llavero tenía la llave del coche. Cuando le dije que no con un movimiento de la cabeza, me preguntó por qué. No tengo coche, le respondí. ¿Por qué no?, me preguntó. No tengo carné, le respondí. ¿No sabes conducir?, me preguntó. ¿No eres mayor? Todos los mayores saben conducir. Acto seguido hizo tintinear el llavero debajo de mi nariz. Le dejé hacerlo, pensando que se cansaría pronto, pero no se cansó, al contrario, continuó. Tengo tus llaves, dijo. Y tú no puedes cogerlas. Y siguió moviéndolas bajo mi nariz. Los otros niños nos miraban, los tres adultos que había en el local también. Cometí el error de intentar recuperarlas de repente. Él consiguió retirarlas, riéndose ruidosa y desdeñosamente. ¡Ja, ja, no podrás cogerlas!, dijo. Una vez más intenté hacer como si nada. Empezó a dar golpes en la mesa con el llavero. No hagas eso, dije. El niño se limitó a mirarme con descaro y a continuar. Uno de los empleados le pidió que lo dejara. Entonces lo dejó. Pero siguió moviéndolas en la mano. No te las daré nunca, dijo. Entonces intervino de repente Vanja.

–¡Dale las llaves a mi papá! –exclamó.

¿Qué situación era aquélla?

Hice como si nada, me incliné de nuevo sobre la comida y seguí comiendo. Pero ese pequeño diablo seguía provocándome, haciendo tintinear las llaves. Decidí dejárselas hasta que hubiéramos terminado de comer. Bebí un poco de agua, con la cara curiosamente sofocada por una cosa tan tonta. ¿Fue eso lo que vio Olaf, el director de la guardería? Al menos ordenó de pronto a Jocke que me devolviera el llavero. Y eso fue lo que hizo Jocke, sin más.

Durante toda mi vida de adulto he mantenido a distancia a los demás, ha sido mi manera de apañármelas, desde luego debido a que me acerco tanto a la gente en el pensamiento y con los sentimientos que basta con que desvíen la mirada un instante para que una tormenta estalle en mi interior. Está claro que esa cercanía rige igualmente en mi relación con los niños, es la que me hace ponerme a jugar con ellos, pero como ellos carecen por completo de ese barniz de cortesía y decencia que tienen los adultos, significa también que pueden atravesar libremente mi capa exterior, llegar hasta mi carácter y asolar allí lo que quieran. Lo único con lo que podía defenderme era con la fuerza física, de la que no podía aprovecharme con niños, o simplemente hacer como si no me importara nada, tal vez la mejor manera, pero que yo no dominaba muy bien, ya que los niños, al menos los más listos, se daban cuenta al instante de lo incómoda que me resultaba su presencia.

¡Ay, qué indigno era!

De pronto todo cambió radicalmente. Yo, que no me preocupaba nada por la guardería a la que Vanja asistía, que sólo quería que me la cuidaran para poder trabajar en paz unas horas al día, sin enterarme de lo que le pasaba o de cómo se encontraba, yo, que no quería cercanía en mi vida, que siempre pedía más distancia, que no me saciaba nunca de la soledad, de pronto tenía que pasar una semana como empleado, e implicarme profundamente en todo lo que ocurría, y no sólo eso, porque cuando ibas a llevar o a recoger a tus hijos, era habitual quedarse un rato en el cuarto de juegos, en el comedor o donde estuvieran, y charlar con los demás padres, quizá jugar un poco con los niños, y eso cada día laborable de la semana... Yo solía acabar pronto con lo que fuera, iba a buscar a Vanja y le ponía la chaqueta antes de que nadie descubriera lo que estaba haciendo, pero a veces me pillaban en la entrada, se entablaba una conversación y, ¡zas!, de repente estaba sentado en uno de los sofás bajos y profundos, charlando de algo completamente carente de interés para mí, mientras los niños menos inhibidos querían que los lanzara, que los llevara en brazos, que les diera vueltas por los aires, o, si se trataba de Jocke, que por cierto era hijo de ese amable amante de los libros y empleado de banco, Gustav, simplemente se limitaba a pincharme con objetos puntiagudos.

Pasarme el sábado por la tarde apretujado en una mesa comiendo verduras, con una sonrisa educada, pero forzada, constituía una parte de esa misma obligación.

Erik bajó del armario una pila de platos, mientras Frida contaba cuchillos y tenedores. Bebí un sorbo de vino y me di cuenta de que tenía mucha hambre. Stella se detuvo en el vano de la puerta, sofocada y con gotas de sudor en la cara.

–¿Viene ya la tarta? –gritó.

Frida se volvió.

–Dentro de un rato, corazón. Primero vamos a comer comida de verdad.

Su atención se desplazó de la niña a los adultos sentados en torno a la mesa.

–Ya está la comida –dijo–. Podéis serviros aquí. Hay platos y cubiertos. Y también podéis servir a vuestros hijos.

–Ah, qué bien –dijo Linus levantándose–. ¿Qué hay?

Había pensado quedarme sentado hasta que la cola se hubiese disuelto, pero cuando vi lo que Linus traía en el plato –judías, ensalada, el consabido cuscús y un plato caliente que supuse sería potaje de garbanzos–, me levanté y fui al salón.

–En la cocina hay comida –le dije a Linda, que estaba charlando con Mia, con Vanja agarrada a sus piernas y Heidi en brazos–. ¿Cambiamos?

–De acuerdo –dijo Linda–. Estoy famélica.

–¿Podemos irnos a casa ya, papá? –preguntó Vanja.

–Ahora hay comida –dije–. Y luego habrá tarta. ¿Te traigo algo de comer?

–No quiero –contestó Vanja.

–Bueno, te traigo algo de todos modos –dije, colocando a Heidi sobre mi brazo–. Y a ti te llevo conmigo.

–Heidi ya se ha comido un plátano –me dijo Linda–. Pero seguro que quiere algo más.

–Ven, Theresa, vamos a buscarte algo de comer a ti también –dijo Mia.

Las seguí, cogí a Heidi en brazos y me puse a la cola. Ella apoyó la cabeza en mi hombro, algo que sólo hacía cuando estaba cansada. La camisa se me estaba pegando al pecho. Cada cara que veía, cada mirada que se cruzaba con la mía, cada voz que escuchaba, se quedaban colgando de mí como una pesa. Cuando me hacían una pregunta o yo preguntaba algo, era como si hubiera que sacarlo con dinamita. Heidi lo facilitaba todo, tenerla allí era para mí como una especie de protección, por un lado porque me mantenía ocupado, por otro, porque su presencia desviaba la atención de lo demás. Le sonreían, le preguntaban si tenía sueño, le acariciaban la mejilla. Gran parte de la relación entre Heidi y yo se basaba en que yo la llevaba en brazos. Eso era lo esencial de nuestra relación. Ella siempre quería que la llevara encima, no quería andar, levantaba los brazos en cuanto me veía, y sonreía contenta cada vez que la cogía. Me gustaba tenerla junto a mí, esa pequeña criatura regordeta, con los ojos grandes y la boca feroz.

Me serví en un plato unas cuantas judías, un par de cucharadas de garbanzos y un poco de cuscús, y me lo llevé al salón, donde todos los niños estaban ya sentados alrededor de la mesa baja en medio de la habitación, con algún padre o madre ayudándolos.

–No quiero –dijo Vanja cuando le puse el plato delante.

–Vale –dije–. No tienes que comértelo si no quieres. ¿Crees que Heidi quiere?

Pinché unas judías con el tenedor y se lo acerqué a la boca. Apretó los labios y volvió la cabeza hacia otra parte.

–Vamos –dije–. Sé que tenéis hambre.

–¿Podemos jugar con el tren? –preguntó Vanja.

La miré. Normalmente habría mirado al tren o a mí, tal vez con cara suplicante, pero esta vez miraba al frente.

–Claro que sí –contesté. Bajé a Heidi y me acerqué al rincón, donde tuve que apretar las rodillas contra el cuerpo, de modo que casi me llegaban al pecho, para poder colocarme entre los pequeños muebles infantiles y las cajas de juguetes. Desmonté el ferrocarril y le alcancé una a una todas las vías a Vanja, que intentaba armarlas. Cuando no lo conseguía, las apretaba unas contra otras con todas sus fuerzas. Yo no intervenía hasta justo el momento en que la niña parecía querer tirarlas, colérica. Heidi quería arrancarlas de nuevo todo el rato, y yo busqué con la mirada algo que pudiera desviar ese impulso. ¿Un rompecabezas? ¿Un osito de peluche? ¿Un pequeño poni de plástico con largas pestañas y largas crines sintéticas de color rosa? Todo lo tiraba al suelo.

–Papá, ¿puedes ayudarme? –gritó Vanja.

–Vale, vale –contesté–. Mira. Ponemos aquí un puente, así el tren puede ir por encima y por debajo. Está bien, ¿no?

Heidi agarró la pequeña pieza de puente.

–¡Heidi! –exclamó Vanja.

Se lo quité y la niña se echó a llorar. La cogí en brazos y me levanté.

–¡No sé hacerlo! –se lamentó Vanja.

–Vuelvo enseguida. Voy a llevar a Heidi con mamá –dije, y me fui a la cocina con la pequeña sobre mi cadera, como una experimentada ama de casa. Linda estaba charlando con Gustav, el único de los padres de El Lince que tenía una buena profesión de las antiguas, y con quien, por alguna razón, se llevaba muy bien. Era campechano, tenía la cara brillante y siempre iba pulcramente vestido, era bajo y robusto, tenía la nuca fuerte, la barbilla ancha y la cara achatada, pero expresiva y ligera. Hablaba a menudo de libros que le gustaban, en ese momento de los de Richard Ford.

–Son fantásticos –opinó–. ¿Los has leído? ¡Tratan de un agente inmobiliario, de un hombre normal y corriente, sí, y de su vida, reconocible y cotidiana, a la vez que describe Estados

Unidos! ¡Ese ambiente norteamericano, el mismísimo pulso del país!

A mí también me caía bien Gustav, apreciaba sobre todo su decencia, que no consistía en nada más original que en un trabajo sencillo y honrado, una decencia que no poseía ninguno de mis conocidos, y mucho menos yo mismo. Teníamos la misma edad, pero cuando lo veía, pensaba en él como si me llevara diez años. Era adulto de la misma manera que lo eran nuestros padres cuando yo era un niño.

–Creo que es hora de acostar a Heidi –dije–. Parece cansada. Y también debe de tener hambre. ¿La llevas tú a casa?

–Sí, voy a acabar el plato primero. ¿Vale?

–Claro.

–Tuve tu libro en la mano –comentó David–. Me pasé por la librería y allí estaba. Lo ha publicado la editorial Norstedts, ¿no es así?

–Pues sí –contesté algo forzado–. Así es.

–¿Y no lo compraste? –preguntó Linda, no sin un tono provocador en la voz.

–No, esta vez no –dijo él, limpiándose los labios con la servilleta–. Trata sobre los ángeles, ¿no?

Asentí con un gesto de la cabeza. Heidi se había ido escurriendo en mis brazos, y cuando la volví a levantar, noté que le pesaba el pañal.

–Le cambiaré el pañal antes de que os vayáis –dije–. ¿Has subido la bolsa del carrito?

–Sí, está en la entrada.

–Vale –dije, y fui a la entrada en busca de un pañal. Por el salón corrían Vanja y Achilles, saltaban del sofá al suelo, se reían, se volvían a levantar y saltaban de nuevo. Noté un golpe de calor en el pecho. Me incliné hacia delante, cogí un pañal y un paquete de toallitas húmedas, mientras Heidi se agarraba a mí como un pequeño koala. En el baño no había cambiador, de modo que la puse sobre las baldosas, le quité los leotardos, arranqué las dos tiras adhesivas del pañal y lo tiré a la papelera que había debajo del lavabo, mientras ella me miraba muy seria.

–¡Sólo pipí! –dijo. Luego volvió la cabeza hacia un lado y miró a la pared como indiferente a mis movimientos cuando le puse un pañal limpio, como hacía siempre desde que era un bebé.

–Ya –dije–. Ya estás lista.

La cogí de las manos y la levanté. Doblé los leotardos, que estaban un poco mojados, y los metí en la bolsa del carrito, de la que saqué un pantalón que le puse, además de la chaqueta marrón de pana con forro de plumas que le había regalado Yngve en su primer cumpleaños. Linda llegó mientras estaba poniéndole los zapatos.

–Yo también iré pronto –dije. Nos dimos un beso, Linda cogió la bolsa con una mano, a Heidi de la otra, y se marcharon.

Vanja corría por la entrada con Achilles a rastras, y se metieron en lo que debía de ser el dormitorio, desde donde enseguida se escuchó su voz exaltada. La idea de volver a sentarme en la cocina no me resultaba muy atractiva, de modo que abrí la puerta del baño y la cerré detrás de mí, con el fin de quedarme allí unos minutos. Acto seguido me lavé la cara con agua fría, me la sequé con esmero en una toalla blanca y me encontré con mi propia mirada en el espejo; era una mirada tremendamente oscura, dentro de una cara congelada en una frustración tan grande que casi me estremecí al verla.

En la cocina nadie se dio cuenta de que había vuelto, salvo una mujer menuda de aspecto severo, pelo corto y facciones corrientes un poco angulares, que me miró fijamente un breve instante, desde detrás de los cristales de sus gafas. ¿Qué podía querer de mí?

Gustav y Linus charlaban sobre los distintos sistemas de pensiones; el hombre callado con camisa de los cincuenta tenía a su hijo, un niño movido de pelo rubio, casi blanco, sobre las rodillas, y hablaba con él del equipo de fútbol de Malmö; Frida charlaba con Mia de un club de encuentros que iba a crear con unas amigas, y Erik y Mathias discutían sobre pantallas de televisión, un tema en el que también quería participar Linus, a juzgar por las largas miradas que les lanzaba, y las correspondientemente cortas que lanzaba a Gustav, con el fin de no parecer descortés. La única que no participaba en ninguna de las conversaciones era la mujer de pelo corto, y aunque yo procuraba mirar en todas las direcciones menos en la suya, no tardó en inclinarse sobre la mesa y preguntarme si estaba contento con la guardería. Le dije que sí. Daba bastante trabajo, pero merecía la pena, uno llegaba a conocer a los compañeros de los niños, y en mi opinión eso era muy positivo.

La mujer sonrió sin entusiasmo a lo que dije. Había en ella algo triste, como si fuera infeliz.

–¿Qué coño? –dijo Linus de repente, removiéndose en la silla–. ¿Qué estarán haciendo ahí fuera?

Se levantó y fue al baño. Salió al instante, con Vanja y Achilles delante de él. Vanja exhibía su más amplia sonrisa, Achilles tenía más aspecto de culpabilidad. Las mangas de su chaqueta estaban empapadas. Los brazos desnudos de Vanja brillaban de humedad.

–Acabo de pillarlos con las manos metidas hasta el fondo del váter –explicó Linus.

Miré a Vanja y no pude reprimir una sonrisa.

–Bueno, tendremos que quitarte la chaqueta, señorito –dijo Linus, llevándose a Achilles a la entrada–. Y luego vas a lavarte bien las manos.

–Lo mismo te digo, Vanja –dije levantándome–. Al baño.

Cuando entramos, la niña estiró los brazos sobre el lavabo, y me miró.

–¡Estoy jugando con Achilles! –dijo.

–Ya lo veo –dije–. Pero no hace falta meter las manos en el váter, ¿no te parece?

–Es verdad –dijo ella riéndose.

Me mojé las manos debajo del grifo, me las froté con jabón y le lavé a Vanja los brazos desde las puntas de los dedos hasta los hombros. Luego se los sequé, antes de besarla en la frente y enviarla otra vez fuera. Sobró esa sonrisa pidiendo perdón con la que me volví a sentar, nadie tenía interés en ahondar en ese pequeño episodio, tampoco Linus, que en cuanto volvió del baño prosiguió con su relato sobre el hombre que había sido atacado por unos monos en Tailandia. No movió ni una ceja cuando los demás se rieron, fue como si se inspirara en las risas para dar un nuevo impulso al relato, así fue, de hecho, y cuando llegó la siguiente oleada de risas sonrió, no mucho, y no por sus propias bromas, me pareció, sino más bien como una expresión de la satisfacción que sentía al poder bañar su cara en las risas que él mismo había provocado. «Bueno, bueno, bueno», dijo, moviendo ligeramente la mano en el aire. La mujer de aire severo que hasta entonces había estado mirando por la ventana empujó su silla y se inclinó sobre la mesa.

–¿No resulta muy laborioso tener dos niñas tan seguido? –me preguntó.

–En cierto modo sí –contesté–. Dan mucho trabajo. Pero de todos modos es mejor dos que una. Ser hijo único debe de ser bastante triste, pienso yo... Siempre he querido tener tres hijos. De esa manera tienen muchas constelaciones para elegir. Y así los niños son mayoría en relación con los padres...

Sonreí. La mujer no dijo nada. De repente me di cuenta de que ella tenía sólo un hijo.

–Pero uno solo también puede ser maravilloso –dije.

Ella apoyó la cabeza en la mano.

–Me gustaría que Gustav tuviera un hermano –dijo–. Ahora todo gira en torno a nosotros dos.

–Qué va –dije–. Él tiene muchos amiguitos en la guardería. Basta con eso.

–El problema es que no tengo pareja –explicó–. Y entonces no puede ser.

¿Qué coño tenía yo que ver con eso?

La miré con compasión, concentrándome en no dejar vagar la mirada, que era lo que hacía a veces en esas situaciones.

–Y a los que conozco no me los imagino como padres de mi hijo –prosiguió.

–Bueno, bueno. Ya verás como todo se arregla.

–No lo creo, pero gracias de todos modos –dijo ella.

Por el rabillo del ojo vislumbré un movimiento. Me volví

hacia el vano de la puerta. Vanja estaba entrando. Se colocó junto a mí.

–Quiero ir a casa –dijo–. ¿Podemos irnos ya?

–Vamos a quedarnos otro ratito –le respondí–. Enseguida sacarán la tarta. Te apetece, ¿no?

No contestó.

–¿Quieres sentarte en mis rodillas? –le pregunté.

Asintió con la cabeza, yo aparté la copa de vino y la levanté.

–Ahora te quedas un ratito conmigo y luego volvemos donde están los demás niños. ¿Vale?

–Vale.

Se quedó mirando a los que estaban sentados alrededor de la mesa. ¿Qué pensaría al respecto? ¿Qué le parecería todo aquello?

La miré. El largo pelo rubio le llegaba ya por los hombros. Nariz pequeña, boca pequeña, dos orejitas, ambas con una punta como de elfo. Los ojos azules, que siempre revelaban su estado de ánimo, ligeramente bizcos, razón por la que usaba gafas. Al principio estaba muy orgullosa de ellas. Ahora era lo primero de lo que se libraba cuando se enfadaba. ¿Acaso porque sabía que queríamos que las llevara puestas?

Con nosotros sus ojos eran vivaces y alegres, excepto cuando se volvían impenetrables e inalcanzables en sus grandiosos accesos de ira. Era enormemente dramática y capaz de dominar a toda la familia con su genio; con sus juguetes creaba grandes y complicados dramas de relaciones, le encantaba que le leyéramos en voz alta, y tal vez aún más le gustaba ver películas, sobre todo largometrajes con personajes y dramatismo, sobre los que especulaba y hablaba con nosotros, llena de preguntas, pero también de placer por narrar. Durante algún tiempo lo más interesante era Madicken, la figura de Astrid Lindgren, entonces saltaba de la silla al suelo, se quedaba inmóvil con los ojos cerrados, y teníamos que levantarla y creer primero que estaba muerta, luego darnos cuenta de que se había desmayado y que tenía una contusión cerebral, para acto seguido, todavía con los ojos cerrados, y los brazos colgando, llevarla a la cama, donde tendría que quedarse tres días, preferiblemente mientras nosotros tarareábamos el triste tema musical de dicha escena durante el traslado. Entonces solía levantarse de un salto, correr hasta la silla y volver a iniciar la representación. En la fiesta de Navidad de la guardería, ella era la única que se inclinaba ante los aplausos que recibían los niños, y que obviamente gozaba de la atención que se les brindaba. A menudo era más importante para ella la *idea* de una cosa que la cosa en sí, como ocurría con las chucherías, por ejemplo; podía estar un día entero hablando de ellas, esperarlas con ilusión, pero cuando las chucherías estaban por fin en un platito delante de ella, apenas las saboreaba antes de escupirlas. Pero no aprendía de ello; el sábado siguiente volvía la expectativa ante las maravillosas chucherías. Quería patinar sobre hielo, pero cuando nos encontrábamos en la pista de patinaje, calzada con los pequeños patines que le había comprado su abuela materna, y el pequeño casco de hockey en la cabeza, gritaba de rabia al darse cuenta de que no conseguiría deslizarse sobre los patines y seguramente no aprendería en mucho tiempo. Tanto mayor fue su satisfacción al darse cuenta de que sí sabía esquiar un día que estuvimos en la pequeña mancha de nieve en el jardín de su abuela paterna, probando el equipo que le habían prestado. Pero también entonces la idea de practicar ese deporte y la satisfacción de saber hacerlo era mayor que el placer de esquiar en sí; eso no le interesaba gran cosa. Le encantaba viajar con nosotros a nuevos lugares, y luego hablar durante meses de todo lo que había sucedido. Pero sobre todo le encantaba jugar con otros niños, claro está. Para ella era maravilloso cuando nos traíamos a casa a algún niño de la guardería. La primera vez que iba a venir Benjamin, estuvo la noche de antes revisando sus juguetes, desesperada por si no eran lo suficientemente buenos para él. Entonces acababa de cumplir tres años. Pero cuando él llegó, se inspiraron el uno al otro, y todas las apreciaciones preliminares desaparecieron en un torbellino de emoción y alegría. Benjamin les dijo a sus padres que Vanja era la más simpática de la guardería, y cuando yo se lo dije a ella —estaba sentada en la cama jugando con sus muñecos Barbapapá– reaccionó con una expresión de sentimientos que nunca me había mostrado.

–¿Sabes lo que dijo Benjamin? –le pregunté desde el vano de la puerta.

–No –contestó, levantando la cabeza para mirarme, de repente muy expectante.

–Dijo que tú eres la más simpática de todos los niños de la guardería.

Nunca había visto esa luz que la llenó. Toda ella brillaba de alegría. Yo sabía que ni Linda ni yo lograríamos decir jamás algo que la hiciera reaccionar de esa forma, y entendí, con la claridad de la comprensión repentina, que ella no era nuestra. Que su vida era total y enteramente de ella.

–¿Qué dijo? –preguntó, queriendo oírlo una vez más.

–Dijo que tú eres la más simpática de todos los niños de la guardería.

Su sonrisa era tímida, pero llena de alegría, y también me alegró a mí, a la vez que en esa alegría había una sombra, porque ¿no era inquietante que a su temprana edad significaran tanto para ella los pensamientos y opiniones ajenos? Otro día que me sorprendió en ese sentido fue en la guardería: cuando fui a recogerla, ella corrió hacia mí y me preguntó si Stella podía ir con ella a equitación esa tarde. Le contesté que no podía ser, que era algo que se tenía que planificar de antemano, que primero teníamos que hablar con sus padres. Vanja se me quedó mirando, escuchando, obviamente decepcionada, pero cuando fue a transmitir el mensaje a Stella y yo fui a la entrada a por su chubasquero, oí que no utilizaba mis argumentos.

–Seguro que vas a aburrirte en equitación –dijo–. Estar mirando no tiene gracia.

Esa manera de pensar, de tener en consideración las reacciones de los otros antes que las suyas propias me recordaba a mi manera de ser, y cuando íbamos andando bajo la lluvia hacia Folketspark, meditaba sobre cómo ella lo había captado. ¿Simplemente estaba ahí, en torno a ella, invisible pero presente, más o menos como el aire que respiraba? ¿O era algo genético?

Jamás expresé ninguno de esos pensamientos sobre los niños a nadie más que a Linda, porque esas cuestiones complejas sólo nos concernían a nosotros. En la realidad, es decir, en el mundo en el que vivía Vanja, todo era sencillo y expresado de un modo sencillo, y la complejidad surgía de la suma de todas las partes, que ella obviamente desconocía. El que habláramos tanto de ellas no servía de nada en la vida cotidiana, en la que todo era inabarcable y estaba siempre al borde del caos. Durante la primera conversación de las llamadas «de desarrollo» que mantuvimos con el personal de la guardería, uno de los temas principales fue que nuestra hija no se relacionaba con ellos, que no quería sentarse en sus rodillas ni que la acariciaran, y que era muy tímida. Tendríamos que esforzarnos en curtirla más, enseñarle a dirigir juegos, a tomar la iniciativa, a hablar más. Linda dijo que en casa se defendía muy bien, que dirigía toda clase de juegos, que tomaba la iniciativa y que hablaba como una cotorra. Ellos dijeron que lo poco que decía en la guardería no era nada claro, que no hablaba correctamente, su vocabulario no era muy amplio, de manera que se habían preguntado si no habíamos pensado en buscarle un logopeda. En ese punto de la conversación nos entregaron un folleto de uno de los logopedas de la ciudad. En este país están locos, pensé, ¿un logopeda? ¿Había que institucionalizarlo todo? ¡La niña sólo tiene tres años!

–No, ni hablar, no la mandaremos a ningún logopeda –dije. Hasta ese momento Linda se había encargado de la conversación–. Lo de hablar viene solo. Yo tenía tres años cuando *empecé* a hablar. Hasta entonces no pronunciaba más que algunas palabras sueltas que sólo eran comprensibles para mi hermano.

Ellos sonrieron.

–Y cuando empecé a hablar, lo hice fluidamente, con frases largas. Esas cosas varían mucho de una persona a otra. No podemos mandarla a un logopeda.

–Bueno, eso es algo que tenéis que decidir vosotros –dijo Olaf, el director de la guardería–. Pero podéis quedaros con el folleto y pensároslo.

–Vale –contesté.

Ahora, en casa de Stella, cogí el pelo de Vanja con una mano y le pasé un dedo por la nuca y la parte superior de la espalda. Le gustaba mucho, sobre todo antes de dormir, porque así se tranquilizaba del todo. Pero ahora se retorció para que dejara de tocarla.

Al otro lado de la mesa, la mujer de aspecto severo había entablado conversación con Mia, quien le dedicaba toda su atención, mientras Frida y Erik habían empezado a recoger platos y cubiertos. La tarta blanca de cumpleaños, que era el siguiente punto del orden del día, estaba decorada con frambuesas y cinco velitas. Al lado había un montón de pequeños cartones de zumo de manzana sin azúcar BRAVO.

Gustav, que hasta ese momento había estado a mi lado medio mirando hacia otra parte, se volvió hacia nosotros y dijo:

–Hola, Vanja. ¿Te lo estás pasando bien?

Al no recibir ninguna respuesta y tampoco ningún contacto visual, me miró a mí.

–Tienes que venir un día con Jocke a nuestra casa –dijo, guiñándome un ojo–. ¿Quieres?

–Sí –contestó Vanja, mirándolo con unos ojos que de repente se agrandaron. Jocke era el niño más mayor de la guardería, una visita a su casa era más de lo que había podido esperar.

–Entonces quedamos en eso –dijo Gustav. Levantó la copa y bebió un trago de vino tinto, luego se limpió la boca con el dorso de la mano.

–¿Estás escribiendo algo nuevo? –me preguntó.

Me encogí de hombros.

–Pues sí, estoy en ello –contesté.

–¿Trabajas en casa?

–Sí.

–¿Y cómo es eso? ¿Te sientas a esperar a que te llegue la inspiración?

–No, no es así. Yo también tengo que trabajar todos los días, igual que tú.

–Interesante, interesante. ¿Y no hay muchas distracciones en casa?

–Me apaño bien.

–Conque sí, ¿eh? Vaya, vaya...

–Ahora podéis ir todos al salón –dijo Frida– y le cantamos a Stella.

Sacó un encendedor del bolsillo y encendió las cinco velas.

–Qué tarta tan bonita –dijo Mia.

–¿A que sí? –contestó Frida–. Y también muy sana. La nata apenas lleva azúcar.

Levantó la tarta.

–¿Puedes apagar tú la luz, Erik? –preguntó. Todos se levantaron de sus sillas y salieron de la habitación. Yo los seguí con Vanja de la mano, y me dio justo tiempo a colocarme junto a la pared más alejada cuando Frida llegaba por el pasillo ya oscuro con la tarta iluminada en las manos. Al hacerse visible desde la mesa, empezó a cantar el cumpleaños feliz, y los demás adultos la siguieron inmediatamente, de modo que la canción retumbaba en el pequeño salón cuando colocó la tarta en la mesa delante de Stella, que miraba con ojos brillantes.

–¿Soplo ya? –preguntó la niña.

Frida le dijo que sí con un gesto mientras cantaba.

Después aplaudieron todos, yo también. Volvieron a encender las luces y pasaron unos minutos mientras se repartía la tarta entre los niños. Vanja no quería sentarse a la mesa, sino en el suelo, junto a la pared. Allí nos sentamos, ella con el plato de tarta sobre las rodillas. En ese momento descubrí que no llevaba los zapatos puestos.

–¿Dónde están tus zapatos dorados? –le pregunté.

–Son tontos –contestó.

–No, son preciosos –objeté–. Son unos verdaderos zapatos de princesa.

–Son tontos –repitió.

–¿Pero dónde están?

Ella no contestó.

–Vanja –dije.

Me miró. Tenía los labios blancos de nata.

–Allí –dijo, señalando con la cabeza el otro salón. Me levanté, me acerqué y miré a mi alrededor, allí no había ni rastro de sus zapatos. Volví donde estaba Vanja.

–¿Dónde los has dejado? No los veo por ninguna parte.

–Donde las flores –contestó.

¿Donde las flores? Miré entre las macetas del alféizar. Tampoco estaban allí.

¿Se referiría a la palmera yuca?

Pues sí. Allí estaban, dentro de la maceta. Los sacudí encima de la planta para quitarles la tierra, luego los llevé al cuarto de baño para limpiarlos mejor, antes de colocarlos debajo de la silla donde estaba la chaqueta de la niña.

La llegada de la tarta, en la que se implicaron todos los niños, tal vez pudiera ofrecer a Vanja la posibilidad de un nuevo comienzo, pensé, para que le resultara más fácil unirse a ellos después de aquello.

–Yo también quiero un poco de tarta –le dije–. Estoy en la cocina. Ven si quieres algo. ¿Vale?

–Vale, papá –contestó.

El reloj de encima de la puerta de la cocina marcaba sólo las seis y media. Aún no se había ido nadie, de modo que tendríamos que quedarnos un rato más. Me corté un trozo muy fino de tarta sobre la encimera, lo puse en un plato y me senté al otro lado de la mesa, ya que la silla en la que había estado sentado hasta entonces estaba ocupada.

–También hay café si te apetece –dijo Erik, mirándome con una especie de sonrisa suspendida, como si hubiera más en la pregunta y en lo que veía al mirarme que lo obvio. Que yo supiera, podía simplemente tratarse de una técnica que hubiera aprendido para parecer más importante, más o menos como el truco al que recurre el escritor mediocre con el fin de que el sentido de sus relatos parezca muy profundo.

¿O había visto algo de verdad?

–Gracias –dije. Me levanté, cogí una taza y la llené de café de la cafetera gris de marca Stelton. Cuando volví a sentarme, él salía del salón. Frida hablaba de una cafetera que había comprado, era cara y dudó antes de comprarla, pero no se arrepentía, la compra había merecido la pena, el café era fantástico, y era importante permitirse esos lujos, tal vez más importante de lo que uno pudiera pensar. Linus hablaba de un *sketch* de Smith & Jones que había visto en una ocasión, dos tipos junto a una mesa con una cafetera a presión delante de ellos, uno aprieta el émbolo, y todo lo que hay en la cafetera se va hacia abajo junto con los granos de café, por lo que acaba completamente vacía. Nadie se rió. Linus hizo un gesto abriendo las manos.

–Una simple anécdota de café –dijo–. ¿Alguien tiene alguna mejor?

Vanja apareció en el vano de la puerta. Recorrió la mesa con la mirada, y cuando me encontró, se me acercó.

–¿Quieres ir a casa? –le pregunté.

Asintió con la cabeza.

–¿Sabes? Yo también –reconocí–. Sólo quiero acabar mi trozo de tarta. Y tomarme el café. ¿Quieres sentarte aquí conmigo mientras tanto?

Volvió a asentir con la cabeza. La levanté y me la puse sobre las rodillas.

–Qué bien que hayas podido venir, Vanja –dijo Frida, sonriéndole desde el otro lado de la mesa–. Enseguida jugaremos a pescar en el estanque. Tú también quieres jugar, ¿verdad?

Vanja dijo que sí y Frida se volvió de nuevo hacia Linus para hablar de una serie de televisión de HBO que ella había visto y él no, y que le había encantado.

–¿Quieres quedarte? –le pregunté–. ¿Quieres jugar a pescar en el estanque antes de irnos?

Vanja negó con la cabeza.

La pesca en el estanque consistía en que cada niño lanzaba una pequeña caña de pescar con un sedal por encima de una caja tapada, detrás de la que había un adulto escondido que enganchaba al sedal una bolsita con chucherías, algún pequeño juguete o algo por el estilo. Me temí que allí las llenaran de guisantes o alcachofas. Pasé el tenedor por delante de Vanja, lo acerqué al plato, donde con el canto corté un trozo de tarta que tenía la corteza quemada debajo de la nata blanca, por dentro era amarillo, con franjas rojas de mermelada; giré la muñeca, de modo que el trozo se quedara en el tenedor, lo levanté, lo pasé de nuevo por delante de Vanja y me lo metí en la boca. La base de la tarta estaba demasiado seca, y la nata no tenía suficiente azúcar, pero acompañada de un trago de café no sabía demasiado mal.

–¿Quieres un trozo? –le pregunté a Vanja.

Asintió. Se lo metí en la boca abierta. Ella me miró y me sonrió.

–Puedo acompañarte al salón un ratito –le dije–. Así vemos lo que están haciendo los demás niños. Y quizá podamos quedarnos para lo de la pesca en el estanque.

–Has dicho que nos iríamos a casa.

–Sí, es verdad. Vámonos entonces.

Coloqué el tenedor en el plato, me acabé el café, dejé a Vanja en el suelo y me levanté. Miré a mi alrededor. Ninguna mirada se cruzó con la mía.

–Nos vamos –dije.

Justo en ese instante llegó Erik con una pequeña caña de bambú en una mano, y una bolsa de los supermercados Hemköp en la otra.

–Empezamos con la pesca en el estanque –dijo.

Algunos se levantaron para acompañarlo, otros se quedaron sentados. Nadie se había enterado de que me había despedido. Y como la atención en torno a la mesa parecía ya dispersa, no vi ninguna necesidad de insistir. En lugar de ello le puse la mano en el hombro a Vanja y me la llevé. En el salón Erik gritó: «¡Pesca en el estanque!», y todos los niños salieron disparados hasta el final del pasillo, donde colgaba una sábana blanca de pared a pared. Erik, que los seguía como un pastor de ovejas, les pidió que se sentaran. Desde la entrada, con Vanja frente a mí poniéndole la chaqueta, mirábamos a los niños.

Le subí la cremallera del plumas rojo, que ya le quedaba algo estrecho, le puse el gorro rojo y se lo abotoné bajo la barbilla, luego le coloqué las botitas delante para que pudiera ponérselas ella sola, y le subí las cremalleras cuando los pies estaban ya en su sitio.

–Lista –dije–. Ahora vamos a darles las gracias y podemos irnos. Ven.

Levantó los brazos hacia mí.

–Puedes andar tú sola, ¿no? –le pregunté.

Sacudió la cabeza, y siguió con los brazos levantados.

–Vale –dije–. Pero primero tengo que ponerme la chaqueta.

En la entrada, Benjamin era el primero que iba a «pescar». Lanzó el sedal al otro lado de la sábana, y alguien, seguramente Erik, tiró de el.

–¡Ha picado! –gritó el niño.

Los padres, colocados junto a la pared, sonrieron, los niños sentados en el suelo gritaron y se rieron. Al instante, Benjamin tiró de la caña, y una bolsita roja y blanca de chucherías de Hemköp llegó volando por encima de la sábana, fijada con una pinza de la ropa. El niño consiguió soltarla y se alejó unos pasos para abrirla en paz, mientras la siguiente niña, Theresa, tomaba posesión de la caña, ayudada por su madre. Me enrollé la bufanda alrededor del cuello, me abotoné la chaqueta azul que me había comprado la primavera anterior en Paul Smith, en Estocolmo, me puse en la cabeza el gorro comprado en el mismo sitio, me agaché frente al calzado colocado junto a la pared y busqué un par de zapatos negros, marca Wrangler, con cordones amarillos, que me había comprado en Copenhague cuando estuve allí en la feria de literatura; no me habían gustado nunca, ni siquiera cuando los compré, y ahora estaban teñidos del desagradable recuerdo de lo catastróficamente mal que me fue en dicha feria, incapaz de contestar con sensatez a una sola de las preguntas que me hizo la entusiasta y competente entrevistadora sobre el escenario. El no haberlos tirado hacía mucho tiempo se debía únicamente a que andábamos mal de dinero. ¡Y encima cordones amarillos!

Me los até y me puse de pie.

–Ya estoy listo –dije.

Vanja volvió a tenderme los brazos. La cogí, atravesé la entrada y me asomé a la cocina, donde estaban charlando cuatro o cinco padres.

–Nos vamos ya. Que os vaya bien, y gracias por todo.

–Gracias a ti –dijo Linus. Gustav hizo ademán de llevarse la mano a la frente.

Volvimos a la entrada. Para captar la atención de Frida, le puse la mano en el hombro; ella estaba junto a la pared, sonriente, absorta por la escena que estaba teniendo lugar en el suelo.

–Nos vamos ya –dije–. ¡Gracias por la invitación! Ha sido una fiesta estupenda. ¡Muy agradable, de verdad!

–¿Vanja no quiere pescar? –preguntó.

Hice una elocuente mueca que pretendía decir algo así como «ya sabes lo poco lógicos que pueden llegar a ser los niños».

–Bueno –dijo–. Gracias por venir. ¡Que te vaya bien, Vanja!

Mia, que estaba a su lado, detrás de Theresa, dijo:

–Esperad un poco.

Se inclinó sobre la sábana y le preguntó a Erik, que estaba arrodillado al otro lado, si podía darle una bolsita de chucherías. Él se la dio, y ella se la alcanzó a Vanja.

–Mira, Vanja. Puedes llevártela a casa. Y tal vez compartirla con Heidi.

–No quiero –dijo Vanja, apretándose la bolsita contra el pecho.

–¡Gracias! –dije–. ¡Adiós a todos!

Stella se volvió y nos miró.

–¿Te vas ya, Vanja? ¿Por qué?

–Adiós, Stella –dije–. Gracias por habernos invitado a tu fiesta.

Me di la vuelta y me marché. Bajé las oscuras escaleras, atravesé el portal y salí a la calle. Voces, gritos, pasos y ruidos de motor iban y venían constantemente por la calle. Vanja me abrazó y apoyó la cabeza en mi hombro. No solía hacerlo nunca. Eso era más bien típico de Heidi.

Un taxi nos pasó lentamente con la luz verde encendida. En la acera nos cruzamos con una pareja que empujaba un carrito, ella llevaba un pañuelo en la cabeza, era joven, tendría unos veinte años. Al pasar a nuestro lado vi que tenía la piel de la cara muy áspera y una densa capa de polvos. Él era mayor que ella, de mi edad, y miraba inquieto a su alrededor. El carrito era de esos ridículos que tenían una barra fina que imitaba al tallo de una flor subiendo desde las ruedas, sobre las que descansaba la cesta con el niño dentro. Por el otro lado de la calle venía hacia nosotros una pandilla de chicos de quince o dieciséis años. Pelo negro peinado hacia atrás, chaquetas de piel negra, pantalones negros y al menos dos de ellos zapatillas Puma con ese logo en la punta del pie que siempre me había parecido tan estúpido. Cadenas de oro al cuello, movimientos de los brazos un poco bamboleantes, como si no estuvieran totalmente desarrollados.

Los zapatos.

Mierda, se habían quedado arriba.

Me detuve.

¿Los dejaba donde estaban?

No, no podía hacer eso, estábamos todavía delante del portal.

–Tenemos que subir otra vez –dije–. Nos hemos dejado tus zapatos dorados.

Ella se enderezó un poco.

–No los quiero.

–Ya lo sé –dije–. Pero no podemos dejarlos allí sin más. Tenemos que llevarlos a casa, aunque ya no los quieras.

Me apresuré escaleras arriba, dejé a Vanja en el suelo, abrí la puerta, di un paso hacia dentro y cogí los zapatos sin mirar hacia el interior del piso, pero cuando volví a levantarme no pude evitarlo y mi mirada se cruzó con la de Benjamin, sentado en el suelo con su camisa blanca y con un coche en una mano.

–Hola –dijo, agitando la otra mano.

Sonreí.

–Hola, Benjamin –dije, cerré la puerta, cogí a Vanja en brazos y volví a bajar a la calle. Fuera hacía frío y el cielo estaba despejado, pero todas las luces de la ciudad, de las farolas, de los escaparates y de los faros de los coches flotaban por el aire, posándose como una resplandeciente cúpula sobre los tejados, en los que no podía penetrar ningún brillo estelar. De los cuerpos celestes sólo la luna, colgando casi llena sobre el Hotel Hilton, era visible.

Vanja se apretó contra mí, mientras yo correteaba calle abajo con nuestro aliento como un humo blanco alrededor de la cabeza.

–A lo mejor Heidi quiere mis zapatos –dijo de repente.

–Cuando tenga la edad que tú tienes ahora, serán suyos –afirmé.

–A Heidi le encantan los zapatos.

–Sí, es verdad –dije yo.

Continuamos un trecho en silencio. Delante de Subway, el café-panadería al lado del supermercado, vi a la loca de pelo blanco. Estaba mirando fijamente el escaparate. Solía pasearse agresiva e imprevisible por el barrio, casi siempre hablando sola, con el pelo blanco recogido en un moño apretado, y el mismo abrigo beige, tanto en verano como en invierno.

–¿Papá, yo también tendré tarta en mi cumple? –me preguntó Vanja.

–Si tú quieres.

–Sí que quiero –afirmó–. Y quiero que vengáis Heidi, tú y mamá.

–Suena como una bonita fiesta –dije, pasándomela del brazo derecho al brazo izquierdo.

–¿Y sabes lo que me pido?

–¿No?

–Un pez dorado –dijo–. ¿Puedo?

–Bueno... –contesté–. Para tener un pez dorado hay que cuidar de él. Darle de comer, limpiar el agua, y cosas así.

–¡Yo puedo darle de comer! Jiro tiene uno.

–Es verdad –dije–. Veremos lo que se puede hacer. Los regalos de cumpleaños deben ser secretos, ¿sabes? Ése es el quid de la cuestión.

–¿Secretos? ¿Como un secreto, quieres decir?

Asentí con la cabeza.

–*¡Ah, cabrones! ¡Ah, cabrones!* –dijo la mujer perturbada, que ya estaba sólo a un par de metros de nosotros. Se volvió y me miró. ¡Qué ojos tan malvados tenía!

–¿Pero qué zapatos llevas? –preguntó a nuestras espaldas–. ¡Oye tú, el padre! ¿Qué clase de zapatos llevas? ¡Deja que te diga algo!

Y luego más alto:

–¡Cabrones! ¡Cabrones!

–¿Qué ha dicho esa señora? –preguntó Vanja.

–Nada –dije, apretándola con más fuerza contra mí–. Tú eres lo más precioso que tengo, ¿lo sabes, Vanja? Lo más, lo más precioso.

–¿Más precioso que Heidi? –preguntó.

Sonreí.

–Heidi y tú sois igual de preciosas. *Exactamente* igual de preciosas.

–Heidi es más preciosa –dijo ella, en un tono completamente neutro, como si constatara algo incuestionable.

–Qué bobada –dije–. Eres una bobita.

La niña sonrió. Miré por detrás de ella, dentro del espacioso supermercado casi vacío, donde se veía la reluciente mercancía colocada en las estanterías y mostradores, que formaban pequeños pasillos por el local. Dos cajeras estaban sentadas en sendas cajas con la mirada perdida, esperando a los clientes. En el cruce con semáforos al otro lado de nosotros se oía acelerar un motor, y cuando volví la cabeza vi que se trataba de uno de esos enormes todoterrenos que desde hacía unos años estaban invadiendo las calles. La ternura que sentía por Vanja era tan grande que me estaba desgarrando. Con el fin de contrarrestarla, empecé a corretear. Pasé por delante de Ankara, el restaurante turco que ofrecía danza del vientre y karaoke. Por las noches solía haber delante de la puerta hombres orientales bien conservados, oliendo a loción para después del afeitado y a humo de puros, pero ahora no había nadie. A continuación pasamos por el Burger King, donde había una chica con gorro y guantes de lana, increíblemente gorda, sentada sola fuera en un banco, devorando una hamburguesa, luego cruzamos la calle y pasamos por la tienda estatal de venta de alcohol, Systembolaget, y el Handelsbanken, donde me paré en el semáforo en rojo, aunque no venía ningún coche, mientras llevaba a Vanja muy apretada contra mí.

–¿Ves la luna? –le pregunté, señalando el cielo desde donde estábamos parados.

–Hm –dijo. Y tras una pequeña pausa–: ¿Han estado allí las personas?

Ella sabía muy bien que sí, pero también sabía muy bien que a mí me gustaba hablarle de esas cosas.

–Sí que han estado las personas –dije–. Justo después de nacer yo, tres hombres fueron navegando hasta allí. Está lejos, tardaron varios días. Y luego dieron un paseo por la luna.

–No navegaron, viajaron en una nave espacial.

–Tienes razón –dije–. Viajaron en un cohete.

El semáforo se puso verde y cruzamos a la plaza donde se encontraba nuestra casa. Un hombre flaco con chaqueta de piel y melena cayéndole por la espalda estaba frente al cajero automático. Cogió con una mano la tarjeta que salía de la máquina, mientras se apartaba el pelo de la cara con la otra. El gesto era femenino y cómico, ya que todo lo demás en él, toda esa vestimenta heavy metal, pretendía ser oscuro, duro y masculino.

El montoncito de extractos bancarios que había en el suelo junto a sus pies salió volando con una ráfaga de viento.

Me metí la mano en el bolsillo y saqué el llavero.

–¿Qué es eso? –preguntó Vanja, señalando las dos máquinas de granizado instaladas delante del pequeño restaurante tailandés de comida para llevar que había justo al lado de nuestro portal.

–Granizado –contesté–. Pero eso ya lo sabes.

–¡Quiero uno! –dijo Vanja.

La miré.

–No, no te lo compraré. ¿Pero tienes hambre?

–Sí.

–Podemos comprar una brocheta de pollo, si quieres. ¿Te parece bien?

–Vale.

–Bien –asentí. La dejé en el suelo y abrí la puerta del restaurante, que no era mucho más que un agujero en la pared, y que todos los días nos llenaba la terraza, siete plantas más arriba, de olor a tallarines y pollo frito. Vendían dos platos en un cartón por cuarenta y cinco coronas, de modo que no era la primera vez que me encontraba delante del mostrador de cristal, haciendo el pedido a la flacucha, inexpresiva y diligente joven asiática, que tenía siempre la boca abierta, dejando visibles las encías encima de los dientes, y la mirada neutra, como si no diferenciara nunca nada. En la cocina trabajaban dos hombres igual de jóvenes, a los que sólo había visto fugazmente. Y entre ellos se deslizaba un hombre de unos cincuenta años, también de rostro inexpresivo, pero un poco más amigable, al menos en las ocasiones en las que nos encontrábamos en los largos y laberínticos pasillos del sótano de la casa, él para ir a buscar o llevar algo al almacén, yo para tirar la basura, lavar la ropa o meter o sacar la bicicleta.

–¿Puedes llevarlo tú sola? –le pregunté a Vanja, alcanzándole el cartón caliente que apareció encima del mostrador sólo veinte segundos después de haberlo pedido. Vanja asintió con la cabeza, yo pagué, y entramos en el portal, donde ella dejó el cartón en el suelo para poder pulsar el botón del ascensor.

Mientras subíamos, Vanja iba contando en voz alta los pisos. Cuando nos encontrábamos delante del nuestro, me alcanzó el cartón, abrió la puerta y se puso a llamar a su madre antes de entrar.

–Quítate primero los zapatos –le dije, reteniéndola. En ese instante Linda salió del salón. Pude oír que tenía la televisión encendida.

Un leve tufo a podrido y cosas peores salía de la bolsa grande de basura y de las dos bolsitas de pañales que estaban en el rincón, detrás del carro plegado. Los zapatos y la chaqueta de Heidi estaban en el suelo.

¿Por qué COÑO Linda no los había metido en el armario?

La entrada estaba llena de ropa, juguetes, publicidad vieja, carros de niños, bolsas, botellas de agua. ¿No llevaba allí toda la tarde?

Pero sí que podía estar tumbada viendo la televisión.

–¡Me han dado una bolsita de chucherías aunque no he pescado! –contó Vanja.

Conque eso había sido para ella lo más importante, pensé, agachándome para quitarle los zapatos. Su cuerpo temblaba de impaciencia.

–¡Y he jugado con Achilles!

–Qué bien –dijo Linda, agachándose frente a ella.

–Déjame ver lo que hay en la bolsita –le dijo.

Vanja la abrió y le enseñó su contenido.

Me lo imaginaba. Chucherías ecológicas. Provendrían de esa tienda que acababan de abrir en el centro comercial de enfrente. Distintas clases de frutos secos con una capa de chocolate de distintos colores. Azúcar escarchado. Algo que parecían pasas.

–¿Puedo comérmelo ya?

–Primero la brocheta de pollo –dije–. En la cocina.

Colgué su chaqueta en la percha, metí los zapatos en el armario y fui a la cocina, donde puse la brocheta de pollo, los rollitos de primavera y unos cuantos tallarines en un plato. Cogí un cuchillo y un tenedor, llené un vaso de agua y lo coloqué todo delante de ella en la mesa, que todavía estaba llena de rotuladores, acuarelas, un vaso con agua para pintar, pinceles y hojas de papel.

–¿Ha ido todo bien? –preguntó Linda, sentándose al lado de la niña.

Asentí con la cabeza. Me apoyé en la encimera y crucé los brazos.

–¿Heidi se durmió sin problemas? –le pregunté yo.

–No, tiene fiebre. Por eso estaría tan llorosa en la fiesta.

–¿Fiebre otra vez?

–Sí, pero no muy alta.

Suspiré. Me di la vuelta y miré los cacharros sucios amontonados en la encimera y el fregadero.

–Esto tiene una pinta asquerosa –dije.

–Quiero ver una película –exigió Vanja.

–Ahora no –le contesté–. Es hora de dormir, hace mucho.

–¡Pero yo quiero ver una película!

–¿Y qué has visto en la tele? –le pregunté a Linda, cuando nuestras miradas se cruzaron.

–¿Qué quieres decir?

–Nada en especial. Estabas viendo la tele cuando llegamos. Sólo te pregunto qué estabas viendo.

Esta vez fue ella la que suspiró.

–¡No quiero acostarme! –dijo Vanja levantando la brocheta de pollo, con intención de tirarla. La agarré del brazo.

–Déjala en la mesa –le pedí.

–Puedes ver la tele diez minutos y te preparo un platito con las chuches –le dijo Linda.

–Acabo de decirle que no –objeté.

–Sólo diez minutos –contestó Linda–. Yo la acostaré.

–Vaya. Y se supone que yo voy a fregar entonces, ¿no?

–¿De qué estás hablando? Haz lo que te dé la gana. Yo he estado aquí con Heidi todo el tiempo, si es a eso a lo que te refieres. Estaba mala, quejosa y...

–Salgo a fumarme un cigarrillo.

–... completamente imposible.

Me puse la chaqueta y los zapatos y salí a la terraza que daba al este, donde solía sentarme a fumar, tanto porque tenía tejadillo como porque se veía muy raramente a alguien desde allí. La terraza del otro lado, que recorría todo el piso y medía veinte metros de largo, carecía de tejadillo y tenía vistas a la plaza, donde siempre había gente, al hotel y al centro comercial del otro lado de la calle, e incluso a las fachadas que se extendían hasta el parque Magistrat. Pero quería estar tranquilo, no quería ver a nadie, de modo que cerré detrás de mí la puerta de la terraza más pequeña, me senté en la silla del rincón, encendí un cigarrillo, puse los pies sobre la barandilla y contemplé los patios traseros y las vigas de los tejados, esas duras formas sobre las que se volcaba el cielo, tan alto y tan grandioso. La vista cambiaba constantemente. Durante un rato podía estar dominada por enormes acumulaciones de nubes parecidas a montañas, con precipicios, pendientes y valles y grutas flotando misteriosamente en medio del cielo azul, al instante siguiente podía llegar un frente de lluvia desde muy lejos, visible como un inmenso edredón entre gris y negro en el horizonte, y si eso ocurría en verano, unas horas después podían llegar los más espectaculares rayos, reventando la oscuridad con unos segundos de intervalo, y los truenos retumbando sobre los tejados. Pero también me gustaban las apariciones más ordinarias del cielo, incluso las que eran usuales y cotidianas, grises y lluviosas, y en contraste con su pesado fondo aparecían los colores de los patios por debajo de mí, claros, casi luminosos. ¡En esos casos el verde, verdísimo, de las placas de los tejados! ¡El rojo naranja del ladrillo! ¿Y el metal amarillo de las grúas, que con tanto brillo iluminaba lo blanquecino y grisáceo? O uno de esos días normales de verano, en que el cielo era claro y azul, el sol brillaba, y las pocas nubes que pasaban eran ligeras y casi sin contorno, en esos días brillaba y resplandecía la masa de casas que se expandía hacia el mar. Y cuando llegaba la noche, primero con una inflamación rojiza en el horizonte, como si la tierra debajo se estuviera quemando, luego con una oscuridad luminosa y templada, bajo cuya amable mano la ciudad se iba tranquilizando, como felizmente extenuada tras un día entero al sol. En el cielo brillaban las estrellas, flotaban los satélites, los aviones iban y venían con luces intermitentes entre los aeropuertos de Kastrup y Sturup.

Cuando quería ver gente, tenía que inclinarme hacia delante y mirar fijamente al inmueble del otro lado, donde algunas figuras sin rostro aparecían a veces en las ventanas, en ese eterno ir y venir entre habitaciones y puertas. En algún sitio se abre la puerta de un frigorífico, un hombre en calzoncillos saca algo, cierra la puerta y se sienta a la mesa de la cocina, en otro lugar se cierra una puerta exterior, y una mujer con abrigo y un bolso al hombro baja rápidamente por las escaleras, ir y venir, ir y venir, en tercer lugar se ve lo que, a juzgar por la silueta y la lentitud de movimientos, debe de ser un hombre mayor. Está planchando, al acabar apaga la luz y la habitación se muere. ¿Dónde habrá que mirar entonces? ¿Allí arriba, donde un hombre salta de vez en cuando, agitando los brazos delante de algo que no se puede ver, pero que según todos los indicios debe de ser un bebé? ¿O se debe mirar a esa mujer de cincuenta y tantos que de vez en cuando se queda mirando por la ventana?

No, esas vidas se libraban de mis miradas; yo miraba hacia fuera y hacia arriba no para investigar lo que allí había, o sentirme impresionado por su belleza, sino sólo con el fin de posar la mirada. Para estar totalmente solo.

Cogí la botella medio llena de Coca-Cola Light que estaba en el suelo al lado del sillón, y vertí su contenido en uno de los vasos que había en la mesa. No tenía tapón, la Coca-Cola se había quedado sin burbujas, y se notaba claramente el sabor a ese edulcorante un poco amargo, que por regla general desaparecía en las burbujas de anhídrido carbónico. Pero no importaba, nunca me había preocupado mucho por cómo sabían las cosas.

Volví a dejar el vaso en la mesa y apagué el cigarrillo. De todos mis sentimientos por aquellas personas con las que había pasado varias horas no quedaba nada. Podrían haberse muerto todas en un incendio, sin que me hubiera compadecido de ninguna. Ésa era una regla en mi vida. Cuando estaba con otras personas, me sentía atado a ellas, la proximidad que experimentaba con ellas era inaudita, la identificación con ellas grande. Tan grande que su bienestar siempre era más importante que el mío propio. Me subordinaba casi hasta el límite de la abnegación; por algún mecanismo interior irrefrenable anteponía lo que ellos pudieran opinar y pensar a mis propios pensamientos y sentimientos. Pero en el momento en que me quedaba solo, los otros ya no significaban nada para mí. Eso no quería decir que los despreciara o los aborreciera, al contrario, la mayoría me gustaba, y en aquellas personas que no me gustaban mucho siempre encontraba algo valioso, alguna cualidad con la que yo podía simpatizar, o al menos considerar interesante, y que en ese momento podía ocupar mis pensamientos. Pero el que me gustaran no significaba que me preocupara por ellas. Lo que me ataba era la situación social, no las personas que se encontraban dentro de ella. Entre esas dos perspectivas no había nada. Sólo estaba aquello pequeño, abnegado, y aquello grande, que creaba distancia. Y la vida cotidiana se desarrollaba entremedias. Quizá por eso me resultaba tan difícil vivirla. La vida diaria con sus obligaciones y rutinas era algo que soportaba, no algo que me hiciera feliz, nada que tuviera sentido. No se trataba de falta de ganas de fregar suelos o cambiar pañales, sino de algo más fundamental, de que no era capaz de sentir el valor de lo cercano, sino que siempre añoraba estar en otro sitio, siempre deseaba alejarme de lo cotidiano, y siempre lo había hecho. De manera que la vida que vivía no era la mía propia. Intentaba convertirla en mi vida, ésa era la lucha que libraba, porque quería, pero no lo conseguía, la añoranza de algo diferente minaba por completo todo lo que hacía.

¿Cuál era el problema?

¿Era ese tono chirriante y enfermizo que sonaba por todas partes en la sociedad lo que no soportaba, ese tono que se elevaba de todas esas pseudopersonas y pseudolugares, pseudosucesos y pseudoconflictos a través de los que vivíamos nuestras vidas, todo aquello que veíamos sin participar en ello, y esa distancia que la vida moderna había abierto a la nuestra propia, en realidad tan indispensable, aquí y ahora? En ese caso, si lo que yo añoraba era más realidad, más cercanía, ¿no debería ser aquello que me rodeaba lo que perseguía? Y no al contrario, ¿desear alejarme de ello? ¿O acaso era ese rasgo de prefabricado de ese mundo a lo que reaccionaba, esa vía férrea tan rutinaria que seguíamos, que hacía todo tan previsible que nos veíamos obligados a invertir en diversiones para poder sentir un atisbo de intensidad? Cada vez que salía por la puerta sabía lo que iba a suceder, lo que iba a hacer. Así era en lo cotidiano, voy al supermercado a hacer la compra, me siento en un café a leer un periódico, recojo a mis hijos de la guardería, y así era en lo grande, desde la primera inserción en la sociedad, la guardería, hasta la última exclusión, la residencia de ancianos. ¿O el desprecio que yo sentía se basaba en esa igualdad que se expandía por el mundo, empequeñeciéndolo todo? Viajando por Noruega ahora, se veía lo mismo por todas partes. Las mismas carreteras, las mismas casas, las mismas gasolineras, las mismas tiendas. En la década de los sesenta se notaba cómo cambiaba la cultura cuando se subía por el valle de Gudbrand, por ejemplo, esos extraños edificios negros de madera, tan limpios y sombríos, que ahora estaban encapsulados como pequeños museos en una cultura que no se distinguía de la que uno venía o de aquella del lugar al que te dirigías. Y Europa, que más o menos se estaba fundiendo en un país grande e igual. Lo mismo, lo mismo, todo era lo mismo. ¿O acaso se debía a que esa luz que iluminaba el mundo haciéndolo comprensible, a la vez lo vaciaba de sentido? ¿Acaso eran los bosques que habían desaparecido, las especies animales que se habían extinguido, los antiguos modos de vivir que nunca volverían?

Bueno, en todo eso pensaba, todo eso me llenaba de dolor e impotencia, y si existía algún mundo con el que sentía cierta afinidad, era el de los siglos XVI y XVII, con sus enormes bosques, sus veleros y sus coches de caballos, sus molinos de viento y sus castillos, sus conventos y sus pequeñas ciudades, sus pintores y sus pensadores, sus exploradores y sus inventores, sus sacerdotes y sus alquimistas. ¿Cómo habría sido vivir en un mundo en el que todo se hacía con la fuerza de la mano, del viento o del agua? ¿Cómo habría sido vivir en un mundo en el que los indios americanos aún vivían su vida en paz? ¿En el que esa vida aún era una posibilidad real? ¿En el que África aún no había sido conquistada? ¿En el que la oscuridad llegaba con la puesta de sol y la luz con el alba? ¿En el que los seres humanos eran demasiado pocos y tenían herramientas demasiado simples para influir en las poblaciones de animales, y mucho menos erradicarlas? ¿En el que uno no podía desplazarse de un lugar a otro sin esfuerzo, y lo confortable era algo que sólo pertenecía a los más ricos, en el que el mar estaba lleno de ballenas, los bosques de osos y lobos, y en el que todavía había países tan desconocidos que ningún cuento podía hacerles justicia, como China, adonde un viaje no sólo duraba meses y era privilegio de una minoría de navegantes y comerciantes, sino que también podía implicar peligro de muerte? Ciertamente se trataba de un mundo rudo y pobre, sucio y azotado por enfermedades, emborrachado e ignorante, lleno de dolor, con una corta esperanza de vida y mucha superstición, pero que produjo el escritor más grande, Shakespeare, el pintor más grande, Rembrandt, el científico más grande, Newton, todos ellos inigualados dentro de sus respectivos campos, ¿y cómo puede ser que justamente esa época alcanzara tal plenitud? ¿Era porque la muerte estaba más cerca y la vida era por ello más intensa?

Quién sabe.

En cualquier caso, no podemos ir hacia atrás, todo lo que hacemos es irreparable, y si uno mira hacia atrás, no es la vida lo que ve, sino la muerte. Y el que cree que la naturaleza de su propia época es lo que le causa la inadaptabilidad, es un megalómano o simplemente un estúpido, en ambos casos carente de autoconocimiento. Yo aborrecía muchas cosas de mi época, pero la pérdida de sentido no se debía a ella, porque no había sido constante. La primavera en la que me mudé a Estocolmo y conocí a Linda, por ejemplo, el mundo se me abrió de pronto, a la vez que su intensidad aumentó vertiginosamente. Yo estaba locamente enamorado y todo era posible, la alegría y el placer se encontraban siempre al borde de estallar y abarcaban todo. Si por aquel entonces alguien me hubiese hablado de falta de sentido, yo me habría burlado de él, porque yo me sentía libre y el mundo estaba abierto a mi alrededor, repleto de significado, desde los trenes que se deslizaban resplandecientes y futuristas sobre Slussen, hasta el sol que pintaba de rojo los chapiteles de Ridderholmen en las puestas de sol que recordaban al siglo XIX y que eran hermosas y siniestras, y que yo presenciaba cada noche durante aquellos meses, al olor a albahaca fresca y sabor a tomates maduros, al sonido de tacones traqueteantes sobre los adoquines de la cuesta que bajaba al Hotel Hilton una noche en que estábamos sentados en un banco cogidos de la mano, sabiendo que nos pertenecíamos el uno al otro para siempre. Ese estado duró medio año, medio año durante el que fui absolutamente feliz, me sentí absolutamente presente en el mundo y en mí mismo, antes de que poco a poco empezara a palidecer y el mundo una vez más dejara de estar a mi alcance. Un año más tarde reapareció, aunque de un modo bastante diferente. Fue cuando nació Vanja. Entonces no fue el mundo el que se abrió, ya lo habíamos excluido en una especie de concentración absoluta sobre el milagro que estaba teniendo lugar ante nosotros, sino algo dentro de mí. Si el enamoramiento había sido salvaje e imprudente, inundado de vida y embriaguez, aquello era delicado y atenuado, lleno de una atención infinita hacia lo que estaba sucediendo. Duró cuatro semanas, tal vez cinco. Cuando salía a hacer algún recado por la ciudad, *corría* por las calles cogiendo a toda prisa lo que necesitaba, temblaba de impaciencia delante del mostrador, y volvía *corriendo* a casa con las bolsas de la compra colgando de las manos. ¡No quería perderme ni un minuto! Los días y las noches se fundían, todo era ternura. Todo era suavidad, y si la niña abría los ojos, nos acercábamos a la velocidad del rayo. ¡Ahí estás! Pero también eso pasó, también a eso nos acostumbramos, y yo empecé a trabajar, todos los días me iba al nuevo despacho de la calle Dala a escribir, mientras Linda se quedaba en casa con Vanja, y venía a verme con ella a la hora del almuerzo, a menudo nerviosa por algo, pero también feliz, más cerca de la niña y de lo que sucedía que yo, porque yo estaba escribiendo lo que en principio sólo era un largo ensayo, y poco a poco se fue convirtiendo en una novela, pronto alcanzó ese punto en el que lo dominaba todo, y yo no podía sino escribir, me mudé al despacho, donde escribía día y noche, durmiendo sólo una hora de vez en cuando. Estaba repleto de un fantástico sentimiento, una especie de luz ardía dentro de mí, no una luz cálida y abrasadora, sino una luz fría, clara y resplandeciente. Por las noches me llevaba una taza de café y me sentaba a fumar en el banco delante del hospital, las calles estaban silenciosas a mi alrededor, y me costaba quedarme quieto, tan grande era mi alegría. Todo era posible, todo tenía sentido. En dos pasajes de la novela llegué más alto de lo que había creído posible, y esos dos pasajes, que no entendía cómo había conseguido escribir, en los que nadie más se había fijado y de los que nadie había dicho nada, valían por sí solos la pena de los cinco años anteriores de malograda y fallida escritura. Constituyen dos de los mejores momentos de mi vida. Y con eso quiero decir de toda la vida. Más tarde he buscado esa felicidad que me llenó y esa sensación de ser invencible que me proporcionó, pero no las he encontrado.

Unas semanas después de haber terminado la novela, empezó mi vida como padre y amo de casa, y el plan era que esa situación se prolongara hasta la primavera siguiente, mientras Linda estudiaba el último año en la Escuela de Arte Dramático. La novela había sido una carga para nuestra relación, yo estuve durmiendo seis semanas en el despacho, apenas veía a Linda, ni a nuestra hija de cinco meses. Cuando por fin acabé, ella se sentía feliz y aliviada, y yo le debía estar allí, no sólo en la misma habitación, físicamente, sino también con toda mi atención y compasión. No fui capaz. Durante meses sentí una profunda pena por no estar ya donde había estado, en aquella luz fría y clara, mi añoranza por ese lugar era más fuerte que la satisfacción por la vida que llevábamos. El hecho de que a la novela todo le fuera viento en popa no tenía ninguna importancia. Tras cada buena reseña en los periódicos, ponía una cruz en el libro, a la espera de la siguiente, tras cada llamada telefónica del agente de la editorial que me comunicaba interés por parte de alguna editorial extranjera, ponía una cruz a la espera de la siguiente, y el que la novela fuera nominada al Premio de Literatura del Consejo Nórdico me resultó indiferente, porque algo sí había llegado a entender el último año, y era que lo único de lo que se trataba respecto a escribir era de escribir. Todo el valor residía en eso. Y, sin embargo, también quería más de lo que lo acompañaba, porque la atención pública es un narcótico, la necesidad que satisface es artificial, pero cuando se ha saboreado, se quiere más. En consecuencia, daba mis eternos paseos con la niña por el Djurgården, de Estocolmo, esperando que sonara el teléfono y que algún periodista me hiciera alguna pregunta, que algún organizador de eventos me invitara, que alguna revista me pidiera un texto, que alguna editorial me hiciera una oferta, hasta que acabé por obrar en consecuencia, con el

81

mal sabor de boca que todo aquello me producía, y empecé a rechazarlo todo, a la vez que iba disminuyendo el interés y al final sólo quedó lo cotidiano. Ahora bien, a pesar de todos mis esfuerzos, jamás logré volver a entrar en la rutina diaria, siempre había algo más importante. Vanja iba sentada en su carrito mirando a su alrededor, mientras yo caminaba sin rumbo fijo por la ciudad, o cavaba con una pala en el arenero en la zona infantil de Humlegården, donde las altas y flacas madres de Estocolmo que nos rodeaban hablaban sin parar por sus teléfonos móviles, con pinta de participar en algún jodido desfile de moda, o estaba sentada en su trona en nuestra cocina tragando la comida con la que yo la alimentaba. Todo eso me aburría terriblemente. Me sentía muy estúpido moviéndome por la cocina hablando con la niña, porque ella no decía nada, sólo se oían mi voz de idiota y su silencio, su alegre balbuceo o su enojado llanto, en ese último caso había que volver a vestirla y salir otra vez a la calle, e ir, por ejemplo, al Museo de Arte Moderno de Skeppsholmen, donde al menos podía contemplar buenos cuadros mientras cuidaba a la niña, o a una de las grandes librerías del centro, o a Djurgården o Brunnsviken, que era lo más cercano que la ciudad tenía de naturaleza, si no recorría el largo camino que me llevaba hasta mi amigo Geir, que en esa época tenía su despacho en la universidad. Llegué a conocer toda la oferta infantil, nada se nos quedó sin explorar, estuvimos en todas partes, pero a pesar del éxito que tenían mis esfuerzos, a pesar de la enorme ternura que sentía por ella, el aburrimiento y la sensación de ociosidad eran aún mayores. Una parte importante trataba de conseguir dormir a la niña para poder leer, o lograr que pasara el día para poder tacharlo en el calendario. Llegué a conocer los cafés más apartados de la ciudad, y apenas quedaba un banco de parque en el que antes o después no me hubiese sentado con un libro en una mano y sujetando el carrito con la otra. Llevaba conmigo a Dostoievski, primero *Los demonios*, luego *Los hermanos Karamázov*. Allí encontré de nuevo la luz. Pero no era esa luz elevada, clara y pura que se encontraba en Hölderlin; en Dostoievski no había altura, ninguna montaña, ninguna perspectiva divina, todo se encontraba abajo en lo humano, envuelto en ese ambiente de Dostoievski tan especialmente pobre, sucio, enfermizo y casi infestado que nunca distaba mucho de la histeria. Allí había luz. Allí era donde se movía lo divino. ¿Pero era allí adonde uno se dirigía? ¿Había que arrodillarse? Como de costumbre, yo no pensaba durante la lectura, me limitaba a identificarme con lo que leía, y después de unos cientos de páginas, que tardaba varios días en leer, algo ocurría de repente, todo lo que se había ido construyendo laboriosamente empezaba poco a poco a interrelacionarse, y la intensidad se volvía tan fuerte que yo desaparecía por entero dentro de ella, arrebatado, hasta que Vanja abría los ojos en lo más profundo del carro, mirándome con sospecha, como diciendo: ¿hasta dónde me has llevado ahora?

Entonces, si estábamos dentro, me tocaba cerrar el libro, sacarla del carro, coger la cuchara, el tarro de cristal con la comida y el babero, y si estábamos fuera, dirigirnos al café más cercano, buscar una trona, sentarla en ella y acercarme al mostrador para pedirle al personal que nos calentara la comida, algo que siempre hacían de mala gana, porque en esa época la ciudad estaba plagada de bebés, se estaba produciendo un boom, y como entre las madres había tantas treintañeras que hasta entonces habían trabajado y cuidado de sus vidas, surgieron revistas glamourosas para madres, en las que los niños aparecían como una especie de accesorios, y una famosa tras otra se dejaba retratar con la familia y entrevistar sobre el mismo tema. Lo que antes había sucedido en el espacio privado, era ahora inyectado en el público. Por todas partes se podía leer sobre contracciones, cesáreas y amamantamiento, ropa de bebés, carros de bebés y consejos de vacaciones para familias con niños pequeños, y se publicaban libros escritos por padres que cuidaban de los niños en casa o madres amargadas, agotadas de tanto trabajar y tener niños a la vez. Lo que antes era algo normal, de lo que no se hablaba tanto, es decir, los hijos, se colocaba ahora en la parte principal de la existencia, y se cultivaba con un frenesí que debería hacer poner cara de interrogación a cualquiera, porque ¿qué podría significar aquello? En medio de esa locura yo empujaba el carrito de mi hija, como uno de los muchos padres que aparentemente colocaban la paternidad por delante de todo lo demás. Cuando estaba dando de comer a Vanja en algún café, siempre había al menos otro padre en el local. A menudo de mi edad, es decir, en la mitad de la treintena, y casi todos se habían afeitado la cabeza con el fin de ocultar la pérdida de pelo, se veían ya muy pocas medio calvas, y ver a esos hombres siempre me producía un ligero malestar, me resultaba difícil aceptar lo femenino en ellos, aunque yo hacía exactamente lo mismo y estaba exactamente tan feminizado como ellos. Esa especie de desdén con el que contemplaba a los hombres que iban empujando un carro de niño era, por decirlo de una manera suave, de doble filo, ya que cuando los veía yo mismo solía ir empujando uno. Dudaba de que yo fuera el único que pensaba así, de vez en cuando me parecía reconocer la mirada intranquila en algunos hombres en los parques infantiles, y el desasosiego en esos cuerpos que hacían un par de flexiones mientras sus hijos jugaban alrededor. Una cosa era pasar unas horas cada día con tu hijo en un parque infantil; pero había cosas mucho peores. Linda había empezado a participar con Vanja en unas actividades de rítmica infantil en la Biblioteca Nacional, y cuando yo me quedé con la responsabilidad diaria de la niña, Linda quiso que Vanja continuara. Me imaginaba que aquello era algo terrible, de manera que dije que no, que no íbamos a hacerlo, ahora Vanja estará conmigo, y no habrá rítmica infantil. Pero Linda seguía mencionándolo de tarde en tarde, y después de unos meses, mi resistencia a lo que implicaba el papel de *hombre tierno* había sido demolida de un modo en el fondo bastante radical, a la vez que Vanja había crecido tanto que había que incluir cierta variación en su vida, entonces un día dije que sí, hoy pensamos ir a la Biblioteca Nacional a lo de la rítmica infantil. Tenéis que ir pronto, dijo Linda, se llena enseguida. Así pues, una tarde me encontré empujando el carro de Vanja por la calle Svea, en dirección a

Odenplan, donde crucé la calle y entré en la Biblioteca Nacional, que, por alguna razón, nunca había pisado hasta ese momento, aunque era uno de los edificios más bellos de la ciudad, diseñado por el arquitecto Asplund en la década de 1920, la época que más me gustaba de todas las del siglo pasado. Vanja estaba satisfecha, descansada y con ropa limpia, esmeradamente elegida para la ocasión. Entré con el carro en el gran vestíbulo principal, completamente redondo, pregunté por la sección infantil a una mujer que había detrás del mostrador, seguí sus instrucciones hasta un ala lateral llena de estanterías con libros infantiles, y donde al fondo había una puerta en la que colgaba un cartel que anunciaba que la rítmica infantil empezaba a las dos. Ya había tres carros aparcados. Muy cerca, sentadas en unas sillas, estaban sus propietarias, tres mujeres con grandes chaquetones y caras agotadas, todas de unos treinta y cinco años, mientras los que seguramente eran sus hijos gateaban entre ellas por el suelo moqueando.

Aparqué el carro junto a los suyos, saqué a Vanja, me senté en un pequeño rellano con la niña sobre las rodillas, le quité la chaqueta y los zapatos, y la dejé con cuidado en el suelo, pensando que así podría gatear un poco. Pero no fue de su agrado, no recordaba haber estado en ese sitio, quería estar pegada a mí y levantó los brazos. Volví a sentarla en mis rodillas, desde donde con gran interés contemplaba a los demás niños.

Por el pasillo venía hacia nosotros una hermosa joven con una guitarra en la mano. Tendría unos veinticinco años, el pelo largo y rubio, y llevaba un abrigo que le llegaba más o menos hasta las rodillas y botas negras altas. Se detuvo frente a mí.

–¡Hola! –me saludó–. No te he visto por aquí antes. ¿Vienes a rítmica infantil?

–Sí –contesté, mirándola. Era realmente bonita.

–¿Te has apuntado?

–No –contesté–. ¿Hay que hacerlo?

–Sí, hay que hacerlo. Y hoy por desgracia está lleno.

Eran buenas noticias.

–Qué pena –dije, levantándome.

–Como no lo sabías –dijo–, intentaremos meterte de todos modos. Sólo por esta vez. La próxima te apuntas.

–Gracias –dije.

Una hermosa sonrisa se dibujó en su cara. Acto seguido abrió la puerta y entró. Yo me incliné un poco hacia delante y la vi dejar la funda de la guitarra en el suelo y quitarse el abrigo y la bufanda y ponerlos sobre una silla al fondo de la habitación. Irradiaba algo fresco, ligero y primaveral.

Intuí lo que podría pasar y por eso debería haberme levantado y marchado sin más de aquel lugar. Pero no me encontraba allí por mí, sino por Vanja y Linda. De manera que seguí sentado. Vanja tenía ocho meses y le fascinaban toda clase de actuaciones. No la iba a privar de aquélla.

Siguieron entrando más mujeres con carros, y en poco tiempo la estancia se había llenado de parloteos, toses, risas, llantos, roces de ropa y manoseo de bolsas. Tenía la impresión de que la mayoría llegaba en grupos de dos o tres. Al parecer, yo era el único que iba solo. Pero cuando faltaban unos minutos para las dos, llegaron dos hombres más. Por su lenguaje corporal entendí que no se conocían. Uno de ellos, un tipo bajo, con cabeza grande y gafas, me saludó con un gesto de la cabeza. Podría haberle dado una patada. ¿Qué se creía ese tío? ¿Que pertenecíamos al mismo club? Se puso a quitar mono, capucha y zapatos, a buscar el biberón y un sonajero, y al suelo con el bebé.

Hacía rato que las madres habían empezado a entrar en la sala donde tendría lugar la rítmica infantil. Yo apuré todo lo que pude, y cuando faltaba un minuto para las dos, me levanté y entré con Vanja en brazos. Había cojines colocados en el suelo, sobre los que nos sentaríamos. La joven que dirigiría todo estaba sentada frente a nosotros en una silla con la guitarra sobre las rodillas, y nos miró sonriente. Llevaba un jersey beige de cachemira. Tenía unos pechos bien formados, la cintura estrecha y sus piernas –una colocada sobre la otra, oscilando– eran largas y todavía llevaba puestas las botas negras.

Me senté sobre mi cojín y me coloqué a Vanja sobre las rodillas. La niña miraba con ojos grandes a la mujer de la guitarra, que nos estaba dando la bienvenida.

–Hoy tenemos algunos nuevos entre nosotros –dijo–. ¿Queréis presentaros?

–Monica –dijo una.

–Kristina –dijo otra.

–Lul –dijo una tercera.

¿*Lul*? ¿Qué coño de nombre era ése?

Se hizo el silencio. La mujer guapa me miró con una sonrisa para animarme.

–Karl Ove –dije, con voz sombría.

–Empezaremos con nuestra canción de bienvenida –dijo, tocando el primer acorde, que resonaba mientras ella explicaba que los padres tenían que decir el nombre de su hijo cuando ella les hiciera una señal con la cabeza, y a continuación, todos cantarían el nombre del niño en cuestión.

Volvió a tocar el acorde, y todos se pusieron a cantar. La canción trataba de cómo se decía hola al compañero agitando la mano, y los padres de los niños demasiado pequeños para entenderlo tenían que cogerlos de la muñeca y agitar su mano, lo que también yo hice, y al empezar la segunda estrofa ya no tenía ninguna excusa para seguir callado, de modo que empecé a cantar. Mi voz muy baja sonaba como una enfermedad en el coro de voces claras de mujer. Dijimos hola doce veces a nuestros amigos, hasta que por fin se hubo nombrado a todos los niños y pudimos continuar. La siguiente canción trataba de las distintas partes del cuerpo, que los niños, claro está, debían tocar al mencionarlas. Frente, ojos, nariz, boca, barriga, rodilla, pie. Luego se repartieron diferentes instrumentos tipo sonajero que debíamos agitar mientras cantábamos otra canción. No me resultaba embarazoso, no me daba corte estar allí sentado, era humillante y denigrante. Todo era delicado, amable y bueno, todos los movimientos eran pequeños, y yo estaba sentado hecho un ovillo sobre un cojín, balbuceando en compañía de madres y niños, cantando una canción que, para colmo, la dirigía una mujer con la que me hubiera gustado acostarme. Pero por el hecho de encontrarme allí me sentía neutralizado, sin dignidad, impotente, no había ninguna diferencia entre ella y yo, excepto que ella era más guapa, y esa equiparación en la que yo había renunciado a todo lo que era yo, incluso a mi estatura, y encima voluntariamente, me llenaba de rabia.

–¡Ahora los bebecitos van a bailar un poco! –dijo. Dejó la guitarra en el suelo, se levantó y se acercó a un reproductor de CD que había sobre una silla a su lado–. Nos ponemos todos en círculo y primero vamos hacia un lado pisando fuerte, así –explicó, dando patadas con su hermoso pie–, y luego damos media vuelta y volvemos por el otro lado.

Me levanté con Vanja en brazos, me coloqué en el círculo que se había formado y busqué con la mirada a los otros dos hombres. Ambos estaban totalmente centrados en sus hijos.

–Bueno, Vanja –dije en voz baja–, tiene que haber de todo, como solía decir tu bisabuelo.

La niña levantó la cabeza y me miró. Hasta entonces no se había dejado tentar por ninguna de las cosas que debían hacer los niños. Ni siquiera quiso agitar una maraca.

–¡Empecemos! –dijo la bella joven, pulsando el botón del CD.

Una melodía que recordaba a algo folklórico inundó la habitación; yo empecé a andar detrás de los demás al ritmo de la música. Tenía sujeta a Vanja con una mano debajo de cada brazo, de modo que colgaba contra mi pecho. Luego di unas patadas en el suelo, la giré y vuelta a empezar. A muchos les resultaba muy divertido, se oían risas e incluso algunos chillidos. Al acabar esa parte nos tocó bailar a solas con el niño o la niña. Yo me contoneaba por la habitación con Vanja en brazos, mientras pensaba que así tendría que ser el infierno, tierno, bienintencionado, y lleno de madres desconocidas con sus bebés. Luego la joven cogió una enorme vela azul que se suponía que primero era el mar, mientras nosotros cantábamos una canción sobre olas y todos mecíamos la vela para que las olas la recorrieran, y luego se convirtió en algo debajo de lo que podían gatear los niños, hasta que la levantábamos repentinamente, sin dejar de cantar.

Cuando la mujer acabó la clase me apresuré a salir, puse a Vanja la ropa de calle sin mirar a nadie, sino fijamente al suelo, con las voces, más alegres ahora que cuando entraron, zumbando a mi alrededor, coloqué a Vanja en el carro, la até con la correa y salí de allí lo más deprisa que pude, sin llamar la atención. Fuera, en la calle, me entraron ganas de chillar a pleno pulmón y de romper algo. Pero me contenté con alejarme lo más deprisa posible de ese lugar de vergüenza.

–Vanja, mi Vanja –dije, mientras me apresuraba calle Svea abajo–. ¿Te lo has pasado bien en ese lugar? Me daba la impresión de que no.

–Tata tata tata –balbuceó Vanja.

No sonreía, pero sus ojos estaban alegres.

Señaló con la mano.

–Ah, una moto –dije–. ¿Qué pasa contigo y las motos?

Cuando llegamos a la tienda Konsum, en el cruce con la calle Tegnér, entré a comprar algo para comer. La sensación de claustrofobia persistía, pero mi agresividad había disminuido, ya no estaba enfadado mientras empujaba el carro a lo largo de las estanterías llenas de productos. Esa tienda despertó en mí recuerdos, era donde solía hacer la compra cuando me mudé a Estocolmo tres años antes y viví unas semanas en el piso de la editorial Norstedts, un poco más allá en esa misma calle. Entonces pesaba más de cien kilos y me movía en una especie de oscuridad semicatatónica, huyendo de mi vida anterior. No había sido una vida muy alegre. Pero tenía que volver a levantarme, de modo que todas las noches iba a correr al bosque Lill-Jans. No lograba avanzar ni cien metros antes de que el corazón me latiera tan deprisa y mis pulmones estuvieran tan necesitados de respiración que tenía que pararme. Otros cien metros y me temblaban las piernas. Luego volvía al piso, que más bien recordaba a un hotel, a comer pan seco y sopa. Un día vi a una mujer en esa tienda, apareció de repente a mi lado junto al mostrador de carne, y había algo en ella, lo puramente físico de su apariencia, que al momento me llenó de un deseo casi explosivo. Llevaba la cesta de la compra delante, agarrada

89

con ambas manos, tenía el pelo rojizo y pecas en la pálida piel de la cara. Percibí su olor, una ligera mezcla de sudor y jabón, y me quedé mirando fijamente al vacío, con el corazón latiendo a tope y la garganta obstruida, tal vez durante quince segundos, que fue el tiempo que ella tardó en llegar hasta donde yo estaba, coger un paquete de salami del mostrador, e irse. Volví a verla cuando fui a pagar, ella estaba en la otra caja, y el deseo me invadió de nuevo. La mujer metió la compra en una bolsa, dio media vuelta y salió del establecimiento. Nunca más volví a verla.

Desde su baja posición en el carro, Vanja había avistado a un perro, al que señaló. Yo nunca dejaba de preguntarme por lo que ella veía cuando miraba el mundo a su alrededor. ¿Qué significaba para ella esa interminable corriente de personas, caras, coches, tiendas y carteles? Lo que sí era seguro es que diferenciaba entre lo que veía, pues no sólo señalaba selectivamente a motos, gatos, perros y otros bebés, sino que también se había organizado un claro sistema jerárquico respecto a las personas que la rodeaban: primero Linda, luego yo, luego la abuela materna y por último todos los demás, según el tiempo que hubiesen estado cerca de ella los últimos días.

—Sí, mira, un perro —dije. Cogí un cartón de leche que puse sobre el carro, y un paquete de pasta fresca del mostrador de al lado. Luego cogí dos paquetes de jamón serrano, un frasco de aceitunas, mozzarella, una maceta de albahaca y unos tomates. Se trataba de comida que no habría soñado comprar en mi vida anterior, porque no tenía ni idea de que existía. Pero ahora me encontraba allí, en medio del Estocolmo de la clase media cultural, y aunque todo ese flirteo con lo italiano, lo español y lo francés y el distanciamiento de todo lo que fuera sueco me parecían ridículos, y con el tiempo incluso repugnantes, en cualquier caso no era nada en lo que quisiera malgastar mis fuerzas. Cuando echaba de menos chuletas de cerdo y col, sopa de carne, sopa de verduras, bolas de patata, albóndigas de carne, cocido de callos, albóndigas de pescado, cordero y col, salchichas gordas, filetes de ballena, sopa de sagú, gachas de sémola, arroz con leche y pasta de nata agria, era también la década de los setenta lo que echaba de menos, tanto como los sabores en sí. Y como la comida no era importante para mí, también podía preparar algo que le gustara a Linda.

Me detuve unos segundos frente al cajón de los periódicos, preguntándome si debía comprar los dos de la tarde. Leerlos era como vaciarse una bolsa de basura en la cabeza. A veces lo hacía, cuando daba igual un poco de basura más o menos, pero hoy no.

Pagué y salí de nuevo a la calle, donde el asfalto reflejaba débilmente la luz del templado cielo invernal y los coches en fila en el cruce recordaban un gigantesco enredo de troncos. Para evitar el tráfico, cogí la calle Tegnér. En el escaparate de la librería de viejo, que solía tener controlado, vi un libro de Malaparte del que Geir me había hablado muy bien, y otro de Galileo Galilei, de la serie Atlantis. Giré el carrito, abrí la puerta con el talón y entré de espaldas, con el carrito detrás de mí.

–Quiero dos libros que hay en el escaparate –dije–. Galileo Galilei y Malaparte.

–¿Perdón? –dijo el encargado, un hombre de unos cincuenta y tantos años, vestido con camisa.

–Del escaparate –dije–. Dos libros. Galilei y Malaparte.

–El cielo y la guerra, ¿verdad? –dijo, y se dispuso a sacármelos.

Vanja se había dormido.

¿Tan agotadora le había resultado la rítmica infantil?

Tiré hacia mí de la pequeña palanca que había debajo del apoyo para la cabeza y con cuidado tumbé a la niña en el carro. Dormida agitó una mano y luego la apretó, exactamente como hacía de recién nacida. Era uno de los movimientos que estaban en ella al nacer y que lentamente había superado por propio esfuerzo. Pero cuando dormía, volvía a aparecer.

Eché el carro un poco hacia un lado para que la gente pudiera pasar, y me volví hacia la estantería de libros de arte, mientras el librero tecleaba en su anticuada caja los precios de ambos libros. Con Vanja dormida había ganado unos minutos más allí dentro, y lo primero en lo que posé mis ojos fue en un libro de fotos de Per Maning. ¡Qué suerte! Siempre me habían gustado sus fotos, sobre todo las series de animales. Vacas, cerdos, perros, focas. De alguna manera había conseguido exponer sus almas. Esa mirada con la que los animales aparecían en las fotos no se podía entender de otra forma. Una presencia absoluta, unas veces atormentada y otras vacía o insistente. Pero también enigmática, de la misma manera que eran enigmáticos los retratos de los pintores del siglo XVII.

Lo dejé en el mostrador.

–Éste acaba de entrar –dijo el librero–. Un libro estupendo. ¿Eres noruego?

–Sí –contesté–. Voy a mirar un poco más.

Había una edición de los diarios de Delacroix, la cogí, así como un libro sobre Turner, aunque ningún cuadro pierde tanto en fotografía como los suyos. También cogí el libro de Poul Vad sobre Hammershøi, y una edición de lujo sobre el orientalismo en el arte.

Cuando dejé los libros sobre el mostrador, me sonó el móvil. Casi nadie tenía mi número, de modo que el sonido de llamada que salía algo amortiguado de lo más profundo del bolsillo lateral de mi chaquetón negro, no me causó ninguna inquietud. Al contrario. Aparte del breve intercambio de palabras con la joven de la rítmica infantil, no había hablado con nadie desde que Linda se subió a su bicicleta para ir a la Escuela esa mañana.

–Hola –me saludó Geir–. ¿Qué estás haciendo?

–Estoy trabajando con mi autoestima –respondí, volviéndome hacia la pared–. ¿Y tú?

–Desde luego eso no. Estoy en el despacho, observando a toda la gente que merodea por aquí. ¿Qué te ha pasado?

–Acabo de conocer a una hermosa mujer.

–¿Y?

–He hablado un poco con ella.

–¿Sí?

–Me invitó a entrar.

–¿Y aceptaste?

–Sí, sí. Incluso me preguntó mi nombre.

–¿Pero?

–Dirige algo llamado rítmica infantil. Así que tuve que estar dando palmadas y cantando canciones infantiles delante de ella con Vanja sobre las rodillas. Sentado en un pequeño cojín. En compañía de un montón de madres y niños.

Geir soltó una carcajada.

–También me dieron un sonajero que podía agitar.

–¡Ja, ja, ja!

–Cuando me marché de allí estaba tan cabreado que no sabía qué hacer –proseguí–. Por cierto, mis nuevas caderas anchas me resultaron útiles. Y nadie se fijó en los michelines de mi tripa.

–Claro que no, son tan blandos y bonitos... –dijo Geir, riéndose de nuevo–. Bueno, oye, ¿salimos esta noche?

–¿Me estás provocando?

–No, lo digo en serio. Pensaba quedarme aquí trabajando hasta las siete más o menos. ¿Nos vemos luego en el centro?

–No puedo.

–¿De qué coño sirve que vivas en Estocolmo si no podemos vernos nunca?

–Ya hablas noruego con acento sueco.

–¿Te acuerdas de cuando llegamos a Estocolmo? –preguntó Geir–. Estuviste adoctrinándome en un taxi sobre la palabra «calzonazos», porque no quería ir contigo a una discoteca.

–Estás hablando más sueco que noruego –dije.

–Déjalo ya, tío. A lo que me refiero es a la expresión «ser un calzonazos». ¿Lo recuerdas?

–Por desgracia sí.

–¿Y? ¿A qué conclusión has llegado?

–A que hay diferencias –contesté.

–Ja, ja, ja. ¿Mañana entonces?

–Vienen a cenar Fredrik y Karin.

–¿Fredrik? ¿Ese director de cine bobo?

–Yo no lo expresaría así, pero sí, él.

–Ah, Dios mío. Bueno, bueno. ¿El domingo? No, el domingo es vuestro día de descanso. ¿El lunes?

–De acuerdo.

–Sí, porque los lunes sale muchísima gente.

–Entonces el lunes en Pelikanen –dije–. Por cierto, tengo un libro de Malaparte en la mano.

–¿Ah, sí? ¿Estás en la librería de viejo? Buen libro.

–Y el diario de Delacroix.

–También dicen que es bueno. Recuerdo que Thomas habló de él. ¿Más cosas?

–Ayer me llamaron del diario *Aftenposten*. Quieren hacerme una entrevista retrato.

–¿No habrás dicho que sí?

–Pues sí.

–Idiota. Dijiste que dejarías de aceptar esas cosas.

–Ya lo sé. Pero los de la editorial dijeron que ese periodista era excepcionalmente bueno, y pensé que podría conceder la última. *Podría* salir bien.

–No, no saldrá bien –opinó Geir.

–Ya lo sé –dije–. Pero qué más da. Ya he dicho que sí. ¿Y tú qué tal? ¿Alguna novedad?

–Nada. He estado comiendo bollos con los antropólogos sociales. Luego, el viejo director del departamento, con la barba llena de migas y la bragueta abierta, se pasó por mi despacho para charlar. Yo soy el único que no le echa, por eso viene a mi despacho.

–¿Ese que era tan duro?

–Sí. Ahora tiene mucho miedo de perder su despacho. Es lo último que le queda. Así que está más suave que un guante. Hay que adaptarse. Duro cuando es necesario, suave cuando tiene que ser suave.

–A lo mejor me paso a verte mañana –dije–. ¿Tienes tiempo o no?

–Claro que sí, joder. Con tal de que no te traigas a Vanja...

–Ja, ja. Oye, estoy a punto de pagar. Nos vemos mañana entonces.

–Estupendo. Recuerdos a Linda y a Vanja.

–Y tú a Cristina.

–Hablamos.

–De acuerdo.

Colgué y me metí el teléfono móvil en el bolsillo trasero. Vanja seguía dormida. El librero estaba hojeando un catálogo. Levantó la vista cuando me coloqué delante del mostrador.

–Son mil quinientas treinta coronas –dijo.

Le alcancé la tarjeta. Me metí los tickets en el bolsillo trasero, porque era la única manera que tenía de justificar esas compras, el poder deducirlas de los impuestos. Coloqué las dos bolsas de libros debajo del carro, y salí de la tienda con el carro delante de mí y la campanilla de la puerta tintineando en los oídos.

Eran ya las cuatro menos veinte. Llevaba levantado desde las cuatro y media de la mañana y hasta las seis y media había estado revisando una traducción para la editorial Damm que presentaba problemas, y aunque era un trabajo aburrido, en el que lo único que tenía que hacer era cotejar cada frase con la del original, resultaba no obstante cien veces más interesante y gratificante de lo que me esperaba de cuidados y actividades infantiles el resto del día, que para mí ya sólo era una forma de hacer pasar el tiempo. No es que esa vida me agotara, no tenía nada que ver con desgaste físico, pero como no había en ello ni un atisbo de inspiración, me dejaba desinflado, más o menos como si hubiese sufrido un pinchazo.

En el cruce con la calle Döbeln giré a la derecha, subí la cuesta de la iglesia de Johannes, que con sus paredes de ladrillo rojo y tejados de hojalata verde era igual que la de Johannes en Bergen y que la de la Trinidad de Arendal. Luego seguí un trecho por la calle Malmskillnad hasta llegar a la de David Bagare y por fin atravesé nuestra verja y me metí en el patio trasero. Había dos antorchas encendidas delante del café de enfrente. Apestaba a meados, porque al volver de Stureplan a su casa por la noche la gente meaba a través de las rejas, y olía a basura de los contenedores colocados a lo largo de la pared. En el rincón vi la paloma que llevaba allí desde que llegamos a la casa unos años antes. Por aquel entonces vivía en un agujero arriba en la pared. Cuando taparon el agujero y colocaron pinchos en todas las superficies, la paloma se mudó a ras del suelo. También había ratas, las veía algunas veces cuando salía a fumar por la noche, como lomos negros que se deslizaban por los arbustos y que de repente cruzaban la plaza abierta e iluminada en busca de la seguridad de los macizos de flores del otro lado. Ahora una de las peluqueras estaba allí fumando y hablando por el móvil. Tendría unos cuarenta años y adiviné que habría sido una belleza de alguna pequeña ciudad de provincias, al menos me recordaba al tipo de mujeres que se puede ver en los bares de la ciudad de Arendal en el verano, mujeres de cuarenta y tantos años, de pelo teñido demasiado rubio o demasiado negro, piel demasiado bronceada, ojos que coquetean demasiado, risa demasiado ruidosa. Tenía la voz ronca y hablaba un marcado dialecto de Skåne, y esa noche iba completamente vestida de blanco. Me saludó con la cabeza al verme, y yo le devolví el saludo. Aunque apenas había hablado con ella, me gustaba, era muy distinta al resto de las personas con las que me encontraba en Estocolmo, que o bien estaban subiendo, o estaban arriba o pensaban que lo estaban. Esa mujer no formaba parte de esa pureza de estilo, no sólo respecto a la ropa y sus accesorios, sino también a sus pensamientos y actitudes, por decirlo de un modo suave.

Me detuve frente a la puerta y saqué la llave. Por la válvula que había encima de la ventana de la lavandería del sótano salía olor a detergente y ropa limpia. Abrí con la llave y me metí con mucho cuidado en el portal. Vanja conocía tan bien esos sonidos y el orden por el que sucedían que casi siempre se despertaba cuando llegábamos. Eso ocurrió ahora. Esta vez con un grito. La dejé gritar, abrí la puerta del ascensor, pulsé el botón y me miré en el espejo mientras subíamos las dos plantas. Linda, que habría oído los gritos, nos estaba esperando en la puerta.

–Hola –dijo–. ¿Qué tal lo habéis pasado? ¿Acabas de despertarte, corazón? Ven y verás...

Soltó los tirantes y cogió a Vanja.

–Muy bien –contesté, metiendo el carro vacío, mientras Linda se desabrochaba la rebeca y se dirigía al salón para darle de mamar.

–Pero no vuelvo a poner pie en la rítmica infantil en lo que me queda de vida.

–¿Tan horrible ha sido? –preguntó Linda, mirándome sonriente un instante, antes de bajar la vista hacia Vanja y ponérsela junto al pecho desnudo.

–¿Horrible? Nunca he participado en nada peor. Me marché de allí furioso.

–Entiendo –dijo, ya sin interés.

Qué diferente era su preocupación por Vanja. Como envolvente. Y del todo auténtica.

Metí la compra en la nevera, puse la maceta de albahaca sobre un platillo en el alféizar y le eché un poco de agua, cogí los libros que había comprado y los puse en la librería, me senté delante del ordenador y abrí el correo. No lo había hecho desde por la mañana. Había uno de Carl-Johan Vallgren, felicitándome por la nominación. Decía que aún no había tenido tiempo de leer el libro, y que no dudara en llamarlo para tomar una cerveza un día de éstos. Carl-Johan era una persona que me gustaba realmente, toda esa extravagancia suya que a algunos les parecía desagradable, esnob o estúpida, yo la apreciaba, sobre todo después de dos años en Suecia. Pero tomar una cerveza con él sería imposible, pues con él me quedaba siempre mudo; ya lo había intentado dos veces. Había otro correo de Marta Norheim sobre una entrevista en relación con el premio de novela del Canal Dos de la Radio Nacional Noruega que había ganado. Y otro correo de mi tío Gunnar, dándome las gracias por el libro y diciendo que estaba reuniendo fuerzas para leerlo, y deseándome suerte con el campeonato nórdico de literatura; terminaba con una P. D. que decía que era una pena que mi hermano Yngve y su mujer Kari fueran a divorciarse. Cerré el programa sin responder a ninguno.

–¿Has recibido algo interesante? –preguntó Linda.

–Bueno... Carl-Johan me felicita. Y la Radio Nacional quiere una entrevista dentro de dos semanas. También me ha escrito Gunnar, limitándose a darme las gracias por el libro. Que no es poco, teniendo en cuenta cómo se enfadó por *Fuera del mundo*.

–Pues no, no es poco –dijo Linda–. ¿No vas a llamar a Carl-Johan para quedar con él?

–¿De tan buen humor estás? –le pregunté.

Linda me hizo una mueca.

–Sólo intento ser amable.

–Comprendo –dije–. Lo siento. No era mi intención. ¿Vale?

–Vale, vale.

Pasé por delante de ella y cogí el segundo volumen de *Los hermanos Karamázov* del sofá.

–Entonces me voy –dije–. Hasta luego.

–Hasta luego –respondió.

Tenía una hora para mí. La única condición que había puesto para ocuparme de Vanja durante el día era disponer de una hora para mí solo por las tardes, y aunque a Linda le pareciera injusto, pues ella nunca había tenido una hora libre, lo acepté. Suponía que la razón por la que ella no disponía de esa hora era que no lo había planteado. Y la razón por la que no lo había planteado, suponía, era que ella prefería estar con nosotros a estar sola. Pero yo no. De modo que durante una hora cada tarde me sentaba en algún café de las proximidades a leer y fumar. Nunca iba al mismo local más de cuatro o cinco veces seguidas, porque si lo hacía, empezaban a tratarme como un «fijo», lo que significaba que me saludaban cuando llegaba y querían impresionarme con sus conocimientos de mis preferencias, a menudo con algún comentario amable sobre algún fenómeno del que todos estaban charlando en ese momento. Pero para mí lo positivo de vivir en una gran ciudad era poder estar completamente solo en ella, a la vez de estar rodeado de gente por todas partes. ¡Todos con caras que *jamás* había visto! Esa incesante corriente de nuevos rostros, poder bañarme en ella, era para mí el placer de la gran ciudad. El metro con su multitud de tipos y caracteres. Los mercados. Las calles peatonales. Los cafés. Los grandes centros comerciales. Distancia, distancia, nunca podía tener suficiente distancia. De modo que cuando el camarero de un bar empezaba a saludarme y a sonreír al verme y no sólo a alcanzarme una taza de café antes de que yo hubiera tenido tiempo de pedirla, sino incluso a ofrecerme también un cruasán gratis, era el momento de alejarse de ese lugar. No era difícil encontrar alternativas, vivíamos en pleno centro, y en un radio de diez minutos había cientos de cafés.

Ese día seguí la calle Regering hacia el centro. Estaba atestada de gente. Mientras andaba, pensaba en la hermosa mujer de la rítmica infantil. ¿Qué había sido aquello? Quería acostarme con ella, pero no pensaba que tuviera la posibilidad, y si hubiera tenido la posibilidad, no lo habría hecho. ¿Entonces qué más daba que me comportara como una mujer ante sus ojos?

Podría decirse mucho sobre la imagen que uno tiene de sí mismo, pero lo que sí es seguro es que no se ha forjado en las templadas salas de la razón. Los pensamientos podrían entenderla, pero carecían de poder para dirigirla. La imagen de uno mismo no trataba sólo de quién era uno, sino también de quién quería ser, podría ser, había sido. Para las imágenes de uno mismo no había diferencias entre lo real y lo hipotético. En ellas se mezclaban todas las edades, todos los sentimientos, todos los instintos. Lo de andar por la ciudad con carro y niña, dedicando mis días al cuidado de mi hija, no aportaba nada a mi vida, no la enriquecía, al contrario, en esa vida se perdía algo, una parte de mi yo, la que tenía que ver con mi masculinidad. Esto no me quedó claro gracias a los pensamientos, porque los pensamientos sabían que lo hacía por una buena razón, es decir, que Linda y yo fuéramos iguales en la relación con nuestros hijos, sino con los sentimientos, que me llenaban de desesperación cuando de esa manera me metía a presión en un molde tan pequeño y tan cercano que ya no podía moverme. La cuestión era qué parámetros debían regir. Si éstos eran la igualdad y la justicia, entonces no era de extrañar que en todas partes hubiera hombres que se refugiaran en lo tierno y lo cercano. Tampoco lo eran los aplausos con los que esto era recibido, porque si la igualdad y la justicia eran los parámetros, el cambio constituía sin duda una mejora y un progreso. Pero había otros parámetros. La felicidad era uno, la intensidad vital era otro. Y era posible que las mujeres que se dedicaban a su carrera hasta cerca de los cuarenta y entonces, en el último momento, tenían hijos, de los que se ocuparía el marido después de los primeros meses, antes de meterlos en la guardería para que ambos pudieran continuar su carrera profesional, fueran más felices que las mujeres de las generaciones anteriores. Es posible que los hombres que se quedaban en casa ocupándose de los hijos pequeños durante medio año viesen aumentada su intensidad vital. Y es posible que las mujeres realmente desearan a esos hombres de brazos delgados y caderas anchas, cabezas rapadas y gafas de diseño, que lo mismo hablaban de las ventajas y los inconvenientes de bandoleras o fulares para transportar al bebé, que de las ventajas de hacerle la comida en casa o de comprar la ecológica enlatada. Es posible que las mujeres quisieran y desearan a esos hombres con todo su corazón y toda su alma. Pero si no era así, tampoco sería decisivo, porque la igualdad y la justicia eran los parámetros más importantes de todo lo demás en que consiste una vida y una relación de pareja. Fue una elección, y ya se había hecho. También en mi caso. Si hubiera querido organizarlo de una manera diferente, tendría que habérselo dicho a Linda antes de que se quedara embarazada. Oye, quiero tener hijos, pero no quiero quedarme en casa a cuidarlos. ¿Te parece bien? Eso significa que eres tú la que tendrá que ocuparse. Entonces ella podría haber dicho que no, que no le parecía bien, o que sí, que le parecía bien, y nuestro futuro podría haberse planificado a partir de ahí. Pero yo no lo había dicho, no fui tan previsor, entonces tenía que seguir las reglas del juego existentes. En la clase y cultura a las que nosotros pertenecíamos, significaba que los dos asumíamos el papel que antes se consideraba el de la mujer. Yo estaba atado a él como Odiseo al mástil: si quería librarme, sería posible, pero no sin perder todo lo que allí tenía. Ésa era la razón por la que andaba moderno y feminizado por las calles de Estocolmo, con un rabioso hombre del siglo XVIII en mi interior. La manera en la que se me miraba cambiaba, como por arte de magia, en el instante en el que colocaba las manos en el manillar del carro. Siempre había mirado a las mujeres con las que me cruzaba, como todos los hombres han hecho siempre, en el fondo un acto enigmático, porque no puede conducir a algo más que una breve mirada por parte de la mujer mirada, y si veía una mujer realmente hermosa podía ocurrir que me volviera a mirarla, con discreción, claro, pero de todos modos: ¿por qué demonios? ¿Qué función cumplían todos esos ojos, todas esas bocas, todos esos pechos y cinturas, piernas y traseros? ¿Por qué esa necesidad de mirarlas, cuando al cabo de sólo unos segundos, y a veces minutos, me había olvidado por completo de ellas? De vez en cuando alguna respondía a mi mirada, y si la mantenía un instante, me recorría un temblor porque venía de un ser humano en medio de una multitud, yo no sabía nada de ella, ni de dónde venía, ni cómo vivía, nada, y sin embargo, nos mirábamos, de eso se trataba, y al instante ella era pasado, y se borraba de mi recuerdo para siempre. Cuando iba empujando el carro, ninguna mujer me miraba, era como si no existiera. Podría pensarse que tenía que ver con que yo indicaba claramente que estaba ocupado, pero también lo estaba cuando iba cogido de la mano de Linda, y eso jamás había impedido a ninguna mirarme. ¿Acaso simplemente recibías lo merecido cuando mirabas de reojo a mujeres en la calle, teniendo a una en casa que además había parido a tu hija?

No, no estaba bien.

En absoluto.

Tonje me habló en una ocasión de un hombre al que había conocido en un bar, era tarde y el tipo se había acercado a la mesa donde ella estaba sentada con unos amigos, estaba borracho, pero no era peligroso, pensaron, ya que les contó que venía directamente del paritorio, su novia había dado a luz a su primer hijo ese mismo día, y él había ido allí a celebrarlo. Pero había intentado ligarse a Tonje, acabando por sugerirle que se fueran a casa de él... Tonje estaba conmocionada, llena de repulsa hacia ese hombre, pero intuí que también fascinada, porque ¿cómo era posible? ¿En qué estaba pensando ese tipo?

Yo no me podía imaginar una traición más grande que

aquélla. ¿Pero no hacía yo algo parecido cuando buscaba la mirada de todas esas mujeres?

No podía dejar de pensar en Linda, en casa cuidando de Vanja, sus ojos, los de Vanja curiosos, alegres o somnolientos, los de Linda preciosos. Yo nunca había querido a nadie con tanta intensidad, y ahora la tenía no sólo a ella, sino también a su hija. ¿Por qué no podía contentarme con eso? ¿Por qué no podía dejar de escribir durante un año y ser un padre para Vanja, mientras Linda terminaba sus estudios? Yo las amaba, ellas me amaban. ¿Entonces por qué no dejaba de desgarrarme todo aquello?

Tendría que esforzarme aún más. Olvidarme de todo lo que me rodeaba y concentrarme únicamente en Vanja durante el día. Darle a Linda todo lo que necesitaba. Ser una buena persona. Una buena persona, demonios, ¿estaría eso fuera de mi alcance?

Había llegado ya a la nueva tienda Sony y dudaba sobre si entrar o no en la librería Akademi de la esquina a comprar unos libros y sentarme en su café, cuando avisté al escritor Lars Norén al otro lado de la calle. Llevaba una bolsa de la tienda Nike en la mano e iba en sentido contrario al mío. Lo había visto por primera vez en Humlegården, unas semanas después de habernos mudado, la niebla colgaba sobre los árboles y un hombre muy bajito que recordaba a un hobbit venía hacia nosotros, todo vestido de negro. Mi mirada se cruzó con la suya, que era negra, negrísima, y me estremecí, ¿qué clase de ser era aquél? ¿Un mago?

–¿Lo has visto? –le pregunté a Linda.

–Es Lars Norén –respondió.

–¿Ése era Lars Norén?

La madre de Linda, que era actriz, había trabajado con él en una obra en el teatro Dramaten hacía muchos años, y Helena, la mejor amiga de Linda, también. Linda me contó que había hablado con ella de un modo muy coloquial, y cómo sus palabras exactas aparecían en la obra, puestas en boca del personaje que ella interpretaba. Linda insistía en que leyera *El caos es vecino de Dios* y *La noche es madre del día,* que según ella eran fantásticas, pero nunca llegaba a hacerlo, mi lista de cosas por leer era larguísima y por el momento tendría que contentarme con verlo de vez en cuando, porque cada dos por tres se le veía por la calle, y cuando íbamos a nuestro café preferido, Saturnus, muchas veces lo estaban entrevistando o simplemente estaba allí sentado con alguien. No era el único escritor con el que me había topado; en la panadería que había cerca de casa vi una vez a Kristian Petri, a quien estuve a punto de saludar, poco acostumbrado como estaba a encontrarme con caras que había visto antes, y una vez vi a Peter Englund en ese mismo sitio. Lars Jakobson, que había escrito la fantástica obra *El castillo de la señora roja,* entró una vez en el Café Dello Sport estando nosotros allí, y a Stieg Larsson, con el que estaba obsesionado cuando tenía alrededor de veinte años, y cuyo libro *Natta de mina* me había alcanzado como un puñetazo, lo vi una vez en la terraza de Sturehof, donde él estaba leyendo un libro. El corazón me latía con tanta fuerza que parecía que hubiera visto a un muerto. Otro día lo vi en Pelikanen, yo iba con alguien que conocía al grupo que lo acompañaba y pude estrecharle la mano, marchita como un ramo de pajas secas, mientras él me sonreía lánguidamente. A Aris Fioretos lo vi en Forum una noche que también estaba allí Katarina Frostenson, y a Ann Jäderlund la conocí en una fiesta en Söder. Había leído a todos esos escritores cuando estudiaba en Bergen, entonces eran meros nombres desconocidos que vivían en otro país, y cuando luego los vi en carne y hueso, estaban envueltos en esa aura de entonces, lo que me proporcionó un fuerte sentido histórico del presente, ellos escribían en nuestra propia época, llenándola de ambientes por los que las personas del futuro nos comprenderían. Estocolmo a principios del milenio, ése era el sentimiento que me sobrevenía al verlos, y era un sentimiento bueno y grande. El que muchos de esos escritores hubiesen tenido su época de grandeza en las décadas de los ochenta y noventa, y hubiesen sido desplazados hacía ya tiempo, no me importaba nada, yo lo que quería no era la realidad, sino la fascinación.

De los escritores jóvenes sólo me gustaba Jerker Virdborg, su novela *El cangrejo negro* tenía algo que lo elevaba por encima de esa niebla de moral y política en la que los demás estaban envueltos. No es que fuera una novela fantástica, pero él buscaba otra cosa. Ésa era la única obligación que tenía la literatura, en todos los demás aspectos era libre, pero no en éste, y cuando los autores lo traicionaban, no merecían más que desdén.

Cómo odiaba sus revistas. Sus artículos. Gassilewski, Raattamaa, Halberg. Qué malos escritores eran.

No, la librería Akademi no.

Me detuve en el paso de peatones. Al otro lado, en el pasaje que conducía a los viejos y tradicionales almacenes NK, había un pequeño café; opté por él. Aunque iba allí a menudo, la clientela era tan numerosa, variada y anónima que de todos modos uno era invisible.

Había una mesa libre junto a la barandilla delante de la escalera que bajaba a la sección de bricolaje. Colgué el chaquetón del respaldo de la silla y dejé el libro sobre la mesa con la portada hacia abajo y el lomo hacia dentro para que nadie pudiera ver lo que estaba leyendo. Luego me puse en la cola delante del mostrador. Las tres personas que trabajaban allí –dos mujeres y un hombre– se parecían como si fueran hermanos. La mayor, que ahora estaba detrás de la chisporroteante máquina de café, tenía un aspecto y un tipo que sólo se veían en las revistas, lo que casi anulaba el deseo que sentía al verla moverse detrás del mostrador, como si ese mundo en el que yo me manejaba fuera inconmensurable con el de ella, y supongo que así era. No existía entre nosotros un solo punto de contacto, más que el de la mirada.

Mierda. Ya había empezado otra vez.

¿No iba a dejarlo nunca?

Saqué del bolsillo un arrugado billete de cien coronas y lo alisé con la mano. Dejé deslizar lentamente la mirada por los demás clientes, casi todos sentados en una silla, con todas sus resplandecientes bolsas de compras en la otra. Botas y zapatos brillantes, trajes y abrigos de buen corte, algún cuello de piel, alguna que otra cadena de oro, piel vieja y ojos viejos en sus viejas cuevas pintadas. Tomaban café y bollos de hojaldre. Habría dado lo que fuera por enterarme de lo que estaban pensando. ¿Qué aspecto tenía este mundo para ellos? Tal vez fueran radicalmente diferentes a lo que yo estaba viendo. Llenos de placer por la oscura piel del sofá, por el sabor amargo y la negra superficie del café, por no hablar de la isla amarilla de crema de vainilla en medio del ondulante y quebradizo terreno del hojaldre. Tal vez todo ese mundo estuviera cantando dentro de ellos. ¿Y si estaban llenos hasta el punto de estallar de los muchos regalos que ese día les había aportado? Sus bolsas de compra, por ejemplo, qué extravagante e ingenioso era el sistema de esa cuerda que llevaban algunas, en lugar de la pequeña asa de cartón pegada que solían llevar las de los supermercados. Y el logo, que alguien habría estado ideando durante días y semanas, con todos su conocimientos de experto, recibiendo reacciones durante reuniones con otras secciones, para seguir trabajando, tal vez mostrando el resultado a amigos y familiares, despiertos e insomnes durante toda la noche, porque claro que no había gustado a algunos, a pesar de todo el esmero y el ingenio invertido en el trabajo hasta el día de su realización, y ahora, por ejemplo, se encontraba sobre las rodillas de esa mujer de unos cincuenta años, con el pelo tieso teñido de un color casi dorado.

No parecía exaltada. Más bien contemplaba con indulgencia. ¿Llena de una gran paz interior tras una larga vida feliz? ¿En la que el contraste perfecto entre la loza blanca, dura y fría de la taza y el líquido negro, flotante y caliente del café solo constituía el punto final provisional de una caminata por los objetos y fenómenos del mundo? ¿Acaso no había visto nunca una dedalera entre las piedras de la montaña? ¿Nunca había visto mear a un perro contra una farola del parque una de esas tardes de noviembre que llenan la ciudad de misterio y belleza? Ah, ¿no se llena entonces el aire de minúsculas partículas de lluvia que no sólo se posan como una película sobre la piel y la lana, el metal y la madera, sino que también reflejan la luz del entorno, de tal manera que todo lo gris resplandece y brilla? ¿Y no había visto ella a un hombre romper primero el cristal del ventanuco del sótano al otro lado del patio trasero, luego abrirlo, meterse dentro y robar lo que allí había? ¡Los caminos de los seres humanos son en verdad extraños y asombrosos! ¿No tenía ella entre sus pertenencias un pequeño soporte de metal con salero y pimentero, ambos de cristal acanalado, con la parte de arriba del mismo metal que el soporte, y con muchos agujeritos para que la sal y la pimienta respectivamente pudieran salir en pequeñas cantidades? ¡Y tantas cosas sobre las que las habría visto esparcirse! Asados de cerdo, cordero asado, maravillosas y amarillas tortillas con manchas verdes de cebollino, cremas de guisantes y asados de ternera. Llena hasta el borde de todas esas impresiones, que una por una, con todo lo que tenían de sabor, olor, color y forma, eran en sí una experiencia para toda la vida, tal vez no fuera de extrañar que la mujer buscara paz y tranquilidad, sentada como estaba allí en el café, con aspecto de no querer absorber *nada* más del mundo.

Al hombre que iba delante de mí en la cola le habían traído por fin lo que había pedido, tres cafés con leche aparentemente muy pero que muy difíciles de elaborar, y la camarera de pelo negro y largo, labios suaves y unos ojos negros que se ponían fácilmente alegres al mirar a alguien que conocían, pero que ahora se mostraban neutros, me observaba.

–¿Un café solo? –me preguntó, antes de que yo tuviera tiempo de decir nada.

Asentí con la cabeza y suspiré cuando me dio la espalda para ir a prepararlo. Así que ella también había reparado en ese hombre triste y alto con manchas de comida infantil en el jersey, y que ya nunca se lavaba el pelo.

Durante los breves segundos que tardó en sacar una taza y llenarla de café, la miré fugazmente. También ella llevaba largas botas hasta la rodilla. Era la moda de aquel invierno y me hubiera gustado que durara eternamente.

–Aquí tiene –dijo.

Le di un billete de cien y ella lo cogió con sus dedos de manicura, me fijé en que el esmalte de sus uñas era transparente.

Contó el dinero del cambio en la caja y me lo puso en la mano, desplazando su sonrisa de mi persona a tres amigas que me seguían en la cola.

El libro de Dostoievski que había encima de la mesa no me resultaba muy tentador. El umbral de lectura iba creciendo conforme iba leyendo cada vez menos, en un típico círculo vicioso, añadido al hecho de que no me gustara estar en ese mundo que Dostoievski describía. A pesar de la fascinación que sentía por él y de la gran admiración que le profesaba, no podía librarme de la sensación de malestar que la lectura de sus libros me transmitía. O no, no malestar. La palabra correcta era «incomodidad». Me sentía incómodo con el mundo de Dostoievski. Pero lo abrí de todos modos, acomodándome en el sofá para leerlo, después de haber echado una breve mirada por el local, con el fin de asegurarme de que nadie me hubiera visto hacerlo.

Antes de Dostoievski, el ideal, incluso el ideal cristiano, siempre era puro y fuerte, pertenecía al cielo, a aquello inalcanzable para casi todo el mundo. La carne era frágil, la mente débil, pero el ideal inquebrantable. El ideal consistía en alcanzar, aguantar, librar la batalla. En los libros de Dostoievski todo es humano, o mejor dicho, lo humano es todo, también los ideales, a los que se les da la vuelta: aquí se alcanzan si uno se da por vencido, suelta lo que tenía agarrado, llenándose de una no voluntad más que voluntad. La humillación y la abnegación, ésos son los ideales de las novelas más importantes de Dostoievski, y la grandeza del autor reside en que aquéllos nunca se llevan a cabo dentro del marco de acción de dichas novelas, porque eso es precisamente el resultado de su propia humildad o abnegación como tales. Al contrario que la mayor parte de los otros grandes escritores, Dostoievski no es visible en sus novelas. No hay ninguna brillantez en las frases que pueda señalarle a él, en el texto no puede leerse una moral única, Dostoievski emplea toda su cordura y diligencia en hacer individuales a los personajes, y como hay tanto en el ser humano que se resiste a dejarse humillar o aniquilar, la lucha y la actividad son siempre más fuertes que esa pasividad de la merced y del perdón en la que se disuelve. Desde ahí podemos seguir y estudiar, por ejemplo, el concepto nihilista que hay en él, que jamás parece real, que siempre da la impresión de ser una idea obsesiva, una parte del cielo de la historia de las ideas de la época, precisamente porque lo humano irrumpe en todo, en todas sus formas, desde lo más grotesco y animal, hasta lo aristocráticamente refinado y el ideal de Cristo ensuciado, pobre y alejado del resplandor mundial, llenándolo todo, también una discusión sobre el nihilismo, rebosante de sentido. En un escritor como Tolstói, que también escribió y actuó en esa época de grandes cambios que fue la segunda mitad del siglo pasado, y que también fue regado por toda clase de inquietudes religiosas y morales, todo es muy distinto. En su obra hay largas descripciones de paisajes y espacios, costumbres y trajes, en su obra sale humo del cañón del rifle, el estallido suena con un débil eco, el animal herido da un brinco antes de caer muerto, y la sangre humea al penetrar el suelo. En su obra se discute la caza en largas explicaciones que no pretenden ser más de lo que son, una documentación pericial de un fenómeno objetivo dentro de una narración por lo demás repleta de sucesos. Ese peso propio de los actos y de las cosas no existe en Dostoievski, siempre hay algo más oculto detrás, un drama del alma, lo que significa que siempre hay un aspecto de lo humano que él no logra captar: lo que nos relaciona con lo que está fuera de nosotros. Hay muchas clases de vientos que soplan en el ser humano, y en él hay más formaciones que la profundidad del alma. Los que escribieron los libros del Antiguo Testamento lo sabían mejor que nadie. En ellos se encuentran, sin comparación, las más ricas descripciones de las posibles manifestaciones de los humanos, en las que están representadas todas las formas de vida pensables, excepto una cosa, para nosotros lo único válido, es decir, lo interior. La división de lo humano entre lo subconsciente y lo consciente, irracionalidad y racionalidad, lo que lo uno siempre explica o profundiza lo otro, y el concepto de Dios como algo en lo que uno puede sumergir su propia alma, de tal modo que cese la lucha y llegue la paz, son ideas nuevas, indisolublemente vinculadas a nosotros y a nuestra época, la que, no sin razón, también ha permitido que se nos escaparan las cosas, fundiéndolas con nuestro conocimiento o nuestra imagen de ellas, a la vez que hemos dado la vuelta a la relación entre el ser humano y el mundo: donde antes era el ser humano el que caminaba por el mundo, ahora es el mundo el que camina por el ser humano. Y cuando se muda el sentido, la falta del mismo va detrás. Ya no es la exclusión de Dios lo que nos abre hacia la noche, como ocurrió en el siglo XIX, cuando quedaba lo humano, apoderándose de todo, tal y como se puede ver en Dostoievski, Munch y Freud, en esa época en la que el ser humano, tal vez por necesidad, tal vez por ganas, se convirtió en su propio cielo. Sin embargo, desde allí no pudo darse más que un paso hacia atrás, hasta que todo sentido desapareciera. Entonces se descubrió que había un cielo por encima del humano, y que no sólo estaba vacío, negro y frío, sino que también era infinito. ¿Qué valor tenía lo humano en el universo? ¿Qué era el ser humano en la tierra sino un gusano entre otros gusanos, una vida entre otras vidas, que igualmente podía manifestarse como algas en un lago, setas en el suelo del bosque, huevas en la tripa de un pez, ratas en un nido o un racimo de conchas en un islote? ¿Por qué íbamos a hacer lo uno o lo otro si de todas formas no había ni finalidad ni sentido en la vida, excepto que nos juntáramos, viviéramos y muriéramos? ¿Quién preguntaría entonces por el valor de esta vida, cuando había desaparecido para siempre, convertida en un puñado de tierra húmeda y algunos huesos amarillentos y quebradizos? ¿Y la calavera? ¿No sonreía con desdén en la tumba? ¿Qué importaban unos muertos más o menos bajo esa perspectiva? Ah, sí que había otras perspectivas, porque ese mismo mundo, ¿no podía considerarse un milagro de ríos frescos y bosques extensos, caparazones de caracol en forma de espiral y cuevas de la profundidad de un hombre, vasos sanguíneos y circunvoluciones cerebrales, planetas desiertos y galaxias en expansión? Pues sí, porque el sentido no es algo que recibimos, sino algo que damos. La muerte hace que la vida carezca de sentido, porque con la muerte cesa todo aquello por lo que hemos luchado, y a la vez da sentido a la vida, porque su presencia hace imperdible lo poco que tenemos de vida, cada valioso momento. Pero en mi época la muerte se había eliminado, ya no existía, excepto como apariencia permanente en todos los periódicos, noticias televisivas y películas, en las que no marcaba el final de un curso, o una discontinuidad, sino lo contrario, porque la repetición diaria constituía una prolongación del proceso, una continuidad, y de esa manera y por muy extraño que parezca, se había convertido en nuestra seguridad y nuestra sujeción. Un accidente de avión era un ritual, sucedía a intervalos regulares, contenía lo mismo, y nosotros nunca formábamos parte de él. Seguridad, pero también emoción e intensidad, qué terribles debían de haber sido los últimos momentos de vida de esa gente... Casi todo lo que veíamos y hacíamos contenía esa intensidad que se disparaba dentro de nosotros, pero que no tenía que ver con nosotros. ¿Qué era aquello? ¿Vivíamos las vidas de otros? Sí, todo eso que no teníamos y que no habíamos experimentado lo teníamos y lo experimentábamos de todos modos, porque lo veíamos y tomábamos parte en ello, sin estar allí. No sólo de vez en cuando, sino todos los días... Y no sólo yo y todos mis conocidos, sino culturas enteras, casi todas las existentes, toda esa maldita humanidad. Todo lo había investigado y convertido en suyo, como hace el mar con la lluvia y la nieve, no había ya ninguna cosa ni lugar que no hubiésemos incorporado a lo nuestro, y por tanto cargado de humanidad: nuestra razón había estado también allí. Para lo divino, lo humano siempre era pequeño e insignificante, y tiene que haber sido por el enorme valor de esta perspectiva, tal vez sólo comparable con la certeza de que el conocimiento siempre era una caída, por lo que surgiera la idea de lo divino, que ahora había cesado. ¿Pues quién medita ya sobre la falta de sentido de la vida? Los adolescentes. Eran los únicos que se preocupaban por las cuestiones existenciales, que, precisamente por eso, habían adquirido un carácter pueril e inmaduro y que en consecuencia se volverían doblemente imposibles de tratar para un adulto con el sentido de la decencia intacto. Pero no es extraño, porque el sentimiento de la vida nunca es tan intenso y tan encendido como en la adolescencia, cuando de algún modo se entra por primera vez en el mundo, y todos los sentimientos son nuevos. Y allí están, con las pequeñas órbitas de sus grandes pensamientos, mirando para acá y para allá en busca de una rendija por donde enviarlos, pues la tensión va en aumento. ¿Y a quién encuentran, antes o después, si no es al tío Dostoievski? Dostoievski se ha convertido en un escritor de adolescentes, y la cuestión del nihilismo en una cuestión de adolescentes. No resulta fácil saber cómo llegó a ser así, pero el resultado es en todo caso que todo ese vasto planteamiento de problemas ha sido inhabilitado, a la vez que toda la fuerza crítica se está llevando a la izquierda, donde se disuelve en ideas sobre justicia e igualdad, que, a su vez, son las mismas que legitiman y dirigen el desarrollo de esta sociedad y esta vida abismal que llevamos hoy en ella. La diferencia entre el nihilismo del siglo XIX y el nuestro es la misma que hay entre el vacío y la igualdad. En 1949, el autor alemán Ernst Jünger escribió que en el futuro nos acercaríamos al estado mundial. Ahora, cuando la democracia liberal es casi autocrática como modelo social, parece que el hombre tenía razón. Todos somos demócratas, todos somos liberales, y las diferencias entre estados, culturas y personas se están deconstruyendo por todas partes. Y ese movimiento, ¿qué es en su motivación sino nihilista? «El mundo nihilista es en su esencia un mundo que se reduce cada vez más, lo que necesariamente coincide con el movimiento hacia el punto cero», escribió Ernst Jünger. Un ejemplo de una reducción de esta clase se encuentra donde Dios es concebido como «el bien», o en la inclinación a buscar un denominador común para todas las complicadas tendencias que existen en el mundo, o en la inclinación a la especialización, que es otra forma de reducción, o en esa voluntad que convierte todo en números, la belleza, así como el bosque, así como el arte, así como los cuerpos. Porque ¿qué es el dinero sino una magnitud que equipara las cosas más distintas para que se puedan vender?

O como escribe Jünger: «Poco a poco todos los ámbitos se incluirán en este denominador común, incluso una residencia tan apartada de la causalidad como es el sueño.» En nuestro siglo, hasta nuestros sueños son iguales, incluso los sueños son algo que vendemos. Del mismo valor, sólo que es otra manera de decir indiferente.

Allí está nuestra noche.

Intuí que había cada vez menos gente a mi alrededor, y que las calles ya estaban oscuras, pero hasta que dejé el libro para ir a llenar la taza de café, no se me ocurrió que eso fueran señales de que el tiempo pasaba.

Eran las seis menos diez.

Mierda.

Tendría que haber estado en casa a las cinco. Y era viernes, cuando siempre nos esmerábamos más en la comida y en el ambiente. Ésa era al menos la idea.

Mierda. Joder.

Me puse el chaquetón, me metí el libro en el bolsillo y salí disparado.

—Hasta luego —dijo la camarera a mis espaldas.

—Hasta luego —contesté, sin darme la vuelta. También tenía que hacer la compra antes de ir a casa. Primero entré en una Systembolaget, que estaba enfrente, cogí a ciegas una botella de vino tinto de las más caras, tras asegurarme de que había una cabeza de toro en la etiqueta, seguí hacia el interior del centro comercial, que era tan grande y lujoso que siempre me hacía sentirme como un desaliñado indigente, fui hasta la escalera mecánica y bajé al supermercado del sótano, que tiene la selección de productos más exclusiva de Estocolmo, y donde iba a parar una parte considerable de nuestros recursos, no porque fuéramos unos grandes gourmets, sino porque éramos demasiado vagos para ir al supermercado barato que había en la parada de metro, al lado de la calle Birger Jarl, y porque me era completamente indiferente el valor del dinero, de tal manera que vacilaba igual de poco en gastarlo cuando lo tenía, que en echarlo de menos cuando no lo tenía. Era estúpido, claro, y hacía la vida más difícil de lo que debería ser. Podríamos haber tenido una economía reducida, pero regular y que funcionara, en lugar de que yo gastara todo el dinero cuando lo tenía, y luego viviera los siguientes tres años con mínimos existenciales. ¿Pero quién soportaba pensar así? Yo no, eso seguro. De modo que me fui disparado al mostrador de la carne, donde había unos entrecots fantásticamente madurados y colgados durante largo tiempo, pero según las circunstancias, vertiginosamente caros, procedentes de una granja en Gotland, y que incluso yo podía notar que sabían maravillosamente bien. En el mismo mostrador había también recipientes de plástico con salsas caseras de las que me serví, antes de coger una bolsa de patatas, unos tomates, un brócoli y unos champiñones. Vi que tenían frambuesas frescas y cogí una cesta, luego me apresuré hasta la sección de congelados en busca del helado de vainilla de esa desconocida marca que acababan de lanzar, y en el último momento fui hasta el otro extremo del local a por esas cosas francesas parecidas a galletas, que estaban tan ricas con el helado. Por suerte también en esa parte había cajas.

Ay, ay, ay, ya eran las seis y cuarto.

Lo malo no era sólo que hubiera estado fuera hora y media más de lo acordado y que ella me estuviera esperando, sino también que entonces la velada sería muy corta, pues nos acostábamos muy temprano. A mí no me importaba gran cosa, yo podía tomarme unas rebanadas de pan delante del televisor y acostarme a las siete y media si hacía falta, pero era por ella.

Además, acababa de volver de viaje, una minigira de lecturas de mis textos, y el fin de semana siguiente iría a Oslo a dar una conferencia, de manera que no había mucho de donde estirar.

Puse la compra sobre el disco metálico que giraba lentamente hacia la cajera. Ella cogía los productos uno por uno, dándoles la vuelta en el aire hasta que el código quedaba justo encima del lector de láser, y cuando se oía la leve señal, los dejaba sobre la pequeña cinta negra mecánica, todo con movimientos somnolientos, como si se encontrara en medio de un sueño. La luz sobre nuestras cabezas era penetrante y no dejaba ni un solo poro oculto. La boca le colgaba por las comisuras, no porque fuera vieja, sino porque tenía unas mejillas grandes y carnosas. Toda su cabeza estaba hinchada de carne. El que hubiera empleado mucho tiempo en peinarse no ayudaba gran cosa a la impresión general, era como peinar la mata de una zanahoria.

–Quinientas veinte coronas –dijo, mirándose las uñas, que por un instante mantuvo levantadas delante de ella en forma de corona. Pasé la tarjeta de crédito por el lector y tecleé la clave. Mientras miraba fijamente la pequeña pantalla, a la espera de que se autorizara la transacción, me di cuenta de que no había pedido una bolsa. Cuando me pasaba eso, siempre intentaba pagarla, para que no pensaran que me había olvidado adrede, esperando que me dijeran que cogiera una gratis, como hacían a menudo. Pero ahora no llevaba ninguna moneda encima, y resultaría ridículo pasar la tarjeta por una suma tan pequeña. Por otra parte, ¿importaría algo lo que ella pensara de mí con lo gorda que estaba?

–He olvidado coger una bolsa –dije.

–Son dos coronas –dijo ella.

Cogí una bolsa de debajo de la parte delantera de la caja registradora y volví a sacar la tarjeta.

–¿No tienes dos coronas? –preguntó.

–Por desgracia, no –contesté.

Ella agitó la mano.

–Pero me gustaría pagar. No es eso.

La mujer sonrió, algo cansada.

–Coge la bolsa –me indicó.

–Gracias –dije, metí la compra en ella y me fui hacia la escalera, que desde ese lado conducía a una especie de vestíbulo superior con vitrinas de una empresa de subastas a lo largo de las paredes. Salí por allí y vi los almacenes NK brillar en la oscuridad al otro lado de la calle. Había una red de pasillos debajo del núcleo más céntrico, desde Passasjen se podía bajar al sótano de NK y desde allí salir a una calle comercial subterránea que por el lado izquierdo estaba unida a otro centro comercial, Gallerian, y más arriba, en el mismo lado, a la Casa de Cultura, que conducía derecho a Plattan y con ello a T-Centralen, desde donde había túneles hasta la estación de ferrocarril. Los días de lluvia siempre cogía ese camino, y también otros días, porque todo lo subterráneo me resultaba muy atrayente, había algo mágico en ello, algo que seguro vendría de mi infancia, cuando una gruta era lo más fantástico que nos podíamos imaginar. Recordaba un invierno, habían caído más de dos metros de nieve, sería en 1976 o 1977, cuando un fin de semana cavamos pequeñas cuevas conectadas por túneles que se extendían por todo el jardín del vecino. Estábamos como posesos, y totalmente fascinados con el resultado cuando llegó la noche y pudimos quedarnos sentados debajo de la nieve charlando.

Pasé por delante del bar americano que estaba atestado de gente, era viernes, y acudían allí después del trabajo, o antes de que la salida nocturna comenzara de verdad, sentados con sus gruesos chaquetones sobre los respaldos de las sillas, sonriendo y bebiendo con caras rojas y relucientes, la mayoría de cuarenta y tantos años, mientras jóvenes esbeltas y hombres con delantales negros se movían por el local anotando comandas, poniendo bandejas con cerveza en las mesas, llevándose los vasos vacíos. El sonido de toda esa gente tan contenta, ese murmullo cálido y bonachón, mezclado con alguna que otra risa, me llegó aumentado al abrirse la puerta y detenerse fuera un grupo de cinco personas, todas a punto de hacer algo, mirar en el bolso en busca de cigarrillos o del lápiz de labios, marcar un número en el teléfono móvil y levantarlo expectante hasta la oreja, mientras dejaba vagar la mirada o buscaba a alguien del grupo con el fin de regalar una sonrisa, nada más que eso, sólo una sonrisa de pura amistad.

«Un taxi a la calle Regering...», sonó una voz detrás de mí. Por la calle se deslizaba lenta y sombríamente una fila de coches, las caras que se veían dentro de ellos estaban iluminadas por el brillo de las farolas, algo que les proporcionaba un miste-

rioso resplandor, y, en el caso del conductor, de la luz azulada
del salpicadero. En algunos coches sonaban golpes de bajos y
tambores. Al otro lado de la calle la gente salía de NK, donde
en unos instantes se anunciaría por el altavoz que el centro comercial cerraría en quince minutos. Gruesos abrigos de piel,
perritos moviéndose de un lado para otro, oscuros abrigos de
lana, guantes de piel, montones de bolsas de compra. Algún
que otro plumas juvenil, algún que otro pantalón bajo, algún
que otro gorro de punto. Vi a una mujer que corría, sujetándose el gorro con una mano, mientras los cortes del abrigo abierto
le ondeaban alrededor de las piernas. ¿Adónde se dirigía? Daba
la impresión de tratarse de algo grave, me volví a mirarla. Pero
no ocurrió nada, simplemente desapareció al doblar la esquina,
en dirección a la calle Kungsträdgården. Sobre unas rejillas que
había junto a la pared había tres indigentes sentados. Uno de
ellos se había colocado delante un cartón, en el que había escrito con rotulador que necesitaba dinero para poder dormir en
algún sitio esa noche. A su lado había una gorra con algunas
monedas dentro. Los otros dos estaban bebiendo. Miré hacia
otro lado al pasar por delante de ellos, crucé la calle a la altura
de la librería Akademi, seguí correteando a lo largo de las fachadas tan severas, como si no tuvieran cara, pensando en que
tal vez Linda estuviera irritada, que tal vez pensara que la noche
ya se había estropeado, ay, qué pocas ganas tenía de encontrarme con aquello. Pasé otro cruce, luego por delante del caro restaurante italiano, y eché una breve mirada hacia el Café Glenn
Miller, delante del que dos personas estaban bajando de un taxi
en ese momento, luego miré hacia Nalen. Había allí aparcado
un enorme autocar con remolque de una banda y justo detrás
un autobús blanco de la Radio Sueca. Desde él corrían gruesas
madejas de cables por la acera, e intenté en vano recordar quién
iba a tocar allí esa noche, antes de subir los tres peldaños que
conducían a nuestra puerta, teclear la clave y entrar. Al empezar a subir por la escalera oí abrir y cerrarse una puerta en un
piso de arriba. Por el estallido comprendí que tenía que tratarse
de la rusa. Pero era demasiado tarde para coger el ascensor, así

116

que seguí hacia arriba, y, efectivamente, al instante bajó ella. Hizo como si no me viera. Yo saludé de todos modos.

—¡Hola!

La mujer murmuró algo, pero cuando ya había pasado.

La rusa era la vecina del infierno. Los primeros siete meses que vivimos en el inmueble, su piso estaba vacío. Pero una noche, sobre la una y media, nos despertó un estruendo en la escalera, su puerta se había cerrado violentamente, y al instante empezamos a oír una música tan alta que Linda y yo no podíamos oírnos el uno al otro de puro ruido. Era música Eurodisco, con un bajo y un tambor que hacían vibrar el suelo y tintinear los cristales de las ventanas. Era como si el equipo de música estuviera a todo volumen en nuestra habitación. Linda, que estaba embarazada de ocho meses, tenía ya de antes problemas para dormir, pero yo, que por regla general dormía profundamente con cualquier tipo de ruido, tampoco lograba conciliar el sueño. En medio del ruido la oíamos gritar y chillar. Nos levantamos y fuimos al salón. ¿Deberíamos llamar al teléfono de asistencia que había para esas situaciones? Yo me negué, me parecía demasiado sueco. ¿No podíamos simplemente bajar, llamar a la puerta y decírselo? Pues sí, pero en ese caso debería hacerlo yo. Y lo hice. Llamé al timbre, y cuando vi que no servía de nada, me puse a golpear la puerta, pero no salió nadie. Otra media hora en el salón. ¿Acaso cesaría por su cuenta? Pero Linda terminó por cabrearse tanto que bajó, y entonces la mujer abrió de repente la puerta. ¡Y sí que nos entendió muy bien! Dio un paso adelante y le tocó la tripa a Linda, y tú esperas un niño, dijo en su sueco ruso sonante, lo siento mucho, perdóname, pero mi marido me ha dejado y no sé qué hacer, ¿lo entiendes? Música y un poco de vino ayuda, ¿sabes?, en esta fría Suecia. Pero tú esperas un niño, y vas a dormir, querida.

Contenta de haber conseguido algo, Linda volvió a subir y me contó lo que habían hablado, antes de irnos al dormitorio y acostarnos. Diez minutos después, justo cuando acababa de dormirme, empezó de nuevo el lunático jaleo abajo. La misma música al mismo enloquecido volumen, y el mismo vocerío en medio de la música.

Nos levantamos y fuimos al salón. Eran ya cerca de las tres y media. ¿Qué podíamos hacer? Linda quería llamar al número de asistencia, pero yo no, porque aunque en principio se suponía que era anónimo, en el sentido de que la patrulla que se ocupaba de los ruidos en domicilios no podía dar el nombre del denunciante, era evidente que esa mujer lo adivinaría, y con lo inestable que aparentemente era, significaría que más adelante tendríamos problemas. Entonces Linda sugirió que por esta vez esperáramos a que pasara, y que luego, a la mañana siguiente, escribiéramos una amable carta de la que se desprendiera que éramos comprensivos y tolerantes, pero que semejante nivel de ruido tan tarde en la noche era realmente inaceptable. Linda se tumbó en el sofá, sin aliento y con la enorme tripa al aire, yo me acosté en el dormitorio, y al cabo de una hora, ya cerca de las cinco, la música cesó de repente. A la mañana siguiente, Linda escribió la carta, la metió en el buzón de la puerta antes de que saliéramos cerca de mediodía, y todo estuvo tranquilo hasta las seis y pico de la tarde, en que de repente unos terribles golpes sonaron en nuestra puerta. Salí a abrir. Era la rusa. Su rostro tenaz y alcoholizado estaba lívido de ira. En la mano aplastaba la carta de Linda.

–¿Qué coño es esto? –gritó–. ¡Cómo os *atrevéis!* ¡En mi propia casa! ¡Ni de coña vais a decirme lo que puedo hacer en mi propia casa!

–Es una carta cordial... –dije.

–¡No quiero hablar contigo! –gritó–. ¡Quiero hablar con la persona que manda en vuestra casa!

–¿Qué quieres decir?

–Que tú no mandas en tu propia casa. Te echan cuando quieres fumar. Estás en el patio como un pelele. ¿Crees que no te he visto? Así que con la que quiero hablar es con ella.

Dio un par de pasos al frente y estuvo a punto de pasar por delante de mí. Apestaba a alcohol.

El corazón me latía muy deprisa. La rabia era lo único a lo

que realmente tenía miedo. Nunca lograba protegerme de esa sensación de debilidad que me invadía. Las piernas me flaqueaban, igual que los brazos, y me temblaba la voz. Pero eso ella no tenía por qué notarlo.

–Tendrás que hablar conmigo –dije, dando un paso hacia ella.

–¡No! –gritó–. Ella ha escrito la carta. Así que hablaré con ella.

–Escucha –dije–. Anoche tenías la música a un volumen increíblemente alto a las tantas de la madrugada. Era imposible dormir. No puedes hacer eso. Lo tienes que entender.

–¡*Tú* no vas a decirme lo que tengo que hacer!

–A lo mejor no –dije–. Pero hay algo llamado paz doméstica. Todos los que viven en una casa tienen que respetarla.

–¿Sabes cuánto pago de alquiler? –preguntó ella–. ¡Quince mil coronas! Vivo en esta casa desde hace ocho años. Nadie se ha quejado nunca de mí. Y llegáis vosotros, los buenecitos. «De hecho estoy embarazaaada.»

Al pronunciar la última palabra hizo una pequeña pantomima de gente buenecita, apretando la boca y meneando la cabeza. Tenía la piel pálida y el pelo desgreñado, las mejillas regordetas y los ojos abiertos de par en par.

Me miró con su ardiente mirada. Yo bajé la mía. Se dio la vuelta y desapareció escaleras abajo.

Cerré la puerta y me volví hacia Linda, que estaba de pie junto a la pared de la entrada.

–Eso ha sido muy acertado –dije.

–¿Te refieres a la carta? –preguntó.

–Sí –contesté–. Ahora sí que vamos a tenerla encima.

–¿Quieres decir que yo tengo la culpa? Es ella la que tiene problemas, y no es por mi culpa.

–Relájate –le pedí–. Tú y yo no estamos enemistados.

En el piso de abajo pusieron la música igual de alta que la noche anterior. Linda me miró.

–¿Salimos? –me preguntó.

–No me gusta mucho la idea de dejarnos avasallar –dije.

–Pero aquí no se puede estar.

–Es verdad.

Mientras nos poníamos los abrigos, la música paró. Tal vez estuviera demasiado alta incluso para ella. Pero de todos modos salimos y fuimos al puerto, cerca de Nybroplan, donde las luces brillaban en el agua negra, y grandes capas de aguanieve se acumulaban en la proa del ferry de Djurgården. El teatro Dramaten reposaba como un castillo al otro lado de la calle. Era uno de los edificios que más me gustaba de la ciudad. No porque fuera hermoso, porque no lo era, sino porque había un ambiente especial dentro y alrededor de él. Tal vez se debiera a algo tan sencillo como que el color de la piedra era muy claro, casi blanco, y las superficies tan grandes que el edificio entero brillaba, incluso en los días de lluvia más oscuros. Con el eterno viento procedente del mar, y las banderas ondeando delante de la entrada, había algo abierto en ese espacio en el que se encontraba, y carecía por completo del rasgo opresor que tienen muchos edificios monumentales. ¿Acaso no reposaba como una pequeña montaña junto al mar?

Bajamos cogidos de la mano por la calle Strand. La superficie del agua estaba totalmente oscura hasta el islote de Skepp. Como además sólo se veían luces en unos cuantos edificios, se creaba un extraño ritmo en la ciudad, era como si se acabara, como si cambiara a periferia y naturaleza, para luego volver a tomar velocidad al otro lado, donde brillaban y susurraban la Ciudad Vieja, Slussen y toda la colina hacia el barrio de Söder.

Linda contó algunas anécdotas del teatro Dramaten, donde prácticamente se había criado. Mientras su madre trabajaba allí de actriz, había tenido que ocuparse ella sola de Linda y su hermano, de modo que se llevaba a los niños a los ensayos y representaciones. Para mí era mitológico, para Linda era trivial, algo de lo que prefería no hablar, tampoco lo habría hecho ahora si no hubiera sido porque yo la estaba interrogando. Ella sabía todo sobre los actores, sus vanidades y cómo se quemaban a sí mismos, sobre sus miedos y sus intrigas, se reía y decía que los mejores eran a menudo los más tontos, los que menos entendían, que un actor intelectual era lo que en inglés se llama *a contradiction in terms,* pero aunque ella despreciaba la interpretación, despreciaba sus gestos y su pomposidad, sus vidas y emociones baratas y vacías, tan fáciles de provocar, había pocas cosas en la vida que apreciara más que su talento sobre el escenario cuando daban lo mejor de ellos mismos, hablaba con emoción de la puesta en escena de Bergman de *Peer Gynt,* que había visto innumerables veces, ya que en aquella época trabajaba en el guardarropa del Dramaten, hablaba de lo fantástico y lo mágico de esa puesta en escena, y también de lo barroco y lo burlesco, o de la puesta en escena de Wilson de *Sueño,* de Strindberg, en el Teatro Estatal de Estocolmo, donde ella trabajaba entonces en la dramaturgia, que era más pura y más estilizada, claro, pero igual de mágica. Ella misma había querido ser actriz, aprobó dos años consecutivos hasta la penúltima prueba del examen de ingreso en la Escuela de Arte Dramático, pero al no ser aceptada la segunda vez, se dio por vencida, pensó que no entraría nunca, miró entonces en otra dirección y solicitó el ingreso en la Escuela de Letras de Biskops-Arnö, debutando al año siguiente con los poemas que allí escribió.

Ahora me estaba hablando de una gira en la que había participado con Dramaten, que era la compañía de Bergman en el gran mundo. Los actores eran estrellas allá adonde fueran, esa vez en concreto fue Tokio. Grandes, fanfarrones y borrachos, entraron los actores suecos en uno de los restaurantes más exquisitos de la ciudad. No se les ocurrió quitarse los zapatos o tantear de alguna manera el entorno, sino todo lo contrario: agitar los brazos, apagar el cigarrillo en la taza de sake, gritar en voz muy alta al camarero. Linda con su vestido corto, lápiz de labios rojo, pelo negro cortado estilo paje, con un cigarrillo en la mano, medio enamorada de Peter Stormare, que los acompañaba. Tenía sólo quince años y debió de parecer grotesca a los japoneses, como decía ella. Pero no movieron ni un músculo de la cara, claro está, limitándose a moverse silenciosamente entre ellos, incluso cuando uno atravesó una pared de papel y se cayó al suelo.

Linda se reía al contarlo.

–Cuando nos íbamos –prosiguió, mirando la fuente que teníamos delante– llegó un camarero con una bolsita para mí. Dijo que era un regalo del cocinero. Miré dentro. ¿Sabes lo que había?

–No.

–Estaba llena de pequeños cangrejos.

–¿Cangrejos? ¿Qué significaba eso?

Linda se encogió de hombros.

–No lo sé.

–¿Y qué hiciste con ellos?

–Me los llevé al hotel. Mi madre estaba tan borracha que hubo que ayudarla. Yo cogí un taxi sola, con la bolsa de los cangrejos junto a los pies. Cuando llegué a mi habitación, llené la bañera de agua fría y los metí. Allí estuvieron moviéndose toda la noche mientras yo dormía en la estancia contigua. En el centro de Tokio.

–¿Y qué pasó luego? ¿Qué hiciste con ellos?

–Ahí se acaba la historia –respondió Linda, apretándome la mano y mirándome sonriente.

Ella tenía algo especial con Japón. Curiosamente, por su colección de poemas había recibido un premio japonés, un cuadro con un signo de ese país, que hasta hacía poco había estado colgado sobre su escritorio. ¿Y no había algo vagamente japonés en las finas y pequeñas facciones de su cara?

Subimos hacia Karlaplan, donde el estanque circular, que en los meses de verano tenía una enorme fuente en el centro, estaba ya sin agua y con el fondo cubierto por hojas marchitas de los grandes árboles de alrededor.

–¿Te acuerdas de cuando vimos *Espectros?* –le pregunté.

–Claro que sí. Nunca lo olvidaré.

Yo lo sabía, ella había pegado la entrada de esa obra en el álbum de fotos que había empezado a hacer cuando se quedó embarazada. *Espectros* fue la última puesta en escena de Bergman con Dramaten, y fuimos a verla juntos, antes de empezar a salir, fue una de las primeras cosas que hicimos, una de las primeras cosas que teníamos en común. De eso no hacía más que año y medio, pero era como si se tratara de una vida entera.

Me miró con ese calor en la mirada que a veces era capaz de llenarme del todo. Hacía frío y soplaba un viento cortante y helador. Eso me hizo pensar en lo muy al este que se encontraba Estocolmo, un soplo de algo desconocido, de algo que no era igual en el lugar del que yo venía, sin que pudiera señalar exactamente de qué se trataba. El barrio era el más rico de la ciudad, y estaba muerto del todo. Por allí no se paseaba nadie, las calles no se llenaban nunca, y sin embargo eran más anchas que en ningún otro lugar del centro.

Una mujer y un hombre con un perro venían andando hacia nosotros, él con las manos a la espalda y un enorme gorro de piel en la cabeza, ella con un abrigo de piel, y el pequeño terrier husmeando delante de ellos.

–¿Quieres que vayamos a tomar una cerveza? –le pregunté.

–Vale –respondió ella–. También tengo hambre. ¿Qué te parece el bar de Zita?

–Buena idea.

Sentí un escalofrío, y me levanté las solapas del abrigo para taparme mejor el cuello.

–Joder, qué noche tan desapacible –dije–. ¿Tienes frío?

Negó con la cabeza. Llevaba ese enorme plumas que le había dejado Helena, su mejor amiga, que el invierno anterior estaba igual de embarazada que Linda ahora, y el gorro de piel que le compré cuando estuvimos en París, con dos cordones con pequeñas bolitas de piel colgando de las puntas.

–¿Se mueve algo ahí dentro?

Linda se puso las manos sobre la tripa.

–No, el niño está dormido –contestó–. Así va casi siempre cuando ando.

–«El niño» –dije–. Me estremezco cada vez que lo dices. Porque por lo demás, es como si no entendiera que hay una persona ahí dentro.

–Pues ahí está –dijo Linda–. Tengo la sensación de conocerlo ya. ¿Te acuerdas de cómo se enfadó cuando me hicieron aquella prueba de diabetes?

Asentí con la cabeza. Linda estaba dentro del grupo de riesgo, porque su padre había padecido diabetes, y para la prueba tuvo que tomarse una especie de jarabe de glucosa, lo más asqueroso y vomitivo que se había tomado jamás, según decía, y el niño de sus entrañas había estado pataleando como loco durante más de una hora.

—Ella o él se llevó un buen susto ese día —dije con una sonrisa, mirando hacia Humlegården, que empezaba al otro lado de la calle. Con sus cúpulas de luz que en algunas partes iluminaban los árboles con sus pesados troncos y ramas divergentes, y en otras el césped, mojado y amarillento, con zonas de oscuridad total por el medio, había algo embrujado en el ambiente de ese lugar por la noche, pero no como en medio del bosque, sino más bien como en el teatro. Seguimos uno de los senderos, por algunas partes había aún pequeños montones de hojas secas, por lo demás, las praderas y los senderos estaban desnudos, más o menos como el suelo de un salón. Una persona que estaba haciendo footing corría despacio y como arrastrándose alrededor de la estatua de Linneo, otra venía disparada bajando la cuesta poco empinada. Yo sabía que debajo de donde estábamos se encontraban los enormes depósitos de la Biblioteca Real, que sobresalía iluminada delante de nosotros. Una manzana más abajo estaba Stureplan, donde se ubicaban los clubs nocturnos más exclusivos. Nosotros vivíamos a un tiro de piedra de allí, pero igualmente podría haberse tratado de otro continente. Por aquellas calles se mataba a tiros a la gente, sin que lo supiéramos hasta que lo leíamos en el periódico al día siguiente, estrellas mundiales se paseaban por allí cuando se encontraban en la ciudad, toda la élite de Suecia de famosos y gente del mundo de las finanzas frecuentaba ese barrio, y luego el país entero leía sobre ello en los periódicos de la tarde. Allí no se hacía cola para entrar, la gente se colocaba uno al lado del otro, y los vigilantes señalaban a los que se les permitiría entrar. Yo nunca había visto lo frío y duro de esa ciudad y nunca había

124

vivido con tanta claridad la distancia cultural. En Noruega casi toda distancia es geográfica, y como allí vive tan poca gente, el camino hasta la cima o el centro es corto por todas partes. Siempre hay alguien en una clase o al menos en un colegio que alcanza la cumbre en uno u otro campo. Todo el mundo conoce a alguien que conoce a alguien. En Suecia la distancia social es mucho mayor, y como el campo ha quedado despoblado, casi todo el mundo vive en las ciudades, y todos los que quieren algo se van a Estocolmo, donde sucede *todo* lo que tiene importancia, y esa diferencia se vuelve extremadamente visible: tan cercana y sin embargo tan lejana.

–¿Piensas alguna vez en de dónde vengo yo? –pregunté mirándola.

Ella negó con la cabeza.

–No, en realidad no. Eres Karl Ove. Mi hermoso marido. Eso es lo que eres para mí.

–Vengo de una pequeña urbanización de la isla de Trom, ¿sabes? Donde no hay nada que tenga nada que ver con tu mundo. Yo no sé nada de esto de aquí. Todo me es *profundamente* desconocido. ¿Te acuerdas de lo que dijo mi madre la primera vez que entró en nuestra casa? ¿No? «Esto debería haberlo visto tu abuelo, Karl Ove», dijo.

–Eso está bien –comentó Linda.

–¿Pero lo entiendes? Para ti esa casa es algo cotidiano. Para mi madre era como una especie de pequeño salón de baile, ¿sabes?

–¿Y para ti?

–Para mí también. Pero no me refiero a *eso*. Si está bien o no. Sino al hecho de que yo proceda de algo completamente distinto, algo increíblemente poco sofisticado, ¿sabes? Me importa una mierda, lo único que quiero decir es que no es mío, y que nunca será mío, no importa cuánto tiempo viva aquí.

Seguimos andando y llegamos a la estrecha calle de la zona de viviendas próxima a donde había vivido Linda de niña, pasamos por delante de Saturnus y fuimos hasta la calle Birger Jarl, donde estaba Zita. Tenía la cara rígida de frío. Los muslos helados.

–Tienes suerte de ser así –dijo ella–. ¿Entiendes lo que eso ha significado para ti? ¿El tener un sitio adonde ir? ¿El que hubiera un fuera de donde venías y un dentro adonde querías ir?

–Entiendo lo que quieres decir –dije.

–Aquí estaba todo lo mío. Me crié en ello. Y me resulta casi imposible separarlo de mí. Y luego están las expectativas. ¿Nadie esperaba nada de ti? Sí, ¿pero más allá de que estudiaras una carrera y consiguieras un trabajo?

Me encogí de hombros.

–Nunca se me ha ocurrido pensarlo de esa forma.

–Ya –dijo ella.

Se hizo el silencio.

–Yo siempre he vivido en medio de ello. Es probable que mi madre no tuviera más deseos para mí que el que llegara a tener una buena vida... Por eso está tan contenta contigo –dijo, mirándome.

–¿Lo está?

–¿No te has dado cuenta? Seguro que lo has notado.

–Bueno, supongo que sí.

Me acordé del día en que conocí a su madre. Una pequeña casa agrícola en medio del bosque. Era otoño. Nada más llegar, nos sentamos a comer. Sopa caliente de carne, pan recién hecho, una vela encendida en la mesa. De vez en cuando notaba su mirada posarse en mí. Era una sonrisa curiosa y cálida.

–Pero, claro, donde me crié había más gente aparte de mi madre –prosiguió Linda–. Johan Nordenfalk, el duodécimo, ¿crees que llegó a ser profesor de instituto? Tanto dinero y tanta cultura. Todos tendrían que lograr su meta. He tenido tres amigos que se quitaron la vida. Y ni siquiera me atrevo a pensar en cuántos tienen o han tenido anorexia.

–Sí, es un jodido desastre –dije–. Ojalá la gente se tomara las cosas con un poco de tranquilidad.

–No quiero que nuestros hijos se críen aquí –dijo Linda.

–¿Ahora son «hijos»?

Ella sonrió.

–Sí.

126

–Entonces tendrá que ser en la isla de Trom –dije–. Sólo sé de uno que se suicidó allí.

–No bromees con eso.

–Vale, vale.

Una mujer con tacones altos y un vestido rojo largo nos adelantó taconeando. Llevaba un bolso en una mano y con la otra se apretaba un chal negro de malla contra el pecho. Justo detrás de ella iban dos jóvenes barbudos con parka y botas de montaña, uno de ellos con un cigarrillo en la mano. Los seguían tres chicas, también ellas vestidas de fiesta, con pequeños bolsos en la mano, pero al menos con anoraks encima de los vestidos. Comparado con las calles de Östermalm, aquello parecía un circo. A ambos lados de la calle se veían las luces de los restaurantes. Delante de Zita, que era uno de los cines alternativos del barrio, había un grupito de gente tiritando de frío.

–En serio –dijo Linda–. Tal vez no la isla de Trom, pero sí Noruega. Seguro. Aquello es más acogedor.

–Sí.

Empujé la pesada puerta y la mantuve abierta para que pasara Linda. Me quité los guantes y el gorro, me desabroché el abrigo y me desenrollé la bufanda.

–Pero yo no quiero ir a Noruega –señalé–. Ése es el quid de la cuestión.

Linda no dijo nada y se acercó a las vitrinas con los carteles de las películas. Luego se volvió hacia mí.

–¡Ponen *Tiempos modernos!* –exclamó.

–¿Quieres que la veamos?

–¡Sí, por qué no! Pero primero tengo que comer algo. ¿Qué hora es?

Busqué con la mirada un reloj y divisé uno pequeño y ancho colgado en la pared detrás de la caja.

–Las nueve menos veinte.

–Empieza a las nueve. Tenemos tiempo. Saca tú las entradas y yo voy al bar a ver si tienen algo de comer.

–Vale –asentí.

Me rebusqué en el bolsillo, saqué un arrugado billete de cien coronas y me acerqué a la caja.

–¿Quedan entradas para *Tiempos modernos?* –pregunté.

Una mujer que no tendría más de veinte años, con coletas y gafas, me miró con arrogancia.

–¿Perdón?

–¿Quedan entradas para *Tiempos modernos?* –pregunté en sueco.

–Sí.

–Dame dos. Muy atrás, centradas. Dos.

Por si acaso, levanté dos dedos.

La chica imprimió las entradas, sin pronunciar palabra las puso sobre el mostrador delante de mí y luego manoseó un poco el billete de cien, antes de meterlo en la caja registradora. Entré en el bar, que estaba atestado de gente, vi a Linda en la barra, y me apreté junto a ella.

–Te quiero –dije.

Era algo que yo no decía casi nunca, y sus ojos se iluminaron cuando levantó la cabeza y me miró.

–¿De verdad? –preguntó.

Nos besamos velozmente. Luego el camarero nos puso delante una cestita de nachos y un plato con algo que parecía un *dip* de guacamole.

–¿Quieres una cerveza? –me preguntó Linda.

Negué con la cabeza.

–Quizá después. Pero para entonces tú estarás demasiado cansada.

–Seguramente. ¿Has sacado las entradas?

–Sí.

Había visto *Tiempos modernos* por primera vez cuando tenía veinte años en el cineclub de Bergen. Llegó un momento en el que fui incapaz de parar de reírme. No hay mucha gente que se acuerde de cuándo se rió por última vez, yo me acuerdo de cuándo me reí hace veinte años, evidentemente porque no ocurre muy a menudo. Me acuerdo tanto de la vergüenza de perder el control, como de la alegría de entregarme por completo a la risa. La escena que la desencadenó permanece cristalina en mi memoria. Charlot va a actuar en una especie de teatro de variedades, arriesga mucho, está nervioso; por si acaso escribe la letra de la canción en unos papelitos y se los mete en la manga de la chaqueta antes de salir al escenario. Pero en el momento de pisar la pista de baile pierde los papelitos, porque saluda a su público con un gesto tan grandioso que éstos salen volando. Ahí está, sin letra, mientras la orquesta toca detrás de él. ¿Qué puede hacer? Pues se pone a buscar los papelitos, a la vez que improvisa un baile para que el público no se dé cuenta de que algo va mal, mientras la orquesta toca la introducción una y otra vez. Me reí tanto que se me saltaban las lágrimas. Entonces la escena se funde en otra cosa, porque no encuentra la letra por más vueltas que da, y al final tiene que empezar a cantar. Ahí está, sin letra, y cuando por fin empieza a cantar, lo hace con palabras que no existen, pero que se parecen, porque aunque el sentido ha desaparecido, quedan el tono y la melodía, y recuerdo que eso me llenó de felicidad, no sólo por mí mismo, sino por toda la humanidad, porque había mucho calor, y ese calor lo había producido uno de los nuestros.

Cuando ahora me senté en la sala junto a Linda, me sentía inseguro de lo que nos esperaba. *Chaplin,* bueno, bueno. Algo sobre lo que escribe ensayos Fosnes Hansen cuando el tema es el humor. ¿Y aquello de lo que me había reído hacía quince años seguiría siendo algo con lo que reírse ahora?

Sí que lo era. Y exactamente en el mismo punto. Entra, saluda al público, las chuletas le salen volando de la manga, él baila como si tuviera los pies *detrás* de él, baila como arrastrándose, sin perder nunca el contacto con el público; mientras baila y busca no deja en ningún momento de saludar cortésmente. Durante la pantomima que siguió, una lágrima me corría por la mejilla. Aquella noche todo me parecía bonito. Al salir de la sala nos reíamos por lo bajo. Supuse que Linda estaba contenta porque yo lo estaba, pero también por ella misma. Cogidos de la mano subimos las escaleras de piedra que hay al lado de la agencia finlandesa de cultura, riéndonos mientras reproducíamos escenas de la película. Luego seguimos por la calle Regering y pasamos por delante de la panadería, la tienda de muebles y el US VIDEO, antes de abrir la puerta del portal y subir la escalera hasta casa. Eran las diez y media y Linda apenas conseguía mantener los ojos abiertos, de modo que nos fuimos inmediatamente a la cama.

Diez minutos después empezaron de repente los bramidos de la música del piso de abajo. Me había olvidado por completo de la rusa y me incorporé con una sacudida en la cama.

–Joder –dijo Linda–. No puede ser.

Apenas podía oír lo que me decía.

–Aún no son las once –señalé–. Y es viernes por la noche. No vamos a conseguir nada.

–Me importa un bledo –dijo Linda–. Voy a llamar de todos modos. Esto no se puede tolerar, joder.

Apenas se había levantado y salido de la habitación cuando cesó la música. Nos volvimos a acostar. Esta vez yo ya me había dormido cuando volvió a empezar. Tan alta como hacía un rato. Miré el reloj. Eran las once y media.

–¿Llamas tú? –preguntó Linda–. Anoche no pegué ojo.

Pero se repitió lo de antes. Tras unos minutos, la mujer apagó el aparato y el silencio volvió abajo.

–Voy a dormir al salón –dijo Linda.

Dos veces la rusa puso la música a todo trapo esa noche. La última vez se atrevió a mantenerla a un altísimo volumen durante media hora. Era ridículo, pero incómodo. La mujer estaba loca y había decidido odiarnos. Teníamos la sensación de que podía suceder cualquier cosa. Pero transcurrió casi una semana hasta el siguiente episodio. Pusimos unas macetas en las ventanas de la escalera, delante de nuestra puerta, era una zona común y en el fondo no teníamos nada que ver con aquello, pero los del piso de arriba habían hecho lo mismo, y nadie protestaría porque se decorara un poco esa escalera tan fría, ¿no? Dos días más tarde las plantas habían desaparecido. No importaba mucho, pero las macetas habían pertenecido a mi bisabuela, era una de las pocas cosas que me había traído de la casa de Kristiansand al morir mi abuela paterna, databan del anterior cambio de siglo y por ello era algo irritante que desaparecieran. O las había robado alguien –¿pero quién roba macetas?– o alguien las había quitado porque le había disgustado nuestra iniciativa. Decidimos poner una nota en el tablón de anuncios del portal y preguntar si alguien las había visto. Esa misma noche la nota estaba llena de maldiciones y acusaciones, escritas en tinta azul y en un sueco deficiente. ¿Estábamos acusando a nuestros vecinos de robo? En ese caso ya podíamos marcharnos. ¿Quiénes coño nos pensábamos que éramos? Unos días más tarde me disponía a montar un cambiador de bebé que habíamos comprado en IKEA, lo que significaba algún que otro martillazo, pero como sólo eran las siete de la tarde, pensé que no sería ningún problema. Pero sí que lo fue; justo después de los primeros martillazos se oyeron unos golpes salvajes en las tuberías de abajo, era la vecina rusa que de esa forma quería protestar contra lo que en su opinión aparentemente era un abuso. Pero yo no podía dejar el cambiador a medio montar por esa razón, de manera que continué. Al cabo de un momento oí cerrarse con un estallido la puerta de abajo y al instante la mujer se plantó ante la nuestra. Abrí. ¿Cómo podíamos quejarnos de ella y luego hacer nosotros tanto ruido? Intenté explicarle la diferencia entre poner música a todo volumen en mitad de la noche y montar un cambiador de bebé a las siete de la tarde, pero ella hizo oídos sordos. Con mirada enloquecida y gestos agitados insistía en su acusación. Estaba dormida, nosotros la habíamos despertado. Nos creíamos mejores que ella, pero no lo éramos...

A partir de entonces ella ya tenía fijado su método. Cada vez que le llegaba un sonido, aunque sólo fuera yo andando a zancadas por la casa, ella empezaba a dar golpes en las tuberías. El sonido era penetrante, y como el remitente no era visible, era como una mala conciencia en la habitación. Yo lo odiaba, tenía la sensación de no poder estar en paz en ninguna parte, ni siquiera en mis propias habitaciones.

Luego, en los días anteriores a Navidad hubo silencio abajo. Compramos un abeto en el mercado de Humlegården; el aire estaba muy oscuro, cargado de nieve, y en las calles reinaba el típico caos prenavideño, con la gente pasando, ciega a los demás y al mundo. Elegimos uno, el vendedor, vestido con un mono, lo metió en una especie de red en forma de salchicha para que fuera más fácil de transportar, lo pagué y me lo eché al hombro. Hasta entonces no se me había ocurrido que a lo mejor era algo grande. Media hora más tarde, tras muchas pausas por el camino, lo metí en casa. Nos reímos al verlo instalado en el salón. Era enorme. Nos habíamos hecho con un abeto gigantesco. Pero tal vez no estaba tan mal, pues eran las primeras y últimas navidades que celebraríamos solos Linda y yo. En Nochebuena degustamos la comida típica sueca que nos había traído la madre de Linda, abrimos los regalos, y luego vimos *El circo* de Chaplin, porque nos regalamos a nosotros mismos una caja con todas sus películas. Las vimos durante los días de Navidad, dimos largos paseos por las calles llenas de silencio navideño, y esperábamos, esperábamos. Fuimos a casa de la madre de Linda y nos quedamos allí unos días, al volver a la ciudad nos pusimos a preparar la Nochevieja, habíamos invitado a cenar a Geir y Christina y a Anders y Helena.

Por la mañana fregué toda la casa, salí a hacer la compra para la cena, planché el gran mantel blanco, alargué la mesa con un tablero, limpié la cubertería de plata y los candelabros, doblé las servilletas y puse platos con fruta. Luego preparé la mesa, de tal manera que todo brillaba y resplandecía de burguesía cuando sobre las siete llegaron los invitados. Primero Anders, Helena y su hija. Helena y Linda se conocieron cuando Helena recibía clases de la madre de Linda, y aunque Helena le llevaba siete años, habían congeniado mucho. Vivía con Anders desde hacía tres años. Ella era actriz, él era..., bueno, una especie de delincuente.

Con las caras enrojecidas de frío estaban sonrientes en la puerta cuando la abrí.

–Hola, chico –saludó Anders. Llevaba un gorro marrón de piel con orejeras, un amplio plumas azul y zapatos negros de vestir. No estaba elegante, pero a pesar de todo encajaba con Helena, que con su abrigo blanco, botas negras y gorro blanco de piel sin duda sí lo estaba.

A su lado estaba su hija sentada en el carrito, mirándome con ojos serios.

–Hola –dije, mirándola a los ojos.

No se le movió ni un músculo de la cara.

–¡Entrad! –dije, dando un paso hacia atrás.

–¿Podemos meter el carro? –preguntó Helena.

–Claro –contesté–. ¿Podrás? ¿O abro la otra hoja de la puerta?

Mientras Helena metía con dificultad el carrito por la puerta, Anders se quitó la ropa de abrigo en la entrada.

–¿Dónde está la señorita? –preguntó.

–Descansando –contesté.

–¿Todo bien?

–Sí, sí.

–¡Bien! –dijo él, frotándose las manos–. ¡Joder, qué frío hace fuera!

La niña pasó por delante de nosotros sentada en su carro y con las manos agarradas al manillar. Helena puso el freno y la bajó, le quitó el gorro y el mono rojo, mientras la niña permanecía inmóvil. Debajo llevaba un vestido azul oscuro, leotardos y zapatos blancos.

Linda salió del dormitorio. Le resplandecía la cara. Primero abrazó a Helena y se quedaron un buen rato abrazadas y mirándose a los ojos.

–¡Qué guapa estás! –dijo Helena–. ¿Cómo lo consigues? Recuerdo cuando estaba de ocho meses...

–Es un viejo vestido de mi madre –dijo Linda.

–¡Sí, pero toda tú estás preciosa!

Linda sonrió contenta y se inclinó hacia delante para darle un abrazo a Anders.

–¡Vaya mesa! –exclamó Helena al entrar en el salón–. ¡Guau!

Yo no sabía muy bien qué hacer o dónde colocarme, de modo que me fui a la cocina como para comprobar algo mientras esperaba a que los demás se tranquilizaran. Al instante sonó de nuevo el timbre.

–¿Bueno? –dijo Geir al abrir–. ¿Has acabado ya de fregar?

–¿Venís *ahora?* –dije–. ¿No habíamos dicho el lunes? Pues resulta que vamos a celebrar una fiesta de Nochevieja, de modo que no es muy oportuno. Pero, bueno, vamos a ver si podemos haceros un hueco.

–Hola, Karl Ove –me saludó Christina, abrazándome–. ¿Estáis bien?

–Sí, sí –contesté, dando unos pasos hacia atrás para que cupieran en la entrada, a la vez que Linda salía a saludarlos. Más abrazos, más chaquetones y zapatos, luego todos entraron en el salón, donde la niña de Anders y Helena, que se había puesto a gatear, constituía un agradecido centro de atención, antes de que la situación se asentara.

–Veo que seguís fieles a la Navidad –comentó Anders, señalando el enorme abeto del rincón.

–Costó ochocientas coronas –dije–. Aquí se quedará mientras esté vivo. En esta casa no tiramos el dinero.

Anders se rió.

–¡El director ha empezado a bromear!

–Bromeo constantemente –dije–. Lo que pasa es que los suecos no me entendéis.

–Es verdad –reconoció él–. Al principio no entendía ni una palabra de lo que decías.

–Así que este año os habéis comprado un abeto de nuevo rico –comentó Geir, mientras Anders se ponía a bromear con el noruego, como suelen hacer los suecos, con unas palabras que repiten todo el tiempo, creyendo que son muy noruegas, a la vez que acaban la última sílaba como preguntando. No tenía nada que ver con mi dialecto, que ellos creían era «neonoruego».

–No fue a propósito –dije con una sonrisa–. Nos da un poco de vergüenza tener un árbol tan grande, lo admito. Pero cuando lo compramos nos pareció más pequeño. Ya en casa nos dimos cuenta de lo enorme que era. Pero claro, yo siempre he tenido problemas con las proporciones.

Linda le preguntó a Anders si entendía bien ciertas palabras noruegas.

—¿Sabes lo que significa *kjempe?*

Anders negó con un gesto de la cabeza.

—Sé lo que significa *avis,* periódico. Y *vindu,* ventana.

—Es exactamente lo mismo que *jätte,* enorme en sueco. Linda no pensaría que yo me había ofendido, ¿no?

—Yo tardé medio año en entenderlo —prosiguió ella—. Que muchas palabras son idénticas y tienen el mismo significado. Pero debe de haber un montón de palabras que creo entender, y no entiendo. No quiero ni acordarme de que traduje del noruego al sueco el libro de Sæterbakken hace *dos* años. Entonces no sabía nada de noruego.

—¿Y Gilda sabía noruego? —preguntó Helena.

—¿Ella? Qué va. Aún menos que yo. Pero revisé la traducción no hace mucho, y no parecía muy mala. Excepto una palabra. Me pongo roja sólo de pensarlo. Traduje la palabra *stue,* que significa cuarto de estar o salón, por *stuga...*

—¿Y cómo se dice *stuga* en noruego? —preguntó Anders.

—*Hytte,* cabaña —contesté.

—Ah, sí, es otro significado, sí.

—Pero nadie ha comentado nada —dijo Linda riéndose.

—¿Os apetece una copa de champán? —pregunté.

—Voy a por la botella —dijo Linda.

Cuando volvió, colocó las cinco copas juntas y se puso a desenrollar el alambre que mantenía el corcho en su lugar; tenía la cara un poco de lado y los ojos medio cerrados, como si esperara una gran explosión. El corcho salió por fin con un «pum», y ella colocó la botella con el champán chorreando sobre las copas.

—Se te da muy bien —dijo Anders.

—Trabajé en un restaurante hace mucho tiempo —explicó Linda—. Pero esto era justo algo que no sabía hacer. Porque no tengo visión de fondo en absoluto. De modo que cuando servía vino en las copas de los clientes, lo hacía al azar.

Se enderezó y nos alcanzó las copas todavía espumantes. Ella se sirvió una variante sin alcohol.

–¡Salud y bienvenidos!

Brindamos. Cuando acabamos de tomar el champán, me fui a la cocina a preparar los bogavantes. Geir me siguió y se sentó junto a la mesa.

–Bogavantes –dijo–. Es increíble lo poco que has tardado en integrarte en la sociedad sueca. Llego a tu casa en Nochevieja, dos años después de que te hayas mudado aquí, y sirves la comida tradicional de los suecos para la ocasión.

–Bueno, no estoy solo –dije.

–Ya lo sé –dijo con una sonrisa–. Un año Christina y yo celebramos una Navidad mexicana en casa. ¿Te lo he contado alguna vez?

–Sí –contesté, partí por la mitad el primer bogavante, lo puse en una fuente y empecé con el siguiente. Geir se puso a hablar de su manuscrito. Yo escuchaba sólo a medias. ¿Ah, sí?, intervenía de vez en cuando, para mostrarle que me estaba enterando, aunque mi atención estaba en otro sitio. No podía hablar con todo el mundo sobre su manuscrito, de modo que sólo lo hizo allí en la cocina y cuando salía a fumar conmigo. Había tardado un año y medio en escribir un borrador, que yo había leído y comentado. Mis comentarios fueron extensos y detallados, llenaron noventa páginas, y por desgracia, el tono de la crítica era a menudo irónico. Pensaba que Geir lo aguantaría todo, pero debería haber sabido que no era así, nadie lo aguanta todo, y hay pocas cosas más difíciles de tolerar que sarcasmos de otros referentes al trabajo de uno. Pero yo nunca conseguía dejar de ser sarcástico, fue el mismo año en el que escribía informes de lectura, la ironía no andaba nunca muy lejos. El problema del manuscrito de Geir, sabido y reconocido por él, era que la distancia a los sucesos era a menudo grande, y que muchas cosas quedaban con frecuencia sobrentendidas. Sólo una mirada ajena podía repararlo. Y ésa era la que yo le había proporcionado. Pero fue irónica, demasiado irónica... ¿Podría deberse tal vez a que yo hubiera sentido un deseo inconsciente de elevarme por encima de él, de ese hombre que en todo lo demás era tan insuperable?

No.

¿No?

–Pido perdón por ello –dije, mientras ponía el tercer bogavante boca abajo, para luego clavarle el cuchillo y atravesarle la cáscara de la tripa. Era más blanda que el caparazón del cangrejo, y había algo en su consistencia que me hacía pensar en algo artificial, como de plástico. ¿No había también un toque artificial en ese color rojo? Y todos esos pequeños y hermosos detalles, como las ranuras de las pinzas o la cáscara de la cola, que hacían pensar en cotas de malla. ¿Acaso no tenían pinta de haber sido elaborados en el taller de un artesano renacentista?

–Haces muy bien en pedirlo –dijo Geir–. Diez avemarías por tu alma pecaminosa y malvada. ¿Te imaginas lo que es recibir día tras día tus comentarios y dejar que se burlen de ti? Con esos «¿Eres idiota o qué?». Bueno, lo seré, supongo...

–No es más que una cuestión técnica –dije, mirándolo mientras serraba la cáscara con el cuchillo.

–¿Técnica? *¿Técnica?* Eso es fácil de decir para ti, que eres capaz de explayarte en veinte páginas sobre una visita al váter y conseguir que a la gente que lo lea se le humedezcan los ojos. ¿A cuántos crees capaces de eso? ¿Cuántos autores no lo habrían hecho si hubieran sido capaces? ¿Por qué crees que la gente compone sus versos modernistas con tres palabras en cada página? Lo hacen porque no saben hacer otra cosa. Eso tienes que entenderlo, joder, después de todos estos años. Si hubieran sabido hacerlo, lo habrían hecho. Tú sabes, y no lo aprecias. Es algo que valoras poco y prefieres destacar escribiendo ensayos. ¡Pero todo el mundo puede escribir ensayos! Es lo más fácil que hay.

Miré la carne blanca con los hilos rojos que apareció al partirse la cáscara. Noté el suave olor a agua salada.

–Dices que no ves las letras cuando escribes, ¿no es así?

–prosiguió Geir–. Yo no veo más que letras, me cago en la mar. Se entrelazan como una especie de telaraña ante mis ojos. De ahí no sale nada, ¿sabes? Todo se vuelve hacia dentro, como si de un uñero se tratara.

–¿Cuánto tiempo llevas? –pregunté–. ¿Un año? Eso no es nada. Yo llevo ya seis años escribiendo, y todo lo que tengo es un estúpido ensayo de ciento treinta páginas sobre ángeles. Vuelve en 2009, entonces sentiré compasión por ti. Además, lo que leí estaba bien. Una historia fantástica, buenas entrevistas. Simplemente necesita elaboración.

–¡Ja! –exclamó Geir.

Coloqué en la fuente las dos mitades de bogavante con la cáscara hacia arriba.

–Sabes que esto es lo único por lo que te tengo pillado, ¿verdad? –dije, cogiendo el último bogavante.

–Bueno –contestó–. Hay al menos un par de cosas más que sabes de mí y que no deben llegar a conocimiento de otros.

–Ah, eso –dije–. Eso es otra cosa.

Él se rió, ruidosa y cordialmente.

Transcurrieron un par de segundos sin que ninguno dijéramos nada.

¿Estaba ofendido?

Me puse a partir el bogavante con el cuchillo.

Resultaba imposible saberlo. En una ocasión me dijo que si yo le ofendía, no lo sabría jamás. Era tan orgulloso como temerario, tan arrogante como leal. Perdía amigos constantemente, tal vez porque muy pocas veces se apeaba del burro, y nunca tenía miedo de decir lo que opinaba. Y lo que él opinaba no gustaba a nadie o a casi nadie. En el invierno del año anterior se había enrarecido el ambiente entre nosotros; las pocas veces que salíamos juntos permanecíamos callados sentados cada uno en un taburete de bar, y cuando se decía algo, solía ser él el que hacía algún agrio comentario sobre mí o sobre algo mío, y yo intentaba devolverle la pelota lo mejor que podía. Luego de repente dejé de saber de él. Dos semanas después me llamó Christina y me contó que él se había ido a Turquía a realizar un trabajo de campo y que estaría fuera varios meses. Me sorprendió, porque fue algo inesperado, también me sentí un poco ofendido, porque no me había dicho nada al respecto. Unas semanas después, un amigo noruego me contó que Geir había sido entrevistado por el Telediario de la Radiotelevisión Noruega haciendo de escudo humano en Bagdad. Sonreí para mis adentros, pues era muy típico de él, a la vez que me sentía incapaz de comprender por qué lo había mantenido en secreto. Más tarde entendí que lo había ofendido de alguna manera, aunque nunca llegué a saber en qué había consistido la ofensa. Pero cuando volvió a Estocolmo cuatro meses más tarde, cargado de microcasetes con entrevistas tras haberse encontrado en medio de una lluvia de bombas durante varias semanas, estaba como renovado. Toda esa tristeza, casi depresión que había manifestado durante el otoño y el invierno había desaparecido, y cuando reanudamos la amistad lo hicimos desde donde habíamos partido al principio.

Geir y yo habíamos nacido el mismo año y nos habíamos criado a unos kilómetros el uno del otro, en sendas islas fuera de la ciudad de Arendal –His y Trom– pero no nos conocíamos, ya que el punto natural de conexión habría sido el instituto, pero para entonces yo ya me había mudado a Kristiansand hacía tiempo. La primera vez que lo vi fue en una fiesta en Bergen, donde estudiábamos los dos en la universidad. Él se movía en la periferia de ese ambiente de Arendal con el que también yo tenía cierta relación a través de mi hermano Yngve, y cuando hablé con él pensé que podría llegar a ser ese amigo que había echado de menos, porque en aquella época, mi primer año en Bergen, no tenía ninguno, sino que me pegaba a los de Yngve. Salimos juntos unas cuantas noches, él se reía sin parar y tenía un carácter de rompe y rasga que a mí me gustaba, a la vez que también mostraba un genuino interés por la gente que le rodeaba, e iba al grano de los asuntos, lo que le hacía distinto. Yo había conseguido un nuevo amigo, ésa era mi buena sensación durante aquellas semanas de la primavera de 1989. Pero él quería continuar hacia otros lugares. Bergen no era para él un lugar donde echar raíces. En cuanto acabó los exámenes, hizo las maletas y se mudó a Upsala, en Suecia. Aquel verano le escribí una carta, pero nunca se la envié, y él desapareció de mi vida y también de mis pensamientos.

Once años más tarde me mandó por correo un libro. Trataba de boxeo, y se titulaba *La estética de la nariz rota.* Tanto ese carácter de rompe y rasga como lo de ir siempre al grano seguían intactos, eso pude constatarlo nada más leer unas cuantas páginas, y luego también descubrí muchas otras nuevas facetas. Él había boxeado en un club de Estocolmo durante tres años, con el fin de acercarse a ese ambiente que describía en el libro. Allí seguían vivos esos valores que la sociedad del bienestar ha ido deconstruyendo, tales como virilidad, honor, violencia y dolor, y lo interesante para mí era lo distinta que aparecía la sociedad contemplada desde ese punto de vista, con los valores que allí regían. El arte consistía en encontrarse con ese mundo sin todo lo que poseías en el otro, intentar verlo tal y como era, es decir, bajo sus propias premisas, y luego, con eso como base, volver a mirar hacia fuera. Entonces todo parecía distinto. En el libro, Geir relacionaba todo lo que veía, y lo describía con una cultura clásica antiliberal, en una línea que iba desde Nietzsche y Jünger, a Mishima y Cioran. En ese mundo no había nada en venta, nada era medible con el valor del dinero, y en eso, o mejor dicho, contemplado desde ahí, descubrí que cosas que yo en gran medida siempre había considerado naturales, casi una parte de mí, eran en realidad lo contrario, es decir, relativas y arbitrarias. En ese sentido, el libro de Geir fue para mí tan importante como lo había sido *Estatuas,* de Michel Serres, donde lo arcaicos que somos y siempre hemos sido emerge con una claridad inquietante, y *Las palabras y las cosas,* de Michel Foucault, en el que el dominio que lo contemporáneo y la lengua contemporánea ejercen sobre nuestras ideas y sobre cómo percibimos la realidad está muy patente, pues se ve cómo un mundo conceptual, dentro del cual todos viven plenamente, sustituye a otro. Todos esos libros tenían en común el establecerse en algún lugar fuera de la contemporaneidad, o al margen de ella, es decir, en el local de boxeo, que era una especie de enclave en el que seguían vivos algunos de los valores más importantes del pasado cercano, o en las profundidades de la historia, donde lo que éramos, o creíamos ser, estaba totalmente trastocado. Es probable que yo hubiera estado yendo hacia ese punto en silencio, a tientas y casi invisiblemente para el pensamiento, y de repente esos libros entraran en mi vida, fueran colocados en la mesa delante de mis ojos, y algo nuevo emergiera con claridad en mí. Como siempre ocurre con los libros que hacen época, pusieron palabras a lo que antes habían sido intuiciones, sentimientos, percepciones. Un sordo malestar, un sordo descontento, una sorda e indeterminada ira. Pero ninguna dirección, ninguna claridad, ningún rigor. El que precisamente el libro de Geir fuera tan importante tenía que ver también con que nuestros antecedentes sociales fueran muy parecidos: teníamos exactamente la misma edad, conocíamos a la misma gente de los mismos lugares, los dos habíamos pasado nuestra vida de adultos leyendo, escribiendo y estudiando, entonces, ¿cómo podía él acabar en un lugar tan radicalmente distinto? Desde que estaba en primaria nos habían instado a mí y a todos los que me rodeaban a pensar de un modo crítico e independiente. El que ese pensamiento crítico sólo fuera algo positivo hasta cierto punto y que más allá de ese punto se convirtiera en su antagonismo y con ello en un mal, no lo entendí hasta que cumplí treinta años. Uno puede preguntarse por qué tan tarde. En parte se debe a mi eterna acompañante, la ingenuidad, que en su indulgencia tipo primo ingenuo de pueblo ciertamente podría sembrar la duda sobre ciertas opiniones, pero nunca sobre las premisas de las mismas, razón por la que nunca se cuestionaba si «lo crítico» era realmente crítico, si «lo radical» era realmente radical o si «lo bueno» era realmente bueno, algo que hacen todas las personas sensatas en cuanto se libran del dominio de las opiniones embriagadas y emocionales de la época de la juventud, y en parte, a que igual que tantos otros de mi generación, yo había aprendido a pensar en abstracto, es decir, a adquirir conocimientos sobre diversas tendencias en distintas materias, a relatarlo de un modo más o menos crítico, preferentemente en relación con otras tendencias, y luego ser evaluado por ello, y a veces también para mi propia comprensión, mi propio deseo de saber, sin que por eso el pensamiento abandonara lo abstracto, de tal manera que al fin y al cabo lo de pensar fuera una actividad que se desarrollara enteramente entre fenómenos secundarios, el mundo tal y como aparecía en la filosofía, en la literatura, en las ciencias sociales, en la política, mientras que ese mundo que yo habitaba, en el que yo dormía, comía, hablaba, amaba, corría, ese mundo que olía, que sabía, que sonaba, en el que llovía y soplaba, que se notaba en la piel, era mantenido al margen, no se consideraba un tema de pensamiento. Es decir, claro que pensaba también en ese mundo, pero de otra manera, de una manera más práctica, más orientada al fenómeno de turno, y basada en otros motivos: mientras pensaba en la realidad abstracta con el fin de entenderla, pensaba en la realidad concreta con el fin de manejarla. En la realidad abstracta podía crearme una identidad, una identidad de opiniones, en la realidad concreta yo era el que era, un cuerpo, una mirada, una voz. En ella radica toda independencia. Y también en el pensamiento libre. El libro de Geir no sólo trataba de eso, también se desarrollaba en eso. Él se limitaba a describir lo que veía con sus propios ojos, lo que oía con sus propios oídos, y cuando intentaba entender lo que veía y lo que oía, lo hacía convirtiéndose en una parte de ello. También era la forma de reflexión más cercana a la vida lo que describía. Un boxeador nunca era evaluado por lo que decía u opinaba, sino por lo que hacía.

La misología, la desconfianza hacia las palabras, como la que tenía Pirrón, pirromanía, ¿era algo para atraer a un escritor? Todo lo que se dice con palabras puede ser contradicho con palabras, de modo que ¿de qué nos sirven las tesis doctorales, las novelas, la literatura? O dicho de otra manera: lo que decimos que es verdad también podemos decir que no lo es. Es un punto cero, y el lugar desde donde se extiende el valor cero. Pero no es un punto muerto, tampoco para la literatura, porque la literatura no es sólo palabra, la literatura es aquello que las palabras despiertan en el que lee. Es ese exceso el que da validez a la literatura, no los excesos formales en sí, como creen muchos. El lenguaje críptico y enigmático de Paul Celan no tiene nada que ver con inaccesibilidad o exclusión, al contrario, trata de abrir aquello a lo que el lenguaje no suele tener acceso, pero que sin embargo nosotros, muy dentro de nosotros, sentimos o reconocemos, o, si no lo hacemos, descubrimos. Las palabras de Paul Celan no pueden contradecirse con palabras. Lo que poseen tampoco puede traducirse, simplemente está ahí, y en cada uno de los que se les mete dentro.

El que las pinturas, y en parte también las fotografías, fueran tan importantes para mí, tenía que ver con eso. En ellas no había ninguna palabra, ningún concepto, y cuando las contemplaba, lo que yo experimentaba, lo que las hacía tan importantes, también carecía de concepto. Había algo estúpido en eso, un territorio totalmente desprovisto de inteligencia que me costaba reconocer o permitir, pero que sin embargo tal vez fuera el elemento más importante de aquello a lo que me quería dedicar.

Medio año después de haber leído el libro de Geir, le envié un correo invitándolo a escribir un artículo para la revista *Vagant*, de cuyo equipo editorial yo formaba parte por aquel entonces. Él aceptó, mantuvimos cierta correspondencia, siempre formal y objetiva. Un año más tarde, cuando de un día para otro dejé a Tonje y toda mi vida con ella en Bergen, le envié a Geir un correo en el que le preguntaba si conocía algún lugar donde alojarme en Estocolmo. Me contestó que no conocía ningún sitio, pero que podía instalarme en su casa mientras buscaba uno. Con mucho gusto, respondí. Muy bien, escribió él, ¿cuándo llegas? Mañana, respondí. *¿Mañana?,* escribió él.

Unas horas más tarde, después de una noche en el tren de

Bergen a Oslo, y una mañana en el tren de Oslo a Estocolmo, arrastraba mis maletas desde el andén hasta los pasillos por debajo de la estación de ferrocarril de Estocolmo, en busca de una taquilla de la consigna lo suficientemente grande para que cupieran las dos. Había estado leyendo durante todo el viaje en el tren para evitar tener que pensar en lo sucedido los últimos días, lo que era la razón de mi marcha, pero ahora, en medio de la multitud que iba y venía de los trenes de cercanías, el desasosiego me resultaba imposible de sofocar. Con el frío metido muy dentro del alma, me puse a andar por el pasillo. Después de haber metido las maletas en sendas taquillas y de guardarme las dos llaves en el bolsillo donde solía llevar las de casa, entré en el lavabo a refrescarme la cara con agua fría y recuperar algo de presencia. Por unos instantes me contemplé en el espejo. Tenía la cara pálida y un poco hinchada, el pelo desaliñado y los ojos..., pues los ojos... Miraban fijamente, pero no de un modo activo y hacia fuera, sino como si estuvieran buscando algo, como si lo que estaban viendo se metiera dentro de ellos, como si absorbieran todo.

¿Cuándo había adquirido yo semejante mirada?

Abrí el grifo del agua caliente y puse las manos debajo del chorro unos instantes, hasta que el calor empezó a extenderse por ellas, a continuación cogí una toalla de papel del dispensador de la pared y me las sequé, luego tiré el papel a la papelera que había junto al lavabo. Pesaba ciento un kilos y no tenía ninguna esperanza de nada. Pero estaba allí, lo cual ya era algo, pensé. Salí, subí las escaleras y entré en el vestíbulo, donde me quedé en el centro, rodeado de gente por todas partes, mientras intentaba confeccionar una especie de plan. Eran algo más de las dos. Había quedado allí con Geir a las cinco, lo que significaba que tenía tres horas por delante. Habría que comer algo. Necesitaba una bufanda. Y debería cortarme el pelo.

Salí de la estación y me detuve de nuevo en la plaza, delante de los taxis. El cielo estaba gris y frío y el aire húmedo. A la derecha había un caos de calles y puentes de hormigón, detrás de ellos un lago, y aún más lejos una serie de edificios monumentales. A la izquierda tenía una ancha calle densamente transitada y justo delante de mí una que más arriba giraba a la izquierda a lo largo de un sucio muro, detrás del cual había una iglesia.

¿Qué dirección debía tomar?

Apoyé un pie en un banco, lié un cigarrillo, lo encendí y eché a andar hacia la izquierda. Tras unos cien metros me paré. Aquello no prometía mucho, todo estaba construido para los coches, que pasaban a toda velocidad. Di media vuelta y volví a la estación, probé con la calle de la derecha, que conducía a una especie de avenida, con un enorme centro comercial al otro lado. Más allá había una especie de plaza, como algo metido en la tierra, a cuyo lado derecho se alzaba un gran edificio de cristal. Ponía CASA DE CULTURA en letras rojas. Entré y subí por la escalera mecánica al primer piso, donde había un café. Pedí una baguette con albóndigas y ensalada de lombarda, y me senté junto a la ventana, desde donde podía contemplar la plaza y la calle delante del centro comercial.

¿Iba yo a vivir allí? ¿Era donde vivía ahora?

El día anterior por la mañana estaba en mi casa de Bergen.

Ayer, fue ayer.

Tonje me había acompañado hasta el tren. La luz artificial del vestíbulo, los pasajeros delante de los vagones que ya estaban preparados para la noche y hablaban en voz baja, el ruido de las ruedas de las maletas sobre el asfalto. Ella lloraba. Yo no lloraba, me limité a abrazarla, secándole las lágrimas de las mejillas, ella sonreía a través de las lágrimas, yo subí al tren, pensando que no la vería marcharse, no vería su espalda, pero fui incapaz de no mirar, por la ventanilla la vi alejarse por el andén y desaparecer por la salida.

¿Se quedaría allí?

¿En nuestra casa?

Di un mordisco a la baguette y miré hacia abajo, a la plaza de cuadros negros y blancos, con el fin de desviar mis pensamientos hacia otro tema. A lo largo de la fila de tiendas al otro lado había montones de gente. Entraban y salían por las puertas del metro, entraban y salían por el túnel de la galería, subían y bajaban por la escalera mecánica. Paraguas, abrigos, bolsos, bolsas de compra, mochilas, gorros, carros de niño. Por encima de ellos coches y autobuses.

El reloj de pared del centro comercial marcaba las tres menos diez. Lo mejor sería cortarme el pelo primero para no arriesgarme a ir mal de tiempo al final, pensé. Bajando por la escalera mecánica saqué el teléfono móvil y repasé los nombres que tenía grabados, pero no encontré a nadie a quien me apeteciera llamar, habría que explicar demasiadas cosas, habría que decir demasiado, recibiría demasiado poco a cambio, de modo que cuando salí de nuevo a la desconsolada tarde de marzo en la que ya estaban cayendo algunos pesados copos de nieve, apagué el teléfono y lo devolví al bolsillo, antes de internarme en la calle Drottning, en busca de una peluquería. Delante del centro comercial había un hombre tocando la armónica. O mejor dicho, no tocaba, se limitaba a soplar en la armónica con todas sus fuerzas, mientras movía bruscamente la parte superior del cuerpo. Tenía el pelo largo y la cara ajada. Esa fuerte agresión que el hombre irradiaba me llegó directamente. Al pasar por delante de él, el miedo me golpeaba las venas. A muy poca distancia, en la entrada de una zapatería, una joven se inclinó sobre un carrito para sacar de él a un bebé, metido en una especie de bolsa forrada de piel, con la cabeza envuelta en un gorro también forrado de piel. La mujer miraba fijamente al frente, como ajena a lo que le ocurría al bebé. Se lo apretó contra ella con una mano y abrió la puerta de la tienda con la otra. La nieve que caía producía estallidos al alcanzar el suelo. Un hombre estaba sentado en un taburete plegable con un gran cartel en la mano en el que se podía leer que a cincuenta metros a la izquierda había un restaurante donde se podía tomar un filete a la piedra por ciento nueve coronas. ¿Filete a la piedra?, me pregunté. Muchas de las mujeres que pasaban por delante de mí se parecían entre sí, cincuentonas, con gafas, cuerpos chatos, abrigo, y bolsas de las tiendas Åhléns, Lindex, NK, Coop, Hemköp. Había menos hombres de la misma edad, pero también muchos se parecían entre sí, aunque de otra manera. Gafas, pelo color arena, ojos descoloridos, chaquetones verdosos o grisáceos con cierto toque de vida al aire libre, más delgados que gordos. Añoraba estar solo, pero no había ninguna posibilidad de ello, y seguí mi camino. El que todos los rostros que veía fueran desconocidos y siguieran siéndolo durante semanas y meses, ya que no conocía a una sola alma en esa ciudad, no impedía que tuviera la sensación de estar vigilado. Incluso cuando vivía en una pequeña isla muy adentrada en el mar y donde sólo vivían otras tres personas me sentía vigilado. ¿Le pasaba algo a mi abrigo? ¿Acaso el cuello debería estar levantado de otra manera? ¿Y los zapatos? ¿Tenían la pinta que debían tener? ¿Acaso yo tenía un modo de andar un poco rarito? ¿Como cayéndome hacia delante? Ah, era un idiota, un completo idiota. La llama de la estupidez ardía dentro de mí. Ah, qué idiota era. ¡Qué idiota tan jodidamente estúpido! Mis zapatos. Mi abrigo. Estúpido, estúpido, estúpido. Mi boca, informe, mis pensamientos, informes, mis sentimientos, informes. Todo se diluía. En ninguna parte había nada firme. Nada sólido. Nada necesario. Todo suave, blando y tonto. Joder. Joder. Joder, qué tonto era. Tampoco era capaz de encontrar la paz en un café, en cuestión de un instante había registrado a toda la gente que había allí, y seguía registrándolos, y cada mirada que me lanzaban llegaba al fondo de mi ser para hurgar en él, y cada movimiento que yo hacía, aunque sólo fuera hojear un libro, se propagaba hasta ellos como señal de mi estupidez, cualquier movimiento que hiciera decía: aquí hay sentado un idiota. De modo que era mejor andar, porque cuando andaba, las miradas desaparecían una tras otra, ciertamente eran sustituidas por otras, pero nunca tenían tiempo de establecerse, sólo me pasaban, allí va un idiota, allí va un idiota, allí va un idiota. Así sonaba la canción cuando yo andaba. Y sabía que no era razonable, que era algo que pasaba dentro de mí, pero no me servía, porque llegaban hasta allí, hasta dentro de mi ser, hurgaban dentro de mi ser, e incluso la más marginada de todos, incluso la más fea, gorda y desaliñada de todos, incluso la de la boca abierta y ojos vacíos de idiota podía mirarme y decir que yo no era como debía ser. Incluso ella. Así era. Yo andaba a través de la muchedumbre bajo el cielo que se oscurecía, entre los copos de nieve que caían, pasaba por delante de una tienda tras otra con el interior iluminado, solo, en mi nueva ciudad, sin pensar en cómo sería aquí la vida, porque eso no importaba nada, lo único que pensaba era que lograría superar aquello. «Aquello» era la vida. Superarla, en eso estaba ocupado.

Vi una peluquería que no había visto al pasar por delante la primera vez, estaba en un pasaje muy cerca del gran centro comercial. No tuve más que sentarme en la silla. Nada de lavarme el pelo, me lo humedecieron con agua de una botella. El peluquero, un inmigrante, adiviné que kurdo, me preguntó cómo lo quería, corto, dije, señalándole con el dedo gordo y el índice cómo me gustaría, me preguntó que en qué trabajaba, le contesté que era estudiante, me preguntó de dónde era, le contesté que de Noruega, me preguntó si estaba de vacaciones en Estocolmo, le contesté que sí, y ya no se dijo nada más. Los mechones caían al suelo alrededor del sillón. Eran casi negros, lo que me resultó extraño, porque cuando me miraba en el espejo tenía el pelo rubio. Siempre había sido así. Aunque *sabía* que mi pelo era oscuro, yo no lo *veía*. Me veía el pelo rubio, como lo había tenido en mi infancia y en mi juventud. Incluso en las fotos me veía el pelo rubio. Sólo cuando me lo cortaban y se podía contemplar separado de mí, por ejemplo, sobre unas baldosas blancas, como en este caso, veía que era oscuro, casi negro.

Cuando salí a la calle al cabo de media hora, el aire frío se acopló como un casco sobre mi cabeza recién pelada. Eran ya casi las cuatro, el cielo estaba casi del todo negro. Entré en una tienda H&M que había descubierto antes, con el fin de comprarme una bufanda. La sección de caballeros se encontraba en el sótano. Después de un rato buscando las bufandas sin encontrarlas, me acerqué al mostrador y le pregunté a la chica que había allí dónde estaban las bufandas.

–¿Qué dices? –preguntó.

–¿Dónde tenéis las bufandas? –volví a decir en noruego.

–Lo siento, pero no te entiendo. *What did you say?*

–Las bufandas –dije, tocándome la garganta–. ¿Dónde están?

–*I don't understand* –dijo ella–. *Do you speak English?*

–*Scarves* –dije–. *Do you have any scarves?*

–Oh, *scarves* –dijo–. *That's what we call halsduk. No, I'm sorry. It's not the season for them anymore.*

De vuelta en la calle pensé por un instante en entrar en Åhléns, que es el gran centro comercial de aquí, para ver si allí tenían bufandas, pero abandoné la idea, ya bastaba de tonterías, y empecé a andar calle arriba, hacia esa pensión en la que me había alojado en el verano dos años antes, por ninguna otra razón que porque era mejor andar hacia una meta que hacia nada. En el camino me metí en una librería de viejo. Las estanterías eran altas y estaban tan amontonadas que apenas podía moverme entre ellas. Tras echar un fugaz vistazo a los lomos de los libros y a punto de salir de la tienda, avisté un libro de Hölderlin encima de un montón en el extremo del mostrador.

–¿Está a la venta? –pregunté al dependiente, un hombre de mi edad, que llevaba un rato mirándome.

–Claro qué sí –contestó, sin inmutarse.

Se titulaba *Canciones.* ¿Acaso sería una traducción de *Die vaterländischen Gesänge?*

Miré el colofón. El año de edición era 2002, lo que significaba que era completamente nuevo. Pero allí no ponía ningún título, de modo que repasé velozmente el epílogo, deteniéndome en cada palabra que aparecía en cursiva. Y lo encontré: *Die vaterländischen Gesänge.* Los himnos patrióticos. ¿Pero por qué demonios lo habían traducido por *Canciones?*

Daba igual.

–Me lo llevo –dije–. ¿Cuánto te debo?

–¿Cómo?

–¿Cuánto cuesta?

–Déjamelo un momento y lo miro... Ciento cincuenta coronas.

Pagué, él metió el libro en una pequeña bolsa que me alcanzó, junto con el ticket, que me metí en el bolsillo trasero antes de abrir la puerta y salir de la tienda con la bolsa colgando de la mano. Estaba lloviendo. Me paré, me quité la mochila, metí la bolsa en ella, volví a echarme la mochila al hombro y seguí andando por la resplandeciente e iluminada calle comercial, donde la nieve que había caído durante horas no había dejado más huellas que una capa gris sobre todas las superficies por encima del nivel del suelo: los salientes de los tejados, los marcos de las ventanas, los suelos de los balcones, las marquesinas hundidas, de modo que el toldo, junto al marco exterior, se hinchaba ligeramente, los bordes de los muros, las tapaderas de los contenedores de basura, las fuentes. Pero no en la calle, que reposaba negra y mojada, resplandeciente bajo las luces de ventanas y farolas.

La lluvia hizo que parte de la gomina que el peluquero me había puesto en el pelo me cayera por la frente. Me la quité con la mano y me la limpié en el pantalón, a la altura del muslo, descubrí un pequeño portal al lado derecho de la calle y fui hasta allí para encender un cigarrillo. Dentro había un profundo jardín con terrazas de al menos dos restaurantes diferentes. Un pequeño estanque en el medio. En la pared al lado de la puerta ponía Asociación Sueca de Escritores. Era una buena señal. La asociación de escritores era uno de los sitios a los que tenía planeado llamar para informarme sobre un alojamiento.

Encendí el cigarrillo, saqué el libro que acababa de comprar, apoyé la espalda en la pared y me puse a hojearlo con poco entusiasmo.

Desde hacía mucho tiempo Hölderlin era un nombre muy familiar para mí. No es que lo hubiera leído sistemáticamente, todo lo contrario, sólo un par de poemas esporádicos de la colección de la versión noruega de Olav Hauge, aparte de conocer superficialmente su vida, sus años de locura en la torre de Tubinga; sin embargo su nombre me había acompañado durante mucho tiempo, desde que tenía unos dieciséis años, cuando mi tío Kjartan, el hermano de mi madre, diez años menor que ella, empezó a hablarme de él. Era el único de los hermanos que se había quedado a vivir en la casa familiar, una pequeña granja en Sørbøvåg, en Ytre Sogn, junto con sus padres: mi abuelo materno, que en aquella época estaba cerca de los ochenta, pero que seguía muy vital y ágil, y mi abuela, que se encontraba ya en una fase avanzada de Parkinson y que por eso necesitaba ayuda para casi todo. Aparte de llevar la granja, que aunque no tenía más de dos hectáreas exigía tiempo y esfuerzo, y cuidar de su madre, en la práctica veinticuatro horas al día, también trabajaba de fontanero naval en unos astilleros a unos veinte kilómetros de distancia. Era un hombre excepcionalmente sensible, frágil como la más frágil de las plantas, totalmente desinteresado o incapacitado para los aspectos prácticos de la existencia, de modo que todo lo que hacía en su vida cotidiana era algo que se obligaba a hacer. Día tras día, mes tras mes, año tras año. Voluntad pura y dura. El que todo fuera así no se debía necesariamente a que jamás hubiera conseguido salir de las condiciones en las que había nacido, lo que sería fácil pensar, que se quedaba en lo conocido sólo porque le era conocido, sino que era más bien la consecuencia de su naturaleza sensible. ¿Pues hacia dónde podía dirigirse un joven con tendencias a lo ideal y lo perfecto a mediados de la década de los setenta? Si hubiera sido joven en los años veinte, como lo fue su padre, a lo mejor se habría encontrado con esa corriente vitalista, enamorada de la naturaleza, romántica tardía, que recorrió la cultura, al menos la parte de ella que empleaba el neonoruego, se habría sentido a gusto y se habría acercado a lo que escribían Olav Nygard, Olav Duun, Kristofer Uppdal y Olav Aukrust, y que más tarde Olav Hauge introduciría en nuestra propia época; si hubiera sido joven en los años cincuenta tal vez se habría adherido a las ideas y teorías del radicalismo cultural, o al movimiento contrario, las fuerzas de una cultura conservadora que moría lentamente. Pero él no fue joven ni en la década de 1920 ni en la de 1950, de modo que se hizo miembro del

AKP (Partido Comunista Marxista Leninista de los Obreros) y se *autoproletarizó,* como se decía entonces. Empezó a poner tuberías en barcos porque tenía fe en un mundo mejor que éste. No sólo durante unos meses o unos cuantos años, que fue el caso de la mayor parte de sus correligionarios, sino durante casi dos décadas. Fue uno de los poquísimos que no renunciaron a sus ideales cuando cambiaron los tiempos, sino que los mantuvo a pesar de que el coste, tanto en lo social como en lo privado, fuera cada vez mayor. Ser comunista en un pueblo rural era muy distinto a ser comunista en una ciudad. En una ciudad no eras el único, había otros que compartían tu fe, una comunidad, a la vez que tus convicciones no eran visibles en todos los contextos. En un pueblo eras «el comunista». Era tu identidad, tu vida. Ser comunista a principios de los setenta, cuando estaban en la cresta de la ola, era diferente a ser comunista en los ochenta, cuando todas las ratas habían abandonado el barco ya hacía tiempo. Un comunista solitario suena a paradoja, pero ése fue el caso de Kjartan. Recuerdo cómo mi padre solía discutir con él los veranos que visitábamos a los abuelos, sus voces altas abajo en el salón cuando mi hermano y yo nos habíamos acostado y estábamos a punto de dormirnos, y aunque yo fuera incapaz de articularlo y también de pensarlo, intuía que había una diferencia entre ellos, y que esa diferencia era fundamental. Para mi padre la discusión era limitada, se trataba de informar a Kjartan sobre sus equivocaciones; para Kjartan era una cuestión de vida o muerte, de todo o nada. De ahí la irritación en la voz de mi padre, y el ardor en la de Kjartan. También se transmitía, al menos como yo lo concebía, que mi padre hablaba basándose en la realidad, que lo que él decía y opinaba pertenecía a *aquí,* a *nosotros,* a nuestros días en el colegio y nuestros partidos de fútbol, nuestros cómics y nuestras excursiones a pescar, nuestras actividades de quitanieves y gachas del sábado, mientras que Kjartan hablaba basándose en algo distinto, algo que pertenecía a otro lugar. Naturalmente no podía admitir que aquello en lo que él creía, y por lo que en cierto modo había dado su vida, no tuviera nada que ver con la realidad, como decían mi padre y casi todos los demás. El que la realidad no fuera como él decía, y que nunca sería así. Creer eso lo convertiría en un soñador. ¡Pero soñador era justamente lo que *no* era! ¡Lo que a él le interesaba era la realidad concreta, material, física, prosaica! La situación era por tanto profundamente irónica. Él, que defendía las teorías sobre unión y solidaridad, era el expulsado, el que se había quedado solo. Él, que consideraba el mundo idealista y abstracto, él, que tenía un alma más refinada que todos los demás, era el que trajinaba y cargaba, soldaba y atornillaba, andaba a gatas en un barco tras otro, era el que ordeñaba, el que daba de comer a las vacas, el que acarreaba el estiércol al sótano del estiércol para luego en primavera esparcirlo por los campos, el que cortaba la hierba y el heno, el que conservaba las casas y cuidaba de su madre, que cada año necesitada más ayuda. Ésa fue su vida. El que el comunismo empezara a sonar menos a principios de la década de los ochenta, y las intensas discusiones que había mantenido en todos los frentes fueran disminuyendo imperceptiblemente para un día desaparecer del todo, tal vez cambiara el sentido de su vida, pero no su contenido. Ése seguía como antes, por el mismo camino: levantarse para ordeñar y alimentar las vacas al amanecer, coger el autobús hasta los astilleros, trabajar todo el día, volver a casa y ocuparse de sus padres, dar vueltas por la habitación un rato con su madre, cuando ella era capaz de hacerlo, o masajearle los pies, ayudarla en el aseo, tal vez prepararle la ropa para el día siguiente, hacer lo que hiciera falta fuera, ir a buscar a las vacas, ordeñarlas u otra cosa, meterse en sus aposentos, cenar y dormir hasta la mañana siguiente, si la abuela no se ponía tan mal que el abuelo lo llamaba en el transcurso de la noche. Ésa era la vida de Kjartan, el aspecto que tenía desde fuera. Cuando inició su período comunista yo sólo tenía unos dos años, y cuando estaba casi acabando, al menos la parte activamente retórica, yo justo había concluido la primaria, de modo que todo aquello constituía sólo un vago telón de fondo para la imagen que yo tenía de él cuando cumplí los dieciséis y empecé a interesarme por quién «era» la gente. Mucho más importante para esa imagen era que él escribía poemas. No porque me gustara la poesía, sino porque eso «decía» algo más sobre él. Porque la poesía no era algo que se escribía si uno no estaba obligado a ello, es decir, si uno no era poeta. Él nunca nos habló de ello, pero tampoco lo ocultó. Al menos lo sabíamos. Un año salieron algunos de sus poemas en el periódico *Dag og Tid*, otro año en el *Klassekampen;* eran pequeñas y sencillas imágenes de la realidad de un obrero industrial, poemas que a pesar de su modestia despertaron cierto respeto en la familia Hatløy, en la que los libros gozaban de gran prestigio. Cuando consiguió que le publicaran un poema en la contraportada de la revista literaria *Vinduet*, junto a una pequeña foto suya, y luego, unos años más tarde, pudo ver poemas suyos en dos páginas de la misma revista, era ya a nuestros ojos un poeta de pura raza. Fue en esa época cuando empezó a leer filosofía. Sentado por las noches en esa casa en lo alto del fiordo, luchando con el tremendamente complicado alemán de Heidegger en su *Sein und Zeit*, seguramente deletreando palabra por palabra, porque, que yo supiera, no había leído ni hablado alemán desde los tiempos del colegio, y con los poetas sobre los que escribía Heidegger, en particular Hölderlin, y los presocráticos a los que hacía referencia, y Nietzsche. Nietzsche. Describiría más tarde lo de leer a Heidegger como llegar a casa. No es ninguna exageración decir que aquello lo llenaba del todo, y que la experiencia tenía algo de religioso. Un despertar, una conversión, un mundo viejo que se llenó de nuevo significado. Para entonces mi padre había abandonado a la familia, de modo que Yngve, mi madre y yo empezamos a celebrar las navidades en casa de mis abuelos maternos, donde Kjartan, ya con treinta y tantos años, seguía viviendo y trabajando. Las cuatro o cinco Nochebuenas celebradas allí son sin duda las más memorables que he vivido. La abuela estaba enferma y se sentaba encogida y temblando a la mesa. Le temblaban las manos, le temblaban los brazos, le temblaba la cabeza, le temblaban los pies. A veces le daban calambres y la colocábamos en un sillón donde había que darle unos masajes tan fuertes que casi le rompíamos los huesos. Pero estaba despejada, tenía los ojos despejados, nos veía y se alegraba con nosotros. El abuelo, pequeño, rechoncho y espabilado, contaba sus historias cuando se le permitía, y cuando se reía, lo que hacía siempre mientras las contaba, se reía tanto que se le saltaban las lágrimas. Pero no se le permitía muy a menudo, porque Kjartan estaba allí, y Kjartan había estado un año entero leyendo a Heidegger, empapándose de Heidegger, en medio de su fatigosa y vana vida laboral, sin un alma con la que compartirlo, porque no había nadie por allí que hubiera oído hablar de Heidegger y tampoco nadie que quisiera oír hablar de él, aunque yo sospechaba que mi tío lo había intentado, tendría que haberlo hecho estando tan imbuido de su lectura, pero sin que condujera a nada, nadie entendía, nadie quería entender, él estaba solo, y entonces entramos por la puerta su hermana Sissel, que era profesora de enfermería, y a la que le interesaba la política, la literatura y la filosofía, el hijo de ella, Yngve, estudiante universitario, algo que Kjartan siempre había soñado ser, los últimos años cada vez más, y su otro hijo, Karl Ove. Yo tenía diecisiete años, iba al instituto, y aunque no entendía ni una sola palabra de lo que ponía en sus poemas, él sabía que yo leía libros. Eso le bastaba. Entramos por la puerta y se abrieron sus esclusas. Todos los pensamientos que había acumulado durante el último año le salían a chorros. No importaba nada que no entendiéramos. No importaba nada que fuera Nochebuena, que la carne de cordero, las patatas, el puré de colinabo, la cerveza y el aquavit ya estuvieran en la mesa: él se ponía a hablar de Heidegger desde dentro, sin un solo enlace con el mundo exterior, era *Dasein* y *Das Mann*, Trakl y Hölderlin, el gran poeta Hölderlin, estaban Heráclito y Sócrates, Nietzsche y Platón, los pájaros en los árboles y las olas en el fiordo, el ser de los seres humanos y la aparición de la existencia, el sol en el cielo y la lluvia en el aire, los ojos del gato y la caída de la cascada. Despeinado, con el traje retorcido y la corbata llena de manchas, hablaba con los ojos ardientes, realmente ardientes, me acordaré siempre, porque era noche cerrada fuera, la lluvia golpeaba las ventanas, era la Nochebuena de 1986, nuestra Nochebuena, los regalos estaban debajo del abeto, todos íbamos vestidos de fiesta, y lo único de lo que se hablaba era de Heidegger. La abuela temblaba, el abuelo roía un hueso, mi madre escuchaba atentamente. Yngve había dejado de escuchar. Yo me sentía indiferente a todo y feliz porque era Navidad. Pero aunque no entendía nada de lo que decía Kjartan, nada de lo que escribía y tampoco nada de esos poemas que él elogiaba con tanto ardor, intuía que él tenía razón, que había una filosofía más elevada y una poesía más elevada, y que si uno no la entendía, si uno no conseguía participar de ella, la culpa era de uno mismo. Cuando más tarde he pensado en lo más alto, he pensado en Hölderlin, y cuando he pensado en Hölderlin, siempre ha sido asociado con la montaña y el fiordo, la noche y la lluvia, el cielo y la tierra, y los ojos ardientes de mi tío.

Aunque desde entonces habían cambiado muchas cosas en mi vida, mi relación con la poesía seguía siendo en lo fundamental la misma. Leía los poemas, pero no se me abrían nunca, y eso era porque yo no tenía «derecho» a su lectura: no eran para mí. Cuando me acercaba a ellos, me sentía como una especie de defraudador al que descubrían siempre, porque esos poemas me decían cada vez: ¿quién te crees que eres para meterte aquí? Eso era lo que me decían los poemas de Ósip Mandelstam, eso era lo que me decían los poemas de Ezra Pound, eso era lo que me decían los poemas de Gottfried Benn, eso era lo que me decían los poemas de Johannes Bobrowski. Uno tenía que hacerse merecedor de leerlos.

¿Cómo?

Era sencillo. Abrías un libro, lo leías, y si los poemas se te abrían, los merecías, si no, no los merecías. El que yo fuera uno de esos a los que los poemas no se le abrían no me molestaba gran cosa cuando tenía veintipocos años y aún estaba lleno de ideas sobre lo que podría llegar a ser. Las consecuencias de que los poemas no se me abriesen eran sin embargo grandes, mucho mayores de que simplemente fuera excluido de un género literario. También constituía un juicio sobre mí. Los poemas miraban dentro de otra realidad, o veían la realidad de otro modo, de un modo más verdadero que éste, y el que la capacidad de ver no fuera algo que se pudiera aprender, sino algo a lo que uno tenía o no acceso, me condenaba a una vida en lo bajo, sí, me convertía en uno de los bajos. El dolor que sentí al comprender eso fue grande. Y en realidad sólo había tres posibles reacciones. La primera era admitirlo y aceptarlo tal y como era. Yo era un hombre completamente normal, que llevaba una vida completamente normal y buscaba el sentido donde yo estaba, y no en otra parte. En la práctica ésa era la situación. Me gustaba jugar al fútbol y jugaba cuando se me presentaba la ocasión, me gustaba la música pop y tocaba la batería en un grupo un par de veces a la semana, seguí unos cursos en la universidad, salía bastante o me quedaba tumbado en el sofá de mi casa por las noches viendo la televisión con mi novia. La segunda forma era negarlo todo, diciéndote a ti mismo que estaba dentro de ti, sólo que aún no se había hecho realidad, y luego vivir una vida en la literatura, tal vez como crítico, tal vez como profesor de universidad, tal vez como escritor, porque era más que posible mantenerse a flote en ese mundo, sin que la literatura llegara a abrirse jamás. Podías, por ejemplo, escribir toda una tesis sobre Hölderlin describiendo sus poemas, discutir de qué trataban y de qué manera era eso expresado, mediante la sintaxis, mediante el vocabulario, mediante imágenes, podías escribir sobre la relación entre lo griego y lo cristiano, sobre el papel del paisaje en los poemas, sobre el papel del tiempo meteorológico o sobre la relación entre los poemas y la realidad político-histórica en la que se crearon, independientemente de que se pusiera el énfasis en lo biográfico, por ejemplo en sus orígenes alemanes protestantes, o en la enorme influencia que tuvo la Revolución Francesa. Podías escribir sobre su relación con los demás idealistas alemanes, Goethe, Schiller, Hegel, Novalis, o sobre su relación con Píndaro en sus poemas tardíos. Podías escribir sobre sus traducciones no ortodoxas de Sófocles, o leer sus poemas en relación con lo que escribe en sus cartas sobre poesía. También podías leer los poemas de Hölderlin contrastándolos con la comprensión de los mismos de Heidegger o dar un paso más y escribir sobre esa lucha de valores que libraron Heidegger y Adorno sobre Hölderlin. También se podía escribir sobre toda la historia de la recepción de su obra o de sus traducciones. Todo eso podía llevarse a cabo sin que los poemas de Hölderlin se te abriesen jamás. Eso mismo podía hacerse con todos los poetas, y también se hacía, claro está. También podías, si estabas dispuesto a trabajar duramente, escribir poemas propios, a pesar de ser uno de esos a los que los poemas no se le abrían; la diferencia entre poemas y poemas que se parecen a poemas sólo puede verla un poeta. De estos dos métodos, el primero, es decir, aceptarlo, era el mejor, pero el más difícil. El segundo método, negarlo, era más fácil, pero también más incómodo, porque significaba encontrarse constantemente muy cerca de la certidumbre de que lo que estabas haciendo no tenía en realidad valor alguno. Y si vivías en el mundo de la literatura, era justo el valor lo que buscabas. El tercer método, que consistía en rechazar el planteamiento en sí, era por tanto el mejor. No existe nada más alto, no existe ninguna comprensión privilegiada. Nada es mejor o más verdadero que otra cosa. El que los poemas no se me abrieran no significaba necesariamente que me encontrara a un nivel más bajo que ellos, o que lo que yo escribía tuviera necesariamente menos valor. Las dos cosas, tanto los poemas que no se me abrían como lo que yo escribía, eran al fin y al cabo lo mismo, es decir, texto. Si resultaba que mis poemas eran en verdad peores, lo que naturalmente era el caso, no era el resultado de una situación irreversible, es decir, que yo no lo tenía dentro de mí, sino algo que podía cambiar mediante trabajo duro y experiencia creciente. Hasta cierto límite, claro está, ya que conceptos tales como talento y calidad seguían siendo algo ineludible, pues todo el mundo no podía escribir igual de bien. Lo más importante era que no existía un precipicio, nada insuperable, entre los que lo tenían y los que no lo tenían; entre los que veían y los que no veían. Era más bien cuestión de grados dentro de una misma escala. Era un pensamiento gratificante, y no resultaba difícil buscarle una argumentación, pues había sido absoluto en todos los ambientes artísticos, críticos y universitarios desde mediados de los sesenta hasta ahora. Las ideas que yo tenía y que formaban una parte tan evidente de mí mismo que ni siquiera sabía que eran ideas, y en consecuencia nunca había pronunciado, sólo sentido, pero a pesar de todo habían ejercido una gran influencia sobre mí, era romanticismo en su forma más pura, es decir, algo caduco. Los pocos que se ocupaban seriamente del Romanticismo se interesaban por los aspectos que encajaban en el ideario de nuestra época, como lo fragmentario o lo irónico. Pero para mí lo importante no era lo romántico –si sentía afinidad por alguna época, ésa era el Barroco, me atraía su sentido de lo espacioso, sus vertiginosas cumbres y sus abismos, sus ideas sobre la vida y el teatro, espejo y cuerpo, luz y oscuridad, arte y ciencia–, sino la sensación que me proporcionaba encontrarme fuera de lo esencial, de lo más importante, de aquello que realmente era la existencia. Si ese sentimiento era romántico o no, poco importaba. Con el fin de atenuar el dolor que me causaba, me había ido defendiendo de las tres maneras antes mencionadas, y durante largas épocas incluso había creído en ellas, sobre todo en la última, que era mi idea sobre el arte como el lugar en el que ardía el fuego de la verdad y la belleza, el último refugio donde la vida podía mostrar su verdadero rostro, que estaba retorcido. Pero de vez en cuando volvía a aparecer. No como un pensamiento, porque se podía refutar con argumentos, sino como un sentimiento. Con todo mi ser sabía ya que era mentira, que me estaba engañando a mí mismo. Ésa era mi situación cuando me encontraba en el portal de la Asociación Sueca de Escritores, en Estocolmo, una tarde de marzo de 2002, hojeando la traducción de Fioreto de los últimos grandes himnos de Hölderlin.

Ah, miserable de mí.

Por delante del portal pasaba una constante corriente de gente nueva. La luz de las farolas colgadas de cables de acero sobre la calle resplandecía en chaquetones de plumas y bolsas de compra, asfalto y metal. Un suave murmullo de pasos y voces atravesaba el espacio entre las hileras de casas. En el marco de una ventana del segundo piso del edificio había posadas dos palomas, inmóviles. En el extremo del riel de la marquesina que colgaba de la pared del edificio junto al que me encontraba, el agua formaba gruesas gotas que caían al suelo a intervalos regulares. Ya había metido el libro en la mochila, y saqué el teléfono móvil del bolsillo de la chaqueta para ver la hora. La pantalla estaba oscura, de modo que lo encendí y eché a andar. Entró un mensaje. Era de Tonje.

¿Has llegado ya? Pienso en ti.

Esas dos frases me hicieron sentir su presencia. Su imagen, lo que ella significaba para mí, me llenó por un instante del todo. No sólo su cara y la manera en la que se movía, como suele ocurrir cuando piensas en alguien que conoces, sino todo lo que podía llegar a ser su rostro, todo lo no definible, y sin embargo extremadamente nítido, lo que una persona irradia al que ama. Pero no quise contestarle. La razón de mi marcha era precisamente alejarme de ella, de modo que en el momento en que me sobrevino una oleada de dolor por todo, borré el mensaje y tecleé hasta llegar a la imagen del reloj.

16.21.

Faltaba poco más de media hora para encontrarme con Geir.

Habíamos dicho a las cuatro y media, ¿no?

¿Era eso?

¡Joder! ¡Eso era! Las cuatro y media, no las cinco.

Di la vuelta y eché a correr calle abajo. Tras un par de manzanas, me detuve para recobrar el aliento. Un hombre sentado con un cartel en forma de flecha me miró con ojos indolentes. Lo tomé como una señal y me metí por la calle hacia la que señalaba la flecha. Al llegar al cruce al otro lado tenía la estación de ferrocarril enfrente, porque en la pared del fondo de un callejón divisé un cartel amarillo en el que ponía *Arlanda Express*. Eran las 16.26. Si quería llegar a tiempo, tendría que ir corriendo el último trecho. Crucé la calle, entré en la terminal del tren del aeropuerto, corrí a lo largo del andén hasta el vestíbulo exterior, pasé por delante de los quioscos y cafés, los bancos y las taquillas de consigna, y llegué al vestíbulo principal, donde me detuve tan falto de aliento que tuve que inclinarme hacia delante con las manos apoyadas en las rodillas.

Habíamos quedado junto a una barandilla circular en medio del vestíbulo, desde donde podía verse la planta de abajo. Cuando me enderecé, eran exactamente las cuatro y media.

Ya.

Elegí un camino poco evidente hasta la fila de quioscos, donde me coloqué junto a la pared para poder ver a Geir antes de que él me viera a mí. Llevaba doce años sin verlo y hasta entonces sólo lo había visto cuatro o cinco veces en el transcurso de dos meses, de modo que desde que recibí su respuesta a mi correo, diciendo que podía alojarme en su casa, tenía miedo de no reconocerlo. Es decir, lo de «reconocer» no era un concepto relevante, porque no tenía ninguna imagen de él en absoluto. Cuando pensaba en Geir no veía su cara, sino las letras de su nombre, es decir, «Geir», y una vaga impresión de alguien que se reía. El único episodio que recordaba con él era en el bar de Fekterloftet, en Bergen. Geir riéndose y diciendo: ¡pero si eres existencialista! No sé por qué me acordaba precisamente de eso. ¿Acaso porque no tenía ni idea de lo que era un «existencialista» y me sentía adulado porque mis opiniones encajaran en una conocida tendencia filosófica?

Seguía sin saber lo que era un existencialista. Conocía el concepto, algunos nombres y la época, pero era incapaz de recordar su contenido exacto.

El rey de las aproximaciones, ése era yo.

Me quité la mochila y la coloqué en el suelo entre los pies, moví los hombros un poco hacia delante y hacia atrás, mientras miraba a los que se encontraban junto a la barandilla. Ninguno de ellos podía ser Geir. Cuando apareciera alguien que se correspondiera con lo poco que recordaba, me acercaría a él con la esperanza de que me reconociera. En el peor de los casos, le preguntaría: ¿eres Geir?

Miré el reloj que había al fondo del vestíbulo. Las cinco menos veinticinco.

¿Habíamos dicho a las cinco después de todo?

Por alguna razón estaba seguro de que Geir era un hombre puntual. En ese caso la hora acordada serían las cinco. En el vestíbulo exterior había visto un cibercafé, y tras esperar unos minutos, entré en él para confirmarlo. También sentía necesidad de leer su correo electrónico una vez más, de calibrar su tono, y así la situación tal vez me pareciera un poco menos extraña.

Los problemas que había tenido hasta entonces para hacerme entender me hicieron limitarme a decir ¿internet? a la mujer que estaba detrás del mostrador. Asintió con la cabeza y señaló uno de los ordenadores. Me senté frente a él, entré en mi correo y me encontré cinco nuevos mensajes que leí por encima. Todos eran de la redacción de la revista *Vagant.* Aunque no hiciera más de veinticuatro horas que estaba en Bergen, tenía la sensación de que la discusión entre Eirik, Finn y Jørgen en pantalla tuviera lugar en otro mundo, al que yo ya no pertenecía. Como si hubiera cruzado una línea, como si realmente *no pudiera regresar.*

Estaba allí ayer, me dije. Y aún no he decidido del todo cuánto tiempo voy a quedarme aquí. Puedo volver a Bergen dentro de una semana si quiero. O mañana mismo.

Pero no era ése mi sentimiento. Sentía como si nunca pudiera volver.

Volví la cabeza y miré hacia el Burger King. En la mesa más cercana había un vaso de Coca-Cola volcado. El líquido negro se había extendido formando un alargado óvalo, y goteaba desde el borde hasta el suelo. En la mesa de atrás había un hombre con las rodillas muy juntas, comiendo como si de un castigo se tratara: durante un rato su mano se movía rápidamente entre el cartón de patatas fritas, el ketchup y la boca que masticaba, luego tragaba, cogía la hamburguesa con ambas manos, se la llevaba a la boca y le daba un mordisco. Mientras masticaba era como si tuviera la hamburguesa preparada a unos centímetros de la boca, luego daba otro mordisco, se limpiaba los labios con una mano y levantaba el vaso de bebida con la otra, a la vez que miraba de reojo a las tres adolescentes de pelo negro que charlaban en la mesa vecina. La mirada de una de ellas se cruzó un instante con la mía, yo la desvié hacia la entrada, por la que venían dos azafatas uniformadas, haciendo rodar sus maletas, y luego miré la pantalla, con los agudos sonidos de sus tacones acallándose rápidamente en mi oído.

¿Y si no volviera jamás? Llevaba tiempo añorando esto. Estar aquí, solo, en una ciudad desconocida. Ninguna atadura, nadie más, sólo yo, libre de hacer lo que me diera la gana.

¿Entonces por qué esa sensación de pesadez?

Busqué los correos electrónicos de Geir y me puse a leerlos.

Querido Karl Ove:

Una idea estupenda. Upsala es, como tú mismo escribes, una ciudad universitaria y mucho más. La ciudad puede compararse con nuestra región de Sørlandet alrededor del cambio de siglo, un lugar al que se envía a los hijos para que aprendan a hablar con la erre a la francesa. Estocolmo es una de las capitales más hermosas del mundo, pero de relajada no tiene nada. Suecia es en ese sentido una paradoja fantástica, por un lado ampliamente conocida por sus fronteras abiertas, por otro, el país más segregado de Europa. Si no estás obligado a vivir en Upsala, te recomiendo instalarte en Estocolmo. (De todos modos sólo se tarda en llegar 40 o 50 minutos y los trenes salen cada media hora.)

En lo que respecta a un piso, un estudio o una habitación de alquiler, no es muy fácil de encontrar. Casi peor en Upsala, debido a los nuevos estudiantes. Difícil, pero no imposible. En este momento no sé de nadie que tenga una habitación en alquiler, pero me enteraré. Si te he entendido bien, no pretendes mudarte para siempre, sino en un principio sólo para lo que queda de año, seguramente podrías conseguir un llamado «piso de segunda mano». Existe una agencia que se ocupa de eso. Por cierto, ¿te has puesto en contacto con la

Asociación Sueca de Escritores? A lo mejor tienen pisos disponibles para escritores extranjeros, o al menos sepan de alguien que los tenga. Si quieres, puedo hacer algunas llamadas a agencias, asociaciones y cosas así. Hoy es sábado, 16 de marzo. ¿Quieres venir un fin de semana, o tal vez sería mejor entre semana, cuando todo está abierto, sólo para ver si te gusta? ¿O estás decidido ya? En ese caso me pondré a investigar posibles pisos a principios de la semana que viene. Sea como sea, eres bienvenido en mi casa, estés de vacaciones o buscando alojamiento.

No tengo tu número de teléfono, y sería mucho más fácil hacer planes por teléfono. Se puede vivir bien en Suecia con ingresos noruegos. ¿Cuánto estarías dispuesto a pagar al mes? ¿Una, dos o tres habitaciones?

Tengo muchas ganas de verte.

Geir

Karl Ove:

Si no estás ya en el tren, ¡llámame en cuanto llegues a Oslo o a Estocolmo! ¡No malgastes el dinero en un hotel! No te dé apuro. Tengo motivos egoístas, pues tú hablas noruego sin acento. Estoy perdiendo vocabulario. Por cierto, la universidad de Upsala es de 1477.

En Estocolmo basta con marcar 708 96 93.

Geir

¿Así que no te gusta el teléfono? Entonces digamos en la Estación Central (adonde llega tu tren) esta tarde a las 17.00 horas. Hay una barandilla circular en medio del vestíbulo (la gente la llama el «Aro de los Maricas»). Nos vemos allí. Llámame si hay algún cambio. (Tanta aversión no tendrás al teléfono, ¿no?)

Geir

Ésa era la correspondencia. No dudé de su sinceridad en la invitación a alojarme en su casa, pero tal vez no estaría bien aceptarla. Sería más adecuado quedar a tomar un café. Por otra parte, yo no tenía mucho que perder. Y al fin y al cabo el chico procedía de la isla de His, vecina a la mía.

Cerré el documento y eché un vistazo a la mesa de las tres chicas, antes de coger la mochila y levantarme. La que llevaba la voz cantante hablaba con una especie de intensidad ofendida, tremendamente autosuficiente, y era aplaudida con la misma intensidad. Si no las hubiera oído hablar, les habría echado unos diecinueve años. Pero ya sabía que tenían unos quince.

La que estaba más cerca giró la cabeza y su mirada volvió a cruzarse con la mía. No para regalarme nada, no era una mirada abierta, sino para constatar que yo la veía. Y sin embargo esa mirada abrió algo. Una ráfaga de felicidad. Luego, cuando me acerqué al mostrador a pagar, llegó el trueno de la conciencia. Tenía treinta y tres años. Significaba que era un hombre adulto. ¿Por qué seguía pensando como cuando tenía veinte? ¿Cuándo me abandonarían esas fantasías juveniles? A los treinta y tres años, mi padre tenía ya un hijo de trece y otro de nueve, una casa, un coche y un trabajo, y en las fotos de aquella época su aspecto era el de un hombre hecho y derecho, pensé al ponerme delante del mostrador. Puse mi mano caliente sobre la fría superficie de mármol. La camarera se levantó de la silla y se acercó a cobrarme.

–¿Cuánto me cobras? –pregunté en noruego.

–¿Perdona?

Suspiré.

–¿Cuánto es?

Miró la pantalla que tenía delante.

–Diez –contestó.

Le alcancé un arrugado billete de veinte coronas.

–Ya está bien –dije, y eché a andar antes de que la mujer tuviera tiempo para uno de sus «¿perdona?», que al parecer tanto abundaban en ese país. El reloj de la pared del vestíbulo principal marcaba las cinco menos seis minutos. Me coloqué en el lugar de antes y miré a los que estaban parados alrededor de la barandilla. Como ninguno de ellos se correspondía con la poca información de que disponía, dejé vagar la mirada entre la gente que iba y venía por el vestíbulo. Del quiosco del otro lado salió un hombre bajo, con una cabeza grande y un aspecto tan peculiar que lo seguí con la mirada. Tendría unos cincuenta años, el pelo amarillento, la cara ancha, la nariz grande, la boca ligeramente torcida y los ojos pequeños. Parecía un gnomo. Pero iba vestido con traje y abrigo, en una mano llevaba una elegante cartera de piel, debajo del brazo apretaba un periódico, y tal vez fuera eso, el que otra naturaleza pareciera salir a presión de debajo de su aspecto urbano, lo que hizo que no lo perdiera de vista hasta que desapareció por la escalera que bajaba a los andenes desde donde salían los trenes pendulares. De repente me di cuenta una vez más de lo viejo que era todo. Las espaldas, las manos, los pies, las cabezas, las orejas, el pelo, las uñas, todo aquello de lo que constaban esos cuerpos que fluían por el vestíbulo era viejo. Incluso su placer era viejo, las ganas y las esperanzas de lo que trajera el futuro eran viejas. Y sin embargo nuevas, para nosotros eran nuevas, pertenecían a nuestra época, pertenecían a la cola de taxis fuera en la calle, pertenecían a las máquinas de café en los mostradores de las cafeterías, pertenecían a los estantes de revistas en los quioscos, pertenecían a los móviles y a los iPods, a las chaquetas Goretex y a los ordenadores portátiles transportados en sus maletines a través del vestíbulo y dentro de los trenes, pertenecían a los trenes y a las puertas automáticas, a las máquinas expendedoras de billetes y a las pantallas luminosas con destinos cambiantes. Aquí lo viejo no tenía lugar. Y sin embargo lo llenaba todo por completo.

Qué idea tan horrible.

Me metí una mano en el bolsillo para comprobar que las llaves de la consigna estaban allí. Estaban. Luego me palpé el pecho para asegurarme de que la tarjeta de crédito estaba en su sitio. Estaba.

Entre la muchedumbre delante de mí apareció una cara conocida. Mi corazón se puso a latir más deprisa. Pero no era Geir, era otra persona. Un conocido aún más lejano. ¿Un amigo de un amigo? ¿Alguien con quien había ido al colegio?

166

Sonreí al acordarme. Era el hombre del Burger King. Se detuvo y echó un vistazo a la pantalla de salidas. Entre el dedo índice y el pulgar de la mano en la que llevaba la cartera tenía un billete. Cuando iba a comprobar la hora en la pantalla, se llevó la cartera hacia la cara.

Miré el reloj de la pared del fondo del vestíbulo. Menos dos minutos. Si Geir era tan puntual como suponía, estaría ya en el vestíbulo, y me puse a observar más sistemáticamente a todas las personas que se aproximaban. Primero por el lado izquierdo, luego por el derecho.

Allí.

Ése debía de ser Geir, ¿no?

Pues sí que lo era. Me acordé de su cara al verla. Y él no sólo venía hacia mí, también tenía la mirada clavada en mí.

Sonreí, me pasé la palma de la mano discretamente por el muslo y se la tendí cuando se detuvo frente a mí.

–Hola, Geir –saludé–. Ha pasado mucho tiempo.

Él también sonrió. Me soltó la mano casi antes de cogerla.

–Ya lo creo –dijo–. Y no has cambiado nada.

–¿Que no? –dije.

–Qué va. Es como verte en Bergen. Alto, serio, con abrigo.

Se rió.

–¿Nos vamos? –propuso–. Por cierto, ¿dónde tienes el equipaje?

–En la consigna, aquí abajo –contesté–. Tal vez podríamos tomar un café primero.

–Muy bien –asintió–. ¿Adónde quieres ir?

–Me da lo mismo. Allí, junto a la salida, hay un café.

–Vale, vamos.

Él iba delante, se detuvo junto a una mesa, me preguntó sin mirarme si quería leche o azúcar, y desapareció en dirección al mostrador, mientras yo me libraba de la mochila, me sentaba y sacaba el tabaco. Vi que intercambiaba unas palabras con la camarera y le daba un billete. Aunque lo había reconocido, y esa imagen subconsciente que tenía de él encajaba, su aura era distinta a la esperada. Era mucho menos física, carecía casi por completo de ese peso corporal que le había atribuido. Seguramente lo habría hecho porque sabía que boxeaba.

Sentía una imperiosa necesidad de dormir, de acostarme en una habitación vacía, apagar la luz y simplemente desaparecer del mundo. Eso era lo que añoraba, y lo que me esperaba, horas de obligaciones sociales y parloteo, me parecía insoportable. Suspiré. La luz eléctrica del techo, que se reflejaba en todas las cosas del vestíbulo, en el cristal de una ventana, en un trozo de metal, en una losa de mármol o en una taza de café, debería bastar para hacerme feliz, feliz de estar allí y poder verlo. Esos centenares de personas que iban y venían como sombras por el vestíbulo deberían bastar para hacerme feliz. Tonje, con quien llevaba ocho años, debería hacerme feliz, compartir mi vida con ella, tan maravillosa como era. Encontrarme con mi hermano Yngve y sus hijos debería hacerme feliz. Toda la música que existía, toda la literatura que existía, todo el arte que existía, feliz, feliz, feliz, deberían hacerme feliz. Toda esa belleza del mundo, que debería ser insoportable, me era indiferente. Mis amigos me eran indiferentes. Mi vida me era indiferente. Así me sentía y así llevaba tanto tiempo que ya no podía soportarlo y había decidido hacer algo para cambiarlo. Quería volver a ser feliz. Sonaba estúpido, no se lo podía decir a nadie, pero así era.

Me llevé el cigarrillo medio liado hasta los labios y humedecí el pegamento, apretándolo con los pulgares para que el papel se pegara, pellizqué el tabaco suelto por ambos extremos, dejándolo caer en el interior blanco y resplandeciente del paquete, enderecé la solapa para que volviera a juntarse con el denso montón de tabaco, cerré el paquete, lo devolví al bolsillo del abrigo que colgaba sobre la silla, me llevé el cigarrillo a la boca y lo encendí con la llama amarilla y temblorosa que salía del encendedor. Geir había puesto dos tazas en el mostrador y las estaba llenando de café, mientras la camarera le devolvía el cambio y se dirigía al siguiente cliente, un hombre de pelo largo en la cincuentena, con sombrero y botas, y una especie de chaqueta tipo poncho o capa.

No, desde luego Geir no irradiaba ningún aura de presencia física. Lo que sí irradiaba, y que había sido obvio desde el momento en el que dejó de mirarme a los ojos, desde que me soltó la mano y su mirada empezó a vagar, era desasosiego. Daba la impresión de querer estar constantemente en movimiento.

Llegó con una taza en cada mano. No pude reprimir una sonrisa.

–Entonces –dijo, dejando las tazas en la mesa y sacando la silla–. ¿Vas a mudarte a Estocolmo?

–Eso parece –contesté.

–En ese caso mis oraciones han sido escuchadas –dijo, sin mirarme. Bajó la vista hacia la mesa, hacia la mano que agarraba el asa de la taza–. No sé cuántas veces le he dicho a Christina que me gustaría que se viniera a vivir aquí un noruego con intereses literarios. Y llegas *tú*.

Se llevó la taza a la boca y sopló la superficie antes de beber.

–Te escribí una carta el verano que te fuiste a Uppsala –dije–. Una larga carta. Pero nunca llegué a enviarla. Sigue sin abrir en casa de mi madre. No tengo ni idea de lo que pone.

–¡Bromeas! –dijo, mirándome.

–¿Quieres la carta?

–¡Por supuesto que no! Y no se te ocurra abrirla. Tiene que quedarse en casa de tu madre. ¡Es un pedazo de tiempo sellado!

–Tal vez sea así –dije–. Por lo demás, no recuerdo nada de aquella época. Y he quemado todos los diarios y todos mis manuscritos de entonces.

–¿Quemado? –se extrañó Geir–. ¿No los has tirado, sino que los has quemado?

Asentí con la cabeza.

–Dramático –dijo–. Pero así eras en Bergen también.

–¿Ah, sí?

–Sí, sí.

–¿Pero tú no?

–Yo no. Qué va.

Se rió. Giró la cabeza y miró al grupo de gente que pasaba. Luego volvió a mirar al frente y dejó vagar la mirada por los de-

169

más clientes del café. Yo golpeé la punta del cigarrillo contra el cenicero. El humo que subía de él se ondulaba lentamente en la corriente de las puertas que se abrían y cerraban constantemente. Cuando miraba a Geir, lo hacía brevemente y de soslayo. La impresión que daba era de algún modo independiente de la cara. Sus ojos parecían oscuros y afligidos, pero no había nada oscuro o afligido en lo que irradiaba. Parecía contento y tímido.

–¿Conoces Estocolmo? –me preguntó.

Negué con la cabeza.

–No mucho. Sólo he pasado aquí unas horas.

–Es una ciudad hermosa. Pero fría como el hielo. Puedes vivir aquí toda una vida sin relacionarte con nadie. Todo está pensado para que nadie tenga que tocar a nadie. Mira las escaleras mecánicas –prosiguió, señalando hacia el vestíbulo, donde supuse que se encontraban–. Todos los que suben o bajan sin moverse se ponen en el lado derecho, los que van andando, en el izquierdo. Cuando voy a Oslo me asusto de tanto chocarme con la gente. Constantes tropiezos y golpes. Eso de que al cruzarte con alguien en la calle primero vas hacia la izquierda y luego hacia la derecha y luego otra vez hacia la izquierda, ya sabes, eso aquí no ocurre, aquí todo el mundo sabe adónde va, todo el mundo hace lo que tiene que hacer. En el aeropuerto, delante de la cinta transportadora, hay una línea amarilla que no se puede traspasar y nadie la traspasa. La entrega del equipaje se hace ordenadamente. De la misma manera está organizada la conversación en este país. Hay una línea amarilla que nadie puede traspasar. Todo el mundo es cortés, todo el mundo es educado, todo el mundo dice lo que debe decir. Se trata de no ofender. Si uno está habituado a eso, resulta chocante leer los debates en la prensa noruega. ¡Qué temperatura! ¡Pero si se insultan! Eso aquí es impensable. Y si algún catedrático noruego se pronuncia en la televisión de este país, lo cual apenas ocurre, porque nadie se interesa por Noruega, Noruega no existe en Suecia, pero de vez en cuando ocurre, entonces tiene pinta de salvaje, despeinado, lleva ropa desaliñada o no ortodoxa, y dice cosas que no debería decir. Eso forma parte de la tradición académica noruega, en la que la educación no tiene o no debe tener ninguna expresión externa..., o donde la expresión académica externa debe reflejar lo idiosincrásico e individual. No lo general y colectivo, como en este país. Pero eso no lo entiende nadie. Aquí sólo ven a unos salvajes. En Suecia todos creen que lo sueco es lo único posible. Toda desviación de lo sueco se concibe como error y falta. Es para morirse de irritación.

Ah, sí, es al escritor noruego Jon Bing al que vi. Con pinta de loco. Pelo largo y bigote, y creo que llevaba una chaqueta de punto.

–Un académico sueco tiene un aspecto pulcro, se comporta de un modo pulcro, dice lo que todo el mundo espera que diga, del modo que todo el mundo espera. En realidad aquí *todo el mundo* se comporta de un modo pulcro. Es decir, todo el mundo en lo público. En la calle es un poco diferente. Como es sabido, hace unos años soltaron a todos los pacientes psiquiátricos de este país. Se les puede ver andando por todas partes murmurando y gritando un poco. Por lo demás, lo han organizado de tal manera que los pobres vivan en determinadas áreas, los acomodados en determinadas áreas, los que se ocupan de la cultura en determinadas áreas, los inmigrantes en determinadas áreas. Ya lo irás entendiendo con el tiempo.

Se llevó la taza de café a los labios y dio un sorbo. Yo no sabía qué decir. Lo que él acababa de contar no había surgido por nada en concreto, excepto el hecho de que yo acabara de llegar de Noruega, y fluía de tal manera y estaba formulado de un modo tan coherente, que parecía haber sido elaborado de antemano. Entendí que eso era algo que él *decía,* uno de sus temas. Mi experiencia con esa clase de personas que tenían temas era que convenía esperar a que la presión de lo acumulado cesara, porque solían esperar de la otra parte otro tipo de atención y presencia. Yo no sabía si él tenía razón en sus afirmaciones, sólo intuía que estaban impulsadas por la frustración, y que en realidad hablaba de lo que le causaba esa frustración. Es posible que fuera Suecia. Es posible que fuera algo dentro de él. A mí eso no me importaba, podía hablar de lo que le diera la gana, ésa no era la razón por la que yo estaba allí.

–En Noruega se pueden combinar lo deportivo y lo académico, el beber cerveza y lo académico –prosiguió–. Lo recuerdo de Bergen. Los deportes eran muy importantes para los estudiantes. En cambio aquí son magnitudes incompatibles. No hablo de la gente de ciencias naturales, sino de los intelectuales. Aquí lo intelectual se sobrecomunica en los ambientes académicos, es lo único que está permitido, todo se subordina al intelecto. El cuerpo, por ejemplo, está completamente ausente. En Noruega, en cambio, se subcomunica lo intelectual. En Noruega lo popular no constituye por lo tanto ningún problema para un académico. La idea es, creo, que el entorno debe hacer brillar el intelecto como un diamante. También en Suecia debe brillar el entorno del intelecto. Lo mismo ocurre con la Cultura con mayúscula. En Noruega es subcomunicada, en realidad no se le permite existir, la cultura elitista no debe existir si a la vez no es popular. En Suecia se sobrecomunica. Aquí lo popular y lo elitista son magnitudes incompatibles. Lo primero tiene que estar en *un* lugar, lo segundo en *otro,* y se pretende que no haya ningún intercambio entre ambos. Hay excepciones, siempre las hay, pero lo que te estoy exponiendo son las reglas generales. Otra gran diferencia entre Noruega y Suecia tiene que ver con los papeles que uno desempeña. La última vez que estuve en Noruega cogí el autobús de Arendal a Kristiansand, y el conductor no paró de hablar de que en realidad no era conductor de autobús, sino algo muy distinto, y que sólo lo hacía para ayudar durante las navidades. Y luego dijo que teníamos que cuidarnos los unos a los otros en esas fiestas. ¡Lo dijo por el micrófono del autobús! Impensable en Suecia. En este país uno se identifica con su trabajo. No es un papel del que simplemente puedes entrar o salir. No hay ningún resquicio en ese papel, no hay ninguna rendija por la que puedas sacar la cabeza y decir: aquí está el verdadero yo.

–¿Entonces por qué vives aquí?

Me dirigió una mirada fugaz.

–Es un país perfecto para los que quieren vivir en paz –dijo, dejando vagar de nuevo la mirada–. Yo no tengo nada en contra de lo frío. No lo quiero en mi vida, pero puedo perfectamente vivirla dentro de ello, si es que entiendes la diferencia. Tiene un bonito aspecto. Y resulta práctico. Lo desprecio, pero también me aprovecho de ello. Bueno, ¿nos vamos?

–Por mí sí –dije, apagando el cigarrillo. Me acabé el café, cogí el abrigo del respaldo de la silla, me lo puse, me eché la mochila al hombro y lo seguí hasta el vestíbulo. Cuando lo alcancé, se volvió hacia mí.

–¿Podrías ponerte al otro lado? Apenas oigo por ese oído.

Hice lo que me pidió. Me fijé en que cuando andaba, sus pies apuntaban cada uno hacia un lado, como un pato. Era algo en lo que siempre me había fijado. Los bailarines andan así. Una vez tuve una novia que hacía ballet. Una de las pocas cosas que no me gustaban de ella era que anduviera de esa manera.

–¿Dónde tienes el equipaje? –preguntó.

–Abajo –contesté–. Y luego a la derecha.

–Entonces bajamos por ahí –dijo, señalando con la cabeza una escalera al fondo del vestíbulo.

Por lo que vi, no había ninguna diferencia entre cómo se comportaba la gente allí y en la Estación Central de Oslo. Al menos nada llamativo. Las diferencias de las que Geir había hablado parecían mínimas, seguramente las había aumentado hasta grandes proporciones tras muchos años de exilio.

–Esto me parece más o menos como Noruega –dije–. Los mismos golpes y tropiezos.

–Espera y verás –dijo, mirándome con una sonrisa. Era una sonrisa irónica, petulante. La petulancia era algo que no soportaba, independientemente de la forma en la que se manifestara. Pues significaba que yo sabía menos que el otro.

–Mira –dije, parándome y señalando la pantalla luminosa sobre nuestras cabezas.

–¿El qué? –preguntó Geir.

–La pantalla de llegadas –dije–. Por eso me vine aquí. Exactamente por eso.

–¿Qué quieres decir? –preguntó.

–Míralo. *Södertälje. Nynäshamn. Gävle. Arboga. Västerås. Örebro. Halmstad. Upsala. Mora. Gotemburgo. Malmö.* Hay algo exótico en eso. En Suecia. El idioma es casi el mismo que el nuestro, las ciudades casi iguales, cuando ves fotos de la zonas rurales de Suecia son iguales a las de Noruega. Excepto en los detalles. Y son esas pequeñas desviaciones, esas pequeñas diferencias, lo que es *casi* conocido, y sin embargo no del todo, lo que encuentro tan increíblemente atractivo.

Me miró incrédulo.

–¡Estás loco! –exclamó.

Acto seguido se echó a reír.

Retomamos de nuevo el paso. No era muy habitual en mí decir cosas así al tuntún, pero había sentido la necesidad de contraatacar. De no dejarle dominar.

–Siempre he sentido esa atracción –proseguí–. No hacia la India, Birmania o África, las grandes diferencias nunca me han interesado. Pero Japón, por ejemplo, sí. No Tokio o las grandes ciudades, sino el campo en Japón, las pequeñas ciudades costeras... ¿Has visto cómo su naturaleza se parece a la nuestra, mientras la cultura, es decir, sus casas y costumbres, nos son completamente desconocidas e incomprensibles? O el estado de Maine, en Estados Unidos. ¿Has visto su costa? La naturaleza es como la nuestra de Sørlandet, pero todo lo creado por el hombre es americano. ¿Entiendes lo que quiero decir?

–No, pero te escucho.

–No era más que eso –dije.

Bajamos al vestíbulo subterráneo, que estaba atestado de gente camino de algún lugar, nos acercamos a las taquillas de la consigna y saqué las dos maletas. Geir cogió una de ellas y nos fuimos hacia los andenes del metro, que se encontraban a unos cien metros de allí.

Media hora más tarde estábamos andando por el centro de una ciudad satélite de la década de los cincuenta, que en la oscuridad de marzo iluminada por farolas parecía completamente intacta. Se llamaba Västertorp, todos los edificios eran cuadrados y de hormigón, y sólo se diferenciaban por el tamaño. A los lados se elevaban los bloques altos, a lo largo de las calles céntricas las casas eran más bajas, con tiendas en las plantas a pie de calle. Entre los bloques estaban los pinos, inmóviles. Algún que otro cerro pequeño y algún que otro charco se avistaban por entre los troncos, a la luz de los muchos portales y ventanas que daban la sensación de salir como disparados del terreno. Geir hablaba sin parar, lo que también había hecho durante el viaje en metro, sobre todo explicaba cosas. Los nombres de las estaciones me habían sonado muy hermosos y exóticos. Slussen, Mariatorget, Zinkensdamm, Hornstull, Liljeholmen, Midsommarkransnen, Telefonplan...

–Allí es –dijo, señalando uno de los edificios cercanos.

Entramos en un portal, subimos una escalera y cruzamos una puerta. Libros en una estantería junto a la pared, un montón de chaquetones colgados, olor a vida de gente desconocida.

–Hola, Christina, ven a saludar a nuestro amigo noruego –dijo Geir, echando un vistazo a la habitación de la izquierda.

Di un paso adelante. Dentro había una mujer sentada junto a una mesa, que levantó la vista con un lápiz en las manos y una hoja en la mesa delante de ella.

–Hola, Karl Ove –dijo–. Encantada de conocerte. ¡He oído hablar mucho de ti!

–Por desgracia yo no he oído mucho sobre ti –dije–. O mejor dicho, sólo lo poco que se puede leer en el libro de Geir.

Ella sonrió, nos dimos la mano, ella se puso a recoger la mesa y fue a preparar café. Geir me enseñó el piso, acabamos en un momento porque sólo constaba de dos habitaciones, ambas con las paredes cubiertas de estanterías llenas de libros. En una de las habitaciones, que era el salón, Christina tenía su rincón de trabajo, en la otra, que era el dormitorio, trabajaba Geir. Abrió algunas de las vitrinas de libros para mostrarme su contenido. Estaban tan bien colocados que parecía que se había utilizado un nivel, y estaban ordenados por series y autores, no alfabéticamente.

–Por lo que veo, tienes todo bajo control –señalé.

–Yo tengo orden en todo –contestó–. Absolutamente en todo. No hay una sola cosa en mi vida que no haya planificado o calculado.

–Suena inquietante –dije, mirándolo.

Sonrió.

–A mí me resulta inquietante toparme con una persona que se muda a Estocolmo anunciándolo sólo un día antes.

–Tenía que hacerlo –dije.

–Querer es tener que querer –dijo–. Como dice el místico Máximo en *Emperador y Galileo*. O, para ser exacto: «¿Qué vale vivir? Todo es juego. *Querer* es *tener que* querer.» Ésa era la obra en la que Ibsen intentaba ser sabio. Al menos erudito. Lo que quiere hacer es una jodida síntesis. «¡Desafío la necesidad! No quiero ser su siervo. Soy libre, libre, libre.» Resulta interesante. *A hell of a good play*, como dice Beckett de *Esperando a Godot*. Me fascinó cuando la leí. Comunica con una época que ya ha pasado, toda esa cultura que él presupone ha desaparecido. Es muy, pero que muy interesante. ¿La has leído?

Negué con la cabeza.

–No he leído ninguna de sus obras históricas.

–Fueron escritas en una época en la que todo se estaba reconsiderando. Eso es lo que él hace. Catilina, ¿sabes?, era el símbolo de la traición. Pero Ibsen le da la vuelta. Es más o menos como si nosotros le hubiéramos dado la vuelta a Quisling. Tenía huevos cuando lo escribió. Pero todos esos valores a los que les da la vuelta provienen de la antigüedad, lo que nos resulta casi imposible de entender. Nosotros no leemos a Cicerón... Bueno, bueno. ¡Escribir una obra en la que se intenta unir a emperadores y galileos! Fracasa, claro, pero al menos fracasa a lo grande. Es demasiado simbólico. Pero también valiente. Ves cuánto quiere acercarse a lo grande. No creo del todo a Ibsen cuando dice que sólo leía la Biblia. Aquí también entra Schiller. *Die Räuber, Los bandidos*. También es una especie de figura de la rebelión. Como *Michael Kohlhaas,* de Heinrich von Kleist. Por cierto, también hay un paralelo con Bjørnson. ¿Es de su obra *Sigurd Slembe?* ¿Lo recuerdas?

–No conozco nada de Bjørnson.

–Creo que es *Sigurd Slembe*. El momento para actuar. Actuar o no actuar, en otras palabras. Es el Hamlet clásico. Lo de ser participante o espectador de tu propia vida.

–¿Y tú qué eres?

–Buena pregunta.

Se hizo el silencio. Luego dijo:

–Supongo que soy un espectador, con elementos de actos coreografiados. Pero no lo sé muy bien. Creo que hay muchas cosas dentro de mí que no veo. Y entonces no existen. ¿Y tú?

–Espectador.

–Pero estás aquí. Ayer estabas en Bergen.

–Sí, pero esto no es el resultado de una elección. Salió así a la fuerza.

–Tal vez eso también sea una manera de elegir, ¿no? Dejar que lo que ocurre decida.

–Quizá.

–Eso es curioso –señaló–. Cuanto más inconsciente, más participante eres. Esos boxeadores sobre los que escribí, ¿sabes?, tenían una presencia increíble. Pero eso significaba que no eran espectadores de ellos mismos, de modo que no recuerdan nada. ¡Nada! Comparte el momento conmigo aquí y ahora, ése era el mensaje que ofrecían. Para ellos es parte de la función, siempre volverán al ring, y si te han molido a palos una vez, más vale no recordarlo muy bien, si no, estás perdido. Pero su presencia era única. Lo llenaba todo. *Vita contemplativa* o *vita activa,* ésas son las dos formas, ¿no es así? Es un viejo problema contra el que todo espectador lucha. No así los participantes. Un típico problema de espectador...

Christina asomó la cabeza por la puerta.

–¿Queréis un poco de café?

–Me encantaría –contesté.

Entramos en la cocina y nos sentamos a la mesa. Desde la ventana se veía la calle, que reposaba vacía bajo la luz de las farolas. Le pregunté a Christina qué estaba dibujando cuando llegamos, contestó que diseñaba modelos de calzado para una pequeña fábrica de zapatos muy al norte del país. De repente pensé en lo absurdo de estar sentado en una cocina en medio de una ciudad satélite sueca junto a dos personas completamente desconocidas. ¿Dónde me había metido? ¿Qué se me había perdido a mí allí? Christina se puso a cocinar, yo me senté en el salón con Geir y le hablé de Tonje, de cómo nos había ido, de cómo había sido mi vida en Bergen. Él resumió de un modo parecido lo que había ocurrido en su vida desde que se marchó de Bergen trece años atrás. Lo que más me llamó la atención fue un debate que mantuvo en el periódico *Svenska Dagbladet* con un catedrático sueco y que le había encolerizado tanto que una mañana clavó en las puertas del castillo de Upsala sus últimos argumentos injuriosos, al estilo de Lutero. Intentó mear en la puerta, pero Christina se lo llevó de allí.

Comimos filetes de cordero, patatas fritas y ensalada griega. Yo tenía un hambre de lobo, las fuentes se vaciaron al instante, y Christina puso cara de culpable. Yo le contesté con otras disculpas. Era obviamente de la misma clase que yo. Bebimos un poco de vino, charlamos de las diferencias entre Suecia y Noruega, y mientras pensaba por dentro que no, Suecia no es así, Noruega tampoco, asentía con la cabeza, siguiéndoles la corriente. A las once de la noche apenas conseguía mantener los ojos abiertos; Geir se fue a por ropa de cama, yo dormiría en el sofá del salón, y mientras extendíamos la sábana, le cambió de repente la cara. *Tenía una cara completamente distinta.* Luego cambió de nuevo a la de antes, y tuve que esforzarme por fijarla en mi mente, ése era su aspecto, ése era él.

Volvió a cambiar.

Metí la última esquina de la sábana debajo del colchón y me senté en el sofá. Me temblaban las manos. ¿Qué estaba ocurriendo?

Se volvió hacia mí. Su cara era de nuevo la que tenía cuando me encontré con él en la Estación Central.

—Aún no he dicho nada sobre tu novela —señaló, sentándose

al otro lado de la mesa–. Pero me causó una impresión imborrable. Cuando la terminé me sentí profundamente conmovido.

–¿Por qué? –pregunté.

–Porque llegaste muy lejos. Llegaste increíblemente lejos. Me alegré por ello, sonreía para mis adentros mientras la leía, lo habías conseguido. Cuando nos conocimos, querías ser escritor. Nadie más había tenido esa idea. Sólo tú. Y lo lograste. Pero no me conmovió por eso, sino por lo lejos que llegaste. ¿Así de lejos hay que ir?, me pregunté. Resultaba inquietante. Yo no puedo ir tan lejos.

–¿Qué quieres decir? ¿En qué sentido llegué lejos? No es más que una novela normal y corriente, ¿no?

–Dices cosas de ti que son inauditas. Por ejemplo, la historia que cuentas sobre esa chica de trece años. Jamás me hubiera imaginado que te atrevieras.

Sentí como si a través de mí soplara un viento frío.

–No entiendo de qué estás hablando –dije–. Aquello me lo inventé. No me costó mucho, no creas.

Sonrió y me miró a los ojos.

–Me hablaste de esa relación cuando nos conocimos en Bergen. Habías vuelto del norte de Noruega el verano anterior, pero seguías repleto de lo que había ocurrido allí arriba. Eso es lo que me contaste. Me hablaste de tu padre, y de un enamoramiento de cuando tenías dieciséis años, identificándote por completo con el teniente Glahn. Y luego de que habías mantenido una relación con una treceañera cuando trabajabas de profesor en el norte de Noruega.

–Ja, ja –dije–. No tiene mucha gracia.

Él ya no sonreía.

–No irás a decirme que no te acuerdas. Ella iba a tu clase, estabas perdidamente enamorado de ella, así lo entendí, pero era un lío de mucho cuidado, dijiste entre otras cosas que habías coincidido con su madre en una fiesta; esa escena aparecía en la novela idéntica a la que tú me habías descrito. Pero no hay necesariamente nada malo en eso, si se sabe que el deseo es recíproco, claro. Pero cómo se sabe eso, ésa es otra cuestión.

179

Ése es el problema. Tengo un compañero de clase que dejó preñada a una chica de trece, bien es verdad que él sólo tenía diecisiete, tú tenías dieciocho, ¿pero qué coño importa eso en este contexto? Lo importante es que lo escribiste.

Me miró.

–¿Qué pasa? Se diría que has visto un fantasma.

–Todo esto no lo dices en serio –dije–. ¿En serio? ¿Dije yo eso?

–Sí. Lo dijiste. Se me quedó grabado en la memoria.

–Pero no ocurrió, ¿no?

–Pues dijiste que había sucedido.

Tuve la sensación de que una mano me apretaba el corazón. ¿Cómo podía decir él algo así? ¿Podría haber reprimido yo un suceso tan grande? ¿Haberlo apartado, olvidado y luego escribir sobre ello, sin pensar por un instante que hubiera sido verdad?

No.

No, no, no.

Era impensable.

Completa y absolutamente impensable.

¿Pero cómo podía él decirlo?

Se levantó.

–Lo lamento, Karl Ove –se disculpó–. Pero la verdad es que me lo dijiste aquel día.

–No lo entiendo –dije–. Pero tampoco parece que me estés mintiendo.

Sacudió la cabeza y sonrió.

–¡Que duermas bien!

–Buenas noches.

Estaba tumbado con los ojos abiertos mirando al vacío, escuchando los débiles sonidos de una pareja que se está acomodando para pasar la noche, procedentes del dormitorio al otro lado de la puerta. La suave luz de las farolas de la calle inundaba la estancia, una luz parecida a la de la luna. Mis pensamientos huían de un lado para otro en busca de una solución a lo que Geir había dicho, aunque los sentimientos ya me habían juzgado: atenazaban con tanta fuerza mis entrañas que me dolía todo el cuerpo. A veces sonaba un lejano zumbido que debía de proceder del metro, a unos cientos de metros de distancia; busqué consuelo en ello. Bajo ese sonido se escuchaba un murmullo lejano, de no haberlo sabido, habría pensado que procedía del mar. Pero me encontraba en Estocolmo, tenía que haber una autopista importante cerca.

Lo rechacé todo, era imposible que hubiese podido reprimir algo tan significativo. Al mismo tiempo, había grandes lagunas en mi memoria, bebía mucho cuando vivía allí, como aquellos jóvenes pescadores con los que solía juntarme los fines de semana, me tomaba al menos una botella de alcohol en el transcurso de la noche. Tardes y noches enteras habían desaparecido de mi memoria, quedando dentro de mí una especie de túneles, llenos de oscuridad y viento, y mis propios sentimientos turbulentos. ¿Qué había hecho? ¿Qué había hecho? Al empezar a estudiar en Bergen, la situación se repitió, desaparecieron noches enteras, yo andaba suelto por la ciudad, ésa era la sensación, a veces volvía a casa con la pechera de la camisa llena de sangre, ¿qué había pasado? A veces volvía a casa con ropa que no era la mía. A veces me despertaba en una azotea o debajo de un arbusto de un parque, y una vez me desperté en el pasillo de una institución. En aquella ocasión llegó la policía y me llevó a la comisaría. Me sometieron a un interrogatorio: alguien había entrado a robar en una casa cercana y se había llevado dinero, ¿había sido yo? Yo no lo sabía, pero dije que no, que no, que no. Todas esas lagunas, toda esa oscuridad inconsciente a lo largo de tantos años, en la que podía haber tenido lugar algún que otro misterioso suceso en la propia periferia de la memoria, me habían llenado de un sentimiento de culpa en grandes cantidades, y ahora, al decirme Geir que yo había dicho que había mantenido una relación con una chica de trece años en el norte de Noruega, no podía decir, con la mano en el corazón, que no, porque había dudas, habían pasado tantas cosas..., ¿por qué no ésa?

A eso se sumaba también lo ocurrido entre Tonje y yo y, no menos importante, lo que ocurriría.

¿La había dejado? ¿Nuestra convivencia había tocado a su fin? ¿O se trataba sólo de una pausa, una separación de unos meses para pensar cada uno por nuestro lado y repasarlo todo?

Llevábamos juntos ocho años, seis de ellos casados. Ella seguía siendo la persona más cercana a mí, no hacía más de veinticuatro horas que compartíamos la misma cama, y si yo no me alejaba ahora y no miraba en otra dirección, intuía que seguiríamos así, porque de mí dependía.

¿Y qué quería yo?

No lo sabía.

Estaba acostado en un sofá en un piso en las afueras de Estocolmo, donde no conocía a nadie, y dentro de mí todo era caos y desasosiego. La inseguridad llegaba hasta el núcleo, hasta aquello que tenía que ver con quién era yo.

Una cara apareció en la puerta de cristal que daba al pequeño balcón. Desapareció mientras la miraba fijamente. El corazón me latía más deprisa. Cerré los ojos, y la misma cara apareció ante mí. La vi desde un lado, se volvió hacia mí y me miró. Cambió. Volvió a cambiar. No había visto nunca ninguna de esas caras, pero todas eran profundamente realistas y concisas. ¿Qué desfile era ése? Entonces la nariz se convirtió en pico, los ojos en ojos de ave rapaz, y de repente vi un gavilán posado en mi interior, que me miraba fijamente.

Me puse de costado.

Lo único que quería era ser una persona decente. Una persona buena, honrada y honesta que miraba a la gente a los ojos y de quien la gente sabía que podía fiarse.

Pero no era así. Yo era alguien que se escaqueaba, y había hecho cosas terribles.

A la mañana siguiente me desperté con la ruidosa voz de Geir. Se sentó en el sofá y me alcanzó una taza de café muy caliente.

–¡Buenos días! –dijo–. ¡Son las siete! ¿No me digas que eres noctámbulo?

Me incorporé y lo miré de reojo.

–Suelo levantarme sobre la una –dije–. Y soy incapaz de hablar con nadie antes de que haya transcurrido una hora.

–¡Peor para ti! –dijo Geir–. Ahora bien: no soy espectador de mi propia vida, eso no es verdad, así de claro. Veo a otros, eso se me da bien, pero no me veo a mí mismo. En absoluto. Además, quizá la palabra «espectador» no sea muy adecuada en este contexto, es una especie de eufemismo; de lo que se trata en realidad es de si uno está paralizado o no. ¿Quieres el café o no?

–Siempre tomo té por la mañana –dije–. Pero ahora puedo tomar ese café por ti.

Cogí la taza y di un pequeño sorbo.

–Para terminar la conversación sobre *Emperador y Galileo*, –dijo–, es en el fondo una obra malograda por la mismísima razón que lo es *Zaratustra*. Pero el quid de la cuestión es, y no conseguí decirlo ayer, que lo que dicen sólo puede decirse precisamente por el hecho de ser malogradas. Eso es importante.

Me miró como si esperara una respuesta. Yo asentí con la cabeza un par de veces y di otro sorbo de café.

–Y en lo que respecta a tu novela, lo más estremecedor no era en primer lugar esa historia sobre la niña de trece años, sino el hecho de que te expusieras a ti mismo hasta ese punto. Eso sí que exige coraje.

–Yo no lo veo así –dije–. En ese sentido yo mismo me importo un carajo.

–¡Y eso es justamente lo que se nota! ¿A cuánta gente crees que le pasa eso?

Me encogí de hombros, mi único deseo era volverme a tumbar en el sofá y seguir durmiendo, pero Geir estaba casi saltando de impaciencia.

–¿Qué te parece si damos una vuelta por la ciudad? Así te la enseño. Estocolmo no tiene alma, pero es increíblemente hermosa. Eso es innegable.

–Vale –dije–. Pero quizá no ahora mismo. ¿Qué hora es en realidad?

–Las ocho y diez –contestó, levantándose del sofá–. Pero vístete ya y vamos a desayunar. Christina ha preparado huevos y beicon.

No, no quería salir de la cama. Y cuando me hube obligado a mí mismo a hacerlo, no quería salir de la casa. Lo que me apetecía era estar sentado en el sofá el resto del día. Después del desayuno intenté retrasar la salida, pero la energía y la voluntad de Geir eran inquebrantables.

–Te vendrá bien andar un poco –dijo–. Estando tan deprimido como estás es mortal quedarse sentado en casa, ¿sabes? ¡Levántate ya! ¡Ven! ¡Vámonos!

Camino de la estación del metro –él andando a grandes zancadas delante y yo detrás– se volvió hacia mí con una mueca que seguramente pretendía ser una sonrisa.

–¿Ya has sacado del subconsciente los sucesos del norte de Noruega, o sigue todo igual de oscuro? –preguntó.

–Entendí el contexto justo antes de dormirme –contesté–. No te digo que no fue un alivio. Durante un rato creí que tenías razón, y que yo de hecho lo había reprimido todo. No fue muy agradable.

–¿Entonces cuál es la explicación?

–Mezclaste tres historias diferentes, convirtiéndolas en una sola aquella vez o cuando leíste el libro. Estuve con una chica en el norte, pero ella tenía dieciséis y yo dieciocho. O espera, ella tenía quince. O dieciséis. No estoy muy seguro. Pero desde luego no trece.

–Dijiste que estabas enamorado de una de tus alumnas.

–No puedo haber dicho eso.

–Sí, joder, Karl Ove. Tengo una memoria de elefante.

Nos detuvimos delante de las taquillas, saqué un billete y empezamos a recorrer el largo pasillo de hormigón en dirección al andén.

–Había una que se enamoró de mí. De eso sí me acuerdo. Será eso lo que tú recuerdas. Y lo has mezclado con la que era mi novia y de quien estaba enamorado.

–Tal vez fuera así –dijo Geir–. Pero eso no fue lo que me dijiste.

–Déjalo ya, coño. No he venido a Estocolmo para tener más problemas. De lo que se trata precisamente es de alejarme de ellos.

–Entonces has dado con el hombre adecuado –dijo–. Nunca volveré a mencionar esa historia.

Cogimos el metro hasta el centro, y durante todo el día estuvimos subiendo y bajando de una estación a otra, y cada vez se abría un nuevo paisaje urbano, y como él había dicho, todo muy hermoso. Pero era incapaz de unirlo todo. Durante esos cuatro o cinco días que caminamos juntos desde por la mañana hasta por la noche, Estocolmo aparecía ante mí como trozos y bloques. Caminábamos el uno al lado del otro, cuando él señalaba hacia la izquierda íbamos hacia la izquierda, cuando señalaba hacia la derecha íbamos hacia la derecha, todo mientras comentaba en voz alta y entusiasmada lo que veíamos y lo que asociaba con ello. De vez en cuando me hartaba de esa relación de fuerzas tan desigual, de que él lo decidiera todo, entonces le decía que no, no vamos a ir a la derecha, sino a la izquierda, y él sonreía y decía claro, si eso te hace feliz, o, así lo haremos si eso te hace sentirte mejor. Cada día comíamos en un sitio diferente, en Noruega estaba acostumbrado a comer sándwiches, y comía fuera una vez cada medio año; Geir y Christina lo hacían todos los días, a menudo comían y cenaban, pues comparado con Noruega era muy barato, y la oferta era enorme. Mi primera inclinación fueron esos cafés más bien estudiantiles, es decir, los que se parecían más a lo que conocía de Bergen, pero Geir se negaba, decía que ya no tenía veinte años y no quería saber nada de la cultura juvenil. Por las tardes y noches me obligaba a ponerme en contacto con los suecos a los que conocía de antes, todos los que habían tenido algo que ver en mis tiempos de la revista *Vagant*, todos los conocidos de mi editor, porque, como decía él, es casi im-

posible encontrar un sitio donde vivir en esta ciudad, todo se
consigue a través de contactos. A mí no me apetecía, yo quería
dormir, estar sentado, adormilado, pero él no paraba de empujarme, había que hacerlo, no había otra manera. Asistimos a un
gran acontecimiento poético, donde recitaron escritores daneses,
noruegos, suecos y rusos, entre ellos Steffen Sørum, que empezó
diciendo «Hello, Stockholm», como si fuera una jodida estrella
de rock, haciendo que me avergonzara de ser noruego. Inger
Christensen leyó. Un ruso borracho se puso a dar tumbos por el
escenario gritando que a ninguno de los presentes les gustaba la
poesía: YOU ALL HATE POETRY!, bramaba, mientras su traductor
sueco, un hombre tímido con una pequeña mochila a la espalda,
intentaba tranquilizarlo; al final, mientras el ruso iba de un lado
al otro del escenario en silencio, logró por fin recitar algunos
poemas. La cosa acabó en un potente hermanamiento, cuando
el ruso primero golpeó a su traductor en la espalda y luego le dio
un abrazo. Ingmar Lemhagen estaba entre el público, él conocía
a todo el mundo, y con su ayuda logré meterme entre bastidores
para preguntar a todos los escritores suecos si sabían de algún sitio donde vivir. Raattamaa dijo que tenía un piso al que si quería podía mudarme la semana siguiente sin problema. Salimos
con ellos, fuimos primero a Malmen, donde la poetisa Marie Silkeberg se inclinó hacia mí para preguntarme por qué iba a leer
precisamente mi novela, a mí no se me ocurrió otra cosa que responder que tal vez fuera uno de esos libros que hay que seguir
leyendo, después de lo cual, ella me dedicó una breve sonrisa y
luego, no con tanta prisa como para que resultara ofensivo, pero
tampoco con tanta lentitud como para que no tuviera ningún
significado, miró a su alrededor, con el fin de encontrar a otra
persona con quien hablar. Ella era poeta y yo un novelista de literatura ligera. Luego todos fuimos a su casa para tomar una
copa. Geir, al contrario que yo, desdeñaba la poesía y a los poetas, los miraba con odio y quedó mal con Silkeberg sólo por in-
sinuar que un piso tan grande en un lugar tan céntrico tendría
que haber costado bastante dinero. Cuando de madrugada bajamos hacia Slussen, Geir habló de la clase media cultural, de to-

dos los privilegios que tenían, de cómo la literatura no era para ellos más que una vía de entrada a la vida social, y de su reproducción de ideologías. Habló de su llamada solidaridad con los menos privilegiados, de su coqueteo con la clase obrera, y sobre su deconstrucción de magnitudes como la calidad, la catástrofe que suponía el que la calidad estuviera subordinada a lo político y lo ideológico, no sólo para la literatura, sino también para las universidades, y en último término para la sociedad en general. Yo era incapaz de relacionar nada de aquello con la realidad que yo conocía, protestaba de vez en cuando, diciéndole que era un paranoico, y que metía a todos en el mismo saco, siempre había un ser humano detrás de la ideología; otras veces simplemente le dejaba hablar. Pero cuando pasamos por los torniquetes del metro y subimos por la escalera mecánica, dijo que Inger Christensen era magnífica. Fantástica. Estaba en otro nivel. Aunque todo el mundo lo dice y tú sabes lo que opino sobre el consenso, ella es fantástica.

–Sí –asentí.

A nuestros pies, el viento del tren que llegaba levantó por los aires una bolsa de plástico que había en el andén. Como un animal con los faros como ojos, el convoy apareció en la oscuridad del fondo.

–Ella está en un nivel completamente diferente –dijo Geir–. Tiene dimensión mundial.

Yo, por mi parte, no había experimentado nada especial al oírla leer sus poemas. Pero la mujer me había llamado la atención antes de la lectura: una viejecilla regordeta bebiendo en el bar, con un bolso colgado del brazo.

–*El valle de las mariposas* es un ciclo de sonetos –dije, dando un paso hacia el tren en el momento en que éste se paraba del todo–. Debe de ser la forma más exigente de todas. La primera línea de cada uno de los sonetos tiene que configurar el último soneto concluyente.

–Sí, Hadle ha intentado explicármelo un montón de veces –dijo Geir–. Pero nunca me acuerdo.

–Italo Calvino hace algo parecido en *Si una noche de in-*

vierno un viajero –dije–, pero no con tanta rigidez, claro está. El título de cada cuento conforma al final un pequeño relato. ¿Lo has leído?

Se abrieron las puertas, entramos y nos sentamos uno enfrente del otro.

–Calvino, Borges, Cortázar, te los regalo a todos –dijo–. A mí no me gusta lo fantástico ni lo elaborado. Para mí sólo los seres humanos tienen valor.

–¿Y entonces Christensen? –pregunté–. Como autora es de lo más elaborado que uno se pueda imaginar. Lo que hace parece a veces más matemática que otra cosa.

–No lo que yo he oído –señaló Geir.

Yo me puse a mirar por la ventana en cuanto el tren se puso en marcha.

–Es la voz lo que has oído –dije–. La voz sobrepasa todos los números y todos los sistemas. Eso ocurre también con Borges, al menos cuando está en sus mejores momentos.

–No me sirve –objetó Geir.

–¿No te sirve?

–No.

–Vale.

Permanecimos sentados un rato sin decir nada, atrapados en ese silencio en el que también estaban inmersos los demás pasajeros. Miradas vacías, cuerpos inmóviles, paredes y suelos ligeramente vibrantes.

–Estar en un recital de poesía es como estar en un hospital –comentó Geir cuando el tren se disponía a salir de la siguiente estación–. No son más que neurosis.

–¿Christensen no?

–Exactamente, eso es lo que he dicho. Ella ha hecho algo diferente.

–¿Acaso esa estricta elaboración que a ti no te gusta lo ha compensado? Es decir, ¿lo ha objetivado?

–Es posible –contestó él–. Pero si no hubiera sido por ella, la noche habría sido un rotundo fracaso.

–Y ese que tenía un piso –dije–. Rataajaama era, ¿no?

A la mañana siguiente llamé al número que me había dado Raattamaa. Nadie cogía el teléfono. Volví a llamar muchas veces en el transcurso de ese día y del día siguiente. Nadie contestó. Como no conseguía hablar con él, al tercer día fuimos a otro encuentro en el que él iba a participar, nos sentamos en un bar que había enfrente a esperar a que terminara, y cuando salió, me acerqué, él bajó la vista al reconocerme, por desgracia era demasiado tarde, el piso ya no estaba disponible. A través de Geir Gulliksen conseguí una reunión con dos editores de Norstedts, almorcé con ellos y me dieron una lista de escritores con los que debía ponerme en contacto –«No son necesariamente los mejores, pero son los más agradables»– y dijeron que podía alojarme en el piso para visitas de la editorial durante dos semanas, acepté la oferta, y mientras estaba instalado allí, recibí una respuesta positiva de Joar Tiberg, de quien habíamos publicado un largo poema en *Vagant*, él conocía a una chica de la revista *Ordfront Magasin* que estaría fuera un mes; podría alojarme en su piso.

Llamaba a intervalos regulares a Tonje para decirle cómo me encontraba y contarle lo que estaba haciendo, ella me contaba lo que pasaba donde ella estaba. La pregunta de qué estábamos haciendo en el fondo no la hacíamos ni ella ni yo.

Empecé a correr. Y volví a escribir. Ya habían pasado cuatro años desde mi primera novela, y no tenía nada. Tumbado en la cama de agua de esa habitación notablemente femenina que había alquilado, decidí hacer una de las siguientes cosas: o me ponía a escribir sobre mi vida tal y como era en ese momento, a modo de diario y abierto hacia el futuro, con todo lo que había ocurrido en los últimos años como una especie de oscura corriente subterránea –en mi mente lo llamaba el Diario de Estocolmo– o continuaba la historia que apenas había empezado justo tres días antes de venirme a Suecia, sobre una excursión por los islotes una noche cuando tenía doce años, en la que mi padre cogió cangrejos y yo encontré una gaviota muerta. El ambiente de aquella noche, el calor y la oscuridad, los cangrejos y la hoguera, todas las gaviotas chillando, defendiendo sus nidos cuando Yngve, mi padre y yo cruzamos el islote tenía algo, pero tal vez no lo suficiente para una novela.

Me pasaba el día tumbado en la cama leyendo, Geir venía a verme con cierta frecuencia, entonces bajábamos a almorzar, y por las noches escribía, corría, o cogía el metro hasta casa de Geir y Christina, con los que me había encariñado mucho durante esas dos semanas. Aparte de charlar sobre literatura, y sobre todos los temas políticos e ideológicos que Geir planteaba, también hablábamos de cosas más cercanas a nosotros. En mi caso ése era un tema inagotable, todo salía a relucir, desde sucesos de mi infancia hasta la muerte de mi padre, desde los veranos en Sørbøvåg hasta el invierno que conocí a Tonje. Geir era agudo, lo veía desde fuera y no dejaba escapar nada. Su historia, que empezaría a tomar forma más tarde, como si necesitara asegurarse de que yo era de fiar, era casi la antítesis de la mía. Mientras él venía de un hogar de clase obrera sin ambiciones y sin un solo libro en los estantes, yo venía de un hogar de clase media, con padres que prosiguieron su formación ya de adultos con el fin de seguir prosperando, y en cuya casa estaba disponible toda la literatura mundial. Mientras Geir era de los que se peleaban en el patio de recreo, de los que eran expulsados y enviados al psicólogo de la escuela, yo, en cambio, intentaba ganarme siempre a los profesores, siendo lo más aplicado posible. Mientras él jugaba con soldados y soñaba con tener un día su propia arma de fuego, yo jugaba al fútbol soñando con convertirme en profesional algún día. Mientras en las elecciones del instituto yo me presentaba en la lista del Partido Socialista de la Izquierda y hacía trabajos sobre la revolución en Nicaragua, él participaba en la sección juvenil de la Defensa Popular y del Partido del Progreso. Mientras yo escribía poemas sobre manos infantiles cortadas y la crueldad de los seres humanos tras haber visto *Apocalypse Now,* él estudiaba las posibilidades de conseguir la nacionalidad estadounidense con el fin de alistarse.

A pesar de todo eso podíamos dialogar. Yo lo entendía a él,

él me entendía a mí, y por primera vez en mi vida adulta podía decir a alguien lo que pensaba, sin reservas.

Opté por la historia de los cangrejos y las gaviotas, escribí veinte páginas, escribí treinta, mis carreras cortas se hicieron cada vez más largas, pronto daban la vuelta por todo el barrio de Söder, a la vez que iba perdiendo los kilos, y las conversaciones con Tonje se espaciaban cada vez más.

Entonces conocí a Linda y salió el sol.

No puedo expresarlo de otra manera. El sol salió en mi vida. Al principio sólo como un claro en el horizonte, como diciendo tienes que mirar hacia aquí. Luego llegaron los primeros rayos, todo se volvió más nítido, más vivo, yo me sentía cada vez más feliz, y el sol estaba en medio del cielo de mi vida ardiendo, ardiendo, ardiendo.

La primera vez que me fijé en Linda fue en el verano de 1999, en un seminario nórdico de debutantes en Biskops-Arnö, cerca de Estocolmo. Ella estaba delante de un edificio con el sol en la cara. Llevaba gafas oscuras, una camiseta blanca con una raya roja en el pecho y pantalones verde caqui. Era delgada y guapa. Irradiaba algo oscuro, salvaje, erótico, destructivo. Yo solté todo lo que tenía en las manos.

La segunda vez que la vi fue medio año después. Estaba sentada en una mesa en un café de Oslo, llevaba una chaqueta de piel holgada, pantalones vaqueros, botas negras, y me pareció tan frágil, tan descompuesta y tan perdida que lo único que quería hacer era abrazarla. No lo hice.

Cuando llegué a Estocolmo, ella era la única persona que conocía, aparte de Geir. Tenía su número de teléfono, y el segundo día que estuve en la ciudad la llamé desde casa de Geir y Christina. Lo que había ocurrido en Biskops-Arnö ya lo había enterrado, no quedaban en mí sentimientos hacia ella, pero necesitaba contactos en la ciudad, ella era escritora, conocería a mucha gente, tal vez también a alguien que tuviera un alojamiento que ofrecerme.

191

No contestó, colgué y me volví hacia Geir, que estaba por allí haciendo como si no me viera.

–No contesta –dije.

–Inténtalo más tarde –sugirió él.

Lo hice, pero nunca contestó nadie.

Con ayuda de Christina puse varios anuncios en los periódicos de Estocolmo. Escritor noruego busca estudio/piso, rezaba el texto. Habíamos estado debatiendo un buen rato para llegar a ese resultado. Ellos opinaban que había mucha gente con intereses culturales que reaccionarían positivamente a la palabra «escritor», y que «noruego» hacía referencia a algo agradable e inofensivo. Algo de razón tendrían, porque me llamaron montones de personas. La mayoría de los pisos que me ofrecían estaban en barrios de las afueras y los rechacé, pues me parecía absurdo irme a vivir a un bloque de pisos en un bosque, y mientras esperaba una oferta mejor, me mudé primero al piso de la editorial Norstedts, y luego a ese piso tan femenino. Después de una semana allí, me llegó la oferta esperada; alguien que quería alquilar un piso en Söder, fui hasta allí, esperé delante de la puerta, dos mujeres tan parecidas que debían de ser gemelas, de unos cincuenta años, salieron de un coche, las saludé, dijeron que eran de Polonia y que su intención era alquilar el piso para un año como mínimo, muy interesante, dije, sube con nosotras, dijeron, así, si te gusta podemos firmar el contrato enseguida.

El piso estaba bien, una habitación y media, unos treinta metros cuadrados con cocina y baño, estándar aceptable, situación perfecta. Firmé el contrato. Pero algo chirriaba, algo estaba mal, no sabía qué era, bajé lentamente por las escaleras y me detuve delante de la placa con los nombres de la gente que vivía en ese portal. Primero leí la dirección, calle Brännkyrka 92, me sonó familiar, la había visto antes, ¿pero, dónde, dónde? pensé mientras miraba la lista de nombres.

Puta mierda.

Linda Boström, ponía.

Me estremecí.

¡Era su dirección! Le había escrito una vez con el fin de pedirle un texto para *Vagant*, claro, joder, le había enviado la carta a la calle Brännkyrka 92.

¿Qué posibilidad había de que eso ocurriera?

En esa ciudad vivía un millón y medio de personas. Yo no conocía a absolutamente nadie allí. Pongo un anuncio en el periódico, recibo una interesante oferta de unas gemelas polacas a las que no conozco de nada, ¡y resulta que se trata del *mismo bloque!*

Bajé lentamente hasta la estación de metro, durante el viaje de vuelta a mi piso femenino estaba muy nervioso. ¿Qué pensaría Linda cuando me instalara en el piso encima del suyo? ¿Que la estaba persiguiendo?

No podía ser. No podía hacerlo. No después de aquello tan terrible que había sucedido en Biskops-Arnö.

Lo primero que hice al entrar por la puerta fue llamar a las polacas y decirles que había cambiado de opinión, que no quería el piso, había surgido una oferta mejor, lo lamentaba de veras.

De acuerdo, contestó la mujer.

Así que ya había vuelto todo a la situación de antes.

–¿Estás loco? –exclamó Geir cuando se lo conté–. ¿Has rechazado un piso en el barrio de Söder, que incluso era barato, solo porque *crees* que alguien a quien no conoces realmente, *tal vez* se sentiría perseguido? ¿Sabes cuántos años llevo yo intentando conseguir un piso en el centro? ¿Sabes lo difícil que es? Es *imposible*. Y llegas tú con tu culo de oro y consigues primero lo uno y luego lo otro, ¿y encima vas y lo rechazas?

–Sea como sea, es lo que hay –dije–. ¿Os importa que vaya a veros? Tengo un poco la sensación de que sois mi familia. ¿Puedo ir el domingo a comer a vuestra casa?

–Aparte de que hoy es lunes, tu sensación coincide con la mía. Pero me cuesta considerarla como una relación padre/hijo. En ese caso tendría que ser la de César y Bruto.

–¿Quién de los dos es César?

–No hagas preguntas tan tontas. Antes o después me vas a apuñalar por la espalda. Pero ven. Y seguiremos hablando.

Comimos, luego salí a la pequeña terraza a fumar y a to-

mar el café. Geir me acompañó, hablamos sobre la actitud rela-
tivista que los dos teníamos ante el mundo, que el mundo cambiaba cuando cambiaba la cultura, pero sin embargo siempre
era de tal modo que no podías ver lo que había fuera y por ello
no existía, si ese punto de vista se debía a que habíamos estudiado en la universidad justo cuando el posestructuralismo y el
posmodernismo se encontraban en su punto más fuerte y todos
leían a Foucault y Derrida o si realmente *era* así, y en ese caso
era el punto fijo inalterable y no relativo lo que entonces recha-
zábamos. Geir habló de un conocido suyo que ya no quería hablar con él después de que tuvieran una discusión sobre lo real
y lo relativo. Me pareció un tema curioso para apostarlo todo,
pero no dije nada. Para mí lo social es todo, dijo Geir. Lo humano. No me interesa nada aparte de eso. A mí sí, dije yo. ¿Ah
sí?, dijo Geir, ¿el qué? Los árboles, dije. Él se rió. Los dibujos
de las plantas. Los dibujos de los cristales. Los dibujos de las
piedras. De formaciones paisajísticas y de las galaxias. ¿Estás
hablando de fractales? Sí, por ejemplo. Y de todo lo que relaciona lo muerto con lo vivo, todas las formas dominantes que
existen. ¡Nubes! ¡Dunas! ¡Todo eso me interesa! Dios, qué aburrido, se quejó Geir. No, dije yo. Sí, dijo él. ¿Entramos?, sugerí.

Me serví otra taza de café y le pregunté a Geir si podía usar
el teléfono.

—Claro que sí —contestó—. ¿A quién quieres llamar?

—A Linda. Ya sabes, esa chica...

—Sí, sí, sí. Esa chica por la que has perdido un piso.

Marqué el número, creo que por decimoquinta vez. Para
mi sorpresa, ella contestó.

—Linda —dijo.

—Ah, hola, soy Karl Ove Knausgård —me presenté.

—¡Hola! —dijo—. ¿Eres tú?

—Sí. Estoy en Estocolmo.

—¿De vacaciones?

—Sí y no, no estoy seguro. Pienso quedarme a vivir aquí algún tiempo.

—¿Ah, sí? ¡Qué bien!

–Sí, ya llevo aquí unas semanas. Intenté llamarte, pero no contestabas.

–Ya. He estado algún tiempo en Visby.

–¿Ah, sí?

–He estado escribiendo allí.

–Eso suena bien.

–Pues sí, estuvo bastante bien. No logré avanzar mucho, pero...

–Comprendo –dije.

Hubo una pausa.

–Pensaba que a lo mejor podíamos tomar un café.

–Me encantaría. Ahora me quedaré aquí una temporada.

–¿Mañana quizá? ¿Tendrías un rato?

–Sí, creo que sí. Al menos por la mañana.

–Para mí perfecto.

–¿Dónde vives?

–Muy cerca de Nytorvet.

–Ah, qué bien. ¿Podemos vernos allí? ¿Sabes dónde está la pizzería de la esquina? Al otro lado de la calle, donde hay un café. ¿Nos vemos allí?

–Vale. ¿A qué hora te viene mejor? ¿A las once? ¿Las doce?

–A las doce está muy bien.

–Estupendo. ¡Hasta mañana entonces!

–De acuerdo. Hasta mañana.

–Adiós.

Colgué y fui a ver a Geir, que estaba sentado en el sofá, con la taza en la mano. Me miró.

–¿Y bien? –quiso saber–. ¿Por fin ha mordido el anzuelo?

–Sí –contesté–. He quedado con ella mañana.

–¡Bien! Iré al centro a verte por la tarde, así podrás contarme cómo ha ido.

Llegué al sitio donde habíamos quedado con media hora de antelación, llevaba conmigo un manuscrito del que me habían encargado un informe. Se trataba de la nueva novela de

Kristine Næss. Me senté y me puse a trabajar en ella. Cada vez que pensaba en Linda me recorrían pequeñas sacudidas de expectación. No es que pretendiera iniciar nada con ella, era algo que había dejado de lado definitivamente de una vez por todas, lo que pasaba era que sentía incertidumbre ante lo que pasaría, cómo sería.

La vi en el momento en que se bajó de una bicicleta en la puerta del café. La colocó con la rueda delantera en un soporte para bicicletas y cerró el candado. Miró por la ventana, a lo mejor a sí misma, abrió la puerta y entró. El local estaba casi lleno, pero me vio enseguida y se acercó.

–Hola –saludó.

–Hola –contesté.

–Voy a pedir algo primero –dijo–. ¿Tú quieres algo?

–No, gracias –contesté.

Estaba más llena que antes, eso fue lo primero en lo que me fijé, había desaparecido de ella ese rasgo de chico flaco.

Puso una mano en el mostrador y giró la cabeza en dirección al camarero, que estaba manipulando la máquina de café. Noté que se me encogía el corazón.

Encendí un cigarrillo.

Ella volvió, dejó una taza de té sobre la mesa y se sentó.

–Hola –dijo de nuevo.

–Hola –contesté.

Sus ojos tenían un color entre verde y gris, y a veces se ensanchaban de repente, recordé como por casualidad.

Sacó el colador redondo, se llevó la taza a los labios y sopló la superficie.

–Ha pasado mucho tiempo –dije–. ¿Va todo bien?

Dio un pequeño sorbo de té y dejó otra vez la taza en la mesa.

–Sí –contestó–. Todo bien. Estuve hace poco en Brasil con una amiga. Y justo después en Visby. Aún no he aterrizado del todo.

–¿Pero escribes?

Hizo una pequeña mueca y bajó la mirada.

–Lo intento. ¿Y tú?

–Lo mismo. Lo intento.

Sonrió.

–¿Dijiste en serio lo de vivir en Estocolmo?

Me encogí de hombros.

–Al menos por un tiempo.

–Qué bien –dijo ella–. Entonces podremos vernos. Quedar de vez en cuando, quiero decir.

–Sí.

–¿Conoces a alguien más aquí?

–Sólo a una persona. Se llama Geir. Es noruego. Por lo demás a nadie.

–También conoces a Mirja, ¿no? De Biskops-Arnö, quiero decir.

–En realidad muy poco. ¿Cómo le va a ella, por cierto?

–Bien, creo.

Guardamos silencio durante un rato.

Había tanto de lo que no podíamos hablar, tanto a lo que no debíamos acercarnos... Pero ya que estábamos sentados allí tendríamos que hablar de algo.

–El relato que publicaste en *Vagant* estaba muy bien –dije–. Realmente muy bien.

Sonrió y miró al suelo.

–Gracias –dijo.

–Un lenguaje increíblemente explosivo. Muy, pero que muy hermoso. Como un..., ah, resulta difícil hablar de esas cosas, pero... algo hipnótico, creo que es eso a lo que me refiero.

Seguía mirando al suelo.

–¿Lo que estás escribiendo ahora son relatos?

–Supongo que sí, al menos prosa.

–Muy bien.

–¿Y tú?

–Yo nada. Llevo cuatro años intentando escribir una novela, pero justo antes de venirme lo tiré todo.

Se hizo de nuevo el silencio. Encendí un cigarrillo.

–Me alegro mucho de verte –dije.

–Lo mismo digo –dijo ella.

–Estaba leyendo un manuscrito justo antes de que llegaras –expliqué, señalando con la cabeza el montón de hojas que tenía junto a mí en el sofá–. Kristine Næss. ¿La conoces?

–Sí, de hecho sí. No he leído nada de ella, pero estuvo en un encuentro de autores en compañía de dos jóvenes colegas cuando yo estudiaba en Biskops-Arnö.

–¿No me digas? –dije–. Qué curioso. Precisamente escribe sobre Biskops-Arnö. Sobre una joven noruega que se va allí.

¿Qué coño estaba haciendo? ¿De qué estaba hablando?

Linda sonrió.

–No leo mucho –reconoció–. Ni siquiera sé si soy una escritora de verdad.

–¡Sí que lo eres!

–Pero recuerdo bien ese encuentro de escritores noruegos. Me parecieron muy, pero que muy ambiciosos, sobre todo los dos chicos. Y sabían mucho de literatura.

–¿Cómo se llamaban?

Suspiró hondamente.

–Uno se llamaba Tore, de eso estoy segura. Venían de *Vagant*.

–Ah, ya lo sé –dije–. Eran Tore Renberg y Espen Stueland. Recuerdo que participaron en ese encuentro.

–Sí, eran ellos.

–Son mis mejores amigos.

–¿De verdad?

–Sí, pero son como el perro y el gato. No pueden estar juntos en la misma habitación.

–¿Así que los conoces por separado?

–Pues sí, es una manera de decirlo.

–Me quedé impresionada contigo también –señaló.

–¿Conmigo?

–Sí. Ingmar Lemhagen habló de tu libro mucho antes de que tú llegaras. Y cuando estábamos allí sólo quería hablar de él.

Se hizo una nueva pausa.

Ella se levantó y fue al baño.

Pensé que aquello era algo imposible. ¿Qué idioteces estaba diciendo? Pero tampoco había nada más de que hablar, ¿no?

¿De qué coño hablaba la gente?

La máquina de café hacía mucho ruido. Una larga fila de gente con un lenguaje corporal impaciente esperaba en el mostrador. Fuera el aire era gris. La hierba del parque cercano estaba amarillenta y mojada.

Ella volvió y se sentó.

–¿Y qué haces estos días? ¿Has empezado a conocer la ciudad? Negué con la cabeza.

–Sólo un poco. Pero sí que escribo. Y nado todos los días en la piscina cubierta de Medborgarplassen.

–¿Ah, sí? Yo también voy a nadar allí. No todos los días, pero casi.

Nos sonreímos.

Saqué el teléfono móvil y miré el reloj.

–Tengo que irme –dije.

Ella asintió con un gesto de la cabeza.

–Pero podemos volver a vernos, ¿no?

–Sí, claro. ¿Cuándo?

Ella se encogió de hombros.

–Me puedes llamar, ¿no?

–Sí.

Metí el montón de hojas y el teléfono móvil en la cartera y me levanté.

–Estamos en contacto entonces. ¡Me ha encantado verte de nuevo!

–Hasta pronto –dijo ella.

Salí del local con la cartera en la mano, bordeé el parque y llegué a la ancha calle en la que estaba mi casa. Fue un encuentro inmóvil; no se movió nada; cuando nos despedimos, todo estaba exactamente igual que cuando nos encontramos.

¿Pero qué esperaba?

Al fin y al cabo no pretendíamos llegar a ninguna parte.

No le había preguntado nada sobre pisos. Nada sobre contactos. Nada.

Y encima estaba gordo.

En cuanto llegué a casa, me tumbé en la cama de agua y

me puse a mirar al techo. Ella había estado muy diferente. Casi como si fuera otra persona.

En Biskops-Arnö lo más notable de su personalidad tal vez fuera su voluntad de ir hasta donde hiciera falta, algo que percibí inmediatamente y que me atrajo mucho. Eso había desaparecido. Aquella dureza casi desconsiderada que a la vez era frágil como el cristal también había desaparecido. Seguía habiendo en ella algo frágil, pero de un modo diferente, ahora no se me habría ocurrido pensar que esa chica podía romperse en pedazos, como pensé entonces. Esta vez la fragilidad estaba relacionada con algo más suave, y aquello en ella que me decía ¡nunca te acercarás a mí! había cambiado de carácter. Era tímida, ¿pero de alguna manera también abierta? ¿No había en ella algo abierto?

En el otoño siguiente a nuestra estancia en Biskops-Arnö ella se lió con Arve, y a través de él me enteré de lo que le había ocurrido aquel invierno y primavera. Había tenido un brote maníaco-depresivo y al final estuvo ingresada en un psiquiátrico, no sabía más. Durante una de sus crisis me llamó a casa dos veces para pedirme que localizara a Arve, así lo hice, les dije a sus amigos que me llamara, y cuando lo hizo, lo noté decepcionado al enterarse de que en realidad era Linda la que lo buscaba y no yo. Una vez ella llamó sólo para hablar conmigo, eran las seis de la mañana, me contó que iba a empezar un curso de escritura creativa, y que se iría a Gotemburgo en una hora. Tonje estaba despierta en el dormitorio, preguntó quién llamaba a esas horas de la mañana, Linda, dije, ¿sabes?, esa sueca a la que conocí y que sale con Arve. ¿Por qué llama a nuestra casa?, preguntó Tonje. No lo sé muy bien, contesté, creo que ha tenido un brote maníaco-depresivo.

No podíamos hablar de nada de eso.

Y si no podíamos hablar de nada de eso, no podíamos hablar de nada.

¿De qué servía estar allí sentados diciendo hola, sí, sí, qué tal te va?

Cerré los ojos e intenté verla en mi mente.

¿Sentía algo por ella?

No.

O sí, me gustaba, tal vez podría decirse que sentía ternura por ella, después de todo lo que había pasado. Pero nada más que eso. Lo otro lo había dejado atrás, y eso era definitivo.

Y menos mal.

Me levanté, metí el bañador, una toalla y el champú en una bolsa, me puse la chaqueta y me fui andando hasta Medborgarplassen, donde entré en el edificio de la piscina cubierta, que a esa hora estaba casi vacía, me cambié de ropa, salí a la piscina, subí al trampolín y me tiré al agua. Nadé mil metros a la pálida luz de marzo que entraba a través del gran ventanal del fondo, nadé de un extremo al otro, una y otra vez, debajo del agua, sobre el agua, sin pensar en nada más que en eso: el número de metros, el número de minutos, mientras procuraba que las brazadas fueran lo más perfectas posible.

Luego me metí en la sauna, y pensé en la época en la que intentaba escribir relatos basados en pequeñas ideas, como por ejemplo la de un hombre con prótesis en el vestuario de una piscina, sin saber nada de qué, por qué o cómo.

¿Cuál había sido la gran idea?

Un hombre atado a una silla en una habitación de un piso de algún lugar de Bergen, al final muerto por un disparo en la cabeza, pero aún vivo en el texto, un yo que duró más allá del entierro y hasta dentro de la tumba.

Gestos, eso era lo que estaba haciendo.

Y durante mucho tiempo.

Me sequé el sudor de la frente con una toalla, bajé la vista y me miré los michelines. Pálido, gordo y tonto.

¡Pero en Estocolmo!

Me levanté, me fui a las duchas y me coloqué debajo de una.

No conocía a nadie allí. Estaba totalmente libre.

Si dejara a Tonje, si ése fuera el camino, podría vivir allí un mes o dos, tal vez todo el verano, y luego irme a... a donde fuera, en realidad. Buenos Aires, Tokio, Nueva York. Podría irme a Sudáfrica y coger un tren en dirección al Lago Victoria. ¿O por qué no a Moscú? Sería fantástico.

Cerré los ojos y me enjaboné el pelo. Me lo enjuagué, salí de la ducha, abrí la puerta de la taquilla y me vestí.

Era libre si quería serlo.

No era *necesario* que escribiera más.

Metí la toalla y el bañador mojados en la bolsa, salí a la calle, el día era gris y frío, y fui hasta Saluthallen, donde me comí una chapata de pie en el mostrador. Luego volví a casa e intenté escribir un poco, con la esperanza de que Geir llegara antes de lo que había dicho. Me tumbé en la cama, me puse a ver un culebrón yanqui y me quedé dormido.

Cuando me desperté se había hecho de noche. Llamaron a la puerta.

Abrí, era Geir, nos dimos la mano.

–¿Bueno? –quiso saber–. ¿Qué tal ha ido?

–Bien –contesté–. ¿Adónde vamos?

Geir se encogió de hombros mientras daba vueltas por el piso mirando todos los adornos y objetos. Se detuvo delante de la librería y se volvió hacia mí.

–¿No te parece curioso encontrarte con los mismos libros por todas partes? Quiero decir, esta chica tiene veinticinco años, ¿no? Trabaja en Ordfront, vive en Söder. Pero éstos son los libros que tiene, no otros.

–Sí, muy curioso –dije–. ¿Adónde vamos? ¿Guldapan? ¿Kvarnen? ¿Pelikanen?

–No, desde luego a Kvarnen no. ¿A Guldapan tal vez? ¿Tienes hambre?

Asentí con la cabeza.

–Vamos allí. La comida no está mal. Hacen un buen pollo.

En la calle tuve la sensación de que podía empezar a nevar en cualquier momento. Frío y humedad.

–Cuéntamelo ya –dijo Geir–. ¿En qué sentido fue bien?

–Nos vimos, charlamos un poco y nos despedimos. Más o menos eso fue todo.

–¿Era como tú la recordabas?

—Bueno, un poco diferente tal vez.

—¿Qué tal fue?

—¿Cuántas veces me lo vas a preguntar?

—Quiero decir de verdad. ¿Qué sentiste al verla?

—Menos de lo que esperaba.

—¿Por qué?

—¿Por qué? ¡Qué pregunta, joder! ¿Cómo puedo saberlo? Siento lo que siento, no es posible identificar cada pequeña oscilación del alma, si eso es lo que crees.

—¿No vives de eso?

—No. Vivo de escribir sobre cada cosa penosa, por pequeña que sea, a la que me he visto expuesto. Eso es algo muy diferente.

—¿Así que se trataba de oscilaciones?

—Ya estamos —dije—. Dijiste que íbamos a comer, ¿no?

Abrí la puerta y entré. Al principio estaba el bar y al fondo el comedor.

—¿Por qué no? —preguntó Geir, y atravesó el local. Yo lo seguí. Nos sentamos, miramos los menús y cuando llegó la camarera pedimos pollo y cerveza.

—¿Te he contado que estuve aquí con Arve? —dije.

—No.

—Cuando llegamos a Estocolmo acabamos aquí. Bueno, primero estuvimos en lo que ahora supongo que es Stureplan. Arve entró en un local y preguntó si sabían dónde iban a beber los escritores de Estocolmo. Se limitaron a reírse de él y le contestaron en inglés. De modo que anduvimos un rato a la deriva por ahí, en realidad fue bastante horrible, porque yo apreciaba muchísimo a Arve, era un intelectual y trabajó en *Vagant* desde el principio; nos encontramos en el aeropuerto y yo apenas fui capaz de decir palabra. Aterrizamos en Estocolmo, yo seguía incapaz de hablar. Llegué al centro, encontré la pensión, no dije nada. Ni pío. Sabía que mi única posibilidad sería beber hasta atravesar la barrera del sonido. Así que eso fue lo que hice. Una cerveza en la calle Drotting, allí preguntamos a alguien adónde debíamos ir. Dijeron Söder, Guldapan, y cogimos un taxi hasta aquí. Yo bebía alcohol y empecé a hablar. Algunas palabras sueltas. Arve se inclinó hacia mí y me dijo, esa chica te está mirando. ¿Quieres que me vaya para que puedas quedarte a solas con ella? ¿Qué chica?, pregunté, ésa, contestó Arve, yo la miré, y joder, ¡era muy guapa! Pero lo que más me llamó la atención fue la propuesta de Arve. ¿Acaso no era un poco extraña?

–Sí.

–Acabamos los dos borrachos. Entonces ya no hacía falta charlar. Anduvimos al tuntún por las calles, se estaba haciendo de día, yo apenas tenía un pensamiento en la cabeza, vimos una cervecería y entramos, había mucho ambiente, yo estaba completamente ido, seguía bebiendo cerveza, mientras Arve hablaba de su hijo. De repente estaba llorando. Yo ni siquiera lo había escuchado. Y allí estaba él, tapándose la cara con las manos y temblándole los hombros. ¡Está llorando de verdad!, pensé en algún lugar de lo más profundo de mi ser. Cerraron el local, cogimos un taxi hasta otro que estaba abierto hasta más tarde, no nos dejaron entrar, y entonces encontramos un parque con un quiosco al fondo, tal vez fuera Kungsträdgården, creo que sí. Había algunas sillas sujetas con cadenas. Las levantamos y las tiramos contra el muro, hicimos el vándalo, completamente enloquecidos. Es extraño que no llegara la policía. Pero no llegó. Cogimos un taxi hasta la pensión. A la mañana siguiente nos despertamos dos horas después de que el tren hubiera salido. Pero ya nos habíamos cagado en tantas cosas que aquello no importaba mucho. Conseguimos llegar a la estación, cogimos el tren siguiente, yo hablaba sin parar. Era como si me saliera todo lo que había retenido dentro el último año. Había algo en Arve que lo hacía posible. No sé exactamente lo que era, o es. Una enorme aprobación por su parte. Fuera lo que fuera, le conté toda la historia. La muerte de mi padre, todo aquel infierno, el debut y todo lo que llegó al mismo tiempo, y cuando se lo hube contado continué sin más. Recuerdo que estábamos esperando un taxi en la estación de ese lugar adonde habíamos ido, no se veía un alma, sólo Arve y yo, él mirándome, yo hablando sin parar. Infancia, juventud, no hubo tema que no tocara. Yo mismo y nada más. Yo, yo, yo. Todo lo vertí sobre él. Había en él algo que lo hacía posible, entendía todo lo que yo decía y opinaba, algo que no había encontrado en nadie hasta entonces. Siempre había límites, actitudes, una necesidad de autoafirmación que interrumpía lo que se decía, encerrándolo en un determinado lugar, o era conducido en una dirección determinada, de tal manera que lo que uno decía siempre era transformado en algo diferente, nunca podía ser algo por derecho propio. Pero aquel día me pareció que Arve era una persona complétamente abierta, a la vez que curiosa, y que intentaba entender lo que estaba viendo. Pero no había ninguna segunda intención en esa sinceridad, no era la sinceridad de un jodido psicólogo, y tampoco había ninguna segunda intención en su curiosidad. Tenía una mirada astuta al mundo, debía de ser eso, y como en el caso de todos los que han llegado lejos, sólo le quedaba la risa. La certeza de que la risa era la única manera realmente adecuada con la que responder a la conducta y las ideas de los seres humanos.

Eso lo entendí, y a la vez que me aprovechaba de ello, porque no era lo suficientemente fuerte como para resistir lo que su sinceridad me proporcionaba, también me asustaba.

Él sabía algo que yo no sabía, él entendía algo que yo no entendía, él veía algo que yo no veía.

Se lo dije.

Él sonrió.

–Yo tengo cuarenta años, Karl Ove. Tú tienes treinta. Es una gran diferencia. Eso es lo que notas.

–No lo creo –dije–. Es otra cosa. Tú tienes una especie de conocimiento de las cosas que yo no tengo.

–¡Sigue contándome!

Se rió.

Su aura estaba centrada alrededor de sus oscuros e intensos ojos, pero el aura no era oscura, él se reía mucho, la sonrisa rara vez abandonaba sus labios ligeramente torcidos. Su aura era fuerte, era un hombre cuya presencia se notaba, pero no era una presencia física, porque uno no se fijaba en su cuerpo, delgado y ligero. Al menos yo no. Arve era para mí una cabeza afeitada, ojos oscuros, sonrisas constantes y una poderosa risa. Los razonamientos conducían a algo inesperado por mí. El que se abriera a mí era más de lo que podía esperar. De repente podía decir todo lo que hasta entonces me había callado, y más, porque fue como un contagio, de repente también mis razonamientos tomaron caminos inesperados, y eso me proporcionó una sensación de esperanza. ¿Acaso era yo escritor a pesar de todo? Arve sí lo era. ¿Pero yo? ¿Con toda mi ordinariez? ¿Con mi vida de fútbol y películas comerciales?

Cuánto hablaba.

Llegó el taxi, abrí el maletero y seguí farfullando, nervioso y con resaca, metimos las dos mochilas, nos sentamos dentro, yo seguí hablando sin ton ni son durante todo el camino por el paisaje sueco hasta llegar a Biskops-Arnö, donde nuestro seminario había empezado ya hacía rato. Acababan de comer cuando salimos del taxi.

–¿Y así continuó? –preguntó Geir.

–Así continuó –respondí.

Se me acercó un hombre que se presentó como Ingmar Lemhagen. Era el director del curso. Me dijo que le había gustado mi libro y que le recordaba a otro escritor noruego. ¿A quién?, pregunté. Él sonrió con astucia diciendo que eso tendría que esperar hasta que estudiáramos mis textos en el pleno.

Pensé que seguramente se refería a Finn Alnæs o a Agnar Mykle.

Dejé el equipaje fuera, entré en el comedor, eché un poco de comida en un plato y me la comí a toda prisa. Todo me daba vueltas, seguía borracho, pero no tanto como para impedir que mi pecho estuviera lleno de emoción y alegría por estar allí.

Me enseñaron mi habitación, dejé en ella el equipaje, salí y me acerqué al edificio donde se celebraría el curso. Fue entonces cuando la vi. Estaba de pie, apoyada en la pared, yo no le dije nada, había mucha más gente, pero yo la miraba a ella y había en ella algo que yo quería tener, algo que en el instante en que la vi ya estaba allí.

Una especie de estallido.

Nos pusieron en el mismo grupo. La que dirigía el curso, una finlandesa, no dijo nada cuando nos sentamos, era un truco pedagógico con el que no engañaba a nadie, pues todos permanecimos callados durante los primeros cinco minutos, hasta que la situación se volvió incómoda y alguien tomó la iniciativa.

Yo estaba todo el tiempo consciente de su presencia.

De lo que decía, de cómo hablaba, pero sobre todo de su presencia en sí, del cuerpo en la habitación.

No sé por qué. Tal vez hubiera algo en el estado en el que me encontraba que me hiciera receptivo a lo que ella tenía o a lo que ella era.

Se presentó. Linda Boström. Había debutado con una colección de poemas titulada *Hazme agradable para la herida,* vivía en Estocolmo y tenía veinticinco años.

El curso duró cinco días. Me movía todo el tiempo a su alrededor. Por las noches me emborrachaba todo lo que podía, apenas dormía. Una noche bajé con Arve a un sótano que recordaba a una cripta, él se puso a bailar, dando vueltas sin parar, imposible de alcanzar, y cuando salimos de allí y yo me di cuenta de que él era inalcanzable, me eché a llorar. Él se dio cuenta. Estás llorando, dijo. Sí, contesté. Mañana lo habrás olvidado. Una noche no pegué ojo, cuando los últimos se fueron a dormir, sobre las cinco de la madrugada, yo me fui a dar un largo paseo por el bosque, había salido el sol, vi corzos correr entre los viejos árboles foliáceos y me sentía feliz de una extraña manera que no reconocía. Lo que escribí durante el curso fue excepcionalmente bueno, era como si estuviera en contacto con una fuente, algo muy especial y desconocido para mí salía a borbotones claro y fresco. O tal vez sólo fuese la euforia que me hizo malinterpretarlo. Teníamos clases colectivas, yo me sentaba al lado de Linda. Ella me preguntó si me acordaba de la escena de *Blade Runner* en la que se atenúa la luz que entra por las ventanas. Dije que sí me acordaba, y que el búho que entonces se vuelve es el momento más hermoso de toda la película. Ella me miró. Con interrogación, no con aprobación. Los encargados del seminario repasaron los textos que habíamos escrito. Llegaron al mío. Lemhagen empezó a hablar de él, y fue como si lo que decía se elevara cada vez más alto, jamás había oído a nadie hablar de un texto de esa manera, sacar de él lo único que era realmente esencial, no trataba ni del personaje, ni del tema, ni de nada superficial, trataba de las metáforas y la función que realizaban en lo escondido, yuxtaponiendo todas las cosas, uniéndolas de una manera casi orgánica. Yo jamás había sabido que era eso lo que hacía, pero cuando él lo dijo lo supe, y para mí eran los árboles y las hojas, la hierba, las nubes y el sol ardiendo nada más, lo entendí todo a la luz de eso, también la interpretación de Lemhagen.

Él me miró.

–Me recuerda sobre todo a la prosa de Tor Ulven –señaló–. ¿Conoces su obra?

Asentí con la cabeza y miré al suelo.

No quería que nadie viera cómo la sangre me zumbaba en las venas y que había jinetes montando en mi interior. Tor Ulven era lo más sublime.

Ah, pero yo sabía que se equivocaba, que lo estaba sobrevalorando todo, era sueco y seguro que no entendía bien los matices de la lengua noruega. Pero la mera mención del nombre de Ulven... ¿Entonces no era yo un autor de literatura amena? ¿*Había* de verdad algo que yo había escrito que pudiera *recordar* a Tor Ulven?

La sangre me zumbaba en los oídos, la felicidad se paseaba gritando por mis conductos nerviosos.

Bajé la vista deseando intensamente que lo dejara ya y pasara al siguiente texto, y cuando lo hizo, me desplomé de alivio.

Esa noche seguimos bebiendo en mi cuarto, Linda dijo que podíamos fumar si desconectábamos la alarma de incendios. Lo hice, bebimos, puse *Summerteeth,* de Wilco; ella no parecía nada interesada, yo le enseñé un libro de cocina romana que había comprado durante una excursión a Upsala el día anterior; qué fantástico cocinar la misma comida que los romanos, pensé yo, ella no lo pensaba, al contrario, me dio repentinamente la espalda y se puso a buscar otra cosa con la mirada. La gente empezó a desaparecer hacia sus habitaciones, tenía la esperanza de que Linda no lo hiciera, pero ella también se retiró, y yo me fui al bosque una vez más, estuve vagando por ahí hasta las siete de la mañana, y cuando volví, un hombre encolerizado vino corriendo hacia mí. Knausgård, tú eres Knausgård, gritó. Sí, dije. Me alcanzó y empezó a despotricar contra mí. La alarma de incendios, peligroso, irresponsable, gritó. Yo dije que sí, que lo sentía, no lo pensé, lo siento. Me miró con ojos airados, yo me tambaleé un poco, me importaba todo un bledo, me fui a acostar, dormí dos horas. Cuando fui a desayunar, Ingmar Lemhagen se me acercó, lamentaba mucho lo ocurrido, el conserje había ido demasiado lejos, no volvería a ocurrir.

No entendía nada. ¿Se estaba *él* disculpando?

En mi opinión, lo ocurrido encajaba demasiado bien con la persona en la que me había convertido en el transcurso de esos días: un adolescente de dieciséis años. Mis sentimientos eran los sentimientos de un adolescente de dieciséis, mis actos eran los actos de un adolescente de dieciséis. De repente me sentía tan inseguro como no me había sentido desde que realmente tenía esa edad. Estábamos todos reunidos en una habitación, íbamos a leer en voz alta nuestros textos, a empezar uno tras otro, se pretendía que al final formáramos una especie de coro en el que se disolviera lo individual. Lemhagen señaló a uno, que empezó a leer. Luego me señaló a mí. Yo lo miré, vacilante.

–¿Tengo que leer ahora? ¿Mientras está leyendo el otro?

Todos se rieron. Me puse como un tomate. Pero ya en marcha me di cuenta de lo bueno que era mi texto, increíblemente mejor que los demás, enraizado en algo muy diferente y más esencial.

Más tarde, cuando estábamos charlando fuera en la gravilla, se lo dije a Arve.

No dijo nada. Se limitó a sonreír.

Cada noche, dos o tres tenían que leer para los demás. Estaba deseando que me tocara, pues Linda estaba allí, y así sabría quién era yo. Solía leer bien, solía recibir aplausos. Pero esta vez no me salió bien, ya después de la primera frase empecé a dudar del texto, era ridículo y yo me fui haciendo cada vez más pequeño, hasta que volví a sentarme, rojo de vergüenza. Entonces le tocó el turno a Arve.

Algo ocurrió mientras leía. Cautivó a todos. Era un mago.

–¡*Eso* sí ha sido impresionante! –me dijo Linda cuando Arve acabó.

Asentí y sonreí.

–Sí, es verdaderamente bueno.

Me fui de allí furioso y desesperado, cogí una cerveza y me senté en la escalera delante de la habitación. Pensé: Linda, ahora sal de ahí y ven aquí. ¿Me oyes? Vete de ahí y ven aquí. Sígueme. Si lo haces, si vienes aquí ahora, nos pertenecemos, así de fácil.

Miré fijamente a la puerta.

Se abrió.

¡Era Linda!

Mi corazón retumbaba.

¡Era Linda! ¡Era Linda!

Ella cruzó el patio y yo temblé de felicidad.

Entonces se volvió y se fue hacia el otro edificio, levantando la mano para saludar.

Al día siguiente todos fuimos de paseo por el bosque y yo iba al lado de Linda, primero en la fila, poco a poco los demás desaparecieron y me encontré solo con ella en el bosque. Ella iba retorciendo una paja, de vez en cuando me miraba sonriente. Yo era incapaz de decir nada. Nada. Miraba al suelo, miraba bosque adentro, la miraba a ella.

Sus ojos chispeaban. Ya no había en ellos nada oscuro, profundo y electrizante, ahora era ligera y coqueta, no paraba de retorcer la paja, sonreía, me miraba, bajaba la vista.

¿Qué era eso?

¿Qué significaba?

Le pregunté si quería intercambiar libros, ella contestó sí claro. Se me acercó cuando estaba tumbado en la hierba mirando las nubes, me dio su libro. *Biskops-Arnö, 1-7-99, Para Karl Ove, Linda,* ponía en la anteportada. Entré corriendo a buscar un ejemplar del mío, ya dedicado, y se lo alcancé. Cuando se fue, me metí en mi habitación y empecé a leer. El cuerpo me dolía de deseo por ella cuando leía, cada palabra venía de ella, era ella.

En medio de todo aquello, mi desenfrenado deseo por Linda, y mi regreso a la edad de dieciséis años, lo veía todo distinto. Veía lo salvaje y caótico que era todo lo verde, a la vez que la sencillez y claridad de sus formas, y eso despertó en mí un sentimiento casi extático, los viejos robles, el viento que soplaba entre el follaje, el sol, el cielo infinitamente azul.

No dormía, apenas comía, bebía todas las noches, y sin embargo no tenía ni sueño ni hambre, ni tampoco ningún problema para asistir al curso. Continuaron las charlas con Arve, es decir, yo continué hablándole de mí mismo, y poco a poco cada vez más de Linda. Él me veía a mí y veía a los demás asistentes al curso, y hablábamos de literatura. Mi manera de hablar sobre ese tema cambió, cuanto más tiempo pasaba con él, más libre me iba sintiendo, y eso lo consideraba un regalo. Entre clase y clase nos tumbábamos en el césped que había delante del edificio a charlar, entonces, ante la presencia de los demás, sentía celos de él viendo la impresión que sus palabras causaban en la gente, me habría encantado causar la misma impresión.

Una noche que estábamos todos sentados en la hierba, bebiendo y charlando, él habló de una entrevista que le había hecho a Svein Jarvoll para *Vagant*, cómo todo se había abierto esa noche mientras charlaban, la precisión que había en lo que se dijo, y cómo, de alguna manera, aquello había abierto la puerta a lo inaudito.

Yo le hablé de una entrevista que le había hecho a Rune Christiansen para *Vagant* en la que había sucedido lo mismo, a priori tenía miedo de enfrentarme a él, no sabía nada de poesía, pero luego todo se abrió. Fue una entrevista muy conseguida, dije.

Arve se rió.

Era capaz de descalificar todo lo que yo decía con una risa. Todos los presentes sabían que él tenía la razón, toda la autoridad se concentraba en él, en el punto hipnótico que constituía su rostro aquella noche. Linda estaba allí, también ella pudo verlo.

Arve sacó el tema del boxeo, Mike Tyson, su último combate, cuando le arrancó la oreja de un mordisco a Holyfield.

Yo dije que no era tan difícil de entender, Tyson necesitaba una salida, sabía que iba a perder, y le arrancó al otro una oreja de un mordisco, con eso terminó el combate sin que Tyson perdiera su autoestima. Arve se rió y dijo que dudaba de eso. Habría sido un acto racional, pero en ese momento no había un solo elemento de racionalidad en Tyson. Y luego habló de ello de un modo que me hizo recordar la escena en la que le cortan la cabeza al buey en *Apocalypse Now*. La oscuridad, la sangre y el trance. Tal vez mis pensamientos fueran precisamente en esa dirección porque Arve en otro momento ese mismo día había hablado de la firme voluntad mostrada por los vietnamitas al cortarles los brazos a los niños que habían sido vacunados, cómo era posible encontrarse con una voluntad dispuesta a ir tan lejos.

Al día siguiente convencí a algunos para jugar al fútbol, Ingmar Lemhagen nos consiguió un balón, y jugamos más o menos una hora, luego, al sentarme en la hierba junto a Linda con una Coca-Cola en la mano, ella dijo que yo andaba como un jugador de fútbol. Ella tenía un hermano que jugaba al fútbol y al hockey, y andábamos y estábamos de pie más o menos de la misma manera. ¿Has visto cómo anda Arve?, preguntó. No, dije. Anda como un bailarín, contestó Linda. Ligero y esotérico. ¿No te has fijado? No, contesté, sonriente. Ella me devolvió una rápida sonrisa y se levantó. Yo me tumbé del todo para mirar las nubes blancas flotando lentamente a la deriva en las profundidades del cielo azul.

Después de la cena di otro largo paseo por el bosque. Me detuve delante de un roble y me quedé mirando sus hojas. Arranqué una bellota y seguí mi camino dándole vueltas en la mano y contemplándola desde todos los ángulos posibles. Todos esos pequeños dibujos regulares en la diminuta parte parecida a una cesta en la que se posaba la bellota. Rayas de un verde más claro dentro de lo oscuro a lo largo de la superficie lisa. La forma perfecta. Podría ser un dirigible, podría ser una ballena. Todas las hojas eran idénticas, cada primavera eran escupidas en cantidades grotescas, los árboles eran fábricas que producían hojas preciosas de complicados dibujos de luz solar y agua. Cuando este pensamiento ya se había aferrado, la monotonía resultaba casi intolerable. Todo eso venía de unos textos que había leído de Francis Ponge al principio del verano. Me lo había recomendado Rune Christiansen, su mirada me había cambiado para siempre los árboles y las hojas. Brotaban de un manantial, del manantial de la vida, que era inagotable.

Ah, esa falta de voluntad.

Resultaba inquietante andar por el bosque, rodeado de la enorme fuerza ciega en todo lo que crecía, bajo el resplandor del sol que ardía sin cesar, también ciegamente.

Todo aquello hizo resonar en mí un tono estridente. Al mismo tiempo había otro tono dentro de mí, de anhelo, y el objeto de ese anhelo ya no era abstracto, como había sido los últimos años, sino manifiestamente concreto, ella se movía allí abajo, a sólo unos kilómetros de distancia, en ese mismo instante.

¿Qué clase de locura es ésta?, me preguntaba mientras andaba. Estaba casado, mi mujer y yo nos llevábamos bien, íbamos a comprarnos un piso juntos. ¿Y vengo aquí dispuesto a tirarlo todo por la borda?

Sí, así era.

Caminaba bajo las sombras de los árboles manchadas por el sol, rodeado de las cálidas fragancias del bosque, pensando que me encontraba en medio de la vida, no a mitad de camino de la vida, sino *en medio de mi existencia.*

El corazón me temblaba.

Llegó la última noche. Nos reunimos en la habitación más grande, sacaron vino y cerveza, era una especie de fiesta de despedida. De repente me encontraba sentado al lado de Linda, que estaba a punto de abrir una botella de vino, y puso su mano sobre la mía, acariciándola un instante y mirándome a los ojos. Estaba claro, estaba decidido, me deseaba. Pensaba en ello durante la fiesta, mientras bebía lentamente, pero sin parar. Iba a enrollarme con Linda. No necesitaría volver a Bergen, podría dejar allí lo que estaba allí y quedarme aquí con ella.

Sobre las tres de la madrugada, estando tan borracho como pocas veces había estado, me la llevé de allí. Le dije que tenía que contarle algo. Y se lo conté. Exactamente lo que sentía y lo que había planeado.

Ella dijo:

–Me gustas mucho. Eres un buen chico. Pero no me interesas. Lo siento. El que es fantástico es ese amigo tuyo. Él sí me interesa. ¿Lo entiendes?

–Sí –contesté.

Me volví y crucé la pequeña plaza, consciente de que ella había ido en sentido contrario y había vuelto a la fiesta. Debajo de los árboles, junto a la puerta, se había congregado un grupo de gente. Arve no estaba entre ellos, de modo que volví a entrar, lo busqué y le dije lo que me había dicho Linda, que él le interesaba y que ya podían enrollarse. Pero a mí ella no me interesa, dijo, ¿sabes? *Tengo* una novia fantástica. Lo siento por ti, dijo, yo le dije que no lo sintiera, crucé de nuevo la plazoleta, como si fuera por un túnel donde no había nadie más que yo, pasé por delante del grupo de gente congregada junto a la puerta principal, entré, recorrí el pasillo y me metí en mi habitación; el ordenador estaba encendido. Lo apagué, lo cerré, me metí en el baño, cogí el vaso que estaba sobre el lavabo y lo lancé con todas mis fuerzas contra la pared. Esperé un poco para ver si alguien reaccionaba. Luego cogí el trozo de cristal más grande que pude encontrar y empecé a hacerme cortes en la cara metódicamente, intentando que fueran lo más profundos posible, y que me cubrieran toda la cara. La barbilla, las mejillas, la frente, la nariz, la parte de debajo de barbilla. A intervalos regulares me limpiaba la sangre con la toalla. Seguía cortando. Limpiaba la sangre. Al final me di por satisfecho, cuando apenas quedaba espacio para un solo corte. Y me fui a acostar.

Mucho antes de despertarme supe que había ocurrido algo terrible. La cara me escocía y me ardía. En el instante de despertarme, recordé lo que había sucedido.

No sobreviviré a esto, pensé.

Tenía que volver a Noruega, iba a ver a Tonje en el Festival Quart, hacía medio año que habíamos reservado una habitación de hotel con Yngve y Kari Anne. Eran nuestras vacaciones. Ella me amaba. Y yo había hecho eso.

Di un puñetazo al colchón.

Y toda esa gente que estaba allí.

Ellos verían la ignominia.

No la podría ocultar. Todo el mundo la vería. Yo estaba marcado, me había marcado a mí mismo.

Miré la almohada. Estaba llena de sangre. Me palpé la cara. Estaba como estriada.

Y seguía borracho, apenas era capaz de incorporarme en la cama.

Descorrí la pesada cortina. La luz inundó la habitación. En el césped fuera había un grupo de personas sentadas, rodeadas de mochilas y maletas, pronto llegaría el momento de decirse adiós.

Di un puñetazo en el cabecero de la cama.

Tendría que enfrentarme a ello. No había escapatoria. Tendría que salir.

Metí mis cosas en la maleta, la cara me ardía y yo también ardía por dentro, sentía una vergüenza tan grande como nunca había sentido.

Estaba marcado.

Cogí la maleta y salí. Al principio no me vio nadie. Luego alguien gritó. Y entonces todos se volvieron a mirarme. Me detuve.

–Lo siento –dije–. Perdonadme.

Linda estaba sentada entre los demás. Me miró con los ojos abiertos de par en par. Luego se echó a llorar. Hubo más gente que empezó también a llorar. Alguien se me acercó y me puso una mano en el hombro.

–Estoy bien –dije–. Lo único que pasa es que ayer bebí demasiado. Lo lamento.

Todo estaba en silencio. Llegué yo y se hizo el silencio.

¿Cómo podría sobrevivir a eso?

Me senté y encendí un cigarrillo.

Arve me miró. Intenté sonreír.

Se me acercó.

–¿Qué coño has hecho? –preguntó.

–Bebí demasiado, eso es todo. Ya te lo explicaré luego. Pero no ahora.

Llegó un autocar, nos llevó a la estación y subimos al tren. El avión no saldría hasta el día siguiente. No tenía ni idea de cómo apañármelas hasta entonces. En Estocolmo todo el mundo me miraba por la calle y se apartaba al cruzarse conmigo. La vergüenza me ardía por dentro, ardía sin cesar, no había escapatoria, tenía que aguantar, aguantar un día y luego todo habría pasado.

Bajamos hacia Söder. Los demás habían quedado con Linda, creíamos que era en esa plaza que ahora sé que se llama plaza Medborgar, pero que entonces sólo era la plaza del mercado, y allí estábamos, ella llegó en bici, sorprendida de vernos allí, porque habíamos quedado en Nytorget, que está al otro lado, dijo, y no me miraba, no me miraba y era mejor así. Su mirada habría sido demasiado. Comimos pizza, el ambiente estaba enrarecido, luego nos sentamos en el césped con un montón de pájaros saltando a nuestro alrededor, y Arve dijo que no creía en la teoría de la evolución en lo que se refería al más fuerte, porque mirad los pájaros, no sólo hacen lo que tienen que hacer, sino también lo que les apetece, lo que les produce placer. El placer está subestimado, dijo Arve, y yo sabía que se dirigía a Linda, porque yo le había contado lo que ella había dicho, lo que ella me pidió, esos dos acabarían juntos, lo sabía.

Me retiré pronto a la pensión, los otros se quedaron bebiendo. Me puse a ver la televisión, era insoportable, pero pude sobrevivir y por fin me dormí, con la cama de al lado vacía, pues Arve no volvió a la pensión aquella noche, a la mañana siguiente lo encontré dormido en el portal. Le pregunté si había estado con Linda, pero dijo que no, que ella se había ido pronto a casa.

–Estaba llorando y sólo quería hablar de ti –me contó–. Yo me quedé bebiendo con Thøger. Eso es todo lo que hice.

–No te creo –dije–. Dímelo, no me importa nada, os habéis enrollado.

–No –insistió él–. Te equivocas.

Cuando aterrizamos en Oslo sobre mediodía al día siguiente, la gente seguía mirándome, aunque yo llevaba gafas de sol y procuraba bajar la cabeza todo lo que podía. Hacía mucho tiempo que había quedado con Alf van der Hagen, de la Radio Nacional Noruega, para una entrevista que él me haría en su casa. Sería una entrevista larga, llevaría su tiempo, por eso la haríamos en su casa. Por el camino pensé que mandaría todo al carajo y diría exactamente lo que opinaba de sus preguntas.

–Dios mío, ¿qué te ha pasado? –dijo al abrir la puerta.

–No es tan grave como parece –respondí–. Simplemente estaba muy, pero que muy borracho. Esas cosas pasan.

–¿Sigues dispuesto a hacer la entrevista? –preguntó.

–Sí, sí –contesté–. Estoy perfectamente. Lo único es que no tengo muy buena pinta.

–Desde luego que no.

Cuando Tonje me vio se echó a llorar. Yo me limité a decir que me había emborrachado y que no pasó nada más. Era verdad. También en el festival la gente se volvía para mirarme. Tonje lloraba mucho, pero las cosas empezaron a mejorar, lo que me tenía tan agarrado que no me había dejado soltarme, empezó a disolverse. Vimos a Garbage, fue un concierto fantástico, Tonje dijo que me amaba, yo le dije que la amaba a ella, y decidí dejar atrás para siempre todo lo que había sucedido. No volverme hacia ello, no pensar en ello, no permitir que existiera en mi vida.

A principios de otoño, Arve llamó para decirme que se había enrollado con Linda. Ya te había dicho que acabaríais siendo pareja, le dije.

–Pero no ocurrió allí, ocurrió más tarde. Ella me escribió una carta y luego vino aquí. Espero que podamos seguir siendo amigos. Sé que es difícil, pero lo espero.

–Claro que podemos ser amigos –dije.

Y era verdad. No le guardaba ningún rencor, ¿por qué iba a hacerlo?

Lo vi en Oslo un mes más tarde, para entonces me encontraba ya de vuelta en el punto de partida, incapaz de decirle nada. Apenas salió de mi boca palabra alguna, y eso a pesar de que estaba bebiendo. Dijo que Linda hablaba mucho de mí, y que a menudo decía que yo era guapo. Pensé al respecto que guapo no era un parámetro vigente para nosotros, era más bien un hecho curioso, más o menos como si hubiera dicho que yo era cojo o tenía joroba. Además fue Arve quien lo dijo. ¿Por qué iba él a contármelo? Un día que me lo encontré en el restaurante Kunstnernes Hus y él estaba tan borracho que casi no podía ni hablar, me cogió de la mano y se puso a interpelar a la gente sentada en las mesas, diciendo, mirad, ¿a que es guapo? Logré escapar, me topé con él una hora más tarde, nos sentamos, le dije que yo le había contado muchas cosas sobre mí, pero que él nunca me había contado nada de él, quiero decir, cosas íntimas, y él dijo, me decepcionas, suenas como un psicólogo en el suplemento dominical del *Dagbladet* o algo por el estilo, yo dije que era verdad. Él tenía razón, siempre tenía razón, o se encontraba siempre por encima de los argumentos que trataban del bien y del mal. Él me había dado mucho, pero también eso tendría que apartarlo de mi vida, no podía vivir en ello y al mismo tiempo llevar la vida que llevaba en Bergen. No funcionaría.

En el invierno lo vi de nuevo, esta vez estaba acompañado de Linda, ella quería verme, y Arve la llevó al sitio donde yo estaba sentado, nos dejó en paz durante media hora, y luego vino a buscarla.

Linda estaba hecha un ovillo con un enorme chaquetón de piel, débil y temblando, apenas quedaba ya nada de ella, y pensé: todo está muerto, ya no existe.

Mientras le contaba la historia a Geir, él miraba al tablero de la mesa. Cuando terminé, su mirada se cruzó con la mía.

–¡Interesante! –dijo–. Tú vuelves *todo* hacia dentro. Todo el dolor, toda la agresión, todos los sentimientos, toda la vergüenza, todo. Hacia dentro. A quien desfiguras es a ti mismo, no a los que están fuera.

–Pero si eso lo hace cualquier chica adolescente –dije.

–¡No! Tú te cortaste la cara. Ninguna chica se haría cortes en la cara de esa manera. De hecho, no he oído hablar de *nadie* que lo haya hecho.

–Los cortes no eran muy profundos –objeté–. Tenían un aspecto horrible, pero no fue tan grave.

–¿Quién quiere infligirse semejante daño a sí mismo?

Me encogí de hombros.

–Es posible que todo se concentrara en un solo punto. La muerte de mi padre, toda esa atención mediática en torno a mi libro, la vida con Tonje. Y naturalmente, Linda.

–Pero hoy no has sentido nada por ella, ¿no?

–Al menos nada intenso.

–¿Vas a volver a verla?

–Quizá. Probablemente. Pero sólo para tener una amiga aquí.

–Otra más.

–Sí, eso es –dije, y levanté el dedo índice con el fin de atraer la atención de la camarera.

Al día siguiente me llamó la chica cuyo piso había alquilado temporalmente. Tenía una amiga que necesitaba un *vivedentro* con el fin de reducir el alquiler.

–¿Qué es un *vivedentro?* –pregunté.

–Tendrás tu propia habitación, y compartirás el resto del piso con ella.

–No suena ideal para mí.

–Pero es un piso fantástico, ¿sabes? Está en la calle Bastu. Es una de las mejores zonas de Estocolmo.

–De acuerdo –dije–. Al menos puedo ir a hablar con ella.

–Ella está muy interesada en la literatura noruega –dijo.

Apunté el nombre y el teléfono, la llamé y ella respondió al instante, podía ir enseguida si quería.

El piso era realmente fantástico. Ella era joven, más joven que yo, y las paredes estaban llenas de fotos de un solo hombre. Era su marido, dijo. Había muerto.

–Lo siento –dije.

Ella se volvió y siguió enseñándome el piso.

–Aquí está tu habitación –dijo–. Si la quieres, claro. Baño propio, cocina propia, y una habitación con una cama, como puedes ver.

–Tiene buena pinta –señalé.

–También tienes entrada propia. Y si quieres estar solo y escribir, por ejemplo, simplemente puedes cerrar esta puerta.

–Me lo quedo –dije–. ¿Cuándo puedo mudarme?

–Ahora mismo, si quieres.

–Vaya, ¿tan rápido? Bueno, entonces traeré mis cosas esta tarde.

Geir se echó a reír cuando se lo conté.

–Es imposible llegar a esta ciudad sin conocer a nadie y conseguir un piso en la calle Bastu –dijo–. ¡Es imposible! ¿Lo entiendes? Los dioses te aprecian, Karl Ove, eso es seguro.

–Pero César no –objeté.

–Sí, César también. Tal vez te tenga un poco de envidia, eso es todo.

Tres días después llamé a Linda, le conté que me había mudado y le pregunté si podíamos tomar un café algún día. Sí, sí, ella podía, y una hora más tarde nos encontramos en un café en la llamada «joroba» de la calle Horn. Parecía más contenta, eso fue lo primero que pensé cuando se sentó. Me preguntó si había ido a nadar, y le dije que no, ella sí había ido muy temprano por la mañana, había sido fantástico.

Allí estábamos, removiendo cada uno nuestro capuchino. Encendí un cigarrillo, no se me ocurría nada que decir, y pensé que ésa tendría que ser la última vez.

–¿Te gusta el teatro? –me preguntó Linda.

Negué con la cabeza y reconocí que lo único que había visto eran unas representaciones tradicionales en el Teatro Nacional de Bergen que era tan imposible que atrajeran mi atención como los peces del acuario, y unas cuantas representaciones del Festival Internacional de Teatro de Bergen, entre ellas una de *Fausto* que consistía en unos actores murmurando y moviéndose por el escenario, equipados con unas narices largas y negras. Ella dijo que teníamos que ir a ver la versión de Bergman de *Espectros,* y yo dije que sí, que le daría una oportunidad más al teatro.

–¿Quedamos en firme entonces? –preguntó.

–Sí –contesté–. Suena muy bien.

–Tráete a tu amigo noruego –dijo–. Así podré saludarlo.

–Sí, seguro que querrá venir –dije.

Seguimos allí sentados otro cuarto de hora, pero las pausas eran largas, y creo que ella tenía tantas ganas como yo de marcharse. Al final me metí los cigarrillos en el bolsillo y me levanté.

–¿Quieres que vayamos juntos a sacar las entradas? –me preguntó.

–Por mí vale.

–¿Mañana?

–Sí.

221

–¿A las once y media aquí?

–De acuerdo.

Durante los veinte minutos que tardamos en ir hasta el Teatro Dramaten apenas nos dijimos una palabra. Tenía la sensación de poder decirle todo o nada.

Dejé que ella comprara las entradas, y cuando lo hubo hecho, emprendimos el camino de vuelta. El sol inundaba la ciudad, en los árboles habían salido los primeros brotes, por todas partes había un rebullir de gente, la mayoría alegres, como suelen estarlo los primeros días de primavera.

Cruzando Kungsträdgården ella me miró con los ojos entornados al brillo del sol tan fuerte y tan bajo.

–Hace unas semanas vi algo muy extraño en la televisión –contó–. Mostraban imágenes de la cámara de vigilancia de una tienda. De repente uno de los estantes empezó a arder. Al principio sólo eran unas llamas bajas. El dependiente estaba colocado de tal manera que no podía verlas. Pero sí las vio el cliente desde delante del mostrador. Debió de darse cuenta de que algo estaba sucediendo, porque mientras esperaba a que el dependiente registrara sus compras en la caja, se volvió hacia los estantes. Tuvo que ver las llamas. Luego se volvió de nuevo, cogió el cambio y salió de la tienda. ¡Con un incendio detrás de él!

Linda me miró y sonrió.

–Luego entró otro cliente y se colocó delante del mostrador. Para entonces ya había un buen fuego. Se volvió y miró directamente a las llamas. Luego dio la vuelta otra vez hacia la caja, pagó y salió. ¡Pero acababa de mirar directamente a las llamas! ¿Entiendes?

–Sí –respondí–. ¿Crees que no quería verse mezclado en ningún suceso?

–No, en absoluto. No fue por eso. Más bien fue que vio las llamas, pero era incapaz de creer lo que estaba viendo, llamas en la tienda, y se fió más de ese pensamiento que de lo que veía en realidad.

–¿Qué sucedió después?

–El tercero que entró, justo detrás del segundo, gritó «¡fuego!» en cuanto lo vio. A esas alturas toda la estantería estaba ardiendo. Era imposible de ignorar. Curioso, ¿verdad?

–Sí –contesté.

Llegamos hasta el puente que lleva al islote en el que se encuentra el Palacio Real, y fuimos zigzagueando entre todos los turistas y los inmigrantes que estaban pescando. En los días siguientes pensé de tarde en tarde en esa historia que me había contado, poco a poco se independizó de ella para convertirse en un fenómeno en sí. Yo no la conocía, no sabía casi nada sobre ella, y como era sueca, tampoco podía descubrir nada por la manera en la que hablaba o vestía. Una foto en su colección de poesía, que no había leído desde aquel día en Biskops-Arnö, y que sólo había sacado una vez, cuando le quise enseñar su foto a Yngve, continuaba nítida en mi memoria, la de la narradora que se aferra a un hombre *como una cría de chimpancé,* y la ve en el espejo. No sabía por qué justamente esa imagen se me había quedado grabada. Cuando llegué a casa saqué otra vez el libro. Ballenas, tierra y animales grandes retumbando en torno a una narradora aguda y vulnerable.

¿Eso era ella?

Unos días más tarde fuimos al teatro. Linda, Geir y yo. El primer acto era malo, realmente pobre, y en el entreacto, sentados en una mesa de la terraza con vistas al puerto, Geir y Linda hablaban encendidos sobre lo malo que había sido, y por qué. Yo tenía una actitud más positiva, porque a pesar de que el acto me había parecido pequeño y pobre, tanto en la actuación como en las visiones que debía aportar, había una expectación de algo distinto, como si algo estuviera esperando a emerger. Quizá no en la actuación, quizá más en la combinación Bergman-Ibsen, de la que al fin y al cabo algo tendría que salir, ¿o no? O tal vez sólo fuera el esplendor de la sala lo que me llevó a creer que tendría que venir algo más. Y llegó algo más. Todo se elevó cada vez más alto, la intensidad aumentó, y dentro de ese marco tan estrecho que al final sólo abarcaba a madre e hijo, surgió una especie de infinito, algo salvaje y temerario, y en ello desaparecieron la acción y el espacio, quedando sólo la sensación, que era intensa, de que estabas mirando directamente al núcleo de la existencia humana, al mismísimo centro vital, y entonces te encontrabas en un lugar en el que ya no importaba lo que realmente sucedía. Todo eso que se llama estética y gusto se había eliminado. ¿No ardía al fondo del escenario un enorme sol rojo? ¿No se estaba revolcando Osvald desnudo por las tablas? Yo ya no estoy seguro de lo que vi, todos los detalles fueron absorbidos por el estado que despertaron, que era uno de presencia absoluta, a la vez ardiente y helada. Pero si no te habías permitido seguir el camino hasta dentro, todo lo que allí sucedía te habría parecido exagerado, o incluso banal o kitsch. Lo magistral se encontraba en el primer acto, en él se había preparado todo, y sólo una persona que había empleado toda una vida en crear, con una producción de más de cincuenta años en su haber, podía tener el suficiente ingenio, frialdad, valor, intuición y entendimiento para conseguir algo así. No se hubiera podido crear sólo con el pensamiento, habría sido imposible. Apenas nada que hubiera visto o leído había conseguido acercarse tanto a lo esencial como esa versión. Saliendo al vestíbulo entre la gran cantidad de público ninguno de los tres dijo nada, pero por la expresión distante de sus caras comprendí que también ellos se habían dejado llevar hasta dentro de ese lugar terrible, pero auténtico y por ello hermoso que Bergman había visto en Ibsen y conseguido configurar. Decidimos tomar una cerveza en KB, y mientras íbamos hacia allí, esa especie de trance desapareció y dejó paso a un estado de ánimo eufórico y alegre. La timidez que normalmente habría sentido estando cerca de una chica tan atractiva como ella, añadido a lo que había sucedido tres años atrás, brillaba de repente por su ausencia. Ella nos habló de aquella vez que sin querer había dado un codazo a un soporte de proyector durante uno de los ensayos con Bergman, y había recibido una buena dosis de su ira. Hablamos sobre la diferencia entre *Espectros* y *Peer Gynt,* que se encontraban en los dos extremos de una escala, la primera sólo superficie, la otra sólo profundidad, las dos igual de auténticas. Nos hizo su parodia de Max von Sydow de la muerte y comentó con Geir cada una de las películas de Bergman, pues durante varios años había asistido solo a todas las funciones, todas, de la Filmoteca, y en consecuencia había visto casi todo lo que merecía verse del cine clásico. Yo los escuchaba, feliz por todo. Feliz por haber visto la representación, feliz por haberme mudado a Estocolmo, feliz por estar allí con Linda y Geir.

Después de despedirnos, y mientras subía las cuestas hacia mi habitación en Mariaberget, me di cuenta de dos cosas.

La primera era que quería volver a verla cuanto antes.

La segunda que ya sabía adónde iría: hasta allí dentro, hasta allí dentro donde había mirado esa noche. Ninguna otra cosa sería lo suficientemente buena, ninguna otra cosa podría serlo. Me movería sólo hacia allí, hacia lo más esencial, hacia el núcleo más profundo de la existencia humana. Si tardaba cuarenta años, tardaría cuarenta años. Pero no debía perderlo nunca de vista, no olvidarlo nunca, era allí adonde tenía que ir.

Allí, allí, allí.

Dos días más tarde me llamó Linda para invitarme a una fiesta de la Noche de Walpurgis que organizaba con dos amigas. Si quería podía llevar a mi amigo Geir. Y eso hice. Un viernes del mes de mayo de 2002 íbamos por Söder hacia el piso en el que se celebraría la fiesta, y enseguida nos encontramos sentados en un cómodo sofá, cada uno con un vaso de ponche en la mano, rodeados de jóvenes de Estocolmo que tenían todos alguna relación con la vida cultural. Músicos de jazz, gente del teatro, periodistas literarios, escritores, actores. Linda, Mikaela y Öllegård, que eran las que organizaban la fiesta, se habían conocido trabajando en el Teatro de la Ciudad de Estocolmo. Esos días, el Teatro Dramaten ofrecía *Romeo y Julieta*, en colaboración con Circus Cirkör, de manera que esta vez el salón estaba repleto no sólo de actores, sino también de malabaristas, tragafuegos y trapecistas. No podía pasarme la velada sin hablar, aunque quisiera, de modo que iba arrastrando mi cuerpo pesadamente de un grupo a otro, intercambiando frases de cortesía, y tras haberme bebido varios gin-tonics, también unas frases más allá de lo estrictamente necesario. Sobre todo quería hablar con la gente de teatro. No esperaba que ese tema me llenara de tal manera, y aquella noche mi entusiasmo por el teatro era enorme. Me encontré con dos actores y les dije lo fantástico que era Bergman. Se limitaron a bufar y a decir: *¡Esa vieja mierda! Lo suyo es tan asquerosamente tradicional que me entran ganas de vomitar.*

Qué estúpido por mi parte. Claro que aborrecían a Bergman. Por una parte había sido el maestro durante toda la vida de esos chicos, y durante toda la vida de sus padres también. Por otra, ellos estaban trabajando en algo nuevo y grande, Shakespeare como circo, la obra que todo el mundo iba a ver, la que con sus antorchas y trapecios, zancos y payasos, era tan refrescante. Se habían alejado tanto de Bergman como les era posible. ¡Y ahí viene un noruego regordete, obviamente deprimido, elogiando a Bergman como lo nuevo!

Mientras constaté, con una punzada en el corazón, que Linda y Geir seguían charlando en el sofá, animados y sonrientes −¿se iría ella a enamorar de otro de mis amigos?−, seguía dando vueltas entre los invitados y me topé con gente del mundo del jazz que me preguntó si yo conocía el jazz noruego, a lo que respondí que un poco. Me pidieron algunos nombres. ¿Músicos noruegos de jazz? ¿Había alguno aparte de Jan Garbarek? Por suerte entendí que no se referían a él, y me acordé de Bugge Wesseltoft, del que Espen me había hablado en una ocasión, y que también había tocado en una fiesta de *Vagant* en la que yo había recitado. Estaban de acuerdo, era bueno, respiré aliviado y fui a sentarme en una silla, apartado de los demás. Entonces se me acercó una mujer de pelo oscuro, con la cara ancha y la boca grande, los ojos marrones e intensos y un vestido de flores, y me preguntó si yo era ese escritor de Noruega. Pues sí. ¿Y qué te parecen Jan Kjærstad, John Erik Riley y Ole Robert Sunde?

Le dije lo que opinaba de ellos.

–¿Eso es lo que opinas? –preguntó.

–Sí –contesté.

–No te muevas de aquí –dijo–. Voy a buscar a mi marido. Escribe sobre literatura. Está muy interesado en Riley. Espera un momento. Ahora vuelvo.

La seguí con la mirada mientras se abría camino entre la gente en dirección a la cocina. ¿Cómo me había dicho que se llamaba? ¿Hilde? No, Wilda. No, joder, era Gilda. No debería ser tan difícil de recordar.

Volvió a aparecer entre la muchedumbre, esta vez con un hombre detrás. En cuanto lo vi, supe enseguida de qué tipo de persona se trataba. Se veía a cien leguas que era del mundo académico.

–¡Ahora puedes repetir lo que me has contado a mí! –dijo Gilda.

Lo hice, pero su pasión cayó en saco roto tanto en él como en mí, y al cabo de unos minutos la conversación se disolvió, me disculpé y me fui a la cocina a servirme algo de comida, ahora que las colas habían disminuido un poco. Geir estaba hablando con alguien junto a la puerta, Linda con otros delante de la librería. Yo me senté en el sofá y me puse a roer un muslo de pollo, en ese instante mi mirada se cruzó con la de una chica de pelo oscuro que lo tomó como una invitación, porque al instante estaba frente a mí.

–¿Quién eres? –preguntó.

Tragué y dejé el muslo de pollo en el plato de papel al tiempo que levantaba la vista para mirarla. Traté de sentarme derecho en el profundo y mullido sofá, pero no lo logré y me dio la impresión de que me inclinaba hacia un lado. En cuanto a mis mejillas, debían de brillar por culpa de la grasa del pollo.

–Karl Ove –respondí–. Soy noruego. Acabo de mudarme aquí. Hace sólo unas semanas. ¿Y tú?

–Melinda.

–¿A qué te dedicas?

–Soy actriz.

–Ah, sí –dije, con lo que me quedaba de euforia Bergman en la voz–. Trabajas ahora en *Romeo y Julieta,* ¿verdad?

Asintió con un gesto de la cabeza.

–¿Qué papel haces?

–El de Julieta.

–¿Ah, sí?

–Allí está Romeo –dijo.

Un hombre guapo y musculoso vino hacia ella. La besó en las mejillas y me miró.

Ese jodido sofá. Sentado en él me sentía como un enano. Lo saludé con una sonrisa. Él me devolvió el saludo.

–¿Has comido algo? –le preguntó a la chica.

–No –respondió ella, y desaparecieron. Me llevé de nuevo el muslo de pollo a la boca. Lo único que se podía hacer allí era beber.

Lo último que hice antes de marcharme a casa aquella noche fue ver álbumes de fotos con una homeópata de caballos que exhibía un generoso escote. El alcohol no me había hecho ascender, como solía hacer, hasta ese estado de ánimo en el que todo estaba bien y nada me podía prohibir nada, sino que me hizo descender al pozo de mi mente donde nada de lo que tenía dentro lograba abrirse paso. Lo único que ocurrió fue que todo se volvía cada vez más nublado y confuso. El que tuviera presencia mental suficiente para irme a casa y no quedarme allí hasta que todo el mundo se hubiese marchado, con la esperanza de que algo ocurriera por sí solo, me resultó muy gratificante al día siguiente. Di por perdida a Linda, apenas habíamos intercambiado una palabra durante toda la noche, la mayor parte de la cual me la había pasado hundido en ese sofá que llegué a considerar «mío», lo poco que dije podría haber cabido en una postal, y ninguna mujer en el mundo entero lo habría considerado interesante. Y sin embargo la llamé la tarde siguiente, para darle las gracias por la invitación. Y entonces, con el móvil en la oreja, contemplando Estocolmo, que se extendía debajo de mí, iluminada por la luz roja y aceitosa del sol poniente, acaeció un momento decisivo. Yo dije hola, gracias por la invitación y que había sido una fiesta agradable, ella lo agradeció, diciendo que también a ella le había resultado agradable y añadió que esperaba que también yo me lo hubiera pasado bien. Claro que sí, dije. Luego se hizo el silencio. Ella no dijo nada, yo no dije nada. ¿Debería dar por finalizada la conversación? Ése fue mi impulso natural, había aprendido que en esos contextos debía decir lo menos posible. Porque así al menos no se decía nada que no se debiera decir. ¿O debía continuar? Pasaban los minutos. Si me hubiera limitado a decir bueno, sólo quería darte las gracias y luego a colgar, lo más probable es que todo hubiera terminado allí. Así de muerto me parecía haberlo dejado todo la noche anterior. ¿Pero qué coño tenía que perder?

–¿Qué estás haciendo? –le pregunté, tras esa pausa tan espectacularmente larga.

–Estoy viendo hockey en la tele –contestó.

–¿Hockey? –le pregunté. Estuvimos hablando un cuarto de hora. Y decidimos volver a vernos.

Y así fue, pero no ocurrió nada, no había ninguna tensión o emoción, o más bien la tensión era tan grande que no nos movió, era como si estuviéramos atrapados en ella, nosotros y todo lo que nos queríamos decir el uno al otro, pero sin ser capaces.

Frases de cortesía. Pequeñas aperturas hacia algo distinto, su vida cotidiana, tenía una madre en la ciudad, y un hermano, y todos sus amigos. Aparte de medio año en Florencia, había vivido en Estocolmo toda su vida. ¿Dónde había vivido yo?

Arendal, Kristiansand, Bergen. Medio año en Islandia, cuatro meses en Norwich.

¿Tenía hermanos?

Un hermano, una media hermana.

Estuviste casado, ¿verdad?

Sí, en cierto modo lo sigo estando.

Ajá.

Una tarde, a mediados de abril, me llamó y me preguntó si quería que nos viéramos. Claro que sí. Le dije que estaba con Geir y Christina, estamos tomando algo en Guldapan, ¿por qué no vienes?

Llegó a la media hora.

Estaba radiante.

–Me han admitido en la Escuela de Arte Dramático –contó–. Estoy tan contenta, es fantástico. Y me entraron muchas ganas de verte –añadió mirándome.

Le sonreí.

Nos quedamos por ahí hasta tarde, nos emborrachamos, fuimos juntos hasta mi portal, la abracé y subí a mi casa.

Al día siguiente me llamó Geir.

–Está enamorada de ti, chico –dijo–. Se ve a la legua. Fue lo primero que dijo Christina cuando nos fuimos de allí. La chica es casi fosforescente, dijo. Perdidamente enamorada de Karl Ove.

–No me lo creo –objeté–. Estaba contenta porque la habían admitido en la Escuela de Arte Dramático.

–¿Por qué te iba a llamar precisamente a ti si sólo era por eso?

–¿Cómo quieres que lo sepa? ¿Por qué no la llamas y se lo preguntas?

–¿Y tus sentimientos? ¿Cómo andan?

–Bien.

Linda y yo fuimos al cine. Por alguna estúpida razón vimos la nueva película de *Star Wars,* era para niños, y después de haberlo constatado, fuimos a Folkoperaen, donde estuvimos sentados sin decir gran cosa.

Al marcharme de allí me sentía deprimido, estaba harto de que todo se me quedara dentro, de que no fuera capaz de decir a nadie lo más sencillo.

Enseguida se me pasó. Me sentía bien solo, la ciudad seguía siendo nueva para mí, había llegado la primavera; un día sí y otro no, a las doce, me ponía las zapatillas de deporte y daba la vuelta a Söder corriendo, eran diez kilómetros, un día sí y otro no nadaba mil metros. Había perdido diez kilos, y había empezado a escribir de nuevo. Me levantaba a las cinco de la mañana, me fumaba un cigarrillo y me tomaba un café en la azotea, desde donde había una buena vista de toda Estocolmo, luego trabajaba hasta las doce, después corría o nadaba, y a continuación me iba a algún café a leer, o simplemente caminaba, si no había quedado con Geir. Me acostaba a las ocho y media, justo cuando bajaba el sol, coloreando la pared de encima de la cama de un rojo sangre. Empecé a leer *Los cazadores de Karinhall,* de Carl-Henning Wijkmark, que Geir me había recomendado, leía a la luz del sol poniente, y de pronto, como por algo salido de la nada, me llenaba de una sensación de felicidad salvaje y exorbitante. Era libre, completamente libre, y la vida era fantástica. De tarde en tarde solía venírseme encima ese sentimiento, quizá una vez cada medio año, era intenso, duraba unos minutos, y luego se desvanecía. Lo curioso esta vez era que no desaparecía. Me despertaba y seguía feliz, eso era algo que no me pasaba desde que era pequeño. Me sentaba en la azotea a cantar bajo la pálida luz del sol, cuando escribía no me importaba si estaba mal, había otras y mejores cosas en el mundo que escribir novelas, cuando corría, mi cuerpo era ligero como una pluma, mientras que la conciencia, que normalmente estaba preparada para aguantar y poco más en mis carreras, miraba a su alrededor y disfrutaba del verde y denso follaje, del agua azul de los numerosos canales, de la multitud de gente por todas partes, de los edificios hermosos y menos hermosos. Volvía a casa y después de ducharme comía sopa y pan crujiente, y luego me iba al parque y seguía leyendo la primera novela de Wijkmark, sobre el corredor noruego de maratón que por error se mete en el castillo de caza de Göring durante los Juegos Olímpicos de Berlín de 1936, después llamaba a Espen, a Tore, a Eirik, a mi madre, a Yngve o a Tonje, con quien seguía, ya que no se había dicho otra cosa, me acostaba pronto, me levantaba en mitad de la noche y comía ciruelas o manzanas sin saberlo, hasta que me despertaba y encontraba los restos en el suelo al lado de la cama. A principios de mayo fui a Biskops-Arnö. Medio año antes había aceptado una invitación para dar allí una conferencia. Cuando llegué a Estocolmo, llamé a Lemhagen y le dije que tenía que cancelarla, no tenía nada de que hablar, él dijo que podía ir de todos modos a escuchar las demás ponencias, tal vez participar en las discusiones y leer uno o dos textos por la tarde, si tenía algo nuevo.

Me recibió delante del edificio principal y se apresuró a decir que nunca había vivido nada parecido a cuando yo estuve allí en el seminario de debutantes. Entendí lo que quería decir, el ambiente en aquella ocasión fue muy especial, no sólo para mí.

Las clases eran aburridas y las ponencias poco interesantes, o podría ser que yo estuviera demasiado feliz para poner interés. Un par de viejos islandeses fueron los únicos que dijeron algo original, y también los que tuvieron que enfrentarse a las argumentaciones más duras. Por las noches bebíamos, Henrik Hovland nos entretenía con historias de la vida en el campo de batalla, entre otras cosas contó cómo el olor a mierda tras cierto número de días puede llegar a ser tan fuerte e individual que los soldados llegan a identificarse por el olor en la oscuridad como los animales, algo que nadie se creyó, pero con lo que todos se rieron, yo relaté esa fantástica escena de uno de los libros de Arild Rein, en la que el protagonista caga una mierda tan grande que el váter no puede tragársela, y por eso la coge y se la mete en el bolsillo de la chaqueta del traje y sale con ella así.

Al día siguiente llegaron dos daneses, Jeppe y Lars; la conferencia de Jeppe fue interesante, y resultó agradable beber con ellos. Vinieron conmigo a Estocolmo y salimos a emborracharnos. Envié un SMS a Linda, y quedamos con ella en Kvarnen, me abrazó al verme, nos reímos y charlamos, pero de repente perdí el ánimo, porque Jeppe era carismático, más inteligente que la media, e irradiaba masculinidad, ante la que Linda no se mostró indiferente, me pareció. Tal vez por eso empecé a discutir con ella. Yo quería hablar del aborto. Ella no pareció molestarse, pero se fue a casa muy poco después, nosotros continuamos y acabamos en un club nocturno, donde le negaron la entrada a Jeppe, lo que supongo tuvo que ver con la bolsa de plástico que llevaba, su aspecto bastante ajado y el hecho de que estuviera muy borracho. Optamos por ir a mi casa, Lars se durmió, Jeppe y yo nos quedamos levantados, salió el sol, él se puso a hablar de su padre, un hombre bueno en todos los sentidos, y cuando dijo que había muerto, una lágrima le cayó por la mejilla. Fue uno de los momentos que siempre recordaré, tal vez porque lo que dijo me llegó sin previo aviso. Su cabeza, inclinada hacia la pared, iluminada por la primera suave luz matutina, la lágrima cayéndole por la mejilla.

Al día siguiente desayunamos en un café, ellos se fueron al aeropuerto de Arlanda y yo volví a casa a dormir, me había olvidado de cerrar la ventana, había llovido, el ordenador estaba empapado y no tenía copia de seguridad.

Lo encendí al día siguiente y parecía en perfecto estado. Nada podía ya fallar. Geir llamó, era el 17 de mayo, el día de la Constitución noruega, ¿por qué no salíamos a cenar? ¿Él, Christina, Linda y yo? Le conté lo de la discusión, él dijo que hay unas cuantas cosas que nunca debes discutir con una mujer. El aborto es una de ellas. Joder, Karl Ove, casi todas han abortado en algún momento de su vida. ¿Cómo se te ocurre meterte en aguas tan profundas? Pero llámala, a lo mejor no es tan importante. Tal vez ni siquiera haya vuelto a pensar en ello.

–No puedo llamarla después de aquello.

–¿Qué es lo peor que puede suceder? Si se cabreó contigo, simplemente dirá que no. Si no se enfadó, dirá que sí. Eso tendrás que averiguarlo tú. No puedes dejar de verla sólo porque *crees* que no quiere saber nada de ti.

La llamé.

Accedió a venir.

Fuimos a Creperiet, y charlamos casi exclusivamente sobre la relación entre Noruega y Suecia, el tema estrella de Geir. Linda me miró muchas veces, no parecía ofendida, pero no estaría del todo seguro hasta que habláramos a solas y pudiera presentarle mis disculpas. Pero si no tienes que pedir ninguna disculpa por eso, dijo. Tú tienes la opinión que tienes, no importa. ¿Y Jeppe?, pensé, pero naturalmente no dije nada.

Estuvimos en el Folkoperaen. Era el lugar favorito de Linda. Cada noche, a la hora del cierre, tocaban el himno nacional ruso, y ella amaba lo ruso, sobre todo a Chéjov.

–¿Has leído a Chéjov? –me preguntó.

–No.

–¿Que no? *Tienes que* leerlo.

Sus labios se apartaban de sus dientes cuando estaba muy entusiasmada y a punto de decir algo, yo la observaba mientras hablaba. Tenía unos labios muy hermosos. Y sus ojos, entre verdes y grises y chisporroteantes, eran tan bonitos que dolía mirar dentro de ellos.

–Mis películas favoritas también son rusas. *Quemado por el sol,* ¿la has visto?

–Por desgracia no.

–Tenemos que verla un día. En ella trabaja una chica fantástica. También interviene en Los Pioneros, un fantástico movimiento político para niños.

Se rió.

–Tengo la sensación de que hay muchas cosas que puedo enseñarte –dijo–. A propósito, hay una lectura de textos en Kvarnen dentro de... cinco días. Yo voy a leer. ¿Te apetece venir?

–Claro que sí. ¿Qué vas a leer?

–A Stig Sæterbakken.

–¿Por qué?

–Lo he traducido al sueco.

–¿De verdad? ¿Por qué no me lo has dicho?

–No me lo has preguntado –contestó ella con una sonrisa–. Él también vendrá. Estoy un poco nerviosa, ¿sabes? Mi noruego no era tan bueno como yo pensaba. Pero él ha leído el libro y no tuvo nada que objetar acerca del lenguaje. ¿A ti te gusta?

–Me gusta mucho *Siamés.*

–Es el que yo he traducido. Junto con Gilda, ¿te acuerdas de ella?

Asentí con la cabeza.

–Pero podríamos vernos antes de eso. ¿Estás ocupado mañana?

–No, podemos quedar.

Por los altavoces se oyó el primer acorde del himno nacional ruso. Linda se levantó, se puso la chaqueta y me miró.

–¿Aquí entonces? ¿A las ocho?

–Muy bien –dije.

Nos detuvimos fuera en la calle. El camino más corto hacia su casa era seguir por la calle Horn, y el que conducía a la mía iba en sentido contrario.

–Te acompaño a tu casa –dijo–. ¿Puedo?

–Claro que sí –respondí.

Fuimos un rato callados.

–Es muy curioso –dije, cuando empezamos a subir por una de las bocacalles que iban hasta Mariaberget–. Me siento muy feliz estando contigo, y sin embargo soy incapaz de decir nada. Es como si me hicieras enmudecer.

–Me he dado cuenta de eso –dijo, echándome una rápida mirada–. No importa. Al menos no a mí.

¿Por qué no?, pensé. ¿Para qué quieres un hombre que no dice nada?

Se hizo de nuevo el silencio. El ruido de nuestros pasos sobre el adoquinado se veía intensificado por las casas de ladrillo a ambos lados de la calle.

–Ha sido una noche estupenda –dijo.

–Un poco extraña –apunté–. Hoy es 17 de mayo, la fecha que más marcada tengo en la sangre, y todo el tiempo he tenido la sensación de que faltaba algo. ¿Por qué no lo celebra nadie?

Me rozó muy suavemente el brazo.

Como para decirme que no le importaba que yo dijera tonterías.

Nos detuvimos delante del portal de mi casa. Nos miramos. Yo di un paso adelante y la abracé.

–Nos vemos mañana –dije.

–Sí –contestó–. Buenas noches.

235

Una vez dentro me detuve y volví a salir a la calle, para verla por última vez.

Bajaba la cuesta sola consigo misma.

La amaba.

¿Qué demonios era aquello que dolía tanto?

Al día siguiente escribí como de costumbre, corrí como de costumbre, me senté a leer como de costumbre, esta vez en el café Lasse i Parken, justo enfrente de Långholmen. Pero no era capaz de concentrarme, sólo pensaba en Linda. Me hacía mucha ilusión saber que iba a verla, no había nada que deseara más, pero algo ensombrecía esos pensamientos, lo cual no ocurría con el resto de reflexiones que me hacía aquellos días.

¿Por qué?

¿Por lo que había sucedido aquel día?

Claro. Pero no sabía qué, no era más que una sensación que no lograba captar y recrear en un pensamiento nítido.

La conversación se desarrollaba igual de despacio esa noche, y ahora también la afectaba a ella, la alegría y el entusiasmo de la noche anterior habían desaparecido casi del todo.

Al cabo de una hora nos levantamos y nos fuimos. En la calle me preguntó si quería ir a su casa a tomar una taza de té.

–Me encantaría –dije.

Al subir las escaleras me acordé de repente del episodio de las gemelas polacas. Era una buena historia, pero no podía contarla, revelaría demasiado de la complejidad de mis sentimientos hacia ella.

–Vivo aquí –dijo–. Siéntate ahí, prepararé el té.

Era un estudio de una sola habitación. En un extremo había una cama, en otro una mesa de comedor. Me quité los zapatos, me dejé puesta la chaqueta y me senté en el borde del sillón.

Ella canturreaba en la cocina.

Cuando al poco rato colocó delante de mí una taza de té, dijo:

–Creo que estoy a punto de cogerte cariño, Karl Ove.

¿«Cogerme cariño»? ¿Eso era todo? ¿Y me lo decía así?

–Tú a mí también me gustas mucho –dije.

–¿De verdad? –preguntó.

Se hizo el silencio.

–¿Crees que podemos llegar a ser algo más que amigos? –preguntó al cabo de un rato.

–Quiero que seamos amigos –dije.

Me miró. Luego bajó la mirada. Al parecer, descubrió la taza y se la llevó a los labios.

Me levanté.

–¿Tienes alguna amiga? –preguntó–. Me refiero a mujeres que sólo sean amigas.

Contesté que no con la cabeza.

–O sí, las tenía cuando estaba en el instituto. Pero hace mucho tiempo de eso.

Volvió a mirarme.

–Creo que debo marcharme –dije–. Gracias por el té.

Se levantó y me acompañó hasta la puerta. Di unos pasos antes de volverme, para que ella no tuviera tiempo de abrazarme.

–Que te vaya bien –dije.

–Adiós –se despidió ella.

A la mañana siguiente fui a Lasse i Parken. Puse un cuaderno en la mesa y empecé a escribirle una carta. Escribí qué significaba ella para mí. Escribí qué significó cuando la vi por primera vez y qué significaba ahora. Escribí sobre sus labios, que se deslizaban sobre sus dientes cuando se entusiasmaba con algo, escribí sobre sus ojos cuando chisporroteaban y cuando abrían su oscuridad como si absorbieran la luz. Escribí sobre su manera de andar, el pequeño meneo del trasero, casi estilo modelo. Escribí sobre sus pequeñas facciones japonesas. Escribí sobre su risa, que en ocasiones llegaba a dominarlo todo, y sobre cuánto la amaba en esos momentos. Escribí sobre las palabras que ella empleaba con más frecuencia, sobre cómo decía la palabra «estrella» y la manera en la que sembraba por todas partes la palabra «fantástico». Escribí que todo esto era sólo lo que yo había visto, y que no la conocía en absoluto, que no sabía qué pensaba ella, y poco de cómo veía ella el mundo y las personas dentro de él, pero que lo que yo veía era suficiente, sabía que la amaba y que la amaría siempre.

–¿Karl Ove? –dijo alguien.

Allí estaba ella.

Di la vuelta al cuaderno.

¿Cómo podía ser?

–Hola, Linda –dije–. Gracias por el té de ayer.

–Gracias a ti. Estoy aquí con una amiga. ¿Prefieres estar solo?

–Sí, si no te importa –dije–. Estoy trabajando, ¿comprendes?

–Claro.

Nos miramos. Yo hice un gesto con la cabeza a modo de saludo.

Una chica de su edad salía con dos tazas de café en la mano. Linda se volvió hacia ella, y fueron a sentarse en el extremo opuesto.

Escribí que en ese instante ella estaba sentada allí cerca.

Ojalá hubiera podido vencer esa distancia, escribí. Daría todo por conseguirlo. Pero no lo consigo. Te amo, y puede que tú creas que me amas, pero no es así. Creo que te gusto, estoy seguro de ello, pero no te basto, y eso lo sabes muy dentro de ti. Tal vez necesitabas a alguien, llegué yo, y pensaste que tal vez podría servir. Pero yo no quiero ser alguien que tal vez pueda servir, no me basta, he de ser todo o nada, tienes que arder como yo ardo. Querer lo mismo que yo. ¿Lo entiendes? Ah, sé que lo entiendes. Te he visto fuerte, te he visto débil, y te he visto abierta al mundo. Te amo, pero no es suficiente. Ser amigos no tiene ningún sentido. ¡Ni siquiera soy capaz de hablar contigo! ¿Qué clase de amistad sería ésa? Espero que no te tomes esto a mal, sólo intento decir las cosas como son. Te amo, así es. Y en algún sitio lo haré siempre, suceda lo que suceda con nosotros.

Firmé, me levanté, eché un vistazo hacia ellas, sólo la amiga podía verme desde donde estaban sentadas y ella no sabía quién era yo, de modo que conseguí salir sin ser visto. Me fui corriendo a casa, metí la carta en un sobre, me puse la ropa de entrenar y di una vuelta por Söder.

En los días siguientes fue como si la velocidad aumentara dentro de mí. Corría, nadaba, hacía todo lo posible por mantener bajo control el desasosiego, que consistía en partes iguales de felicidad y dolor, pero no lo logré, temblaba de una excitación que parecía no cesar nunca. Daba paseos interminables por la ciudad, corría, nadaba, me pasaba las noches en vela en la cama, no comía, había dicho que no, que todo había acabado, ya se pasaría.

La lectura de textos iba a tener lugar un sábado, y cuando llegó el día, decidí no acudir. Llamé a Geir y le pregunté si podíamos vernos en el centro, dijo que sí, quedamos a las cuatro en KB, yo corrí hasta los baños de Eriksdal, nadé una hora en la piscina exterior, fue maravilloso, el aire estaba claro, el agua caliente, el cielo gris y cargado de una lluvia ligera, no había nadie cerca. Nadé de un extremo a otro, una y otra vez. Cuando salí del agua, estaba sudando de agotamiento. Me cambié, luego me quedé un rato fumando fuera y eché a andar hacia el centro con la bolsa al hombro.

Geir no estaba cuando llegué, me senté a una mesa junto a la ventana y pedí una cerveza. Unos minutos más tarde apareció delante de mí y me tendió la mano

–¿Alguna novedad? –preguntó al sentarse.

–Sí y no –respondí, y le conté todo lo que había ocurrido los últimos días.

–Siempre tienes que ser así de dramático –dijo–. ¿No puedes tomarte las cosas con un poco más de tranquilidad? No tiene por qué ser todo o nada.

–Es verdad –dije–. Pero justo en esto es así.

–¿Has enviado la carta?

–No, aún no.

En ese instante me llegó un mensaje de texto. Era de Linda.

«No te vi en la lectura de textos. ¿Estuviste allí?»
Empecé a redactar una respuesta.
–¿No puedes hacer eso luego? –preguntó Geir.
–No –contesté.
«No pude ir. ¿Estuvo bien?»
Envié el mensaje y levanté el vaso mirando a Geir.
–*Skål* –dije.
–*Skål* –dijo él.
Llegó un nuevo mensaje.
«Te he echado de menos. ¿Dónde estás ahora?»
¿Echado de menos?
El corazón me golpeaba con pesadez en el pecho. Inicié una nueva respuesta.
–Déjalo ya –me pidió Geir–. Si no, me largo.
–Tardo un segundo –dije–. Espera un momento.
«Yo también te echo de menos. Estoy en KB.»
–Es Linda, ¿verdad? –me preguntó Geir.
–Así es –contesté.
–Tienes pinta de loco, ¿lo sabías? Casi me entraron ganas de darme la vuelta en la puerta cuando te vi.
Nuevo mensaje.
«Ven aquí, Karl Ove. Estoy en Folkoperaen. Esperándote.»
Me levanté.
–Lo siento, Geir, pero tengo que irme.
–¿Ahora?
–Sí.
–Déjalo ya, hombre. Ella puede esperar media hora, joder. No he cogido el metro hasta el centro para beber solo. Eso puedo hacerlo en casa.
–Lo siento –dije–. Te llamo luego.
Salí disparado a la calle y paré un taxi, podría haber gritado de impaciencia en los semáforos, pero por fin me dejó delante de Folkoperaen, pagué y entré.
Linda estaba sentada en la planta baja. En cuanto la vi, comprendí que nada corría prisa.
Sonrió.

–¡Qué pronto has venido! –dijo.

–Me pareció que era urgente.

–No, no, en absoluto.

La abracé fugazmente y me senté.

–¿Quieres beber algo? –pregunté.

–¿Tú qué vas a tomar?

–No lo sé. ¿Vino tinto?

–Por mí bien.

Compartimos una botella de vino tinto y charlamos de todo y de nada, nada importante, todo quedaba entre nosotros, cada vez que nuestras miradas se cruzaban, un temblor me recorría el cuerpo, y luego un golpe sordo, que venía del corazón.

–Hay una fiesta en Vertigo –dijo–. ¿Te apetece venir?

–Sí. Suena bien.

–Stig Sæterbakken también está allí.

–Eso tal vez no esté tan bien. Lo puse muy mal en una crítica que le hice una vez. Luego leí una entrevista suya en la que decía que se guardaba todas las malas críticas que había recibido. La que yo escribí tiene que haber sido de las peores. Una página entera en el *Morgenbladet*. Más tarde nos atacó a Tore y a mí en un debate, llamándonos Faldbakken & Faldbakken. Pero eso a ti no te dirá nada.

Meneó la cabeza.

–¿Quieres que vayamos a otro sitio?

–No, no, por Dios. Vamos allí.

Cuando salimos de Folkoperaen había empezado a oscurecer. La capa de nubes que llevaba allí todo el día se estaba espesando.

Cogimos un taxi. Vertigo se encontraba en un sótano, había gente por todas partes cuando llegamos, el aire estaba caliente y lleno de humo, me volví hacia Linda y le dije que quizá no hacía falta que nos quedáramos mucho tiempo.

–Pero si es Knausgård –se oyó una voz. Me volví. Era Sæterbakken–. Knausgård y yo somos enemigos –dijo sonriendo a unas personas que estaban cerca–. ¿A que sí? –añadió mirándome.

–Yo no –contesté.

–No seas cobarde –dijo–. Tienes razón, aquello lo dejamos atrás. Estoy escribiendo una nueva novela e intento hacer como tú, intento escribir un poco más en esa dirección.

Joder, pensé. ¡Un piropo bastante gordo!

–¿Ah, sí? –dije–. Suena interesante.

–Sí, es muy interesante. ¡Espera y verás!

–Nos vemos –dije.

–Seguro –respondió.

Nos acercamos al bar, pedimos dos gin-tonics, vimos dos sillas vacías y nos sentamos. Linda conocía a muchos de los presentes, iba y venía por el local charlando con ellos, volviendo constantemente donde yo me encontraba. Yo estaba cada vez más borracho, pero ese estado de ánimo tan agradable y relajado que me había invadido al ver a Linda en Folkoperaen continuaba. Nos miramos, ella me puso la mano en el hombro, éramos pareja. Nuestras miradas se cruzaban a través del local, en medio de una conversación con alguien, y me sonreía. Éramos pareja.

Cuando llevábamos allí unas horas y nos habíamos acomodado en sendos sillones en un cuartito en un extremo del local, se nos acercó Sæterbakken y nos preguntó si queríamos que nos diera un masaje en los pies. Lo hacía muy bien, añadió. Yo dije que no, que no podía ser. Linda se quitó los zapatos y puso los pies sobre sus rodillas. Sæterbakken empezó a masajear y frotar mientras la miraba a los ojos.

–¿A que lo hago bien? –preguntó.

–Pues sí, ha sido fantástico –contestó Linda.

–Ahora te toca a ti, Knausgård.

–Mejor que no.

–¡Qué cobarde! Vamos, quítate los zapatos.

Al final hice lo que me dijo, me quité los zapatos y puse los pies sobre sus rodillas. Era agradable, pero el hecho de que fuera Stig Sæterbakken el que estuviera allí masajeándome los pies, con una sonrisa permanente en la boca, que me resultaba difícil no interpretar como diabólica, hacía que la situación fuera ambigua, por expresarlo con suavidad.

Cuando hubo acabado, le pregunté por su última colección de ensayos sobre el mal, luego di una vuelta por el local, tomando una copa tras otra, entonces vi de repente a Linda, estaba apoyada en la pared hablando con una chica, era la que había conocido en la Noche de Walpurgis, ¿Hilda, Wilda? No, joder, Gilda.

Linda era muy hermosa.

E increíblemente viva.

¿Sería posible que fuera mía?

Apenas tuve tiempo de pensarlo cuando su mirada se cruzó con la mía.

Sonrió, haciéndome un gesto para que me acercara.

Me acerqué.

Había llegado el momento.

Era ahora o nunca.

Tragué saliva, le puse la mano en el hombro.

—Ésta es Gilda —dijo.

—Nos hemos visto antes —señaló Gilda con una sonrisa.

—Ven —dije.

Me miró interrogante.

Sus ojos se oscurecieron.

—¿Ahora? —preguntó.

Me limité a cogerla de la mano sin contestar.

Sin decir palabra atravesamos el local. Abrimos la puerta y salimos.

Llovía a cántaros.

—Te saqué así una vez —dije—. Entonces no me salió muy bien. Y puede que también ahora se vaya todo a la mierda. No puedo hacer nada al respecto. Sólo quiero decir algo. Sobre ti.

—¿Sobre mí?

La tenía justo enfrente, me miraba con el pelo mojado y la cara brillante por las gotas de la lluvia.

—Sí —contesté.

Y empecé a decirle lo que ella significaba para mí. Le conté todo lo que había escrito en la carta. Describí sus labios, sus ojos, su manera de andar, las palabras que empleaba. Le dije que la amaba aunque no la conocía. Le dije que quería estar con ella. Que eso era lo único que quería.

Ella se puso de puntillas, levantó la cara hacia mí, yo me incliné y la besé.

Entonces todo se volvió negro.

Me desperté cuando dos hombres me arrastraban por los pies sobre el asfalto hasta un patio. Uno de ellos hablaba por el teléfono móvil, drogas quizá, dijo. Se detuvieron, inclinándose sobre mí.

—¿Estás despierto?

—Sí —contesté—. ¿Dónde estoy?

—Delante de Vertigo. ¿Has tomado drogas?

—No.

—¿Cómo te llamas?

—Karl Ove Knausgård. Creo que me desmayé. No pasa nada. Estoy bien.

Vi a Linda venir hacia mí.

—¿Ha vuelto en sí? —preguntó.

—Hola, Linda —dije—. ¿Qué ha pasado?

—No hace falta que vengáis —dijo el hombre que estaba hablando por el móvil—. La cosa va bien. Ha vuelto en sí y creo que se va a recuperar.

—Creo que te has desmayado —dijo Linda—. De repente te has desplomado.

—Joder —dije—. Lo siento.

—No tienes por qué sentirlo —dijo—. Eso que me has dicho. Nadie ha dicho nunca nada tan bonito sobre mí.

—¿Estás bien? —preguntó uno de los hombres.

Asentí con la cabeza y ellos se marcharon.

—Ha sido porque me has besado —dije—. Ha sido como si algo negro se *disparara*. Y luego me he despertado aquí.

Me levanté y di un par de pasos titubeantes.

—Supongo que lo mejor sería que me fuera a casa —dije—. Puedes venir conmigo, si te apetece.

Ella se rió.

—Vamos a mi casa. Yo me ocuparé de ti.

–El que vayas a ocuparte de mí suena maravilloso.

Linda sonrió y sacó el móvil del bolsillo de la chaqueta. El pelo se le estaba pegando a la frente. Me miré la ropa. Tenía los pantalones empapados. Me deslicé una mano por el pelo.

–Curiosamente ya no estoy borracho –dije–. Pero sí hambriento.

–¿Cuándo comiste por última vez?

–Ayer en algún momento, creo. Por la mañana.

Entonces obtuvo contacto con la centralita, puso los ojos en blanco, indicó la dirección y diez minutos después estábamos sentados en un taxi que nos llevaba a través de la lluvia y la noche.

Cuando me desperté, al principio no sabía dónde estaba. Pero entonces vi a Linda y lo recordé todo. Me acurruqué junto a ella, ella abrió los ojos, hicimos el amor una vez más, y era como debía ser, tan bueno, lo notaba con todo mi ser, éramos ella y yo, y se lo dije.

–Hemos de tener hijos juntos –dije–. No hacerlo sería un crimen contra la naturaleza.

Ella se rió.

–Está predestinado. Estoy seguro. Nunca he tenido una sensación como la de ahora.

Dejó de reírse y me miró.

–¿Lo dices en serio?

–Sí –contesté–. Es decir, si tú sientes lo mismo. Si no, será distinto. Pero sí lo sientes, ¿verdad? Lo noto.

–¿Es esto verdad? –preguntó–. ¿Estás acostado aquí, en mi cama, diciendo que quieres tener hijos conmigo?

–Sí. Y tú sientes lo mismo, ¿verdad?

Asintió con la cabeza.

–Pero nunca lo habría dicho.

Por primera vez en mi vida era absolutamente feliz. Por primera vez no había nada en mi vida que pudiera hacer sombra a la felicidad que sentía. Estábamos juntos todo el tiempo, nos buscábamos para tocarnos en los cruces de las calles, encima de las mesas de los restaurantes, en los autobuses, en los parques, no había reivindicaciones ni voluntades, excepto la de estar con el otro. Me sentía completamente libre, pero sólo con ella, en el instante en que nos separábamos empezaba a añorarla. Era extraño, esas fuerzas tan fuertes y tan buenas. Geir y Christina decían que resultaba imposible estar con nosotros, no teníamos ojos más que el uno para el otro, y era verdad, no había ningún mundo fuera del que de repente habíamos creado los dos. Para San Juan nos fuimos a Runmarö, donde Mikaela tenía alquilada una cabaña, me encontré a mí mismo riendo y cantando en medio de una noche sueca, un alegre tonto balbuceando, porque todo tenía sentido, todo estaba cargado de significado, era como si una nueva luz hubiera sido lanzada sobre el mundo. En Estocolmo íbamos a nadar, nos tumbábamos en los parques a leer, salíamos a comer y a cenar en restaurantes, no importaba lo que hiciéramos, lo importante era que lo hiciéramos. Leí a Hölderlin, y sus poemas se deslizaron dentro de mí como agua, no había nada en ellos que no entendiera, el éxtasis en los poemas y el éxtasis dentro de mí eran una misma cosa, y por encima de todo eso, cada día del mes de junio, todo julio y todo agosto, brillaba el sol. Nos contábamos todo sobre nosotros, como suelen hacer los amantes, y aunque supiéramos que aquello no podía durar y que si durara sería espeluznante porque también era insoportable tanta felicidad, vivíamos como si no lo supiéramos. La caída tendría que llegar, pero eso no nos preocupaba, ¿cómo iba a hacerlo cuando todo marchaba tan bien?

Una mañana, estando yo en la ducha, ella me llamó desde el dormitorio, entré, yacía desnuda en la cama, que habíamos colocado junto a la ventana para ver el cielo.

–Mira –dijo–. ¿Ves esa nube?

Me tumbé a su lado. El cielo estaba completamente azul, no había ni una nube, excepto esa única, que se movía lentamente. Tenía forma de corazón.

–Sí –dije apretándole la mano.

Se rió.

–Todo es perfecto –dijo–. Nunca he estado como ahora. Estoy tan feliz contigo. ¡Me siento tan feliz!

–Yo también –dije.

Nos fuimos en barco a las islas. Alquilamos una cabaña en el bosque, cerca del albergue juvenil. Caminamos por la isla durante horas, nos perdimos muy dentro del bosque, todo olía a pino y brezo, de repente llegamos a una escarpada pendiente de roca. Debajo de nosotros estaba el agua. Continuamos, llegamos a un prado, nos detuvimos y nos pusimos a mirar las vacas, ellas nos miraron a nosotros, nos reímos, sacamos fotos el uno del otro, trepamos a un árbol, y nos quedamos sentados en él, hablando como dos niños.

–Una vez –dije– iba a comprarle tabaco a mi padre en la gasolinera, que estaba a un par de kilómetros de casa. Yo tendría unos siete u ocho años. El camino hasta allí pasaba por el bosque. Lo conocía como la palma de mi mano. Sigo conociéndolo como la palma de mi mano, por cierto. Pero de repente oí un crujido entre los matorrales. Me detuve, miré hacia allí y vi un pájaro fantástico, enorme y de gran colorido. Nunca había visto nada parecido, parecía venir de lejos, de un país exótico. África, Asia. Corrió un trecho, luego levantó el vuelo y desapareció. Nunca he vuelto a ver un pájaro como ése, y nunca he conseguido averiguar qué clase de pájaro era.

–¿Es verdad? –preguntó Linda–. Yo tuve exactamente la misma experiencia. En la casa de verano de una amiga. Estaba sentada en lo alto de un árbol, bueno, como ahora, esperando a que volviesen mis amigas, me impacienté y bajé al suelo de un salto. Eché a andar sin rumbo, y entonces descubrí de repente un pájaro de muchos colores, fantástico. Yo tampoco he vuelto a ver uno parecido desde entonces.

–¿Es verdad?

–Sí.

Así era, todo tenía sentido, y nuestras vidas se entrelazaban. En el camino de vuelta a casa desde la isla hablamos de cómo se llamaría nuestro primer hijo.

–Si es chico –dije–, me gustaría un nombre sencillo, Ola, siempre me ha gustado, ¿qué te parece?

–Está bien –respondió–. Muy noruego. Me gusta.

–Sí –dije, mirando por la ventana.

Una pequeña barca venía hacia nosotros. En la matrícula que llevaba en un costado ponía OLA.

–Mira eso –dije.

Linda se inclinó hacia delante.

–Entonces está decidido –dijo–. ¡Se llamará Ola!

Una noche, subiendo la cuesta hasta mi casa, todavía en medio de la primera fase febril de nuestra relación, ella dijo, tras un rato de silencio:

–Karl Ove, tengo que contarte algo.

–¿Sí?

–En una ocasión intenté quitarme la vida.

–¿Qué dices?

No contestó, miraba al suelo.

–¿Hace mucho? –pregunté.

–Dos años, quizá. Fue cuando estuve ingresada.

La miré, ella no quiso que nuestras miradas se cruzaran, me acerqué y la abracé. Así estuvimos durante un buen rato. Luego entramos en el portal y en el ascensor, abrí mi puerta con la llave, ella se sentó en la cama, yo abrí la ventana y subieron hacia nosotros todos los sonidos de la noche del final de verano.

–¿Quieres un té? –le pregunté.

–Me encantaría.

Me acerqué a la cocina y encendí el hervidor de agua, saqué dos tazas y metí una bolsa de té en cada una. Cuando le alcancé su taza, y yo me quedé manoseando la mía delante de la ventana abierta, ella empezó a contar lo que sucedió aquella vez. Su madre había ido a buscarla al hospital, iban a pasar por casa a coger algunas cosas. Cuando estaban cerca, Linda echó a correr. Su madre corrió detrás. Linda corrió todo lo que pudo, entró en el portal, subió las escaleras, entró en el piso y fue hasta la ventana. Cuando su madre entró sólo unos segundos después, Linda había abierto la ventana y trepado hasta el alféizar. Su madre atravesó corriendo la habitación y en el instante en que Linda se disponía a saltar, consiguió agarrarla y meterla dentro.

–Me puse loca de rabia –dijo–. Creo que quería matarla. Me lancé sobre ella. Luchamos tal vez durante diez minutos allí dentro. Le tiré el frigorífico encima. Pero ella era más fuerte. Claro que era más fuerte. Al final se sentó a horcajadas sobre mi pecho, y yo me rendí. Ella llamó a la policía. Vinieron a buscarme y me llevaron de nuevo al hospital.

Se hizo el silencio. La miré, ella me miró a mí velozmente, como un pájaro.

–Estoy muy avergonzada por ello –dijo–. Pero me parecía que debías saberlo algún día.

Yo no sabía qué decir. Había un abismo entre ese lugar en el que ella había estado entonces y donde nos encontrábamos ahora. Al menos ésa era la sensación que yo tenía. Pero tal vez no fuera así para ella.

–¿Por qué lo hiciste? –pregunté.

–No lo sé. Creo que en aquel momento tampoco lo tenía claro. Pero recuerdo lo que había ocurrido hasta entonces. A finales del verano llevaba varias semanas con un brote maníaco-depresivo. Una tarde, Mikaela vino a verme y me encontró sentada encima de la mesa de la cocina enumerando cifras. Ella y Öllegård me llevaron a urgencias psiquiátricas. Me dieron unas pastillas para dormir y le preguntaron a Mikaela si podía alojarme en su casa unos días. Después de aquello, las fases se alternaron en el transcurso del otoño. Luego caí en una depresión tan grande que sabía que no habría manera de salir de ella. Rehuía a todas las personas que conocía, porque no quería que nadie fuera el último en verme con vida. La terapeuta que me trataba me preguntó si tenía pensamientos suicidas, me eché a llorar, y entonces dijo que no podía responsabilizarse de lo que pudiera pasarme entre las sesiones de terapia, y me ingresaron. He visto los documentos de la reunión que celebraron sobre mi ingreso. Pone que transcurren varios minutos desde el momento en que me hacen una pregunta hasta que la contesto, me acuerdo de eso, me resultaba casi imposible hablar. Imposible decir algo, las palabras estaban muy lejos. Todo estaba muy lejos. Mi cara estaba totalmente rígida, no había en ella gesto alguno.

Me miró. Me senté en la cama, ella dejó la taza en la mesilla y se tumbó boca arriba. Yo me tumbé a su lado. Había una especie de peso en la oscuridad de fuera, una especie de plenitud ajena a la noche de verano. Un tren pasó por el puente sobre Ridderfjärden.

–Estaba muerta –prosiguió–. No es que quisiera abandonar la vida. La había abandonado ya. Cuando la terapeuta dijo que me iban a ingresar, sentí alivio, alguien se ocuparía de mí. Pero cuando llegué a la clínica, todo resultó imposible. No podía estar allí. Entonces fue cuando empecé a planificarlo. Mi única posibilidad de salir sería consiguiendo un permiso de día para coger ropa y otras cosas en casa. Alguien tendría que acompañarme, y la única persona que se me ocurrió fue mi madre.

Se calló unos instantes.

–Pero si *realmente* hubiera querido, lo habría conseguido. Es lo que pienso ahora. No habría tenido que abrir la ventana. Me podría haber lanzado contra ella. No habría habido mucha diferencia. Esa prudencia..., bueno, si realmente hubiera querido hacerlo, habría podido.

–Me alegro de ello –dije, acariciándole el pelo–. ¿Tienes miedo de que vuelva a ocurrir?

–Sí.

Hubo una pausa.

La mujer a la que alquilaba la habitación estaba haciendo algo al otro lado de la puerta. Alguien tosió en la azotea.

–Yo no –dije.

Volvió la cabeza hacia mí.

–¿No tienes miedo de eso?

–No. Te conozco.

–No todo lo que hay en mí.

—Lo sé —dije, y la besé—. Pero no volverá a ocurrir jamás, estoy seguro.

—Entonces yo también estoy segura —dijo Linda, abrazándome.

Las interminables noches de verano, tan luminosas y abiertas, cuando nos deslizábamos entre distintos bares y cafés de distintos barrios en taxis negros, solos o con otros, cuando la embriaguez no era amenazante ni destructiva, sino una ola que nos elevaba cada vez más alto, empezaron lenta e imperceptiblemente a oscurecerse, como si el cielo se pegara a la tierra, lo ligero y lo efímero tenían cada vez menos margen de maniobra, algo empezó a llenarlo y a mantenerlo aplastado, hasta que la noche por fin se quedó quieta, una pared de oscuridad que descendía por la tarde y se levantaba por la mañana, y de repente resultó imposible imaginarse la ligera noche de verano que se lanzaba de un lado para otro, como un sueño que en vano intentas recuperar al despertarte por la mañana.

Linda empezó en la Escuela de Arte Dramático, el curso inicial fue duro, los estudiantes eran lanzados a toda clase de situaciones posibles e imposibles, supongo que la idea era que aprenderían mejor bajo presión, por ellos mismos. Cuando ella se iba en bicicleta a la escuela por la mañana, yo me iba a mi casa a escribir. Había tejido la historia sobre los ángeles dentro de otra sobre una mujer que en 1944 se encontraba en un paritorio, donde acababa de dar a luz a un niño, sus pensamientos iban a la deriva, pero no funcionaba, el texto era demasiado lejano, sin embargo la continué, avanzaba con mucho esfuerzo, página tras página, no importaba mucho, lo más importante, no, lo único en mi vida era Linda.

Un domingo almorzamos en un café de Östermalm llamado Oscar, cerca de Karaplan, estábamos sentados fuera, al aire libre, Linda con las piernas envueltas en una manta, yo había comido un sándwich club, Linda una ensalada de pollo, en la calle reinaba una tranquilidad dominguera, las campanas de la iglesia de abajo acababan de tocar a misa. En la mesa de detrás de la nuestra había tres chicas jóvenes, y detrás de ellas dos hombres. En la mesa más cercana a la calle saltaban unos pequeños gorriones. Parecían completamente domesticados, dando saltitos sobre los platos abandonados, moviendo toda la cabeza al meter el pico en los restos de comida.

De repente una sombra desciende por el aire, levanto la vista, es un pájaro enorme, viene disparado hacia nosotros, roza la mesa de los pajarillos, apresa a uno de ellos con las garras y remonta el vuelo.

Me volví hacia Linda. Estaba mirando boquiabierta al cielo.

—¿Un ave rapaz acaba de coger a uno de los gorriones, o lo he soñado? —le pregunté.

—No he visto nada parecido —dijo Linda—. ¡Qué horror! En medio de la ciudad. ¿Qué clase de pájaro era? ¿Un águila? ¿Un gavilán?

—Tiene que haber sido un gavilán —dije riéndome. Lo que acababa de ver me había exaltado. Linda me miró con ojos risueños—. Mi abuelo materno era calvo —dije—. Sólo le quedaba una corona de pelo blanco. Cuando yo era pequeño, él solía decir que se lo había cogido el pájaro que robaba gallinas. Y me enseñaba cómo le había metido las uñas para cogerle el pelo y salir volando. La prueba era esa corona que le quedaba. Durante algún tiempo me lo creí. Alzaba la vista al cielo buscándolo, pero nunca apareció.

—¡No hasta ahora! —dijo Linda.

—No es seguro que fuera el mismo —dije.

—Es verdad —contestó ella con una sonrisa—. Cuando tenía cinco años, tenía un hámster en una jaula. Pasábamos los veranos en nuestra casa de campo, entonces solía ventilarlo, poner la jaula en el césped y dejarlo pasearse un poco por la hierba. Una mañana, mientras yo estaba en la terraza, bajó de repente un ave rapaz a toda prisa, y, zas, mi hámster se fue por los aires.

—¿De verdad?

–Sí.

–¡Qué terrible!

Me reí y aparté el plato, encendí un cigarrillo y me recliné en la silla.

–Recuerdo que mi abuelo tenía un rifle. A veces disparaba a las cornejas. Hirió a una de ellas, es decir, le arrancó una pata de un tiro. Sobrevivió, y todavía sigue en la granja. Al menos eso dice mi tío Kjartan. Una corneja con una sola pata y ojos saltones.

–Fantástico –dijo Linda.

–Una especie de capitán Ahab –dije mirándola–. Y mi abuelo como la gran ballena blanca en tierra. Es una pena que no llegaras a conocerlo. Te habría gustado.

–Y a ti el mío.

–Estabas con él cuando murió, ¿verdad?

Ella asintió.

–Le dio un infarto y yo me fui a Norrland. Pero ya había muerto cuando llegué.

Cogió mi paquete de cigarrillos y me miró, hice un gesto de consentimiento, y ella cogió uno.

–La abuela estuvo más con nosotros –dijo–. Solía venir a Estocolmo a vernos, entonces se ocupaba de todo. Lo primero que hacía era fregar toda la casa. Hacía pan y repostería, y cocinaba y estaba con nosotros. Era muy fuerte.

–También lo es tu madre.

–Sí. De hecho se va pareciendo cada vez más a mi abuela. Después de dejar el teatro y mudarse al campo, es como si de repente hubiese recuperado la vida de entonces. Cultiva sus propias verduras, elabora ella misma todo, tiene *cuatro* congeladores llenos de comida y materias primas compradas de oferta. Y ya no le preocupa su aspecto, al menos no en comparación con como era antes.

Linda me miró.

–¿Te he contado que en cierta ocasión mi abuela vio una aurora boreal roja?

Negué con la cabeza.

–Fue una vez que se encontraba sola en el campo. El cielo estaba rojo, la luz flameaba, tuvo que ser precioso, pero también un poco como de día del Juicio Final. Cuando volvió a casa e intentó contar lo que había visto, nadie la creyó. Apenas se lo creía ella misma después de aquello. ¿Quién ha oído hablar de una aurora boreal roja? ¿Tú?

–Yo no.

–Pero muchos, muchísimos años después, una noche estaba con mi madre en Humlegården, era muy tarde. ¡Entonces vimos lo mismo! Alguna vez se ve aquí la aurora boreal, es muy poco frecuente, pero ocurre. Aquella noche era roja. Mi madre llamó a mi abuela en cuanto llegamos a casa. ¡Mi abuela se puso a llorar! Luego he leído sobre ello y me he enterado de que se trata de un extraño fenómeno meteorológico.

Me incliné sobre la mesa y la besé.

–¿Quieres un café?

Asintió con la cabeza y yo entré a pedir dos cafés. Cuando salí y le puse la taza delante, levantó la cabeza y me miró.

–Acabo de recordar otra extraña historia –dijo–. O a lo mejor no es tan extraña. Pero me lo pareció entonces. Estaba en una de las islas de por aquí. Paseaba sola por el bosque. Y por encima de mí, no muy alto, justo encima de los árboles, pasó planeando un dirigible. Fue mágico. Venía de la nada, planeó por encima del bosque y desapareció. ¡Un dirigible!

–Siempre me han interesado los dirigibles –dije–. Desde que era pequeño. De alguna manera es lo más fantástico que soy capaz de imaginarme. ¡Un mundo de dirigibles! Me evocan algo, pero no sé qué coño es. ¿Tú qué crees?

–Si he entendido bien, lo que te interesaba cuando eras pequeño eran los buceadores, los veleros, la astronáutica y los dirigibles, ¿no es así? Una vez dijiste que dibujabas buceadores, astronautas y veleros, ¿no? ¿Sólo eso?

–Sí, más o menos.

–¿Pues qué quieres que te diga? ¿Un fortísimo deseo de estar en otra parte? Los buceadores están en lo más profundo donde puedes llegar. Los astronautas, en lo más alto. Los veleros tienen que ver con la profundidad de la historia. Y los dirigibles, pues son ese mundo que nunca se hizo realidad.

–Sí, algo así. Pero no como un modo de transporte grande y dominante, más bien algo periférico, ¿sabes? Cuando eres pequeño, estás lleno del mundo, de eso se trata. Es imposible resistirse a ello. Y tampoco necesario. Al menos no para siempre.

–¿Entonces? –preguntó Linda.

–¿Entonces qué?

–¿Desearías ahora estar en otra parte?

–¡Estás loca! Este verano es el primero desde que tenía dieciséis que no lo he deseado.

Nos levantamos y empezamos a andar hacia el puente de Djurgården.

–¿Sabías que los primeros dirigibles no se dejaron dirigir, y que para solucionar el problema intentaron entrenar a aves rapaces, seguramente halcones, pero tal vez incluso águilas, para volar con largas cuerdas en el pico?

–No –dije–, lo único que sé es que te amo.

También en esos días que de un modo muy diferente a los anteriores estaban repletos de rutina, había en mí una fuerte sensación de libertad. Nos levantábamos temprano, Linda se iba en bici a la escuela, y yo me quedaba escribiendo todo el día. Si no iba a la Casa del Cine a comer con ella, nos volvíamos a ver luego al final de la tarde y estábamos juntos hasta la hora de dormir. Los fines de semana cenábamos fuera y por las noches nos emborrachábamos en el bar de Folkoperaen o en el gran bar junto a Odenplan.

Todo marchaba como antes, a la vez que no, porque imperceptiblemente, tan imperceptiblemente que era casi como si no estuviera sucediendo, nuestra vida se iba volviendo menos esplendorosa. El ardor que nos había empujado al uno hacia el otro y a los dos hacia el mundo, ya no era tan fuerte como antes. De vez en cuando surgían pequeñas desavenencias, un sábado me desperté pensando lo bueno que sería estar solo a veces, visitar librerías de viejo, sentarme en un café a leer los periódicos... Nos levantamos, fuimos al café más cercano, pedimos el desayuno, es decir, gachas, yogur, tostadas, huevos, zumo y café, yo me puse a leer los periódicos, Linda miraba fijamente el tablero de la mesa o al vacío, por fin dijo ¿tienes que estar leyendo? ¿No podemos charlar? Claro que sí, dije, y cerré el periódico, y estuvimos charlando, todo iba bien, la pequeña mancha negra en el corazón apenas era perceptible, el minúsculo deseo de estar solo y leer en paz, sin que nadie me exigiera nada, desapareció enseguida. Pero llegó el momento en el que ya no desaparecía, sino que, por el contrario, se iba metiendo dentro de los siguientes estados de ánimo y actos. Si de verdad me amas, tendrás que dirigirte a mí sin exigencias, pensaba, pero no lo decía, quería que se diera cuenta por sí misma.

Una noche llamó Yngve para preguntarme si quería acompañarlos a él y a Asbjørn a Londres, le dije que sí, claro, me venía estupendamente. Al colgar, Linda me miró desde el otro lado de la habitación.

–¿Quién era? –preguntó.

–Era Yngve. Quiere que vaya con él a Londres.

–¿No le habrás dicho que sí?

–Sí. ¿No debería?

–Los que nos vamos de viaje somos tú y yo. ¡No puedes ir con él antes de haber viajado conmigo!

–¿De qué estás hablando? No tiene nada que ver.

Linda bajó la vista al libro que estaba leyendo. Los ojos se le habían puesto negros. Yo no quería que se enfadara. Me resultaba imposible dejar esa situación en el aire, necesitaba aclararla.

–No he visto a Yngve desde hace muchísimo tiempo. Debes recordar que yo no conozco a nadie aquí, excepto a tus amigos. Los míos viven en Noruega.

–Yngve estuvo aquí hace poco.

–Por favor...

–Pues vete entonces –dijo.

–Vale –contesté.

Luego, cuando nos acostamos, ella se disculpó por haber sido tan poco generosa. No tiene importancia, dije. Es un asunto sin importancia.

–No hemos estado tanto tiempo separados desde que estamos juntos –dijo ella.

–Es verdad –contesté–. Por eso tal vez ha llegado el momento.

–¿Qué quieres decir? –preguntó.

–No podemos seguir viviendo tan pegados el resto de nuestra vida –dije.

–A mí me parece que estamos muy bien –dijo ella.

–Sí, claro que estamos bien. Entiendes de sobra lo que quiero decir.

–Claro que sí –dijo Linda–. Pero no estoy segura de estar de acuerdo contigo.

Desde Londres la llamaba dos veces al día y me gasté casi todo el dinero en un regalo para ella, pues cumpliría los treinta unas semanas más tarde, a la vez que comprendí, seguramente porque por primera vez la vida de Estocolmo quedaba a cierta distancia, que tendría que espabilar cuando volviera a casa, trabajar más duro, porque no sólo ese largo verano había desaparecido en felicidad y derroches internos y externos, sino también todo el mes de septiembre, sin que hubiera conseguido nada. Hacía ya cuatro años que había debutado, y no había segundo libro a la vista, excepto esas ochocientas páginas de diferentes principios que había acumulado desde entonces. La novela del debut la había escrito por las noches, me levantaba sobre las ocho de la tarde y escribía hasta la mañana siguiente, y la libertad que eso me proporcionaba en ese espacio que la noche abría, tal vez era lo que me hacía falta para entrar en algo nuevo. Había estado cerca durante las últimas semanas en Bergen y las primeras en Estocolmo, con esa historia que me había estimulado sobre un padre que se fue a pescar cangrejos una noche de verano con sus dos hijos, uno de ellos, obviamente yo, que encontré una gaviota muerta que enseñé a mi padre, que dijo que las gaviotas en un pasado habían sido ángeles, y nos fuimos de allí con un cubo de cangrejos vivos y moviéndose por el suelo de la barca. Geir Gulliksen, de la editorial, dijo «Aquí tienes tu principio», y tenía razón, pero yo no sabía adónde me llevaría y con eso había estado luchando durante los últimos meses. Había escrito sobre una mujer en el paritorio en la década de 1940, el hijo que dio a luz era el padre de Henrik Vankel, y la casa que la esperaba cuando volvió con el niño era inicialmente una vieja chabola llena de botellas, que habían tirado para construir una nueva casa. Pero no resultaba auténtico, todo sonaba falso, yo estaba perdido. Luego intenté tomar otra dirección, entrando en la misma casa donde duermen dos hermanos, su padre ha muerto, uno está tumbado viendo dormir al otro. Sonaba igual de falso, y mi desesperación iba en aumento, ¿alguna vez sería capaz de escribir mi segunda novela?

El primer lunes después de volver de Londres le dije a Linda que no podíamos vernos la noche siguiente, tenía que trabajar hasta tarde. Sin problema. Sobre las nueve de la noche me envió un SMS, yo le contesté, ella me envió otro, estaba con Cora en un bar cercano tomando una cerveza, escribí que se lo pasara bien y que la amaba, intercambiamos otro par de mensajes, luego no llegaron más y pensé que se había ido a su casa. Pero no fue así, sobre las doce llamó a mi puerta.

–¿Qué haces aquí? Ya te dije que tenía que trabajar.

–Sí, pero tus mensajes eran tan cálidos y cariñosos... Pensé que querías que viniera.

–Tengo que trabajar –dije–. En serio.

–Ya lo sé –dijo. Ya se había quitado la chaqueta y los zapatos–. Pero puedo dormir aquí mientras tú trabajas, ¿no?

–Sabes que no puedo. No puedo escribir ni siquiera con un gato en la habitación.

–No has probado nunca conmigo. ¡A lo mejor soy una buena influencia!

Aunque estaba cabreado, no podía decir que no. No tenía derecho, porque eso equivaldría a decir que ese miserable manuscrito en el que estaba trabajando era más importante que ella. En ese momento sí que lo era, pero no se lo podía decir.

–Vale –dije.

Tomamos té y fumamos delante de la ventana abierta, luego ella se desnudó y se acostó. La habitación era pequeña, el escritorio no estaba a más de un metro de distancia, me resultaba imposible concentrarme con ella en la habitación, y el que hubiese venido sabiendo que yo no quería, me llenaba de una sensación de ahogo. Pero tampoco quería acostarme y dejar así que ganara ella, de modo que al cabo de media hora me levanté y le dije que me iba, fue una demostración, fue mi manera de decir que no lo aceptaba, y me puse a andar por las brumosas calles de Söder, compré una salchicha en una gasolinera, me senté en el parque debajo de casa y me fumé cinco cigarrillos seguidos, mientras miraba la ciudad centelleante a mis pies y me preguntaba qué coño estaba pasando. ¿Cómo diablos había acabado en aquel lugar?

La noche siguiente trabajé hasta el amanecer, dormí todo el día, estuve un par de horas con ella en su casa, volví a la mía y escribí durante toda la noche, dormí y Linda me despertó por la tarde, quería hablar. Dimos una vuelta.

–¿Ya no quieres estar conmigo? –me preguntó.

–Claro que sí.

–Pero no estamos juntos. Ni nos vemos.

–Tengo que trabajar. Tienes que entenderlo.

–No, no entiendo que tengas que trabajar por la noche. Yo te amo y quiero estar contigo.

–Pero tengo que trabajar –volví a decir.

–De acuerdo –dijo ella–. Si sigues así, lo dejamos.

–No lo dices en serio.

Me miró.

–Ya lo creo que lo digo en serio, ¿qué coño te has creído?

–No me puedes manejar de esa manera –dije.

–No te manejo. Es una exigencia razonable. Estamos juntos, y por eso no quiero pasarme todo el tiempo sola.

–¿Todo el tiempo?

–Sí. Si no me haces caso, lo dejamos.

Suspiré.

–No es tan jodidamente importante –dije–. Lo haré.

–Bien –dijo ella.

Al día siguiente se lo mencioné por teléfono a Geir, dijo pero joder, ¿estás loco o qué? ¡Eres escritor! ¡No puedes dejar que otra persona te diga lo que tienes que hacer! No, dije, pero no se trata exactamente de eso. Es lo que cuesta. ¿Qué cuesta? La relación, dije. No lo entiendo, dijo él. ¡Justo en ese punto tienes que ser duro! Puedes llegar a acuerdos en todos los demás aspectos, pero no en ése. Pero como bien sabes soy blando, dije. Largo y blando, dijo Geir riéndose. Pero es tu vida.

Pasó septiembre, las hojas de los árboles se volvieron amarillas, luego rojas y al final cayeron. El azul del cielo se hizo más profundo, el sol bajó, el aire era claro y frío. A mediados de octubre, Linda reunió a todos sus amigos en un restaurante italiano de Söder, cumplía treinta años y emanaba una luz interior que a ella le hacía radiar y a mí sentirme orgulloso: era yo quien estaba con ella. Orgullo y gratitud, ésos eran mis sentimientos. La ciudad centelleaba a nuestro alrededor cuando volvíamos caminando a casa, ella con la chaqueta blanca que yo le había regalado esa misma mañana, y caminar así con ella, cogidos de la mano, en medio de esa ciudad tan hermosa y para mí aún desconocida, me producía oleadas de felicidad por dentro. Estábamos todavía repletos de deseo y ardor, porque nuestras vidas habían experimentado un giro, no algo ligero como un viento pasajero, sino fundamental. Hacíamos planes de tener hijos. No podíamos imaginar que nos pudiera aguardar algo que no fuera felicidad. Al menos yo no. En esas cuestiones, las que no tienen que ver con filosofía, literatura, arte o política, sino que sólo tratan de la vida, tal y como se vive, dentro y alrededor de mí, no pienso nunca. Siento, y los sentimientos deciden mis actos. Lo mismo regía para Linda, tal vez en un grado aún mayor.

En aquellos días recibí una invitación para colaborar en la escuela de escritores de Bø, era algo que no ocurría nunca, pero Thure Erik Lund iba a dar un curso de dos semanas de duración y le habían pedido que eligiera él mismo el autor con el que enseñaría. A Linda dos semanas le parecían mucho, no quería que me alejara de ella tanto tiempo, y yo pensé que *sí,* es mucho tiempo, ella no *puede* estar aquí sola en Estocolmo, mientras yo trabajo en Noruega. A la vez quería hacerlo. La escritura seguía estancada, necesitaba hacer otra cosa. Thure Erik era uno de los autores a los que más apreciaba. Se lo mencioné una noche a mi madre por teléfono, ella dijo que como no teníamos hijos, por qué Linda no podía estar sola unas semanas. Se trata de tu trabajo, dijo. Y tenía razón. Un pequeño desvío hacia un lado y todo se arreglaría. Pero yo no daba casi nunca ese paso, Linda y yo vivíamos muy pegados el uno al otro en varios sentidos; el piso de Linda en Zinkensdamm era oscuro y estrecho, habitación y media era todo lo que teníamos, y era como si la vida allí nos devorara lentamente. Lo que antes había estado abierto empezó a cerrarse, nuestras vidas llevaban tanto tiempo siendo una sola que empezaban a ponerse rígidas y a darse empujones entre ellas. Surgieron pequeños episodios en sí insignificantes, pero que en conjunto formaron un patrón, un nuevo sistema que estaba a punto de establecerse.

Una noche, acompañándola a hacer un ejercicio de prácticas en la gasolinera de Slussen, se volvió de repente y me puso verde por un asunto sin importancia, me mandó al infierno, le pregunté qué le pasaba, ella no contestó, iba andando diez metros por delante de mí. Yo la seguía.

Una tarde que estábamos en Saluhallen, en Högtorget, con el fin de comprar para una cena en casa a la que habíamos invitado a sus amigos Gilda y Kettil, sugerí que hiciéramos tortitas. Me miró con desprecio. Las tortitas son para los niños, dijo. No vamos a celebrar una fiesta infantil. De acuerdo, dije, llamémoslo *crêpes* entonces. ¿Eso te vale? Me dio la espalda.

Durante los fines de semana paseábamos por la hermosa ciudad, todo estaba bien, pero de repente ya no estaba bien, una oscuridad se abrió, y yo no sabía qué hacer. Por primera vez desde que llegué a Estocolmo volvió a aparecer esa sensación de estar solo con todo.

Aquel otoño Linda cayó en un abismo e intentó llegar hacia mí. Yo no entendía lo que estaba pasando. Pero todo se volvió tan claustrofóbico que le di la espalda, procurando mantener una distancia que ella intentaba acortar.

Me fui a Venecia, donde estuve escribiendo en un piso de la editorial. Linda vendría a pasar conmigo una semana, luego yo me quedaría unos días más escribiendo, antes de volver a Suecia. Ella estaba sombría y pesada, sólo decía que yo no la amaba, que en realidad no la amaba, que no quería estar con ella, que en realidad no quería estar con ella, que esto no funcionaba, que nunca funcionaría, que en realidad yo no la quería.

–¡Claro que te quiero! –le dije un día mientras caminábamos bajo el frío otoñal de Murano, con los ojos ocultos detrás de sendas gafas de sol. Al mismo tiempo, cada vez que ella decía que en el fondo no la amaba, que en el fondo no quería estar con ella, que yo siempre quería estar solo, iba siendo más verdad.

¿De dónde venía su desesperación?

¿Era yo quien se la provocaba?

¿Yo *era* frío?

¿*Pensaba* sólo en mí mismo?

Ya no sabía qué ocurriría cuando acabara la jornada de trabajo y volviera con ella. ¿Estaría contenta? ¿Sería una velada agradable? ¿Estaría cabreada por algo, por ejemplo, porque ya no hacíamos el amor todas las noches, y por eso ya no la amaba tanto como antes? ¿Nos sentaríamos en la cama a ver la televisión? ¿Daríamos un paseo hasta Långholmen? ¿Y allí estaría yo, tan devorado por sus exigencias de poseer todo mi ser, que la mantendría a distancia, con la idea de que eso tenía que acabar, de que eso no funcionaba dando vueltas en mi cabeza, algo que imposibilitaría cualquier conversación o intento de aproximación, lo que ella obviamente percibiría, y le serviría como prueba de su tesis general, es decir, que yo no la quería?

¿O queríamos simplemente estar bien el uno con el otro?

Yo me encerraba cada vez más en mí mismo, y cuanto más me encerraba, más atacaba ella. Y cuanto más atacaba ella, más me daba cuenta de las oscilaciones de su estado de ánimo. La seguía como un meteorólogo de la mente, no tanto con la conciencia como con los sentimientos que de un modo sumamente armonizado la acompañaban en sus distintos estados de ánimo. Cuando estaba enfadada, ésa era la única presencia dentro de mí. Era como si un jodido perro grande estuviera en la habitación intentando morderme, y del que me tenía que ocupar. Algunas veces, cuando charlábamos, podía sentir su fuerza, la profundidad de sus experiencias, y sentirme inferior. Otras, cuando se me acercaba y yo la poseía, o cuando simplemente yacía con ella en mis brazos, o cuando charlábamos y ella era sólo inseguridad y desasosiego, yo me sentía tan fuerte que todo lo demás perdía vigencia. Esas desviaciones hacia delante y hacia atrás, cuando no había nada firme y en cualquier momento se podían esperar estallidos en una u otra dirección, con la posterior reconciliación y avenencia, ocurrían continuamente, no había pausa, y la sensación de soledad estando con ella era cada vez más fuerte.

En el breve tiempo que llevábamos juntos no habíamos hecho nunca nada a medias, eso tampoco.

Una noche, después de discutir y luego reconciliarnos, empezamos a hablar del niño. Habíamos decidido tenerlo mientras Linda estudiara en la Escuela de Arte Dramático, podría darse de baja medio año, y luego yo me ocuparía mientras ella terminaba su formación. Para que fuera posible, tendría que dejar la medicación; ya había empezado a prepararse para ello; los médicos eran reacios, pero la terapeuta la apoyaba, y al fin y al cabo, la decisión final era suya.

Hablábamos casi todos los días de eso.

Ahora dije que tal vez deberíamos aplazarlo.

Excepto la luz del televisor que estaba encendido sin sonido en un rincón, todo el piso estaba oscuro. La oscuridad otoñal se acercaba como una ola al otro lado de la ventana.

–Tal vez deberíamos aplazarlo un poco –sugerí.

–¿Qué dices? –preguntó Linda, mirándome boquiabierta.

–Podríamos esperar un poco, ver cómo van las cosas. Tú podrías acabar tus estudios...

Ella se levantó y me dio una bofetada en la cara con todas sus fuerzas.

–¡Jamás! –gritó.

–¿Qué haces? –dije–. ¿Te has vuelto loca? *¿Me has pegado?*

Me escocía la mejilla, me había pegado con mucha dureza.

–Me voy –dije–. Y no volveré nunca. Olvídame.

Le di la espalda, fui a la entrada y cogí el abrigo de la percha. Ella lloraba detrás de mí, sollozando y dolida.

–No te vayas, Karl Ove. No me abandones ahora.

Me volví.

–¿Crees que puedes hacer lo que te dé la gana? ¿Es eso lo que crees?

–Perdóname –dijo–. Pero quédate. Sólo esta noche.

Permanecí inmóvil y vacilante en la oscuridad delante de la puerta, mirándola.

–De acuerdo –dije–. Me quedo esta noche. Pero luego me iré.

–Gracias –dijo ella.

Sobre las siete de la mañana siguiente abandoné la casa sin desayunar, y me fui al piso que todavía tenía alquilado. Subí con una taza de café a la azotea, allí me senté a fumar y a contemplar la ciudad, mientras meditaba sobre lo que haría.

No podía seguir con ella. No funcionaba.

Llamé a Geir desde el móvil, y le pregunté si podía acompañarme a dar un paseo por Djurgården, había algo importante que quería comentar con él. Sí, podía. Sólo tenía que acabar unos asuntos, luego podíamos vernos junto al puente, cerca del Museo Nórdico, y caminar hasta el final, donde había un restaurante en el que podríamos comer. Y así fue, caminamos entre los árboles desnudos, por un sendero sembrado de hojas amarillas, rojas y marrones, bajo el cielo de color cemento. No le conté lo que había pasado, era demasiado humillante, no podía decirle a nadie que ella me había pegado, porque en qué me convertiría eso a mí, me preguntaba. Sólo le dije que habíamos discutido y que ya no sabía qué hacer. Él me dijo que tendría que escuchar a mis sentimientos. Contesté que ya no sabía lo que sentía. Él dijo sí que lo sabes.

Pero no lo sabía. Yo tenía dentro de mí dos grupos de sentimientos hacia ella. Uno decía: tienes que marcharte, ella quiere apoderarse de todo lo que eres, vas a perder por completo tu libertad, vas a dedicarle todo tu tiempo, ¿qué va a pasar con todo lo que tú aprecias, con tu independencia y tu escritura? El otro decía: la amas, ella te da algo que ninguna otra persona puede darte, y sabe quién eres. Exactamente quién eres. Los dos grupos eran correctos, pero inconmensurables, uno excluía al otro y viceversa.

Ese día prevaleció la idea de marcharme.

Cuando Geir y yo íbamos en el metro camino de Västertorp, ella me llamó. Me preguntó si quería ir a cenar a su casa, había comprado cangrejos, mi comida favorita. Le dije que sí, de todos modos teníamos que hablar.

Llamé a la puerta aunque tenía llave, ella abrió y me miró con una tenue sonrisa.

–Hola –me saludó.

Llevaba esa blusa blanca que tanto me gustaba.

–Hola –dije.

Una de sus manos se movió hacia delante como si fuera a abrazarme, pero se detuvo y dio un paso atrás.

–Vamos, pasa –dijo.

–Gracias –contesté. Colgué la chaqueta en la percha, manteniéndome algo alejado de ella. Cuando me di la vuelta, ella se inclinó hacia mí y nos dimos un abrazo.

–¿Tienes hambre? –me preguntó.

–Sí, bastante –contesté.

–Pues vamos a cenar.

La seguí hasta la mesa, que estaba debajo de la ventana, al otro lado de la cama. Había puesto un mantel blanco, y entre los dos platos y las dos copas, se veía, aparte de dos botellas de cerveza, un candelabro con tres velas ardiendo con llamas que parpadeaban en la corriente. También había una fuente con cangrejos, una cesta de pan blanco, mantequilla, limón y mayonesa.

–He comprobado que no se me da muy bien preparar cangrejos –dijo–. No tenía ni idea de cómo abrirlos. Pero pensé que tú sabrías.

–Más o menos –dije.

Rompí las patas, abrí el caparazón y saqué las tripas, mientras ella abría las botellas.

–¿Qué has hecho hoy? –le pregunté, alcanzándole uno de los dos caparazones, que estaba casi lleno.

–No soportaba la idea de ir a la escuela, así que he llamado a Mikaela y he comido con ella.

–¿Le has contado lo que pasó?

Linda asintió con un gesto.

–¿Que me pegaste?

–Sí.

–¿Y qué ha dicho ella?

–No mucho. Escuchaba.

Me miró.

–¿Podrás perdonarme?

–Claro. Lo que pasa es que no entiendo por qué lo hiciste. ¿Cómo puedes perder el control de esa manera? Porque supongo que no fue algo que querías hacer, ¿no? Si te hubieras parado a pensarlo, quiero decir.

–Karl Ove –dijo.

–¿Sí?

–Lo siento. Lo siento muchísimo. Pero lo que dijiste me llegó al alma. Antes de conocerte, ni siquiera me atrevía a pensar en tener hijos algún día. No me atrevía. Ni siquiera cuando me enamoré de ti. Y entonces tú lo dijiste. Fuiste tú quien lo dijo, ¿te acuerdas? La primera mañana. Quiero tener hijos contigo. Y me sentí muy feliz. Me sentía loca e increíblemente feliz. Sólo saber que existía una posibilidad. Fuiste tú quien me brindó esa posibilidad. Y entonces..., ayer..., fue como si te retractaras de lo que habías dicho. Dijiste que tal vez deberíamos aplazarlo. Fue un palo tan grande, tan demoledor, que entonces..., bueno..., perdí el control.

Tenía los ojos húmedos cuando colocó el caparazón del cangrejo sobre una rebanada de pan, mientras intentaba sacar con el cuchillo la carne del borde.

–¿Puedes entenderlo?

Asentí con la cabeza.

–Claro que sí. Pero no puedes hacer cualquier cosa por muy alterada que estés. No puede ser. Joder. No puede ser. Yo no puedo vivir así. Esa sensación de que te volvieras hacia mí y me pegaras. No puede ser, no puedo vivir así. Se supone que somos una pareja, ¿no? No podemos ser enemigos, eso no lo soporto, no lo tolero. No funciona, Linda.

–Tienes razón –dijo ella–. Mejoraré. Lo prometo.

Permanecimos callados un rato mientras comíamos. En el momento en el que uno de los dos desviara la conversación hacia algo más normal y cotidiano, lo que había pasado se habría acabado.

Yo quería y no quería que fuera así.

La carne de cangrejo sobre la rebanada de pan era a la vez lisa y áspera, rojiza como las hojas del suelo, y ese sabor salado, casi agrio, a mar, suavizado por el dulzor de la mayonesa, a la vez que aguado por el zumo de limón, se apoderó durante unos instantes de todos mis sentidos.

–¿Está bueno? –preguntó Linda con una sonrisa.

–Buenísimo –contesté.

Lo que le dije aquella vez, la primera mañana que nos despertamos juntos, no fue algo que dije porque sí, sino algo que sentía profundamente. Quiero tener hijos con ella. Era algo que hasta entonces no había sentido nunca. Y el hecho de que ese deseo me llenara del todo me hizo estar seguro de que era correcto, de que eso era lo correcto.

¿Pero a cualquier precio?

Mi madre vino a Estocolmo, se la presenté a Linda en un restaurante, y todo parecía marchar bien, Linda estaba radiante, tímida y extrovertida a la vez, mientras yo observaba todo el rato a mi madre y su reacción. Iba a alojarse en mi piso, le di las buenas noches en el portal, ella entró y yo me fui correteando a casa de Linda, que estaba a unos diez minutos a pie. Al día siguiente, cuando fui a buscarla para llevarla a desayunar a un café, mi madre me contó que no había conseguido encender la luz del portal y por eso tampoco pudo abrir la puerta hasta casi una hora después.

–La luz se apagó cuando estaba en mitad de la escalera –dijo–. Automáticamente. No podía ver a un metro delante de mí.

–Los suecos, que ahorran energía –dije–. No abandonan nunca una habitación sin apagar la luz. Y en todos los espacios comunes hay interruptores automáticos. ¿Pero por qué no la volviste a encender?

–Porque estaba demasiado oscuro para ver los interruptores.

–Pero los interruptores son luminosos, ¿no?

–¿Eran los interruptores lo que estaba iluminado? Yo creía que era la alarma de incendios o algo por el estilo.

–¿Y el mechero? –le pregunté.

–Bueno, al final me acordé de él. Estaba tan desesperada que bajé a tientas a fumarme un cigarrillo cuando de repente me acordé. Así que volví a subir, iluminé la cerradura y pude entrar.

–Típico de ti –dije.

–Quizá –dijo–. Pero éste es otro país, será por eso. Las cosas pequeñas son diferentes.

–¿Y qué te parece Linda?

–Es una chica magnífica –contestó.

–¿A que sí? –dije yo.

No era tan obvio que fuera a decirlo. No dudaba de que pudiera llegar a apreciar a Linda, pero yo acababa de terminar una relación de muchos años. De casado, incluso. Tonje había formado parte de la familia, así de sencillo. Aunque la relación había terminado, no así los sentimientos que mi familia albergaba hacia ella. A Yngve le daba pena que ella ya no estuviera allí, y tal vez a mi madre le ocurriera lo mismo. A finales del verano, cuando Tonje y yo ya habíamos repartido todas nuestras cosas sin ningún dramatismo, nos portamos bien el uno con el otro, y la única vez que sentí algo parecido a tristeza fue un día que había bajado al sótano a buscar algo y de repente me eché a llorar: habíamos tenido una vida en común que ya había terminado. Tras esos días que transcurrieron sin problemas, llevé a nuestro gato a casa de mi madre en Jølster, para que se quedara con él. Entonces le hablé de Linda. Era obvio que no le gustó, pero no dijo nada. Media hora después salió de sus labios un comentario que me hizo mirarla detenidamente. No era normal en ella decir algo así. Dijo que yo era incapaz de ver a otras personas, que estaba completamente ciego y que sólo me veía a mí mismo por todas partes. Tu padre, dijo, veía a las personas por dentro. Veía inmediatamente cómo eran. Tú nunca has hecho eso. Bueno, dije, es posible.

Supongo que ella estaba en lo cierto, pero no tenía mucha importancia, lo que sí la tenía era que, por un lado, había situado a mi padre, ese terrible ser humano, por encima de mí, y, por otro, que lo había hecho porque estaba enfadada conmigo. Y eso era una novedad, mi madre nunca se enfadaba conmigo.

Por entonces, Linda y yo estábamos aún en la época dorada, y mi madre tuvo que darse cuenta de que yo brillaba de enamoramiento y alegría de vivir.

En Estocolmo, poco más de medio año después, todo era diferente. Mi alma estaba llena de resentimiento, la relación era tan claustrofóbica y oscura que deseaba dejarla pero no podía, porque era demasiado débil, pensaba en ella, me daba pena, sin mí se derrumbaría, yo era demasiado débil, la amaba.

Luego llegaron esos almuerzos en la Casa del Cine, cuando charlábamos de todo, encendidos y gesticulantes, o en casa, o en los cafés, había tanto que decir, tanto que recorrer, no sólo mi vida y la suya, como se habían desarrollado, sino también nuestra vida como era ahora, con todas las personas que la poblaban. Antes, yo siempre había estado muy encerrado en mí mismo, contemplando a las personas desde mi interior, como desde dentro de lo más profundo de un jardín. Linda tiraba de mí hasta el borde de mí mismo, donde todo estaba cerca y todo parecía más fuerte. Luego las películas en la Filmoteca, las noches por la ciudad, los fines de semana en casa de su madre en Gnesta, la paz de esos bosques donde a veces parecía una niña pequeña y se mostraba tan frágil como era.

Luego llegó el viaje a Venecia, ella *gritó* que yo no la quería, lo gritó una y otra vez. Por las noches nos emborrachábamos y hacíamos el amor con un frenesí nuevo y extraño, y también inquietante, no allí y en ese momento, sino al recordarlo al día siguiente, era como si quisiéramos herirnos el uno al otro. Cuando ella se marchó, apenas tenía energía para salir, me quedaba en aquel ático intentando escribir, a duras penas conseguía arrastrarme los escasos cientos de metros hasta la tienda de comestibles y luego volver a casa. Las paredes estaban frías, las callejuelas vacías, los canales llenos de góndolas que parecían ataúdes. Lo que veía estaba muerto, lo que escribía carente de valor.

Un día, solo en ese frío piso italiano, me acordé de lo que Stig Sæterbakken había dicho aquella noche que me enrollé con Linda. Que en su siguiente novela intentaría escribir un poco más como yo.

De repente noté que estaba ardiendo de vergüenza.

Él se mostró irónico, y yo no lo entendí.

Creí que lo DECÍA EN SERIO.

¿Qué engreído había que ser para creer algo así? ¿Qué estúpido podía uno llegar a ser? ¿No había límites?

Me levanté de golpe, bajé apresuradamente las escaleras, me vestí y corrí durante una hora por los pasillos a lo largo de los canales, intentando conseguir que la belleza de la profunda agua sucia y verde, las paredes ancestrales, el esplendor de todo ese mundo torcido y fallido, frenaran la enorme amargura que se me vino encima al caer en la cuenta de la ironía de Sæterbakken.

En una gran plaza a la que se llegaba sin previo aviso, me senté y pedí un café, encendí un cigarrillo y pensé por fin que tal vez la cosa no fuera tan grave.

Me llevé la pequeña taza a los labios con los dedos índice y corazón, que parecían monstruosamente grandes en comparación, me recliné en la silla y miré el cielo. Dentro de la laberíntica red de calles y canales nunca me fijaba en él, pues allí tenías la sensación de andar por debajo de la tierra. Cuando las estrechas callejuelas se abrían a mercados y plazas, y el cielo se extendía de repente sobre tejados y chapiteles, siempre llegaba como una sorpresa. Así era: ¡el cielo existe! ¡El sol existe! Entonces era como si también yo me volviera más abierto, más luminoso, más ligero. .

Que yo supiera, Sæterbakken pudo pensar que mi entusiasmada respuesta era TAMBIÉN irónica.

Más tarde aquel otoño las temperaturas cayeron en picado, todos los lagos y canales de Estocolmo se helaron, un domingo fuimos andando sobre el hielo desde Söder hasta la Ciudad Vieja, yo iba dando botes como el jorobado de Notre Dame, ella se reía y me hacía fotos, yo le hacía fotos a ella, todo era nítido y claro, también mis sentimientos hacia ella. Revelamos las fotos y las vimos sentados en un café, de allí corrimos a casa a hacer el amor, alquilamos dos películas, compramos una pizza, nos quedamos en la cama toda la tarde. Fue uno de esos días que recordaré siempre, tal vez porque precisamente lo cotidiano y lo trivial fuera lo brillante.

Llegó el invierno, y con él la nieve arremolinándose en el aire sobre la ciudad. Calles blancas, tejados blancos, todos los sonidos atenuados. Una noche que caminábamos sin rumbo por toda esa blancura, y tal vez por costumbre nos estábamos acercando al monte a lo largo del cual corría la calle Bastu, ella me preguntó dónde pensaba pasar las navidades. Le contesté que en casa de mi madre en Jølster. Ella quería ir conmigo. Le dije que no podía ser, que era demasiado pronto. ¿Por qué era demasiado pronto? Puedes entenderlo, ¿no? No, no lo entiendo. Vale.

Se convirtió en una bronca. Estábamos sentados en Bishop's Arms, cada uno con una cerveza, encolerizados, sin decir palabra. Para compensarlo, mi regalo de Navidad para ella fue un viaje sorpresa; cuando volví el 27 de diciembre nos fuimos al aeropuerto de Arlanda sin que ella conociera nuestro destino. Le regalé un billete para París, estaríamos allí una semana. Pero a

Linda le dio un ataque de ansiedad, la metrópolis la estresaba, se enfadaba por todo y se comportaba de un modo irrazonable. Cuando fuimos a cenar la primera noche y yo me sentí avergonzado ante el camarero por no saber muy bien cómo comportarme en lugares elegantes, ella me miró con los ojos llenos de desprecio. Ah, era una situación desesperada. ¿Dónde me había metido? ¿En qué estaba a punto de convertirse mi vida? Yo quería ir de tiendas, de compras, pero comprendí que sería imposible, Linda ya lo detestaba de antes y lo odiaba ahora, y como para ella lo peor de todo era estar sola, lo dejé. Muchos días empezaban bien, como cuando fuimos a la Torre Eiffel, la construcción más representativa del siglo XIX que conozco, para luego degenerar en algo negro e irrazonable, o podían empezar mal y luego acabar bien, como cuando fuimos a visitar a una amiga de Linda que vivía en París, junto al cementerio donde está enterrado Marcel Proust, y adonde fuimos luego. Y la Nochevieja, que celebramos en un restaurante íntimo y noble que me había recomendado mi amigo francófilo de Bergen, Johs, donde fuimos magníficamente atendidos y nos sentimos arder, como en los viejos tiempos, es decir, medio año antes, hasta que una hora ya dentro del año nuevo íbamos cogidos de la mano a lo largo del Sena, camino del hotel. Fuera lo que fuera lo que tanto abrumaba a Linda en París, desapareció en el instante en que llegamos al aeropuerto para emprender el viaje de regreso a casa.

La dueña del piso que tenía alquilado lo iba a vender, de modo que uno de los primeros días de enero llevé todas mis cosas, es decir, todos mis libros, a un almacén en las afueras de la ciudad, fregué la casa entera, entregué las llaves, y Linda preguntó a sus amigos si sabían de algún despacho en algún lugar. Cora conocía una especie de colectivo de freelancers, que ocupaban la última planta de ese edificio con pinta de castillo que se levanta en la cima del pequeño monte a un lado de Slussen, a sólo cien metros de mi anterior piso, allí conseguí un despacho donde empecé a pasar los días. Fue un nuevo arranque, añadí las últimas cien páginas a mi ya largo archivo de principios, y volví a empezar. Esta vez elegí el pequeño tema de los ángeles. Compré uno de esos libros baratos de arte lleno de imágenes de ángeles, una de las cuales despertó mi interés, mostraba tres ángeles paseando por un paisaje italiano, vestidos al estilo del siglo XVI. Escribí sobre alguien que los vio pasear, un chico que pastoreaba ovejas, una había desaparecido, y buscándola, vio a los ángeles entre unos árboles. Era algo poco frecuente, pero no del todo inusual, los ángeles vivían por los bosques y en la periferia de las esferas de acción de los seres humanos, y así había sido hasta donde alcanzaba la memoria. No conseguí llegar más allá de eso. ¿Cuál era la historia?

Aquello no tenía nada que ver conmigo, no había en esa historia nada de mi propia vida, consciente o inconscientemente, lo que significaba que no podía unirme a ello, impulsarlo hacia delante. Lo mismo podría haber escrito sobre El Hombre Enmascarado y la Gruta de las Calaveras.

¿Dónde estaba la historia?

Un día laborable sin sentido seguía a otro. Pero no tenía más remedio que continuar, no había otra cosa. La gente del resto de los despachos era amable, pero tan rebosante de bondad izquierdista radical que un día me quedé boquiabierto charlando con ellos, mientras esperaba a que se hiciera el café, cuando usé la palabra «negro» e inmediatamente fui corregido, y de repente descubrí que el hombre que les fregaba la oficina, que les fregaba la cocina, que les fregaba los váteres, era negro. Eran solidarios, igualitarios y buenos en el lenguaje, que ponían como una especie de red sobre esa realidad que se movía tan injusta y discriminatoria debajo de ellos. Aquello era algo que yo no podía decir. En dos ocasiones entraron unos ladrones; una mañana cuando llegué estaba allí la policía interrogando, habían robado dispositivos informáticos y equipos fotográficos. Como no habían forzado la puerta exterior sino sólo la de nuestros despachos, concluyeron que el autor de los hechos tenía que haber sido alguien con llave. Luego nos quedamos comentando lo sucedido. Yo dije esto no es exactamente un misterio. Como sabemos, los Toxicómanos Anónimos tienen su local en el piso de abajo. Seguramente alguno de ellos ha podido hacerse con una llave. Todos me miraron. No puedes decir algo así, dijo uno de ellos. Lo miré sin entender. Es hablar con mucho prejuicio, dijo. No sabemos quién ha sido. Pudo ser cualquiera. ¡No significa que hayan entrado aquí a robar sólo porque sean drogadictos y tengan un historial complicado! ¡Tenemos que darles una oportunidad! Asentí y dije que tenía razón, no podíamos saberlo con seguridad. Pero por dentro estaba escandalizado. Había visto a esa panda que solía quedarse en la escalera antes y después de las reuniones que celebraban, era una panda que haría cualquier cosa por dinero, y eso no era ni de coña un prejuicio, era una jodida evidencia.

Ésa era la Suecia de la que Geir me había hablado. Y lo eché de menos, era un cuento de su gusto. Pero él estaba en Bagdad.

En esa época seguía recibiendo visitas de Noruega, uno tras otro venían a Estocolmo, yo les enseñaba la ciudad, conocían a Linda, cenábamos fuera, seguíamos la juerga, nos emborrachábamos. Un fin de semana a finales del invierno iba a venir Thure Erik conduciendo ese viejo cacharro con el que una vez había atravesado el Sáhara, para, según contaba, no volver nunca a Noruega. Sí que volvió y en Noruega escribió una novela que para mí significa mucho, *Zalep,* me gustaba tanto porque el pensamiento que ofrecía era muy radical, muy distinto a todo lo que ofrecían las novelas noruegas de pensamiento, porque no hacía concesiones, y porque el lenguaje era único, completamente suyo. Lo curioso era que mucho resultaba surgir de su carácter o estar en concordancia con él, algo que no descubrí la primera vez que lo vi durante una velada muy superficial en la Casa de los Artistas, sino la segunda, tercera y cuarta vez, y, no menos importante, las dos semanas de invierno que pasamos en sendas cabañas de un desolado camping en el valle de Telemark, con el río resonando muy cerca y un cielo nocturno lleno de estrellas por encima de nosotros. Era un hombre grande, con enormes manos y una cara nudosa, sus ojos eran vivos y revelaban siempre su estado de ánimo. Como admiraba las novelas que escribía, tenía problemas para hablar con él, todo lo que yo decía era estúpido, no podía compararse con lo que él estaba haciendo, pero allí, en Telemark, donde desayunábamos juntos, caminábamos juntos los dos kilómetros que nos separaban de la escuela, almorzábamos juntos y tomábamos café o cerveza por las noches juntos, no podía esquivarlo. Había que decir algo. Él hizo un chiste sobre el nombre de la estación de ferrocarril anterior a la de Bø, y se rió mucho. Yo le contesté con otro chiste, con el que se rió aún más, y así no resultó nada difícil. Todo captaba su interés, evocándole alguna cosa, porque todo en él hacía avanzar los pensamientos, su sed por lo extremo era grande, y eso hacía que el mundo a su alrededor adquiriera constantemente una nueva luz, una luz a lo Thure Erik Lund, que sin embargo no era válida sólo para él, porque lo idiosincrásico de eso *también* refractaba en él, en una tradición, en sus lecturas.

No hay mucha gente que se aproxime al mundo con esa misma energía.

Era muy atento conmigo, me trataba como a una especie de hermano pequeño del que se ocupaba y al que quería mostrar y enseñar cosas, a la vez que tenía curiosidad por saber lo que yo podía sacar de todo eso, como decía él. Una tarde me preguntó si quería leer algo de lo que había escrito, dije que claro, me alcanzó dos hojas, empecé a leer, era un principio fantástico, dinamita que estallaba de un modo apocalíptico en un viejo pueblo rural, un niño se escapaba del colegio y se escondía en el bosque, era mágico, pero cuando por casualidad levanté la vista de la lectura y lo miré, él estaba sentado con la cabeza escondida entre sus enormes manos, como un niño avergonzado.

–¡Qué vergüenza! –dijo–. ¡Qué vergüenza, joder!

¿Qué?

¿Se había vuelto loco?

Ese hombre, con ese modo de ser tan obstinado como generoso, tan influenciable como indomable era el que iba a venir a visitarnos a Linda y a mí a Estocolmo.

Dos días antes fuimos a una fiesta de cumpleaños. Mikaela cumplía los treinta. Vivía en un apartamento de una habitación en Söder, no muy lejos de Långholmen, estaba hasta arriba de gente, nos hicimos un hueco en un rincón y nos pusimos a charlar con una mujer que dirigía una especie de organización por la paz, según pude entender, y con su marido, que era ingeniero informático y trabajaba en una empresa de telefonía. Eran amables, me tomé un par de cervezas, de repente me entraron ganas de algo más fuerte, encontré una botella de aquavit y me dio por beber directamente de ella. Estaba cada vez más borracho, se hizo muy tarde, la gente empezó a marcharse, nosotros nos quedamos, al final estaba tan pedo que me puse a hacer bolitas de papel con las servilletas y a tirárselas a los que estaban cerca. Sólo quedaba el núcleo duro, los amigos más íntimos de Linda, y cuando no me entretenía tirándoles bolitas de papel a la cabeza, balbuceaba sobre todo lo que se me ocurría, sin parar de reírme. Intenté decir algo bonito de todo el mundo, no lo conseguí del todo, pero por lo menos mi intención quedó muy clara. Al final, Linda me sacó a rastras de allí, yo protesté porque me lo estaba pasando muy bien, pero ella me agarró, yo me eché el abrigo encima y de repente nos encontrábamos en la calle, lejos ya del apartamento. Linda estaba furiosa conmigo. Yo no entendía nada, ¿qué había hecho ahora? Estaba muy borracho, era el único que estaba borracho, ¿no me había dado cuenta? Sólo yo. Todos los demás, veinticinco invitados, estaban sobrios. Así era en Suecia, el éxito de una velada se medía porque todo el mundo abandonara la fiesta en el mismo estado en el que había llegado. Yo estaba acostumbrado a que la gente se bebiera hasta el agua de los floreros. ¿No era una fiesta de cumpleaños? No, yo la había dejado en ridículo, nunca en su vida se había sentido tan avergonzada, los invitados eran sus mejores amigos y allí estaba yo, su hombre, del que ella había hablado tan bien, tirando bolitas de papel a la gente, insultándoles, sin ningún tipo de autocontrol.

Me cabreé. Aquello había ido demasiado lejos como para tolerarlo. O tal vez estaba tan borracho que ya no tenía ningún límite. La puse verde, le grité diciéndole lo horrible que era, que lo único que le interesaba era ponerme límites, impedimentos, tenerme tan atado como fuera posible. Era enfermizo, grité, enfermizo. Y ahora te dejo, joder. Nunca más volverás a verme.

Andaba como podía. Ella corrió detrás de mí.

Estás borracho, dijo. Tranquilízate. Podemos hablar de esto mañana. No puedes pasearte por la ciudad en este estado.

¿Por qué coño no voy a poder pasearme?, dije, apartándole la mano. Habíamos llegado a la zona del parque que había entre su calle y la siguiente. No quiero volver a verte nunca más, grité, crucé y bajé hacia la estación de Zinkensdamm. Linda se detuvo en la puerta de su casa y me gritó. Yo no me volví. Crucé el barrio de Söder a través de la Ciudad Vieja, en dirección a la estación de ferrocarril, todo el rato muy cabreado. Mi plan era sencillo. Me montaría en el tren de Oslo y así me iría de esa mierda de ciudad para nunca más volver. Nunca más. Nunca más. Nevaba, hacía frío, pero mi rabia me mantenía caliente. Dentro de la estación apenas era capaz de distinguir bien las letras de la pantalla, pero tras un rato de concentración que tuve que emplear en mantener el equilibrio, vi que salía un tren entre las nueve y las diez de la mañana. Ya eran las cuatro.

¿Qué haría mientras tanto?

Fui hasta un banco al fondo y me eché a dormir. Lo último que pensé antes de dormirme fue que no debería tambalearme cuando me despertara, pero seguía firme en mi decisión de no volver nunca a Estocolmo por muy sobrio que estuviera.

Un vigilante nocturno me sacudió el hombro, abrí los ojos.

—No puedes quedarte aquí tumbado —dijo.

—Estoy esperando un tren —dije, incorporándome lentamente.

–Muy bien. Pero no puedes dormir.

–¿Y estar sentado? –le pregunté.

–Tampoco –contestó–. Estás borracho, ¿no? Tal vez sería mejor que te fueras a casa.

–De acuerdo –dije, levantándome.

Ay, ay, seguía borracho, era verdad.

Eran algo más de las ocho. La estación estaba llena de gente. Lo único que deseaba era dormir. La cabeza me pesaba enormemente y me daba la impresión de tener una especie de fiebre que impedía que las impresiones se fijaran en mi cerebro, todo lo que veía desaparecía enseguida, caminé por los pasillos del metro, me metí en un tren, me bajé en Zinkensdamm y subí a casa de Linda, no tenía llave y tuve que llamar a la puerta.

Necesitaba dormir. Todo lo demás me importaba una mierda.

Linda vino corriendo a abrirme.

–Ah, eres tú –dijo, abrazándome–. Estaba asustadísima. He llamado a todos los hospitales de la ciudad, preguntando si habían ingresado a un noruego muy alto... ¿Dónde has estado?

–En la Estación Central –contesté–. Iba a coger el tren a Oslo, pero ahora tengo que dormir. Déjame tranquilo y no me despiertes.

–Vale –dijo Linda–. ¿Quieres algo cuando te despiertes? ¿Una Coca-Cola? ¿Beicon?

–Me da exactamente igual –dije, y entré haciendo mucho ruido, me quité violentamente la ropa, me metí debajo del edredón y me dormí al instante.

Cuando me desperté, ya era de noche. Linda estaba sentada en el sillón de la cocina leyendo bajo la luz de la lámpara que parecía un ave zancuda, que se estiraba larga y delgada sobre una pata, con la cabeza un poco ladeada, luciendo sobre ella.

–Hola –dijo Linda–. ¿Cómo te encuentras?

Llené un vaso de agua y me la bebí de un sorbo.

–Bien –contesté–. Exceptuando la ansiedad.

–Siento muchísimo lo de ayer –dijo, dejando el libro sobre el reposabrazos y levantándose.

–Yo también.

–¿Es verdad que querías irte?

Asentí con la cabeza.

–Sí que quería. Estaba harto.

Me abrazó.

–Lo comprendo –dijo.

–No sólo por lo que ocurrió después de la fiesta. Hay muchas más cosas.

–Ya –dijo.

–Ven, vamos al salón –sugerí.

Volví a llenar el vaso de agua y me senté delante de la mesa de comedor. Linda vino detrás y encendió la luz del techo.

–¿Recuerdas la primera vez que estuvimos aquí? –pregunté–. En esta misma habitación, quiero decir.

Asintió con un gesto.

–Dijiste que creías que estabas a punto de cogerme cariño.

–Eso fue una subestimación.

–Sí, ahora lo sé. Pero en aquel momento me sentí ofendido. «Coger cariño» suena a muy poca cosa en noruego. Se dice por ejemplo, «tengo un amigo por quien siento mucho cariño». Yo no sabía que esta palabra en sueco era lo mismo que «enamorado» en noruego. Creí que decías que empezaba a gustarte un poco, y que tal vez podría llegar a ser algo más en el futuro. Así lo interpreté.

Esbozó una pequeña sonrisa y bajó la mirada.

–En ese momento yo lo aposté todo –dijo Linda–. Te traje aquí, a mi casa, para decirte lo que sentía por ti. Y tú estuviste muy frío. Dijiste que podíamos ser amigos, ¿lo recuerdas? Yo lo había apostado todo y perdido todo. Estaba fuera de mí cuando te marchaste.

–Pero ahora estamos aquí.

–Sí.

–No puedes decirme lo que debo hacer, Linda. No funciona. Si lo haces, me marcho. Y no me refiero sólo a lo de la bebida. Me refiero a todo. No puedes.

–Lo sé.

Se hizo el silencio.

–¿Tenemos albóndigas en la nevera? –pregunté–. Tengo un hambre de mil demonios.

Ella asintió.

Fui a la cocina, eché las albóndigas en una sartén y puse agua para los espaguetis, noté que Linda venía detrás de mí.

–En el verano no hubo ningún problema –dije–. Con lo de la bebida, quiero decir. Al parecer, entonces no tenías nada en contra.

–No –contestó–. Y era fantástico. Yo siempre tengo miedo a transgredir los límites, pero entonces no, contigo no, me sentía segura. No tenía la sensación de que fuera a perder el equilibrio, de que la relación se volviera maniática o simplemente horrible. Lo sentía como algo seguro. Y eso era algo que no había sentido antes. Pero ahora es diferente. Ya no estamos en ese punto.

–Pues no –dije, dándome la vuelta mientras la mantequilla empezaba a derretirse en la sartén entre las albóndigas–. ¿Y dónde estamos entonces?

Linda se encogió de hombros.

–No lo sé. Pero parece como si hubiéramos perdido algo. Que algo ha terminado. Y tengo miedo de que también desaparezca el resto.

–Pero no puedes forzarme. Ésa es precisamente la mejor manera de hacerlo desaparecer, en mi opinión.

–Claro que sí. Ya lo sé.

Eché un poco de sal al agua de los espaguetis.

–¿Vas a querer? –pregunté.

Dijo que sí, secándose las lágrimas con el pulgar.

Thure Erik llegó al día siguiente sobre las dos; llenó la pequeña casa con su personalidad en cuanto puso el pie en ella. Visitamos algunas librerías de viejo, él estuvo mirando todo lo que tenían sobre historia natural antigua, y luego fuimos a Pelikanen a cenar y beber hasta que cerraron. Le conté lo de la noche anterior en la estación, cuando había decidido coger el tren de vuelta a Noruega.

–¡Pero si iba a venir *yo!* –exclamó–. ¿Se supone que entonces habría tenido que volver por donde había venido?

–Fue justo lo que pensé al despertarme –dije–. Thure Erik Lund viene, ni de coña puedo volver a Noruega en este momento.

Se rió y empezó a hablarme de una relación tan tormentosa que hacía que la mía con Linda pareciese una comedia de verano. Esa noche me bebí veinte cervezas, y lo único que recuerdo de las últimas horas es un viejo borracho con el que Thure Erik se puso a hablar, que se sentó en nuestra mesa y que decía sin parar que yo era muy guapo, un tipo muy guapo. Thure Erik se reía y me daba golpecitos en el hombro, en medio de sus intentos de sonsacar al otro la historia de su vida. Y recuerdo que luego nos detuvimos delante de casa y que él se metió en su coche y se echó a dormir en el asiento trasero, mientras ligeros copos de nieve volaban bajo el cielo gris y frío.

Una habitación más cocina, ése era nuestro campo de acción. Allí cocinábamos, comíamos, dormíamos, hacíamos el amor, charlábamos, veíamos la televisión, leíamos, nos peleábamos y recibíamos a nuestras visitas. Era estrecho y pequeño, pero funcionaba, nos las apañábamos, nos manteníamos a flote. Pero si íbamos a tener niños, algo que no parábamos de comentar, tendríamos que buscar una casa más grande. La madre de Linda tenía un piso en el centro, sólo tenía dos habitaciones, pero medía más de ochenta metros cuadrados, un campo de fútbol en comparación con donde vivíamos. Como la madre ya no lo usaba, lo alquilaba, y dijo que nos podíamos quedar con él. No exactamente así, no era legal, en Suecia los contratos de alquiler son personales y vigentes para toda la vida, pero sí era posible intercambiar: la madre se quedaría con el de Linda y nosotros nos quedaríamos con el suyo.

Un día fuimos a verlo.

Era el piso más burgués que había visto en mi vida. En un extremo del salón, una chimenea enorme que recordaba a Rusia en el siglo XIX, con un frente macizo de mármol; otra chimenea igual de alta, pero un poco menos maciza en el dormitorio. Preciosos paneles blancos de madera tallada en todas las paredes, los techos estucados medían más de cuatro metros de altura. Un fantástico parqué con dibujo de espiga cubría los suelos. Los muebles de su madre también eran así; pesados, elaborados, de finales del siglo XIX.

–¿Podríamos vivir aquí? –le pregunté a Linda, mientras íbamos mirando.

–Pues no, no podemos –contestó–. ¿No sería mejor cambiarnos a un piso en Skärholmen o algo así? Esto está muerto.

Skärholmen era una de las ciudades satélite con una población masiva de inmigrantes, habíamos visitado el mercado que ponían allí los sábados y nos había llamado la atención la vida y la diversidad del lugar.

–Estoy de acuerdo contigo –dije–. Sería casi imposible convertir esto en algo *nuestro*.

Al mismo tiempo, había algo atractivo en la idea de mudarnos a ese piso. Grande, bonito, en medio de la ciudad. ¿Importaba que nos perdiéramos en las habitaciones? A lo mejor conseguiríamos abatirlas, domarlas, convertir su carácter burgués en el nuestro.

Siempre me ha gustado el estilo de vida burgués. Siempre he añorado lo respetable. Que las formas rígidas y las reglas estén ahí con el fin de mantener lo interior en su sitio, de regularlo, de convertirlo en algo con lo que uno pueda vivir, y no en algo que rompa la vida en pedazos una y otra vez. Pero en las ocasiones en las que había estado dentro de lo burgués, como por ejemplo en casa de mis abuelos paternos, o en la del padre de Tonje, había tenido en cambio la sensación de que ese ambiente dejaba al descubierto todo lo otro que había en mí, todo lo que no encajaba, lo que quedaba fuera de las formas y marcos, todo lo que odiaba de mí mismo.

¿Pero aquí? ¿Linda, un niño y yo? ¿Una nueva vida, un nuevo bebé, una nueva casa, una nueva felicidad?

Esa idea venció a todas las primeras impresiones sombrías y de falta de vida que nos había causado el piso, y después de hacer el amor allí en la cama, tumbados con una almohada debajo de cabeza y fumando, hablamos con calor y entusiasmo de él, sin una pizca de duda: nuestra nueva vida comenzaría allí.

A finales de abril, Geir volvió de Irak, cenamos en un restaurante americano en la Ciudad Vieja, él estaba eufórico y tan lleno de vida como nunca lo había visto. Pasaron varias semanas hasta que empezó a vaciarse de todo lo que había vivido en aquel país, de todas las personas que había conocido, y con las que poco a poco yo llegué a familiarizarme, de manera que cupieran en él otros temas de conversación. A principios de mayo, Linda y yo hicimos la mudanza con la ayuda de Anders, y cuando terminamos, fuimos a hacer una limpieza general del piso que dejábamos. Empleamos toda la tarde y parte de la noche, y cuando a las once aún no habíamos terminado, Linda se desplomó de repente con la espalda contra la pared.

–¡No puedo más! –gritó–. ¡No puede ser!

–Una hora más –dije–. Máximo hora y media. Eso puedes soportarlo.

Tenía lágrimas en los ojos.

–Llamemos a mi madre –dijo–. No hace falta que terminemos ahora. Ella podrá venir mañana a hacer lo que queda. No es ningún problema. Lo sé.

–¿Vas a dejar que otra persona te friegue el piso? ¿Que limpie tu propia mierda? No puedes llamar a tu madre cada vez que tengas un problema. ¡Tienes treinta años, joder!

Suspiró.

–Sí, ya lo sé. Lo que pasa es que estoy agotada. Y ella *puede* hacerlo. No le supone ningún esfuerzo.

–Pero para mí sí que lo es. Y debería serlo para ti también.

Cogió el trapo, se levantó y siguió limpiando el marco de la puerta del baño.

–Yo puedo hacer lo que queda –dije–. Vete tú. Yo iré luego.

–¿Estás seguro?

–Claro. No te preocupes.

–Vale.

Se puso el abrigo y salió a la oscuridad, yo fregué lo que quedaba, era verdad lo que había dicho: no me importaba nada. Al día siguiente, llevamos a la nueva casa todas mis cosas, es decir, todos mis libros, que ya sumaban dos mil quinientos ejemplares, un hecho que Anders y Geir, que me ayudaron con la mudanza, maldijeron apasionadamente cuando sacamos las cajas del ascensor para meterlas en el piso. Geir lo comparó, claro está, con cargar cajas de munición en los marines, una actividad que para él sólo quedaba un par de semanas atrás en el tiempo, pero que para mí resultaba tan lejana como las diligencias postales o la caza de búfalos. Cuando todo el contenido de la mudanza se encontraba ya en dos enormes montones en las dos habitaciones, empecé a pintar las paredes. Linda se fue a Noruega a hacer un programa de radio sobre el Día de la Constitución, el 17 de mayo. Iba a alojarse en casa de mi madre, a la que no conocía más allá de las breves horas en Estocolmo un tiempo atrás. Cuando Linda estaba ya en el tren, llamé a mi madre, pues había algo que me preocupaba y eran todas las huellas que Tonje había dejado tras ella, en especial fotografías de la boda que todavía colgaban en la pared cuando estuve en navidades. No quería exponer a Linda a algo así, no quería que tuviera la sensación de encontrarse en la periferia de mi vida, de ser una sustituta, y tras una pequeña introducción en la que mi madre y yo nos contamos lo que había sucedido desde la última vez que nos habíamos visto, me centré en el tema. Sabía que era estúpido por mi parte, y en realidad degradante tanto para mí como para Linda y también para mi madre, pero no podía dejar de hacerlo, no soportaba la idea de herir a Linda, así que al final se lo pedí. Que me hiciera el favor de quitar la foto de la boda, o al menos colocarla en un lugar un poco más discreto. Sí que lo haría, de hecho ya la había quitado, porque ya no estábamos casados. ¿Y el álbum de fotos?, proseguí. Me refiero al de la boda. ¿Podrías esconderlo? Pero, hijo mío, dijo mi madre. Ese álbum es mío. Representa una época de mi vida. No quiero ocultarlo. A Linda no le parecerá mal, sabe que has estado casado. Sois adultos. Vale, dije, tienes razón, es tu álbum de fotos. Yo lo único que quiero es no hacerle daño. No se lo harás, dijo mi madre, todo irá bien.

El que Linda fuera a su casa fue un acto de valor, una mano tendida, y todo salió bien, hablábamos por teléfono varias veces al día, ella de lo que le impresionaba el paisaje del oeste, todo tan verde, azul y blanco, esas montañas tan altas y los profundos fiordos, todo casi desierto, con el sol ardiendo constantemente, todo eso la dejaba en un estado casi onírico. Me llamó desde una pequeña pensión en Balestrand y me describió las vistas desde la ventana, el chapoteo de las olas que podía escuchar cuando se asomaba, y su voz estaba cargada de futuro. Dijera lo que dijera, siempre hablaba de nosotros dos, yo lo interpretaba así, el que el mundo fuera tan hermoso tenía que ver con nosotros dos, porque estábamos juntos en él, casi se podía decir que nosotros dos *éramos* el mundo. Yo le hablaba de lo bien que estaban quedando las dos habitaciones ahora que ya no eran grises, sino blancas. También yo me sentía cargado de futuro. Esperaba con paciencia e ilusión que ella volviera a casa y viera lo que había hecho, y me hacía feliz que fuéramos a vivir en el centro de la ciudad, y también ese niño que habíamos decidido tener. Colgamos y yo seguí pintando, al día siguiente era 17 de mayo, y por la tarde vinieron a verme Espen y Eirik. Habían participado en un seminario de críticos literarios en Biskops-Arnö. Comimos fuera, les presenté a Geir, él y Eirik se cayeron bien, en el sentido de que hablaban con naturalidad de esto y aquello, pero no ocurrió lo mismo con Geir y Espen. Geir dijo algunas banalidades, Espen las cuestionó, cuando Geir se percató de ello se puso tenso, y ya no hubo nada que hacer. Intenté como de costumbre mediar, es decir, darle a Espen algo con una mano, y a Geir algo con la otra, pero era demasiado tarde, nunca llegaron a hablar, caerse bien o respetarse. A mí me caían bien los dos, por no decir los tres, pero así había sido siempre mi vida, existían gruesos muros entre las distintas partes, y yo me comportaba siempre de un modo tan diferente dentro de cada una de ellas que me sentía descubierto cuando las partes se unían y yo era incapaz de comportarme únicamente de un modo o del otro, me sentía obligado a mezclarlos, es decir, a comportarme de un modo desconocido o callarme. A mí Espen me caía tan bien precisamente porque era Espen, y Geir precisamente porque era Geir, y ese rasgo de carácter mío, en un principio complaciente, al menos a mis ojos, era lo que al mismo tiempo conllevaba siempre una sensación de hipocresía.

A la mañana siguiente, Linda me contó que había estado todo el día con mi familia; había ido en coche con mi madre a Dale, donde Kjellaug, la hermana de mi madre y su marido, Magne, vivían en una granja muy en alto sobre el pueblo. Allí habían celebrado el 17 de mayo de manera tradicional. Linda había entrevistado a la gente, y, por lo que me contó, me di cuenta de que todo le había parecido muy exótico. Los discursos, los trajes nacionales, la banda de música, el desfile de los niños. Por la mañana había visto un ciervo en la orilla del bosque, y desde el coche marsopas jugando en el fiordo. Mi madre le había dicho que era una buena señal, que significaba suerte.

No era frecuente ver por allí marsopas, yo sólo las había visto en un par de ocasiones, la primera vez muy de cerca, en una barca en el fiordo, con mi abuelo materno; había niebla y mucha calma, y las marsopas aparecieron nadando, al principio sólo como un sonido procedente de la proa de un barco de vela surcando el agua, luego en forma de relucientes cuerpos grises. Nadaban por encima y por debajo del agua. Mi abuelo dijo lo mismo que mi madre, verlas traía suerte. Linda estaba exultante, pero a la vez cansada, así había sido desde que llegó a Noruega, y tanto viaje en coche por esas carreteras con tantas curvas la había mareado, me contó, de modo que se acostaba pronto por las noches. La tarde anterior había estado en casa de la hermana más pequeña de la abuela, Alvdis, diez años mayor que mi madre, y su marido, Anfinn, un hombre bajo, pero robusto, muy alegre y con un gran carisma, que a Linda le había encantado, y al parecer había sido recíproco, porque había sacado todas sus reliquias de los años en los que había navegado cazando ballenas, mientras le contaba todas sus vivencias de aquellos tiempos, a lo mejor especialmente animado por ese micrófono que Linda tenía cogido entre ellos. ¡Hicieron tortas de huevos de pingüino!, contó ella riéndose, a la vez que estaba un poco preocupada por la grabación, pues Anfinn hablaba con un dialecto de Jølster tan marcado que los suecos no lo entenderían.

Espen se marchó aquella mañana, pero Eirik se quedó, daba paseos por el centro mientras yo colocaba los últimos libros y vaciaba las últimas cajas, para que todo estuviera listo cuando Linda llegara al día siguiente. Salimos de nuevo por la noche, y cuando volvimos a casa nos quedamos bebiendo alcohol *taxfree*. Linda y yo no parábamos de enviarnos SMS, porque ella había tenido náuseas y se sentía cansada, eso sólo podía significar una cosa, ¿no? Los mensajes se iban volviendo cada más cariñosos y tiernos conforme avanzaba la noche, y al final me mandó uno que decía buenas noches, mi amado príncipe, ¡tal vez mañana sea un gran día!

Cuando me acosté a las siete de la mañana, las claras llamas del alcohol ardían en mí con tanta fuerza que ya ni me percataba de mi entorno, era como si sólo existiera mi interior, como solía pasar cuando me emborrachaba más allá de lo posible. Y sin embargo tuve la suficiente presencia mental como para poner el despertador a las nueve. ¡Iba a buscar a Linda a la estación!

A las nueve seguía borracho. No pude hacer más que movilizar todo lo que tenía de voluntad para conseguir ponerme en pie. Me arrastré hasta el cuarto de baño, me duché, me puse ropa limpia, grité a Erik que me iba, él seguía durmiendo en el sofá vestido, se levantó con cierta dificultad y dijo que desayunaría fuera, le dije que podríamos vernos sobre las doce en el restaurante donde habíamos estado el día anterior, él asintió, yo bajé tambaleándome las escaleras y salí a la calle, donde brillaba el sol y el asfalto olía a primavera.

Por el camino me compré una Coca-Cola, me la bebí de un trago y me compré otra. Vi mi cara reflejada en un escaparate. No tenía buena pinta. Ojos estrechos y enrojecidos. Facciones fatigadas.

Habría dado cualquier cosa por poder aplazar tres horas el encuentro. Pero eso era imposible, el tren de Linda llegaría a la estación en trece minutos, y tenía el tiempo justo.

Ella estaba alegre y distendida cuando bajó al andén, con una sonrisa en los labios echó un vistazo a su alrededor buscándome, yo la saludé agitando la mano, ella me devolvió el saludo, y vino hacia mí tirando de la maleta con una mano.

Me miró.

–Hola –dije.

–¿Qué pasa? ¿Estás borracho? –me preguntó.

Di un paso adelante y la abracé.

–Hola –dije de nuevo–. Anoche se me hizo tarde. Pero no pasó nada, estuve en casa con Eirik.

–Apestas a alcohol –dijo, librándose–. ¿Cómo puedes hacerme esto? ¿Justo hoy?

–Perdona –dije–. Pero no tiene tanta importancia, ¿no?

Ella no contestó y echó a andar. No dijo una sola palabra mientras salíamos del recinto de la estación. En la escalera mecánica, subiendo a Klarabergsviadukten, empezó a ponerme verde. Intentó abrir la puerta de la farmacia que había arriba con mucha fuerza, pero estaba cerrada, era domingo. Seguimos hasta la farmacia que había al otro lado de NK. Estaba furiosa. Yo caminaba a su lado como un perro. La segunda farmacia estaba abierta, estoy harta de ti, dijo, no entiendo por qué estoy contigo, sólo piensas en ti mismo. ¿Lo que ocurrió ayer no significó nada?, preguntó. Cuando le tocó, pidió un test de embarazo, se lo dieron, ella pagó, salimos, subimos por la calle Regering, ella seguía lanzándome acusaciones sin parar, la gente con la que nos cruzábamos nos miraba, pero no le importaba, su rabia, que siempre me había asustado, la envolvía del todo. Tenía ganas de decirle que se callara, que fuera buena, yo le había pedido perdón y no había hecho nada malo, no había ninguna relación entre nuestros SMS y el hecho de que siguiera bebiendo con un invitado de Noruega, y tampoco entre el hecho de que yo me hubiera emborrachado y ese test de embarazo que ella tenía en la mano, pero Linda no entendía esas cosas, porque para ella todo era lo mismo, era una romántica, tenía un sueño sobre nosotros dos, sobre el amor y nuestro hijo, y mi conducta le estropeaba ese sueño, o le recordaba que sólo era un sueño. Yo era una mala persona, un irresponsable, ¿cómo podía pensar en ser padre? ¿Cómo podía exponerla a eso? Yo caminaba a su lado, ardiendo de vergüenza porque la gente nos miraba, ardiendo de culpabilidad porque había bebido, ardiendo de miedo porque me atacaba directamente a mí y a lo que yo era, con su tremenda rabia. Era humillante, pero mientras ella tuviera razón, mientras fuera verdad lo que estaba diciendo, que ése era el día en el que tal vez supiéramos si íbamos a ser padres, y yo había ido a buscarla estando borracho, no podía decirle que se callara, decirle que se fuera al infierno. Ella tenía razón o estaba en su derecho, yo tuve que agachar la cabeza y aceptarlo.

Se me ocurrió pensar que tal vez Eirik estuviera cerca, y agaché aún más la nuca, ese pensamiento era casi el peor de todos, que algún conocido mío me viera así.

Subimos la escalera y entramos en el piso. Todo recién pintado, todo ordenado. Era nuestro hogar.

Ella ni siquiera lo miró.

Yo me detuve en medio de la habitación.

Me había golpeado con su rabia de la misma manera que un boxeador pega al saco. Como si fuera un objeto. Como si yo no tuviera sentimientos, bueno, como si no tuviera una vida interna, como si sólo fuera ese cuerpo vacío que se movía en su vida.

Yo sabía que ella esperaba un hijo, estaba completamente seguro, lo estaba desde el momento en que hicimos el amor. Ahora ha sucedido, pensaba, ahora vamos a tener un hijo.

Y ahora nuestra situación era ésa.

De repente, de pie en medio de la habitación, todo se me abrió por dentro. La defensa se derrumbó. No tenía nada con qué resistir. Me eché a llorar. Ese llanto con el que pierdo por completo el control y todo se retuerce hasta lo grotesco.

Linda se volvió y me miró.

Nunca me había visto llorar. No había llorado desde que murió mi padre, y de eso haría pronto cinco años.

Parecía aterrada.

Le di la espalda, no quería que me viera, eso multiplicaba por diez la humillación, no sólo no era una persona, tampoco era un hombre.

Pero volverse no sirvió de nada. De nada sirvió taparse la cara con las manos. De nada sirvió caminar hacia la salida. Era tan violento, lloraba tan violentamente, se me habían abierto todas las esclusas.

—Pero Karl Ove —dijo detrás de mí—. Querido Karl Ove. No quiero hacerte daño. Lo que pasa es que me has decepcionado, nada más. No importa. No importa nada, Karl Ove. No llores, cariño. No llores.

Yo no quería llorar. Lo que menos quería en el mundo era que me viera llorar.

Pero no podía remediarlo.

Intentó abrazarme, la aparté. Intenté respirar. Salió un sollozo tembloroso y pobre.

—Lo siento —dije—. Lo siento. No era mi intención.

—Estoy muy apenada —dijo ella.

—Bueno, así que aquí estamos de nuevo —dije, sonriendo en medio de las lágrimas.

También sus ojos estaban llenos de lágrimas, y también ella sonrió.

—Sí —dijo.

—Sí —dije.

Me fui al cuarto de baño, un nuevo sollozo recorrió mi interior, un nuevo temblor al respirar profundamente, pero luego, después de haberme lavado la cara con agua fría un par de veces, todo mejoró.

Linda seguía en la entrada cuando salí.

—¿Estás mejor?

—Sí —contesté—. Ha sido estúpido. Tiene que haber sido por la bebida de ayer, de repente no me quedaba ninguna defensa. El mundo se me ha venido abajo.

—No me importa que llores —dijo Linda.

—A ti no. Pero a mí no me gusta. Habría preferido que no lo hubieras visto. Pero lo has visto. Ya lo sabes. Así soy.

—Sí, eres una buena persona.

—Venga ya —dije—. Déjalo. Ya he terminado. ¿Te parece que la casa ha quedado bien?

Ella sonrió.

—Fantástica.

—Bien.

Nos abrazamos.

—¿No vas a hacer lo del test? —le pregunté.

—¿Ahora?

—Sí.

—Vale. Sólo quiero que sigas abrazándome un poco más.

Lo hice.

—¿Ya?

Ella se rió.

—Vale.

Se fue al baño y volvió con el palito blanco en la mano.

—Tienen que pasar unos minutos más —dijo.

—¿Tú qué crees?

—No lo sé.

Se fue a la cocina. Yo la seguí. Ella miraba fijamente el palito blanco.

—¿Se ve algo?

—No, nada. Tal vez no sea nada. Estaba segura de que sí.

—Pero has tenido náuseas. Y estabas cansada. ¿Cuántos síntomas más necesitas?

—Uno.

—Pero mira. Se ha puesto azul, ¿no?

Linda no dijo nada.

Luego levantó la cabeza y me miró. Sus ojos estaban oscuros y serios como los de un animal.

—Sí —dijo.

No fuimos capaces de esperar los tres meses de rigor para contarlo. Tres semanas más tarde Linda llamó a su madre, que lloró de alegría al otro lado del teléfono. La reacción de la mía fue más reservada, dijo que era una noticia agradable, pero al cabo de un rato se preguntó si estábamos preparados para ello. Linda con la escuela y yo con el libro. Eso ya se verá, dije, lo veremos en el mes de enero. Yo sabía que mi madre siempre necesitaba tiempo para asimilar los cambios, primero tenía que meditar sobre varias cosas, luego reaccionaba y aceptaba lo nuevo. Yngve, a quien llamé en cuanto mi madre colgó, dijo ah, qué buenas noticias. Sí, dije, desde el patio trasero donde estaba fumando. ¿Y cuándo va a ser?, preguntó. En enero, contesté. Enhorabuena, dijo. Gracias, respondí. Oye, dijo mi hermano, estoy en un partido de fútbol con Ylva, estoy un poco liado, podemos hablar más tarde, ¿no? Sí, claro, dije y colgamos.

Encendí otro cigarrillo y me di cuenta de que no estaba del todo contento con sus reacciones. ¡Yo iba a tener un HIJO, joder! ¡Era un GRAN acontecimiento!

Pero algo había sucedido cuando me fui a vivir a Suecia. Teníamos tanto contacto como antes, no era eso, sin embargo era diferente, y me pregunté si se debía a ellos o a mí. Me sentía más alejado de ellos, ya no era capaz de transmitir con la misma naturalidad que antes mi nueva vida, tan esencialmente cambiada de un momento a otro, con nuevos lugares, nuevas personas y nuevos sentimientos, que cuando vivíamos en el mismo entorno, en esa continuidad que comenzó en Tybakken y siguió primero en Tveit y luego en Bergen.

Seguramente estaba dándole demasiada importancia, pensé. La reacción de Yngve no había sido muy diferente a la que tuvo cuando siete años antes lo llamé para decirle que la novela que estaba escribiendo había sido aceptada. ¿Ah, sí?, dijo lacónicamente. Qué bien. Para mí era lo más grande que me había pasado jamás, casi me desmayo al recibir la noticia y suponía que toda la gente de mi entorno reaccionaría igual.

Y ése no era el caso, claro que no.

Nunca resulta fácil enfrentarse a lo grandioso, sobre todo si te encuentras muy dentro de lo trivial y cotidiano, como siempre ocurre. Eso absorbe casi todo, empequeñece casi todo, excepto aquellos escasos sucesos que son tan inmensos que dejan fuera todo lo trivial, todo lo cotidiano. Eso es lo grandioso y en lo grandioso no se puede vivir.

Apagué el cigarrillo y subí. Linda me miró con curiosidad cuando entré por la puerta.

–¿Qué te han dicho? –me preguntó.

–Se pusieron contentísimos –contesté–. Que te felicitara.

–Gracias –dijo–. Mi madre estaba fuera de sí de contenta. Pero claro, ella se emociona por absolutamente todo.

Yngve llamó otra vez ese día para decirnos que nos dejarían toda la ropa y todos los accesorios de cuando su hijo era pequeño. Carro, cambiador, monos, camisetas, bodies, baberos, pantalones, jerséis y botitas, lo habían guardado todo. Linda se emocionó cuando se lo dije, y yo me reí de ella, su sensibilidad había cambiado en el transcurso de las últimas semanas, reaccionaba ante las cosas más insólitas. Ella también se rió. Su madre se pasaba a menudo por casa y nos traía exquisitos platos que congelábamos, también nos trajo varias bolsas con ropa de niño que le habían dado los hijos de su marido, y cajas llenas de juguetes. Nos compró una lavadora, y Vidar, su marido, la instaló.

Linda seguía en la escuela y yo en el colectivo de freelancers de la torre, empecé a leer la Biblia, me busqué una librería católica y compré toda la literatura sobre ángeles que encontré, leí a Tomás de Aquino y a Agustín, a Basilio y a Jerónimo, a Hobbes y a Burton. Compré un libro de Spengler y una biografía sobre Isaac Newton, obras sobre la Ilustración y el Barroco, que se iban amontonando a mi alrededor, mientras yo escribía e intentaba ver alguna relación entre esas tendencias y escuelas de pensamiento o empujar algo que no sabía lo que era, en la misma dirección.

Linda estaba feliz, pero tenía constantemente unos miedos abismales. De si sería capaz de ocuparse del niño cuando llegara. De que realmente llegara. Podría perderlo, eso ocurriría, y nada de lo que yo dijera o hiciera podía contener ese miedo que se había desatado en ella y que no podía controlar, pero por suerte, pasajero.

A finales de junio de ese verano fuimos de vacaciones a Noruega, primero a la isla de Trom, donde íbamos a pasar unos días, luego a casa de Espen y Anne en Larkollen, que nos habían conseguido una cabaña prestada, y por fin a casa de mi madre en Jølster. Ninguno de los dos teníamos carné de conducir, de manera que yo arrastraba las maletas por aviones, trenes y taxis, con Linda a mi lado, que no podía llevar nada más pesado que una manzana. En Arendal nos vino a buscar Arvid, tenía unos años más que yo, era de la isla de Trom y en realidad uno de los amigos de Yngve, pero tuvimos mucha relación en Bergen, donde también él había estudiado, y unos meses antes del verano nos había visitado en Estocolmo. Ahora quería llevarnos a su casa. Yo sabía que Linda estaba cansada y que primero quería ir a la cabaña que nos habían prestado. Y para justificar ese deseo le conté entonces a Arvid que estábamos esperando un niño.

Me salió de repente y de sopetón en la soleada calle de Arendal.

–¡Ah, felicidades! –exclamó Arvid.

–Así que tal vez sería mejor que fuéramos primero a la cabaña a descansar un poco...

–Claro que sí –dijo Arvid–. Os llevo allí ahora, y luego iré a buscaros más tarde en la barca.

Era una cabaña de camping con pocas comodidades, y me arrepentí nada más verla. Mi intención era enseñarle a Linda el lugar de donde yo procedía, que para mí era algo bonito, pero esa cabaña no lo era.

Ella durmió un par de horas, salimos al muelle, y Arvid llegó a bordo de su barca. Nos llevó a la isla de His, donde él vivía. Casitas blancas sobre pequeñas rocas –a la luz de la tarde casi rojas–, rodeadas de árboles verdes, estábamos como en medio de la bóveda del azul del mar y del cielo, y pensé Dios, esto es hermoso. Y luego el viento, que llegaba todas las tardes con la puesta del sol, llevando el paisaje hacia lo desconocido, lo vi entonces y lo había visto cuando era un niño. Desconocido, porque aquello que unía todos los elementos del paisaje en una sola unidad, se disolvía como una piedra alcanzada por el golpe de un mazo cuando llegaban las ráfagas de viento.

Bajamos a tierra, nos acercamos a la casa y nos sentamos en el jardín en torno a una mesa. Linda estaba completamente encerrada en sí misma, de esa manera que parece hostil, yo sufría por ello, estábamos con la familia y los amigos de Arvid, era la primera vez que la veían, yo quería, claro está, que vieran lo fantástica que era mi novia, y ella se mostraba así de desganada. Le cogí el brazo por debajo de la mesa y se lo apreté, ella me miró sin sonreír. Me entraron ganas de gritarle que se esforzara un poco. Sabía lo encantadora que podía ser, lo bien que se le daba exactamente eso, estar sentada en torno a una mesa con otras personas charlando, contando cosas, riendo. Por otro lado pensé ¿cómo solía mostrarme yo cuando estaba con amigos de Linda a los que no conocía muy bien? Callado, tieso y retraído, podía pasarme toda la cena sin decir más que lo estrictamente necesario.

¿En qué estaba pensando ella?

¿Qué era lo que la cerraba de ese modo?

¿Arvid? ¿Ese modo de ser algo fanfarrón a veces?

¿Anna?

¿Atle?

¿O era yo?

¿Había dicho yo algo en el transcurso de la mañana?

¿O era algo dentro de ella misma? ¿Algo que nada tenía que ver con esto?

Después de la cena nos llevaron en la barca alrededor de la isla de His hasta Mærdø; al llegar a mar abierto, Arvid aceleró. La barca, ligera y rápida, planeaba con las olas golpeando la proa. Linda tenía la cara blanca, estaba justo de tres meses, vi que pensaba que tal vez esos movimientos tan violentos le hicieran perder al niño.

—¡Dile que vaya más despacio! —resopló—. ¡Es peligroso para mí!

Miré a Arvid, que estaba sonriente al volante, con los ojos entornados hacia el aire salado y fresco que llegaba a chorros. No pensaba que pudiera ser peligroso, y me resultaba demasiado violento interferir, pedirle a Arvid que redujera la velocidad, sería tonto por mi parte. Al mismo tiempo, Linda estaba ardiendo de miedo y de rabia. Por ella podría intervenir aunque quedara como un tonto.

—Todo va bien —le dije a ella—. No pasa nada.

—¡Karl Ove! —resopló—. Dile que reduzca la velocidad. ¡Esto es peligrosísimo! ¿No te das cuenta?

Me enderecé y me acerqué más a Arvid. Mærdø se estaba acercando a una velocidad preocupante. Arvid me miró y sonrió.

—El barco va bien, ¿verdad?

Asentí con la cabeza y le devolví la sonrisa. Estuve a punto de pedirle que redujera la velocidad, pero me contuve y volví a sentarme junto a Linda.

—No es peligroso —le dije.

Ella estaba callada, agarrada al asiento, con la cara blanca y los dientes apretados.

Nos quedamos un rato en Mærdø, dimos un paseo, extendimos una manta sobre la hierba, bebimos un poco de café y comimos unas galletas, luego volvimos al barco. Caminando por el muelle, me acerqué a Arvid.

—Linda tenía un poco de miedo cuando aceleraste tanto al venir. Está embarazada, ¿sabes?, y esos movimientos..., bueno, ya me entiendes. ¿Puedes ir un poco más despacio a la vuelta?

—Claro —dijo.

Durante todo el trayecto hasta Hove fue a paso de tortuga. Me pregunté si se había mosqueado o si sólo se mostraba extraordinariamente considerado. En todo caso resultó embarazoso, tanto por haber intervenido como por no haberme atrevido a hacerlo en el viaje de ida. ¿No era la cosa más fácil del mundo pedirle a alguien que redujera la velocidad porque mi novia estaba embarazada?

Sobre todo, porque el miedo y desasosiego de Linda provenían de una fuente diferente de lo que se consideraba normal. No hacía más de tres años que había sido dada de alta tras haber sufrido un brote maníaco-depresivo durante dos años. El tener un niño después de una enfermedad así no estaba totalmente carente de riesgos, pues ella no sabía en absoluto cómo reaccionaría. ¿Acaso sería arrojada a un nuevo estado maníaco-depresivo, tal vez tan grave que significara otro ingreso en el hospital? ¿Qué le ocurriría entonces al niño? Al mismo tiempo, ella se encontraba ya fuera de ese estado, anclada en el mundo de una manera muy diferente a como era antes de la enfermedad, y yo, que la había visto todos los días durante casi un año, sabía que iría bien. Consideré lo ocurrido una crisis. Una crisis grande y profunda, pero ya pasada. Ella estaba sana, esos cambios de estado de ánimo que seguían presentes en su vida se encontraban dentro de lo normal.

Seguimos en tren hasta Moss, Espen nos fue a buscar a la estación y nos llevó a su casa en Larkollen. Linda tenía unas décimas de fiebre y se acostó, Espen y yo fuimos a un campo cercano a jugar un poco al fútbol, por la noche preparamos una barbacoa, yo me quedé charlando primero con Espen y Anne, luego sólo con Espen. Linda dormía. Al día siguiente, Arvid nos llevó en su coche a la cabaña de la isla de Jel, donde pasamos una semana; ellos siguieron camino de Estocolmo, donde iban a alojarse en nuestra casa. Yo me levantaba sobre las cinco de la mañana para trabajar en la novela, que era en lo que se estaba convirtiendo el manuscrito, hasta que sobre las diez se levantaba Linda. Desayunábamos, y yo le leía de vez en cuando en voz alta lo que había escrito, ella siempre decía que estaba muy bien, íbamos a bañarnos a una playa que se encontraba a un par de kilómetros, hacíamos la compra y la comida, yo pescaba un poco por las tardes mientras ella dormía y por las noches encendíamos la chimenea y charlábamos, leíamos o hacíamos el amor. Al cabo de una semana cogimos el tren desde Moss hasta Oslo, luego el Ferrocarril de Bergen. Nos bajamos en Flåm, desde donde fuimos en barco a Balestrand, e hicimos noche en el Hotel Kvikne, para coger el ferry a Fjærland al día siguiente. Allí nos encontramos con el escritor Tomas Espedal, que estaba de viaje con un amigo, camino de una casa que tenía en Sunnfjord. Yo no lo había visto desde que vivía en Bergen, y sólo verlo me animó, era una de las personas más buenas que he conocido jamás. En el muelle de Fjærland nos esperaba mi madre, y en su coche pasamos por el glaciar, que brillaba entre gris y blanco bajo el cielo azul, luego recorrimos el largo túnel, salimos a ese valle alargado, estrecho y oscuro donde tienen lugar tantas avalanchas, y llegamos a Skei, donde se abrió ante nuestros ojos el suave y frondoso paisaje de Jølster.

Era la tercera vez que Linda y mi madre se veían, y como desde el primer momento noté una distancia entre ambas, intenté construir un puente sobre ella, sin conseguirlo, siempre había algo que lo impedía, casi nada funcionaba por sí solo. Cuando eso ocurría y veía que Linda se animaba y hablaba, y mi madre le correspondía, me alegraba desproporcionadamente, y me entraban ganas de marcharme de allí.

Entonces Linda empezó a sangrar. Le entró pánico, un pánico de muerte, quería marcharse inmediatamente, llamó a Estocolmo para hablar con la matrona, que no podía decir nada sin haberla explorado, lo que preocupó aún más a Linda, y de nada sirvió que yo dijera que todo iba bien, que todo iría bien, ¿Y cómo podía saberlo yo? ¿Qué clase de autoridad era yo? Ella quería marcharse, yo dije que nos quedábamos, y al final, cuando lo aceptó, todo se había convertido en mi responsabilidad, porque si hubiese salido mal, habría sido yo quien se había empeñado en no averiguarlo, sino esperar a ver lo que pasaba.

Linda empleaba toda su energía en eso, me di cuenta de que era lo único en lo que pensaba, el miedo se había apoderado de ella, ya no decía nada cuando cenábamos o estábamos juntos por las tardes, y cuando bajaba después de haber dormido en el piso de arriba y nos veía a mi madre y a mí sentados en el jardín charlando, se daba la vuelta con los ojos negros de ira, yo sabía por qué, mi madre y yo hablábamos como si nada hubiese pasado, como si lo que ella sentía no fuera válido. Y así era, sí y no.

Yo creía que todo iría bien, pero no estaba seguro, por otro lado éramos huéspedes, yo no había visto a mi madre desde hacía más de medio año, teníamos mucho de que hablar, y ¿de qué servía no decir nada y sólo deslizarse calladamente por entre ese desgarrador y exhaustivo temor? Yo la estrechaba entre mis brazos, la consolaba, intentaba decirle que todo iría bien, pero ella no se dejaba consolar, no quería estar allí. Apenas contestaba cuando mi madre le preguntaba algo. Cuando dábamos paseos por el valle, siempre hablaba muy mal de mi madre y de su manera de ser. Yo la defendía, nos gritábamos, a veces ella se daba la vuelta y pretendía bajar sola, yo corría tras ella, era una pesadilla, pero como ocurre con todas las pesadillas, también de ésa me desperté, no sin antes una última escena: mi madre nos llevó en su coche hasta Florø, desde donde cogeríamos el barco. Llegamos temprano y decidimos comer, encontramos un restaurante sobre una especie de balsa, nos sentamos y pedimos sopa de pescado. Nos la trajeron y tenía un sabor horrible a mantequilla.

–Yo no puedo comer esto –dijo Linda.

–Pues no, muy buena no está –dije yo.

–Vamos a decírselo al camarero y que nos traiga otra cosa –dijo Linda.

No podía imaginar algo más embarazoso que devolver la comida a la cocina en un restaurante. Y estábamos al fin y al cabo en Florø, no en Estocolmo o París. Al mismo tiempo, no soportaría más malos humores, así que llamé a la camarera.

–Lamentablemente, no sabe muy bien –dije–. ¿Podría traernos otro plato?

La camarera, una mujer robusta de mediana edad, con pelo rubio mal teñido, me miró con desagrado.

–No creo que la comida tenga nada malo –dijo–. Pero si insisten, se lo preguntaré al cocinero.

Mi madre, Linda y yo estábamos sentados a la mesa, con tres platos llenos de sopa delante, los tres callados.

La camarera volvió y dijo sacudiendo la cabeza:

–Lo siento. El cocinero dice que a la sopa no le pasa nada. Sabe como debe saber.

¿Qué podíamos hacer?

La única vez en mi vida que devuelvo algo a la cocina de un restaurante me niegan la razón. En cualquier otro lugar del mundo nos habrían dado otro plato, pero en Florø no. Estaba rojo de vergüenza e irritación. Si hubiera estado solo, me habría comido esa jodida sopa por muy mala que estuviera. Ahora acababa de quejarme, por muy embarazoso e innecesario que me pareciera, y me habían opuesto resistencia.

Me levanté.

–Voy a hablar con el cocinero –dije.

–Hágalo –dijo la camarera.

Atravesé la balsa y entré en la cocina, que se encontraba en tierra, asomé la cabeza sobre un mostrador y capté la atención no de un hombre bajo y gordo, como me había imaginado, sino de un hombre alto y fuerte de mi edad.

–Hemos pedido una sopa de pescado –dije–. Sabe demasiado a mantequilla, resulta casi imposible de comer, lo siento. ¿Podrían servirnos otro plato?

–La sopa sabe exactamente como debe saber –repuso el cocinero–. Ustedes pidieron sopa de pescado, y se les ha servido sopa de pescado. No puedo ayudarlo.

Volví a la mesa. Linda y mi madre me miraron. Yo sacudí la cabeza.

–Ni hablar –dije.

–Puedo intentarlo yo –dijo mi madre–. Soy una señora mayor, a lo mejor sirve de algo.

Si iba en contra de mi naturaleza quejarme de la comida, mucho más en el caso de mi madre.

–No tienes por qué hacerlo –dije–. Vámonos y ya está.

–Voy a intentarlo –insistió ella.

Volvió unos minutos más tarde. También ella sacudió la cabeza.

–Bueno –dije–. Tengo hambre, pero esta sopa de pescado no se puede comer.

Nos levantamos, dejamos el dinero en la mesa y nos marchamos.

–Podemos comer en el barco –le dije a Linda, que se limitó a asentir con un gesto de la cabeza y la mirada oscura.

El barco llegó entre los remolinos generados por las hélices. Subí el equipaje a bordo, me despedí con la mano de mi madre y fui a sentarme en primera fila.

Nos comimos cada uno una pizza, que estaba blanda, casi mojada, una tortita y un yogur. Linda se fue a dormir. Cuando se despertó, era como si todo lo que tenía en la cabeza hubiese desaparecido. Abierta y alegre, estaba sentada a mi lado charlando. La miré profundamente asombrado. ¿Eso se debía a mi madre? ¿O a lo de encontrarse en un lugar extraño? ¿Era porque habíamos visitado mi vida antes de que ella formara parte de la misma? ¿Y no por el miedo a perder el niño? Porque el miedo seguía siendo el mismo, ¿no?

Volvimos a casa en avión desde Bergen, al día siguiente Linda fue a que la examinaran y todo estaba perfectamente. El pequeño corazón latía, el pequeño cuerpo crecía, todos los valores medibles estaban perfectos.

Después de la revisión, que le hicieron en una clínica de la Ciudad Vieja, nos sentamos en una pastelería cercana y hablamos de lo que había sucedido durante la misma. Era lo que hacíamos siempre. Al cabo de una hora, recorrí en metro el largo camino hasta Åkershov, donde había conseguido un nuevo despacho, cuando ya no soportaba la vieja torre. La amiga de Linda, Maria Zennström, escritora y directora de cine, me había ofrecido allí un viejo local por un alquiler muy barato. Se encontraba en el sótano de un edificio de viviendas, no había un alma por allí durante el día, yo estaba completamente solo entre las paredes de hormigón, escribiendo, leyendo o mirando el bosque, donde los vagones del metro se tambaleaban entre los árboles cada cinco minutos más o menos. Había leído *La decadencia de Occidente* de Spengler, y se podía decir mucho sobre sus teorías de la civilización, pero lo que escribió sobre el Barroco y sobre lo fáustico, sobre la Ilustración y lo orgánico, era original y soberano; algo de eso incluí casi tal cual en la novela, que debería tener –había llegado a la conclusión– el siglo XVII como una especie de centro. Todo salía de allí, fue cuando se dividió el mundo, por un lado se encontraba lo viejo y lo inservible, toda la tradición mágica, irracional, dogmática y autoritaria, por el otro, lo que evolucionó hacia este mundo habitado por nosotros.

Pasó el otoño, la tripa creció, Linda estaba ocupada en un montón de pequeños quehaceres, era como si todo se centrara en ella, velas encendidas, baños calientes, montones de ropa de bebé en el armario, álbumes de fotos que se llenaron, libros sobre el embarazo y los primeros años del niño que se leían. Me alegraba mucho verlo, pero yo no podía entrar allí, ni siquiera acercarme, pues tenía que escribir. Podía estar con ella, hacer el amor con ella, charlar con ella, dar paseos con ella, pero no sentir como ella o hacer como ella.

Entremedias hubo estallidos. Una mañana mojé sin querer la alfombra de la cocina, me fui al metro sin hacer nada al respecto, cuando volví a casa había allí una gran mancha amarilla. Le pregunté qué había pasado y me miró avergonzada, pues al entrar en la cocina había visto la mancha que yo había dejado en la alfombra y se había enfadado tanto que había echado todo el zumo de naranja encima. Luego el agua se secó y se dio cuenta de lo que había hecho.

Tuvimos que tirar la alfombra.

Una noche rayó el tablero de la mesa de comedor que le había regalado su madre, como parte de un pequeño conjunto de muebles por el que en su día había pagado una fortuna. Lo hizo porque yo no había mostrado suficiente interés por la carta para la maternidad que se había puesto a escribir. La carta trataba de los deseos y preferencias que ella tenía, yo asentía con la cabeza cuando ella me leía alguna sugerencia, pero obviamente no con el suficiente fervor, porque de repente se puso a rayar el tablero con el bolígrafo una y otra vez con todas sus fuerzas. ¿Qué estás haciendo?, pregunté. No te importa nada lo que digo, contestó. Pero, coño, claro que me importa, dije. Claro que sí. Y ahora acabas de destrozar la mesa.

Una noche me enfadé tanto con ella que tiré un vaso a la

chimenea con todas mis fuerzas. Curiosamente no se rompió. Típico de mí, pensé más tarde, ni siquiera conseguía hacer bien el clásico ejercicio de tirar copas de cristal durante las peleas.

Asistíamos juntos al curso de preparación al parto, el auditorio estaba a reventar y había una tensa atención a todo lo que se decía en el estrado; cuando era mínimamente controvertido, es decir, vinculado a lo biológico, un suave murmullo se extendía por el público, porque estábamos en un país en el que el sexo era una construcción social, y el cuerpo no tenía ningún lugar fuera de lo que en opinión de todos era el sentido común. Instinto, se decía desde el estrado, ¡no, no, no!, susurraban las mujeres irascibles en la sala, ¡cómo puede decir algo así! Vi a una mujer sollozando en su asiento porque su marido se retrasaba diez minutos, y pensé no soy el único. Cuando el hombre por fin llegó, ella le dio un puñetazo en el estómago, mientras él con mucha delicadeza intentaba que lo dejara y se centrara en algo un poco más controlado y digno.

Así vivíamos, a golpes entre lo tranquilo y lo pacífico, el optimismo y el calor, y repentinos ataques de ira. Cada mañana cogía el metro hasta Åkershov, y en el momento de llegar a la estación, todo lo que sucedía en casa había desaparecido de mis pensamientos. Miraba la multitud de gente en la estación subterránea, absorbía ávidamente el ambiente, me sentaba en el vagón y leía, miraba por la ventanilla las casas de las afueras por las que pasábamos tras abandonar el subterráneo, contemplaba la ciudad cuando cruzábamos el gran puente, leía y amaba, realmente amaba todas las paradas en las pequeñas estaciones, me bajaba en Åkershov, era más o menos el único viajero que iba a trabajar en esa dirección, caminaba el escaso kilómetro hasta el despacho y trabajaba todo el día. El texto se aproximaba ya a las cien páginas y se volvía cada vez más extraño; tras el inicio con la captura de cangrejos se volvió puramente ensayístico y presentaba algunas teorías sobre lo divino que antes no se me habían ocurrido, pero que de una extraña manera, vistas desde las premisas que establecían, eran en cierto modo correctas. Había encontrado una librería rusa ortodoxa, fue un verdadero hallazgo, tenían toda clase de escrituras sumamente curiosas, las compraba, tomaba notas y apenas lograba dominar mi satisfacción cuando encajaba otro elemento más de la pseudoteoría, hasta que regresaba a casa por la tarde, y la vida que allí me esperaba me volvía lentamente conforme el tren se acercaba a la estación de Högtorget. A veces volvía antes a casa, por ejemplo cuando teníamos revisión en maternidad, donde yo estaba sentado en una silla viendo cómo examinaban a Linda, le tomaban la tensión, le hacían análisis de sangre, le escuchaban el corazón, y le medían la tripa, que siempre crecía como debía, todo estaba bien, todos los valores excelentes, porque una cosa sí tenía Linda, fuerza física y una buena salud, algo que yo le repetía siempre que podía. Contra el peso y la seguridad del cuerpo, la ansiedad no era nada, una mosca zumbante, una pluma volando, una nube de polvo.

Fuimos a IKEA y compramos un cambiador que llenamos de montones de toallitas y toallas, y en la pared de encima pegué una serie de postales con fotos de focas, ballenas, peces, tortugas, leones, monos y los Beatles en su época de mucho colorido, para que el niño viera ese mundo tan fantástico al que había llegado. Yngve y Kari Anne nos enviaron la ropa de bebé que ya no necesitaban, pero el carro que nos habían prometido se hacía esperar, para la creciente irritación de Linda. Una noche estalló, el carro no llegaba, no podíamos fiarnos de ese hermano mío, deberíamos haber comprado uno, como ella había insistido desde el principio. Quedaban entonces dos meses para que saliera de cuentas. Llamé a Yngve, y le insinué algo sobre el carro y la irracionalidad de las mujeres embarazadas, él dijo que se arreglaría, yo dije que ya lo sabía, pero que de todos modos tenía que preguntárselo. Odiaba tener que hacerlo. Odiaba ir en contra de mi naturaleza para satisfacer la de ella. Pero, me dije a mí mismo, existía una finalidad, un propósito, y mientras eso estuviera por encima de todo lo demás, convendría aceptar todo lo que se hiciera por debajo, arrastrándose y reptando. El carro no llegaba; un nuevo estallido tuvo lugar. Compramos un dispositivo para poner en la bañera cuando bañáramos al niño, compramos bodies, zapatitos y un edredón saco para el carro. Helena nos dejó una cuna con un pequeño edredón y una pequeña almohada que Linda contempló con lágrimas en los ojos. Y discutíamos sobre nombres. Casi todas las noches hablábamos de eso, lanzando entre nosotros distintos nombres, y teniendo siempre un listado de cuatro o cinco de los más probables, listado que cambiaba todo el tiempo. Una noche Linda sugirió Vanja, ya teníamos el nombre si era una niña. De repente estábamos seguros. Nos gustaba el rasgo ruso, y también la asociación que tenía con algo fuerte y salvaje, además, Vanja era un derivado de Ivan, que en noruego era lo mismo que Johannes, es decir, el nombre de mi abuelo materno. Si era niño se llamaría Bjørn.

Una mañana, bajando al andén del metro de la estación subterránea de Sveavägen, vi a dos hombres en plena pelea, su agresión resultaba inaudita para los pasajeros con sueño matutino, gritaban, no, se berreaban el uno al otro, el corazón empezó a latirme más deprisa, se golpearon violentamente en el momento en el que un tren entraba, justo a su lado. Uno de ellos luchaba por liberarse con el fin de tener espacio suficiente para patalear al otro. Me acerqué más a ellos. Volvieron a golpearse. Pensaba que tendría que intervenir. Había pensado tanto en el suceso con aquel boxeador cuando no me había atrevido a dar una patada a la puerta para abrirla, en lo que ocurrió en el barco cuando no me había atrevido a pedirle a Arvid que redujera la velocidad, había pensado tantísimo en la preocupación de Linda por mi capacidad de acción, que esta vez no me cabía ninguna duda. Tenía que intervenir. Sólo de pensarlo las piernas me flaqueaban y los brazos me temblaban. Pero dejé la cartera en el suelo, aquello era una prueba y pensé ahora tendré que mandarlo todo al carajo, me fui derecho a los dos luchadores e inmovilicé con mis brazos al que estaba más cerca. Apreté todo lo que pude. Justo en ese instante apareció otro hombre que se metió entre ellos, y luego llegó un tercero y la pelea había acabado. Recogí mi cartera, entré en el vagón, me senté, y hasta Åkershov me sentía sin fuerzas y el corazón no dejaba de golpearme en el pecho. Nadie podría decir que me había quedado paralizado, pero tampoco que había sido especialmente listo, podrían haber llevado cuchillos, cualquier cosa, y lo que sucedió no tenía ninguna relación conmigo, claro.

Lo extraño de esos meses fue cómo a la vez nos acercamos y nos distanciamos más el uno del otro. Linda no era rencorosa, y cuando algo había sucedido había sucedido, en el sentido de que ya había pasado. Para mí era distinto. Yo sí era rencoroso, y cada uno de los episodios que habían tenido lugar estaban como sedimentados dentro de mí. Al mismo tiempo entendía lo que estaba sucediendo, los ataques de ira que habían empezado a irrumpir en nuestra vida el primer otoño tenían que ver con lo que había desaparecido de nuestra relación, Linda tenía miedo de perder el resto, intentaba atarme, y el que yo aborreciera las ataduras hacía aumentar la distancia, que era justamente lo que ella temía. Cuando se quedó embarazada todo cambió, porque de repente había un horizonte más allá del que nosotros formábamos, algo más grande que nosotros, y eso estaba siempre presente en mis pensamientos y en los suyos. Puede que la intranquilidad fuera grande, pero incluso en medio de ella había siempre en Linda algo seguro y entero. Se arreglaría, todo iría bien, yo lo sabía.

A mediados de diciembre vinieron a vernos Yngve y sus hijos. Traían consigo el añorado carro. Se quedaron unos días. Linda estuvo amable el primer día, y unas horas del segundo, pero a partir de ese momento les dio la espalda, y adquirió ese rasgo hostil que a veces me llevaba al borde de la locura, no cuando me perjudicaba sólo a mí, yo estaba acostumbrado y sabía defenderme, sino cuando iba dirigido a otros. Entonces me tocaba a mí interponerme, intentar apaciguar a Linda, intentar apaciguar a Yngve, mantenerlo todo en marcha. Quedaban seis semanas para que saliera de cuentas, ella quería paz y tranquilidad y opinaba que tenía derecho a ello, y tal vez lo tenía, yo qué sabía, pero eso no significaba que ya no tuviera que ser amable con sus invitados, ¿no? Para mí la hospitalidad era algo importante, que la gente pudiera venir a casa y estarse el tiempo que quisiera, por tanto no entendía cómo Linda podía comportarse como se comportaba. O sí, sí que entendía lo que estaba ocurriendo: iba a dar a luz pronto y por eso no quería tener un montón de gente en casa; por otra parte, Yngve y ella estaban muy distanciados el uno del otro. Yngve había tenido una relación estrecha y buena con Tonje, no así con Linda, y ella se daba cuenta, claro. ¿Pero por qué coño tenía que actuar basándose en eso? ¿Por qué no podía esconder todos sus sentimientos y fingir? ¿Ser amable con mi familia? ¿No era yo amable con la suya? ¿Acaso yo había dicho alguna vez que ellos venían demasiado y que se metían en un sinfín de asuntos que no eran de su incumbencia? La familia y los amigos de Linda nos visitaban mil veces más que los míos, era una relación de uno a mil, y sin embargo, aunque la desproporción era tremenda, ella no quería verlo, no tenía fuerzas, miraba hacia otro lado. ¿Por qué? Porque actuaba basándose en sus sentimientos. Pero los sentimientos están ahí para ser reprimidos.

No dije nada, guardé para mí todos mis reproches y toda mi rabia, y cuando Yngve y los niños se marcharon y Linda volvió a estar alegre, ligera y llena de esperanza, yo no la castigué manteniendo las distancias o estando de mal humor, como era mi impulso natural, no, al contrario, dejé aquello, dejé estar todos sus disparates, y pasamos unas navidades muy agradables.

La última noche de 2003, cuando yo iba y venía por la cocina preparando la cena, mientras Geir estaba sentado en una silla hablando y mirándome, ya no existía esa vida que yo había abandonado cuando me marché de Bergen. Todo lo que ahora me rodeaba estaba de alguna manera relacionado con dos personas a las que no conocía en absoluto por aquel entonces. Sobre todo Linda, claro, con quien compartía toda mi vida, pero también Geir. Me había dejado influir por él y no poco, podía resultar incómodo pensar que yo era tan impresionable que mi mirada se dejara colorear tan fácilmente por la de otros. A veces pensaba que él era como uno de esos amigos de la infancia con los que no te dejan jugar. Mantente lejos de él, Karl Ove, es una mala influencia para ti.

Coloqué la última mitad de bogavante en la fuente, dejé el cuchillo y me sequé el sudor de la frente.

–Ya está –dije–. Ya sólo falta decorarlo.

–La gente debería saber cómo trabajas, Karl Ove.

–¿Qué quieres decir?

–La opinión general que tiene la gente de la profesión de escritor es que es emocionante y codiciable. Pero tú pasas la mayor parte de tu tiempo fregando y cocinando.

–Es verdad –dije–. ¡Pero mira lo bonito que está quedando!

Corté el limón en cuatro trozos y los puse entre los bogavantes, luego cogí unos ramilletes de perejil y los coloqué al lado.

–La gente quiere escritores escandalosos, ¿sabes? Deberías entrar en el Teatercafe con un harén de mujeres jóvenes correteando a tu alrededor. Eso es lo que se espera. No que estés aquí luchando con la jodida fregona... En ese sentido la desilusión más grande de la literatura noruega tendría que ser, pensándolo bien, Tor Ulven, ¡él ni salía! ¡Ja, ja, ja!

Su risa era contagiosa. Yo también me reí.

–¡Y encima va y se suicida! –prosiguió–. ¡Ja, ja, ja!

–¡Ja, ja, ja!

–¡Ja, ja, ja!

–¡Ja, ja, ja! Pero también Ibsen fue una decepción en ese sentido. Aunque, por cierto, no en lo que se refiere al espejo en su sombrero de copa, eso sí que impresiona. Y ese escorpión vivo que tenía en su escritorio. Bjørnson no fue una decepción.

Y decididamente tampoco Hamsun. Toda la literatura noruega podría clasificarse de esa manera. Y en esa clasificación tú no sales muy bien parado, lamento decírtelo.

–Es verdad –dije–. Pero al menos tenemos la casa limpia. Bueno, ya sólo falta el pan.

–Por cierto, deberías escribir pronto ese ensayo sobre Hauge del que tanto has hablado.

–¿El malvado hombre de Hardanger? –pregunté, sacando el pan blanco de la bolsa marrón.

–Sí, eso.

–Lo haré algún día –dije, y lavé el cuchillo bajo el chorro del agua caliente, luego lo sequé con un trapo de cocina antes de ponerme a cortar–. Lo cierto es que pienso en ello de vez en cuando. En cómo el hombre yacía desnudo en el sótano del carbón después de haber hecho pedazos los muebles arriba en el salón. O cómo los niños del pueblo le tiraban piedras. Joder, tuvo que estar completamente ido durante algunos años.

–O que escribiera que Hitler es grande, y luego eliminara del diario lo que había escrito durante la guerra –apuntó Geir.

–Ya –dije–. Pero lo más chocante de todo el diario es lo que escribe al principio de sus períodos de enfermedad. Se puede leer cómo todo se acelera, a la vez que las inhibiciones desaparecen. De repente empieza a escribir lo que *realmente* opina de los autores y sus libros. Por regla general, se preocupa mucho por dar algo positivo a todo el mundo. Cortés, considerado, amable y bueno. Y luego llega la avalancha. Es curioso que nadie haya escrito sobre ello. Quiero decir sobre la forma en que su opinión, por ejemplo, de Vold cambia de un modo tan radical.

–Nadie se atreve a escribir eso, ¿sabes? –dijo Geir–. Estás loco. Apenas se atreven a tocar esos períodos en los que perdía la cabeza.

–Pero también hay otra razón –dije, colocando las rebanadas de pan en la cesta. Me puse a cortar el segundo pan.

–¿Y es?

–Decencia. Educación elemental. Consideración.

–Ah, creo que me estoy durmiendo. Esto es muy aburrido.

–Pero es en serio. Lo digo en serio.

–Claro que lo dices en serio. Pero escucha: *está* en el diario, ¿verdad?

–Sí.

–Y sin entender eso no se puede entender a Hauge, ¿es así?

–Así es.

–¿Y tú opinas que Hauge es un gran poeta?

–Sí.

–¿Entonces qué conclusión sacas de ello? ¿Que por razones de decencia se debe dejar de lado una parte significativa de la vida de un gran escritor y de su diario? ¿Quitar lo desagradable?

–¿Qué más da si Hauge pensaba que era objeto de radiaciones enviadas por poderes del universo o no? ¿Qué importancia tiene para los poemas? Y además, ¿quién conoce la proporción entre lo rudo y lo directo y lo cortés y lo reflexionado? Quiero decir, ¿cuál es el nivel *real?*

–¿Qué? ¿Qué te pasa? ¡Eres tú el que me ha hablado de los aspectos más excéntricos de Hauge, mostrándote muy interesado en ellos! ¿Que la imagen del hombre sabio de Hardanger no puede quedarse sin rebatir cuando se sabe que durante largos períodos estaba loco y totalmente falto de cordura? O mejor dicho, ¿que la sabiduría, cualquiera que sea, no puede entenderse sin lo miserable de su vida?

–Tal vez tuviera que ver con que nos reímos de Tor Ulven. Me remordía un poco la conciencia.

–¡Ja, ja, ja! ¿Es verdad? No puedes ser tan sensible y prudente. Él está muerto. Y no fue un juerguista, ¿no? Conducía una grúa, ¿verdad? ¡Ja, ja, ja!

Corté las últimas rebanadas de pan riéndome, no sin cierto malestar.

–Ya basta –dije, poniéndolas en la cesta–. Llévate la cesta de pan, la mantequilla y la mayonesa, y vamos con los demás.

–¡Oh, qué delicioso! –dijo Helena cuando puse la fuente en la mesa.

310

–Qué bien lo has decorado, Karl Ove –dijo Linda.

–Servíos –dije.

Les serví en las copas lo que quedaba de champán, y abrí una botella de vino blanco antes de sentarme. Me puse una mitad de bogavante en el plato. Primero rompí la pinza grande con los alicates de la cubertería de mariscos que nos habían regalado Gunnar y Tove. La carne crecía deliciosa alrededor del pequeño cartílago blanco y plano, o lo que fuera. El espacio entre la carne y la cáscara exterior, donde muchas veces había agua: ¿cómo se sentirían andando así por el fondo del mar?

–¡Ahora sí que estamos a gusto! –exclamé en mi dialecto noruego, levantando mi copa–. *Skål!*

Geir sonrió. Los otros prefirieron ignorar lo que no habían entendido, y levantaron sus copas.

–¡*Skål,* y gracias por la invitación! –dijo Anders.

Solía ser yo el que cocinaba cuando teníamos invitados. No tanto porque me gustara como para tener algún sitio donde esconderme; estar en la cocina cuando llegaban, salir un momento a saludar, seguir escondido en la cocina hasta que se sirviera la comida en la mesa y me viera obligado a aparecer. Pero también entonces podía esconderme detrás de algo; sus copas tenían que estar llenas de vino, el vaso de agua, de eso podía ocuparme yo, y cuando se acababa el primer plato, podía quitarlo y poner el siguiente.

Así lo hice también esa noche. Ciertamente me sentía fascinado por Anders, pero era incapaz de hablar con él. Me gustaba Helena, pero no podía hablar con ella. Con Linda sí, pero teníamos la responsabilidad de que los demás se encontraran a gusto, y por tanto no podíamos charlar entre nosotros. También podía hablar con Geir, pero cuando él estaba con otra gente mostraba otra faceta de su personalidad; con Anders hablaba de conocidos suyos delincuentes, se reían y hablaban, a Helena la entretenía con su chocante sinceridad, a la que ella reaccionaba con una mezcla de jadeos y risas. Por debajo de todo eso también había otras tensiones. Linda y Geir eran como dos imanes, se repelían. Helena nunca estaba del todo contenta con Anders cuando asistían a fiestas, él decía a menudo cosas con las que ella no estaba de acuerdo o encontraba tontas; esa animosidad me afectaba directamente. Christina podía pasarse largos ratos sin abrir la boca, lo cual también me resultaba inquietante, porque ¿por qué no estaba a gusto? ¿Era por nosotros, por Geir, por ella misma?

Apenas había ningún parecido entre nosotros, las simpatías y antipatías fluían constantemente bajo la superficie, o mejor dicho, debajo de lo que se decía y hacía, pero a pesar de ello, o tal vez precisamente por ello, sería una noche memorable, sobre todo porque alcanzamos de repente un punto en el que todos teníamos la sensación de no tener nada que perder, pudiendo contar lo que quisiéramos de nuestras vidas, incluso lo que solíamos guardarnos para nosotros.

Todo empezó de un modo vacilante, como ocurre casi siempre con las conversaciones entre personas que no se conocen, pero que saben los unos de los otros.

Saqué la carne lisa y gorda de la cáscara, la partí con el cuchillo, la cogí con el tenedor, y la pasé velozmente por la mayonesa, antes de iniciar el viaje a la boca.

Fuera, en la calle, se oyó un enorme estallido, como de una voladura. Los cristales de las ventanas vibraron.

–Ése no ha sido legal –dijo Anders.

–En eso tú eres especialista, si lo he entendido bien –intervino Geir.

–Hemos traído un globo chino –dijo Helena–. Se enciende, el aire caliente lo llena y sube hacia el cielo. Muy alto. No hay ningún estallido ni nada por el estilo. Sube en silencio. Es fantástico.

–¿Y se puede lanzar en la ciudad? –preguntó Linda–. ¿Qué pasaría si aterrizara ardiendo sobre un tejado, por ejemplo?

–Todo está permitido en Nochevieja –señaló Anders.

Se hizo el silencio. Me pregunté si debía contarles la historia de aquella vez que un amigo y yo nos dedicamos a recoger cohetes quemados el día de Año Nuevo, los vaciamos de pólvora, la metimos en un cartucho y lo encendimos. Tenía una nítida imagen de aquello: Geir Håkon que se vuelve hacia mí con la cara negra de hollín. El miedo que me entró cuando me di cuenta de que mi padre podía haber oído el estallido, y que tal vez el hollín no se quitara del todo, de modo que él podría verlo. Pero pensé que esa historia no tenía ningún sentido, me levanté y les serví vino, me encontré con la mirada de Helena, que sonrió, me volví a sentar, miré a Geir, que estaba hablando de las diferencias entre Suecia y Noruega, un tema en el que se refugiaba cuando la conversación en la mesa era un poco forzada, pues era un tema del que todos podían hablar.

–¿Pero por qué comparar Suecia y Noruega? –dijo Anders al cabo de un rato–. Aquí no ocurre nada. Y hace un frío que pela.

–Anders quiere volver a España –dijo Helena.

–¿Y qué? –intervino Anders–. Deberíamos habernos ido allí. Todos. ¿Qué hay en realidad que nos ate a esto? Nada.

–¿Y qué tiene España? –preguntó Linda.

Anders abrió los brazos.

–Allí puedes hacer lo que te dé la gana. Nadie se mete. Y hace calor. Y hay unas ciudades fantásticas. Sevilla. Valencia. Barcelona. Madrid.

Me miró.

–Y el fútbol tiene otro nivel. Tú y yo deberíamos ir a ver el clásico. Quedarnos una noche. Yo puedo conseguir entradas. ¿Qué me dices?

–Suena bien –respondí.

–Suena bien –resopló–. ¡Vámonos!

Linda me miró sonriente. Vete, te lo mereces, decía su mirada. Pero había otras miradas y estados de ánimo que llegarían antes o después. Tú te vas por ahí a divertirte, dejándome sola en casa, decían las miradas. Sólo piensas en ti. Si vas a viajar a algún sitio, será conmigo. Todo eso decía su mirada. Un amor infinito y una inquietud infinita luchando constantemente por la prioridad. Los últimos meses se había añadido algo más, se trataba del niño que pronto llegaría y que yacía en ella como un dolor sordo. La inquietud era frágil, etérea, parpadeaba en la conciencia como una aurora boreal en el cielo invernal, o como un rayo por el cielo de agosto, y lo oscuro que la acompañaba también era ligero en el sentido de que se trataba de una ausencia de luz, y la ausencia no tiene peso alguno. Lo que ahora llenaba a Linda era algo distinto, pensé que tenía que ver con la tierra, algo terrenal, una base. Al mismo tiempo pensé que era un pensamiento estúpido, mitologizante.

Pero en todo caso. Tierra.

—¿Y cuándo es el Clásico? —le pregunté, inclinándome sobre la mesa para llenarle la copa a Anders.

—No lo sé. Pero no tenemos que ir entonces. Cualquier partido me sirve. Yo lo que quiero es ver Barcelona.

Me serví vino y saqué la carne que estaba dentro de la pinza.

—Estaría bien —dije—. Pero por lo menos tenemos que esperar hasta una semana después del parto. No somos hombres de la década de los cincuenta, ¿no?

—Yo sí —dijo Geir.

—Yo también —dijo Anders—. O al menos en el límite. Si hubiera podido, me habría quedado en el pasillo durante el parto.

—¿Y por qué no lo hiciste? —preguntó Geir.

Anders lo miró y se rieron.

—¿Estáis todos satisfechos? —pregunté.

Dijeron que sí y dieron las gracias, yo recogí los platos y los llevé a la cocina. Christina me siguió con las dos fuentes de servir.

—¿Puedo ayudarte en algo? —me preguntó.

Negué con la cabeza y me encontré un instante con su mirada, antes de bajar la mía.

—No —contesté—. Pero muchas gracias.

Ella volvió al salón, yo llené una cacerola de agua y la puse a hervir en la cocina eléctrica. Fuera se oían los chisporroteos y estallidos de los cohetes. El trocito de cielo que podía ver se iluminaba a intervalos con luces centelleantes que se diseminaban y luego se apagaban al caer. Se oían risas procedentes del salón.

Puse dos ollas negras de hierro en sendas placas y la temperatura a tope. Abrí la ventana y las voces de las personas que caminaban por la calle subieron repentinamente de volumen. Fui al salón y puse un disco, el nuevo de Cardigans, apto como música de fondo.

–Ni siquiera pregunto si necesitas ayuda –dijo Anders.

–Qué manera de hablar tan curiosa –dijo Helena, volviéndose hacia mí–. ¿*Necesitas* ayuda?

–No, no, todo va bien.

Me coloqué detrás de Linda y le puse las manos en los hombros.

–Qué bonito –dijo ella.

Todos se callaron. Pensé que tenía que quedarme allí hasta que volvieran a decir algo.

–Comí con alguien en la Casa del Cine justo antes de Navidad –dijo Linda al cabo de un rato–. Uno de ellos acababa de ver una serpiente albina, creo que era una serpiente pitón o una boa, pero da igual. Totalmente blanca, con dibujo amarillo. Entonces otra dijo que ella había *tenido* una boa. En su piso, como mascota. En otras palabras, una serpiente *enorme*. De repente un día se asustó, la serpiente estaba a su lado en la cama, extendida en toda su longitud. Ella siempre la había visto enrollada, pero ahora estaba recta como una regla. Le entró pánico y llamó al zoológico de Skansen para hablar con alguien que se ocupara de las serpientes. Y menos mal que llamó, fue justo a tiempo. Porque lo que hacen las serpientes cuando se enderezan es tomar la medida de su presa. Para ver si son capaces de tragársela.

–¡Ah, qué horror! ¡Qué horror! –dije.

Los demás se echaron a reír.

–Karl Ove tiene miedo a las serpientes –dijo Linda.

–¡Qué historia tan espantosa! ¡Joder!

Linda se volvió hacia mí.

–Sueña con serpientes. A veces tira el edredón al suelo en medio de la noche y lo pisotea. Una vez se levantó y *saltó* de la cama. Se quedó de pie en el suelo como paralizado, mirándolo fijamente. Qué te pasa, Karl Ove, estás soñando, acuéstate. Hay una serpiente allí, dijo. Eso no es una culebra, dije. Duérmete. Y luego dijo, lleno de desprecio: ¡Al decir *culebra*, ya no suena tan peligroso!

Se rieron. Geir explicó a Anders y a Helena la diferencia entre *orm* (culebra) y *slange* (serpiente) en noruego, yo dije que sabía lo que vendría a continuación: la interpretación freudiana de soñar con serpientes, y que no quería escucharla, así que volví a la cocina. El agua estaba hirviendo y eché los tagliatelle. El aceite de las ollas de hierro ya estaba crepitando. Corté unos ajos y los eché, cogí los mejillones de la pila y los eché también, luego puse la tapadera. Enseguida empezaron a hacer ruido en la olla. Eché vino blanco encima, luego perejil que acababa de cortar, después de unos minutos los aparté de la placa, eché los tagliatelle en un colador, cogí el pesto y ya estaba todo listo.

–Ah, qué buena pinta tiene –dijo Helena cuando entré con los platos.

–No tiene ninguna dificultad –dije–. Encontré la receta en el libro de cocina de Jamie Oliver. Pero está rico.

–Huele fantástico –dijo Christina.

–¿Hay algo que no sepas hacer? –preguntó Anders mirándome.

Bajé la vista, saqué con el tenedor el blando contenido de un mejillón, era marrón oscuro con una raya amarilla en la parte de arriba, y crujió cuando lo mordí.

–¿Os ha explicado Linda algo de nuestra cena de *pinnekjøtt?* –pregunté, mirando a Anders.

–¿*Pinnekjøtt?* ¿Carne de palo? ¿Qué es eso?

–Un plato tradicional de Navidad noruego –dijo Geir.

–Las costillas de la oveja –respondí–. Se salan y se ponen a secar unos meses. Mi madre me las envió por correo...

–¿Carne de oveja por correo? –preguntó Anders–. ¿Eso también es una tradición noruega?

–¿Cómo iba a conseguirlas si no? Sea como sea, mi madre las sala y las cuelga ella misma en el desván de su casa. Saben fantásticas. Me prometió enviármelas para Navidad, íbamos a comerlas en Nochebuena. Linda no las había probado, y para mí es impensable celebrar la Nochebuena sin *pinnekjøtt,* pero el paquete no llegó hasta el 27 de diciembre. Abrí el paquete, decidimos hacer otra cena navideña aquella noche, y por la tarde empecé a hervirlas al vapor. Pusimos la mesa, mantel blanco, velas y aquavit. Pero la carne no llegó a hacerse, porque no teníamos una olla lo suficientemente hermética, de manera que lo único que conseguimos fue que la casa apestara a cordero. Al final, Linda se fue a la cama.

–¡Y él me despertó sobre la una de la madrugada! –dijo Linda–. Y aquí estábamos, los dos en mitad de la noche comiendo comida navideña noruega.

–Estuvo bien, ¿verdad que sí? –pregunté.

–Sí, lo estuvo –respondió ella con una sonrisa.

–¿Estaban ricas? –preguntó Helena.

–Sí. A lo mejor no tienen muy buena pinta, pero saben bien.

–Creí que ibas a contarnos una historia sobre algo que no sabes hacer –dijo Anders–. Todo esto es muy idílico.

–Déjale descansar un poco –intervino Geir–. Este hombre ha hecho carrera relatando lo fracasado que se siente. Un episodio triste tras otro. Vergüenza y arrepentimiento por doquier. ¡Estamos de fiesta! ¡Déjale hablar de lo capaz que es, para variar!

–Me habría gustado oírte a ti relatarnos un fracaso, Anders –dijo Helena.

–¡Recuerda con quién estás hablando! –dijo Anders–. Estás hablando con alguien que en su tiempo fue rico. Quiero decir rico de verdad. Tenía dos coches, un piso en Östermalm, la cuenta llena de dinero. Podía irme de vacaciones donde quisiera. ¡Incluso tenía caballos! ¿Y qué hago ahora? ¡Pues conseguir no tener pérdidas con una fábrica de patatas fritas con beicon en Dalarna! ¡Pero no me quejo, joder, como hacéis vosotros!

–¿Quiénes son «vosotros»? –preguntó Helena.

–¡Linda y tú, por ejemplo! Vuelvo a casa y os encuentro sentadas en el sofá con vuestras tazas de té, quejándoos constantemente. No es tan complicado. O va bien o no va bien. Y eso también está bien, porque en ese caso sólo puede mejorar.

–Lo extraño de ti es que nunca quieres enterarte de dónde estás –dijo Helena–. Pero no es que carezcas de conocimiento

317

de ti mismo. Lo que pasa es que no quieres. A veces te envidio. De verdad. A mí me cuesta bastante entender quién soy y por qué me sucede lo que me sucede.

–Tu historia no es tan diferente a la de Anders, ¿no? –dijo Geir.

–¿Qué quieres decir?

–Eso, que tú también lo tenías todo. Estabas contratada por el Teatro Dramaten, te daban papeles principales en importantes obras, buenos papeles en el cine. Y luego vas y lo abandonas todo. Aquello también fue un acto de mucho optimismo, me atrevo a decir. Casarse con un gurú norteamericano new age y mudarte a Hawái.

–Pues es verdad, no fue exactamente un buen paso en mi carrera –dijo Helena–. En eso tienes razón. Pero escuché a mi corazón. Y no me arrepiento de nada. ¡De verdad!

Sonrió y miró alrededor.

–Y con Christina encontramos la misma historia –dijo Geir.

–¿Cuál es tu historia? –preguntó Anders, mirando a Christina.

Ella sonrió, levantó la cabeza y tragó la comida que tenía en la boca.

–Yo estaba en la cima casi antes de empezar. Tenía mi propia marca de ropa y un año me proclamaron la mejor diseñadora, fui elegida para representar a Suecia en la feria de la moda de Londres, estuve en París con la colección...

–La televisión vino a casa a entrevistarla –intervino Geir–. La cara de Christina colgaba de unos enormes banderines, no, joder, unas enormes velas a lo largo de la fachada de la Casa de Cultura. Salió un artículo de seis páginas en el *Dagens Nyheter*. Nos invitaron a recepciones donde las mujeres que servían iban vestidas como elfos. El champán corría por todas partes. Éramos increíblemente felices.

–¿Qué pasó entonces? –preguntó Linda.

Christina se encogió de hombros.

–No entraba nada de dinero. El éxito no tenía fundamento en ninguna parte. O al menos no donde debería tenerlo. Así que quebré.

–Pero al menos fue con una gran detonación –dijo Geir.

–Sí –corroboró Christina.

–La última colección fue ya el remate –explicó Geir–. Christina había alquilado una enorme carpa para eventos y la colocó en Gärder. La carpa era una copia de la ópera de Sidney. Se suponía que las modelos vendrían montadas en caballos campo a través. Los caballos los había conseguido de la Guardia de Svea y de la policía montada. Todo a lo grande y carísimo, Christina no había escatimado en nada. Grandes bandejas con ponche y helado ardiente, ya sabéis, humo por todas partes, y todo el mundo presente. Todas las cadenas de televisión, todos los grandes periódicos. Parecía el decorado de una gran película.

»Entonces empezó a llover. Quiero decir *llover*. *Diluviar*. Una verdadera locura.

Christina se rió y se llevó la mano a la boca.

–¡Tendríais que haber visto a las modelos! –prosiguió Geir–. Tenían el pelo pegado como con cola a la frente. Todas las prendas empapadas y hechas un desastre. Fue un fracaso total. Pero a la vez hubo en ello algo espléndido. No todo el mundo consigue fracasar *tan* a lo grande.

Todos se rieron.

–Por esa razón estaba levantada diseñando zapatillas la primera noche que viniste a casa –dijo Geir dirigiéndose a mí.

–No eran zapatillas –aclaró Christina.

–Da lo mismo –dijo Geir–. Uno de sus viejos modelos se convirtió de repente en un éxito, porque Christina las llevaba puestas en un desfile en Londres. No cobró nada. Pero el diseño del zapato fue como una especie de paño caliente. Eso era todo lo que quedaba del sueño.

–Yo no he estado exactamente en *la cima* –dijo Linda–. Pero el pequeño progreso que he experimentado sigue más o menos la misma curva.

–¿Directamente hacia abajo? –preguntó Anders.

–Directamente hacia abajo, sí. Debuté y eso en sí fue para mí un suceso fantástico, no es que fuera espectacular para los demás, pero fue algo grande y bonito, y luego recibí un premio japonés. Siempre me ha encantado Japón. Iba a viajar hasta allí para la entrega, incluso me había comprado un pequeño diccionario japonés. Entonces caí enferma, de repente no podía manejar nada de nada, y desde luego no un viaje a Japón. Había escrito mi segunda colección de poesía y al principio fue aceptada, salí a celebrarlo cuando me enteré, luego se retractaron. Fui a otra editorial, y allí sucedió *exactamente* lo mismo. Primero me llamó el editor y me dijo que el libro era fantástico y que lo iban a publicar, luego fue bastante embarazoso, pues yo ya se lo había contado a la gente... y el mismo editor me llamó y me dijo que habían cambiado de opinión, ya no la publicarían. Eso fue todo.

–Qué pena –dijo Anders.

–Bueno, tal vez fuera mejor así. Ahora me alegro de que no se publicara. No es muy grave.

–¿Y tú, Geir? –preguntó Helena.

–¿Quieres saber si yo también soy un *beautiful loser?*

–Pues sí.

–Bueno, supongo que puede expresarse así. Fui un niño prodigio en el mundo universitario.

–¿Aunque lo digas tú mismo? –pregunté.

–Como nadie más lo dice... Sí que lo *fui.* Pero escribí mi tesis en noruego sobre un trabajo de campo en Suecia. Lo cual no fue una decisión inteligente. Eso supuso que ninguna editorial sueca se interesara por publicarlo, y tampoco ninguna noruega. Tampoco ayudó que escribiera sobre boxeadores sin buscar explicaciones sociales o disculpas por lo que estaba haciendo, quiero decir, como que son pobres, marginados, criminales o algo así. Yo, al contrario, opinaba que su cultura es relevante y adecuada, mucho más relevante y adecuada que la cultura académica afeminada de la clase media. Ésa tampoco fue una buena decisión. De todos modos fue rechazada por todas las editoriales noruegas y suecas. Al final pude publicarla porque la pagué de mi bolsillo. Nadie la leyó. ¿Sabéis cómo era el marketing? Hablé un día con una mujer de la editorial, que me dijo que leía mi libro cada mañana y cada tarde en el ferry de Nesodden, ¡porque pensaba que así alguien vería la portada y se interesaría por él!

Se rió.

–Y ahora he dejado de enseñar, no escribo ningún artículo meritorio, no participo en seminarios, sino que prefiero estar solo escribiendo un libro que al menos tardaré cinco años en acabar, y que seguramente nadie querrá leer.

–Deberías haber hablado conmigo –señaló Anders–. Podría haberte introducido en la televisión para que hablaras de tu libro.

–¿Y cómo ibas tú a conseguirlo? –preguntó Helena–. ¿Una oferta que no puedes rechazar?

–Ni siquiera tú tienes contactos lo suficientemente buenos para ello –objetó Geir–. Pero gracias por ofrecerte.

–Así que sólo quedas tú –dijo, dirigiéndose a mí.

–¿Karl Ove? –preguntó Geir–. Él llora en una limusina. Lo he dicho desde que llegó a Estocolmo.

–No estoy de acuerdo en eso –dije–. Pronto hará cinco años que debuté. Todavía llama algún periodista que otro, es cierto. ¿Pero qué preguntan? Oye, Knausgård, estoy preparando un artículo sobre el bloqueo del escritor. Y me pregunto si podía hablar un poco sobre eso contigo. O peor aún: Verás. Estamos preparando un artículo sobre escritores que sólo han publicado un libro. Hay muchos así, ¿sabes? Y tú, bueno... tú sólo has escrito un libro. ¿Tendrías tiempo para hablar un poco conmigo sobre eso? ¿Qué sensación produce? Bueno, ya sabes... ¿Estás escribiendo ahora? ¿Te has atascado un poco?

–¿Lo estáis oyendo? –preguntó Geir–. Llora en una limusina.

–¡Pero si no tengo nada! ¡Llevo cuatro años escribiendo, y no tengo nada! ¡Nada!

–*Todos* mis amigos son unos fracasados –señaló Geir–. No fracasados como la media, no, están totalmente marginados. Uno escribe siempre que le gusta el campo y el bosque, freír salchichas sobre una hoguera y cosas por el estilo, simplemente porque no tiene dinero para invitar a alguien a un restaurante cuando pone anuncios de contacto. Está sin blanca. Nada de nada. Uno de mis colegas de la universidad se obsesionó con una prostituta, se gastó todo el dinero que tenía en ella, más de doscientas mil coronas, incluso le pagó una operación de aumento de pecho para que fueran grandes, como a él le gustaban. ¡Otro amigo mío ha plantado un viñedo en Upsala! Otro lleva catorce años escribiendo su tesis doctoral y no la acaba nunca porque siempre surge una nueva teoría o aparece algo que no ha leído y que tiene que incluir. Escribe sin cesar, es un tío con una inteligencia normal, pero se ha estancado. Y luego conocí a un tipo de Arendal que dejó embarazada a una chica de trece años.

Me miró riéndose.

–Tranquilos, no fue Karl Ove. Por lo menos que yo sepa. Luego está mi amigo el pintor –prosiguió Geir–. Tiene talento, pero sólo pinta barcos vikingos y espadas, y se ha perdido tan a la derecha que no hay camino de retorno para él, o al menos hacia dentro. Lo que quiero decir es que los barcos vikingos no constituyen exactamente una vía de entrada a la vida cultural.

–No me metas a mí en tu colección –le pidió Anders.

–No, nadie de los aquí presentes pertenece a ese grupo –contestó Geir–. Al menos todavía no. Tengo la sensación de que estamos en marcha. De que estamos dentro de un bote hundido. Sí, ahora está bien, el cielo está negro y lleno de estrellas y el agua caliente, pero hemos empezado a movernos.

–Lo que acabas de decir es poético y bonito –señaló Linda–. Pero no es exactamente como yo lo siento.

Tenía las dos manos en la tripa. Mi mirada se cruzó con la suya. Estoy feliz, decía. Le sonreí.

Dios mío. Dos semanas más y tendríamos aquí un niño.

Yo iba a ser padre.

Alrededor de la mesa se había hecho el silencio. Todos habían terminado de comer, y se habían reclinado en las sillas. Cogí la botella y serví a todos.

–Hemos sido muy abiertos –dijo Helena–. Estoy pensando que no solemos serlo.

–Es un deporte –dije, y al dejar la botella en la mesa, rocé con el pulgar la gota que se deslizaba por ella–. ¿A quién de los aquí presentes le va peor? ¡A mí!

–¡No, a mí! –exclamó Geir.

–Me cuesta imaginarme a mis padres hablando con sus amigos de esta manera –dijo Helena–. Y ellos sí que lo pasaron mal. Nosotros no.

–¿De qué manera? –preguntó Christina.

–Mi padre es el rey de las pelucas de Örebro. Fabrica tupés. Su primera mujer, es decir, mi madre, es alcohólica. Es tan terrible que apenas puedo ir a verla. Pero cuando mi padre se casó de nuevo, eligió a otra alcohólica.

Hizo un gesto, seguido por unos tics, que nos mostraron a la perfección a la mujer de su padre. Yo la había conocido en una ocasión, en el bautizo del niño de Helena y Anders; era a la vez totalmente estricta y totalmente desintegrada. Helena se reía a menudo de ella.

–Cuando yo era pequeña, ellas utilizaban jeringuillas para llenar de alcohol esos pequeños cartones de zumo, ¿sabéis? Para que pareciera algo completamente inocente. ¡Ja, ja, ja! Y una vez que estaba sola de vacaciones con mi madre, me dio un somnífero, cerró la puerta por fuera y se fue de juerga.

Todos se rieron.

–Pero ahora está mucho peor. Es una especie de monstruo. Si vamos a verla nos devora. Sólo piensa en ella misma, no existe nada más. Bebe y es horrible todo el tiempo. –Me miró y dijo–: Tu padre también bebía, ¿no?

–Ya lo creo –contesté–. No cuando yo era pequeño. Empezó cuando yo tenía dieciséis, y se murió cuando yo tenía treinta. Le dio a la botella durante catorce años. Murió por culpa de la bebida. Y creo que ése era su propósito.

–¿No tienes ninguna anécdota divertida sobre él? –preguntó Anders.

–Puede que Karl Ove no tenga la misma relación placentera con sus desgracias que tú tienes con las ajenas –apuntó Helena.

–No, no. No pasa nada –dije–. Ya no tengo ningún sentimiento al respecto. No creo que sea exactamente divertida, pero bueno. Al final él se quedó a vivir en casa de su madre. Bebía a todas horas, claro. Un día se cayó por las escaleras que bajaban al salón. Creo que se rompió una pierna. O puede que sólo se tratara de un fuerte esguince. Fuera como fuera, no consiguió levantarse, sino que se quedó tumbado en el suelo. La abuela quería llamar a una ambulancia, pero él se negó. De manera que siguió tumbado en el suelo del salón mientras ella le servía. Le llevaba comida y cerveza. No tengo ni idea de cuánto tiempo estuvo así en el suelo. Tal vez varios días. Lo encontró mi tío.

Todos se rieron, yo también.

–¿Y cómo era él cuando no bebía? –preguntó Anders–. ¿Los primeros dieciséis años?

–Era un cabrón. Yo le tenía un pánico de muerte. Estaba aterrorizado. Recuerdo una vez..., bueno, cuando era pequeño me gustaba nadar, nadar en la piscina cubierta en invierno, constituía el punto culminante de la semana. Una vez perdí allí un calcetín. Fui incapaz de encontrarlo. Busqué por todas partes, pero no apareció. Me entró un miedo terrible. Fue una pesadilla.

–¿Por qué? –preguntó Helena.

–Porque sería un infierno si él lo descubriera.

–¿Por haber perdido un calcetín?

–Así es. La posibilidad de que se enterara era bastante remota, podría simplemente meterme a escondidas en casa y ponerme otro par de calcetines, y sin embargo en el camino de vuelta iba muerto de miedo. Abrí la puerta. No había nadie. Empecé a quitarme los zapatos. ¿Y quién vino? Mi padre. ¿Y qué hizo? Se quedó mirándome mientras me quitaba la ropa.

–¿Qué pasó? –preguntó Helena.

–Me dio una bofetada y dijo que jamás me dejaría volver a la piscina cubierta –respondí con una sonrisa.

–¡Ja, ja, ja! –se reía Geir–. Ese hombre era de los míos. Consecuente hasta en los detalles más pequeños.

–¿A ti te pegaba tu padre? –preguntó Helena.

Geir vaciló un poco.

–En Noruega se mantenían una serie de elementos de la educación infantil tradicional. Ya sabéis, lo de bajarte los pantalones y ponerte sobre las rodillas. Pero nunca me pegó en la cara ni tampoco me pegaba nunca inesperadamente, como hacía el padre de Karl Ove. Era un castigo simple, así de fácil. Yo lo aceptaba como algo razonable. Pero a él no le gustaba. Creo que lo consideraba un deber que tenía que cumplir. Mi padre es muy bueno. Una buena persona. No tengo malos sentimientos hacia él. Tampoco hacia ese castigo. Ocurrió en una cultura muy diferente a ésta.

–Yo no puedo decir lo mismo de mi padre –señaló Anders–. Bueno, no quiero empezar a hablar de la infancia y toda esa mierda psicológica. Pero cuando era niño éramos ricos, como ya he dicho, y cuando acabé el colegio me incorporé a su empresa como una especie de socio. Vivimos la fantástica vida de la clase alta. Entonces él de repente quebró. Resultó que había engañado, timado y estafado. Y yo había firmado todo lo que él me había puesto delante. Me libré de la cárcel, pero debo unas sumas tan enormes a Hacienda que todo lo que gane durante el resto de mi vida se me irá en pagarlas. Por eso ya no tengo trabajos honrados. No puede ser, me lo quitarían todo.

–¿Y qué le pasó a tu padre? –quise saber.

–Se largó. No lo he visto desde entonces. No sé dónde está. En algún lugar del extranjero. No quiero verlo.

–¿Y tu madre se quedó? –preguntó Linda.

–Bueno, es una manera de decirlo –contestó Anders–. Amargada, abandonada y sin blanca.

Sonrió.

–La he visto una vez –intervine–. No, dos. Es muy divertida. Sentada en una banqueta en un rincón, lanzando sarcasmos a todos los que quieren escucharla. Tiene mucho sentido del humor.

–¿Sentido del humor? –dijo Anders, y se puso a imitarla, la voz quebrada de una mujer mayor, gritando el nombre de su hijo y criticándolo por todo.

–La mía sufre de angustia –señaló Geir–. Lo cual sabotea

todo lo demás en su vida, o lo eclipsa. Quiere tener a todos muy cerca y constantemente. Cuando era pequeño fue un infierno del que me costó mucho liberarme. La técnica que usaba para tenerme allí era la del sentimiento de culpa, un sentimiento que me he negado a mí mismo tener. De modo que logré escapar. El precio es que apenas nos hablamos. Es un precio alto, pero merece la pena.

–¿Qué clase de angustia? –quiso saber Anders.

–¿Te refieres a cómo se manifestaba?

Anders asintió.

–No tiene miedo a las personas. Con ellas es muy directa, valiente. Tiene miedo a los espacios. Por ejemplo, cuando íbamos de excursión en el coche, ella llevaba siempre un cojín. Lo tenía sobre las rodillas. Cada vez que entrábamos en un túnel, se inclinaba hacia delante y se tapaba la cabeza con el cojín.

–¿De verdad? –preguntó Helena.

–Ya lo creo. Cada vez. Y teníamos que avisarla cuando ya habíamos salido del túnel. Luego fue a más. De repente ya no podía ir por carreteras con más de un carril, no soportaba ver que los coches le pasaban muy cerca. Y no podía viajar cerca del agua. Nuestras vacaciones se convertían en algo casi imposible. Recuerdo a mi padre inclinado sobre el mapa, como un general ante una batalla, mientras intentaba buscar una ruta sin autovías, agua o túneles.

–Entonces mi madre es lo diametralmente opuesto –dijo Linda–. No tiene miedo a nada. Creo que es la persona menos miedosa que conozco. Recuerdo que íbamos en bici al teatro por la ciudad. Va deprisa en bici, se sube a la acera entre la gente y baja de nuevo a la calzada. Una vez la paró la policía. Pero no creáis que bajó la cabeza disculpándose y asegurando que no volvería a pasar o algo por el estilo. Qué va, estaba indignada. Ella decidía por dónde iba en bicicleta. Así fue durante toda mi infancia. Si algún profesor se quejaba de mí, ella le contestaba con ímpetu. Yo nunca hacía nada malo. Yo siempre tenía razón. Me dejó irme sola de vacaciones a Grecia cuando tenía seis años.

–¿Sola? –preguntó Christina–. ¿Tú sola?

–No, con una amiga y su familia. Pero yo no tenía más que seis años y dos semanas, y me fui sola con una familia desconocida a un país desconocido. Tal vez fue un poco demasiado, ¿no?

–Así era la década de los setenta –comentó Geir–. Todo estaba permitido.

–En muchos contextos me sentía muy avergonzada de mi madre, es una persona que carece del todo del sentimiento de vergüenza, puede llegar a hacer las cosas más inauditas, y cuando era con el fin de protegerme a mí, deseaba que se me tragara la tierra.

–¿Y tu padre? –preguntó Geir.

–Ésa es otra historia. Él era completamente imprevisible. Cuando se ponía enfermo, podía ocurrir cualquier cosa, pero teníamos que esperar a que hiciera algo terrible para que la policía pudiera venir a llevárselo. Muchas veces, mi madre, mi hermano y yo teníamos que marcharnos. Huir de él, para decirlo claramente.

–¿Y qué hacías tú entonces? –le pregunté, mirándola. Había hablado otras veces de su padre, pero siempre de un modo muy general, nunca con detalle.

–Ah, cualquier cosa. Él podía trepar por un canalón, o lanzarse a través de una ventana. Podía ser muy violento. Sangre, cristales rotos y violencia. Pero claro, en esos casos llegaba la policía. Y entonces todo volvía a la normalidad. Cuando él estaba, yo esperaba todo el rato una catástrofe. Pero cuando ocurría, estaba siempre tranquila. Para mí es casi un alivio cuando sucede lo peor. Lo peor es algo que *sé* que soy capaz de manejar.

Se hizo el silencio.

–¡Por cierto, me estoy acordando de una historia! –exclamó Linda–. Fue una vez que tuvimos que huir de mi padre e irnos con la abuela a Norrland. Yo tendría unos cinco años y mi hermano siete. Cuando volvimos a Estocolmo, el piso estaba lleno de gas. Mi padre había abierto la llave del gas y la había dejado abierta durante varios días. Cuando mi madre metió la llave fue como si la puerta se abriera a presión. Se volvió hacia nosotros y le dijo a Mathias que me bajara a la calle. Esperó a que nos hubiéramos ido antes de entrar en el piso y cerrar el gas. Abajo, en la calle, Mathias dijo, lo recuerdo muy bien, ¿sabes que ahora mamá puede morir? Sí, contesté. Lo sabía. Más tarde aquel día oí a mi madre hablar con él por teléfono. ¿Has intentado matarnos?, le preguntó. No como una exageración, sino como un mero hecho. ¿De verdad quieres matarnos?

Linda sonrió.

–Esa historia será difícil de superar –dijo Anders. Se volvió hacia Christina–. Ahora sólo quedas tú. ¿Cómo son tus padres? Viven, ¿no?

–Sí –contestó Christina–. Pero son viejos. Viven en Upsala. Son pentecostalistas. Yo me crié con aquello y estaba siempre llena de ideas de culpa por las cosas más insignificantes. Pero son buena gente, es el proyecto de su vida. Cuando la nieve se derrite y queda sobre el asfalto la arena que se ha echado durante el invierno, ¿sabéis lo que hacen?

–No –respondí, pues me miraba a mí.

–La barren y se la devuelven al departamento de vías públicas.

–¿En serio? –preguntó Anders–. ¡Ja, ja, ja!

–Y claro, no beben alcohol. Pero mi padre tampoco bebe café o té. Cuando quiere tomar un desayuno agradable, bebe agua caliente.

–No me lo creo –dijo Anders.

–Pues es verdad –dijo Geir–. Bebe agua caliente, y devuelven la arena que recogen delante de su verja al ayuntamiento. Son tan buenos que resulta imposible estar en su casa. Tenerme a mí de yerno lo considerarán una prueba que les ha impuesto el diablo.

–¿Y cómo fue crecer con ellos? –preguntó Helena.

–Durante mucho tiempo yo creía que todo el mundo era así, claro. Todos mis amigos y los amigos de mis padres pertenecían a esa comunidad. Fuera de ella no había ninguna vida. Cuando rompí con ella, rompí a la vez con todos mis amigos.

–¿Qué edad tenías entonces?

–Doce años –contestó Christina.

–¿Doce años? –preguntó Helena–. ¿De dónde sacaste las fuerzas para hacer eso? ¿O la madurez?

–No lo sé. Lo hice, sin más. Y fue duro, ya lo creo. Porque perdí a todos mis amigos.

–¿Con doce años? –preguntó Linda.

Christina asintió con la cabeza y sonrió.

–¿Así que ahora tomas café por la mañana?

–Sí –contestó Christina–. Pero no cuando estoy en su casa.

Nos reímos. Me levanté y empecé a recoger los platos. Geir también se levantó, cogió el suyo y me siguió hasta la cocina.

–¿Has cambiado de lado, Geir? –gritó Anders tras él.

Eché las cáscaras vacías de los mejillones a la basura, enjuagué los platos y los metí en el lavavajillas. Geir me alcanzó el suyo, retrocedió unos pasos y se apoyó en la nevera.

–Fascinante –dijo.

–¿El qué?

–El tema de conversación. O el hecho de que habláramos de ello. Peter Handke tiene una palabra para eso. Creo que él lo llama la «red de historias». Cuando algo se abre y todo el mundo aporta su historia.

–¿Vienes? Voy a fumarme un cigarrillo fuera.

–Claro –dijo Geir.

Mientras nos poníamos los abrigos, llegó Anders.

–¿Vais a salir a fumar? Os acompaño.

Dos minutos más tarde nos encontrábamos fuera en la plaza, yo con un cigarrillo encendido entre los dedos, los otros dos con las manos metidas en los bolsillos de sus abrigos. Hacía frío y viento. Por todas partes se oían cohetes y fuegos artificiales.

–Arriba estaba a punto de contar otra historia –dijo Anders deslizándose una mano por el pelo–. Sobre lo de perder lo que se tiene. Pero pensé que sería mejor contarlo aquí. Fue en España. Un amigo y yo teníamos un restaurante. Era una vida fantástica. Trasnochar. Cocaína y alcohol. Descansar al sol durante el día, y volver a empezar sobre las siete o las ocho de la tarde. Creo que fue la mejor época de mi vida. Era completamente libre. Hacía lo que me daba la gana.

–¿Y? –preguntó Geir.

–Tal vez hiciera un poco demasiado lo que me daba la gana. Teníamos un despacho encima del bar, allí me follaba a la novia de mi socio, la tentación pudo conmigo. Y él nos pilló in fraganti, claro, y se acabó el trabajar juntos. Algún día quiero volver. Pero tengo que convencer a Helena de que venga conmigo.

–¿Acaso no es ésa la vida con la que ella sueña? –le pregunté.

Anders se encogió de hombros.

–Podríamos alquilar allí una casa para el verano. Un mes. Los seis. En Granada o algún sitio así. ¿Qué decís?

–Suena bien –contesté yo.

–Yo no tengo vacaciones –dijo Geir.

–¿Qué quieres decir? –preguntó Anders–. ¿Este año?

–No, nunca. Trabajo todos los días de la semana, sábados y domingos incluidos, excepto tal vez los días de Navidad.

–¿Por qué? –preguntó Anders.

Geir se rió.

Tiré la colilla y la aplasté un par de veces contra el suelo.

–¿Subimos? –pregunté.

La primera vez que vi a Anders fue cuando nos fue a buscar a Linda y a mí a la estación de ferrocarril de las afueras de Saltsjöbaden, donde tenían alquilado un pequeño piso, y por el camino expresó su desprecio por la búsqueda de dinero y estatus de los que vivían allí, porque la vida trataba de otras cosas muy diferentes, pero aunque intuí que sólo nos estaba siguiendo la corriente, y sólo decía lo que pensaba que nosotros en calidad de «personas de la cultura» queríamos escuchar, pasaron muchos meses hasta que entendí que en el fondo opinaba justo lo contrario. Lo *único* que realmente le interesaba era el dinero y la vida que comportaba tener mucho dinero. Estaba obsesionado por la idea de volver a ser rico, todo lo que hacía era con ese fin, y como eso no funcionaría ante los ojos de Hacienda, se movía en el mundo del dinero negro. Cuando Helena lo conoció, todos los negocios de Anders eran turbios, pero ella, que luchó todo lo que pudo contra el enamoramiento, pero por fin cedió, puso ciertas exigencias cuando al cabo de poco tiempo tuvieron un hijo en común, las cuales al parecer había respetado: el dinero que ganaba seguía siendo negro, pero en cierto modo era «limpio». Yo no sabía exactamente a qué se dedicaba, excepto que aprovechaba los muchos contactos de su época de bonanza para financiar continuamente nuevos proyectos, y que su participación en ellos, por alguna razón, sólo duraba unos meses. Era imposible llamarlo, cambiaba continuamente de teléfono móvil, lo mismo pasaba con sus coches, llamados «coches de empresa», que cambiaba a intervalos regulares. Cuando íbamos a verlos, una noche podía haber una enorme pantalla plana a lo largo de una de las paredes del salón o un nuevo ordenador portátil sobre el escritorio de la entrada, la siguiente vez que íbamos ambos objetos podían haber desaparecido. El límite entre lo que era suyo y lo que «estaba a su disposición» era impreciso, y tampoco había una clara relación entre lo que hacía y el dinero de que disponía. Todo el dinero que reunía, y no era poco, lo gastaba en el juego. Jugaba a todo lo que se movía. Debido a que su capacidad de persuasión era grande, no tenía problemas en conseguir dinero prestado, de manera que estaba metido en un buen atolladero. Solía mantener todo en secreto, pero de vez en cuando salía a la luz, como en aquella ocasión que alguien llamó a Helena y le dijo que Anders había vaciado la caja de la empresa con la que estaba renegociando sus acuerdos, se trataba de setecientas mil coronas, y lo iban a denunciar a la policía. Anders ni siquiera levantó las cejas cuando ella le pidió explicaciones; la economía de la empresa era dudosa y poco clara, ahora querían taparlo, echándole la culpa a él. Aun cuando él se hubiera largado con el dinero y lo hubiera perdido en el juego, era dinero negro, razón por la que jamás lo denunciarían a la policía, así que en ese sentido no corría ningún peligro. Seguramente estudiaba de antemano a la gente a la que timaba, pero de todos modos no carecía de riesgo. Una vez, alguien entró en su casa mientras ellos estaban fuera, le contó Helena a Linda, seguramente sólo para dejar su tarjeta de visita. Luego Anders se hizo socio de un gran proyecto de restaurantes, también duró sólo unos meses, cuando de repente lo que administraba eran solares. Más adelante gestionó unos locales exclusivos para una peluquería, luego una fábrica de beicon a la que iba a salvar de la quiebra. El problema, si se puede llamar problema, era que resultaba imposible no quererlo. Sabía hablar con todo tipo de gente, lo cual es un don poco frecuente, y era generoso, algo que se notaba nada más conocerlo. Y siempre estaba alegre. Él era el que se levantaba en las cenas a agradecer a los anfitriones la buena comida, o a felicitarles por el cumpleaños o lo que fuera; siempre tenía una buena palabra para todo el mundo; independientemente de lo mucho o lo poco que tuvieran en común con él, Anders sabía casi siempre cómo hacer que se sintieran a gusto. Al mismo tiempo, no había en él nada taimado, nada refinado, y tal vez fuera ésa la razón por la que me gustaba tanto, a pesar de su tan destacado hábito de mentir, que es uno de los pocos rasgos distintivos que me cuesta mucho aceptar. Huelga decir que yo le importaba un bledo, pero cuando nos veíamos, no es que fingiera un gran interés por mí, como ocurre a veces cuando tu interlocutor lo hace por obligación, y la división entre lo que realmente piensa y lo que hace se refleja en uno de esos pequeños gestos reveladores que muy pocos saben controlar, como por ejemplo la breve mirada hacia el otro extremo del local, en sí insignificante, pero que cuando es seguida por una especie de «sobresalto» en la atención en el momento en que se centra de nuevo en ti, hace que la propia forma como forma se haga visible. Esa sensación que surge entonces de haber sido objeto de una especie de espectáculo teatral es fatal, claro está, para una persona que vive de ganarse la confianza de la gente. Anders no «actuaba», ése era su secreto. Tampoco era «auténtico» en el sentido de que lo que dijera se correspondiera necesariamente con lo que opinaba, o lo que hacía con lo que deseaba. ¿Pero quién lo es? Hay un tipo de personas que por regla general dicen lo que opinan, sin adaptarlo a la situación en la que se encuentran, pero son raras, yo sólo me he encontrado a un par, y lo que ocurre con ellas es que todas las situaciones sociales en las que participan se vuelven demasiado tensas. No porque la gente esté en desacuerdo y se ponga a discutir, sino porque el objeto de la conversación excluye a todos los demás objetos de conversación y lo que eso tiene de totalitario automáticamente remite a ellos, que entonces adquieren un aura de obstinación y falta de generosidad, con independencia de su verdadera naturaleza, que en ambos casos era, según lo que podía evaluar, en esencia amable y generosa. Ese malestar social que yo mismo era capaz de despertar se debía a lo contrario: yo siempre dejaba que la situación decidiera, bien guardando silencio, bien haciéndole la pelota a todo el mundo. Decir lo que crees que la gente quiere escuchar es una manera de mentir. Por lo tanto, sólo había una diferencia de grado entre la práctica social de Anders y la mía propia. Aunque la suya desgastaba la confianza y la mía la integridad, el resultado era en el fondo el mismo: un lento ahuecamiento del alma.

El hecho de que Helena, que buscaba los aspectos espirituales de la vida, e intentaba siempre encontrarse a sí misma, se juntara con un hombre que barría todos los valores que no fueran el dinero con una sonrisa en la boca, era irónico, claro está, pero no incomprensible, porque compartían lo más importante, la levedad y la alegría de vivir. Formaban una pareja estupenda. Con su pelo oscuro, sus ojos cálidos y facciones grandes y nítidas, Helena tenía un aspecto impactante, su manera de ser era encantadora y su presencia palpable. Era una actriz de gran talento. La había visto en dos series de televisión, en una, que era policíaca, hacía de viuda, y la oscuridad que irradiaba me resultaba completamente desconocida, era como ver a otra persona con las facciones de Helena. En la otra, una comedia, hacía de esposa malísima, y me causaba la misma impresión, ver a otra persona con sus facciones.

Anders también estaba de buen ver. Si su cara de chico joven se debía a su personalidad, a sus ojos risueños, a su cuerpo enjuto, o tal vez a su pelo, que en la década de los cincuenta habría sido descrito como «melena», no era fácil de decir, porque Anders no era fácil de ver. Una vez me lo encontré en el centro, en Plattan: estaba apoyado en una pared, encogido y muy pero que muy agotado, apenas lo reconocí, pero al descubrirme se enderezó, fue como si se elevara, y en el transcurso de un instante se transformara en ese hombre tan enérgico y alegre al que acostumbraba a ver.

Cuando volvimos a entrar, Helena, Christina y Linda habían recogido la mesa, y estaban sentadas en el sofá charlando. Yo fui a la cocina a preparar el café. Mientras esperaba a que se hiciera, entré en la habitación de al lado, que estaba muy silenciosa y vacía, excepto por la respiración del bebé de Helena y Anders, que dormía con la ropa puesta y tapado con una mantita en nuestra cama. En la penumbra, el moisés vacío, la cuna vacía, el cambiador y la cómoda con ropa de bebé, daban una impresión un poco escalofriante. Todo estaba listo para la llegada de nuestro hijo. Incluso habíamos comprado un paquete de pañales que habíamos colocado en el estante de debajo del cambiador, junto con una pila de toallas y trapos, y encima del cambiador colgaba un móvil con pequeños aviones que temblaban ligeramente en la corriente de la ventana. Escalofriante porque no había niño, y el límite entre lo que podría haber sido y lo que vendría era muy difuso en esas cosas.

Se oyeron risas procedentes del salón. Cerré la puerta detrás de mí y puse una botella de coñac, copas, tazas de café y platillos en una bandeja, eché el café en un termo, y lo llevé todo al salón. Christina estaba sentada en el sofá con un oso de peluche en el regazo, parecía feliz, su cara se veía más abierta y más tranquila que de costumbre. Linda, sentada a su lado, apenas conseguía mantener los ojos abiertos. Esos días solía acostarse a las nueve. Ya eran casi las doce. Helena estaba buscando música entre los CD de los estantes, mientras Anders y Geir charlaban en la mesa sobre delincuentes que los dos conocían.

Al parecer, un gran número de fieras había pasado por el club de boxeo durante los años en los que Geir frecuentaba ese lugar. Dejé las cosas en la mesa y me senté.

–Tú conociste a Osman, ¿verdad, Karl Ove? –me preguntó Geir.

Asentí con la cabeza.

Un día Geir me llevó a Mosebacke, donde había quedado con dos boxeadores a los que conocía. Uno de ellos, Paolo Roberto, que había luchado por el título de campeón del mundo, ya era famoso en la televisión sueca, y estaba preparando un nuevo combate por el título, que sería una especie de reaparición en escena. El otro, Osman, estaba al mismo nivel, pero no era tan conocido. Con ellos se encontraba un entrenador inglés al que Geir conocía como *doctor in boxing*. *He's a doctor in boxing!* Les di la mano, no dije gran cosa, pero seguí todo lo que ocurría, porque todo me resultaba desconocido. Los hombres estaban completamente relajados, no había ningún tipo de tensión en el ambiente, algo a lo que yo, pensé, estaba tan acostumbrado. Comían tortitas y bebían café, contemplaban el gentío, miraban con los ojos entornados el sol otoñal, bajo pero todavía cálido, mientras charlaban con Geir de tiempos pasados. Aunque el cuerpo de él estaba igual de tranquilo que el de ellos, rebosaba una energía diferente, más ligera y más acelerada, casi nerviosa, se notaba en sus ojos, que siempre buscaban rendijas, y en su manera de hablar, efusiva, ocurrente, pero también calculadora, porque se adaptaba a ellos y a su jerga, mientras ellos simplemente hablaban como les parecía. El tal Osman iba en camiseta, y aunque los músculos de sus bíceps eran grandes, tal vez cinco veces los míos, no se veían sobredimensionados, sino esbeltos. Lo mismo ocurría con toda la parte superior de su cuerpo. El hombre parecía ágil y relajado, y cada vez que posaba mi mirada en él, pensaba que podía hacerme pedazos en unos segundos, sin que yo tuviera ninguna posibilidad de defenderme. La sensación que me sobrevino fue de feminidad. Era humillante, pero la humillación era mía y sólo mía, no se podía ver ni intuir. Pero estaba ahí.

–Muy por encima –contesté–. En Mosebacke el año pasado. Los exhibiste ante mí como si fueran un par de monos.

–Creo más bien que los monos éramos nosotros –dijo Geir–. Pero a lo que iba: Osman. Atracó con un colega un furgón de seguridad en Farstad. El lugar que eligieron se encontraba a *cincuenta* metros de la Comisaría Central de Policía. Como vacilaron un poco al principio y los vigilantes tuvieron tiempo de hacer sonar la alarma, los polis llegaron enseguida. Así que se metieron en el coche y se fueron a toda leche sin el dinero. ¡Y entonces se quedaron sin gasolina! ¡Ja, ja, ja!

–¿Es posible? Suena a la banda de Olsen.

–Exactamente. ¡Ja, ja, ja!

–¿Y cómo le fue a Osman? Un atraco a mano armada no es exactamente algo que se tome a la ligera.

–No le fue demasiado mal, sólo le cayeron un par de años. Pero su amigo ya tenía acumuladas muchas condenas, de modo que él sí que se pasará bastante tiempo entre rejas.

–¿Fue hace poco?

–No, qué va. Hace muchos años. Mucho antes de que hiciera carrera como boxeador.

–Comprendo –dije–. ¿Un poco de coñac?

Tanto Geir como Anders dijeron que sí. Abrí la botella y llené tres copas.

–¿Alguna de vosotras quiere? –pregunté, dirigiéndome al sofá. Algunas cabezas dijeron que no.

–Yo sí, un poquito, por favor –dijo Helena. Cuando atravesó la habitación en dirección a nosotros, la música empezó a salir de esos altavoces tan pequeños que resultaban ridículos detrás de ella. Era el CD *Mali Music*, de Damon Albarn, que ya habíamos puesto esa noche, y que a ella le había encantado.

–Toma –dije, alcanzándole una copa, con el fondo apenas cubierto por el líquido entre marrón y amarillo. La luz de la lámpara que colgaba sobre la mesa lo hacía brillar.

–Pero hay una cosa de la que estoy muy contenta –dijo Christina desde el sofá–. Y es de ser adulta. Muchísimo mejor tener treinta y dos que veintidós.

–¿Sabes que tienes un oso de peluche en el regazo, Christina? –le pregunté–. En cierto modo eso socava lo que acabas de decir.

Christina se rió. Era maravilloso verla reír. Había en ella algo obstinado, no de una manera oscura, sino más bien como si empleara todos sus esfuerzos en mantenerlo todo atado, ella incluida. Era alta y esbelta, siempre bien vestida, naturalmente a su manera, y guapa con su piel pálida y sus pecas, pero al acabarse la primera impresión, surgía ese rasgo estricto en los pensamientos que uno se formaba de ella, al menos así fue para mí. Al mismo tiempo había en ella algo cándido, en especial cuando se reía o se entusiasmaba y la tenacidad era vencida. No cándido en el sentido de inmaduro, sino cándido o infantil como en el juego, y relajado. Veía algo parecido en mi madre las pocas veces que perdía el control y hacía algo desenfrenado o precipitado, porque tampoco en ella se podía distinguir entre lo no ponderado y lo vulnerable. Una vez, durante una cena en casa de Geir y Christina, en la que ella, como siempre, puso todo su afán y concentración en cocinar, yo estaba solo en penumbra en el salón delante de las estanterías, cuando ella entró a coger algo. No se percató de mi presencia. Con las voces y el zumbido del extractor en la cocina detrás de ella, sonreía para sus adentros y le brillaban los ojos. Me puse muy contento al verlo, pero también triste, porque nadie debería darse cuenta de que era tan importante para ella que nosotros estuviéramos allí.

Una mañana, en la época en la que me alojaba en su casa, Christina estaba fregando los platos y yo sentado a la mesa de la cocina tomando café, cuando ella de repente señaló la pila de platos y fuentes del armario.

–Cuando empezamos a vivir aquí juntos, compré dieciocho piezas de todo –dijo–. Me imaginaba que celebraríamos grandes fiestas. Montones de amigos y elegantes cenas. Pero nunca hemos usado esos cacharros. ¡Ni una sola vez!

Geir se rió ruidosamente desde el dormitorio. Christina sonrió.

Así eran ellos.

–Pero estoy de acuerdo –dije–. La década de los veinte fue un infierno. Lo único peor fueron los años de la adolescencia. Pero los treinta están bien.

–¿Qué es lo que ha cambiado entonces? –preguntó Helena.

–A los veinte años, lo que yo tenía, es decir, yo mismo, era muy poco. Yo no lo sabía, porque para mí entonces era todo. Pero ahora que tengo treinta y cinco hay más. Es decir: todo lo que había en mí cuando tenía veinte sigue todavía ahí. Pero ahora está rodeado de muchísimo más. Eso es más o menos lo que pienso.

–Ésa es una visión increíblemente optimista –señaló Helena–. El que todo vaya mejorando conforme te vas haciendo mayor.

–¿Tú crees? –preguntó Geir–. Cuanto menos se tiene más fácil resulta vivir, ¿no?

–Para mí no es así –objeté–. Ahora las cosas no importan tantísimo. Antes sí. ¡Pequeñeces tontas podían significarlo todo! ¡Ser totalmente decisivas!

–Es verdad –dijo Geir–. Pero sigo pensando que no se puede calificar de optimista. Fatalista, sí.

–Lo que sucede, sucede –dije–. Y ahora estamos aquí. ¡Brindemos!

–*Skål!*

–Faltan siete minutos para las campanadas de las doce –dijo Linda–. ¿Ponemos la tele y oímos la cuenta atrás de Jan Malmsjö?

–¿Qué es eso? –pregunté, acercándome a ella y dándole la mano. Ella la cogió y yo tiré de ella para que se pusiera de pie.

–El actor Jan Malmsjö recita poemas mientras suenan las campanadas. Es una tradición sueca.

–Pon la tele entonces –dije.

Mientras ella lo hacía, yo fui a abrir las ventanas. Los estallidos de los fuegos artificiales se intensificaban por momentos. Ahora era ya un ruido continuo, una pared de sonido sobre los tejados. Las calles se iban llenando de gente con botellas de champán y bengalas en las manos, gruesos abrigos sobre cuerpos vestidos de fiesta. Ningún niño, sólo adultos borrachos y felices.

Linda fue a por la última botella de champán, la abrió y llenó las copas hasta arriba. Las cogimos y nos colocamos delante de las ventanas. Los miré. Estaban felices, exaltados, charlaban, señalaban, brindaban.

En la calle se oyeron sirenas.

—O ha estallado la guerra, o 2004 está empezando —dijo Geir.

Agarré a Linda y la mantuve apretada contra mí. Nos miramos a los ojos.

—Feliz Año Nuevo —dije, y la besé.

—Feliz Año Nuevo, mi amado príncipe —dijo—. Éste es nuestro año.

—Seguro que sí —dije yo.

Cuando se hubieron intercambiado los abrazos y las felicitaciones, y la gente ya estaba retirándose de las calles, Anders y Helena se acordaron de su globo chino. Nos pusimos los abrigos y bajamos al patio trasero. Anders encendió una especie de mecha, el globo se fue llenando lentamente de aire caliente, y cuando por fin lo soltó, empezó a subir por la pared del edificio, silencioso y resplandeciente. Lo seguimos con la mirada hasta que hubo desaparecido por encima de las vigas de los tejados de Östermalm. Ya de vuelta en casa, nos sentamos de nuevo alrededor de la mesa. La conversación era más esporádica y menos concentrada, pero de vez en cuando se unía en un punto, como cuando Linda se puso a contar la fiesta de las clases altas a la que había asistido cuando iba al instituto, en un chalé con una gran piscina, detrás de la que había una enorme pared de cristal. En el transcurso de la noche empezaron a bañarse, y ella saltó y se golpeó contra esa pared que se rompió en un millón de tintineantes pedazos.

—Nunca se me olvidará ese sonido —dijo.

Anders habló de un viaje que había hecho a los Alpes, estaba esquiando fuera de pista y de repente el suelo se abrió bajo sus pies. Cayó con los esquís puestos dentro de una grieta de un glaciar, tal vez de siete metros, y perdió el conocimiento. Lo rescataron en helicóptero. Se había fracturado la espalda y corría el riesgo de quedar paralítico, lo operaron inmediatamente y se pasó semanas en el hospital mientras su padre, según contó, estaba a veces sentado en una silla junto a la cama, como en un sueño, oliendo a alcohol.

En ese punto se levantó, se inclinó hacia delante y se subió la camisa por la espalda, para que viéramos la larga cicatriz de la operación.

Yo les conté que una vez, cuando tenía diecisiete años, nos patinó el coche yendo a cien kilómetros por hora por una carretera helada en lo más profundo del valle de Telemark, chocamos contra un poste, fuimos lanzados al otro carril, y acabamos en la cuneta, milagrosamente ilesos, porque el coche quedó destrozado. Les conté que lo peor no fue el accidente en sí, sino el frío, veinte grados bajo cero en mitad de la noche, llevábamos camisetas, americanas y zapatillas de deporte, veníamos de un concierto de Imperiet, y estuvimos durante horas en el borde de la carretera haciendo autostop.

Les serví coñac a Anders y a Geir y luego me serví yo, Linda bostezó, Helena empezó a contar una historia sobre Los Ángeles, cuando de repente sonó una alarma en alguna parte del edificio.

−¿Qué coño es eso? −preguntó Anders−. ¿Una alarma de incendios?

−Es Nochevieja −contestó Geir.

−¿Tenemos que salir? −preguntó Linda, enderezándose un poco en el sofá.

−Voy a comprobarlo primero −dije.

−Voy contigo −dijo Geir.

Salimos a la escalera. No se veía nada de humo. El sonido procedía de la planta baja, de manera que bajamos a toda prisa por la escalera. La luz del ascensor parpadeaba. Me incliné hacia delante y miré por el cristal de la puerta. Había alguien en el suelo. Abrí la puerta. Era la rusa. Yacía boca arriba, con un pie contra la pared. Iba vestida de fiesta. Un vestido negro con una especie de lentejuelas en el pecho, medias color carne y zapatos de tacón. Miré en una especie de acto reflejo hacia sus muslos, y la braga negra entre ellos, antes de desplazar mi mirada hacia su cara.

–¡No puedo levantarme! –dijo.

–Vamos a ayudarte –le dije. La agarré de un brazo y conseguí que se quedara sentada. Geir entró por el otro lado y entre los dos logramos ponerla de pie. Ella no paraba de reírse. El tufo a perfume y alcohol era fuerte en ese espacio tan pequeño.

–Gracias –dijo–. Muchísimas gracias.

Me cogió las manos, se inclinó sobre ellas y las besó, primero una y luego la otra. Al final me miró.

–Ah, tú, hombre hermoso.

–Ven –dije–, te ayudaremos a subir. –Pulsé el botón de su piso y cerré la puerta. Geir sonreía de oreja a oreja, mientras la miraba primero a ella y luego a mí. Cuando el ascensor se puso en marcha, ella se apoyó pesadamente en mí.

–Así –dije–. Ya estamos. ¿Tienes la llave?

Miró dentro del pequeño bolso que le colgaba del hombro, tambaleándose como un árbol en el viento, mientras sus dedos hurgaban entre el contenido.

–¡Aquí está! –dijo triunfante, al sacar un llavero.

Geir le puso el brazo en el hombro para sujetarla cuando ella casi se cayó hacia delante, con la llave apuntando a la cerradura.

–Da un paso al frente –dijo él–, y todo irá bien.

Ella hizo lo que él le dijo. Tras unos segundos de tanteo, consiguió meter la llave en la cerradura.

–¡Muchas gracias! –dijo de nuevo–. Sois dos ángeles que me habéis visitado esta noche.

–Un placer –dijo Geir–. Y mucha suerte.

Subiendo la escalera hasta nuestro piso, Geir me miró interrogante.

–¿Ésa era vuestra vecina la loca?

Asentí con la cabeza.

–Es prostituta, ¿no?

Negué con la cabeza.

–No que yo sepa –contesté.

–Tiene que serlo. No podría permitirse el lujo de vivir aquí si no. Y esa pinta... Pero tampoco parecía del todo tonta.

–Déjalo ya –dije, abriendo la puerta de nuestro piso–. Es una mujer normal y corriente. Sólo que muy infeliz, alcoholizada y rusa. Con un trastorno de control de impulsos.

–Ya, ya lo veo –dijo Geir riéndose.

–¿Qué ha pasado? –preguntó Helena desde el salón.

–Era nuestra vecina rusa –dije al entrar–. Se había caído en el ascensor, y estaba tan borracha que no era capaz de levantarse. Así que la hemos ayudado a llegar a su casa.

–Le besó las manos a Karl Ove –dijo Geir–. Y le dijo: «¡Ah, tú, hombre hermoso!»

Todos se rieron.

–Y eso después de venir aquí y ponerme verde varias veces –dije–. Volviéndonos locos.

–Es una pesadilla –intervino Linda–. Ha perdido el control por completo. Cuando me cruzo con ella en la escalera casi tengo miedo de que saque un cuchillo y me mate. Me mira con odio, ¿verdad que sí? Con profundo odio.

–Se le está acabando el tiempo –dijo Geir–. Y aparecéis vosotros, con la tripa de embarazada y rebosando felicidad.

–¿Crees que es por eso? –pregunté.

–Claro que sí –contestó Linda–. Ojalá hubiéramos sido un poco más neutrales al principio. Pero fuimos muy abiertos con ella. Ahora está obsesionada con nosotros.

–Bueno, bueno –dije–. ¿A alguien le queda hueco para el postre? Linda ha hecho su famoso tiramisú.

–¡Ah! –exclamó Helena.

–Si es famoso es porque es lo único que sé hacer –dijo Linda.

Fui a por el postre y el café, y nos sentamos de nuevo a la mesa. Inmediatamente después empezó la música en el piso de abajo.

–Así estamos siempre –dije.

–¿No podéis conseguir que la echen? –preguntó Anders–. Si queréis puedo arreglarlo.

–¿Y cómo lo harías? –preguntó Helena.

–Tengo mis métodos –contestó Anders.

–¿Ah, sí? –dijo Helena.

–Denúnciala a la policía –sugirió Geir–. Así se dará cuenta de que vais en serio.

–¿De verdad? –pregunté.

–Claro que sí. Si no hacéis algo drástico, todo seguirá igual.

Entonces la música cesó tan de repente como había empezado. La puerta de abajo se cerró de un portazo. Se oyeron tacones altos subiendo por las escaleras.

–¿Viene aquí ahora? –pregunté.

Todos se callaron para escuchar. Pero los pasos pasaron de largo por delante de nuestra puerta y siguieron subiendo. Al cabo de unos instantes volvieron a bajar hasta desaparecer. Me acerqué a la ventana a mirar. Ataviada sólo con el vestido y un único zapato, salió tambaleándose a la calle cubierta de nieve. Llamó a un taxi con la mano. El vehículo se detuvo y ella se metió dentro.

–Está cogiendo un taxi –dije–. Con un zapato. Desde luego no se le puede reprochar falta de voluntad.

Me senté y la conversación se desvió hacia otros temas. Sobre las dos, Anders y Helena se levantaron, se pusieron su gruesa ropa de abrigo, nos abrazaron y salieron a la noche, Anders con su hija dormida en brazos. Geir y Christina se marcharon media hora después, aunque Geir volvió al poco con un zapato de tacón en la mano.

–Como la Cenicienta –señaló–. ¿Qué voy a hacer con él?

–Déjalo delante de su puerta –le dije–. Y márchate ya, nos vamos a dormir.

Cuando entré en el dormitorio después de haber recogido el salón y puesto en marcha el lavavajillas, Linda ya estaba dormida. Pero no tan profundamente como para no abrir los ojos y sonreírme mientras me desnudaba.

–Ha sido una noche bonita, ¿verdad? –dije.

–Sí, ha sido bonita –asintió ella.

–¿Crees que se lo han pasado bien? –le pregunté, acurrucándome junto a ella.

–Sí, lo creo. ¿Tú no?

–Sí. Creo que sí. Yo al menos me lo he pasado bien.

La luz de las farolas de la calle hacía brillar débilmente el suelo. Esa habitación no se quedaba nunca totalmente oscura. Ni totalmente silenciosa. Fuera sonaban aún los estallidos de los fuegos artificiales, y voces que subían y bajaban de volumen, los coches seguían pasando a toda velocidad ya con más frecuencia, pues la velada de Nochevieja se aproximaba a su fin.

–Nuestra vecina empieza a preocuparme de verdad –dijo Linda–. No me gusta mucho tenerla ahí.

–No –dije–. Pero no podemos hacer gran cosa.

–Pues no.

–Geir creía que era prostituta –dije.

–Claro que lo es –afirmó Linda–. Trabaja para una de esas agencias de chicas de compañía.

–¿Cómo lo sabes?

–Es evidente.

–No para mí –dije–. No se me habría ocurrido en mil millones de años.

–Eso es porque eres muy ingenuo –apuntó Linda.

–Sí, a lo mejor lo soy.

–Claro que sí.

Sonrió y se inclinó hacia mí para besarme.

–Buenas noches –dijo.

–Buenas noches –contesté.

Me resultaba difícil entender que en realidad éramos tres acostados en la cama. Pero así era. El niño en el vientre de Linda estaba ya completamente desarrollado; lo único que nos separaba de él era una fina pared de un centímetro de espesor de carne y piel. El niño podría nacer en cualquier momento, y Linda estaba totalmente marcada por esa circunstancia. Ya no hacía planes, apenas salía, se recluía en casa, cuidando de ella misma y de su cuerpo, se daba largos baños, veía películas, dormitaba y dormía. Su estado era parecido al de la hibernación, pero la inquietud no la había abandonado del todo. Ahora lo que cuestionaba era mi papel en todo eso. En el curso de preparación al parto nos habían dicho que era muy importante que hubiera buena química entre la parturienta y la comadrona, y que si no congeniaban, si había un mal ambiente entre ellas, era importante decirlo cuanto antes para que otra comadrona más adecuada pudiera encargarse. También nos explicaron que el papel del hombre durante el parto era sobre todo de comunicador, él era el que mejor conocía a su mujer, el que sabía lo que ella quería, y tendría que ser él el que se lo comunicara a la comadrona, ya que la mujer tendría bastante con ocuparse de lo suyo. Ahí era donde entraba yo. Hablaba noruego, ¿la comadrona y las enfermeras entenderían lo que decía? Y, mucho más grave, yo era de los que evitaban a toda costa los conflictos y consideraba siempre a todas las partes en las diferentes situaciones, ¿sería capaz de rechazar a una comadrona mala y pedir otra, con todo lo que ello pudiera conllevar de sentimientos heridos?

—Relájate —decía yo—, no pienses en ello, todo se arreglará.

Pero ella no se tranquilizaba con eso, yo me había convertido en el verdadero factor de inseguridad. ¿Sería siquiera capaz de pedir un taxi cuando llegara el momento?

El hecho de que ella tuviera algo de razón no mejoraba mucho la situación. Cualquier forma de presiones cruzadas me dejaba completamente hundido. Yo siempre quería complacer a todo el mundo, pero a veces se daba una situación en la que tenía que elegir y actuar, y entonces me entraban todos los males, era de lo peor que me podía pasar. Ahora acababa de sufrir una serie de ellas muy seguidas en muy poco tiempo, y ella había sido testigo. El episodio de la puerta cerrada, el episodio del barco, el episodio con mi madre. El que para compensar todo eso me hubiera esforzado tantísimo aquella mañana en la estación de metro al intervenir en la pelea, no decía mucho a mi favor, porque ¿qué clase de juicio tenía yo entonces? Y más importante, yo sabía que me sería más difícil echar a una comadrona que ser acuchillado en una estación de metro.

Una tarde, al volver a casa, dejé en el suelo las dos bolsas de la compra y el maletín con el ordenador para pulsar los botones del ascensor exterior que subía a la calle Malmskillnad, miré por casualidad el teléfono móvil y vi que Linda me había llamado ocho veces. Como estaba ya tan cerca de casa, no le devolví la llamada. Me quedé esperando el ascensor, que bajaba increíblemente despacio. Me volví y me encontré con la mirada de un indigente, que estaba sentado en el suelo junto a la pared, dentro de un saco de dormir. Era flaco y tenía manchas en la cara. No había nada de curiosidad en su mirada, pero tampoco era una mirada apática. Registró mi presencia sin más. Lleno del malestar ocasionado por eso y de la inseguridad creada por todas las llamadas de Linda, me quedé inmóvil dentro del ascensor, mientras subía lentamente por el hueco. En cuanto se paró, abrí la puerta con impaciencia y salí corriendo a la acera, bajé la calle David Bagare, entré en el portal y subí corriendo las escaleras.

–¿Hola? –grité–. ¿Ha sucedido algo?

No hubo respuesta.

¿No se habría ido por su cuenta al hospital?

–¿Hola? –volví a gritar–. ¡Linda!

Me quité las botas y fui a la cocina, luego miré en el dormitorio. No había nadie. Me di cuenta de que las bolsas de la compra seguían colgadas de mis manos, y las dejé en la mesa de la cocina, antes de atravesar el dormitorio y abrir la puerta del salón.

Ella estaba de pie en medio de la habitación mirándome.

–¿Qué pasa? –pregunté–. ¿Ha ocurrido algo?

Linda no contestó. Me acerqué a ella.

–¿Qué ha pasado, Linda?

Tenía la mirada negra.

–No lo he sentido en todo el día –contestó–. Tengo la sensación de que algo va mal. No noto nada.

Le rodeé el hombro con un brazo. Ella me esquivó.

–Todo está bien –dije–. Estoy seguro.

–¡NO ESTÁ BIEN, JODER! –gritó–. ¿No entiendes nada? ¿No entiendes lo que ha pasado?

Intenté agarrarla de nuevo, pero ella me dio la espalda.

Se echó a llorar.

–Linda, Linda –dije.

–¿No entiendes lo que ha pasado? –volvió a decir.

–Todo está bien, estoy seguro –insistí.

Esperé otro grito. En lugar de ello, bajó las manos y me miró con los ojos llenos de lágrimas.

–¿Cómo puedes estar tan seguro?

Al principio no contesté. Sentía su mirada, que no se desviaba, como una acusación.

–¿Qué quieres que hagamos entonces? –pregunté.

–Tenemos que ir al hospital.

–¿Al hospital? –pregunté–. Pero si todo está como debe estar. Se mueven menos conforme se acerca el parto. Venga. Todo está bien. Lo que pasa es que...

Por fin, en ese momento, al encontrarme con su mirada incrédula, entendí que podía ir en serio.

–Vístete –dije–. Llamaré a un taxi.

–Llama primero para decir que vamos –dijo ella.

Sacudí la cabeza y me acerqué a la ventana donde estaba el teléfono.

–Vamos directamente sin más –dije. Agarré el auricular y marqué el número de la centralita de los taxis–. Nos atenderán en cuanto lleguemos.

Mientras esperaba que cogieran el teléfono la seguía con la mirada, viendo cómo despacio y con movimientos ausentes se ponía la chaqueta, la bufanda al cuello, primero un pie y luego el otro sobre el arcón para atarse los zapatos. En la entrada, donde estaba, cada detalle se perfilaba contra el salón sombrío. Las lágrimas le corrían por las mejillas.

Nadie cogía el teléfono.

Ella me estaba mirando.

–Aún no me han contestado –dije.

Por fin contestaron.

–Taxi Estocolmo –dijo una voz de mujer.

–Sí, hola, quería un taxi para la calle Regering, 81.

–Vale... ¿Y adónde va?

–Al Hospital Danderyd.

–De acuerdo.

–¿Cuánto tardará?

–Unos quince minutos.

–No puede ser. Se trata de un parto. Necesitamos un taxi inmediatamente.

–¿De qué dice que se trata?

–De un parto.

Comprendí que lo que ella no entendía era la palabra «parto», que era diferente en sueco. Necesité un par de segundos para acordarme de la palabra sueca.

–Un parto –dije por fin, en sueco–. Necesitamos un taxi inmediatamente.

–Veré lo que puedo hacer –dijo la mujer–. Pero no puedo prometerle nada.

–Gracias –dije, y colgué, comprobando si llevaba la tarjeta de crédito en el bolsillo interior de la chaqueta. Cerré la puerta y salí al descansillo con Linda. No me miró ni una vez bajando a la calle.

Fuera seguía nevando.

–¿Iba a venir enseguida? –preguntó Linda.

Asentí.

–Sí. Lo antes posible, me han dicho.

Aunque había mucho tráfico, vi el taxi llegar desde lejos. Venía muy deprisa. Agité la mano, y se paró muy cerca de nosotros. Me incliné hacia delante y abrí la puerta dejando que Linda entrara primero.

El taxista se volvió.

–¿Mucha prisa? –preguntó.

–No es lo que usted piensa –dije–. Pero vamos a Danderyd.

Se incorporó de nuevo a la circulación y bajó hacia la calle Birger Jarl. Íbamos callados en el asiento de atrás. Le cogí la mano. Por suerte, me permitió hacerlo. La luz de las farolas sobre la autovía se deslizaba como correas por el coche. En la radio sonaba «I Won't Let The Sun Go Down On Me».

–No tengas miedo –dije–. Todo va a ir bien.

Ella no contestó. Subimos una cuesta suave. Entre los árboles a ambos lados de la carretera había chalés, con los techos blancos de nieve y las entradas amarillas de luz. Algún trineo de plástico color naranja, algún coche oscuro y caro. Luego el taxista giró a la derecha, condujo por debajo de la misma carretera que acabábamos de dejar atrás, y llegamos al hospital, que con todas las ventanas iluminadas parecía una caja llena de ventanillas. Mucha nieve amontonada alrededor del edificio.

–¿Sabe usted dónde está? –pregunté al taxista–. La maternidad, quiero decir.

Asintió con la cabeza, giró hacia la izquierda y señaló un cartel en el que ponía «BB ESTOCOLMO».

–Tienen que entrar ustedes por allí –nos indicó.

Cuando llegamos, había otro taxi parado delante de la entrada, con el motor en marcha. El taxista aparcó detrás de él, yo le alcancé mi tarjeta Visa y salí del coche, cogí a Linda de la mano y la ayudé a levantarse en el momento en el que vimos desaparecer dentro a otra pareja, él cargado con una silla de bebé y una enorme bolsa.

Firmé, me metí el recibo y la tarjeta en el bolsillo interior y entré detrás de Linda en el edificio.

La otra pareja estaba esperando el ascensor. Nosotros nos colocamos unos metros detrás de ellos. Le acaricié la espalda a Linda. Ella estaba llorando.

–No es como me lo había imaginado –dijo.

–Todo irá bien –dije.

Llegó el ascensor y entramos detrás de la otra pareja. La mujer se encogió de repente, sujetándose con fuerza a la barra de debajo del espejo. Él tenía las manos ocupadas y miraba al suelo.

La pareja tocó el timbre cuando llegamos arriba. Salió una enfermera, que intercambió unas palabras con ellos, y antes de acompañarlos por el pasillo nos dijo que nos enviaría a una compañera.

Linda se sentó en una silla. Yo me quedé de pie, mirando al pasillo. La luz era suave. En el techo, delante de cada habitación colgaba una especie de rótulo. Algunos encendidos con una luz roja. Cada vez que se encendía un nuevo rótulo, sonaba una señal, también suave, y sin embargo con un inconfundible tono de institución. A veces aparecía una enfermera saliendo de una habitación y entrando en otra. Al fondo del pasillo había un padre que mecía un bulto en sus brazos. Daba la sensación de estar cantando.

–¿Por qué no has dicho que es urgente? –se quejó Linda–. ¡No puedo estar sentada aquí!

No contesté.

Estaba completamente vacío.

Ella se levantó.

–Voy a entrar –dijo.

–Espera un poco –le pedí–. Saben que estamos aquí.

De nada sirvió intentar detenerla, y cuando empezó a andar hacia dentro, la seguí.

Una enfermera que salía de la zona de oficinas se detuvo delante de nosotros.

–¿Os atienden? –preguntó.

–No –contestó Linda–. Iba a venir alguien, pero todavía no ha venido nadie.

La enfermera miró a Linda por encima de las gafas.

–No he notado ningún movimiento en todo el día –dijo Linda–. Nada.

–Así que estás preocupada –dijo la enfermera.

Linda asintió con la cabeza.

La enfermera se volvió y miró el pasillo.

–Entrad en esa habitación –dijo–. Está libre. Y enseguida vendrá alguien a ayudaros.

La habitación me resultaba tan ajena que lo único que veía era a nosotros. Cada movimiento que hacía Linda me cortaba como un cuchillo.

Se quitó la chaqueta y la colgó del respaldo de una silla. Luego se sentó en un sofá. Yo me quedé delante de la ventana, y miré la calle, la corriente de coches que pasaban. La nieve que caía como pequeñas sombras difusas ante la ventana era como si no se hiciera visible hasta que entraba en el círculo de luz de la lámpara abajo en el aparcamiento.

Junto a la pared había un sillón ginecológico, al lado se veían instrumentos apilados. En un estante al otro lado había un reproductor de CD.

–¿Oyes? –dijo Linda.

Un aullido como sordo se escuchó al otro lado de la pared.

Me volví y la miré.

–No llores, Karl Ove.

–No sé qué otra cosa puedo hacer –dije.

–Todo irá bien –dijo Linda.

–¿Así que ahora me vas a consolar *tú* a *mí*? –le pregunté–. ¿Adónde vamos a ir a parar?

Ella sonrió.

Volvió el silencio.

Al cabo de unos minutos llamaron a la puerta, entró una enfermera, le dijo a Linda que se tumbara en la camilla y se descubriera el vientre, que ella procedió a escuchar con un estetoscopio. Sonrió.

–Todo está perfectamente –dijo–. Pero vamos a hacerte una ecografía por si acaso.

Cuando nos marchamos una media hora más tarde, Linda se sentía aliviada y feliz. Yo estaba completamente agotado, y también un poco avergonzado por haberles molestado innecesariamente. A juzgar por todo ese abrir y cerrar puertas, todo ese entrar y salir, tenían bastante trabajo que atender.

¿Por qué teníamos que ponernos siempre en lo peor?

Por otra parte, pensé cuando estaba acostado en nuestra cama, al lado de Linda, con la mano en su vientre, donde el niño estaba ya tan grande que apenas tenía sitio para moverse, podría haber sucedido lo peor, la vida allí dentro podría haber cesado, porque eso también ocurre, y mientras existiera esa posibilidad, por muy pequeña que fuera, lo único sensato sería tomarla en serio y no dejarse detener por pensar que era *embarazoso*. ¿Dejarse detener por miedo a molestar a otras personas?

Al día siguiente volví al despacho y seguí escribiendo la historia sobre Ezequiel que había iniciado, para intentar convertir el material sobre ángeles en una historia, como Thure Erik había sugerido, y no sólo un repaso ensayístico de los ángeles como fenómeno. Las visiones de Ezequiel eran grandiosas y enigmáticas, y la orden del Señor de que se comiera el libro enrollado para convertir así las palabras en carne y hueso, me resultaba completamente irresistible. Al mismo tiempo, aparecía en la escritura el propio Ezequiel, el profeta enajenado con sus visiones escatológicas, rodeado de la vida cotidiana de los pobres, con todo lo que ello conllevaba de dudas, escepticismo y repentinos cambios entre el interior de las visiones, en las que los ángeles arden y los seres humanos son objeto de una matanza, y el exterior de las mismas, donde aparece Ezequiel con un ladrillo que se supone que es Jerusalén, dibujando figuras que pretenden ser ejércitos, alcázares y parapetos, todo por orden del Señor, delante de su casa, ante los ojos de los hombres de la ciudad. Los detalles concretos de la resurrección: «¡Huesos secos, oíd la palabra de Yahvé. Así dice el Señor Yahvé a estos huesos: Yo voy a hacer entrar en vosotros el espíritu y viviréis. Y pondré sobre vosotros nervios, os cubriré de carne, y extenderé sobre vosotros piel.» Y entonces cuando está concluido: «Revivieron y se pusieron de pie, un ejército grande en extremo.»

El ejército de los muertos.

En eso estaba trabajando, intentando darle forma, sin conseguirlo, los accesorios eran pocos, no mucho más que sandalias, camellos y arena, y tal vez un pobre arbusto, además de mis conocimientos de esa cultura, que eran casi nulos, y mientras tanto Linda estaba esperando en casa de una manera muy distinta, absorbida por lo que iba a suceder. La fecha de la sali-

da de cuentas llegó, nada ocurrió, yo la llamaba aproximadamente cada hora, pero nada, ninguna novedad. No hablábamos de otra cosa. Y una semana después de la fecha fijada, a
finales de enero, rompió aguas mientras estábamos viendo la
televisión. Yo siempre me lo había imaginado como algo tre-
mendo, un dique que se rompe, pero no fue así, al contrario,
salió tan poca agua que Linda no estaba del todo segura de que
hubiera sido eso. Llamó al hospital, se mostraron escépticos, no
solía haber ninguna duda cuando se rompía aguas, pero por fin
dijeron que podíamos ir, nos llevamos la bolsa, nos metimos en
un taxi y nos fuimos al hospital, que reposaba tan iluminado y
tan rodeado de montones de nieve como la última vez. Examinaron a Linda en el sillón ginecológico, yo miraba la autovía
con los coches que pasaban zumbando y el cielo naranja encima de ellos. Una pequeña exclamación de Linda me hizo volver la cabeza. Era el resto del agua que llegaba.

Como no había pasado nada más y como aún no habían
empezado las contracciones, nos mandaron otra vez a casa. Si la
situación no cambiaba, provocarían el parto mediante goteo
dos días después. Así teníamos al menos una fecha determinada
que manejar. Linda estaba demasiado emocionada para dormir
cuando llegamos a casa, yo dormí como un tronco. Al día siguiente vimos un par de películas, dimos un largo paseo por
Humlegården, nos sacamos fotos de nosotros mismos, la cámara en el extremo de mi brazo extendido, nuestras caras ardientes muy juntas, el parque al fondo blanco de nieve. Calentamos
uno de los muchos platos que la madre de Linda nos había dejado en el congelador para consumir las primeras semanas, y
cuando terminamos de comer puse el café, entonces oí de repente un prolongado gemido proveniente del salón. Salí disparado, y encontré a Linda inclinada hacia delante con las dos
manos en el vientre. Ohhh, dijo. Pero la cara que me mostró
era sonriente.
Se enderezó lentamente.

353

–Ya ha empezado –dijo–. Podrías apuntar la hora, para que sepamos la frecuencia de las contracciones.

–¿Duele? –le pregunté.

–Un poco –respondió–. Pero no mucho.

Me fui a por la agenda y un bolígrafo. Eran las cinco y unos minutos. Las siguientes contracciones llegaron a los veintitrés minutos justos. Luego pasó más de media hora antes de que llegara la siguiente. Así continuó toda la tarde, los intervalos entre las contracciones variaban, pero el dolor iba en aumento. Cuando nos acostamos, sobre las once, Linda gritaba a veces cuando llegaban. Yo yacía a su lado en la cama, intentando ayudar, pero sin saber cómo. La comadrona le había dado un aparato llamado TENS, que aliviaría el dolor, y que consistía en unas planchas conductoras de corriente que se podían colocar sobre la piel donde doliera, estaban conectadas a un aparato que regulaba la potencia. Estuvimos un rato intentando ponerlo en marcha. Era un caos de cables y botones que yo intentaba hacer funcionar, sin otro resultado que el que a ella le diera corriente y gritara de enfado y de dolor. ¡Apaga esa porquería! No, no, dije, vamos a probarlo una vez más, así, creo que ya funciona correctamente. ¡Joder!, gritó, me da la corriente, ¿no lo entiendes? ¡Quítamelo! Lo dejé estar, intenté darle masajes, le froté con el aceite que había comprado con ese fin, pero nunca acertaba, o era demasiado arriba o demasiado abajo, o demasiado suave o demasiado fuerte. Una de las cosas que le hacía ilusión a Linda en relación con el parto era la gran bañera que tenían en la maternidad, y que con su agua caliente ayudaría a aliviar el dolor antes del parto. Pero como había roto aguas, no podría usarla, ni tampoco la de casa. En lugar de eso, se sentó dentro y se duchó con agua casi hirviendo, mientras jadeaba y se quejaba cada vez que una nueva oleada de dolor la recorría. Yo la miraba, grisáceo de cansancio a la intensa luz, incapaz de llegar donde se encontraba ella, y aún menos de ayudarla. Por fin, ya de madrugada, nos dormimos, y un par de horas más tarde decidimos ir al hospital, aunque aún quedaban seis horas hasta el plazo que nos habían dado; ellos habían dicho, muy claramente, que el tiempo entre las contracciones tendría que ser entre tres o cuatro minutos si íbamos antes. Linda tenía contracciones aproximadamente cada quince minutos, pero tenía tantos dolores que no se lo podía recordar. Otro taxi, esta vez con la luz gris de la mañana, nueva vuelta por la autovía hacia Danderyd. Examinaron a Linda, dijeron que sólo había dilatado tres centímetros, al parecer no era mucho, lo cual me sorprendió, después de lo que Linda había sufrido ya pensaba que pronto habría terminado. Pero no, al contrario, en realidad deberíamos haber vuelto a casa, nos dijeron, pero ya que tenían una habitación libre, y nosotros seguramente teníamos pinta de estar cansados y agobiados, nos dejaron quedarnos. Procurad dormir un poco, dijeron, cerrando la puerta tras ellos.

–Bueno, al menos estamos aquí por fin –dije, dejando la bolsa en el suelo–. ¿Tienes hambre?

Ella negó con la cabeza.

–Me gustaría darme una ducha. ¿Me acompañas?

Asentí.

Cuando estábamos debajo de la ducha abrazados, llegaron nuevas contracciones, ella se inclinó hacia delante agarrándose a una barandilla de la pared, y dejó escapar ese sonido que había oído por primera vez la noche anterior. Le acaricié la espalda, pero lo sentí más como una burla que como un consuelo. Ella se enderezó, y me encontré con su mirada en el espejo. Era como si nuestras caras estuvieran drenadas, vaciadas de todo, y pensé: En esto estamos completamente solos.

Volvimos a la habitación, Linda se puso la ropa que le habían dado, y yo me tumbé en el sofá. Al instante me quedé profundamente dormido.

Unas horas después, un pequeño cortejo entró en la habitación, y el parto se inició en serio. Como Linda no quería ningún analgésico químico, le pusieron algo llamado inyecciones de agua esterilizada, es decir, agua inyectada debajo de la piel, según el principio «el dolor se combate con dolor». Estaba de pie en medio de la habitación cogida de mi mano cuando las dos enfermeras le inyectaron el agua. Ella gritó ¡CABRONAS! a pleno pulmón, mientras instintivamente trataba de esquivarlas; las dos enfermeras la sujetaron con mucha experiencia. Se me saltaban las lágrimas al verla sufrir tanto. Al mismo tiempo sabía que eso no era nada, que lo peor estaba aún por llegar. ¿Y cómo saldría todo, con el umbral del dolor tan bajo que ella parecía tener?

Estaba sentada en la cama con la bata blanca del hospital, mientras le pinchaban en el brazo la aguja con el gotero, que a partir de entonces quedó conectado mediante un fino tubo de plástico a una bolsa transparente que colgaba de un soporte metálico. Dijeron que con el gotero vigilarían de la mejor manera posible al feto, en cuya cabeza colocaron una especie de pequeña sonda, de la que a través de Linda salía un cable por encima de la cama, hasta una máquina situada cerca de ella, en la que un número empezó inmediatamente a parpadear. Era el pulso del feto. Como si con todo eso no bastara, ataron a Linda una correa con sensores que mediante otro cable estaban conectados a otro monitor en el que también se veían números, y encima una raya electrónica ondulante que subía rápidamente cuando empezaban las contracciones. De esa máquina también salía un papel que mostraba el mismo gráfico.

Era como si la estuviesen preparando para lanzarla a la luna.

Cuando colocaron la sonda en la cabeza del feto, Linda dio un grito y la comadrona le acarició la mejilla. ¿Por qué la tratan como a una niña?, me pregunté en mi inactividad, mientras miraba todo aquello que tan de repente estaba ocurriendo a mi alrededor. ¿Era por esa carta que ella les había enviado y que ahora tal vez se encontrara en el cuarto de las enfermeras, en la que ponía que necesitaba mucho apoyo y mucho ánimo, pero que ella en realidad era fuerte y esperaba con ilusión lo que iba a ocurrir?

La mirada de Linda se cruzó con la mía en medio del caos de manos, y ella sonrió. Le devolví la sonrisa. Una comadrona de pelo negro y aspecto severo me enseñó cómo leer los monitores, sobre todo eran importantes las pulsaciones del feto, si subían o bajaban drásticamente tenía que pulsar un botón para llamarlos. Si bajaban a cero no debía asustarme, sería porque se había perdido el contacto. ¿Vamos a quedarnos solos aquí dentro?, quise preguntar, pero no lo hice, tampoco pregunté cuánto tiempo duraría todo el proceso. Dije que sí a todo. Ella vendría a vernos muy a menudo, dijo. Y desapareció.

Al poco rato las contracciones empezaron a llegar con mucha más frecuencia. Y a juzgar por el comportamiento de Linda, eran ya mucho más fuertes. Gritaba y se movía de una manera diferente, como si estuviera buscando algo. Cambiaba inquieta de postura una y otra vez, gritaba, y me di cuenta de que lo que estaba buscando era un camino para escapar del dolor. Había algo animal en eso.

Las contracciones cesaron, y Linda se tumbó en la cama.

–Creo que no voy a poder con esto, Karl Ove –dijo.

–Claro que puedes –la animé–. No es grave. Duele, pero no es nada grave.

–¡Me duele mucho! ¡Joder lo que duele!

–Ya lo sé.

–¿Crees que puedes darme un masaje?

–Claro que sí.

Se incorporó, agarrada a la barandilla de la cama.

–¿Aquí? –pregunté.

–Un poco más abajo.

En la pantalla, el gráfico empezó a subir.

–Parece que llega una.

–Oh, no –exclamó ella.

Subía como la marea. Linda gritó ¡más abajo!, cambió de postura, gimió y volvió a cambiar de postura, apretando los dedos todo lo que podía en el borde de la cama. Cuando el gráfico empezó a bajar y la ola de dolor se retiraba, vi que el pulso del feto había aumentado drásticamente.

Linda se desplomó.

–¿Te ha aliviado el masaje? –le pregunté.

–No –contestó.

Decidí llamarlos si el pulso no había bajado después de las siguientes contracciones.

—No voy a poder —repitió.

—Claro que sí. Vas a hacerlo estupendamente.

—Tócame la frente.

Le puse la mano en la frente.

—Ahora llega otra —dije.

Se enderezó, lloriqueó, gimió, gritó y volvió a desplomarse. Apreté el botón y un piloto encima de la puerta empezó a parpadear.

—El pulso ha subido muchísimo —le dije a la comadrona cuando apareció delante de mí.

—Hm —dijo—. Tendremos que bajar un poco el gotero. A lo mejor ha sido demasiado.

Se acercó a Linda.

—¿Qué tal? —le preguntó.

—Me duele muchísimo. ¿Falta mucho?

La comadrona hizo un gesto afirmativo.

—Pues sí, todavía falta.

—Tengo que tomar algo, no puedo. Esto no funciona. ¿Podrían darme gas hilarante?

—Todavía es pronto para eso —dijo la comadrona—. El efecto va disminuyendo poco a poco. Es mejor tomarlo un poco más adelante.

—No puede ser —dijo Linda—. ¡Lo necesito ya! ¡Esto no funciona!

—Esperemos un poco más. ¿De acuerdo?

Linda asintió y la comadrona salió de la habitación.

La siguiente hora transcurrió de la misma manera. Linda buscaba la manera de controlar el dolor, pero no lo conseguía, era como si intentara evitarlo mientras la atacaba y la golpeaba. Era horrible. Lo único que yo podía hacer era secarle el sudor y ponerle la mano en la frente, y de vez en cuando intentar darle un masaje en la espalda. En la oscuridad de fuera, que había llegado sin que me diera cuenta, empezó a nevar. Eran las cuatro, hacía ya hora y media que habían empezado a provocar el parto. Eso no era nada, ya lo sabía, Kari Anne había tardado veinte horas o algo por el estilo en dar a luz a Ylva, ¿no era así?

Llamaron a la puerta y entró la sosegada comadrona de pelo negro.

—¿Qué tal? —preguntó.

Linda se volvió desde su postura encogida.

—¡Quiero gas hilarante! —gritó.

La comadrona se lo pensó unos instantes. Al final asintió, salió de la habitación y volvió con un soporte con dos botellas, que colocó delante de la cama. Tras un par de minutos manipulándolo, estaba listo, y le dio una máscara a Linda.

—Me gustaría hacer algo —dije—. Darle masajes o lo que sea. ¿Podría decirme en qué parte del cuerpo tienen más efecto?

En ese momento volvieron las contracciones, Linda se apretó la máscara contra la cara e inspiró el gas con avidez, mientras retorcía la parte inferior del cuerpo. La comadrona me colocó las manos en la zona lumbar de Linda.

—Creo que ahí —dijo—. ¿De acuerdo?

—Sí —dije.

Me unté las manos de aceite, la comadrona cerró la puerta al salir, yo puse una mano encima de la otra y presioné la palma de la que estaba debajo contra la zona lumbar de Linda.

—¡Sí! —gritó. La voz sonaba hueca dentro de la máscara—. ¡Ahí! ¡Sí, sí!

Cuando cesaron las contracciones, se volvió hacia mí.

—Ese gas hilarante es fantástico —dijo.

—Qué bien.

En el transcurso de las siguientes contracciones, algo le ocurrió a Linda. Ya no intentaba huir, no buscaba desesperadamente un camino para escapar del dolor de esa manera que resultaba tan desgarradora de observar, sino que le sobrevino algo nuevo, como si ahora entrara en el dolor, aceptando que estaba ahí, y encontrándose con él cara a cara, primero de una manera que expresaba algo parecido a la curiosidad, luego con una pesadez cada vez mayor, como un animal, volví a pensar, pero no con ligereza, susto o miedo, porque cuando el dolor llegaba, se incorporaba con las dos manos agarradas al borde de la cama, moviendo la parte inferior del cuerpo de un lado para otro, mientras aullaba dentro de la máscara de gas, igual cada vez, y eso se repetía constantemente. Pausa, la máscara en la mano, el cuerpo apretado contra el colchón. Y llegaba otra vez la ola, yo siempre la veía un poco antes que ella en el monitor, me ponía a darle un masaje todo lo fuerte que podía, ella se levantaba, se movía hacia ambos lados, gritaba, hasta que la ola se retiraba y ella volvía a desplomarse. Resultaba ya imposible comunicarse con ella, había desaparecido por completo dentro de ella misma, sin percatarse de nada en su entorno, todo trataba de ir al encuentro del dolor, descansar, ir a su encuentro, descansar. Cuando la comadrona entraba, me hablaba como si Linda no estuviera presente, y en cierto modo así era, daba la sensación de estar muy, muy lejos de nosotros. Pero no del todo, de repente podía gritar en un tono desmesuradamente alto, ¡AGUA! o ¡TRAPO!, y cuando lo recibía ¡GRACIAS!

Ah, qué tarde tan extraña. La oscuridad de fuera era densa y llena de copos de nieve que caían. La habitación estaba repleta de los bufidos de Linda cuando inspiraba el gas, el rugido cuando las contracciones estaban en su punto culminante, los pitidos electrónicos de los monitores. Yo no pensaba entonces en el niño, apenas pensaba en Linda, todo lo mío se concentraba en el masaje, ligero cuando Linda estaba tumbada, y cada vez más fuerte cuando empezaban a subir las olas electrónicas, señal para Linda de levantarse, y entonces le daba un masaje con todas mis fuerzas, hasta que la ola volvía a bajar, a la vez que controlaba con la vista la frecuencia del pulso. Números y gráficos, aceite y zona lumbar, bufidos y aullidos, eso era todo. Segundo tras segundo, minuto tras minuto, hora tras hora, eso era todo. El momento me absorbía, era como si el tiempo no pasara, pero sí pasaba, cada vez que ocurría algo ajeno a la rutina, era sacado de aquello. Una enfermera entró a preguntar si todo iba bien, y de repente eran las cinco y veinte. Otra enfermera entró a preguntar si quería comer algo, y de repente eran las siete menos veinticinco.

–¿Comer? –pregunté, como si fuera algo de lo que jamás había oído hablar.

–Sí, puedes elegir entre lasaña vegetal y lasaña normal.

–Ah, qué rico –dije–. Lasaña normal, por favor.

Parecía como si Linda no se percatara de la presencia de otros en la habitación. Llegó una nueva ola, la enfermera cerró la puerta tras ella, yo apreté las manos lo más fuerte que pude sobre la zona lumbar de Linda, vigilé el gráfico, cuando la ola retrocedió y Linda no soltó la máscara, se la quité con cuidado. Ella no reaccionó, se quedó mirando dentro de sí misma con la frente mojada de sudor. El grito que profirió al empezar la siguiente contracción continuó sonando hueco dentro de la máscara, que se apretaba con mucha fuerza contra la cara. Se abrió la puerta, la enfermera colocó un plato en la mesa, eran las siete. Pregunté a Linda si le parecía bien que yo comiera, dijo que sí con la cabeza, pero en el instante en que retiré la mano, gritó, no, no lo dejes, y yo continué, pulsé el timbre, entró la misma enfermera, ¿que si podía encargarse del masaje? Claro que sí, dijo, y continuó cuando yo quité la mano. Linda gritó. No, Karl Ove, tiene que ser Karl Ove, ¡Karl Ove! ¡Eso es demasiado suave! Mientras tanto yo devoré la comida lo más rápidamente que pude, para poder recuperar el masaje a los dos minutos, y Linda volvió a descansar a su propio ritmo.

Contracciones, gas, masaje, pausa, contracciones, gas, masaje, pausa. No había nada más. Luego entró la comadrona, con autoridad colocó a Linda de lado y la examinó para ver cuánto había dilatado, Linda gritaba cada vez, era otro tipo de grito, como algo que expulsaba, no algo que recibía.

Se incorporaba de nuevo, cogía el ritmo, desaparecía del mundo, y transcurrían las horas.

De repente gritó:

–¿Estamos solos?

–Sí –contesté.

–¡TE AMO, KARL OVE!

Fue como si saliera del fondo de ella, de un sitio donde ella no solía estar nunca, o, incluso, donde no había estado nunca. Se me saltaron las lágrimas.

–Te amo –le dije yo, pero ella no lo oyó, porque una nueva ola se levantó en ella.

Dieron las ocho, dieron las nueve, dieron las diez. Yo no tenía un solo pensamiento en la cabeza, le daba masajes y vigilaba el monitor, hasta que de repente tuve un momento de lucidez: nace un niño. Nace nuestro hijo. Sólo faltan unas horas. Y estará aquí con nosotros.

La lucidez desapareció, todo eran gráficos y números, manos y zona lumbar, ritmo y alaridos.

Se abrió la puerta. Entró otra comadrona, una mujer mayor. Detrás de ella venía una chica joven. La mayor se colocó junto a Linda, a sólo un par de centímetros de su cara, y se presentó. Dijo que Linda lo estaba haciendo muy bien, y que traía a una estudiante en prácticas. ¿No le importaba? Linda dijo que estaba bien y buscó con la mirada a la joven. Cuando la vio, la saludó con la cabeza. La comadrona dijo que pronto habría terminado. Que tenía que examinarla.

Linda volvió a asentir y la miró como un hijo mira a su madre.

–Muy bien –dijo la comadrona–. Buena chica.

Esta vez Linda no gritó. Yacía con grandes ojos oscuros mirando al aire. Le acaricié la frente. Ella no se dio cuenta. Cuando la comadrona retiró la mano, Linda gritó:

–¿ESTAMOS YA?

–Un poco más –contestó la comadrona.

Linda se levantó y con paciencia volvió a la postura de antes.

–Una hora, quizá menos –me dijo la comadrona.

Miré el reloj. Las once.

Linda llevaba así ocho horas.

–Te podemos quitar esto ya –dijo la comadrona, liberando a Linda de toda clase de correas y cables. De repente estaba allí, liberada, un cuerpo en una cama, y ese dolor contra el que había luchado ya no eran olas verdes y números en aumento en una pantalla vigilada por mí, sino algo que estaba teniendo lugar dentro de ella.

Yo no lo había entendido antes. Estaba dentro de ella y ella estaba completamente sola con ello.

Así era.

Estaba libre. Todo lo que sucedía, sucedía dentro de ella.

—Ya llega —dijo, y llegaba dentro de ella, yo le presioné con las manos lo más fuerte que pude la zona lumbar. Sólo era ella y dentro de ella. No el hospital, no los monitores, no los libros, no los cursos, no las cintas de casete, no todos estos pasillos seguidos por nuestros pensamientos, nada de eso, sólo ella y lo que estaba en ella.

Tenía el cuerpo resbaladizo de sudor, el pelo desgreñado, la bata blanca le colgaba del cuerpo. La comadrona dijo que volvería en un ratito. La estudiante en prácticas se quedó. Le secó la frente a Linda, le dio agua, fue a por una tableta de chocolate. Linda aceptó con avidez. Ya no faltaba nada, ella tendría que darse cuenta, estaba casi impaciente en los intermedios, que ya duraban muy poco.

La comadrona volvió a entrar. Bajó la luz.

—Túmbate y descansa un poco —dijo.

Linda se tumbó. La comadrona le acarició la mejilla. Yo me acerqué a la ventana. No había un solo coche en la carretera. El aire bajo las luces estaba denso de nieve. Silencio total en la habitación. Me volví. Linda parecía dormida.

La comadrona me sonrió.

Linda gimió. La comadrona la agarró del brazo y Linda se incorporó. Su mirada era oscura como un bosque de noche.

—Empuja ya —le dijo la comadrona.

Algo nuevo había ocurrido, algo era diferente, no sabía qué, pero me coloqué detrás de ella y empecé a darle otro masaje en la espalda. Las contracciones duraban y duraban, Linda cogió la máscara de gas hilarante, inhaló ávidamente, pero no pareció servir de mucho, un prolongado grito salió como desgarrado de su interior, duraba y duraba.

Y cesó. Linda se desplomó. La comadrona le secó el sudor de la frente y dijo que lo estaba haciendo muy bien.

—¿Quieres tocar al niño? —le preguntó.

Linda la miró y movió lentamente la cabeza en señal de asentimiento. Se puso de rodillas. La comadrona le cogió la mano y se la llevó entre las piernas.

–Ahí está la cabeza –dijo–. ¿La notas?

–¡Sí! –contestó Linda.

–Ten la mano ahí mientras empujas. ¿Puedes?

–¡Sí! –contestó Linda.

–Ven aquí –dijo la comadrona, y colocó a Linda en medio de la habitación para que estuviera de pie en el suelo–. Aquí, de pie.

La estudiante cogió una banqueta que hasta entonces había estado junto a la pared.

Linda se puso de rodillas. Yo me puse detrás de ella, aunque intuí que el masaje ya no servía de mucho.

Gritó a pleno pulmón mientras su cuerpo entero se movía, al mismo tiempo que tenía la mano puesta en la cabeza del niño.

–Ya ha salido la cabeza –dijo la comadrona–. Una vez más. Empuja.

–¡Ha salido la cabeza! ¿Es eso lo que has dicho? –preguntó Linda.

–Sí. Empuja.

Le salió otro grito, como del más completo más allá.

–¿Quieres cogerlo tú? –preguntó la comadrona mirándome.

–Sí –respondí.

–Ponte aquí –dijo.

Di la vuelta a la banqueta y me puse delante de Linda, que me miró sin verme.

–Una vez más. Empuja, cariño. Empuja.

Mis ojos estaban llenos de lágrimas.

El bebé salió deslizándose, directamente a mis manos.

–¡Ahhhh! –grité–. ¡Ahhhh!

El pequeño cuerpo estaba liso y caliente, por poco se me escurre de las manos, pero allí estaba la joven estudiante para ayudarme.

–¿Ha salido? ¿Ha salido? –preguntó Linda. Sí, contesté, levanté el pequeño cuerpo, y ella se lo puso junto al pecho, yo sollocé de felicidad, y Linda me miró por primera vez en horas, estaba sonriendo.

–¿Qué es? –pregunté.

–Una niña, Karl Ove –contestó ella–. Es una niña.

Tenía el pelo largo y negro pegado a la cabeza. La piel era grisácea y como de cera. Lloraba con un sonido que yo nunca había oído, la que sonaba era mi hija, y yo estaba en el centro del mundo, un lugar donde nunca había estado, pero ahora estaba allí, estábamos allí, en el centro del mundo. Alrededor de nosotros todo era silencio, alrededor de nosotros todo era oscuridad, pero donde estábamos nosotros, la comadrona, la estudiante, Linda, la pequeña niña y yo, había luz.

La ayudaron a tumbarse en la cama, se acomodó boca arriba, y la niña, ya con la piel un poco más sonrosada, levantó la cabeza y nos miró.

Sus ojos eran como dos grandes faros.

–Hola –dijo Linda–. Bienvenida...

La niña levantó un brazo y lo volvió a bajar. El movimiento era como el de un reptil, un cocodrilo, un varano. Luego el otro brazo. Arriba, de lado, abajo.

Los ojos negros miraron directamente a Linda.

–Sí –dijo Linda–. Soy tu mamá. ¡Y ahí está tu papá! ¿Nos ves?

Las dos mujeres empezaron a recoger a nuestro alrededor, nosotros no le quitábamos ojo a esa criatura que de repente estaba allí. Linda tenía sangre en el vientre y en las piernas, también la niña estaba cubierta de sangre, y de las dos emanaba un olor acre, casi metálico, igual de inhabitual cada vez que lo inhalaba.

Linda se puso la niña al pecho, pero la pequeña no mostraba mucho interés, tenía bastante con mirarnos. La comadrona entró con una bandeja con comida, un vaso de zumo de manzana y una banderita sueca. Cogieron a la niña y la pesaron y la midieron mientras nosotros comíamos, lloraba, pero se calló cuando volvió al pecho de Linda. La manera en la que Linda se abrió a ella, esa atención perfecta en sus movimientos no la había visto nunca.

—¿Es Vanja? —pregunté.

Linda me miró.

—Claro que sí, ¿no lo ves?

—Hola, pequeña Vanja —dije. Luego miré a Linda—. Parece algo que hemos encontrado en el bosque.

Linda asintió.

—Nuestro pequeño trol.

La comadrona se detuvo delante de la cama.

—Ya es hora de que os vayáis a vuestra habitación —dijo—. ¿Le ponemos algo de ropa?

Linda me miró.

—¿Quieres?

Dije que sí. Agarré el pequeño y frágil cuerpo y lo puse en un extremo de la cama. Busqué el pijama en la bolsa y empecé a vestirla con infinito cuidado, mientras ella lloraba con su extraña vocecita.

—Se te da muy bien parir —dijo la comadrona a Linda—. ¡Deberías hacerlo más a menudo!

—Gracias —dijo Linda—. Creo que es el cumplido más bonito que he recibido jamás.

—Y piensa en ese comienzo que ha tenido la niña. Lo va a llevar con ella toda la vida.

—¿Eso crees?

—Claro que sí. Es muy importante. Pero ahora buenas noches, y mucha suerte. Tal vez me pase mañana, pero no es seguro.

—Muchísimas gracias —dijo Linda—. Habéis estado fantásticas.

Unos minutos más tarde, Linda se tambaleaba por el pasillo, camino de la habitación; yo iba a su lado con Vanja apretada contra el pecho. La pequeña miraba directamente al techo con los ojos abiertos de par en par. Ya en la habitación apagamos la luz y nos metimos en la cama. Durante un largo rato hablamos de lo que había pasado, y Linda se ponía de vez en cuando a la niña al pecho, sin que ésta pareciera demasiado interesada.

—A partir de ahora no tendrás que tener miedo a nada —dije.

—Así lo siento yo también —dijo Linda.

Al cabo de un rato se durmieron las dos, pero yo seguía despierto, lleno de inquietud y energía. Claro, yo no había hecho nada, quizá por eso. Bajé en el ascensor y me senté en el frío de fuera, encendí un cigarrillo y llamé a mi madre.

—Hola, soy Karl Ove —dije.

—¿Qué tal? —preguntó apresurada—. ¿Estáis en el hospital?

—Sí. Hemos tenido una niña —dije, y se me quebró la voz.

—Ahhhh —dijo mi madre—. ¡Una niña! ¿Qué tal Linda?

—Estupendamente. Estupendamente. Todo en orden.

—Felicidades, Karl Ove —dijo—. Es fantástico.

—Sí. Sólo quería decírtelo. Mañana hablamos más. Estoy... Sí..., no soy capaz de decir nada en este momento.

—Lo entiendo —dijo mi madre—. Felicita a Linda de mi parte.

—Lo haré —dije, y colgué. Llamé a la madre de Linda. Lloró al recibir la noticia. Encendí otro cigarrillo y le dije lo mismo a ella. Colgué y llamé a Yngve. Encendí otro cigarro, resultaba más fácil hablar con uno en la mano, di una vuelta durante unos minutos por el aparcamiento iluminado por las farolas, con el teléfono pegado a la oreja, tenía calor, aunque debíamos de estar a diez grados bajo cero e iba en camisa, colgué, miré como enloquecido a mi alrededor, deseando que lo que había allí se correspondiera con lo que había en mi interior, pero no era así, y eché de nuevo a andar de un lado para otro, encendí otro cigarrillo, lo tiré al cabo de un par de caladas y corrí hacia la entrada, en qué estaba pensando, ¡ellas estaban *allí arriba!* ¡Ahora! ¡Estaban allí ahora!

Linda estaba dormida con el pequeño cuerpo encima. Las miré un instante, saqué mi libreta de notas, encendí una lámpara, me senté en el sillón e intenté escribir algo sobre lo que había ocurrido, pero el resultado era demasiado estúpido, no servía, salí y me metí en la sala de la televisión, de repente me acordé de que había que poner una aguja en un cartel con la fecha de nacimiento de cada niño, rosa para las niñas, azul para los niños, lo hice, una aguja para la preciosa Vanja, caminé un poco por el pasillo, bajé en el ascensor a fumar otro cigarrillo, fueron dos, volví a subir, me acosté, no conseguí dormir porque algo se había abierto dentro de mí, de repente estaba receptivo a todo, y el mundo, en cuyo centro me encontraba, estaba cargado de sentido. ¿Cómo podía dormir?

Por fin pude.

Tan frágil y nuevo era todo que sólo vestirla era un gran proyecto. Mientras Helena, que había venido a buscarnos, esperaba abajo en su coche, nosotros necesitamos media hora para prepararla y luego encontrarnos con la risa de Helena cuando salimos del ascensor, no pretenderéis sacarla al frío con esa ropa, ¿no?

No habíamos pensado en eso.

Helena la envolvió en su plumas, y cruzamos corriendo el aparcamiento, con Vanja en la silla de bebé que yo llevaba colgando de una mano. Ya solos en casa, Linda se echó a llorar, estaba sentada con Vanja en brazos llorando por todo lo bueno y todo lo malo que había en su vida. Yo seguía lleno de esa enorme energía, incapaz de estar quieto, tenía que hacer algo, cocinar, fregar los cacharros, salir corriendo a comprar, cualquier cosa, siempre que estuviera llena de movimiento. Linda, por su parte, sólo quería estar sentada quieta, inmóvil, con la niña al pecho. La luz no nos abandonó, tampoco el silencio, era como si una zona de paz hubiera nacido a nuestro alrededor.

Era fantástico.

Los siguientes diez días me encontraba lleno de paz y tranquilidad, combinadas con esa indomable energía. Pero tenía que volver a trabajar. Dejar de lado todo lo que había ocurrido en la vida y lo que pasaba en casa, y escribir sobre Ezequiel. Abrir por la tarde la puerta a la pequeña familia, y pensar que era mi pequeña familia.

Felicidad.

La vida de todos los días, con todas las nuevas exigencias que suponía la niña, empezó a funcionar por su cuenta. Linda se ponía nerviosa cuando estaba sola con ella, no le gustaba, pero yo tenía que trabajar, la novela tenía que salir en el otoño, nos hacía falta el dinero.

Pero una novela llena de sandalias y camellos no funcionaría. Un día había escrito «La Biblia puesta en escena en Noruega» en mi libreta de notas, y «Abraham en las colinas de Setesdal». Fue una idea estúpida, a la vez demasiado grande y demasiado pequeña para una novela, pero ahora que esa idea me había vuelto de repente, la necesitaba de un modo completamente diferente, y pensé a la mierda, empezaré y veré lo que pasa. Puse a Caín a dar golpes a una piedra con un mazo al atardecer en un paisaje escandinavo. Le pregunté a Linda si se lo podía leer, ella dijo claro que sí, yo dije pero es algo completamente estúpido, ¿sabes?, ella dijo a veces es justo entonces cuando lo tuyo es bueno, sí, dije, pero esta vez no. ¡Lee!, me dijo desde la silla. Se lo leí. Ella dijo sigue, es fantástico, es verdaderamente fantástico, tienes que seguir, y seguí, escribí sobre ello hasta el bautizo de Vanja, que celebramos en el mes de mayo en casa de mi madre en Jølster. Cuando volvimos a Suecia, nos fuimos a Idö, en las islas cercanas a Västervik, donde Vidar, el marido de Ingrid, tenía una casa de verano. Mientras Linda e Ingrid se ocupaban de Vanja, yo escribía, era junio, la novela tendría que estar acabada como mucho en seis semanas, pero aunque la historia de Caín y Abel estuviera terminada, seguía siendo demasiado pequeña. Por primera vez mentí a mi editor diciendo que sólo me quedaba el último retoque, mientras en realidad tomé impulso y empecé una historia que yo sabía que sería la *verdadera* novela. Escribía como enloquecido, seguro que no lo conseguía, comía y cenaba con Linda y los demás, veía los Mundiales de Fútbol con ella por las noches, o me metía en un cuartucho a aporrear el teclado. Cuando volvimos del mar entendí que sería todo o nada, le dije a Linda que me mudaría al despacho, tenía que escribir día y noche. No puedes, dijo ella, no puede ser, tienes una familia, ¿se te ha olvidado? Es verano, ¿se te ha olvidado? ¿Tendré que ocuparme yo sola de tu hija? Sí, dije. Así es. No, dijo ella, no te lo permito.

Vale, contesté, pero lo haré de todos modos. Y lo hice. Estaba sobreexcitado. Escribía día y noche, dormía dos o tres horas, lo único que importaba era la novela que estaba escribiendo. Linda se fue a casa de su madre y me llamaba varias veces al día. Estaba tan enfadada que *gritaba,* realmente *gritaba* en el auricular. Yo me lo alejaba de la oreja y seguía escribiendo. Ella dijo que me dejaría. Yo dije vete. No me importa, tengo que escribir. Y era verdad. Ella tendría que irse si eso era lo que quería. Ella dijo lo haré. No volverás a vernos nunca. Yo dije que vale. Escribía veinte páginas al día. No veía ni letras ni palabras, ninguna frase ni forma, sólo paisajes y gente, y Linda me llamaba y gritaba, decía que yo era un viejo verde, decía que era un cerdo, un monstruo sin empatía, decía que yo era la peor persona del mundo, y que maldecía el día en que me había conocido. Dije bien, déjame entonces, no me importa, y lo decía en serio, no me importaba, nadie me impediría hacer eso, ella colgó, volvió a llamar a los dos minutos, y siguió maldiciéndome, me quedaría solo, ella criaría a Vanja sola, por mí vale, dije, ella lloró, imploró y suplicó, porque lo que yo le estaba haciendo era lo peor que se le podía hacer, dejarla sola. Pero no me importaba, escribía día y noche, y de repente llamó y dijo que volvería a casa al día siguiente, ¿quería ir a la estación a buscarlas?

Sí, quería.

En la estación vino hacia mí con Vanja dormida en el carro, me saludó dócilmente y me preguntó cómo me iba, dije que bien, ella dijo que lo lamentaba todo. Dos semanas después la llamé y le dije que la novela estaba terminada, milagrosamente en la fecha exacta que me había dado de plazo la editorial, y cuando llegué a casa, ella me recibió en la entrada con una copa de *prosecco*, mientras en el salón sonaba mi disco favorito, y mi plato favorito estaba servido en la mesa. Yo había acabado, la novela estaba escrita, pero no había acabado con lo que había experimentado, es decir, el lugar en el que tenía la sensación de haber estado. Nos fuimos a Oslo, asistí a la conferencia de prensa, luego me emborraché tanto durante la cena que me pasé toda la mañana vomitando en la habitación del hotel y a duras penas conseguí llegar al aeropuerto, donde un retraso fue para Linda la gota que colmó el vaso, se puso a echar pestes del personal del mostrador, yo me tapé la cabeza con las manos, ¿habíamos vuelto ya a *ese* sitio? El avión aterrizó en Bringelandsåsen, donde nos esperaba mi madre. Durante la semana siguiente dimos largos paseos al pie de las maravillosas montañas, y todo estaba bien, todo estaba como debía estar, y sin embargo no lo suficiente, yo añoraba constantemente el lugar donde había estado, lo añoraba tanto que me dolía. Lo mágico, lo solitario, lo feliz.

Cuando volvimos a Suecia, Linda empezó su segundo año en la Escuela de Arte Dramático, mientras yo me quedaba en casa con Vanja. Linda la atiborraba de leche por las mañanas, yo me pasaba por la escuela a la hora de la comida, entonces la volvía a atiborrar, y por la tarde, Linda volvía a casa en bici a toda prisa. No podía quejarme de nada, todo iba bien, mi libro tenía buenas críticas, los derechos fueron comprados por editoriales extranjeras, y mientras tanto, empujaba un carrito por la preciosa ciudad de Estocolmo con una hija a la que amaba más que a ninguna otra cosa, mientras mi novia estaba en la escuela echándonos tanto de menos que le dolía.

El otoño se convirtió en invierno, la vida con papillas y ropa de bebé, llanto y vómito de bebé, mañanas ventosas e infructuosas y tardes vacías empezó a pasar factura, pero no podía quejarme, no podía decir nada, lo único que podía hacer era callarme y hacer lo que tenía que hacer. En nuestro edificio continuaban las pequeñas vejaciones, lo que descubrimos en Nochevieja no había cambiado en nada la relación de la rusa con nosotros. Creer que ella ya no se esforzaría tanto por importunarnos resultó ser ingenuo, porque ocurrió lo contrario, aumentó en intensidad. Si por la mañana poníamos la radio en el dormitorio, si se me caía un libro al suelo, si clavaba un clavo en la pared, al instante retumbaban las tuberías. Una vez que me dejé olvidada una bolsa de IKEA con ropa limpia en la lavandería comunitaria del sótano, alguien la puso debajo del fregadero y luego aflojó la tubería del desagüe, de modo que toda el agua que caía de la pila, en su mayor parte agua sucia de lavar, iba directamente a la bolsa. Una mañana, ya avanzado el invierno, Linda recibió una llamada de la empresa propietaria del edificio, porque habían recibido una queja sobre nosotros, con una serie de puntos que pedían amablemente que les acláraramos. En primer lugar poníamos música a horas impropias. En segundo lugar colocábamos las bolsas de basura en el descansillo delante de la puerta. En tercer lugar, el carrito de nuestro hijo también lo dejábamos siempre allí. En cuarto lugar, fumábamos en el patio trasero y tirábamos las colillas por todas partes. En quinto lugar, dejábamos olvidada nuestra ropa en la lavandería comunitaria del sótano, no la limpiábamos después de usarla y lavábamos a horas que no eran las que teníamos adjudicadas. ¿Qué podíamos contestar a todo eso? ¿Que la vecina estaba intentando hacernos la vida imposible? Era nuestra palabra contra la suya. Y además, no era ella la única que firmaba la queja, también participaba su amiga del piso de arriba. Por otra parte, algunos de los puntos eran correctos. Puesto que el resto de los vecinos dejaba las bolsas de basura delante de su puerta por la noche para bajarlas al cuarto de la basura por la mañana, nosotros también lo hacíamos. No podíamos negarlo; las dos aplicadas vecinas habían sacado una foto de nuestra puerta con la bolsa fuera. Y el carrito de la niña lo dejábamos también delante de la puerta, era verdad, ¿pretendían que cargáramos con la niña y todo lo que necesitaba desde el sótano varias veces al día? También podía ocurrir que nos olvidáramos de las horas de lavar, ¿no lo hacía todo el mundo? No, eso era algo que teníamos que cuidar. Por esta vez pasaría, pero si recibían más quejas, tendrían que reconsiderar el contrato. En Suecia se puede conseguir un contrato de alquiler para toda la vida, pero es muy difícil, y para obtener uno como el que teníamos nosotros, en el mismísimo centro, o lo trabajabas durante una vida entera, o lo podías comprar en el mercado negro por cerca de un millón. El nuestro se lo había dado a Linda su madre. El perder el contrato de alquiler sería para nosotros perder lo único que teníamos de valor. Lo único que podíamos hacer a partir de ese momento era ser extremadamente cumplidores con todas las reglas. Un sueco lleva eso en la sangre, no hay un sueco que no pague sus facturas a tiempo, porque si no lo hace, le ponen una cruz, no importa lo pequeña que sea la suma en cuestión, y no te dan préstamos en el banco, no puedes comprar un abono de teléfono móvil, ni alquilar un coche. Para mí, que no era tan puntilloso, y que estaba acostumbrado a un par de pequeños pagos judiciales cada medio año, eso no funcionaba, claro que no. No entendí que aquello iba en serio hasta unos años más tarde, cuando necesité un préstamo y me fue denegado. ¡Un préstamo tú! Pero los suecos se esforzaban, eran muy cuidadosos con su vida y despreciaban a todos los que no lo eran. ¡Ah, cómo odiaba ese pequeño país de mierda! ¡Y qué satisfechos estaban de sí mismos! Todo lo que era como en Suecia era normal, todo lo diferente era anormal. ¡A la vez que abrazaban todo lo que fuera multicultural o tuviera que ver con minorías! ¡Pobres negros que venían de Ghana o Etiopía hasta la lavandería comunitaria de las casas suecas! Pedir hora dos semanas antes y luego recibir un montón de quejas si te dejabas un calcetín en la secadora, o ser invadido por un hombre que llama a tu puerta, y con irónica amabilidad se presenta con una de esas jodidas bolsas de IKEA en la mano, preguntando si por casualidad es tuya. Suecia no ha tenido guerra en tierra propia desde el siglo XVII, y yo muchas veces pienso que alguien debería invadir Suecia, bombardear sus edificios, devastar su tierra, fusilar a sus hombres, violar a sus mujeres y luego dejar que algún país lejano, por ejemplo Chile o Bolivia, abrazara a los refugiados suecos con amabilidad, les dijera que amaban lo escandinavo y los colocaran en un gueto a las afueras de alguna gran ciudad. Sólo para ver qué dirían.

Tal vez lo peor de todo fuera que Suecia era muy admirada por los noruegos. Yo también había admirado este país cuando vivía en Noruega. Entonces no sabía nada. Pero ahora sí sabía, e intentaba contar en Noruega lo que sabía, y nadie entendía lo que quería decir. Resulta imposible describir exactamente cuán conformista es este país. También porque la conformidad se manifiesta mediante ausencias; las opiniones que no sean las imperantes de hecho no *existen* en público. Uno tarda en darse cuenta.

Ésa era la situación aquella tarde de febrero de 2005, cuando con un libro de Dostoievski en una mano y una bolsa de compra de NK en la otra, me crucé con la rusa en el portal. Que no quisiera mirarme no era de extrañar; cuando dejábamos el carrito de la niña en el cuarto de las bicicletas por la tarde, al día siguiente lo encontrábamos muchas veces apretado contra la pared con la capota descolocada, y en alguna ocasión con el edredón en el suelo, obviamente hecho deprisa y con rabia. Alguien colocó la silla tipo paraguas que habíamos comprado de segunda mano debajo del cartel que ponía «Recogida de trastos viejos», y el camión del ayuntamiento se la llevó una mañana. Nos costaba creer que lo hubiera hecho alguien que no fuera ella. Pero no era imposible. Las miradas de los demás vecinos tampoco eran exactamente cordiales.

Abrí la puerta, entré y me incliné hacia delante para desatarme las botas.

–¿Hola? –saludé.

–Hola –respondió Linda.

No había ni pizca de animosidad en su voz.

–Siento venir tan tarde –dije, enderezándome. Luego me quité la bufanda y la chaqueta y las colgué en el ropero–; se me pasó la hora leyendo.

–No importa –dijo Linda–. He bañado a Vanja y la he acostado tranquilamente. Ha sido maravilloso.

–Qué bien –dije, y entré en el salón, donde ella estaba sentada en el sofá viendo la televisión, vestida con mi jersey verde oscuro.

–¿Te has puesto mi jersey?

Apagó la televisión con el mando y se levantó.

–Sí –contestó–, porque te echo de menos, ¿sabes?

–Pero si vivo aquí –dije–. Estoy aquí todo el tiempo.

–Sabes lo que quiero decir –dijo, estirándose para darme un beso. Durante unos instantes nos quedamos abrazados.

–Recuerdo que la novia de Espen se quejaba de que su madre se pusiera los jerséis de su hijo mientras ella, su novia, estaba allí –dije–. Creo que quería decir que la madre daba a entender una especie de relación de propiedad respecto a él. Que era un acto hostil.

–Evidentemente –dijo Linda–. Pero aquí estamos sólo tú y yo. Y nosotros no estamos enemistados, ¿no?

–Desde luego que no –dije–. Voy a preparar la cena. ¿Quieres una copa de vino tinto mientras tanto?

Ella me miró.

–Ay, qué tonto soy, estás dando el pecho –dije–. Pero una copita no puede hacer nada, ¿no? Venga.

–Me gustaría. Pero creo que voy a esperar. Sírvete tú.

–Vale, pero primero voy a ver a Vanja. Está dormida, ¿verdad?

Linda asintió con la cabeza y entramos juntos en el dormitorio, donde la niña dormía en una cuna al lado de nuestra cama de matrimonio. Estaba como de rodillas con el culito al aire, la cabeza hundida en la almohada y los brazos extendidos.

Sonreí.

Linda la tapó con la manta y yo fui a la entrada, llevé la bolsa de la compra a la cocina, encendí el horno, lavé las patatas, las pinché una a una con un tenedor, las coloqué en la bandeja, que había untado con un poco de aceite, y la metí en el horno, luego puse agua en una cacerola para hervir el brócoli. Linda entró y se sentó junto a la mesa.

–Hoy he acabado una primera versión –dijo–. ¿Podrías escucharla luego? Quizá tenga que añadir algo más.

–Claro que sí –dije.

Linda estaba preparando un documental sobre su padre, que iba a entregar el miércoles. Lo había entrevistado un par de veces durante las últimas semanas, y de esa manera él había vuelto a entrar en su vida, después de haber estado ausente durante años, a pesar de que vivía en un piso a cincuenta metros del nuestro.

Puse los entrecots sobre la ancha tabla de madera, arranqué un poco de papel de cocina y los sequé.

–Tienen buena pinta –señaló Linda.

–Espero que sí –dije–. Ni siquiera me atrevo a decir lo que costaba el kilo.

Las patatas eran tan pequeñas que apenas necesitarían diez minutos en el horno, de modo que saqué la sartén, encendí la placa y eché el brócoli en la cacerola donde hervía el agua.

–Yo pongo la mesa –dijo Linda–. Cenamos en el salón, ¿no?

–Sí, si quieres.

Ella se levantó, cogió dos platos verdes y dos copas del armario, y los llevó al salón. Yo iba detrás con la botella de vino y el agua mineral. Cuando llegué, ella puso el candelabro en la mesa.

–¿Tienes un mechero?

Dije que sí, hurgué en el bolsillo, lo saqué y se lo alcancé.

–¿A que va a resultar acogedor? –dijo con una sonrisa.

–Sí –contesté. Abrí la botella y serví vino en una de las copas–. Pero es una pena que tú no puedas –dije.

–Un traguito sí podré dar, ¿no? Por el sabor. Pero esperaré a la comida.

–Vale –dije.

Camino de la cocina volví a detenerme delante de la cuna de Vanja. Ahora dormía boca arriba, con los brazos abiertos como si hubiera sido lanzada desde una gran altura. Tenía la cabeza redonda como una pelota y el pequeño cuerpo bastante regordete. La enfermera a la que la llevábamos para las revisiones sugirió la última vez que la pusiéramos a dieta. Que tal vez no hacía falta darle leche *cada* vez que lloraba.

En este país estaban locos.

Apoyado en la cama, me incliné sobre ella. Dormía con la boca abierta y respiraba a pequeños soplidos. A veces veía algo de mi hermano Yngve en ella, pero era algo que llegaba y desaparecía; por lo demás, no se parecía nada ni a mí ni a los míos.

–¿A que es preciosa? –dijo Linda, acariciándome el hombro al pasar.

–Sí –dije–. Pero no sé para qué va a servirle.

Cuando la doctora la examinó sólo unas horas después del parto, Linda intentó conseguir que dijera no sólo que era una niña preciosa, sino que era una niña *excepcionalmente* preciosa. Ese tono rutinario de la voz de la doctora al mostrarse de acuerdo no le gustó. Yo la miré algo extrañado en aquel momento. ¿Así era como funcionaba el amor materno? ¿Que todo lo demás tuviera que ceder ante esa única cosa?

Ah, qué tiempos aquéllos. Como estábamos tan poco acostumbrados a bebés, cada actividad, por pequeña que fuera, estaba relacionada con preocupación y placer.

Ahora ya estábamos acostumbrados.

En la cocina la mantequilla humeaba en la sartén, se había puesto marrón. De la cacerola de al lado salía vapor. La tapa se movía. Puse los dos filetes de carne en la sartén, saqué las patatas del horno y las coloqué en una fuente, tiré el agua del brócoli a la fregadera, dejé éste unos segundos sobre la placa para mantenerlo caliente, di la vuelta a los entrecots, me acordé de que me había olvidado de los champiñones, saqué otra sartén, los eché junto con dos mitades de tomate, y puse la temperatura al máximo. Luego abrí la ventana para que saliera toda la humareda de freír, que desapareció de la cocina en un instante. Puse los entrecots en una fuente blanca junto con el brócoli y saqué la cabeza por la ventana mientras esperaba a que se hicieran los champiñones. El aire frío y denso se posó en mi cara. Las oficinas de enfrente estaban oscuras y vacías, pero por la acera pasaba gente, abrigada y en silencio. Había algunas personas sentadas alrededor de una mesa al fondo de ese restaurante que no debía de funcionar muy bien, mientras los cocineros, en la estancia contigua, invisible para los clientes pero no para mí, iban y venían entre encimeras y hornos, siempre rápidos y sin vacilar. Al lado, delante de la entrada del club de jazz Nalen, se había formado una pequeña cola. Un hombre con gorro bajó del autocar de la Radio Sueca y entró. Algo que debía de ser una tarjeta de identificación le colgaba del cuello. Me volví y moví un poco la sartén de los champiñones para darles la vuelta. En ese barrio no vivía casi nadie, había sobre todo edificios de oficinas y tiendas, y cuando éstas cerraban, ya entrada la tarde, moría la vida en las calles. Los que andaban por allí por las noches se dirigían a los bares y restaurantes que abundaban en el barrio. Resultaba impensable criar a niños allí. No había nada para ellos.

Apagué la placa y coloqué en la fuente los pequeños champiñones blancos, ya marrones. La fuente era blanca, con un borde azul y otro amarillo. No era muy bonita, pero me la había traído cuando Yngve y yo repartimos lo poco que mi padre había dejado. La habría comprado con el dinero que obtuvo cuando se divorciaron, y mi madre le compró su parte de la casa de Tveit. Entonces él compró de una vez todo lo que necesitaba para su nueva casa, y eso, que todo lo que tenía procediera de una sola época, lo vaciaba de significado, no había en ello ningún aura, nada más que un rasgo de nueva burguesía y falta de pertenencia a ninguna parte. Para mí era diferente; los objetos de mi padre, que, aparte de esa vajilla consistían en unos anteojos y un par de botas de goma, contribuían a conservarlo en el recuerdo. No de un modo intenso o claro, era más bien como una constatación asidua de que también él pertenecía a mi vida. En casa de mi madre los objetos desempeñaban un papel muy diferente, había por ejemplo un cubo de plástico que habían comprado en los años sesenta, cuando eran estudiantes en Oslo, que en algún momento de la década de los setenta estuvo demasiado cerca de una hoguera y se derritió por un lado, formando una imagen que de pequeño me parecía la cara de un hombre con ojos, nariz curva y boca retorcida. Seguía siendo *el cubo,* el que ella usaba cuando fregaba, y yo seguía viendo el rostro, no el cubo, cuando lo sacaba y lo llenaba de agua. Y dentro de la cabeza del pobre se echaba primero agua caliente y luego jabón. El cucharón que ella usaba para remover las gachas era el mismo con el que siempre había removido las gachas desde que yo podía recordar. Los platos marrones que usábamos para el desayuno cuando yo estaba allí eran los mismos en los que yo desayunaba cuando era pequeño y estaba sentado con las piernas colgando en la banqueta de la cocina de Tybakken en los años setenta. Los nuevos objetos que iba adquiriendo se añadían a lo demás, y le pertenecían a ella, no como los de mi padre, que todos eran sustituibles. El sacerdote que lo enterró tocó ese tema en su sermón, porque dijo que había que fijar la mirada, echar raíces en el mundo, por lo que se sobrentendía que mi padre no lo había hecho, en lo que tenía mucha razón. Pero pasaron varios años hasta que yo entendí que también existían muchas razones para soltar por completo lo que tenías agarrado. No fijarse en nada, sólo dejarse caer y caer, hasta por fin despedazarse contra el fondo.

¿Qué había en el nihilismo que absorbía todas las mentes de esa manera?

En el dormitorio, Vanja empezó a llorar. Me asomé y vi que estaba agarrada a los barrotes, dando saltos de frustración en el momento en el que Linda iba corriendo hacia ella.

–La comida está lista –dije.

–¡Típico! –dijo Linda, que cogió a Vanja, se tumbó en la cama con ella, se levantó el jersey por un lado y se soltó la copa del sujetador. Vanja se calló instantáneamente–. Se volverá a dormir en unos minutos –dijo Linda.

–Te espero –dije, y volví a la cocina. Cerré la ventana, apagué la campana, cogí las fuentes y las llevé al salón por la entrada, para no molestar. Me serví agua mineral en un vaso y me lo bebí de pie mientras miraba a mi alrededor. Tal vez vendría bien un poco de música. Me puse frente a los estantes de los CD, saqué *Anthology* de Emmylou Harris, que habíamos oído mucho las últimas semanas, y lo puse en el aparato. Resultaba fácil protegerse contra la música cuando uno estaba preparado o simplemente la dejaba sonar de fondo, porque era sencilla, poco refinada y sentimental, pero cuando no estaba preparado, como en ese momento, o cuando escuchaba de verdad, me alcanzaba de lleno. De repente mis sentimientos estaban a flor de piel, y por un instante se me humedecieron los ojos. En ese momento reparé en lo poco que sentía habitualmente y en lo entumecido que estaba. Cuando tenía dieciocho años estaba todo el tiempo repleto de sentimientos, el mundo parecía más intenso y por eso quería escribir, por esa única razón, quería tocar todo aquello que tocaba la música. El dolor y la lamentación de la voz humana, el placer y la alegría, todo aquello con lo que nos llenaba el mundo, eso era lo que yo quería evocar.

¿Cómo había podido olvidar eso?

Dejé la funda y me acerqué a la ventana. ¿Qué escribía Rilke? ¿Que la música lo sacaba de él mismo y que nunca lo volvía a dejar donde lo había encontrado, sino en un lugar más profundo, en algún lugar de lo inacabado?

Era poco probable que él estuviera pensando en la música country...

Sonreí. Linda salió del dormitorio.

–Ya se ha dormido –susurró, sacó la silla y se sentó–. ¡Ah, qué bien!

–Se habrá enfriado un poco –dije, sentándome al otro lado de la mesa, enfrente de ella.

–No importa. ¿Puedo empezar? Tengo un hambre de mil demonios.

–Sí, sírvete –dije. Serví vino en mi copa y me puse unas patatas en el plato, ella se sirvió carne y verdura.

Se puso a hablar de los proyectos de sus compañeros de clase, cuyos nombres yo apenas conocía, aunque sólo eran seis. Era distinto cuando empezó en la escuela, entonces los veía con regularidad, tanto en la Casa del Cine como en diferentes bares donde solían quedar. Era una clase relativamente de mayores, los alumnos tenían cerca de treinta años y estaban ya situados. Uno de ellos, Anders, actuaba en *Doctor Kosmos*, otro, Özz, era un conocido cómico en vivo. Pero cuando Linda se quedó embarazada de Vanja, se tomó un año libre y cuando volvió fue a una nueva clase con la que ya no tenía energía para implicarme.

La carne estaba tierna como mantequilla. El vino tinto sabía a tierra y madera. Los ojos de Linda resplandecían a la luz de las velas. Dejé el cuchillo y el tenedor en el plato. Faltaban unos minutos para las ocho.

–¿Quieres que escuche el documental ahora? –le pregunté.

–No tienes que hacerlo si no te apetece –dijo Linda–. Puedes hacerlo mañana.

–Pero tengo curiosidad por oírlo –dije–. No es muy largo, ¿no?

Negó con la cabeza y se levantó.

–Voy a por el aparato. ¿Dónde quieres ponerte?

Me encogí de hombros.

–Allí tal vez –dije, señalando el sillón que había delante de la estantería.

Ella trajo el dictáfono, yo fui a por bolígrafo y papel, me senté y me puse los cascos, ella me miró interrogante, yo asentí y ella apretó el play.

Cuando Linda hubo recogido la mesa, yo me quedé sentado solo, escuchando la grabación. Conocía la historia de su padre, pero era diferente oírla de su boca. Se llamaba Roland y nació en 1941, en una ciudad de Norrland. Se crió sin padre, con su madre y dos hermanos más pequeños. Su madre murió cuando él tenía quince años, y a partir de entonces él se ocupó de sus hermanos. Vivían solos, sin otra presencia de adultos que la mujer que iba a fregar y a cocinar para ellos. Estudió cuatro años y se convirtió en lo que se llamaba «perito ingeniero», se puso a trabajar, jugaba al fútbol en su tiempo libre como portero del equipo local, y estaba a gusto. En un baile conoció a Ingrid, ella tenía la misma edad que él, había ido a un colegio de labores domésticas, trabajaba ya de secretaria en la compañía minera y era inusualmente hermosa. Se hicieron novios y se casaron. Sin embargo, Ingrid soñaba con ser actriz, y cuando la aceptaron en la Escuela de Arte Dramático de Estocolmo, Roland abandonó su vida anterior y se mudó con ella a la capital. La vida que a ella le esperaba allí como actriz del Real Teatro Dramático no era para él, había un abismo entre la vida de un portero y perito ingeniero de una pequeña ciudad del norte de Suecia y la que ahora viviría como marido de una bella actriz en la escena más importante del país. Tuvieron dos hijos muy seguidos, pero no bastaron para mantenerlos unidos, al poco tiempo se divorciaron y casi inmediatamente después él cayó enfermo por primera vez. La suya era la enfermedad de lo infinito, la que le hacía oscilar entre las alturas de lo maníaco y el abismo de lo depresivo, y cuando esta enfermedad lo atrapó, no volvió a abandonarlo jamás. Entraba y salía de instituciones. Cuando yo lo conocí en 2004, él llevaba sin trabajar desde mediados de los años setenta. Hacía muchos años que Linda no lo veía. Aunque yo había visto fotos suyas, no estaba preparado para lo que me esperaba al abrir la puerta y verlo. Su cara era abierta, como si no hubiese nada entre él y el mundo. No tenía defensa alguna, estaba totalmente desprotegido, me dolió en el alma verlo.

—¿Tú eres Karl Ove? —me preguntó.

Le dije que sí y le di la mano.

—Roland Boström —se presentó—. El padre de Linda.

—He oído hablar mucho de ti —dije—. ¡Pasa!

Detrás de mí estaba Linda, con Vanja en brazos.

—Hola, papá —lo saludó—. Ésta es Vanja.

El hombre permaneció inmóvil mirando a Vanja, que se quedó igual de inmóvil mirándolo a él.

—Ahh —dijo Roland. Se le humedecieron los ojos.

—Déjame que te coja el abrigo —dije—. Y tomaremos un café.

Su rostro era abierto, pero sus movimientos rígidos y casi mecánicos.

—¿Habéis pintado? —preguntó, cuando entramos en el salón.

—Sí —contesté.

Se acercó todo lo que pudo a la pared que tenía más próxima y la miró fijamente.

—¿Eres tú quien ha pintado, Karl Ove?

—Sí.

—¡Qué buen trabajo has hecho! Hay que ser muy minucioso pintando y tú lo has sido. Yo estoy pintando mi piso ahora, ¿sabes? De turquesa el dormitorio y de ocre el salón. Pero no he hecho todavía más que la pared del fondo del dormitorio.

—Qué bien —dijo Linda—. Seguro que está quedando bonito.

—Pues sí, está quedando bonito.

Había algo en Linda que yo no había visto nunca. Se adaptaba a él, de alguna manera estaba por debajo de él, era su niña, le ofrecía su atención y su presencia, a la vez que también estaba por encima de él mediante esa vergüenza que todo el rato intentaba ocultar, aunque no lo conseguía del todo. Él se sentó en el sofá, le serví café y fui a por la fuente de bollos de canela que habíamos comprado esa misma mañana. Se comió uno en silencio. Linda estaba sentada a su lado, con Vanja sobre las rodillas. Le enseñaba a su bebé; yo no tenía ni idea de que significara tanto para ella.

—Muy ricos los bollos —dijo él—. Y el café también. ¿Lo has hecho tú, Karl Ove?

—Sí.

—¿Tenéis cafetera eléctrica?

—Sí.

—Eso está bien —dijo.

Pausa.

—Os deseo mucha suerte —prosiguió—. Linda es mi única hija. Me siento feliz y agradecido por tener la oportunidad de visitaros.

—¿Quieres ver fotos de cuando nació Vanja, papá? —le preguntó Linda.

El padre asintió.

—Coge a Vanja —dijo Linda, poniéndome en los brazos a esa bolita caliente que parpadeaba al borde del sueño. A continuación se levantó y fue a buscar el álbum de fotos a la estantería.

—Hm —decía el padre con cada foto que veía.

Cuando acabaron de ver el álbum, alargó la mano para coger la taza de café de la mesa, se la llevó a los labios con un movimiento lento, como estudiado, y dio dos grandes sorbos.

—Sólo he estado una vez en Noruega, Karl Ove —dijo—. Fue en Narvik. Jugaba de portero en un equipo de fútbol, y fuimos allí a jugar contra un equipo noruego.

—¿Ah, sí?

—Sí —dijo él, haciendo un gesto afirmativo con la cabeza.

—Karl Ove también jugaba al fútbol —dijo Linda.

—Ya hace mucho de aquello —dije—. Y fue a un nivel muy bajo.

—¿Eras portero?

—No.

–Ah.

Pausa.

Dio otro sorbo de café de ese modo tan minuciosamente planificado.

–Bueno, bueno, ha sido agradable –dijo, cuando la taza estaba de vuelta en el platillo–. Pero debería irme a casa.

Se levantó.

–¡Pero si acabas de llegar! –objetó Linda.

–Esto ha estado muy bien –dijo–. Me gustaría devolveros la amabilidad e invitaros a una comida. ¿Podría ser el martes?

Miré a Linda. Eso era asunto suyo.

–Nos viene muy bien –dijo.

–Entonces quedamos en eso –dijo él–. A las cinco el martes.

Yendo hacia la entrada echó un vistazo a través de la puerta abierta del dormitorio, y se detuvo.

–¿También has pintado esta habitación?

–Sí –contesté.

–¿Puedo verla?

–Claro que sí.

Lo seguimos. Se colocó frente a la pared y miró detrás de la enorme estufa.

–Seguro que no ha sido fácil de pintar –dijo–. ¡Pero tiene muy buena pinta!

Vanja emitió un pequeño sonido. Estaba sobre mi brazo colocada de tal modo que no podía verle la cara. La dejé en la cama. Sonrió. Roland se sentó en el borde y puso la mano sobre el pie de la niña.

–¿No quieres cogerla en brazos? –le preguntó Linda–. Puedes si quieres.

–No –contestó–. Ya la he visto.

Se levantó, fue hasta la entrada y se puso el abrigo. A punto de marcharse me abrazó. Su barba incipiente me pinchó la mejilla.

–Me alegro de haberte conocido, Karl Ove –dijo. Abrazó a Linda, tocó el pie de Vanja una vez más y desapareció escaleras abajo, ataviado con su largo abrigo.

Linda esquivó mi mirada cuando me alcanzó a la niña para ir al salón a quitar la mesa. Yo la seguí.

—¿Qué te parece mi padre? —me preguntó, como al aire mientras estaba ocupada con lo suyo.

—Es un hombre agradable —le contesté—. Pero le falta por completo un filtro frente al mundo. Creo que nunca en mi vida he visto a alguien irradiar tanta vulnerabilidad como él.

—Es como un niño, ¿verdad?

—Pues sí, así es.

Linda pasó por delante de mí con tres tazas amontonadas una sobre otra en una mano y la cesta con los bollos de canela en la otra.

—Los abuelos de Vanja son un caso —dije.

—Sí, ¿cómo le irá a la niña? —dijo, sin nada de ironía en la voz, la pregunta salió directamente de la oscuridad de su corazón.

—Todo le irá muy bien, ya lo verás —dije.

—Pero a él no lo quiero en nuestra vida —dijo, metiendo las tazas en el lavavajillas.

—Si podemos estar como ahora, irá bien —dije—. Una visita a tomar café de vez en cuando. Y alguna comida que otra en su casa. Al fin y al cabo es el abuelo de la niña.

Linda cerró el lavavajillas, sacó una bolsa transparente de plástico del cajón de abajo y metió en ella los tres bollos que quedaban, la ató y pasó por delante de mí para meterla en el congelador de la entrada.

—Pero no va a contentarse con eso, lo sé. Ahora que ha establecido contacto, empezará a llamar por teléfono. Y eso es algo que hace sólo cuando las cosas se le van de las manos. No tiene límites. Tienes que entenderlo.

Fue al salón a por los últimos platos.

—Al menos podemos intentarlo —dije a sus espaldas—. Y ver lo que ocurre, ¿no?

—Vale —contestó.

En ese momento alguien llamó a la puerta.

¿Quién sería ahora? ¿Otra vez la vecina chiflada?

Pero era Roland. Sus ojos estaban llenos de desesperación.

–No soy capaz de salir –dijo–. No encuentro el pulsador para abrir la puerta. He buscado por todas partes, pero no está. ¿Podrías ayudarme?

–Claro que sí –contesté–. Pero primero tengo que dejar a Vanja en brazos de su madre.

Cuando lo hube hecho, me puse los zapatos y lo acompañé al portal para enseñarle dónde se encontraba el pulsador de la cerradura, en la pared, justo a la derecha de la primera puerta.

–Tomo nota para la próxima vez –dijo–. A la derecha de la primera puerta.

Tres días después comimos en su casa. Nos enseñó la pared que había pintado, y se puso radiante cuando elogié su trabajo. No había empezado aún a preparar la comida, y Vanja dormía en su carrito en la entrada, así que Linda y yo estuvimos un rato sentados solos en el salón charlando, mientras él estaba a lo suyo en la cocina. De la pared colgaban fotos de Linda y de su hermano de jóvenes, y al lado artículos y entrevistas de periódicos de cuando debutaron. También su hermano había publicado un libro, en 1996, pero como Linda, no había publicado nada desde entonces.

–Qué orgulloso está de ti –le dije a Linda.

Ella bajó la mirada.

–¿Salimos al balcón para que te fumes un cigarrillo? –me preguntó.

No era un balcón, sino una terraza desde la que había una buena vista sobre Östermalm entre otros dos tejados. Un ático con terraza en Stureplan; ¿cuántos millones valdría ese piso? Ciertamente era oscuro y lleno de humo de tabaco, pero eso tenía fácil solución.

–¿Tu padre es el propietario de este piso? –le pregunté, y encendí un cigarrillo, protegiendo con la mano la llama del mechero.

Linda contestó que sí.

En ningún otro sitio donde había vivido, las direcciones apropiadas y los pisos elegantes significaban tanto como en Estocolmo. De alguna manera todo se centraba en eso. Si vivías fuera, no se contaba del todo contigo. La pregunta dónde vives se hacía constantemente, y tenía un significado muy diferente al que tenía por ejemplo en Bergen.

Me asomé al borde para mirar abajo. A lo largo de la acera había todavía pequeños montones de nieve y hielo tras el invierno, ya casi reducidos al mínimo por el tiempo suave, grises de arena y gases de escape. El cielo por encima de nosotros también estaba gris, lleno de una lluvia fría que a intervalos regulares chorreaba sobre la ciudad. Gris, pero con otra luz por dentro distinta a la del cielo invernal, porque estábamos en marzo y la luz de marzo era tan clara y tan intensa que penetraba la capa de nubes incluso en un día tan pesado como ése, y era como si abriera todas las barreras de la oscuridad. Resplandecían las paredes delante de mí, y el asfalto de la calle abajo. Los coches aparcados brillaban cada uno en su color. Rojo, azul, verde oscuro, blanco.

–Abrázame –me pidió Linda.

Apagué el cigarrillo en el cenicero que había encima de la mesa y la abracé.

Cuando un momento después entramos, el salón seguía vacío. Seguimos hasta la cocina, donde Roland estaba frente a la placa eléctrica echando en la sartén el contenido de una lata de champiñones. El líquido silbaba con el calor. Luego echó un calabacín ya cortado. Al lado había una cacerola con espaguetis hirviendo.

–Tiene buena pinta –dije.

–Sí, está bueno –dijo él.

Sobre la encimera había una lata de gambas en salmuera y una tarrina de nata agria.

–Suelo comer en Vikingen –dijo–, pero los viernes, sábados y domingos como aquí. Entonces cocino para Berit.

Berit era su novia.

–¿Te ayudamos en algo? –preguntó Linda.

–No –contestó él–. Sentaos, yo llevaré la comida cuando esté lista.

La comida sabía como algo que yo podría haber hecho cuando era estudiante y comía solo en mi habitación alquilada de la calle Absalon Beyer, el primer año en Bergen. El padre de Linda habló de su época de portero del equipo de fútbol de Norrland. Luego contó en qué consistía su trabajo, es decir, planificar y dibujar distintos almacenes. También habló del caballo que tuvo en una época, y que se lesionó justo cuando parecía que iba a empezar a ganar. Todo lo explicaba muy precisa y minuciosamente, como si todos los detalles fueran de suma importancia. En un momento de la conversación fue a por bolígrafo y papel, para enseñarnos cómo había llegado al número exacto de días que le quedaban por vivir. En ese momento busqué la mirada de Linda, pero ella no me miraba. Habíamos decidido que la visita sería corta, así que cuando terminamos el postre, que consistía en una tarrina de helado de dos litros que puso sobre la mesa, nos levantamos y dijimos que teníamos que irnos ya a casa por Vanja, a la que había que cambiar y dar de comer, él pareció alegrarse por ello. Es probable que la visita hubiera durado más de lo deseable para él. Yo fui a la entrada a ponerme la ropa de abrigo, mientras Linda y él intercambiaban unas palabras a solas. Él dijo algo así como que ella era su niña y que se había hecho muy grande. Ven aquí a sentarte sobre mis rodillas. Me até el cordón del otro zapato, me enderecé y me acerqué a la puerta abierta del salón. Linda estaba sentada sobre las rodillas de su padre, él la tenía cogida por la cintura, mientras le decía algo que no logré captar. Había un rasgo grotesco en la escena, ella tenía treinta y dos años, aquella postura tenía algo de niña que resultaba demasiado infantil para ella, y ella era consciente de ello, porque había en sus labios una reprobación, toda ella gritaba de ambivalencia. No quería dejarse arrastrar por todo aquello, pero tampoco quería rechazar a su padre. Él no entendería un rechazo de ese tipo, le ofendería, de modo que se vio obligada a estar así sentada un rato, y él le daba palmaditas, hasta que ya no resultara feo levantarse y ponerse de pie delante de él.

Yo retrocedí unos pasos para que la situación no empeorara por el hecho de tener un testigo. Cuando Linda salió a la entrada, yo estaba mirando las fotos colgadas de la pared. Ella se puso la ropa de abrigo. Su padre salió a despedirse, me abrazó como la vez anterior, se quedó mirando unos instantes a Vanja, que dormía en el carrito, abrazó a Linda, se quedó en la puerta abierta siguiéndonos con la mirada cuando nos metimos en el ascensor con el carrito, levantó la mano una última vez y cerró tras él en el instante en el que la puerta del ascensor se cerró y nosotros descendimos por el edificio.

Nunca mencioné esa breve escena entre ellos de la que había sido testigo. En la manera de subordinarse a él había sido una niña de diez años, eso pude verlo, y en la manera en que se había resistido, una mujer adulta. Pero el mero hecho de que tuviera que oponer resistencia, descalificaba en cierto modo lo adulto; ningún adulto acaba en una situación como ésa, ¿no? Él no tenía esa clase de pensamientos, él no tenía límites, para él ella era únicamente una hija, una especie de criatura de todas las edades.

Y tal como ella había predicho, después de aquello él empezó a llamarnos. Podía ser a cualquier hora del día y de la noche, y en casi toda clase de estados mentales, de modo que Linda acordó con él que llamara a una hora determinada un día determinado de la semana. Él parecía contento con ese arreglo. Pero también resultaba comprometedor; si algún día no contestábamos al teléfono, él podía ofenderse infinitamente y considerar el acuerdo anulado, en el sentido de que entonces sería libre de llamar cuando quisiera o no llamar en absoluto. Yo, por mi parte, hablé con él un montón de veces. En una ocasión me preguntó si le dejaba cantar una canción. La había escrito él mismo, se había cantado en escenarios de Estocolmo y en la radio, dijo. Yo no sabía qué pensar. Pero claro que podía cantar. Empezó, su voz era potente, su energía grande, y aunque desafinó en alguna nota, fue impresionante. La canción tenía cuatro estrofas, y trataba de un peón que construía una carretera arriba en Norrland. Cuando acabó, sólo supe decir que era una canción bonita. Seguramente se esperaba algo más, porque se quedó callado unos segundos y luego dijo:

—Sé que tú escribes libros, Karl Ove. No los he leído aún,

pero he oído hablar muy bien de ellos. Y debes saber que estoy sumamente orgulloso de ti, Karl Ove. Sí que lo estoy...

–Me alegro mucho de saberlo –dije.

–¿Estáis bien tú y Linda?

–Sí, sí.

–¿Eres bueno con ella?

–Sí.

–Me alegro. No tienes que dejarla nunca. Jamás. ¿Lo entiendes?

–Sí.

–Tienes que cuidar de ella. Tienes que ser bueno con ella, Karl Ove.

Se echó a llorar.

–Estamos muy bien –dije–. No hay de qué preocuparse.

–No soy más que un viejo –dijo–. Pero he vivido mucho, ¿sabes? He vivido más que la mayoría. Ahora mi vida ya no es gran cosa. Pero he contado los días que me quedan, ¿lo sabías?

–Sí, cuando estuvimos en tu casa nos enseñaste cómo lo habías calculado.

–Sí, ja, ja. Pero no conoces a Berit, ¿verdad que no?

–No, no la conozco.

–Es muy buena conmigo.

–Eso tengo entendido –dije.

De pronto se puso alerta.

–¿Lo sabes? ¿Cómo?

–Linda me ha hablado de ella. Y de Ingrid. Ya sabes...

–Bueno. Ya no te molesto más, Karl Ove. Tendrás cosas más importantes que hacer.

–No, no –dije–. No me molestas en absoluto.

–Dile a Linda que he llamado. Que te vaya bien.

Colgó antes de darme tiempo a decirle lo mismo a él. En la pantallita vi que toda la conversación no había durado más de ocho minutos. Linda no le dio ninguna importancia cuando se lo conté.

–No tienes por qué escuchar todo eso –dijo–. No cojas el teléfono la próxima vez que llame.

—A mí no me molesta —dije.
—Pero me molesta a mí —objetó.

El documental de Linda no contenía nada de todo eso. Había quitado todo excepto la voz de él. Pero por otra parte: todo estaba en su voz. Él hablaba de su vida, y la voz se le llenó de dolor cuando contaba cómo murió su madre, de alegría cuando hablaba de sus primeros años adultos, de resignación cuando hablaba de cuando se mudó a Estocolmo. Hablaba de los problemas que tenía con el teléfono, de la maldición que significaba para él ese invento, que durante largos períodos de tiempo tenía escondido en un armario. Hablaba de sus rutinas diarias, pero también de sus sueños, el más grande de los cuales era tener un criadero de caballos. Estaba a sus anchas y su relato tenía algo hipnótico, ese mundo suyo te absorbía ya desde las primeras frases. Pero sobre todo trataba obviamente de Linda. La sentía muy cerca cuando escuchaba lo que hacía o leía lo que escribía. Era como si esas cualidades especiales que poseía se hicieran entonces visibles. En lo cotidiano todo eso desaparecía en lo que hacíamos, que era lo mismo que hacía todo el mundo, y no veía nada de la persona de quien me había enamorado. Aunque no lo había olvidado, al menos no pensaba en ello.

¿Cómo era posible?

La miré. Ella intentó ocultar la expectación en esa mirada que se cruzó con la mía, dejándola bajar con demasiada facilidad al aparato de la mesa y al montón de cables sobre el que reposaba.

—No necesitas cambiar nada —le dije—. Está perfecto.

—¿Te parece que está bien?

—Oh, sí. Brillante.

Dejé los auriculares encima del aparato, me estiré y parpadeé un par de veces.

—Me he emocionado —dije.

—¿Con qué?

–En cierta manera su vida es una tragedia. Pero cuando habla sobre ella, esa vida se llena de vida, entiendes que está hablando de una *vida*. Con un valor propio, independientemente de lo que le haya ocurrido a él. Son cosas obvias, pero una cosa es saberlo y otra sentirlo. Yo lo he sentido al escucharlo.

–Qué feliz me siento –dijo Linda–. ¿Entonces sólo tengo que ajustar un poco los niveles? Eso puedo hacerlo el lunes. ¿Estás seguro?

–Segurísimo –afirmé, levantándome–. Ahora voy a fumarme un cigarrillo.

Abajo, en el patio trasero, soplaba un viento frío. Los únicos dos niños del inmueble, un chico de unos nueve o diez años y su hermana de once o doce, estaban pasándose un balón con el pie delante de la verja al otro extremo. Del café Glenn Miller, que se encontraba al otro lado de la calle, detrás de ellos, salía una música alta e intensa. La madre, que vivía sola con los niños en el último piso y que tenía aspecto de estar más agotada que la media, tenía la ventana abierta. Por los golpes y tintineos que se oían me imaginé que estaba fregando los cacharros. El niño estaba rollizo, y tal vez para compensarlo se había cortado el pelo muy corto, para dar la impresión de duro. Siempre tenía sombras azules debajo de los ojos. Cuando su hermana llevaba amigas a casa, él se ponía a hacer juegos malabares con la pelota o a colgarse de las barras. En tardes como ésa, cuando estaban solos y ella no tenía otra cosa que hacer que jugar con su hermano, él se sentía mejor, más vivo, quería hacer algo positivo. Algunas veces se oían gritos allí arriba, de tarde en tarde de los tres, pero por regla general sólo suyos y de su madre. Un par de veces había visto a su padre venir a buscarlos; un hombre bajo, flaco y achacoso, que decididamente bebía demasiado.

La hermana se acercó a la verja y se sentó. Sacó el teléfono móvil del bolsillo, y donde estaba sentada había tanta oscuridad que la luz azul de la pantallita le iluminó todo el rostro, haciéndolo brillar. El hermano empezó a tirar el balón contra la pared una y otra vez. Bang. Bang. Bang.

La madre asomó la cabeza por la ventana.

–¡Deja eso! –gritó. El chico se inclinó sin decir palabra, cogió el balón y se sentó al lado de su hermana, que volvió hacia otro lado la parte superior del cuerpo, sin cambiar ni por un segundo el centro de su atención.

Levanté la vista y miré las dos torres iluminadas. Una oleada de ternura y dolor me recorrió el cuerpo.

Ah, Linda, Linda.

En ese instante entró nuestra vecina de al lado. La seguí con la vista cuando cerró la verja tras ella. Tenía unos cincuenta y tantos años, de esa manera en la que las mujeres de cincuenta y tantos llevan esos años en nuestra época, es decir, con cierto aspecto juvenil mantenido artificialmente. Tenía una gran cantidad de pelo teñido de rubio, vestía una chaqueta de piel y llevaba un perrito que curioseaba todo, atado a una tensa correa. En una ocasión había dicho que era artista, pero yo no acababa de saber a qué se dedicaba. No era exactamente una artista de la altura de Munch. A veces estaba muy habladora, y en esas ocasiones me enteraba de que ese verano se iba a la Provenza, o de fin de semana a Nueva York o a Londres. Otras veces no decía nada, y podía cruzarse conmigo sin saludar siquiera. Tenía una hija adolescente que dio a luz más o menos por las mismas fechas que Linda y a la que machacaba.

–¿No deberías dejar de fumar ya? –dijo, sin reducir la velocidad.

–Aún no son las doce –contesté.

–Ah, bueno –dijo ella–. Esta noche va a nevar. ¡Puedes estar seguro!

Abrió su puerta con la llave. Yo esperé un poco, luego tiré la colilla en la maceta que alguien había colocado a tal fin boca arriba junto a la pared y entré. Tenía los nudillos rojos de frío. Subí las escaleras a pequeños saltos, abrí la puerta, me quité la ropa de calle y entré a ver a Linda, que estaba sentada en el sofá viendo la televisión. Me incliné sobre ella y la besé.

–¿Qué estás viendo? –le pregunté.

–Nada. ¿Quieres que veamos una película?

–Sí.

Me acerqué a la estantería donde estaban los DVD.

–¿Qué quieres ver?

–Ni idea. Busca tú algo.

Dejé deslizar la mirada por los títulos. Cuando compraba películas, lo hacía con el criterio de que me aportaran algo. Que tuvieran un lenguaje figurado especial que yo pudiera asimilar, que crearan una relación con lugares que no estaban en mi mente, que tuvieran lugar en una época o una cultura que me fuera ajena. En suma, elegía las películas por motivos erróneos, porque cuando llegaba la noche y nos disponíamos a ver alguna, nunca teníamos fuerzas suficientes para ver durante dos horas un suceso japonés en blanco y negro de los años sesenta, o las grandes y abiertas llanuras de los alrededores de Roma, donde lo único que ocurría era que había allí unos seres humanos guapísimos y extraordinariamente alienados por el mundo en que vivían, como era la gente en las películas de aquella época. No, no, cuando llegaba la noche y nos disponíamos a sentarnos a ver una película, queríamos entretenimiento. Lo más ligero e insustancial posible. Todo daba igual. Yo apenas leía ya libros; si había por ahí algún periódico, lo prefería. Y el umbral se elevaba cada vez más. Era una idiotez, porque esa clase de vida no aportaba nada, sólo hacía pasar el tiempo. Cuando veíamos una buena película, removía algo en nosotros, ponía algo en movimiento, porque así es, el mundo es siempre el mismo, lo que cambia es la manera de contemplarlo. Ese día cotidiano que podía llegar a pisarnos como un pie aplasta una cabeza, también podía elevarnos hasta algo lleno de alegría. Todo dependía del ojo con el que se mirara. Si el ojo veía el agua omnipresente en las películas de Tarkovski, por ejemplo, y que convertía el mundo dentro de ellas en una clase de terrario donde todo flotaba, corría, chorreaba y fluía, donde todos los personajes podían abandonar la imagen y quedar sólo visible una mesa con tazas de café que se llenaban lentamente con la lluvia que caía, en contraste con la vegetación intensa, por no decir amenazadoramente verde del fondo, pues sí, entonces el ojo también vería abrirse el mismo abismo salvaje y existencial en lo cotidiano. Porque éramos carne y hueso, sangre y tendones, alrededor de nosotros crecían plantas y árboles, zumbaban insectos, volaban pájaros, se movían nubes, caía lluvia. La mirada que daba sentido al mundo era una posibilidad constante, pero casi siempre se elegía borrarla, al menos en nuestra vida.

–¿Seremos capaces de soportar *Stalker?* –pregunté volviéndome hacia ella.

–No tengo nada en contra –dijo ella–. Ponla y veremos.

Puse la película en el reproductor, apagué la luz del techo, llené una copa de vino tinto, cogí el mando y me senté al lado de Linda. Ella se acurrucó junto a mí.

–¿Te importa si me duermo dentro de un rato? –preguntó.

–Claro que no –dije, rodeándola con un brazo.

El principio con el hombre que se despierta en esa habitación oscura y húmeda lo había visto por lo menos tres veces. La mesa con todos los pequeños objetos que vibran cuando pasa un tren. El afeitado delante del espejo, la mujer que intenta retenerlo, pero sin éxito. No había llegado mucho más allá de esa escena.

Linda me puso la mano en el pecho y me miró. La besé, y ella cerró los ojos. Le acaricié la espalda y fue como si se aferrara a mí; la eché hacia atrás, le besé el cuello, la mejilla, la boca, coloqué la cabeza junto a su pecho, escuché latir su corazón, le quité el suave pantalón de chándal, le besé el vientre, los muslos... Ella me miró con sus ojos oscuros, con sus bonitos ojos, que se cerraron cuando la penetré. ¿No vamos a poner medios?, susurró. No, contesté. Y cuando me corrí, fue dentro de ella. Era lo único que quería.

Luego permanecimos muy juntos en el sofá durante un buen rato sin decir nada.

–Ahora tendremos otro niño –dije–. ¿Estás preparada para ello?

–Sí –contestó Linda–. Lo estoy.

A la mañana siguiente, Vanja se despertó como de costumbre a las cinco. Mientras Linda la metía en nuestra cama y dormía un par de horas más con ella, yo me levanté, saqué el ordenador y empecé a trabajar con la traducción sobre la que tenía que hacer un informe. Era un trabajo aburrido e interminable, ya había escrito treinta páginas, y eso sobre una colección de relatos que no tenía más de ciento cuarenta. Y sin embargo me hacía ilusión y disfrutaba trabajando allí. Estaba solo y trabajaba con un texto. No me hacía falta más. Y luego estaban esos pequeños momentos placenteros: poner la cafetera eléctrica, escuchar el sonido del agua que corría por ella, sentir el olor a café recién hecho, bebérmelo de pie en el patio, mientras me fumaba el primer cigarrillo del día. Subir de nuevo a trabajar mientras el espacio entre los edificios se iba aclarando gradualmente y las actividades de la calle iban en aumento. Esa mañana la luz que llegaba era diferente, y con ello también el ambiente de la casa, porque en el transcurso de la noche había caído una fina capa de nieve. A las ocho apagué el ordenador, lo metí en el maletín, y fui a la pequeña panadería de nuestra calle, a cien metros de casa. Los toldos ondeaban al viento sobre mi cabeza. En la calzada, la nieve ya se había derretido, pero seguía en la acera, llena de huellas de los que habían caminado por allí en el transcurso de la noche. Ahora estaba vacía. La panadería, cuya puerta abrí un momento después, era minúscula y la llevaban dos mujeres de mi edad. Entrar allí era como entrar en una de esas películas de cine negro de la década de los cuarenta, en las que todas las mujeres, aunque trabajaran en un quiosco o fregaran suelos de edificios de oficinas, eran sorprendentemente guapas. Una era pelirroja, con la piel blanca y pecas, las facciones marcadas y los ojos verdes. La otra tenía el pelo largo y oscuro, la cara ligeramente cuadrada y unos ojos amables de color azul oscuro. Las dos eran altas y esbeltas, y siempre tenían harina en algún lugar del cuerpo. En la frente, en la mejilla, en las manos, en el delantal. De la pared colgaban recortes de periódico de los que se desprendía que las dos habían cambiado sus profesiones creativas por lo que siempre había sido su sueño.

396

La pelirroja salió de detrás del mostrador cuando sonó la campanilla de encima de la puerta, dije lo que quería, uno de esos panes grandes de masa agria, seis panecillos integrales y dos bollos de canela, al mismo tiempo que iba señalando, pues incluso las palabras noruegas más sencillas eran recibidas en Estocolmo con un «¿cómo?». La mujer metió todo en una bolsa de plástico y sumó los precios en la caja registradora. Volví correteando a casa con la bolsa blanca, me limpié la nieve de los pies en el felpudo del descansillo y en el momento de abrir la puerta oí que ellas ya se habían levantado y estaban en la cocina desayunando.

Vanja agitaba la cuchara en el aire y me sonrió cuando entré. Tenía papilla por toda la cara. Hacía ya tiempo que no dejaba que le diéramos de comer. Yo reaccioné instintivamente a eso y quise limpiarle lo que se había ensuciado, también la cara, no me gustaba que estuviera tan pringada. Lo llevaba en la sangre. Linda había criticado mi reacción desde el principio, era importante que no hubiera reglas o restricciones respecto a la comida, era algo muy delicado, había que dejarle hacer lo que quisiera. Tenía razón, claro, yo lo entendía, y en teoría podía apreciar la voracidad, la libertad y la naturalidad con que la niña comía y se ensuciaba, pero en la práctica mi impulso era corregirla. Era mi padre en mí. Él no toleraba ni una miga fuera del plato cuando yo era pequeño. Pero yo lo sabía, yo mismo había sido víctima de ello y lo odiaba con cada fibra de mi cuerpo. ¿Por qué entonces quería a toda costa transmitírselo a la niña?

Corté unas rebanadas de pan, las puse en una cesta al lado de los panecillos, llené el hervidor de agua para el té y me senté a desayunar con ellas. La mantequilla estaba un poco dura, y la rebanada se rompió cuando intenté untarla con el cuchillo. Vanja me estaba mirando fijamente. Volví de repente la cabeza y clavé la mirada en ella. Dio un salto en la silla. Luego, por suerte, se echó a reír. Yo hice lo mismo, estuve mucho rato mirando el tablero de la mesa, hasta que la niña ya casi había renunciado a esperar que algo sucediera, y estaba cambiando de estado de ánimo, cuando de repente mi mirada se cruzó con la suya. Abrió los ojos de par en par y se puso a dar saltitos en la silla, antes de echarse a reír de nuevo. También nos reímos Linda y yo.

–¡Qué mona es nuestra Vanja! –dijo Linda–. ¡Eres tan bonita! ¡Mi pequeña!

Se inclinó hacia la niña y frotó la nariz contra la suya. Yo cogí la sección cultural del periódico, que estaba abierta en la mesa delante de Linda, y di un mordisco a la rebanada, mientras ojeaba por encima los titulares. Sobre la encimera, a mi espalda, el hervidor se apagó automáticamente al empezar a hervir el agua. Me levanté, metí una bolsa de té en una taza y vertí encima el agua humeante, luego me acerqué al frigorífico a por un cartón de leche antes de volver a sentarme. Moví la bolsa de té un par de veces hacia arriba y hacia abajo, hasta que la materia marrón y ondeante que soltaba coloreó el agua. Añadí unas gotas de leche y seguí hojeando el periódico.

–¿Has visto lo que escriben sobre Arne? –pregunté, mirando a Linda.

Asintió con un movimiento de la cabeza y esbozó una pequeña sonrisa, pero a Vanja, no a mí.

–La editorial retira el libro. Qué fracaso.

–Sí –dijo–. Pobre Arne. Pero él se lo ha buscado.

–¿Crees que él sabía que era una mentira?

–No, en absoluto. No fue intencionado. Estoy convencida de ello. Seguro que pensaba que era así.

–Pobre diablo –dije, levanté la taza y bebí unos sorbitos del té color barro.

Arne era uno de los vecinos de la madre de Linda en Gnesta. Había escrito un libro sobre Astrid Lindgren que había salido ese otoño, más o menos basado en conversaciones que había mantenido con la autora antes de que ella muriera. Arne era un ser espiritual, creía en Dios, aunque no en un sentido convencional, y sorprendió a muchos que Astrid Lindgren compartiera con él esa fe religiosa no convencional. Los periódicos empezaron a investigar. Nadie había estado presente durante las conversaciones, de modo que aunque Lindgren nunca había expresado tales posturas a nadie más, tampoco se pudo probar que fueran inventadas para la ocasión. Pero también se apuntaron otras cosas, entre ellas referentes a las lecturas de Arne de los libros de Lindgren a través de los años que resultaron ser anacronismos, por ejemplo en la época de su vida en la que dijo haber leído *Mío, mi pequeño Mío,* la obra aún no había salido. Y en su libro había demasiados ejemplos como ése. Los más allegados a Lindgren negaron las posturas que él le atribuía, diciendo que tal o tal cosa no la habría dicho nunca. Los periódicos no trataron a Arne con mucho respeto, dejaban entrever que era un mentiroso, o más bien un mentiroso patológico, y ahora la editorial había decidido retirar el libro. Ese libro que había mantenido vivo a Arne los últimos años tan marcados por la enfermedad y del que se sentía tan orgulloso.

Pero, como decía Linda, la culpa era suya.

Me preparé otra rebanada de pan con mantequilla. Vanja levantó las manos. Linda la sacó de la silla y la llevó al baño, donde enseguida se oyó el sonido del agua corriendo y los pequeños gritos de Vanja.

En el salón sonó el teléfono. Me quedé helado. Aunque pensé enseguida que sería Ingrid, la madre de Linda, porque nadie más nos llamaba a esas horas, mi corazón empezó a latir cada vez más deprisa.

Me quedé inmóvil hasta que dejó de sonar, tan de repente como había empezado.

–¿Quién era? –preguntó Linda cuando salió del baño con Vanja colgando de sus brazos.

–No tengo ni idea –contesté–. No lo he cogido. Pero seguro que era tu madre.

–Voy a llamarla –dijo–. De todos modos iba a hacerlo. ¿Coges a Vanja?

Me la alcanzó como si mi regazo fuera el único otro lugar en el que la niña podía estar en la casa.

–Déjala en el suelo –dije.

–Pero entonces se echará a llorar.

–Déjala llorar. No es tan grave, ¿no?

–Vale –dijo, de esa manera que en realidad significaba lo contrario. No es que valga, lo hago sólo porque tú lo dices. Y ya verás lo que pasa.

Como era de esperar, la niña se echó a llorar en el momento en que Linda la dejó en el suelo. Extendió los brazos tras su madre, para luego caer al suelo con las manos delante. Linda no se volvió. Yo abrí el cajón al que podía llegar sin levantarme y saqué una batidora. La niña no mostraba ningún interés, aunque conseguí hacerla vibrar. Le puse un plátano delante. Ella sacudió la cabeza con las lágrimas cayéndole por las mejillas. Al final la cogí en brazos y la llevé hasta la ventana del dormitorio, donde la coloqué de pie en el alféizar. La táctica dio resultado. Le dije cómo se llamaba todo lo que veíamos, ella miraba con mucho interés y señalaba cada coche que pasaba.

Linda asomó la cabeza por la puerta, con el auricular apretado contra el pecho.

–Mi madre pregunta si queremos ir a comer con ellos mañana. ¿Queremos?

–Sí –contesté–. Está bien.

–¿Entonces se lo digo?

–Hazlo.

Bajé con cuidado a Vanja al suelo. Era capaz de mantenerse en pie pero no andaba aún, de modo que se agachó y se puso a gatear en dirección a Linda.

A esa niña no se le permitía llorar ni un segundo antes de ver satisfechas sus necesidades. Durante casi todo el primer año se despertaba cada dos horas por la noche para mamar. Linda estuvo a punto de enloquecer de cansancio y sueño, y sin embargo no quería dejarla dormir en la cuna, porque entonces lloraba. Yo abogaba por una cura brutal, es decir, meterla en la cuna y dejarla llorar todo lo que quisiera durante toda la noche, para que a la noche siguiente comprendiera que hiciera lo que hiciera no conseguiría nada, y resignada y quizá también un poco enfadada acabara durmiéndose en su cuna. Aquello fue como si le hubiera dicho a Linda que quería pegar a la niña en la cabeza hasta que se tranquilizase. La solución intermedia fue que yo llamara a la hermana de mi madre, Ingunn, que era psicóloga infantil y experta justamente en estos temas. Ella propuso irla deshabituando poco a poco, subrayando que había que acariciar mucho a Vanja cuando en vano pedía pecho o quería salir de la cuna, y que cada noche debíamos prolongar el espacio de tiempo entre las tomas. Yo me ponía cada noche delante de su cuna, libreta en mano, anotando las horas exactas, acariciándola y dándole cariñosas palmadas mientras ella chillaba, mirándome llena de rabia. Tardó diez noches en dormir de un tirón. Se podría haber hecho en dos. Porque no le haría ningún mal llorar un poco, ¿no? Lo mismo en el parque infantil. Intenté que se entretuviera sola para que yo pudiera sentarme en un banco a leer, pero ni hablar, unos segundos sola y empezaba a buscarme con la mirada, tendiéndome sus brazos suplicantes.

Linda colgó el teléfono y salió con Vanja en brazos.

–¿Vamos a dar una vuelta? –me preguntó.

–Supongo que no habrá muchas otras cosas que hacer –dije.

–¿Qué quieres decir? –preguntó, en estado de alerta.

–Nada –contesté–. ¿Por dónde?

–¿Skeppsholmen, tal vez?

–De acuerdo.

Como yo era el que cuidaba de Vanja durante la semana, Linda era la que se ocupaba ahora. Sentada en su regazo le puso un pequeño jersey rojo de punto que habíamos heredado de los niños de Yngve, un pantalón de pana marrón, el mono rojo que nos había comprado la madre de Linda, el gorro rojo atado debajo de la barbilla y visera blanca, y unos guantes blancos de lana. Hasta hacía un mes siempre se había estado quieta cuando la cambiábamos, pero últimamente había empezado a retorcerse y a escurrírsenos de las manos. Lo más complicado era cambiarle el pañal, porque como no paraba de retorcerse, su caca podía acabar en cualquier sitio, y más de una vez le había levantado la voz en esas ocasiones gritando ¡ESTATE QUIETA! O ¡ESTATE QUIETA, JODER! agarrándola con más fuerza de la necesaria. A ella le hacía gracia intentar librarse, siempre sonreía o se reía cuando ocurría, y al principio no entendía en absoluto la voz alta e irritada. A veces la ignoraba del todo, o me miraba asombrada, ¿qué es esto?, o empezaba a llorar. Primero levantaba el labio inferior y empezaba a temblar, luego le caían las lágrimas a chorros. ¿Qué coño estoy haciendo?, me preguntaba en esos casos, ¿me he vuelto loco de remate? La niña sólo tenía un año, estaba llena de inocencia, y ahí estaba yo *gritándole*.

Por suerte, resultaba fácil consolarla y hacerla reír, y enseguida se le olvidaba todo. En ese sentido yo lo pasaba peor.

Linda tenía más paciencia y al cabo de cinco minutos, Vanja estaba sentada en su brazo lista para salir, y con una sonrisa expectante en la boca. En el ascensor intentó tocar todos los botones, Linda le señaló el correcto y le llevó la mano hasta él. El botón se iluminó y el ascensor empezó a bajar. Linda fue con Vanja al cuarto de las bicicletas, donde estaba el carro, yo me encendí un cigarrillo fuera. El viento seguía soplando fuerte, y el cielo estaba pesado y gris. La temperatura era de cero grados o de uno bajo cero.

Bajamos por la calle Regering, nos metimos en Kungsträdgården, pasamos por delante del Museo Nacional y giramos a la izquierda en la isla de Skeppsholmen, a lo largo de los muelles donde se encontraban todas las casas barco. Un par de ellas databan de principios del siglo pasado y hacían servicios regulares por el enorme archipiélago fuera de la ciudad. También había allí un pequeño astillero de barcos de madera o al menos parecía serlo, donde una quilla y una cuaderna estaban colocadas como un esqueleto dentro de un edificio de madera que parecía un almacén. Algún que otro hombre barbudo asomó la cara cuando pasamos, por lo demás, el recinto estaba desierto. Encima de una colina se encontraba el Museo Moderno, donde Vanja había pasado un número desproporcionado de días, teniendo en cuenta su corta edad. Pero la entrada era gratuita, el restaurante era bueno y admitía niños, había zonas de juegos, y siempre arte que merecía ser contemplado.

El agua de la dársena estaba negra. La capa de nubes era densa y colgaba baja en el cielo. La fina capa de nieve del suelo hacía que todo pareciera más duro y más desnudo, tal vez porque ocultaba los pocos colores que quedaban en el paisaje. Todos los edificios de los museos de ese lugar habían sido militares y seguían manteniendo ese carácter, cerrados y bajos a lo largo de pequeñas calles sin tráfico, o situados al extremo de algo que en un pasado tendría que haber sido plaza de armas.

–Estuvo bien anoche –dijo Linda, rodeándome con un brazo.

–Sí, es verdad. ¿Pero de verdad quieres otro hijo?

–Sí que lo quiero. Pero la probabilidad es pequeña.

–Estoy seguro de que estás embarazada –dije.

–¿Tan seguro como estabas de que Vanja iba a ser un niño?

–Ja, ja.

–Qué contenta estoy –dijo ella–. ¡Imagínate que lo que dices es verdad! ¡Imagínate que estamos esperando otro hijo!

–Sí... –asentí–. ¿Tú qué dices, Vanja? ¿Quieres tener una hermanita o un hermanito?

Ella nos miró. Luego volvió la cabeza hacia un lado y levantó la mano hacia tres gaviotas que con las alas muy pegadas al cuerpo dormitaban sobre las olas.

–¡Ahí! –dijo.

–Sí –dije–, mira. ¡Tres gaviotas!

Para mí tener sólo un hijo estaba descartado, dos eran demasiado pocos y demasiado juntos, pero tres era perfecto, pensaba. Porque entonces los hijos superaban en número a los padres, había muchas posibilidades de combinación entre ellos, y seríamos una pandilla. Por otra parte, lo de planificar con precisión el momento más adecuado, tanto para nuestra vida como para los años de diferencia entre los hermanos, sólo merecía mi desprecio, no estábamos dirigiendo una empresa. Yo quería que la casualidad decidiera, que ocurriera lo que tuviera que ocurrir, para luego apechugar con las consecuencias, según fuera surgiendo. ¿No consistía la vida en eso? De modo que cuando paseaba por las calles con Vanja, cuando le daba de comer y cuando le cambiaba el pañal, con esa añoranza salvaje de otra vida golpeándome el pecho, era la consecuencia de una elección con la que estaba *obligado* a vivir. No había *ninguna* manera de salir de ella, aparte de la vieja y conocida: aguantar. El que entretanto yo ensombreciera la vida de los que me rodeaban, sólo era otra consecuencia más que también tendría que aceptar. Si tuviéramos otro hijo, y lo tendríamos, independientemente de si Linda estaba ya embarazada o no, y luego otro más, lo que era igual de inevitable, ¿trascendería el deber, la añoranza, para convertirse en algo salvaje y libre en su propio derecho? Y si no, ¿qué haría yo entonces?

Estar presente, hacer lo que tenía que hacer. En mi vida eso era lo único a lo que me podía aferrar, mi único punto inamovible, estaba grabado a fuego.

¿O no lo estaba?

Unas semanas antes me había llamado Jeppe, estaba en la ciudad, ¿podríamos tomar unas cervezas? Lo apreciaba mucho, aunque nunca había conseguido hablar con él, como me pasaba con tantos otros, pero nos soltamos un poco cuando al cabo de un rato me había bebido toda la cerveza que pude a gran velocidad. Le conté cómo era mi vida. Me miró y me dijo con esa autoridad tan típica de él: ¡Pero tienes que *escribir*, Karl Ove!

Y al fin y al cabo, cuando me ponían el cuchillo en el cuello, eso era lo que más importaba.

¿Pero cómo?

Los hijos eran vida, ¿y quién iba a querer darle la espalda a la vida?

Y escribir, ¿qué otra cosa era que muerte? Las letras ¿qué eran sino huesos para un cementerio?

El ferry de Djurgården llegó deslizándose por el cabo de la isla. Al otro lado estaba Gröna Lund, el gran parque de atracciones, con todas sus instalaciones vacías e inmóviles, algunas de ellas cubiertas por lonas. A un par de cientos de metros de allí estaba el edificio que alojaba el barco *Vasa*.

–¿Cogemos el ferry y cruzamos? –preguntó Linda–. ¿Y comemos en Blå Porten?

–Pero si acabamos de desayunar –objeté.

–¿Un café entonces?

–Sí, eso sí.

Linda dijo que sí y nos detuvimos a esperar el ferry. Al cabo de unos segundos, Vanja empezó a protestar. Linda encontró un plátano en la bolsa y se lo alcanzó. Contenta con eso, la niña se reclinó en el carrito y miró el mar, mientras se metía ávidamente un trozo de plátano en la boca. De repente me acordé de la primera vez que la saqué yo solo, porque fue justo por ahí por donde paseamos. Ella tenía entonces una semana. Yo había correteado por la isla empujando el carrito, temeroso de que la niña dejara de respirar, de que se despertara y se pusiera a llorar. En casa teníamos la situación bajo control, se trataba de dar de mamar, dormir, cambiar, dentro de un sistema somnoliento y sin embargo tranquilo y gozoso. En la calle ya no teníamos dónde agarrarnos. La primera vez que la sacamos fue al tercer día, íbamos a llevarla a la revisión médica, y nos comportamos como si fuéramos a transportar una bomba. El primer obstáculo fue toda la ropa que la niña tenía que llevar, porque la temperatura de fuera era de quince bajo cero. El segundo obstáculo era la silla de la niña, ¿cómo fijarla en el taxi? El tercero eran los ojos que nos escrutaban en la sala de espera. Pero todo salió bien, lo conseguimos, aunque fue un engorro que había merecido la pena cuando unos minutos más tarde la niña estaba sobre el cambiador moviendo despacio y pacíficamente las piernas mientras era examinada. Estaba sana y bien, y de un humor irresistible, porque de repente sonrió a la enfermera que estaba inclinada sobre ella. Eso ha sido una sonrisa, dijo la enfermera, no retortijones de tripa. ¡No es corriente que sonrían tan pronto! Nos dejamos halagar, decía algo de nosotros como padres, hasta varios meses después no me percaté de que ese comentario, no suelen sonreír tan pronto, seguramente se lo harían a todo el mundo para conseguir justo ese efecto. Pero, ah, esa luz baja, casi introvertida de enero que entraba por la ventana y caía sobre nuestra niña en la mesa, a la que aún no nos habíamos acostumbrado todavía, el hielo que resplandecía en el frío intenso, la cara tan sincera y tan relajada, lo convirtió en una de las pocas imágenes del recuerdo que no contenía ni un ápice de ambivalencia. Duró hasta que estábamos a punto de salir y Vanja se puso a chillar. ¿Qué podíamos hacer? ¿Sacarla del carro? Pues sí, eso era lo que había que hacer. ¿Linda debería darle de mamar? En ese caso, ¿cómo? La niña llevaba tanta ropa que parecía un globo. ¿Se la volveríamos a quitar? *¿Mientras* lloraba? ¿Así se hacía? ¿Y si no se tranquilizaba?

Ay, cómo lloraba mientras Linda manipulaba la ropa nerviosa e indecisa.

–Deja que lo haga yo –le dije.

Sus ojos echaban chispas cuando se encontraron con los míos.

Vanja se tranquilizó unos segundos en el momento en que sus labios se cerraron alrededor del pezón. Pero entonces echó la cabeza hacia atrás y siguió chillando.

–Así que no era eso –comentó Linda–. ¿Entonces qué es? ¿Está enferma?

–No, no será eso. Un médico acaba de examinarla.

Vanja no paraba de llorar. Tenía la carita totalmente contraída.

–¿Qué vamos a hacer? –preguntó Linda desesperada.

–Mantenla pegada a ti un rato y ya veremos –le respondí.

La pareja que tenía el turno siguiente al nuestro salió con su niño en un portabebés. Evitaron mirarnos intencionadamente cuando pasaron por delante de nosotros.

–No podemos quedarnos aquí –dije–. Vamos. Ven. Tendremos que dejarla llorar.

–¿Has llamado a un taxi?

–No.

–¡Hazlo entonces!

Miró a Vanja, apretándola contra ella sin que sirviera de mucho, el contacto entre su mono y el plumas de Linda no resultaba muy tranquilizador. Yo saqué el móvil y marqué el número de los taxis, cogí la silla con la otra mano y fui hacia las escaleras al final del pasillo.

–Espera un momento –dijo Linda–. Tengo que volver a ponerle el gorro.

La niña lloraba sin parar mientras esperábamos el taxi. Por suerte, llegó a los pocos minutos. Abrí la puerta de atrás, metí la silla y quise fijarla con el cinturón de seguridad, lo que una hora antes había conseguido hacer sin problema, pero que de repente ahora me parecía completamente imposible. Intenté colocarlo de mil maneras, atravesando la jodida silla, por debajo y por encima de ella, sin que nada diera resultado. Y todo mientras Vanja lloraba y Linda me miraba con hostilidad. Al final, el taxista salió a ayudarme. Al principio me negué a moverme, lo haría yo, joder, pero tras otro minuto luchando, tuve que ceder y dejar que él, un hombre de aspecto iraquí y con bigote, la fijara en dos segundos.

Vanja lloraba mientras atravesábamos la ciudad de Estocolmo cubierta de nieve y resplandeciente de sol. Por fin, cuando llegamos a casa, y yacía desnuda sobre la cama junto a Linda, el llanto cesó.

Estábamos los dos sudando.

–¡Esto ha sido un auténtico suplicio! –exclamó Linda al levantarse de la cama donde Vanja por fin se había dormido.

–Sí –dije–, pero al menos está muy viva.

Más tarde ese mismo día oí a Linda describirle a su madre la revisión médica. Ni una palabra de todo lo que había llorado, o del pánico que habíamos sentido, lo único que le contó fue que Vanja había sonreído mientras la examinaban tumbada en el cambiador. ¡Qué contenta y qué orgullosa estaba Linda en ese momento! Vanja había sonreído, estaba sana, y la baja luz del sol, como elevada por las superficies cubiertas de nieve, hacía que todo lo que había en la habitación se volviera suave y resplandeciente, incluida Vanja, desnuda y agitando las piernas sobre la manta.

No mencionó nada de lo que ocurrió a continuación.

Ahora, esperando al ferry en el viento, casi justo un año después, toda esa escena parecía extraña. ¿Cómo era posible ser tan poco experto? Pero así fue, todavía me acordaba de los sentimientos que albergaba entonces, de que todo era tan frágil, también la felicidad que irradiaba por todas partes. Nada en mi vida me había preparado para tener un bebé, apenas había visto ninguno hasta entonces, y lo mismo le pasaba a Linda, no había tenido cerca ni un solo bebé en su vida de adulta. Todo era nuevo, todo había que aprenderlo por el camino, incluidos los errores que había que cometer. Enseguida empecé a considerar los distintos aspectos como desafíos, como si estuviera participando en una especie de concurso en el que se trataba de conseguir hacer el mayor número de cosas a la vez, y seguía con esa mentalidad cuando me quedé a cuidar de ella durante el día; hasta que no surgieran más factores nuevos el pequeño recinto estaba conquistado, y lo único que quedaban eran rutinas.

Delante de nosotros el ferry puso el motor en reversa, mientras entraba deslizándose los últimos metros hasta llegar al muelle. El revisor abrió la verja y nosotros, al parecer los únicos pasajeros, subimos a bordo empujando el carrito. Burbujas de agua verdosa subían hasta la superficie alrededor de las hélices. Linda sacó la cartera del bolsillo interior de su chaqueta azul y pagó. Yo me agarré a la barandilla y miré hacia la ciudad. El saliente blanco que era el Teatro Dramaten, el pequeño cerro que separaba la calle Birger Jarl de la de Svea, donde se encontraba nuestra casa. La enorme masa de edificios que casi llenaba todos los espacios del paisaje. Cómo otra perspectiva, que no mostraba para qué se usaban las casas y las calles, sino que sólo las contemplaba como forma y masa, por ejemplo de la manera en la que las numerosas palomas verían la ciudad cuando la sobrevolaban y se posaban en algún punto de ella, de repente convertía todo en algo desconocido. Un enorme laberinto de pasillos y huecos. Algunos bajo el cielo abierto, otros encerrados y otros bajo tierra, en angostos túneles por los que pasaban velozmente trenes parecidos a larvas.

Más de un millón de personas vivían allí su vida.

–Mi madre dice que si quieres puede quedarse con Vanja el lunes. Así tendrás el día para ti solo.

–Claro que quiero –dije.

—No será tan claro, ¿no?

Puse los ojos en blanco para mis adentros.

—Podemos pasar la noche en su casa —prosiguió—. Y venir juntos a la ciudad por la mañana temprano. Si tú quieres, claro. Y mi madre puede traer a Vanja por la tarde.

—Parece un buen plan —dije.

Cuando zarpó el ferry al otro lado, subimos la cuesta a lo largo del parque de atracciones, que durante los meses de verano estaba lleno de gente haciendo cola para sacar pases, delante de los quioscos de perritos calientes, camino de alguno de los restaurantes de comida rápida al otro lado de la calle o simplemente paseando. Entonces el asfalto estaba rebosante de entradas, billetes, folletos, papel de helados y de salchichas, servilletas y pajas, vasos de cartón de Coca-Cola, cartones de zumo y todo aquello que solía tirar a la calle la gente que se divertía. Ahora la calle estaba tranquila, vacía y limpia delante de nosotros. No se veía a nadie en ninguna parte, ni en los restaurantes a un lado, ni en el parque de atracciones al otro. Sobre una pequeña colina en el otro extremo estaba el local de conciertos Circus. Yo había estado una vez allí en el restaurante con Anders, después de buscar un sitio donde ver la Premier League en la televisión. En un televisor al fondo del local vimos el partido que queríamos ver. En el local sólo había una persona aparte de nosotros. La luz era débil, las paredes oscuras, y sin embargo el hombre llevaba gafas de sol. Era Tommy Körberg. Ese día todos los periódicos traían su cara en primera plana, había conducido borracho y lo habían pillado. Difícilmente podía uno andar un metro en Estocolmo sin que los demás se enteraran. Ahora estaba aquí, escondiéndose. Tan incómodas como las miradas obvias debían de ser para él las miradas minuciosamente reprimidas, porque al poco rato de entrar nosotros, él se marchó, aunque ninguno de los dos habíamos mirado en su dirección una sola vez.

Incluso mis peores ataques de angustia posalcohólicos palidecían comparado con lo que al parecer había sufrido él.

En el bolsillo me sonó el móvil. Lo saqué y miré la pantalla. Yngve.

–¿Hola? –dije.

–Hola –contestó–. ¿Qué tal?

–Bien. ¿Y tú?

–Bien.

–Estamos a punto de entrar en un café. ¿Te puedo llamar esta tarde? ¿O se trata de algo importante?

–No, no es nada. Llámame y hablamos.

–Hasta luego.

–Hasta luego.

Volví a meterme el móvil en el bolsillo.

–Era Yngve –dije.

–¿Está bien? –preguntó Linda.

Me encogí de hombros.

–No lo sé. Lo llamaré luego.

Dos semanas después de haber cumplido cuarenta años, Yngve había dejado a Kari Anne para irse a vivir solo. Todo había sucedido muy deprisa. No me había contado nada de sus planes hasta la última vez que estuvo aquí. Yngve hablaba raramente de esas cosas, se guardaba casi todo para él, si yo no preguntaba directamente, claro. Pero no era siempre muy oportuno preguntar. Además, yo no necesitaba ninguna confidencia suya para entender que llevaba mucho tiempo viviendo una vida que no deseaba vivir. Así que cuando me dijo que se separaba, me alegré por él. Al mismo tiempo no pude evitar pensar en mi padre, que había dejado a mi madre sólo unas semanas antes de cumplir cuarenta años. La coincidencia en la edad, que en este caso se ajustaba hasta en las semanas, no era ni de familia ni genética, y la crisis de los cuarenta no era ningún mito: había empezado a alcanzar a gente de mi entorno, y pegaba con fuerza. Algunos estaban a punto de volverse locos de desesperación. ¿Desesperación por qué? Por tener más vida. A los cuarenta, por primera vez la vida que uno vivía, siempre provisional, se había vuelto la propia *vida*, y esta coincidencia excluía todos los sueños e igualaba todas las ideas de que la vida real, aquella a la que uno estaba destinado, aquello grande que uno iba a acometer, estaba en otro lugar. A los cuarenta uno entendía que todo estaba allí, en lo pequeño y lo cotidiano, ya formado, y que siempre sería así, si uno no hacía algo. Apostar una última vez.

Yngve lo había hecho porque quería una vida mejor. Mi padre porque la quería radicalmente distinta. Por esa razón no estaba preocupado por Yngve, en realidad tampoco me había preocupado antes, él siempre se las apañaba.

Vanja se había dormido. Linda se paró y la reclinó. Miró la pizarra con los platos del día, colocada en la acera delante de Blå Porten.

–A decir verdad, tengo hambre –dijo–. ¿Y tú?

–Podemos comer –sugerí–. Esos filetes rusos de cordero están buenos.

Era un sitio estupendo. Un espacio abierto en medio, lleno de plantas y con agua corriente, donde te sentabas en los meses de verano. En invierno, el lugar ideal para sentarse era un corredor alargado con paredes de cristal. Lo único negativo era la clientela, que en su mayoría estaba formada por mujeres muy cultas de entre cincuenta y sesenta años.

Mantuve la puerta abierta para que Linda entrara el carrito, luego lo agarré por la barra entre las ruedas y lo bajé los tres escalones. El local estaba medio lleno. Elegimos la mesa más apartada de las demás por si Vanja se despertaba, y fuimos a pedir la comida. En la mesa que había junto a la ventana estaba sentada Cora. Al vernos, se levantó y sonrió.

–¡Hola! –dijo–. ¡Cuánto me alegro de veros!

Nos dio un abrazo, primero a Linda y luego a mí.

–Bueno –prosiguió–. ¿Qué tal os va?

–Bien –contestó Linda–. ¿Y a ti?

–¡Estupendo! Estoy aquí con mi madre, como podéis ver.

Saludé con la cabeza a su madre, a la que había conocido en una de las cenas de Cora. Me devolvió el saludo.

–¿Estáis solos? –preguntó Cora.

–No. Vanja está allí, en su carrito –contestó Linda.

–Muy bien. ¿Vais a quedaros un rato?

–Sí, un rato... –contestó Linda.

–Me paso luego por vuestra mesa –dijo Cora–. Así veré a vuestra hija. ¿No os importa?

–Claro que no –contestó Linda, y prosiguió hasta el mostrador al fondo del local, donde nos pusimos en la cola.

Cora era la primera amiga de Linda a la que conocí. Le encantaba Noruega y todo lo noruego, había vivido unos años en nuestro país y a veces se ponía a hablar noruego cuando se emborrachaba. Era la única persona sueca a la que yo había conocido que entendía que las diferencias entre los dos países eran grandes, y lo entendía de la única manera de la que se podía entender, con el cuerpo. Entendía que en Noruega la gente siempre se daba empujones en la calle, en las tiendas y en los medios de transporte colectivo. Que en Noruega la gente charlaba siempre en quioscos, en colas y en los taxis. Había abierto los ojos de par en par al leer los periódicos noruegos y ver cómo eran los debates que tenían lugar en ellos. ¡Pero si se ponen verdes los unos a los otros!, comentaba. ¡Se emplean a fondo! ¡No tienen miedo a nada! ¡No sólo opinan de todo lo pensable y lo impensable y llegan a decir cosas que ningún sueco habría dicho jamás, sino que gritan y regañan mientras lo hacen! ¡Qué liberador! Ese modo de pensar hizo que resultara más fácil conocerla a ella que al resto de los amigos de Linda, que eran socialmente formales de una manera muy diferente y más pulida, por no mencionar a la del colectivo de freelancers en el que ella me había metido. Eran buena gente, amables, a menudo me invitaban a almorzar, yo casi siempre declinaba la invitación, excepto un par de veces que me quedé callado, escuchando las conversaciones que mantenían. En una de esas ocasiones el tema que discutían era la inminente invasión de Irak, y el próximo y eterno conflicto entre Israel y Palestina. Bueno, llamarlo discusión..., era más bien como si estuvieran charlando sobre la comida o el tiempo. Al día siguiente me encontré a Cora, y me contó que su amiga había dejado el despacho compartido por un ataque de rabia. Al parecer habían tenido un violento intercambio de opiniones sobre la relación entre Palestina e Israel, la mujer se había puesto furiosa y se había dado de baja en el colectivo en ese mismo instante. Y así fue, al día siguiente su sitio estaba recogido y vacío. ¡Pero yo estaba presente! ¡Y no me di cuenta de nada! Ninguna agresión, ninguna bronca, nada. Sólo esas amables voces conversando, y los codos que les sobresalían como alas de pollo cuando manejaban los cubiertos. Así era Suecia, así eran los suecos.

Pero también Cora se disgustó aquel día. Le conté que Geir se había marchado a Irak dos semanas antes con el fin de escribir un libro sobre la guerra. Ella dijo que él era un idiota egoísta y unególatra. Ella no era en absoluto una persona politizada, de modo que me sorprendió su reacción. De hecho tenía lágrimas en los ojos mientras lo maldecía. ¿Tan fuerte era su empatía?

Su padre se había ido a la guerra del Congo en la década de los sesenta, dijo. Había trabajado como corresponsal de guerra. Eso lo había destrozado. No porque hubiese resultado herido o algo así, ni tampoco porque las experiencias le hubiesen estremecido de tal manera que le hubieran quedado secuelas mentales, sino al contrario, quería volver al Congo, quería más de la vida que había vivido allí, la cercanía de la muerte, una necesidad que no podía ser satisfecha en Suecia. Cora contó una extraña historia sobre que su padre luego llevaba una moto en un circo, una *moto de la muerte,* la llamaba ella, y había empezado a beber. Era destructivo y acabó con su vida cuando Cora era pequeña. Las lágrimas en sus ojos eran por su padre, sentía dolor por él.

¿Sería entonces una suerte que tuviera una madre tan fuerte, tan autoritaria y estricta?

Bueno, no necesariamente... Yo tenía la impresión de que su madre contemplaba la vida de Cora con cierta desaprobación, y que Cora se lo tomaba más en serio de lo que debía. Su madre era contable, y era obvio que la deambulación de Cora por el difuso paisaje cultural no se correspondía del todo con sus expectativas sobre lo que pudiera ser una vida apropiada para su hija. Cora había trabajado de periodista en varias revistas femeninas sin que eso hubiese afectado a su autoimagen; lo suyo era escribir poemas, ella era poeta. Había asistido a la escuela de escritura de Biskops-Arnö, donde también había estudiado Linda, y escribía buenos poemas, por lo que yo podía juzgar; en una ocasión la había oído recitar y me había sorprendido. Sus poemas no pertenecían ni a la poesía del lenguaje, como era el caso de la mayor parte de la poesía de los jóvenes poetas suecos, ni eran delicados y sensibles, como eran los de otros, sino que pertenecían más bien a un tercer grupo, desenfrenados y penetrantes de un modo impersonal, en un lenguaje expansivo que resultaba difícil asociar a ella. Pero no la publicaban. Las editoriales suecas se dejaban llevar por las coyunturas en muchísimo mayor grado que las noruegas, y eran mucho más prudentes, de manera que si no te adaptabas por completo a las circunstancias, no tenías ninguna posibilidad. Si ella aguantaba y trabajaba duramente, al final lo lograría, porque tenía talento, pero cuando la mirabas, no era precisamente la perseverancia lo que te saltaba a la vista. Tenía cierta tendencia a la autocompasión, hablaba en voz baja a menudo de temas deprimentes, pero a veces también podía cambiar en un pispás y mostrarse alegre e interesante. Cuando bebía, a veces llegaba a exigir toda la atención y a armar escándalo, la única de las amigas y amigos de Linda que era capaz de ello. ¡Tal vez por eso sentía yo simpatía por ella!

El pelo largo le colgaba a ambos lados de la cara. Los ojos detrás de las pequeñas gafas tenían una especie de tristeza canina. Cada vez que bebía, y a veces también cuando no, expresaba su gran admiración por Linda y su identificación con ella, algo que Linda nunca sabía muy bien cómo manejar.

Le acaricié la espalda a Linda. La mesa que teníamos delante estaba llena de tartas y pasteles de todos los tamaños y formas. De chocolate marrón oscuro, de vainilla amarilla clara, de mazapán verdoso, de merengue blanco y rosa. En cada bandeja había un pequeño banderín con el nombre de cada clase.

−¿Qué vas a querer tú? −le pregunté.

−No lo sé... Tal vez una ensalada de pollo. ¿Y tú?

−Filete ruso de cordero. Así sé lo que me dan. Pero yo puedo pedirlo todo. Tú ve a sentarte.

Eso hizo. Pedí la comida, pagué, llené dos vasos de agua, corté unas rebanadas de los panes que estaban en un extremo de la enorme mesa de repostería, cogí cubiertos, un par de barritas de mantequilla y unas servilletas. Lo puse todo en una bandeja y me coloqué al lado del mostrador a esperar a que sacaran la comida; por encima de la puerta giratoria veía la parte de la cocina. Fuera, en el patio, las mesas y las sillas estaban vacías entre las plantas verdes, que tenían un bonito aspecto en contraste con el suelo de hormigón gris y el cielo también gris. La combinación de esos colores, gris y verde, tenía algo que atrapaba al ojo. Ningún pintor habría sabido aprovechar eso mejor que Braque. Recuerdo que una vez que estuve con Tonje en Barcelona vi unos grabados suyos de unas barcas en una playa bajo un cielo colosal, de una belleza casi chocante. Costaban unos miles de coronas y pensé que era excesivo. Cuando me arrepentí ya era demasiado tarde, al día siguiente, un sábado, que era nuestro último día en la ciudad, intenté en vano abrir la puerta de la galería.

Gris y verde.

Pero también gris y amarillo, como la fantástica pintura de David Hockney de unos limones sobre una fuente. El separar el color del motivo fue la hazaña más importante del modernismo. Antes, cuadros como los de Braque y Hockney habrían sido impensables. La cuestión era si mereció la pena, teniendo en cuenta todo lo demás que trajo consigo para el arte.

El café en el que me encontraba pertenecía a la sala de arte Liljevalch; era la cuarta y última pared de la zona del jardín, y el pasillo en forma de claustro al que conducía la escalera formaba parte de ella. Lo último que había visto allí fue una exposición de Andy Warhol, cuya calidad fui incapaz de captar, independientemente de la perspectiva que adoptara, lo que me convirtió en un reaccionario, algo que bajo ninguna circunstancia quería ser, y menos cultivar. ¿Pero qué podía hacer?

El pasado no es más que uno de muchos futuros, solía decir Thure Erik. No era lo pasado lo que había que evitar e ignorar, sino lo anquilosado. Lo mismo regía para la época contemporánea. Y cuando la movilidad que el arte cultivaba era inmóvil, era ésa la que había que evitar e ignorar. No porque fuera moderna, en concordancia con nuestra época, sino porque no se movía, y estaba muerta.

–¿Filetes rusos de cordero y ensalada de pollo?

Me volví. Un joven con acné, gorra de cocinero y delantal apareció detrás del mostrador, con un plato en cada mano buscando al cliente.

–Aquí –dije.

Puse los platos en la bandeja y la llevé hasta nuestra mesa, donde estaba sentada Linda con Vanja sobre las rodillas.

–¿Se ha despertado? –le pregunté.

Linda asintió con la cabeza.

–Ya la cojo yo y así puedes comer –dije.

–Gracias –dijo Linda.

No hice esa oferta por altruismo, sino por egoísmo. Linda sufría a menudo de bajadas de azúcar en la sangre y se volvía más irritable cuanto más duraba el ataque. Después de haber convivido con ella durante más de tres años, yo captaba las señales mucho antes de que ella misma las percibiera; lo notaba en los detalles, un movimiento brusco, un atisbo negro en la mirada, una pizca de brusquedad en las respuestas. Lo único que había que hacer era ponerle comida delante y todo se arreglaba. Yo no había oído hablar del fenómeno hasta que llegué a Suecia, no tenía ni idea de que existiera algo llamado bajada de azúcar en sangre, y no entendía nada la primera vez que lo noté en Linda, ¿por qué contestaba tan malhumorada a ese camarero? ¿Por qué sólo hizo un leve gesto con la cabeza y desvió la mirada cuando se lo pregunté? Geir opinaba que el fenómeno, que estaba muy extendido y sobre el que se escribía mucho, se debía a que todos los suecos habían ido al jardín de infancia, donde les daban las llamadas «comidas entre horas» durante todo el día. Yo estaba acostumbrado a que uno se pusiera de mal humor porque algo había salido mal, o porque alguien te había insultado o algo así, es decir, por razones más o menos lógicas, y que era el humor de los niños pequeños el que dependía de si estaban hambrientos o no. Resultaba evidente que me faltaban muchos conocimientos sobre la manera de actuar de la mente humana. ¿O tal vez se tratara de la mente sueca? ¿O de la mente femenina? ¿O de la mente de la clase media cultural?

Cogí a Vanja y fui con ella a buscar una trona junto a la puerta de entrada. Con la niña en una mano y la silla en la otra volví a nuestra mesa, le quité el gorro, el mono y los zapatos y la senté en la silla. Tenía el pelo alborotado, la cara somnolienta, pero en sus ojos había una luz que infundía esperanza para una media hora tranquila.

Partí unos trocitos de albóndigas y se los puse delante. Intentó barrerlos de la mesa de un manotazo, pero los detuvo el borde de plástico de la misma. Antes de que le diera tiempo a volver a cogerlos y tirarlos uno a uno, yo los devolví a mi plato. Me incliné para ver si en la bolsa del carrito había algo que pudiera mantenerla ocupada durante unos minutos.

¿Podría ser una cajita de hojalata para comida?

Saqué de ella las galletas y las puse en el borde de la mesa, dejé la caja delante de la niña, me saqué las llaves del bolsillo y las metí dentro.

Eso era justamente lo que necesitaba: algo que hiciera ruido y que al mismo tiempo se pudiera sacar y meter.

El local estaba repleto de un zumbido de voces, tintineo de cubiertos y alguna que otra risa atenuada. En el breve rato transcurrido desde que llegamos se había llenado casi del todo. Siempre había montones de gente en Djurgården los fines de semana, y así era desde hacía más de cien años. No sólo los parques eran grandes y hermosos, en algunos tramos más bosque que parque, también había unos cuantos museos: Thielska Galleriet, con su máscara mortuoria de Nietzsche y sus pinturas de Munch, Strindberg y Hill; la casa museo Valdemarsudde, del príncipe artista Eugen, el Museo Nórdico, el Museo Biológico, y por supuesto, Skansen, con su parque zoológico con animales nórdicos y edificios de toda la historia de Suecia, todo creado en ese fantástico período de finales del siglo XIX y principios del XX, con su extraña mezcla de carácter burgués, romanticismo nacional, fanatismo por lo sano, y culto de lo decadente. Lo único que quedaba de aquello era el fanatismo por lo sano; de todo lo demás se alejaba lo máximo posible, especialmente del romanticismo nacional; ahora el ideal no era el ser humano único, sino la igualdad, no la cultura única, sino lo multicultural, de modo que allí todos los museos eran en realidad museos de museos. Ése era el caso sobre todo del Museo Biológico, claro, inalterado desde su construcción en algún momento de principios del siglo XX, y que ofrecía la misma exposición que entonces: diferentes animales disecados en un ambiente casi natural, y paredes pintadas por el gran pintor de pájaros y animales Bruno Liljefors. En aquella época había aún enormes parcelas de vida no afectadas por el ser humano, de modo que la recreación no se debía a otra necesidad que la de proporcionar conocimiento, y la mirada que ofrecía de nuestra civilización, a saber, que todo tenía que ser llevado a términos humanos, se debía no a la necesidad sino a las ganas, a la sed; y el hecho de que estas ganas y esta sed de conocimiento, que se suponía iban a expandir el mundo, al tiempo que lo reducían, también físicamente, donde lo que sólo se había iniciado, y por eso era llamativo, ya se había concluido, me daba ganas de llorar cada vez que iba allí. Que los fines de semana la corriente de seres humanos a lo largo de los canales y por los caminos de gravilla, por las praderas y a través de los bosquecillos, fuera la misma que a finales del siglo XIX reforzaba mi sentimiento: éramos como ellos, sólo que estábamos aún más perdidos.

Un hombre de mi edad se detuvo delante de mí. Había algo conocido en él y no era capaz de decir qué. Tenía la barbilla fuerte y prominente y la cabeza rapada para ocultar que se estaba quedando calvo. Los lóbulos de sus orejas eran gruesos y la piel de su cara tenía un atisbo de color rosa.

—¿Está libre esta silla? —preguntó.

—Sí —contesté.

La levantó con cuidado y la llevó hasta la mesa vecina, donde estaban sentados dos mujeres y un hombre de unos sesenta años, junto a una mujer de unos treinta y los que debían de ser sus dos hijos. Una familia de paseo con los abuelos.

Vanja dio uno de esos gritos tan horribles que había empezado a dar hacía unas semanas. Lo emitió con todas sus fuerzas. Se me metían directamente en el sistema nervioso, resultaba insoportable. La miré. La caja y las llaves estaban en el suelo al lado de la silla. Las recogí y las coloqué delante de ella. Las cogió y volvió a tirarlas al suelo. Podría haberse tratado de un juego, de no haber sido por el grito que siguió.

–Por favor, Vanja, no grites –dije.

Clavé el tenedor en la última mitad de patata, casi amarilla en contraste con el plato blanco, y me lo llevé a la boca. Mientras masticaba, junté en el plato los trozos de carne que me quedaban, los puse en el tenedor ayudándome con el cuchillo, además de unas tiras de cebolla de la ensalada, tragué y volví a llevármelo a la boca. El hombre que había venido a por la silla se estaba dirigiendo al mostrador con el hombre mayor que sería el padre de su mujer, aventuré, ya que ningún rasgo de su cara se veía en la del hombre mayor, mucho más corriente.

¿Dónde lo había visto antes?

Vanja volvió a chillar.

La niña tan sólo estaba impaciente, no había que ponerse nervioso, pensé, con la rabia subiéndome por el pecho.

Dejé los cubiertos en el plato, me levanté y miré a Linda, que también estaba a punto de terminar.

–Voy a dar una vuelta con ella por ese pasillo de allí –le dije–. ¿Quieres café luego, o lo tomamos en otro sitio?

–Podemos ir a otro sitio –sugirió–. O podemos quedarnos aquí.

Puse los ojos en blanco y me incliné hacia delante para coger a Vanja.

–No pongas esa cara –dijo Linda.

–Te he hecho una pregunta sencilla –dije–. Una pregunta de sí o no. ¿Quieres o no quieres? Y no eres capaz de contestarla.

Sin esperar a la respuesta, dejé a Vanja en el suelo, la cogí de las manos y empecé a andar con ella delante de mí.

–¿Qué quieres hacer tú? –preguntó Linda a mis espaldas.

Hice como si estuviera demasiado ocupado con Vanja para escuchar. Más impaciente que resuelta, ponía un pie delante del otro hasta que llegamos a la escalera, donde con mucho cuidado le solté las manos. Por un instante se quedó de pie, tambaleándose ligeramente. Luego se dejó caer de rodillas, subió a gatas los tres escalones, y gateó a gran velocidad hacia la puerta, como un cachorro. Cuando la puerta se abrió, la niña se sentó sobre las rodillas y miró con los ojos muy abiertos a los que entraban. Eran tres mujeres mayores. La última de ellas se detuvo y miró sonriente a Vanja, que bajó la vista.

–Es algo tímida, ¿verdad? –preguntó.

Sonreí cortésmente, cogí en brazos a Vanja y la saqué al patio. Señaló a unas palomas que picoteaban migas debajo de una mesa. Luego miró hacia arriba y señaló una gaviota que pasó volando.

–Pájaros –dije–. Y mira allí dentro, detrás de los cristales. Allí está toda la gente.

La niña me miró primero a mí, luego a ellos. Su mirada era viva, tan expresiva como impresionable. Cuando me cruzaba con esa mirada tenía siempre la sensación de saber quién era ella, ese pequeño ser humano tan determinado.

–Uf, qué frío hace –dije–. ¿Entramos?

Desde la escalera vi que Cora se había acercado a la mesa. Por suerte, no se había sentado. Estaba detrás de la silla con las manos en los bolsillos y una sonrisa en los labios.

–¡Qué grande está ya! –dijo.

–Sí –dije–. ¿Cómo de grande es Vanja?

Vanja solía mostrarse muy orgullosa cuando podía extender los brazos por encima de la cabeza. Pero ahora se limitó a apoyar la cabeza en mi hombro.

–Nos vamos a casa, ¿no? –dije, mirando a Linda–. Si nos tomamos el café aquí todavía necesitaremos media hora.

Estuvo de acuerdo.

–Pues sí, nosotras también nos vamos enseguida –dijo Cora–. Pero he quedado con Linda en que iré a visitaros un día de éstos. Así que nos veremos pronto.

–Estupendo –dije. Me coloqué a Vanja sobre las rodillas y empecé a ponerle el mono. Miré a Cora y sonreí, para no parecer antipático.

–¿Qué tal se te da ser amo de casa? –preguntó.

–Horrible –contesté–. Pero lo aguanto.

Cora sonrió.

–Lo digo en serio –añadí.

–Puedo entenderlo –dijo Cora.

–Karl Ove lo aguanta todo –intervino Linda–. Es su método en esta vida.

–Es una respuesta sincera, ¿no? –dije–. ¿Prefieres que mienta?

–No –contestó Linda–. Pero me da pena que te guste tan poco.

–No me gusta *tan* poco –objeté.

–Mi madre me está esperando –dijo Cora–. Me alegro mucho de haberos visto. Hasta pronto.

–Me alegro de haberte visto –dije.

Cuando se marchó, mi mirada se cruzó con la de Linda.

–No importa tanto, ¿no? –dije, y metí a Vanja en el carrito, la até con la correa y quité el freno de la rueda.

–Así es –contestó Linda, en un tono lo suficientemente cortante para que entendiera que quería decir lo contrario. Se agachó sin decir nada, levantó el carrito cuando llegamos a la escalera, y seguía callada cuando salimos del local y echamos a andar hacia el centro. Tenía la sensación de que el viento helado se nos estuviera metiendo hasta la médula. Alrededor de nosotros había montones de gente. Las paradas de autobús a ambos lados de la calle estaban repletas de personas con ropa negra tiritando. Vistas con cierta mirada recordaban a pájaros de esos que se amontonan y se quedan inmóviles mirando algún acantilado de la Antártida.

–Ayer fue tan romántico y tan bonito... –dijo por fin Linda, cuando pasamos por delante del Museo Biológico, desde donde podíamos vislumbrar el canal que lucía negro entre las ramas muy a lo lejos–. Y hoy es como si no quedara nada de eso.

–Yo no soy una persona romántica, ya lo sabes –dije.

–Ya, ¿pero qué clase de persona eres realmente?

No me miró al decirlo.

–Déjalo ya –dije–. No empecemos otra vez con eso.

Mi mirada se cruzó con la de Vanja y le sonreí. Ella vivía en su propio mundo, que estaba unido al nuestro mediante sentimientos y sensaciones, contactos físicos y sonido de voces. Resultaba extraño alternar entre los mundos, tal y como yo lo estaba haciendo entonces, malhumorado con Linda un momento, y alegre con Vanja al siguiente, era casi como si viviera dos vidas completamente separadas. Pero Vanja vivía sólo una, y pronto ésta se uniría a la otra cuando desapareciera la inocencia y ella asociara con algo lo que pasaba entre Linda y yo en momentos como ése.

Llegamos al puente sobre el canal. La mirada de Vanja se movía de un lado para otro entre la gente con la que nos cruzábamos. Cuando veía un perro o una moto, señalaba.

–La idea de que fuéramos a tener otro hijo me hizo sentirme muy feliz –dijo Linda–. La tuve presente ayer y la tengo hoy. He estado pensando en ello casi todo el rato. Una sacudida de felicidad en el estómago. Pero tú no lo sientes así. Y eso me entristece.

–Te equivocas –dije–. Yo también me sentí feliz.

–Pero ahora no estás contento.

–Es verdad –dije–. ¿Te parece tan raro? Lo único que ocurre es sólo que no estoy de muy buen humor.

–¿Es porque te quedas en casa con Vanja?

–Entre otras cosas, sí.

–¿La cosa mejorará cuando puedas escribir?

–Sí.

–Entonces debemos llevar a Vanja a la guardería ya –dijo Linda.

–¿Lo dices en serio? –pregunté–. Es muy pequeña.

Estábamos justo en la hora punta de los paseantes, de manera que en el puente, que era un cuello de botella en la ruta hasta Djurgården, nos vimos obligados a andar despacio. Linda agarraba el carrito con una mano. Aunque era algo que yo odiaba, no dije nada, sería demasiado mezquino, sobre todo mientras hablábamos de lo que hablábamos.

–Sí, es demasiado pequeña –dijo Linda–, pero el tiempo de espera es de tres meses. Para entonces tendrá dieciséis. También entonces será demasiado pequeña. Pero...

Al llegar al otro lado del puente fuimos hacia la izquierda, a lo largo del muelle.

–¿Qué estás diciendo realmente? –le pregunté–. Por un lado dices que va a ir a la guardería. Por otro lado dices que es demasiado pequeña.

–Yo opino que es demasiado pequeña. Pero si para ti es indispensable trabajar, la niña tendrá que ir de todos modos. Yo no puedo dejar la escuela.

–Jamás se ha barajado esa posibilidad. He dicho que me ocuparé de Vanja hasta el verano y que luego empezará en la guardería en el otoño. Nada ha cambiado.

–Pero si estás tan a disgusto...

–Sí. Pero a lo mejor no es tan importante. En todo caso, no quiero ser el hombre malvado que en contra de la voluntad de la mujer buena envía a su hija a la guardería demasiado pronto para satisfacer sus deseos personales.

Linda me miró.

–Si pudieras elegir, ¿qué elegirías?

–Si pudiera elegir, Vanja empezaría el lunes en la guardería.

–¿Aunque pienses que es demasiado pequeña?

–Sí. Pero la decisión no es sólo mía, ¿no?

–No. Pero estoy de acuerdo. El lunes llamaré para apuntarla en la lista de espera.

Seguimos un rato en silencio. Al lado derecho se encontraban los pisos más caros y exclusivos de Estocolmo. Una dirección más noble que ésa no era posible tener en esta ciudad. Y las casas eran un fiel reflejo de la dirección. Las fachadas no revelaban nada, no mostraban nada, parecían sobre todo castillos o fuertes. Sabía que dentro había unos pisos enormes, de doce o catorce habitaciones. Lámparas de araña, nobleza, enormes cantidades de dinero. Una vida de la que yo no sabía nada.

Al otro lado estaba la dársena, completamente negra hasta el borde del muelle, con espuma blanca en las olas más lejanas. El cielo estaba oscuro y pesado, el brillo de los edificios del otro lado se veía como pequeños pinchazos de luz en lo grande y gris.

Vanja se quejó un poco y se retorció en el carrito, deslizándose y acabando de costado. Eso le hizo lloriquear más. Cuando Linda se inclinó sobre ella y la enderezó en el carrito, la niña pensó por un momento que la iba a sacar, y emitió un grito de frustración al ver que no era el caso.

–Para un momento –dijo Linda–. Voy a mirar si hay una manzana o algo en la bolsa.

Sí que había, y al instante, la frustración había desaparecido como por arte de magia. Contenta, la niña se puso a morder la manzana verde, mientras seguíamos hacia el centro.

Tres meses, eso quería decir mayo. No ganaría más que dos meses. Pero era mejor que nada.

–Tal vez mi madre pueda ocuparse de Vanja unos días a la semana –dijo Linda.

–Eso sería estupendo –dije.

–Podemos preguntárselo mañana.

–Sospecho que va a decir que sí –dije con una sonrisa.

La madre de Linda dejaba lo que tuviera entre manos y acudía corriendo cuando alguno de sus hijos necesitaba su ayuda. Y si antes podía haber ciertos límites, ahora que tenía una nieta habían desaparecido por completo. Adoraba a Vanja, y lo haría todo, absolutamente todo, por ella.

–Ya estás contento, ¿no? –me preguntó Linda, acariciándome la espalda.

–Sí –contesté.

–Será bastante mayor para entonces –dijo ella–. Dieciséis meses. Eso ya no es *tan* poco.

–Torje tenía diez meses cuando empezó a ir a la guardería –dije–. Y al menos no tiene ninguna secuela visible.

–Y si realmente estoy embarazada, el parto sería en octubre. Entonces será bueno que haya ciertos esquemas fijados para Vanja.

–Yo creo que lo estás.

–Yo también. No, *sé* que lo estoy. Lo sé desde ayer.

Cuando llegamos a la plaza del Teatro Dramático y estábamos parados en un semáforo esperando a que se pusiera verde, empezó a nevar. El viento llegaba en ráfagas por las esquinas y los tejados, las ramas sin hojas se movían y los banderines se agitaban. Los pobres pájaros volaban desvalidos en el viento por encima de nuestras cabezas. Fuimos hasta la plaza que había al final de la calle Bibliotek, donde en la inocente década de los setenta tuvo lugar el drama de rehenes que sacudió toda Suecia y dio lugar al concepto de síndrome de Estocolmo, luego fuimos por una de las calles traseras hasta los almacenes NK, donde íbamos a hacer la compra para la cena de esa noche.

–Tú puedes irte a casa con ella si quieres, mientras yo hago la compra –dije, porque sabía cuánto odiaba Linda las tiendas y los hipermercados.

–No, quiero ir contigo –dijo ella.

Bajamos en el ascensor a la tienda de comestibles del sótano, compramos *salsiccia*, tomates, cebolla, perejil, dos paquetes de pasta rigatoni, helado y moras congeladas, luego subimos en el ascensor hasta la planta en la que se encontraba Systembolaget y compramos un cartón pequeño de vino blanco para la salsa de tomate, un cartón de vino tinto y una botellita de coñac. De camino me llevé los periódicos noruegos que acababan de llegar, *Aftenposten*, *Dagbladet*, *Dagens Næringsliv* y *VG*, además del *Guardian* y el *Times*, a cuya lectura a lo mejor, pero no era seguro, podría dedicar una hora el fin de semana.

Cuando llegamos a casa, faltaban unos minutos para la una. En arreglar el piso, es decir ordenarlo y fregarlo, se tardaría exactamente dos horas. Luego estaba el montón anormalmente grande de ropa para lavar. Pero teníamos tiempo; Fredrik y Karin no llegarían hasta las seis.

Linda sentó a Vanja en su silla y le calentó un potito de comida en el microondas, mientras yo cogía todas las bolsas de basura que se habían ido amontonando, sobre todo en el baño, donde los pañales no sólo llenaban el cubo de basura, de tal modo que la tapa se quedaba levantada, sino que también estaban amontonados por el suelo, y los bajé al cuarto de la basura de la planta baja. Como era fin de semana, todos los contenedores cuadrados estaban a rebosar. Abrí las tapas de todos, y empecé a meter las distintas clases de basura donde correspondía: cartón allí, plástico allá, metal acá, el resto en aquél. Como siempre, pude constatar que en esa casa se bebía bastante, pues una parte considerable de la basura de cartón eran cartones de vino; y casi todo el cristal que se tiraba eran botellas de vino y alcohol más fuerte. Además, siempre había grandes montones de revistas, tanto los suplementos que venían con los periódicos, como revistas más gruesas, más elaboradas. Sobre todo moda, decoración y casas de verano, temas de lectura en ese edificio. En el rincón de la pared corta había un agujero, tapado provisionalmente, que alguien había hecho con una sierra para entrar en la peluquería de al lado. Estuve a punto de pillarlos; una de las mañanas que me levanté a las cinco, salí con una taza de café en la mano y oí la estridente alarma de la peluquería en cuanto llegué a la entrada. Abajo había una guarda de seguridad con un teléfono en la oreja. En el momento en el que aparecí dio por finalizada la conversación. Me preguntó si yo vivía en el edificio. Se lo confirmé. Ella dijo que había habido un robo en la peluquería y que la policía estaba de camino. Entré con ella en el cuarto de las bicicletas, cuya puerta habían forzado, y vi el agujero de medio metro de ancho en la pared de yeso. Estuve a punto de contarle a la guarda un par de chistes sobre ladrones vanidosos, pero me reprimí, la guarda era sueca, y no entendería lo que yo decía o no entendería el chiste. Una de las consecuencias de vivir aquí, pensé, cerrando ruidosamente todas las tapas y la puerta con llave para fumarme un cigarrillo fuera, era simplemente que hablaba menos. Había dejado atrás todo ese parloteo, lo que se dice al dependiente de una tienda y en los cafés, a los revisores de los trenes, a las personas con las que se comparte casualmente una situación. Una de las cosas buenas de volver a Noruega era justo eso, notar cómo recuperaba ese tono de confidencialidad con personas a las que no conocía, y cómo se me relajaban los hombros. Y luego todos esos conocimientos que uno posee sobre sus compatriotas, que casi me sobrecogían cuando entraba en la sala de llegadas de Gardermoen, el aeropuerto de Oslo: aquél es de Bergen, ésa de Trondheim, anda, ésa era de Arendal, y esa mujer, ¿no era de Birkeland? Y lo mismo pasaba con todos los aspectos sociales. En qué trabajaba la gente, de qué capa de la sociedad provenía: todo quedaba claro en el transcurso de unos segundos, mientras que en Suecia todo quedaba oculto para siempre. Así desaparecía un mundo entero. ¿Cómo sería entonces vivir en una ciudad africana? ¿O en una japonesa?

Fuera, en el patio, el viento me azotó. La nieve que había caído se deslizaba ondulante y densa por el asfalto, en algunas partes era levantada como en velos, como si de repente me encontrara en una meseta de alta montaña y no en el patio trasero de una ciudad cercana al Mar Báltico. Me puse debajo de la superestructura que protegía la verja, hasta donde llegaban los punzantes copos de nieve sólo esporádicamente, en ráfagas muy violentas. La paloma estaba inmóvil en su rincón, impasible ante mi presencia y mis movimientos. Vi que el café al otro lado de la calle estaba lleno, en su mayoría de gente joven. Algún que otro peatón pasaba por la acera, inclinado contra el viento. Todos giraban la cabeza en mi dirección.

El robo del que yo casi había sido testigo no fue el único. Como mi edificio se encontraba justo en el centro, de vez en cuando era frecuentado por indigentes. Una mañana me encontré a uno en la lavandería del sótano, dormido al fondo del cuarto, al lado de una de las lavadoras, cuyo calor tal vez hubiese buscado como un gato. Hice ruido con la puerta, luego subí y esperé unos minutos, y cuando volví, el hombre había desaparecido. Otra vez me encontré con otro en el sótano, una noche que bajé sobre las diez a buscar algo a nuestro trastero, y allí estaba él, apoyado en la pared, barbudo y con ojos intensos, mirándome. Lo saludé con un gesto de la cabeza, abrí el trastero con la llave y me marché en cuanto cogí lo que necesitaba. Claro que debería haber llamado a la policía, podía haber peligro de incendio, por ejemplo, pero como a mí no me molestaban, les dejaba en paz.

Apagué el cigarrillo contra la pared y lo tiré obedientemente al cenicero grande, mientras pensaba que tendría que tomarme en serio los planes de dejarlo, tenía la sensación de que los pulmones me ardían. Y llevaba muchos años despertándome por la mañana con la garganta llena de una densa flema. Pero hoy no, nunca hoy, me dije a media voz, como era mi costumbre últimamente. Abrí la puerta con la llave y me metí otra vez dentro.

Mientras fregaba el piso, podía oír los quehaceres de Linda y Vanja; la madre le leía, le buscaba juguetes que en su mayoría acababan siendo golpeados contra el suelo una y otra vez, entonces yo estaba a punto de intervenir, pero al parecer la vecina no estaba en casa, así que todo el rato tenía que frenarme; Linda le cantaba canciones y comía con ella las llamadas «comidas entre horas». A veces entraban a verme, Vanja colgada del brazo de Linda, que intentaba leer el periódico mientras la niña jugaba sola, pero no tardaba muchos minutos en volver a exigir la atención de su madre. ¡Que siempre se la prestaba! Pero yo debía tener cuidado y no opinar al respecto, pues lo que dijera enseguida era interpretado como crítica. Tener otro niño tal vez distendiera un poco esa dinámica tan tensa. Un tercero seguro que lo haría.

Cuando acabé de limpiar, me senté en el sofá con el montón de periódicos. Lo único que faltaba por hacer era planchar el mantel, poner la mesa y hacer la comida. Pero era un plato sencillo, no tardaría más de media hora en prepararlo, de manera que iba bien de tiempo. Fuera ya estaba oscureciendo. Se oía a alguien tocar la guitarra en el piso de arriba, era el barbudo cuarentón que ensayaba sus blues.

Linda apareció en la puerta.

—¿Coges tú a Vanja? —me preguntó—. Yo también quiero una pausa.

—Acabo de sentarme —dije—. He fregado todo este jodido piso, supongo que te has dado cuenta.

—Y yo me he ocupado de Vanja —dijo ella—. ¿Crees que eso es menos cansado?

Sí que lo creía. Yo podía tener a Vanja y fregar el piso. En esos casos la niña solía llorar un poco, pero funcionaba. Ahora bien, no debía seguir por ahí si no quería un enfrentamiento abierto.

—No, no lo creo —contesté—. Pero yo estoy con Vanja toda la semana.

—Y yo también —señaló ella—. Por las mañanas y por las tardes.

—Venga ya —dije—. El que se queda en casa con ella soy yo.

—¿Qué hacías tú cuando yo me quedaba en casa con ella? ¿Acaso te ocupabas de ella por las mañanas y por las tardes? ¿Y acaso me iba yo a un café cada día cuando tú volvías a casa como haces tú ahora?

—Vale —dije—. Me ocuparé de ella. Siéntate.

—Con esa actitud no. Para eso la cojo yo.

—¿Y qué importa mi actitud? Yo la cojo, tú te tomas una pausa. Así de sencillo.

—Y tú te tomas continuas pausas para fumar. ¿Has pensado en eso?

—Empieza a fumar tú entonces —dije.

—Tal vez lo haga.

Pasé por delante de ella sin mirarla, hasta donde estaba Vanja sentada en el suelo soplando una flauta dulce con una mano y agitando la otra. Me coloqué junto a la ventana y crucé los brazos sobre el pecho. No iba a aceptar todos los caprichos de Vanja. La niña tendría que poder aguantar unos minutos sin plena ocupación, como otros niños.

Oí a Linda hojear un periódico en el salón.

¿Le diría que ella tenía que planchar el mantel, poner la mesa y hacer la comida? ¿O mostrarme sorprendido y decirle que ésa era su tarea, cuando viniera a seguir ocupándose de Vanja? Porque habíamos intercambiado las tareas, ¿no?

En ese instante, un penetrante olor fétido empezó a extenderse por la habitación. Vanja había dejado de soplar la flauta dulce, y se había quedado muy quieta, con la mirada perdida. Me volví y eché un vistazo por la ventana. Vi los copos de nieve volar por la calle, donde el brillo de las farolas colgantes los captaba, pero no eran visibles hasta que daban contra el cristal de la ventana con sus golpecitos apenas audibles. La puerta de US VIDEO se abría y se cerraba constantemente. Los coches pasaban a intervalos, regulados por un cruce con semáforos invisible para mí. Y veía las ventanas de los pisos de enfrente, que estaban tan lejos que las personas que los habitaban sólo eran visibles como vagas intrusiones en la tenue luz en las superficies de sus cristales.

Me di la vuelta otra vez.

–¿Has acabado ya? –le pregunté a Vanja, mirándola. Sonrió. La cogí por debajo de los brazos y la lancé a la cama. Se echó a reír.

–Voy a cambiarte el pañal –le dije–. Y es muy importante que te estés quietecita. ¿Comprendes?

La levanté y volví a tirarla sobre la cama.

–¿Lo entiendes, pequeño trol?

Se reía tanto que por poco se queda sin respiración. Le quité el pantalón, y ella se retorció y gateó a gran velocidad hacia dentro de la cama. La cogí por el tobillo y tiré de ella hacia mí.

–Tienes que estarte quieta, ¿sabes? –dije, y por un momento fue como si realmente me entendiera, porque se quedó inmóvil, mirándome con sus ojos redondos. Con una mano le levanté las piernas y con la otra solté las tiras y le quité el pañal. Luego intentó liberarse, retorció el cuerpo, y como la tenía cogida, se quedó formando un arco, como un epiléptico.

–No, no, no –dije y la volví a lanzar a la cama. Ella se rió, yo saqué unas toallitas del paquete lo más deprisa que pude, ella volvió a darse la vuelta, yo la apreté hacia abajo y la limpié, respirando por la nariz e intentando no hacer caso a la irritación que crecía dentro de mí. Me había olvidado de apartar el pañal sucio, ella metió el pie en él, lo eché hacia un lado y le limpié de mala gana el pie, porque sabía que las toallitas ya no bastaban. La cogí y la llevé al baño, y con ella pataleando debajo de mi brazo descolgué la ducha del soporte, abrí el grifo, regulé la temperatura con el dorso de la mano y empecé a lavar con cuidado la parte inferior de su cuerpo, mientras ella intentaba agarrar los extremos amarillos de la cortina. Acto seguido la sequé con una toalla y conseguí, tras impedir un par de intentos de fuga, ponerle un pañal limpio. Luego había que envolver el usado, meterlo en una bolsa de plástico, atarla y dejarla delante de la puerta de la entrada.

Linda estaba hojeando un periódico en el salón. Vanja golpeó contra el suelo una de las piezas del juego de construcción que Öllegård le había regalado cuando cumplió un año. Me tumbé en la cama con los brazos debajo de la cabeza. Al instante empezaron a retumbar las tuberías.

–No hagas caso a esa mujer –dijo Linda–. Deja que la niña juegue como quiera.

Pero no podía hacer eso. Me levanté, me acerqué a Vanja y le quité la pieza. En compensación, le di un corderito de tela. Lo tiró enseguida. Empecé a hablar con voz de payaso haciendo que el cordero se moviera de un lado para otro, pero ella siguió sin mostrar ningún interés. Lo que quería era la pieza, el sonido de cuando la golpeaba contra el parqué. Y si eso era lo que quería, habría que dárselo. Sacó dos piezas de la caja y se puso a golpearlas contra el suelo. Un segundo después volvieron a sonar las tuberías. ¿Qué pasaba, estaba la mujer allí abajo *esperando?* Cogí una de las piezas de la caja y la golpeé con todas mis fuerzas contra la tubería. Vanja me miró riéndose. Al instante oí un portazo en el piso de abajo. Fui al salón y luego a la entrada. Cuando sonó el timbre abrí la puerta de un golpe. La rusa me miró enfurecida. Yo di un paso al frente, quedando a sólo unos centímetros de ella.

–¿Qué COÑO quieres? –grité–. ¿Qué COÑO pretendes subiendo aquí? No te quiero ver. ¿Lo ENTIENDES?

La mujer no se lo esperaba. Dio un paso atrás e intentó decir algo, pero en el momento de pronunciar la primera palabra, yo me lancé de nuevo.

–¡VETE DE AQUÍ, ME CAGO EN LA PUTA! –grité–. ¡SI VUELVES A TOCAR A NUESTRA PUERTA, LLAMARÉ A LA POLICÍA!

En ese instante subía por la escalera una mujer de unos cincuenta años. Era una de las que vivían en el piso de arriba. Miró al suelo al pasar. Pero no obstante era una testigo. Tal vez le infundiera valor a la rusa, porque no se marchó.

–¿NO ENTIENDES LO QUE TE ESTOY DICIENDO? ¿ERES UNA JODIDA IDIOTA O QUÉ? ¡VETE DE AQUÍ, TE DIGO! ¡LÁRGATE!

Al decir esto di otro paso hacia ella. Ella se dio media vuelta y empezó a bajar las escaleras. Tras unos pasos se volvió de nuevo hacia mí.

–Esto tendrá consecuencias –dijo.

–Me importa una mierda –contesté–. ¿A quién crees que van a creer? ¿A una solitaria y alcoholizada rusa o a una pareja feliz con una niña pequeña?

Acto seguido cerré la puerta y me metí en casa. Linda estaba en la puerta del salón mirándome. Pasé por delante de ella sin que nuestras miradas se cruzaran.

–A lo mejor no ha sido muy inteligente por mi parte –dije–. Pero me siento muy bien.

–Me lo imagino –dijo Linda.

Entré en el dormitorio y le quité las piezas a Vanja, las metí en la caja y la dejé encima de la cómoda para que no la alcanzara. Con el fin de alejar sus pensamientos de aquella desesperación que la inundaba, la cogí en brazos y la coloqué en el alféizar de la ventana. Nos quedamos un rato mirando los coches. Pero me encontraba demasiado alterado para poder estar quieto mucho tiempo, así que volví a dejarla en el suelo y fui al baño a lavarme las manos, siempre tan frías en el invierno, con agua caliente, me las sequé, y me quedé mirando mi reflejo en el espejo. No revelaba ninguno de los pensamientos o sentimientos que se movían dentro de mí. Quizá la herencia más clara de mi infancia era que las voces altas y las disputas me daban miedo. No había nada peor para mí que discusiones y escenas. Y durante mucho tiempo había conseguido evitarlas en mi vida de adulto. En ninguna de las relaciones que había tenido hubo peleas ruidosas, todo se desarrolló de acuerdo con mi método, que era ironía, sarcasmos, falta de amabilidad, reproches, silencios. Cuando Linda entró en mi vida, eso cambió. ¡Y cómo cambió! Y yo, yo tenía miedo. No era en absoluto un miedo racional, huelga decir que mi fuerza física era muy superior a la suya, y en cuanto al equilibrio en la relación, ella me necesitaba más a mí que yo a ella, en el sentido de que a mí no me importaba estar solo, que para mí lo de estar solo no era únicamente una posibilidad, sino también una tentación. Ella, por su parte, temía quedarse sola más que ninguna otra cosa, y sin embargo, a pesar de cómo era la relación de fuerzas, yo tenía miedo cuando ella me atacaba. Tenía miedo como cuando era pequeño. No me sentía muy orgulloso, ¿pero qué podía hacer? No era algo que pudiera dirigir con los pensamientos o la voluntad, era algo muy distinto que se desataba dentro de mí en esas ocasiones, arraigado en lo más profundo, en aquello que tal vez fuera el propio fundamento de mi carácter. Pero Linda ignoraba todo eso. Mi miedo no era evidente desde fuera. Cuando contraatacaba, a veces la voz se me quebraba, porque el llanto se me había quedado en la parte de arriba del pecho, pero a sus ojos, que yo supiera, también podía deberse a una rabieta. No, de alguna manera ella debía de sospechar. Pero no lo terrible que era para mí.

Supongo que yo había aprendido algo de ello. Gritarle a alguien como acababa de hacer con la rusa, habría sido impensable sólo un año antes. Pero con ello jamás habría una reconciliación, claro. Después de eso sólo sería posible un empeoramiento.

¿Y qué?

Cogí las cuatro bolsas azules de IKEA llenas de ropa sucia, de las que me había olvidado, y las dejé en la entrada. Me calcé y dije como de pasada que me bajaba al sótano a lavar. Linda apareció en la puerta.

–¿Tienes que hacerlo ahora? –preguntó–. Enseguida llegarán, ¿no? Y aún no hemos empezado con la comida...

–Sólo son las cuatro y media –objeté–. Y no tenemos nueva hora en la lavandería hasta el jueves.

–Vale –dijo–. ¿Amigos?

–Sí –dije–. Claro.

Se acercó a mí y nos besamos.

–Te amo, ¿sabes? –dijo.

Vanja venía gateando desde el salón. Se agarró a la pierna del pantalón de Linda y se levantó.

–Hola, ¿quieres participar tú también? –le pregunté, levantándola. Puso su cabeza entre las nuestras. Linda se rió–. Bien –dije–. Entonces bajo a poner una lavadora.

Bajé la escalera contoneándome con dos bolsas en cada mano. Intentaba apartar de mi mente el desasosiego que me producía pensar en la vecina, el que fuera tan impredecible y ahora además estuviera profundamente ofendida. ¿Qué era lo peor que podía suceder? No iba a venir corriendo con un cuchillo en la mano. Vengarse a escondidas, ése era su estilo.

La escalera estaba vacía, vacío el portal, vacía la lavandería del sótano. Encendí la luz, clasifiqué la ropa en cuatro montones, ropa de color a cuarenta grados, color a sesenta grados, ropa blanca a cuarenta, blanca a sesenta, y metí dos de los montones dentro de sendas lavadoras enormes, eché detergente en el cajón extensible y puse las dos en marcha.

Cuando volví a subir, Linda había puesto música, uno de los discos de Tom Waits que había salido después de que yo hubiera perdido el interés por él, y que ya sólo me parecían «algo que recordaba a Tom Waits». En una ocasión Linda había traducido al sueco letras de Waits para un espectáculo en Estocolmo, lo que según ella había sido de lo más divertido y grato que había hecho jamás, y seguía teniendo una relación intensa, por no decir íntima, con su música.

Linda había cogido copas y vasos, cubiertos y platos de la cocina y los había dejado en la mesa. También había dejado allí un mantel, todavía doblado, y un montoncito de servilletas de tela arrugadas.

–Habrá que plancharlo, ¿no? –preguntó.

–Sí, si vamos a poner mantel, hay que plancharlo. ¿Puedes hacerlo tú mientras yo me pongo con la comida?

–Vale.

Ella fue a por la tabla de planchar a la despensa y yo fui a la cocina y saqué los ingredientes para la cena. Puse la olla de hierro en la placa y la encendí, eché un poco de aceite, pelé y corté el ajo. Linda cogió la botella de agua para la plancha del armario de debajo de la encimera. La agitó para ver si tenía agua.

–¿Lo haces sin receta? –preguntó.

–Ya me lo he aprendido –dije–. ¿Cuántas veces hemos servido ya este plato? ¿Veinte?

–Pero ellos no lo han probado –objetó.

–Es verdad –dije, poniendo la tabla sobre la olla y dejando caer al aceite las pequeñas láminas de ajo. Linda volvió al salón.

Fuera seguía nevando, un poco más sosegadamente ya. Pensé que en dos días estaría de vuelta en mi despacho y me recorrió un sentimiento de felicidad. Tal vez Ingrid podría ocuparse de Vanja más de dos días a la semana. Yo no pedía más de la vida que eso. Quería estar en paz, quería escribir.

Fredrik era el amigo más antiguo de Linda. Se habían conocido a los dieciséis años, cuando los dos trabajaban en el guardarropa del Teatro Dramaten, y desde entonces habían mantenido el contacto. Él era director de cine y ahora trabajaba sobre todo en publicidad, mientras esperaba a poder realizar su primer largometraje. Sus clientes eran importantes, sus anuncios se veían constantemente en la televisión, de modo que supuse que era bueno haciendo cine y que se ganaba muy bien la vida. Había rodado tres cortometrajes para los que Linda había escrito los guiones, y una película algo más larga. Tenía los ojos azules, muy juntos, y el pelo rubio. Su cabeza era grande, su cuerpo delgado, y en su carácter había algo esquivo, tal vez también algo difuso que hacía difícil saber qué pensaba en realidad. Se reía más entre dientes que abiertamente, y tenía un talante ligero, lo que en conjunto podía conducir a que se le juzgara erróneamente. Eso no quería decir necesariamente que esa ligereza escondiera una gran profundidad o un gran peso, sino más bien que funcionaba de maneras que no eran obvias. Había algo en Fredrik, yo no sabía lo que era, sólo que había algo que quizá algún día acabaría plasmando en una película notable, o quizá no, que me hacía sentir curiosidad por él. Era listo y valiente, y años atrás habría descubierto que no tenía mucho que perder. Al menos así entendía yo su carácter. Linda decía que su mayor fuerza como director residía en su manera de tratar a los actores, de sacar de ellos justo lo que necesitaban para dar lo mejor, y cuando lo veía lo entendía, era un alma amable que lisonjeaba a todo el mundo, y eso tan inofensivo en su conducta hacía que uno se sintiera fuerte, a la vez que lo que tenía de calculador se aprovechaba de ello. Los actores podían discutir su papel e intentar profundizar en él, pero la totalidad, allí donde estaba el verdadero sentido, no podían verla durante el proceso, sólo la conocía él.

Me gustaba, pero no podía hablar con él, e intentaba evitar todas las situaciones en las que podíamos llegar a estar solos. Que yo supiera, él hacía lo mismo.

A su novia, Karin, la conocía menos. Iba a la misma escuela que Linda, la Escuela de Arte Dramático, pero en el curso de guiones de cine. Como yo también escribía, debería poder comunicarme más fácilmente con ella, pero como lo artesanal era tan importante en la escritura de guiones de cine, donde se trataba de toda clase de curvas de emoción, desarrollo de caracteres, argumento y subargumento, impacto y punto de inflexión, yo suponía que tenía poco que aportar en ese aspecto, por lo que nunca mostraba más que un interés cortés. Karin tenía el pelo negro, los ojos marrones y pequeños, y la piel de su cara estrecha era blanca. Irradiaba una especie de objetividad que encajaba bien con lo ligero y pueril del carácter de Fredrik. Tenían un hijo y estaban esperando el segundo. Al contrario que nosotros, se las apañaban bien, tenían orden en su hogar, salían con su hijo y hacían cosas interesantes. Después de haber estado en su casa, o después de que ellos hubieran estado en la nuestra, Linda y yo hablábamos a menudo de lo extraño que era que lo que para ellos parecía tan sencillo, estuviera totalmente fuera de nuestro alcance.

Había muchas cosas que hablaban a favor de que nos hiciéramos amigos como parejas: teníamos la misma edad, trabajábamos en los mismos campos, pertenecíamos a la misma cultura y teníamos niños. Pero siempre había algo que faltaba, siempre era como si nos encontráramos en lados opuestos de un pequeño precipicio, la conversación era siempre tentativa, sin encontrar del todo su objetivo. Las pocas veces que lo lográbamos, constituía una alegría y un alivio para todos. Gran parte de la razón por la que no funcionaba del todo era yo, tanto mis grandes extensiones de silencio, como ese rasgo de malestar que se me venía encima cuando por fin decía algo. Esa noche transcurrió más o menos de la misma manera. Llegaron unos minutos después de las seis, intercambiamos unas frases de cortesía, Fredrik y yo nos tomamos un gin-tonic, nos sentamos a cenar, nos preguntamos unos a otros por distintos asuntos, qué tal iba esto o aquello, y como siempre, quedó claro que ellos eran mucho más competentes en eso que nosotros, o al menos que yo, que no podía ni soñar con tomar la iniciativa para de repente ponerme a contar algo que había vivido o pensado, en un intento de iniciar una conversación. Tampoco Linda lo hacía a menudo, su estrategia consistía más bien en dirigir la temática hacia ellos, preguntar algo, y luego desarrollarlo a partir de ahí, si no estaba tan segura de sí misma y se sentía tan bien que tomaba la iniciativa con esa naturalidad que yo no tenía. Si lo hacía, la velada era un éxito, entonces había tres jugadores que no pensaban en el juego.

Elogiaron la comida, yo quité la mesa. Preparé café y puse platos de postre, mientras Karin y Fredrik acostaban al niño en el dormitorio, al lado de la cuna donde Vanja ya dormía.

–Por cierto, tu casa salió en la televisión noruega el otro día –dije, cuando su hijo se había dormido y los dos habían vuelto a sentarse y se habían servido helado y moras calientes.

«Su casa» era mi despacho, en realidad un estudio de una

habitación y baño, y una pequeña cocina en un rincón, que me alquilaba Fredrik.

—¿Ah, sí?

—Me entrevistaron para el telediario de la televisión noruega. Al principio querían grabarlo en casa. Me negué, claro está. Habían oído que yo ahora cuidaba de mi hija en casa, y me preguntaron si podían filmarme con ella. Volví a negarme, claro está. Pero se pusieron muy pesados. No necesitaban filmarla, con el carrito sería suficiente. ¿Tal vez yo podría ir empujando el carrito por la ciudad y luego por ejemplo entregársela a Linda antes de empezar la entrevista? ¿Qué podía contestar?

—«No», por ejemplo —apuntó Fredrik.

—Pero tenía que darles *algo*. Bajo ninguna circunstancia querían hacerlo en un café o algo parecido. Tendría que *tratar* de algo. Así que me hicieron la entrevista en tu despacho, y además, yo iba buscando un ángel que iba a comprar a Vanja en la Ciudad Vieja. Ah, era todo tan tonto que me entran ganas de llorar. Pero así es. Hay que darles algo.

—Pero salió bien —dijo Linda.

—No, no salió bien —objeté—. Pero me cuesta entender cómo podría haber salido mejor. En esas circunstancias, quiero decir.

—¿Así que eres famoso en Noruega? —preguntó Fredrik, mirándome con astucia.

—No, no. Se debe únicamente a que fui finalista de aquel premio.

—Ajá —exclamó Fredrik, echándose a reír—. Te estaba tomando el pelo. Lo cierto es que acabo de leer un extracto de tu novela en una revista sueca. Es muy sugerente.

Le sonreí.

Con el fin de alejar la atención del hecho de que hubiese habido cierta autocomplacencia en el tema que acababa de introducir, me levanté y dije:

—Ah, se me había olvidado. Hemos comprado una botellita de coñac para esta noche. ¿Quieres un poco?

Me fui a la cocina sin darle tiempo a contestar. Cuando volví, la conversación se había desviado hacia el alcohol dando el pecho. Un médico le había dicho a Linda que era completamente inofensivo, al menos en cantidades moderadas, pero Linda no quería correr el riesgo, ya que las autoridades sanitarias suecas recomendaban abstenerse totalmente. Una cosa era alcohol y embarazo, entonces el feto estaba en contacto directo con la sangre de la madre, otra cosa distinta la lactancia. De allí el camino era corto al embarazo en general, y de ahí a los partos. Yo contribuí con algún comentario, pero la mayor parte del tiempo estaba callado escuchando. El parto es un tema de conversación íntimo y delicado para las mujeres, en él puede haber mucho prestigio escondido y, como hombre, lo único posible es en realidad mantenerse a distancia. No opinar. Y eso hicimos Fredrik y yo. Hasta que surgió el tema de la cesárea. Entonces no pude aguantarme.

–Es absurdo que la cesárea exista como una alternativa a parir –dije–. Cuando hay razones médicas para ello, lo entiendo muy bien. Pero cuando no existen razones médicas, cuando la madre está sana y bien, ¿por qué cortarle el vientre y sacar al niño por ahí? Lo vi una vez en la televisión, y, joder, qué brutalidad: en un momento el niño reposaba dentro del vientre de la madre, y al instante siguiente se encontraba fuera, a la luz. Tiene que ser muy traumático para el niño. Y para la madre. El parto es una transición, y el que se desarrolle despacio es una manera de prepararse, tanto para la madre como para el niño. No me cabe ninguna duda de que hay un sentido en ello, que ocurre así por alguna razón. Y ahora se renuncia a todo ese proceso y a todo lo que se pone en marcha en el niño en ese espacio de tiempo, que ocurre completamente fuera de nuestro control, porque resulta más fácil abrirle a la madre el vientre y sacar por ahí al niño. En mi opinión es enfermizo.

Se hizo el silencio. El ambiente era incómodo. Linda parecía avergonzada. Entendí que había traspasado un límite sin saberlo. Había que salvar la situación, pero como no sabía en qué me había equivocado, yo no podía ser. Quien lo hizo fue Fredrik.

–¡Un auténtico reaccionario noruego! –dijo con una sonrisa–. Y encima es escritor. ¡Hola, Hamsun!

Lo miré extrañado. Me guiñó un ojo y volvió a sonreír. Durante el resto de la velada me llamó Hamsun. Hola, Hamsun, ¿te queda algo más de café?, decía, por ejemplo. O: ¿Tú qué opinas, Hamsun? ¿Nos vamos a vivir al campo o nos quedamos en la ciudad?

Este último era un planteamiento que discutíamos a menudo, porque Linda y yo no éramos los únicos que pensábamos irnos fuera de Estocolmo, tal vez a una de las islas de la costa sur o este de Noruega, también Fredrik y Karin pensaban lo mismo, sobre todo Fredrik, que albergaba ideas románticas sobre la vida en una pequeña granja en un bosque de algún lugar, y algunas veces incluso nos mostraba fotos de sitios de ese tipo que había encontrado en internet. Pero ese giro hacia Hamsun colocó al final nuestra motivación bajo una luz muy distinta. Y todo sólo porque yo había dicho que la cesárea tal vez no fuera la mejor manera de parir a los niños.

¿A qué se debía?

Cuando se hubieron marchado, llenos de agradecimiento por una velada agradable y con muchas invitaciones a repetir, y después de que yo hubiera ordenado el salón, recogido la mesa y puesto el lavavajillas, me quedé un rato levantado mientras Linda y Vanja dormían en la otra habitación. Yo ya no tenía costumbre de beber, de modo que noté el coñac como una cálida llama ardiendo justo detrás de los pensamientos, y arrojando sobre ellos un brillo de descuido. Pero no estaba borracho. Tras quedarme sentado inmóvil en el sofá durante media hora sin pensar en nada especial, fui a la cocina, me bebí unos vasos de agua, cogí una manzana y me senté delante del ordenador. Una vez encendido, entré en Google Earth. Giré lentamente el globo, encontré la punta de Sudamérica y luego me deslicé lentamente hacia arriba, primero a gran distancia, hasta que encontré un fiordo que se abría camino dentro del país y utilicé el zoom. Un río bajaba por un valle, a un lado se levantaban empinadas las montañas, al otro, el río se ramificaba en algo que tendría que ser un humedal. Más afuera, al borde del fiordo, había una ciudad, Río Gallegos. Las calles que la dividían en cuadrados eran rectilíneas. Por el tamaño de los coches en las calles supe que las casas eran bajas. La mayor parte tenía tejados planos. Calles anchas, casas bajas, tejados planos: provincia. La edificación se volvía cada vez más escasa cuanto más se acercaba al mar. Las playas parecían desiertas, exceptuando unas instalaciones portuarias. Puse el zoom hacia fuera de nuevo y vi el brillo verdoso de los bajíos que en algunas partes se extendían desde la playa y lo azul oscuro allí donde empezaban las profundidades. Las nubes colgando sobre la superficie del mar. Luego continué por la costa, por ese despoblado paisaje que tendría que ser la Patagonia, y me detuve en otra ciudad, Puerto Deseado. Era pequeña y tenía un carácter casi de desierto estéril. En medio de la ciudad había una montaña, la ciudad apenas tenía edificaciones, dos lagunas que parecían muertas. Junto al mar estaban las instalaciones de la refinería. Muelles con grandes buques tanque. El paisaje que rodeaba la ciudad estaba sin edificar, montañas altas sin vegetación, algún que otro camino que se enlazaba hacia dentro en el paisaje, algún que otro lago, algún valle con ríos, árboles y casas. Me salí un poco y agrandé Buenos Aires, situada en la bahía, con Montevideo al otro lado, elegí un sitio en la línea de la costa, y aterricé en el aeropuerto. Los aviones estaban alineados como una bandada de aves blancas junto a la terminal, a un tiro de piedra del agua, y al lado se dibujaba un camino bordeado de árboles. Lo seguí y llegué a algo parecido a tres enormes piscinas en medio de un parque. ¿Qué podría ser? Me acerqué más. ¡Ajá! ¡Un parque acuático! Sabía que algo más allá, al otro lado de la carretera de esa zona abierta y bastante grande, se encontraba el estadio de River Plate. Era sorprendentemente ancho, porque no sólo estaba rodeado de una pista de atletismo, sino que también había dos semicírculos de césped antes de que se levantaran las gradas. La final del Mundial entre Argentina y Holanda que tuvo lugar allí en 1978 era de lo primero que recordaba haber visto en televisión. Todo aquel confeti blanco, la enorme cantidad de espectadores, las equipaciones azul claro y blanco de Argentina y naranjas de Holanda, en contraste con el verde del césped. Holanda, que perdió su segunda final seguida. Salí de allí, encontré el río algo más arriba y volví a seguirlo hacia abajo. Industria pesada a ambos lados, muelles con grúas y grandes barcos, cruces de puentes de ferrocarril y puentes para coches. Más estadios de fútbol también allí. Donde el río entraba en la ciudad se suponía que habría más embarcaciones de placer. Más adentro estaba el barrio con todas esas chozas de madera policromada, eso lo sabía. La Boca. Más abajo iba una autovía de ocho carriles que cruzaba el río, opté por seguirla. Continuaba por un trecho del puerto. Grandes barcazas a ambos lados. A unas diez manzanas más adentro estaba el centro con sus parques, monumentos y espléndidos edificios. Enfoqué la zona donde debería estar el Teatro Cervantes, pero allí la resolución de la imagen era demasiado mala, todo se diluía en algo verde y gris sin contorno, de manera que opté por apagar el ordenador, me bebí el último vaso de agua en la cocina y me fui a acostar al lado de Linda en el dormitorio.

A la mañana siguiente nos fuimos temprano a la Estación Central para coger el tren de cercanías hasta Gnesta, donde vivía la madre de Linda. Una capa de nieve de unos cinco centímetros cubría las calles y los tejados. El cielo sobre nosotros estaba gris plomizo, en algunas partes casi resplandeciente. Había poca gente en la calle, algo normal, porque era domingo por la mañana temprano. Alguna persona volviendo a casa de una fiesta, alguna que otra persona mayor con perro, al acercarnos a la estación algún que otro viajero tirando de una maleta. En el andén, un joven dormía sentado con la barbilla sobre el pecho. Un poco más lejos había una corneja con el pico metido en un contenedor de basura. Un tren pasó lentamente por delante de unos andenes más allá sin parar. La pantalla electrónica colocada sobre nosotros estaba muerta. Linda daba paseos por el borde del andén, llevaba la chaqueta larga blanca que yo le había comprado en Londres por su treinta cumpleaños, un gorro blanco de punto y una bufanda de lana blanca con bordados como rosas que le había regalado para Navidad y que no le gustaba mucho, me di cuenta, aunque le quedaba muy bien. Tanto el color –todo lo blanco le favorecía– como el dibujo, que era tan romántico como ella. Tenía las mejillas rojas y los ojos brillantes por el frío. De vez en cuando daba algunas palmadas y un par de pasos rápidos sin alejarse del lugar. Por la escalera mecánica subía una mujer gruesa de unos cincuenta y tantos años, con una bolsa de viaje a cada lado. Detrás de ella iba una chica de tal vez dieciséis, con los ojos maquillados de negro, guantes negros de lana, gorro negro y una melena larga rubia. Se colocaron una al lado de la otra en el borde del andén. Debían de ser madre e hija, aunque el parecido resultaba difícil de descubrir.

–¡Uh! ¡Uh! –exclamó Vanja, señalando a dos palomas que venían hacia nosotros a pequeños pasos. Acababa de aprender a imitar a un búho que salía en uno de los libros que le leíamos, un sonido que ya se había convertido en el de todos los pájaros.

Sus facciones eran tan pequeñas, pensé. Ojos pequeños, nariz pequeña, boca pequeña. No porque ella fuera pequeña, siempre tendría las facciones pequeñas, eso era algo que ya se podía constatar. Sobre todo cuando se la veía junto a Linda. No se parecían de un modo directo o llamativo, pero el parentesco resultaba sin embargo evidente, por ejemplo en las proporciones de las facciones de la cara. También Linda tenía los ojos pequeños y esa boca y nariz tan pequeñas. Mis facciones estaban ausentes por completo en la niña, excepto en el color de los ojos y posiblemente en la forma almendrada de la parte superior de los mismos. Pero a veces aparecían en ella expresiones que me eran familiares, de Yngve, tal y como las había tenido él de niño.

–Sí, son dos palomas –dije, poniéndome en cuclillas enfrente de ella. Me miró expectante. Le levanté una solapa del gorro de piel y le murmuré al oído. Ella se rió. En ese instante se encendió la pantalla que teníamos sobre nuestras cabezas. Gnesta vía dos, tres minutos.

443

–No parece que se vaya a dormir –dije.

–No –dijo Linda–. Es un poco temprano.

Una de las cosas que menos le gustaban a Vanja era estar sentada y atada, excepto en el carrito cuando estaba en movimiento, de modo que durante el viaje a Gnesta, que duraba una hora, tuvimos que mantenerla en constante actividad. Dando paseos por el pasillo central, mirando por las ventanas y los cristales de las puertas, cuando no lográbamos captar su atención con un libro, un juguete o un paquete de pasas, que podía tenerla ocupada durante media hora. Con pocos pasajeros no había problema, excepto si había planeado ponerme a leer periódicos, como había hecho ese día, llevaba en la bolsa el grueso montón del día anterior, pero en las horas punta, cuando los vagones estaban a rebosar de viajeros, podía ser incómodo, una niña cansada llorando sin parar durante una hora y sin sitio para moverse. Resultaba agotador. Hacíamos a menudo ese trayecto. No sólo para que la madre de Linda pudiera cuidar de Vanja y dejarnos un par de horas para nosotros, sino porque nos gustaba mucho, sobre todo a mí, estar allí. Granjas, animales pastando, grandes bosques, pequeños caminos de gravilla, lagos, aire fresco. Una densa oscuridad por la noche, cielo estrellado, silencio absoluto.

El tren entró lentamente en el andén, subimos y nos colocamos en los asientos junto a la puerta, donde había sitio para el carrito. Cogí a Vanja y la dejé estar de pie con las manos apoyadas en la ventana mirando fuera, mientras los vagones se deslizaban por el túnel para luego pasar por el puente sobre Slussen. El lago helado y cubierto de nieve brillaba blanco en contraste con el amarillo y el rojizo marrón de las casas, y la negra pendiente del monte Maria, donde la nieve no había logrado posarse. Las nubes al este tenían un color dorado tibio, como si estuvieran iluminadas desde la parte interior del sol, detrás de ellas. Entramos en el túnel de Söder, y cuando salimos, estábamos ya muy en alto sobre el agua, en un puente que conducía a la tierra al otro lado, primero llena de bloques de viviendas y una ciudad satélite tras otra, luego urbanizaciones y zonas de chalés, hasta que la relación entre edificación y naturaleza se dio la vuelta, y eran las poblaciones las que surgían como pequeñas unidades en grandes superficies de bosque y agua.

Blanco, gris, negro, y algún verde oscuro, ésos eran los colores del paisaje que atravesábamos. El verano anterior había hecho ese trayecto todos los días. Pasamos las dos últimas semanas de junio en casa de Ingrid y Vidar, y yo iba cada día de Gnesta a Estocolmo, donde escribía. Era una existencia perfecta. Me levantaba a las seis, una rebanada de pan para el desayuno, un cigarrillo y una taza de café en el umbral delante de la casa, ya calentado por el sol, y desde donde tenía vistas sobre el prado hasta la orilla del bosque. Luego me iba en bicicleta hasta la estación, con el bocadillo que me había preparado Ingrid en la mochila, leía en el tren hacia allí, subía andando al despacho y escribía, luego cogía el tren de vuelta sobre la seis, a través de ese bosque al que el sol daba plenitud y brillo, e iba en bici por los prados hasta la pequeña casa, donde ellos me esperaban para cenar, luego tal vez me daba un chapuzón vespertino en el lago con Linda, nos sentábamos fuera a leer, y nos acostábamos pronto.

Un día hubo un incendio en el bosque, a lo largo de la vía. También fue fantástico. Una ladera entera a unos metros del tren estaba ardiendo. Las llamas subían lamiendo algunos troncos, otros árboles ardían. Lenguas color naranja se movían por el campo, subían de matorrales y arbustos, todo iluminado por el mismo sol de verano, que, en colaboración con el fino cielo azul, lo convertía todo en algo transparente.

Ah, me llenó de satisfacción, fue sublime, era el mundo que se abría.

En el aparcamiento de la estación de ferrocarril de Gnesta, Vidar salió del coche en el momento en que el tren entraba en el andén, y nos esperaba con una sonrisita en la boca cuando fuimos hacia él un momento después. Tenía setenta y algunos años, barba blanca y pelo blanco, andaba un pelín encorvado, pero estaba en plena actividad, lo que confirmaba el bronceado color de su piel, que se debía a una vida al aire libre, y a la mirada azul, aguda e inteligente, a la vez que un poco esquiva. Yo sabía muy poco de lo que ese hombre había hecho en su vida, excepto lo que me había contado Linda, que no era mucho, y lo que podía adivinar por lo que veía. Muchos eran los temas que él podía tocar en el transcurso de un fin de semana, pero muy raramente trataban de él mismo. Se había criado en Finlandia y todavía tenía familia allí, pero hablaba sueco sin nada de acento. Era un hombre firme, pero de ningún modo dominante, al que le gustaba hablar con la gente. Leía mucho, tanto periódicos, que estudiaba a fondo de la primera a la última página todos los días, como literatura, sobre la que estaba extraordinariamente bien enterado. El que fuera viejo se manifestaba sobre todo en esas posturas rígidas que había ido adquiriendo, que no eran muchas, pero que, según tenía entendido, podían llegar a ocupar mucho espacio. Esos aspectos suyos no me afectaban a mí, sólo a Ingrid y a Linda, a las que él medía con el mismo rasero, y al hermano de Linda. Eso se debería en parte a que yo era nuevo en la familia, y en parte, supuse, a que me gustara oírle hablar y me interesara por lo que decía, ya que mi contribución más bien consistía en preguntas y una interminable fila de «sí», «ah, sí», «no me digas», «mm», «entiendo», «qué interesante», etc., lo que yo encontraba muy adecuado, porque al fin y al cabo no éramos iguales, él me doblaba la edad, y tenía una larga vida tras él. Eso Linda no lo entendía muy bien. Muchas veces me llamaba o se acercaba para salvarme de lo que ella creía era una conversación aburrida y de la que yo era demasiado educado para escapar sin ayuda. A veces era el caso, pero en general mi interés era genuino.

–Hola, Vidar –lo saludó Linda, llevando el carrito hasta el maletero.

–Hola –dijo él–. Me alegro de veros.

Linda sacó a Vanja, yo plegué el carrito y lo metí en el maletero, que Vidar me abrió.

–Y ahora la silla –dije, colocándola en el asiento de atrás, luego senté a Vanja en ella y le puse los cinturones de seguridad.

Vidar conducía como muchos ancianos, ligeramente inclinado sobre el volante, como si los escasos centímetros más cerca de la carretera fuesen decisivos para tener buena vista. Con luz diurna era un buen conductor, aquella primavera, por ejemplo, habíamos viajado en el coche con él durante cuatro horas, hasta Idö, donde tenía una casa de verano, pero cuando la oscuridad se posaba sobre las carreteras, no me sentía tan seguro. Sólo unas semanas antes estuvimos a punto de atropellar a un vecino que iba andando por la carretera de tierra. Yo lo vi a gran distancia, y pensé que también lo había visto Vidar, que estaba preparándose para girar unos metros más adelante, pero no era así, Vidar no lo había visto y sólo la combinación de un grito mío y la presencia mental del vecino al dar un salto hasta los matorrales, evitó un accidente.

Salimos del recinto de la estación y cogimos la calle principal y única de Gnesta.

–¿Estáis todos bien? –preguntó Vidar.

–Sí, sí –contesté–. No nos podemos quejar.

–Anoche tuvimos un tiempo de mil demonios –dijo–. Se cayeron varios árboles. Y la luz se ha ido en casa. Pero supongo que la arreglarán en el transcurso de la mañana. ¿Qué tal por la ciudad?

–Bueno, allí también hizo un poco de viento –contesté.

Giramos a la izquierda, pasamos por encima del pequeño puente y entramos en el gran campo cultivado donde junto a la carretera seguían amontonados los fardos de heno envueltos en plástico blanco. Tras un kilómetro nos desviamos otra vez, y cogimos la carretera de tierra que iba por el bosque, en su mayor parte formado por árboles foliáceos, entre cuyos troncos era visible un pequeño prado que recordaba a un lago por un lado, limitado de un modo natural por un cerro y más arriba por un recinto de coníferas. Una robusta raza de ganado pastaba allí durante todo el año. A cien metros más allá subía un sendero cubierto de hierba hasta la casa de Vidar e Ingrid, mientras la carretera principal continuaba un par de kilómetros más hasta finalizar en un terraplén en medio del bosque.

Ingrid nos estaba esperando delante de la casa cuando llegamos. Correteó hasta el coche cuando paró, y abrió la puerta de atrás, donde estaba sentada Vanja.

–¡Ah, mi corazón! –dijo, llevándose la mano al pecho–. ¡Cuánto te he echado de menos!

–Cógela, si quieres –dijo Linda, abriendo la puerta del otro lado. Mientras Ingrid cogía a Vanja y la separaba de ella para mirarla, y al momento siguiente la apretaba contra ella, yo saqué el carrito, lo monté y lo llevé hasta la puerta.

–Espero que tengáis hambre –dijo Ingrid–, porque el almuerzo está listo.

La casa era pequeña y vieja. Estaba rodeada de bosque, excepto por delante, donde había un prado abierto. Por él solían corretear los ciervos al atardecer y al amanecer, llegados del bosque al otro lado. También había visto zorros correr y liebres saltar. Había sido una pequeña granja de colono y aún tenía aspecto de serlo: aunque las dos habitaciones de las que constaba originalmente la casa habían sido completadas con un pequeño anexo con cocina y baño, no tenía muchos metros cuadrados. La sala de estar era oscura y estaba atiborrada de toda clase de objetos, en el dormitorio no cabía mucho más que dos catres empotrados y unos estantes para libros en una de las paredes cortas. Además, tenían un sótano de tierra un poco más arriba en la cuesta detrás de la casa, un anexo recién construido con dos camas y un televisor, y arriba del todo, una caseta donde guardaban la leña y las herramientas. Cuando íbamos a visitarlos, Vidar e Ingrid se trasladaban al anexo y de esa forma teníamos la casa para nosotros solos por las noches. Pocas cosas me gustaban más que estar allí, acostarme en el catre junto a las viejas vigas de madera, con el cielo estrellado visible por la ventana, rodeado de oscuridad y silencio. La última vez que habíamos estado allí había leído *El barón rampante,* de Calvino. Y la vez anterior *Dressinen,* de Wijkmark, y lo fantástico de la lectura de esos libros se debía seguramente tanto al entorno en el que fueron leídos, y el estado de ánimo que me provocaba, como a los libros en sí. O tal vez se debiera a que el espacio que esos libros creaban proporcionara un eco especial en la situación en la que me encontraba. Porque antes de Wijkmar era una novela de Bernhard lo que había leído, y nada en ella me llenó de la misma manera. Ningún espacio estaba abierto en Bernhard, todo estaba encerrado en pequeños cuchitriles de reflexión, y aunque él había escrito una de las novelas más espeluznantes y sobrecogedoras que había leído, *Extinción,* no era ése el camino que yo quería contemplar, ni el camino por el que quería andar. Ni de coña, yo quería ir lo más alejado posible de lo cerrado y lo obligado. *Sal a lo abierto, amigo mío,* como había escrito Hölderlin en algún sitio.

Me senté en la silla que había junto a la ventana. Una olla con sopa de carne estaba humeando en el centro de la mesa. Al lado había una cesta de panecillos caseros recién hechos, además de una botella de agua mineral y la cerveza que los suecos llaman *folköl.* Linda colocó a Vanja en la trona a la cabecera de la mesa y cortó en trozos un panecillo que le dio antes de ir a calentar un potito de comida infantil en el microondas. La madre se encargó, y Linda se sentó a mi lado. Vidar estaba sentado al otro lado de la mesa, frotándose la barba con el dedo índice y el pulgar, mientras nos miraba con una pequeña sonrisa.

–Por favor –gritó Ingrid desde la cocina–. ¡Empezad!

Linda me acarició el brazo. Vidar le hizo un gesto con la cabeza. Ella empezó a servir la sopa. Anillas de puerro de color verde pálido, rodajas de zanahoria de color naranja, trozos de colinabo entre amarillos y blancos, y grandes trozos grises de carne, algunos rojizos por las fibras, otros casi azulados en sus brillantes superficies. Los huesos planos y blancos a los que estaban fijados, algunos lisos como piedras pulidas, otros ásperos y porosos. Todo bañado en caldo caliente, con la grasa que se endurecería cuando el calor lo abandonara, pero que ahora flotaba como pequeñas perlas y burbujas casi transparentes en el líquido turbio.

–Tan rico como siempre –dije, mirando a Ingrid, que se

había sentado al lado de Vanja y que ya estaba soplando la comida de la niña.

–Me alegro –contestó, mirándome un instante antes de meter la cuchara de plástico en el plato de plástico y llevarla a la boca de Vanja, que, poco común en ella, la abría como un polluelo. Cuando estábamos allí, Ingrid se encargaba instintivamente de todos los cuidados de la niña. Comida, pañales, ropa, sueño, aire fresco, de todo se ocupaba ella. Había comprado trona, platos y cubiertos de niños, biberones y juguetes, incluso un carrito extra, que siempre nos estaba esperando allí, además de todos los potitos de comida para niños, papillas y purés que estaban en el armario. Si faltaba algo, si Linda por ejemplo pedía una manzana o tal vez estaba nerviosa porque Vanja parecía un poco caliente, cogía a toda su prisa su bicicleta y recorría los tres kilómetros hasta la tienda o la farmacia, y volvía con manzanas, termómetros y medicamentos antitérmicos en la pequeña cesta que llevaba en el manillar. Y cuando llegábamos nosotros, ella había planificado minuciosamente cada detalle y comprado para todas las comidas, que a menudo constaban de dos platos para el almuerzo y tres para la cena. Se levantaba cuando Vanja se despertaba sobre las seis, hacía sus panecillos, tal vez se daba una vuelta con la niña o empezaba a preparar el almuerzo. Cuando nosotros nos levantábamos, sobre las nueve, podíamos sentarnos directamente a la mesa ya puesta para el desayuno, con panecillos recién hechos, huevos hervidos, a veces una tortilla francesa si se le había ocurrido que podría gustarme, café y zumo, y cuando me sentaba, ella siempre ponía en mi sitio el periódico que había bajado a recoger para mí. Era excepcionalmente positiva y comprensiva con todo, nunca decía que no a nada, y no había nada en lo que no nos pudiera ayudar. Nuestro congelador de casa estaba lleno de un número casi infinito de recipientes con distintos platos que ella había preparado y marcado: *Salsa boloñesa, La Tentación de Jansson, Estofado de carne y patatas, Albóndigas, Pimientos rellenos, Crêpes rellenos, Sopa de guisantes, Cordero asado con patatas en rodajas, Olla borgoñesa, Pudin de salmón, Pastel de queso y puerros...* Si notaba una corriente de aire fresco cuando iba de paseo con Vanja, era capaz de entrar en una zapatería y comprarle unas botas.

–¿Cómo está tu madre? –me preguntó–. ¿Está bien?

–Sí, creo que sí –contesté–. Según tengo entendido, está a punto de acabar su tesina.

Me quité un poco de sopa de la barbilla con la servilleta.

–Pero no me deja leerla –añadí con una sonrisa.

–Merece todos mis respetos –dijo Vidar–. No hay mucha gente de sesenta años que aún tenga curiosidad suficiente como para estudiar en la universidad, de eso no cabe duda.

–Supongo que tiene el corazón un poco dividido en cuanto a ese tema –dije–. Siempre quiso hacerlo, y cuando por fin puede, su carrera profesional casi ha acabado.

–Pero de todos modos –dijo Ingrid–. Está muy bien. Tu madre tiene agallas.

Sonreí de nuevo. La distancia entre lo sueco y lo noruego era mucho más grande de lo que ellos pensaban, y en ese momento veía a mi madre un poco con ojos suecos.

–Sí, puede que sí –dije.

–Dale recuerdos –dijo Vidar–. Y al resto de la familia también, por cierto. Me cayeron muy bien todos.

–Desde que estuvimos en el bautizo, Vidar habla siempre de ellos –dijo Ingrid.

–¡Son unos tipos muy interesantes! –exclamó Vidar–. Kjartan, el poeta. Un hombre curioso y poco común. ¿Y cómo se llamaban los de Ålesund, los psicólogos infantiles?

–¿Ingunn y Mård?

–Exactamente. ¡Muy agradables! Y Magne, ¿no se llamaba así? ¿El padre de tu primo Jon Olav? ¿El director de desarrollo?

–Sí –contesté.

–Un hombre de autoridad –dijo Vidar.

–Sí –asentí.

–Y el hermano de tu padre. El profesor que vive en Trondheim. También es un hombre estupendo. ¿Se parece a tu padre?

–No –contesté–. Diría más bien que es el que menos se parece. Siempre se ha mantenido un poco alejado, y creo que ha sido muy inteligente por su parte.

Hubo una pausa. Sorbidos de sopa, los golpes de la taza de Vanja contra la mesa, su risa gorgoteante.

–Ellos también siguen hablando de vosotros –dije, mirando a Ingrid–. ¡Sobre todo de la comida que preparaste!

–Noruega es tan diferente –dijo Linda–. Realmente es otra cosa. Sobre todo el 17 de mayo, tal vez. La gente va con trajes regionales y lleva medallas en el pecho.

Se rió.

–Al principio pensé que tal vez fuera irónico, pero no, no lo era. Iba completamente en serio. Llevaban las medallas con dignidad. Ningún sueco habría hecho eso nunca, estoy segura.

–Estarían orgullosos de ellas, ¿no? –dije.

–Sí, exactamente –contestó Linda–. Pero ningún sueco en este mundo lo habría admitido ni a sí mismo.

Incliné el plato para coger la última gota de sopa, a la vez que miré por la ventana al alargado trecho de campo cubierto de nieve bajo el cielo gris, la fila de árboles foliáceos negros a la orilla del bosque más allá de la casa, en algunas partes interrumpidos por la verde plenitud de los abetos, la oscura tierra de la que crecían, cubierta de ramas secas.

–Henrik Ibsen estaba obsesionado con las medallas –dije–. No había ninguna orden ante la que no se humillara lo que hiciera falta con el fin de conseguirla. Escribió cartas a toda clase de reyes y regentes para obtenerlas. Y luego se paseaba por su casa con ellas puestas. Pavoneándose con su pequeño pecho sembrado de medallas. Je, je, je. También llevaba un espejo en el fondo de su sombrero de copa. Luego se sentaba en su café y se miraba a escondidas en él.

–¿Eso hacía Ibsen? –preguntó Ingrid.

–Sí, sí –contesté–. Era extremadamente vanidoso. ¿Y no es ésa una forma de exceso mucho más fantástica que la de Strindberg? En él se trataba de alquimia, locura, absenta y misoginia, ése es el mito del artista. Pero en Ibsen era la vanidad burguesa llevada al extremo. Estaba más loco que Strindberg.

–A propósito –dijo Vidar–. ¿Os habéis enterado de lo último sobre el libro de Arne? Por fin la editorial lo ha retirado.

–Supongo que tuvieron que hacerlo –dije–. Con todos los errores que contenía.

–Pues sí, supongo que sí –dijo Vidar–. Pero la editorial debería haberle ayudado. Estaba enfermo, y era incapaz de distinguir por completo entre sus propias fantasías o ilusiones y la realidad.

–¿Tú crees entonces que él creía que estaba describiendo las cosas tal y como eran?

–Ah, sí, no me cabe la menor duda. Es una buena persona. Pero hay en él algo de mentiroso patológico, en el sentido de que poco a poco se cree sus propias historias.

–¿Y cómo está reaccionando a todo eso?

–No lo sé. No es un tema que puedas sacar fácilmente al hablar con él.

–Entiendo –dije sonriendo. Me bebí la última gota de *folköl*, la cerveza baja en alcohol que los suecos bebían en días normales, me comí el panecillo y me recliné en la silla. Sabía que no serviría de nada ofrecerme a ayudar a fregar platos o algo así, así que ni siquiera lo hice.

–¿Damos una vuelta? –preguntó Linda mirándome–. Así tal vez Vanja se duerma.

–De acuerdo, vamos –dije.

–La niña puede quedarse conmigo si queréis dar una vuelta solos.

–No, nos la llevamos –dijo Linda–. Ven, pequeño trol, nos vamos –dijo, cogiendo en brazos a Vanja y llevándosela a limpiarle la boca y las manos, mientras yo me ponía el abrigo y preparaba el carrito.

Seguimos el camino que bajaba hasta el lago. Un viento frío soplaba sobre los campos. Unas cornejas o urracas daban saltitos al otro lado. Entre los árboles, las grandes vacas miraban inmóviles al infinito. Algunos de los árboles eran viejas encinas, tal vez del siglo XVIII, pensaba, quizá aún más viejas, qué sabía yo. Por detrás iba la vía del ferrocarril, de donde subía el rumor cada vez que pasaba un tren, extendiéndose por el paisaje. La carretera que conducía hasta allí acababa en una bonita casa de ladrillo en la que vivía un viejo pastor de la iglesia, padre del dirigente del Partido Liberal, Lars Ohly, del que se decía que había sido nazi. Yo no tenía ni idea de si era verdad o no, ese tipo de rumores surgían con facilidad alrededor de personas famosas. Pero por allí se le veía de vez en cuando, encorvado y doblegado.

Una vez en Venecia había visto a un viejo que llevaba la cabeza en horizontal. La nuca reposaba sobre los hombros formando un ángulo de noventa grados. El hombre no podía ver más que el suelo justo delante de sus pies. Cruzaba la plaza infinitamente despacio, fue en Arsenal, justo al lado de una iglesia donde ensayaba un coro, yo estaba sentado en un café fumando, y fui incapaz de quitarle los ojos de encima cuando lo descubrí. Era una noche a principios de diciembre. Aparte de nosotros dos, y los tres camareros que estaban en la entrada con los brazos cruzados, no se veía un alma. La niebla colgaba sobre los tejados. El adoquinado y los viejos muros cubiertos de humedad brillaban a la luz de las lámparas. El hombre se paró delante de una puerta, sacó una llave, y con ella en la mano *volcó* todo el cuerpo hacia atrás para ver más o menos dónde estaba la cerradura. Tanteó con los dedos hasta que encontró el ojo de la misma. La deformidad hacía que ninguno de los movimientos del cuerpo pareciera ser de él, o mejor dicho, toda la atención se centraba en esa cabeza inmóvil vuelta hacia abajo, que por esa razón parecía una especie de central, una parte del cuerpo, pero en sí independiente de él, donde se tomaban todas las decisiones y se acordaban todos los movimientos.

Abrió la puerta y entró. Por detrás parecía que le faltaba la cabeza. Y entonces, con un movimiento inesperadamente violento que yo habría considerado imposible, cerró la puerta.

Fue escalofriante, escalofriante.

Subiendo la cuesta, a unos cien metros venía de frente un

coche familiar rojo, arremolinando la nieve tras él. Nos fuimos hacia la cuneta. Habían quitado los asientos de atrás, y por el gran maletero correteaban y ladraban dos grandes perros.

–¿Los has visto? –pregunté–. Parecían huskies. Pero no puede ser, ¿no?

Linda se encogió de hombros.

–No lo sé –contestó–. Creo que son los que viven más allá de la curva. Los que siempre ladran tanto.

–Nunca he visto perros cuando he pasado por allí –objeté–, pero recuerdo que lo dijiste en otra ocasión. ¿Te daban miedo?

–No lo sé, tal vez un poco –contestó–. Es bastante incómodo. Están atados a una cuerda larguísima, y vienen lanzados...

Linda había vivido allí durante largos períodos de tiempo cuando estaba tan deprimida que era incapaz de cuidar de sí misma. No hacía mucho más que estar tumbada todo el día arriba en el anexo de invitados, viendo la televisión. Apenas hablaba con Vidar o con su madre, no quería hacer nada, no era capaz de hacer nada, todo dentro de ella estaba hecho un lío. Yo no sabía exactamente cuánto tiempo había durado. Ella apenas hablaba de ello. Pero yo lo notaba en muchos detalles, por ejemplo en la preocupación en las miradas o las voces de los vecinos con los que nos topábamos.

Pasamos por delante de la casa señorial del valle, no era muy grande y sus dependencias anexas estaban algo deterioradas. Allí vivía el viejísimo y encogido patriarca. Había luz en las ventanas, pero no se veía a nadie dentro. En el espacio abierto entre el granero y la vivienda había tres viejos coches, uno de ellos sobre bloques. Estaban cubiertos de nieve.

Pensar que en una ocasión estuvimos allí sentados, junto a una mesa puesta al lado de la piscina, atiborrándonos de cangrejos en la cálida y oscura noche de agosto, resultaba ahora casi increíble. Pero así fue. Farolillos de papel incandescentes en la oscuridad, voces alegres, un copioso montón de resplandecientes cangrejos rojos en cada extremo de la larga mesa. Latas de cerveza, botellas de aquavit, risas y canciones. El sonido de los grillos y de coches a lo lejos. Recordé que Linda me sorprendió aquella noche, de repente dio un golpecito a la copa, se levantó y cantó una canción báquica. Lo hizo dos veces. Dijo que era algo que se esperaba de ella, algo que había hecho siempre. Linda era de esas niñas que actuaban ante los adultos. Había actuado durante más de un año en *Sonrisas y lágrimas* en un teatro de Estocolmo, mientras estaba en primaria. Pero también en fiestas en su casa, me imaginaba. Tan exhibicionista como había sido yo e igual de dispuesta a ocultarse.

También Ingrid destacó en aquella ocasión. Acaparó toda la atención cuando hizo acto de presencia entre los vecinos, abrazando a todo el mundo, enseñando la comida que había llevado, charlando y riendo, y todos tenían alguna palabra para ella. Cuando en el pueblo se celebraba algún acto social, ella siempre echaba una mano, hacía tartas o cocinaba, y si alguien estaba enfermo o necesitaba ayuda, ella se montaba en su bici e iba a sus casas para hacer por ellos lo que pudiera.

Empezó la fiesta, todos estaban inclinados sobre sus cangrejos, pescados en el lago, y de vez en cuando echaban la cabeza hacia atrás dando un trago de lo que ellos llamaban *nubbe,* es decir, aquavit. El ambiente era muy festivo. De repente se oyó una voz en el granero, era un hombre gritando a una mujer, el ambiente de la mesa se enrareció un poco, algunos intentaban no mirar, pero todos sabían lo que ocurría. Era el hijo del viejo dueño de la casa señorial, conocido por su violencia, que estaba abroncando a su hija quinceañera por haber fumado. Entonces Ingrid se levantó resueltamente y fue hacia el otro edificio a pasos firmes y rápidos, mientras su cuerpo entero vibraba de rabia reprimida. Se detuvo delante del hombre, él tendría unos treinta y cinco años, era grande y fuerte, con ojos duros, y se puso a sermonearlo con tanta energía que él se encogió. Cuando ella hubo terminado y el hombre se había marchado en su coche, Ingrid puso la mano en el hombro de la hija, que estaba llorando, y se la llevó hasta la mesa. Nada más sentarse, recuperó su anterior estado de ánimo y se puso a charlar, a reír y a enganchar a la gente.

Ahora todo estaba blanco y silencioso.

Cerca de la granja serpenteaba una carretera que subía a una urbanización de cabañas. No habían retirado la nieve, no había nadie allí en esa época del año.

Mientras trabajaba en mi novela *Un tiempo para todo*, pensaba en Ingrid al escribir sobre Ana, la hermana de Noé. Una mujer que era más fuerte que todos los demás, una mujer que, cuando llegó el diluvio, se llevó a toda su familia a la montaña, y cuando el diluvio llegó hasta allí, los subió aún más arriba, hasta que ya no pudieron llegar más lejos y toda esperanza había acabado. Era una mujer que nunca se daba por vencida y que podía sacrificar todo por sus hijos y sus nietos.

Era una persona extraordinaria. Allí donde llegaba ocupaba todo el espacio, a la vez que era humilde. Podía parecer superficial, aunque había en sus ojos una profundidad que decía lo contrario. Intentaba mantenerse a cierta distancia de nosotros, siempre se retiraba a tiempo, siempre se esforzaba por no estorbar, y a la vez era la persona más cercana a nosotros.

—¿Crees que Fredrik y Karin se lo pasaron bien ayer en casa? —preguntó Linda mirándome.

—Creo que sí —contesté—. Resultó agradable, ¿no?

A lo lejos se oyó un murmullo.

—Aunque se pasó un poco con lo de Hamsun.

—¡Pero si era una broma!

—Ya, supongo.

—A los dos les caes muy bien.

—Eso sí que no lo entiendo. Apenas pronuncio una palabra cuando estamos con ellos.

—Claro que lo haces. Además, eres tan atento que no das la impresión de no decir nada.

—Ah.

A veces me sentía mal por ser tan callado y mostrar tan poca iniciativa ante los amigos de Linda, por no preocuparme más por ellos, contentándome con estar presente durante su visita, como si fuera una obligación. Para mí era una obligación, pero para Linda era la vida misma, de la cual entonces yo no formaba parte. Ella nunca se había quejado de ello, pero intuía que le gustaría que fuera diferente.

El murmullo aumentó en intensidad. Abajo, en el paso a nivel empezó a sonar la señal. Ding, ding, ding. Y divisé un movimiento entre los árboles. Al instante el tren salió como disparado del bosque, levantando la nieve como una nube a su alrededor. Recorrió unos cientos de metros a lo largo del lago, una extensa fila de vagones de mercancías con contenedores de distintos colores brillando entre lo blanco y gris, para luego desaparecer detrás de los árboles del bosque al otro lado.

–¡Eso debería haberlo visto Vanja! –dije. Pero estaba dormida y no se enteraba de nada. Tenía la cara completamente envuelta en una especie de pasamontañas, colocado alrededor del cuello como un collar, y encima llevaba el gorro rojo de poliéster con forro blanco y sólidas orejeras. También llevaba bufanda, y un grueso mono rojo, con jersey y pantalón de lana debajo.

–Fredrik se portó muy bien cuando estuve enferma –dijo Linda–. Solía venir a buscarme al hospital. Y me llevaba al cine. No decíamos gran cosa, pero el mero hecho de salir y que él se ocupara de mí de esa manera fue de una enorme ayuda.

–Pero todos tus amigos lo hicieron, ¿no?

–Sí, cada uno a su manera. Y había algo... Comprendí que siempre había estado en el otro lado, siempre había sido yo la que ayudaba, la que comprendía, la que daba... No en un sentido absoluto, claro, pero en general. Mi hermano, cuando éramos niños, mi padre, y también mi madre a veces. Pero de repente todo se volvió del revés; cuando me puse enferma era yo la que recibía. Estaba obligada a recibir. Lo curioso es... Bueno, los únicos momentos de libertad que he tenido, cuando he seguido mi propia voluntad, fue cuando tuve el brote maníaco-depresivo. Pero esa libertad era tan grande que no era capaz de manejarla. Fue doloroso. Pero también había algo bueno en ello. Por fin era libre. Pero no pudo ser, claro que no. No de esa manera.

–No –dije.

–¿En qué estás pensando?

–En realidad en dos cosas. Una no tiene nada que ver contigo. Se trata de lo que has dicho respecto a lo de recibir. Creo que si yo hubiera estado en tu situación, no habría querido recibir nada. No habría querido que nadie me viera. Y en todo caso que nadie me ayudara. Es algo tan fuerte en mí que no te puedes imaginar. Recibir no es lo mío. Y jamás lo será. Ésa es una de las cosas. La otra es que me preguntaba qué hacías cuando tuviste ese episodio. Quiero decir, ya que lo relacionas de un modo tan manifiesto con la libertad. ¿Qué hacías cuando eras libre?

–Si no recibes, ¿cómo se puede entonces llegar a ti?

–¿Qué te hace pensar que quiero que se llegue a mí?

–Pero no puede ser.

–No. Prefiero que me respondas a lo que te acabo de preguntar.

A nuestra izquierda apareció el lugar donde se celebraban las fiestas del pueblo. Era una pequeña pradera cubierta de hierba, con unos cuantos bancos y mesas largas al fondo. El lugar se usaba casi exclusivamente en San Juan, cuando todo el pueblo se reunía allí para bailar alrededor del alto palo, el mayo, cubierto de follaje y colocado en medio de la pradera, comer tarta y café, y participar en el concurso de preguntas, cuya ceremonia de entrega de premios concluía el programa de la velada. Yo participé por primera vez ese verano, y esperaba intuitivamente a que alguien encendiera el palo, pues no podía haber celebración de San Juan sin fuego, ¿no? Linda se rió cuando se lo dije. No, ningún fuego, ninguna magia, sólo niños bailando la canción de «Pequeñas ranas» alrededor del enorme palo y bebiendo refrescos, como se hacía en todos los pueblos de Suecia esa noche.

El palo seguía allí. El follaje se había secado y tenía ya un color entre rojo y marrón, con algo de nieve entremedio.

–No fue tanto lo que hacía como lo que sentía –prosiguió Linda–. La sensación de que todo era posible, de que no existía ningún impedimento. Yo podría haber sido la presidenta de Estados Unidos, le dije una vez a mi madre, y lo grave es que se lo dije en serio. Cuando salía, el aspecto social no era ningún impedimento, sino todo lo contrario, una arena, un lugar donde yo podía conseguir que sucedieran cosas y ser yo misma. Todos los impulsos eran válidos, no había ni atisbo de autocrítica, todo funcionaba, ¿lo entiendes? Y lo que pasaba era que así todo se convertía en verdad. Todo *funcionaba* realmente. Pero, claro, yo estaba muy inquieta, nunca pasaban suficientes cosas, había en mí una avalancha que siempre quería más y que aquello no acabara, no podía acabar, porque en algún lugar dentro de mí debía de sospechar que iba a acabar, que ese viaje que estaba haciendo acabaría con una caída. Una caída a lo totalmente inmóvil. El mayor infierno de todos.

–Suena terrible.

–Y lo era. Pero no sólo terrible. Era fantástico sentirse tan fuerte. Tan segura. En algún lugar también *eso* es verdad, es decir, existe dentro de mí. Tú sabes a lo que me refiero.

–En realidad no –dije–. Nunca he ido tan lejos. Conozco la sensación, creo, la viví una vez, pero fue mientras escribía, coño, mientras estaba sentado quieto detrás del escritorio. Es algo completamente diferente.

–Yo no lo creo. Creo que tuviste un brote maníaco. No comías, no dormías, estabas tan feliz que no sabías qué hacer con tanta felicidad. Y sin embargo tienes un límite, algo seguro dentro ti mismo, y también se trata de eso, de no sobrepasar lo que realmente, y quiero decir realmente, puedes justificar. Si haces algo que no se puede justificar durante mucho tiempo, las consecuencias serán grandes. Y tienes que pagar por ello. No es gratis.

Habíamos llegado al camino que discurría a lo largo del lago, para luego internarse en el bosque. El viento había dejado desnudos grandes trozos de hielo. En algunos sitios estaba resplandeciente como cristal y reflejaba como un espejo el cielo oscuro, en otros estaba granulado y gris, casi verde, como aguanieve congelada. Ahora que ya había pasado el tren y la señal había cesado, reinaba un silencio casi absoluto entre los árboles. Sólo algunos crujidos y traqueteos al moverse las ramas. La fricción de las ruedas del carrito, nuestros propios pasos secos.

—Me dijeron una cosa en el hospital que fue importante para mí —prosiguió Linda—. Era algo sencillo. Me dijeron que tenía que recordar que estaba realmente triste cuando sufrí ese episodio. Que en realidad estaba muy deprimida. Y sólo eso, el que existiera algo real, me ayudó. Porque de eso se trata en gran medida, de que pierdes por completo la noción de quién eres. Y creo que ésa fue la causa más importante de que llegara tan lejos. El que yo nunca hubiera vivido de verdad. Basándome en una vida interior, quiero decir. Todo se basaba en lo exterior. Durante mucho tiempo me fue bien, lo estiré todo lo que pude, pero al final no funcionó. Llegó a pararse.

Ella me miró.

—Creo que yo era bastante desalmada en aquella época. O que tenía dentro de mí algo de desalmado. Como si estuviera separada por un corte de los demás, no sé si entiendes lo que quiero decir.

—Creo que eso es así —dije—. Cuando te vi por primera vez tenías un aura completamente diferente a la que tienes hoy. Sí, desalmado, eso es. Algo atrayente y algo peligroso, eso fue lo que pensé entonces. Ya no pienso eso de ti.

—Estaba yendo directamente hacia el precipicio. Fue justo en aquellas semanas cuando ocurrió, cuando empecé a perder el control. Me alegro mucho de que no nos juntáramos entonces. No habría durado. No podría haber funcionado.

—Seguro que no. Pero me quedé sorprendido al descubrir lo romántica que eras en realidad. Y lo cerca de ti que quieres tener a los que te rodean. Lo importante que es para ti.

Proseguimos un rato en silencio.

—¿Habrías preferido estar conmigo como yo era entonces?

—No.

Sonreí. Ella sonrió. Todo era silencio a nuestro alrededor, excepto algún que otro murmullo a través del bosque al pasar el viento. Era agradable caminar por allí. Por primera vez en mucho tiempo sentí algo de paz en el alma. Aunque la nieve estaba por todas partes y el blanco es un color ligero, no era lo ligero lo que dominaba, porque de la nieve, que con tanta sensibilidad refleja la luz del cielo, y siempre brilla, no importa lo oscura que esté, subía los troncos de los árboles, y eran negros y nudosos, y sobre ellos colgaban las ramas, también negras, entrelazándose entre ellas de maneras infinitas. Las laderas de las montañas eran negras, los tocones eran negros, negros eran los árboles derribados, negras eran las piedras, y negro el sotobosque debajo de los tejados de los enormes abetos.

Tanto lo blanco y suave, como lo negro y abierto estaba en absoluto silencio, inmóvil, y resultaba imposible no pensar en cuánto de lo que nos rodeaba estaba muerto, en lo pequeña que era la parte que de hecho estaba viva, y qué grande era el lugar que lo vivo ocupaba en nosotros. Por esa razón me habría gustado saber pintar, tener ese don, porque sólo en la pintura se podía expresar. Stendhal escribió que la música era la forma más noble de todas las artes, que todas las demás en realidad habrían querido ser música. Era, como se sabe, una idea platónica, la que dice que todas las formas del arte reproducen otra cosa, y que la música es la única que es algo en sí misma, absolutamente inigualable. Pero yo quería algo más cercano a la realidad, la realidad concreta y física, y para mí la visión venía antes que todo lo demás, también cuando escribía y leía, a mí lo que me interesaba era lo que había detrás de las letras. Cuando caminaba, como ahora, lo que estaba viendo no desprendía nada. La nieve era nieve, los árboles árboles. Por fin, cuando veía un cuadro de nieve o de árboles, éstos adquirían sentido. Monet tenía un ojo excepcionalmente bueno para la nieve, como también lo tenía Thaulow, tal vez el pintor técnicamente más dotado de los pintores noruegos, y era una fiesta contemplar sus cuadros, la presencia en el momento era tan grande que el valor de su origen, de aquello de lo que surgía, aumentaba de un modo radical, una vieja y agrietada caseta en la orilla de un río, o un muelle en una balsadera se volvían de repente indispensables, cargados de la idea de que estaban allí con nosotros en ese intenso ahora, y de que pronto moriremos y los dejaremos atrás, pero cuando se trataba de la nieve era como si la otra cara del culto al momento se hiciera visible, porque la animización de ella y su luz dejaban claramente algo sin marcar, es decir, la inercia y el vacío, lo no cargado y lo neutro, que era lo primero que saltaba a la vista cuando uno andaba por un bosque en invierno, y en esa imagen, que pertenecía a la constancia y la muerte, el momento no podía hacerse valer. Friedrich lo sabía, pero no era eso lo que pintaba, sólo la idea de ello. Desde allí se extendió la idea con toda clase de representación, claro que sí, porque ningún ojo está limpio, ninguna mirada está vacía, nada se ve tal y como es en sí mismo. Y en el encuentro con ello se abrió paso a la fuerza la cuestión sobre el sentido del arte en general. De acuerdo, estaba viendo el bosque, me paseaba por él pensando en él. Pero todo el significado que yo sacaba de él procedía de mí mismo, yo lo cargaba con algo mío. Si tuviera algún significado más allá de eso, no podría ser captado con la mirada, sino mediante la acción, es decir, el uso. Los árboles tenían que ser talados, las casas construidas, las hogueras encendidas, los animales cazados, no por mi gusto, sino porque mi vida dependía de ello. Entonces tendría sentido, tanto que yo ya no desearía verlo.

Doblando la curva, a unos veinte metros, un hombre con un anorak rojo venía andando hacia nosotros. Llevaba un bastón de esquí en cada mano. Era Arne.

–¡Vosotros caminando por aquí! –dijo, cuando sólo nos separaban un par de metros.

–Hola, Arne –saludó Linda–. Cuánto tiempo.

Se detuvo y echó un vistazo al carrito. No daba exactamente la impresión de estar destrozado por el escándalo.

–Cuánto ha crecido –dijo él–. ¿Qué tiempo tiene ya?

–Cumplió un año hace dos semanas –contestó Linda.

–¡Tanto! Pues sí, el tiempo pasa muy deprisa –dijo, mirándome. Tenía un ojo entumecido y lleno de lágrimas. Los últimos años había sido víctima de muchos males, había sufrido un tumor cerebral, y cuando se lo extirparon, no logró librarse de la dependencia de la morfina que había desarrollado durante la enfermedad, de modo que tuvo que pasar algún tiempo en un centro de desintoxicación. Terminada esa estancia le dio un ataque cerebral. Y ahora me sonaba que acababa de pasar una pulmonía.

Pero aunque cada vez que lo veía tenía un aspecto más ajado, le costaba más andar y sus movimientos eran más lentos, no daba la impresión de estar más débil, no eran las fuerzas lo que le faltaba, o las ganas de vivir, que seguían ardiendo en él, luchaba por superar todos sus males y lo que se podía haber dicho de él dos años antes, eso de que a «ese no le queda mucho tiempo de vida», era todavía una mentira. Serían esas ganas de vivir, esa llama, lo que lo mantenía en pie. Cualquier persona sometida a todo lo que él había sufrido estaría en este momento a dos metros bajo tierra.

–Vidar me dijo que tu libro se va a traducir al sueco, ¿no?

–Así es –respondí.

–¿Cuándo? Quiero estar al tanto, ¿sabes?

–Dicen que el otoño que viene, pero yo creo que será el siguiente.

–Esperaré –dijo Arne.

¿Qué edad podría tener? ¿Sesenta y muchos? Resultaba difícil de adivinar, porque no había en él nada de vejestorio, el ojo que le funcionaba brillaba de juventud, y aunque fuera lo único en la cara que lo hacía, y otras partes de ella estuvieran arrugadas y ajadas, sanguinolentas y enrojecidas, su juventud se manifestaba de otras formas, sobre todo en su entusiasta tono de voz, que se veía obligado a una lentitud con la que no se sentía a gusto, y también en la impresión de conjunto que ofrecía, su carisma, que curiosamente parecía enérgico a pesar de la resistencia que le ofrecía el cuerpo. Se había criado en un orfanato, pero no se había desviado del buen camino, como sus compañeros. Había jugado al fútbol de alto nivel, si es que decía la verdad, y trabajado de periodista en el *Expressen* durante muchos años. Además, había publicado varios libros.

Su mujer siempre lo miraba con indulgencia cuando él decía algo y ella estaba presente, como hacen todas las mujeres casadas con niños. Era enfermera, y se estaba acercando al límite de su aguante, porque además de tener que ocuparse de su marido enfermo, su hija acababa de tener gemelos, lo que también exigía mucha dedicación de su parte.

–Bueno –dijo Arne–. Me ha alegrado mucho verte, Linda, y a ti también, Karl Ove.

–Lo mismo digo –repuse.

Se llevó la mano a la frente, y acto seguido prosiguió su camino, levantando mucho los bastones a cada paso que daba.

Ese ojo entumecido y supurante que durante toda nuestra conversación había mirado al vacío, podría haber pertenecido a un trol o a alguna otra figura mitológica, y aunque no lo tenía todo el rato presente, la sensación que me había producido permaneció dentro de mí todo aquel día.

–No parece exactamente destrozado –comenté, cuando él hubo desaparecido tras la curva y nosotros habíamos reanudado el paseo.

–Es verdad –dijo Linda–. Pero no siempre resulta fácil saber lo que la gente siente realmente.

Un nuevo murmullo se elevó por el aire. Esta vez provenía del lado contrario. Incorporé en el carrito a Vanja, que estaba parpadeando, y lo giré para que la niña pudiera ver el tren que al instante pasó a toda velocidad entre los árboles. Ella señalaba y gritaba cuando pasó, tan cerca de mí que una fina capa de nieve en polvo se me posó en la cara, para derretirse al instante.

A un escaso kilómetro más allá, junto a un terraplén al lado de la vía, se acababa el camino. El prado al otro lado, donde solían pastar caballos en los meses de verano, reposaba blanco e intacto como un mantel extendido entre los árboles. A la izquierda, hacia el este, había un grupo de casas, y detrás de ellas había una carretera que conducía a una hermosa y enorme casa solariega, propiedad del hermano de Olof Palme. Una noche de verano en que Linda y yo fuimos a dar un paseo en bici, llegamos hasta allí sin saber dónde estábamos, bajamos por la carretera de tierra entre las casas, donde vimos a un grupo de personas vestidas de blanco cenando en un jardín con vistas al lago, y el centro de Gnesta muy a lo lejos, al otro lado. Por mucho que intenté mirar hacia otra parte, capté de todos modos a ese grupo de gente, sentada al estilo Bergman con sus muebles blancos de jardín cenando, entre severas casas blancas residenciales y modernas edificaciones rojas de explotación agrícola, en medio del paisaje verde y ondulado de Sörmland.

Saqué a Vanja del carrito y la cogí en brazos cuando dimos la vuelta y empezamos a andar por el mismo camino.

Cuando media hora más tarde subíamos la cuesta que llevaba hasta la casa, oímos voces altas dentro. A través de la ventana de la cocina vi a Ingrid y a Vidar, cada uno a un lado de la mesa gritándose. Supongo que volvíamos antes de lo que esperaban, y la nieve atenuaba el ruido de nuestros pasos. Por fin, cuando golpeé mis botas un par de veces contra el umbral, las voces cesaron. Linda cogió a Vanja, y yo metí el carrito en el garaje que Vidar había construido aquella primavera y verano al lado de la casa. Me encontré con él en la entrada, listo para ponerse el mono.

–¿Qué tal? –preguntó sonriendo–. ¿Habéis llegado lejos?

–Qué va –contesté–. Sólo un trecho. ¡El tiempo es bastante desagradable!

–Sí, es verdad –asintió, mientras metía los pies en sus altas botas marrones de goma–. Voy a subir a reparar unas cosillas.

Se deslizó delante de mí y empezó a subir lentamente la cuesta hacia el cobertizo de las herramientas. En la cocina, a medio metro de donde yo me estaba quitando la ropa de abrigo, Ingrid había sentado a Vanja en una trona delante de la encimera, donde ella se había puesto a pelar las patatas. Dejé el gorro y los guantes en el estante para sombreros y me quité las botas de una patada contra el marco de la puerta. Ella puso una taza con agua y unas cucharas medidoras de plástico delante de Vanja. Yo sabía que con eso podría estar ocupada bastante tiempo. Colgué el abrigo en una percha y lo empujé dentro, entre todas las demás chaquetas y abrigos que estaban allí colgados.

Ingrid parecía indignada. Pero sus movimientos eran tranquilos y contenidos, y el tono de voz con el que hablaba a Vanja era suave y amable.

–¿Con qué vas a deleitarnos hoy? –pregunté.

–Hay pierna de cordero –contestó Ingrid–. Con patatas al horno y salsa de vino tinto.

–¡Ah, qué bien! –exclamé–. El cordero es mi comida favorita.

–Ya lo sé –dijo. Sus ojos, enormes detrás de los cristales de las gafas, me miraron sonrientes.

Vanja metió ruidosamente las cucharitas en el agua.

–Aquí estás muy bien, Vanja –le dije, tirándole del pelo. Miré a Ingrid–. Y Linda, ¿se ha acostado?

Ingrid asintió con un gesto de la cabeza. Desde la alcoba, que estaba fuera de nuestra vista, y sin embargo a menos de cuatro metros, sonó la voz de Linda.

–¡Estoy aquí dentro!

Entré. Las dos camas formaban un ángulo de noventa grados, ocupando casi toda la habitación. Ella se había acostado en la de más adentro, con el edredón subido hasta la barbilla. Aunque las cortinas no estaban echadas, el cuarto estaba en penumbra. Las oscuras y toscas paredes de madera absorbían la luz.

–¡Brr! –dijo–. ¿Quieres meterte?

Negué con la cabeza.

–Pensaba ponerme a leer un rato. Duerme tú.

Me senté en el borde de la cama y le acaricié el pelo. En una de las paredes había fotos de los hijos y nietos de Vidar. La otra estaba llena de libros. En el alféizar de la ventana había un despertador y una foto de la hija más pequeña de Vidar. Los dormitorios de los demás solían incomodarme, siempre veía algo que no quería ver, pero con ése no me pasaba.

–Te quiero –dijo Linda.

Me incliné hacia ella y la besé.

–Que descanses –dije. Me levanté y fui al cuarto de estar. Saqué los libros que había llevado conmigo, no podría con Dostoievski, me costaría demasiado concentrarme en ese momento, opté por una biografía de Rimbaud que hacía tiempo que quería leer, y me tumbé en el banco de debajo de la ventana con el libro en la mano. Lo que me interesaba era su relación con África. Eso, y la época en la que vivió. Sus poemas no me decían gran cosa, excepto lo que podían describir del carácter inusual y único del poeta.

En la cocina, Ingrid charlaba con Vanja mientras trabajaba. Sabía muy bien cómo tratarla, era capaz de convertir los actos más rutinarios en algo vivo y fantástico, en gran parte porque dejaba por completo de lado sus propias necesidades cuando estaban juntas. Vanja y sus vivencias eran el centro de atención. Pero no daba la impresión de que fuera un sacrificio por su parte, el placer que aquello le proporcionaba parecía profundo y entrañable.

Pensé que no podía haber una mujer más distinta a mi madre que Ingrid. La mía también dejaba de lado sus propias necesidades, pero la distancia de Vanja y lo que hacían juntas era mucho más grande, era obvio que no disfrutaba tanto de estar con la niña. Una vez que yo estuve con ellas en un parque infantil, su mirada ausente me había hecho preguntarle si se aburría, sí, contestó, siempre se había aburrido, también cuando nosotros éramos pequeños.

Ingrid era capaz de captar la atención de cualquier niño si se lo proponía, y había algo en su manera de ser que enseguida le hacía establecer contacto. Tenía un gran carisma, no podía entrar en una habitación pasando inadvertida, sin tomar posesión de ella. Mi madre podía estar sentada en una habitación sin que nadie se percatara de su presencia. Ingrid había sido en una época de su vida actriz en el teatro más importante del país, había vivido la gran vida, la vida activa. Mi madre observaba, pensaba, leía, escribía, reflexionaba, vivía la vida contemplativa. A Ingrid le encantaba cocinar, mi madre lo hacía porque era necesario.

Vidar pasó por delante de la ventana del dormitorio, ligeramente encorvado con su mono azul y con pasos cuidadosos para no caerse en el sendero. Un instante después apareció delante de la ventana del cuarto de estar, camino del garaje. Vanja estaba en la cocina, ya de pie, apoyada en el armario, mientras Ingrid retiraba de la placa eléctrica una cacerola de patatas hirviendo. Me levanté y fui a la entrada, me puse la chaqueta, el gorro y las botas, abrí la puerta y me senté en la silla que había junto a la pared exterior a fumarme un cigarrillo. Vidar salió del garaje con un cubo en una mano.

–¿Podrías echarme una mano luego? –me preguntó–. Dentro de unos diez minutos.

–Claro que sí –contesté.

Me hizo un gesto con la cabeza como marcando nuestro acuerdo y dobló la esquina. La luz bajo el cielo se había vuelto más mate. La oscuridad que se avecinaba no se repartía de igual modo por el paisaje, lo que ya estaba oscuro absorbía con más avidez la luz, por ejemplo los árboles en la orilla del bosque. Los troncos y las ramas estaban ya completamente negros. La débil luz de febrero desapareció del día sin lucha, sin resistencia, no pudo ofrecer ni siquiera una última inflamación, sólo una extinción lenta e imperceptible, hasta que todo fue oscuridad y noche.

Me llené de una repentina sensación de felicidad.

Era la luz sobre el campo, el frío en el aire, el silencio entre los árboles. Era la oscuridad que esperaba. Era una tarde de febrero que trasladó a mi interior su atmósfera y despertó en mí los recuerdos de todas las otras tardes de febrero que había vivido, o la resonancia de ellas, porque los recuerdos en sí habían muerto hacía tiempo. Esa atmósfera era tan rica y tan repleta porque la vida entera se concentraba en ella. Era como si hiciera un corte a través de los años; esa luz estaba grabada en mi memoria como anillos.

La sensación de felicidad se fue convirtiendo en una sensación de tristeza igual de intensa. Apagué el cigarrillo en la nieve y lo tiré al tonel que había debajo del canalón, diciéndome a mí mismo que tenía que acordarme de retirar las colillas antes de irnos. Me fui a la parte de atrás, donde Vidar estaba en el cobertizo que había encima del sótano, atornillando la tapa de un congelador.

–Vamos a llevarlo al trastero –dijo–. Está un pelín resbaladizo, pero si vamos con cuidado no pasará nada.

Asentí con la cabeza. Una corneja graznó justo al lado. Me volví hacia el sonido, mirando fijamente la fila de árboles del otro lado, pero no vi nada.

Todos sus movimientos de aquel día eran visibles en la nieve. Las huellas seguían los senderos, desde la puerta exterior de la casa hasta todas las dependencias anexas. El resto estaba blanco e intacto.

Vidar se puso con el tercer tornillo. Sus dedos eran suaves y bien coordinados. Arreglaba todas las pequeñas cosas que se rompían, cuanto más pequeñas mejor. Yo por mi parte perdía la paciencia con todo lo que no podía agarrar con una mano. Montar muebles de IKEA me ponía furioso.

Sus labios se le levantaban levemente mientras atornillaba. Los dientes torcidos que quedaban al descubierto, además de los ojos estrechos y la forma triangular de su cara, acentuada por la barba, hacían que pareciera un zorro.

El cubo que había cogido estaba a su lado lleno de arena roja pálida, en contraste con el suelo de hormigón gris.

–¿Vas a esparcirla para que no nos caigamos? –le pregunté.

–Sí –contestó–. ¿Quieres hacerlo tú?

–Vale.

Levanté el cubo, cogí un puñado de arena y me puse a esparcirla sobre las huellas delante de mí, mientras iba bajando. Ingrid salió de la casa y caminó por la nieve con sus pasos cortos y rápidos, llevaba un anorak verde abierto, y se dirigía al sótano, donde guardaban los víveres. Incluso en un momento tan insignificante irradiaba un aura de intensidad. Linda debe de haberse levantado, pensé. A menos que Vanja estuviera tumbada con ella.

Algunas manzanas colgaban todavía de los dos manzanos al otro lado del sendero. La superficie estaba arrugada y llena de manchas negras, y era como si el color que aún conservaban, un rojo y verde atenuado y oscurecido, se hubiese metido en ellas, a la vez que el entorno sin hojas y con ramas negras las reforzara. Mirándolas con el prado y el bosque de fondo, carentes de color, parecían incandescentes, pero en contraste con las dependencias pintadas de rojo, su color era mate y apenas visible.

Ingrid salió del sótano con dos botellas de litro y medio de agua mineral en las manos y tres latas de cerveza debajo del brazo, dejó una de las botellas en la nieve para cerrar la puerta con el gancho –el tapón y la etiqueta amarillos en contraste con el blanco de la nieve–, volvió a cogerla y se metió en la casa. Yo ya había llegado hasta el cobertizo y al volver esparcí por el sendero la arena que quedaba. Al dejar el cubo en el suelo me acordé de repente de a quién se parecía el hombre al que había visto en el café el día anterior. ¡Al escritor Tarjei Vesaas! Era idéntico. La misma barbilla ancha, los mismos ojos amables, la misma calva. Pero la piel era diferente, notablemente rosa y suave como la de un bebé. Como si el cráneo de Vesaas hubiese resucitado o se hubiera vuelto a emplear el mismo código genético, en uno de los muchos caprichos de la naturaleza, pero con otra piel extendida por encima.

–Vale –dijo Vidar, dejando el pequeño destornillador sobre el torno detrás de él–. Ahora podemos levantarlo. Yo lo empujo hacia aquí y tú lo levantas por el otro extremo. ¿Vale?

–Vale.

Al levantarlo, vi que el peso tensó de algún modo el cuerpo de Vidar. Me habría gustado cargar con una mayor parte del peso, porque el congelador no pesaba tanto, pero era imposible. Bajamos la pequeña cuesta a pasos cortos, giramos y fuimos uno al lado del otro por la última suave pendiente hasta el cobertizo, donde primero lo dejamos en medio del suelo y luego lo llevamos hasta el rincón.

–Gracias –dijo Vidar–. Me alegro de que ya esté hecho.

Como no tenía a nadie que lo ayudara, a menudo me esperaba para pequeños encargos de ese tipo.

–Un placer –dije.

Lo enchufó y el congelador empezó a zumbar al instante. Había otros dos congeladores verticales allí dentro, además de dos grandes congeladores horizontales. Todos estaban repletos de comida. Carne de alce y de ciervo, carne de vaca y de corde-ro. Lucios, percas y salmón. Verduras y frutas del bosque. Toda clase de platos caseros. Representaba una actitud ante la comi-da y el dinero que nos era completamente desconocida. Ade-más de ser lo más autosuficiente posible, Ingrid compraba siempre en grandes cantidades cuando algo estaba barato, ex-primía la corona todo lo que podía, convirtiéndolo en una cuestión de honor. Se trataba de aprovechar todos los recursos. Por ejemplo, había conseguido un acuerdo con un supermerca-do de llevarse gratuitamente la fruta que iban a tirar, y que ella usaba para hacer zumos, mermeladas, tartas o cualquier cosa en la que se le ocurriera convertirla. A veces nos decía lo que había pagado por la carne del plato que estábamos comiendo, por ejemplo, y lo que quería mostrar entonces era la diferencia en-tre el valor del plato antes y después de que hubiera empleado sus artes mágicas en la cocina. Cuanto más barato mejor. Pero no era en absoluto una persona tacaña, nos colmaba de todo lo posible e imposible, independientemente de cómo estuviera su situación económica. Era otra cosa, tal vez el orgullo y el honor de un ama de casa, porque en su juventud había estudiado en una escuela de ciencias domésticas, y cuando finalizó su carrera de actriz, regresó al parecer a la vida que había llevado antes.

Así que el cuarto zumbaba y rugía de congeladores vertica-les y horizontales, el sótano de víveres estaba lleno de verduras, fruta, frascos de mermelada y latas, y cada vez que íbamos allí se nos servía una comida única, en su mayor parte platos que se comían en ese país una o dos generaciones atrás, pero también platos italianos, franceses y asiáticos que tenían en común el que de alguna manera eran rústicos.

Cuando bautizamos a Vanja, Ingrid quiso ayudar en la preparación de la comida. El bautizo se celebraría en casa de mi madre en Jølster, y como tanto la cocina como las tiendas eran desconocidas para Ingrid, sugirió hacer la comida en su casa y llevársela a Noruega. A mí me pareció una idea total-mente absurda transportar comida para unos cuantos comen-sales varios miles de kilómetros, pero ella insistió, diciendo que era lo más sencillo, y así lo hizo. En consecuencia, Ingrid y Vidar, además del equipaje normal, llevaban tres bolsas llenas de congelados cuando llegaron al aeropuerto de Bringelandsåsen, en las cercanías de Førde, hacia finales del mes de mayo del año anterior. Se iban a celebrar dos fiestas, primero el sesenta cumpleaños de mi madre el viernes, y luego el bautizo de Vanja el domingo. Linda y yo habíamos llegado unos días antes, no sin turbulencias, porque mi madre había renovado el salón para la ocasión y aún no le había dado tiempo a recoger, de manera que aquello parecía un solar en construcción, lo que decepcionó y enfureció a Linda. Cuando lo vio, pensó que yo necesitaría al menos tres días para ponerlo todo en orden. Entendí su rabia, aunque no la intensidad de la misma, pero no la pude aceptar. Fuimos a dar un paseo con Vanja por lo alto del valle, y ella se puso a despotricar de mi madre, ésas no eran las condiciones que se nos habían ofrecido; si lo hubiera sabido, jamás habríamos pensado en bautizar a Vanja allí, sino en Estocolmo.

–Sissel es una persona muy poco generosa, muy poco hospitalaria, y fría y severa –gritó Linda en medio del valle verde y soleado–. Ésa es la verdad sobre tu madre. Dices que yo no soy capaz de ver a mi madre como es, dices que un regalo no es siempre sólo un regalo, y que me hace totalmente dependiente de ella; puede que tengas razón en eso, pero tú tampoco *ves* cómo es tu madre, joder.

El estómago se me encogió de desesperación, como me pasaba siempre cuando tenía que responder con argumentos y objetividad a su furia, que en mi opinión era completamente irrazonable, por no decir más bien enajenada.

Casi corríamos por el camino de la ladera con el carrito en el que iba durmiendo Vanja.

–Es *nuestra* hija la que va a ser bautizada –dije–. Claro que hay que arreglar la casa para una ocasión como ésa. Mi madre trabaja, ¿sabes?, al contrario que la tuya, por eso no le ha dado tiempo a acabar. No puede emplear todo su tiempo en nosotros y en lo nuestro. Tiene su propia vida.

–Estás ciego –dijo Linda–. Tú siempre tienes que trabajar cuando venimos aquí. Ella te explota, y tú y yo nunca tenemos tiempo para estar solos.

–¡Pero si estamos siempre solos! –objeté–. No tenemos otra cosa más que tiempo para estar solos. ¡Es lo único que tenemos, joder!

–Ella nunca nos deja espacio –dijo Linda.

–¿Qué coño estás diciendo? ¿Espacio? Si alguien nos concede espacio es ella. Es tu madre la que no nos concede espacio. Ni un jodido centímetro. ¿Te acuerdas de cuando nació Vanja? Dijiste que no querías a nadie los primeros días, que estuviéramos nosotros dos solos. ¿Lo recuerdas?

Linda no contestó; miraba al infinito con ojos hostiles.

–Mi madre tenía ganas de ir a Estocolmo. Yngve también. Pero les llamé para decirles que no podían venir en las dos primeras semanas, pero sí después. ¿Y qué ocurrió? ¿Quién entra por la puerta, invitada por ti, sino tu madre? ¿Y tú qué dijiste? «¡Pero sí sólo es mi madre!» Sí, joder, exactamente. Ese «sólo» lo dice todo. Tú no la ves, estás tan acostumbrada a que venga a ayudarte que ni te das cuenta. *Ella* sí pudo venir a casa, a mi madre no la dejaste.

–Pero tu madre nunca vino a ver a Vanja. Pasaron varios meses.

–¿Qué te crees? ¡Yo le dije que no viniera!

–El amor, Karl Ove, está por encima de la sensación de ser rechazada.

–Ah, Dios mío –dije.

Y nos quedamos callados.

–Ayer, por ejemplo –dijo Linda–. Estuvo con nosotros hasta que nos fuimos a dormir.

–¿Sí?

–¿Mi madre habría hecho algo así?

–No, porque ella se acuesta a las ocho si sospecha que eso es lo que tú quieres. Y hace de todo cuando estamos aquí, es verdad. Pero eso no significa que eso sea ley de la naturaleza, ¿no? Yo he ayudado a mi madre en pequeñas cosas desde que

474

me mudé de casa. He pintado, cortado la hierba y fregado. ¿Hay algo malo en eso? ¿También hay algo malo en ayudar? ¿Qué? ¡Y esta vez ni siquiera es a ella a quien ayudamos, sino a nosotros mismos! Es nuestro bautizo, ¿no lo entiendes?

–Tú eres el que no entiende nada –dijo Linda–. No hemos venido aquí para que tú trabajes y yo esté dando vueltas sola por ahí con Vanja. Eso es lo que dejamos atrás. Y tu madre no es tan inocente como tú te crees, esto lo ha planificado y calculado.

Joder, qué asco, pensé mientras caminábamos por la carretera después de haberse pronunciado la última palabra. Joder, qué puta mierda era eso. ¿Cómo coño había podido yo acabar en una mierda como ésa?

El sol brillaba en el cielo azul y claro encima de nosotros. Las laderas subían empinadas a ambos lados del río, que lleno de agua del deshielo corría brumoso hacia el lago de Jølster abajo, reluciente y quieto entre las montañas, con un brazo del glaciar Jostedal chispeando en la cima de una de ellas. El aire era limpio y fresco, los prados por debajo y por encima de nosotros estaban verdes y llenos de ovejas tintineando, las partes más altas de las montañas azuladas, en algunos sitios con grandes manchas de nieve blanca. Era tan bonito que hacía daño. Y por allí andábamos nosotros con Vanja dormida en el carrito, discutiendo porque yo tendría que dedicar unos días a arreglar la casa de mi madre.

Su falta de razón no tenía límites. No se paraba un instante a pensar que había ido demasiado lejos.

¿En qué estaba pensando?

Yo lo sabía. Estaba completamente sola con Vanja durante el día, desde que yo me iba al despacho hasta que volvía a casa, se sentía sola, y por eso esperaba estas dos semanas con una enorme ilusión. Unos días tranquilos con su pequeña familia. Yo, por mi parte, sólo pensaba con ilusión en el momento en el que cerrara la puerta detrás de mí y me encontrara solo para poder escribir. Sobre todo ahora, cuando por fin, tras seis años de fracasos, había llegado a algo, y notaba que no se paraba, que había más. Eso era lo que yo añoraba y echaba de menos, y con lo que llenaba mis pensamientos, no a Linda, ni a Vanja, ni el bautizo en Jølster, todo eso lo consideraba algo natural. Si salía bien, bueno, entonces saldría bien. Si no salía bien, bueno, entonces no saldría bien. La diferencia no significaba gran cosa para mí. Debería haber sido capaz de catalogar la bronca por ahí, pero no pudo ser. Los sentimientos eran demasiado fuertes, pudieron conmigo.

Llegó el viernes, me había quedado levantado toda la noche preparando un discurso para mi madre, y estaba muy cansado y con mucho sueño cuando íbamos en coche por el vertiginoso paisaje de fiordos y montañas, ríos y granjas, subiendo a Loen, en Nordfjord, donde ella había alquilado una casa solariega que era de la Asociación de Enfermeros y donde iba a celebrarse la fiesta. Los otros subieron hasta el glaciar de Briksdal, Linda y yo nos quedamos en la habitación con Vanja para poder dormir un poco. La belleza del paisaje que nos rodeaba era grande e inquietante. Todo eso azul, todo eso verde, todo eso blanco, toda esa profundidad y todo ese espacio. No lo había visto nunca así; recordé que antes era un paisaje cotidiano, casi trivial, algo por lo que había que pasar para ir de un lugar a otro.

Se oía el zumbido del río. Por un campo de cultivo cercano iba un tractor. El sonido subía y bajaba de volumen. A veces se oían voces procedentes de abajo. Linda estaba dormida a mi lado, con Vanja junto al pecho. Para ella, la bronca había acabado ya hacía tiempo. Sólo yo era capaz de estar resentido durante varias semanas, sólo yo, que podía llegar a cargar con el resentimiento durante varios años. Pero no contra nadie más que ella. Sólo me peleaba con Linda. Si mi madre, mi hermano o mis amigos me decían algo ofensivo, yo lo dejaba estar como si nada, nada de lo que me decían me afectaba o me importaba, no realmente. Pensaba que era algo que pertenecía a mi vida de adulto, que había logrado atenuar todos los trasfondos y connotaciones de mi carácter, que en un principio había sido explosivo, y por eso viviría el resto de mi vida en paz y tranquilidad, y solucionaría todos los conflictos de convivencia con ironía y desdén y ese silencio agrio que se me daba ya tan bien tras las tres relaciones de larga duración que había mantenido. Pero con Linda tenía la sensación de ser lanzado de vuelta a la época en la que mis sentimientos oscilaban entre la mayor alegría y la mayor rabia a la desesperación y aflicción sin fondo, a la época en la que vivía en una especie de serie de momentos decisivos y con una intensidad tan alta que la vida se me antojaba a veces insoportable, y no había nada que me pudiera aportar paz excepto los libros, con sus otros lugares, otros tiempos y otras personas, en los que yo no era nadie y nadie era yo.

Eso sucedía cuando era pequeño y no tenía elección.

Ahora tenía treinta y cinco años, y si prefería pocos estorbos y lo menos posible de inquietud mental, debería tenerlo, ¿no? ¿O ser capaz de conseguirlo?

No parecía que fuera así.

Me senté en una piedra fuera y me fumé un cigarrillo mientras repasaba rápidamente el discurso que había preparado. Albergaba la esperanza de no tener que hacerlo, pero había sido imposible evadirme. En eso estábamos de acuerdo Yngve y yo, teníamos que dedicarle un discurso cada uno. Me daba mucho miedo. A veces cuando tenía que recitar, participar en una discusión o ser entrevistado sobre un escenario, estaba tan nervioso que casi no podía andar. Pero «nervioso» era una palabra que no cubría demasiado mi estado mental, el nerviosismo era una fase pasajera, algo ligeramente perturbador, un temblor en el alma. Esto otro dolía y era duro. No obstante, pasaría.

Me levanté y bajé hasta la carretera, desde donde se veía toda la población. Los frondosos campos verdes de humedad, los corros de árboles foliáceos que crecían junto al río, el pequeño pueblo abajo en la llanura con su puñado de casas y comercios. A un lado, el fiordo azul verdoso y completamente tranquilo, las montañas que subían al otro lado, las escasas granjas en lo alto de las pendientes, con sus paredes blancas y sus tejados rojizos, sus campos amarillos y verdes, todo profundamente resplandeciente a la luz del sol, que ya estaba bajando y pronto desaparecería muy dentro del mar. Las desnudas laderas por encima de las granjas, en algunas partes azules oscuras y en otras casi negras, las cimas blancas, el cielo claro en el que pronto aparecerían las primeras estrellas, primero imperceptiblemente, como una vaga claridad en el color, luego cada vez más nítidas y claras, hasta que resplandecían en la oscuridad sobre el mundo.

No podíamos apropiarnos de eso. Podíamos creer que nuestro mundo lo incluía todo, podíamos dedicarnos a nuestras cosas aquí abajo, a la orilla del mar, a dar paseos en nuestros coches, a llamarnos y a visitarnos los unos a los otros, a comer y a beber, a quedarnos sentados dentro, dejándonos llenar de los rostros, opiniones y destinos de los que aparecían en la pantalla de la televisión, en esa simbiosis medio artificial y extraña en la que vivíamos, y quedarnos cada vez más adormecidos, año tras año, en la idea de que eso era todo lo que había, pero si levantábamos la mirada y contemplábamos todo esto, el único pensamiento posible era el de no usurpación e impotencia. ¿No era pequeño y mezquino aquello en lo que nos habíamos adormecido? Pues sí, los dramas que veíamos eran grandiosos, las imágenes que absorbíamos sublimes y de vez en cuando incluso apocalípticas, pero hablando en serio, ¿qué papel desempeñábamos nosotros en eso?

Ninguno.

Pero las estrellas brillan sobre nuestras cabezas, el sol arde. La hierba crece y la tierra, bueno, la tierra se traga todo lo que es vida y borra todas las huellas, vomita luego nueva vida en una cascada de miembros y ojos, hojas y uñas, pajas y colas, mejillas, pieles, corteza e intestinos, que se vuelve a tragar. Y lo que nunca llegamos a entender del todo, o no queremos entender, es que todo esto ocurre fuera de nosotros, que nosotros no formamos parte de ello, que no somos más que lo que crece y muere ciegamente, igual que son ciegas las olas del mar.

Bajando por el valle detrás de mí venían cuatro coches. Eran los invitados de mi madre, es decir, sus hermanos con sus cónyuges e hijos, además de Ingrid y Vidar. Me acerqué a la casa y vi lo contentos y alegres que salían de los coches, al parecer el glaciar había resultado magnífico. Ahora iban a retirarse durante una hora a sus habitaciones para prepararse para la fiesta, luego nos reuniríamos en el salón a comer asado de ciervo y beber vino tinto, escuchar discursos, tomar café y coñac, formar pequeños grupos y pasárnoslo bien hasta que la tarde se convirtiera en noche clara.

Yngve se levantó primero. Le entregó nuestro regalo, que era una cámara réflex, y pronunció su discurso. Yo estaba tan nervioso que no capté ni la mitad. Concluyó diciendo que ella siempre había tenido mucha fe en sí misma como fotógrafa, pero que esa fe siempre había carecido de fundamento, ya que nunca había tenido una cámara propia. De ahí el regalo.

Luego me tocó a mí el turno. No había conseguido comer nada, y eso a pesar de que conocía desde siempre a casi todos los que ahora me estaban mirando fijamente, y de que sus miradas eran todas afables. Pero estaba obligado a pronunciar el discurso. Nunca le había dicho a mi madre que ella significaba algo para mí. Nunca le había dicho que la amaba o que la quería. Sólo pensar en decir algo así me hacía sentir asco y aversión. Tampoco lo diría ahora, claro que no. Pero ella cumplía sesenta años, y yo, su hijo, tenía que honrarla con unas palabras.

Me levanté. Todos me miraban, la mayoría sonrientes. Tuve que concentrarme para que no me temblaran las manos que tenían agarradas las hojas.

–Querida mamá –empecé, y me volví hacia ella. Ella sonrió para animarme–. Quiero empezar por darte las gracias –proseguí–. El que hayas sido una madre increíblemente buena es una de las cosas que sé sin más. Pero lo que a menudo ocurre con esas cosas que uno sabe sin más, es que no siempre resulta fácil ponerlas en palabras. En este caso resulta más difícil aún, porque no siempre es fácil ver tus cualidades.

Tragué saliva, bajé la mirada al vaso de agua y decidí no cogerlo, levanté la cabeza y miré hacia los ojos que me observaban atentamente.

–Hay una película de Frank Capra que trata exactamente de eso. *Qué bello es vivir,* de 1946. Trata de una buena persona en una pequeña ciudad norteamericana de provincias que al principio de la película se encuentra en una profunda crisis y quiere renunciar a todo lo que tiene. Entonces se le aparece un ángel y le enseña cómo habría sido el mundo *sin* él. Por fin es capaz de ver la importancia que él *tiene* para otras personas. No creo que *tú* necesites la ayuda de un ángel para entender lo importante que eres para nosotros, pero a veces a lo mejor la necesitaríamos *nosotros.* Tú das a todos los que te rodean espacio para que puedan ser ellos mismos. Tal vez esto suene como una evidencia, pero no lo es, al contrario, es una cualidad muy rara. Y a veces resulta difícil de ver. Es fácil ver a los que ponen límites. Pero tú nunca te impones, y nunca pones límites a los demás: aceptas que son como son, y actúas conforme a *eso.* Creo que es algo que todos los presentes hemos podido experimentar.

Una especie de murmullo se elevó alrededor de la mesa.

—Cuando yo tenía dieciséis o diecisiete años fue algo inestimable para mí. Vivíamos solos en Tveit, y yo estaba atravesando una época bastante difícil, creo, pero todo el tiempo tuve la sensación de que tú confiabas en mí, que te fiabas de mí y, muy importante, que creías en mí. Me dejaste vivir mis propias experiencias. En aquella época y cuando ocurrió yo no entendía, claro está, que era eso lo que tú hacías, creo que no te veía ni a ti, ni a mí mismo. Pero ahora sí. Y quiero darte las gracias por aquello.

Al decirlo, mi mirada se cruzó con la de mi madre y se me quebró la voz. Cogí el vaso y bebí un poco de agua, intenté sonreír, pero no resultó fácil, percibí una especie de compasión en el ambiente en torno a la mesa, algo que me resultaba difícil de manejar. Mi único propósito era pronunciar un discurso, no aproximarme al precipicio de mi sentimentalismo.

—Bueno —proseguí—, y aquí estás, con los sesenta ya cumplidos. El que no te estés preparando para tu vida de jubilada, sino que al contrario, acabes de terminar un máster, también dice bastante de cómo eres. En primer lugar eres viva y vital, con una gran curiosidad intelectual, y en segundo lugar, nunca te das por vencida. Esto se refiere a ti, a tu vida, pero también tiene que ver con cómo eres con los demás: las cosas necesitan su tiempo. Las cosas necesitan el tiempo que necesitan. Cuando yo tenía siete años e iba a empezar la primaria, no sabía valorar eso. Tú ibas a llevarme a mi primer día de colegio, lo recuerdo muy bien, no conocías el camino hasta la escuela, pero creías que lo encontrarías fácilmente. Acabamos en una urbanización de chalés. Luego en otra urbanización de chalés. Allí estaba yo, sentado en el coche, con mi traje azul claro, la mochila a la espalda y el pelo recién peinado dando vueltas por la isla de Trom, mientras mis futuros compañeros de colegio estaban en el patio de recreo escuchando los discursos. Cuando por fin llegamos a la escuela, todo había terminado. Hay una infinidad de anécdotas parecidas que podría contar. No son pocos los kilómetros en los que has ido literalmente por mal camino, recorriendo kilómetro tras kilómetro a través de paisajes desconocidos, sin descubrir que no estabas en la carretera de Oslo hasta que te encontrabas en un camino de tractores al fondo de un lejano valle de algún lugar. Hay tantas de estas anécdotas que me limitaré a la última de la serie, cuando el mismo día de tu sesenta cumpleaños, hace una semana, invitaste a tus colegas a tomar café, ellos vinieron, pero tú habías olvidado comprar café, de modo que tuvisteis que tomar té. A veces pienso que ese rasgo de enorme distracción que te caracteriza, es la condición misma de que puedas estar tan presente en las conversaciones que mantenemos tú y yo, y en las que mantienes con otros.

Una vez más cometí la estupidez de cruzarme con su mirada. Ella me sonrió, los ojos se me humedecieron, y entonces ella se levantó, ay, ay, se levantó y me abrazó.

Los invitados aplaudieron y yo me volví a sentar, lleno de desprecio hacia mí mismo, porque aunque lo de perder el control de los sentimientos estaba bien visto, como un punto añadido a lo que había dicho, a mí me dio mucha vergüenza haberles mostrado una debilidad tan grande.

Luego se levantó la hermana de mi madre, Kjellaug, habló del otoño de la vida y recibió un par de exclamaciones como amables abucheos, pero su discurso fue cálido y bonito, y los sesenta no eran al fin y al cabo los cuarenta.

Durante el discurso entró Linda, se sentó a mi lado y me puso una mano sobre el brazo. ¿Todo ha ido bien?, preguntó. Asentí con un gesto de la cabeza. ¿Se ha dormido?, susurré, y Linda contestó que sí, sonriente. Kjellaug se sentó, el orador siguiente se levantó, y así continuó hasta que todos los invitados acabaron de hablar. La excepción fueron Vidar e Ingrid, claro, ya que no conocían en absoluto a mi madre. Pero se les veía a gusto, al menos a Vidar. Había desaparecido ese rasgo de viejo anquilosado y encerrado en sus convicciones que a veces se le notaba cuando estaba en su casa, aquí se le veía disfrutar, alegre y sonriente, con las mejillas y los ojos ardientes, con una palabra para todo el mundo, sinceramente interesado en lo que le contaban, y con un buen surtido de anécdotas, cuentos y razonamientos que ofrecer. Resultaba más difícil saber cómo se lo estaba pasando Ingrid. Parecía emocionada, se reía ruidosamente y sembraba superlativos por doquier, todo era maravilloso y fantástico, pero sin llegar a nada más, era como si se quedara en ese punto, no lograba penetrar en la esencia de la velada, bien porque no se adaptara a tanta gente desconocida, porque su estado de ánimo estuviera demasiado exaltado, o simplemente porque la distancia de la vida que ella llevaba normalmente era demasiado grande. Era algo que yo había visto muchas veces en la gente mayor; muchos no llevan bien los cambios bruscos y no les gusta ser desplazados de un sitio a otro, pero sobre todo adquieren algo entumecido y regresivo, algo que no exactamente caracterizaba la manera de ser de Ingrid, que más bien se acercaba a lo contrario, y además Ingrid no era mayor, al menos no a escala actual. Cuando volvimos a casa de mi madre a preparar el bautizo, su comportamiento seguía siendo el mismo, pero con más espacio alrededor no resultaba tan chocante. Estaba nerviosa por la comida, intentó preparar todo lo que pudo la noche anterior, y cuando llegó el día del bautizo estaba preocupada porque la puerta de la casa estuviera cerrada y no le diera tiempo a tenerlo todo preparado para cuando llegaran los invitados y entonces ella, sola en la cocina, no encontrara todos los utensilios necesarios.

Oficiaba una joven sacerdote; estábamos colocados en torno a ella junto a la pila bautismal. Linda tenía a Vanja en brazos cuando le echaron el agua en la cabeza. Ingrid se marchó en cuanto la ceremonia hubo terminado, los demás nos quedamos sentados. Se dio la comunión, Jon Olav y su familia subieron al altar y se arrodillaron. Por alguna razón yo también me levanté y los seguí. Me arrodillé en el altar, me dieron la oblea, bebí el vino, recibí la bendición, me levanté y volví al banco, con las miradas más o menos incrédulas de mi madre, Kjartan, Yngve y Geir clavadas en mí.

¿Por qué lo había hecho?

¿Me había convertido en cristiano?

Yo, que desde mi temprana juventud había sido un ardiente anticristiano, y en mi corazón era un materialista, en el transcurso de un segundo, realmente sin reflexionar, me había levantado y subido hasta el altar, donde me arrodillé. Puro impulso. Y cuando me crucé con esas miradas no pude justificarlo, no pude decir que era *cristiano,* miré al suelo, un poco avergonzado.

Habían sucedido muchas cosas.

Cuando murió mi padre, estuve hablando con un sacerdote, fue como una confesión, me vacié del todo, y él estaba allí para escucharme y consolarme. El entierro, el ritual en sí, fue para mí algo casi físico a que agarrarme. Convirtió la vida de mi padre, tan miserable y destructiva al final, en una nueva vida.

¿Cuánto consuelo no había en eso?

Así que era en eso en lo que yo había estado trabajando el último año. No en lo que escribía, sino en aquello a lo que me quería acercar, así lo entendí poco a poco, a lo sagrado. En la novela lo había travestido e invocado, pero sin la gravedad hímnica que yo sabía que había en esos tratados, en esos textos que había empezado a leer, y esa gravedad, la salvaje intensidad que siempre se encontraba en la cercanía de lo sagrado, donde yo jamás había estado ni estaría, pero sin embargo intuía, me había hecho pensar de otro modo sobre Jesucristo, porque era cuerpo y era sangre, era nacimiento y era muerte y estábamos relacionados con ello a través de nuestro cuerpo y nuestra sangre, nuestros nacidos y nuestros muertos, constantemente, una tormenta soplaba por nuestro mundo y lo había hecho siempre, y el único sitio donde yo sabía que eso estaba formulado era en los escritos religiosos y en los poetas y artistas que se movían cerca, Trakl, Hölderlin, Rilke. Leer el Antiguo Testamento, sobre todo el Levítico, con sus explicaciones detalladas de la práctica de sacrificios, y el Nuevo Testamento, mucho más reciente y mucho más cercano a nosotros, anulaba el tiempo y la historia, no era más que el torbellino de polvo señalando lo que siempre era lo mismo.

Había pensado mucho en ello.

Y luego estaba el hecho trivial de que la sacerdote local se hubiera mostrado muy reacia a bautizar a Vanja sin estar casados Linda y yo, y yo además divorciado, y cuando nos interrogó más de cerca sobre nuestra fe, y yo no pude decir sí, soy creyente, creo que Jesús era el hijo de Dios, una idea loca que no se me ocurriría creer, sino que daba vueltas en torno a ello, la tradición, el entierro de mi padre, la vida y la muerte, el ritual, sintiéndome luego falso, como si bautizara a nuestra hija bajo falsas premisas, cuando llegó la Comunión seguramente quise anularlo, con el resultado de parecer más falso aún. No sólo había bautizado a mi hija sin ser creyente, sino que también había comulgado, ¡no te jode!

Pero lo sagrado.

La carne y la sangre.

Todo lo que cambia y es lo mismo.

Y por último, pero no por ello menos importante, haber visto a Jon Olav pasar por delante de mí y arrodillarse junto al altar. Él era una persona completa, una persona buena, y de alguna manera eso también me arrastró por el pasillo hasta arrodillarme: deseaba tanto ser completo... Deseaba tanto ser bueno...

Los padres, la recién bautizada y los padrinos nos colocamos en la escalinata de la iglesia para la foto. El traje de Vanja era el mismo que había llevado su tatarabuela cuando fue bautizada en Jølster. Vinieron algunos de los hermanos de mi abuela materna, entre ellos los favoritos de Linda, Alvdis y Anfinn, todos los hermanos de mi madre, algunos de sus hijos y nietos, uno de los dos hermanos de mi padre también había hecho el largo viaje hasta allí, además de los amigos de Linda de Estocolmo, Geir y Christina, y naturalmente, Vidar e Ingrid.

Mientras estábamos en la escalinata, Ingrid venía a toda prisa subiendo la cuesta. Su miedo a que la casa estuviera cerrada no era injustificado, porque mi madre, que era muy despistada, había cerrado la puerta con llave. Ingrid cogió la llave y volvió corriendo a la casa. Cuando nosotros llegamos, media hora más tarde, estaba fuera de sí por una fuente que no encontraba. Pero todo salió bien, claro, el tiempo era radiante, el almuerzo se celebró en el jardín con vistas al lago, en el que se reflejaban las montañas, y la comida fue elogiada por todos. Pero cuando todo se había servido y Vanja iba pasando de brazos en brazos y ya no necesitaba vigilancia directa, la tarea de Ingrid había acabado y tal vez fuera eso lo que le resultó difícil, al menos subió a su cuarto y allí se quedó hasta que sobre las cinco o cinco y media, cuando los primeros invitados ya se habían marchado, empezamos a echarla de menos. Linda fue a buscarla. Estaba durmiendo, y resultó casi imposible despertarla. Yo sabía que siempre era así. Linda me había contado lo profundísimo que era el sueño de su madre y lo imposible que resultaba hablar con ella los primeros cinco o diez minutos después de que se despertara. La teoría de Linda era que la cosa iba de somníferos. Cuando por fin Ingrid salió de su habitación, andaba con pasos tambaleantes por el césped, y las risas que soltaba estaban fuera de lugar, porque eran demasiado altas para lo que ocurría alrededor de la mesa y no seguían del todo los momentos en los que a los demás les parecía oportuno reírse. Me puse nervioso al verla así, algo iba mal, eso era obvio. Hablaba en voz alta y estaba exaltada, a la vez que parecía ausente y tenía los ojos brillantes y la piel de la cara enrojecida. Linda y yo lo comentamos cuando todos se habían acostado. Serían los somníferos, además del estrés por el bautizo. Al fin y al cabo, había preparado y servido comida para veinticinco personas. Y todo era nuevo y desconocido para ella.

Cuando volví a verlos fue ya en Gnesta y toda su inquietud y alteración habían desaparecido. Vidar había vuelto a sumergirse en su rutinaria existencia.

Ahora estaba con las manos en las caderas contemplando su obra. El sonido de un tren que se acercaba por un lado de la colina se acalló y volvió unos segundos más tarde desde el otro lado, más alto y más lleno, a la vez que Linda subía la cuesta.

–¡La comida está lista! –gritó al vernos.

Temprano a la mañana siguiente, Vidar nos llevó a la estación. Llegamos justo antes de que saliera el tren, así que no me dio tiempo a comprar el billete. Ingrid, que se venía con nosotros para cuidar a Vanja los siguientes tres días, tenía abono mensual, mientras que a Linda le quedaba billete justo hasta Estocolmo. Me senté al lado de la ventana y saqué el montón de periódicos que aún no había conseguido leer. Ingrid se ocupó de Vanja, Linda se puso a mirar por la ventana. Por fin, cuando habíamos cambiado de tren en Södertälje, llegó el revisor. Ingrid le enseñó su abono, Linda le alcanzó su billete y yo hurgué en los bolsillos en busca de dinero. Cuando el revisor se volvió hacia mí, Ingrid dijo:

–Ha subido en Haninge.

¿Cómo?

¿Hacía trampa de mi parte?

¿Qué coño estaba haciendo?

Mi mirada se cruzó con la del revisor.

–A Estocolmo –dije–. Desde Haninge. ¿Cuánto es?

Ya no podía decir que me había subido en Gnesta, ¿cómo haría quedar a Ingrid? Yo siempre pagaba lo mío, era una regla que tenía; si en una tienda me devolvían más de lo que me correspondía, siempre se lo hacía saber al dependiente. Hacer trampa en el tren era lo último que haría.

El revisor me dio el billete y el cambio, le di las gracias y desapareció entre el tumulto de los viajeros matutinos.

Estaba furioso, pero no dije nada, seguí leyendo. Después de llegar a la Estación Central de Estocolmo y bajar el carrito al andén, me ofrecí a llevarme su maleta al despacho, para que ella no tuviera que arrastrarla primero hasta nuestra casa y luego volver a bajarla al despacho, donde solía pernoctar cuando se quedaba con nosotros por la tarde. Se alegró por ello. Les dije adiós en el vestíbulo, salí por donde los trenes del aeropuerto a la plaza donde estaba el edificio tipo castillo del Sindicato Sueco y cogí la calle Dala, con una mano haciendo rodar la maleta detrás de mí y la otra con el maletín del ordenador. Cinco minutos más tarde abría la puerta de mi despacho.

Se había convertido ya en un lugar lleno de recuerdos. La época en la que escribí *Un tiempo para todo* se me vino encima. Joder, qué feliz me sentía entonces.

Metí la maleta de Ingrid en el armario de debajo de la pila, no quería tenerla delante de los ojos mientras trabajaba, luego me fui al baño a mear.

Y allí descubrí el champú y la crema suavizante de Ingrid. ¿Y qué había en el fondo de la bolsa de basura sino los algodones de desmaquillar y el hilo dental de Ingrid?

¡Qué COÑO!, dije en voz alta, cogí las dos botellas y las tiré a la basura de la cocina, ya BASTA, joder, grité, arranqué la bolsa de la papelera del baño, me incliné hacia delante y cogí los pelos que había en el desagüe, era su pelo y era mi despacho, joder, el único sitio donde podía estar completamente a solas, donde estaba completamente solo, e incluso allí venía ella con sus cosas y todos sus bártulos, incluso allí me invadían, pensé, tiré los pelos a la bolsa con todas mis fuerzas, la arrugué y la metí en el fondo del cubo de la basura en el armario de debajo de la pila de la cocina.

Mierda.

Encendí el ordenador y me senté delante del escritorio, esperando impacientemente a que la máquina estuviera lista. Grabado en el suelo estaba el Cristo con la corona de espinas. En la pared de detrás del sofá colgaba el cartel de la pintura nocturna de Balke. Sobre el escritorio, dos fotografías de Thomas. En la pared que tenía a mis espaldas la ballena disecada y los dibujos casi fotográficamente precisos de escarabajos de la misma expedición del siglo XVIII.

Allí no podía escribir. Es decir, allí no podía escribir nada nuevo.

Pero tampoco era eso lo que iba a hacer esa semana. El sábado por la mañana iba a dar una conferencia en Noruega, en Bærum, sobre mi «obra», y sobre ella trabajaría los siguientes tres días. Era un encargo sin sentido, pero lo había aceptado hacía bastante tiempo. La invitación me llegó el mismo día en que se publicó que mi libro había sido nominado para el Premio Literario del Consejo Nórdico, me dijeron que era una tradición que los nominados noruegos fueran a charlar sobre su libro o su obra en general, y como por aquel entonces mi resistencia estaba por los suelos, dije que sí.

Y ahora estaba allí, en mi despacho.

Damas y caballeros: Me importan ustedes una mierda, el libro que he escrito me importa una mierda, y me importa una mierda si va a conseguir o no algún premio, lo único que quiero es seguir escribiendo. Así que ¿qué hago aquí? Me dejé adular, tuve un momento de debilidad, de los que tengo muchos, pero esos momentos ya se acabaron y también el dejarse seducir por las lisonjas. Y para que lo dicho quede muy claro, me he traído unos periódicos. Tengo la intención de colocarlos delante del estrado y cagar encima de ellos. Me he estado reteniendo durante varios días para poderlo hacer con energía. Así. Sí. Ah. Entonces sólo me queda limpiarme el culo y ya está. Y ahora cedo la palabra al otro nominado, Stein Mehren. Gracias.

Lo borré, me fui a la minicocina del rincón, llené el hervidor de agua, hurgué con una cuchara en el bote de café soluble, conseguí desprender unos terrones y los eché en la taza, que a continuación llené de agua hirviendo. Volví a ponerme el abrigo, salí y fui hasta el banco que había delante del hospital al otro lado de la calle, donde me senté y me fumé tres cigarrillos seguidos, mientras miraba a la gente y los coches que pasaban. El cielo era de un gris inconsolable, el aire frío y húmedo, la nieve en la cuneta oscura de gases de escape.

Saqué el móvil e hice varios intentos hasta conseguir un verso que envié a Geir.

> *Geir, Geir, muerto ya estás*
> *Tu miembro duro ya no se levantará jamás*
> *Pero no te pongas nervioso*
> *De ti nacerá un ser hermoso*
> *Una mujer disponible para cualquier baboso.*

Volví a entrar y me senté delante del ordenador. La desgana que sentía, añadida al hecho de que aún faltaran cinco días enteros para que tuviera que haber acabado, hacían casi imposible que me sintiera motivado. ¿Pues qué podría decir? Bla, bla, bla, *Fuera del mundo,* bla, bla, bla, *Un tiempo para todo,* bla, bla, bla, feliz y orgulloso.

En el bolsillo de mi chaqueta sonó mi móvil, indicando que había recibido un mensaje. Lo saqué y vi que era de Geir:

> *Es correcto, me maté esta mañana en un accidente de coche. No sabía que la noticia se hubiera difundido ya. Te dejo mis revistas porno, ya no me hacen falta, estoy tan tieso como nunca he estado. Bonito epitafio, por cierto. Pero sabes hacerlo mejor, ¿no?*

Claro que sí, contesté. *¿Qué te parece éste?*

Aquí descansa Geir en su reciente tumba
Conducía su Saab cuando la rueda cayó
Sus ojos se apagaron, pero el corazón aún latía
Sin embargo nadie lo vio
Aunque el pecho en él se incrustó
Y por ello su muerte primero sólo lo parecía
Hasta que el ataúd se bajó y el aire le faltó
Y el buen chico por fin muerto quedó

A lo mejor no era muy divertido, pero por lo menos me ayudaba a pasar el tiempo. Y puede que él se echara unas risas en su despacho de la universidad. Después de enviarlo me fui al supermercado a comprar comida. Comí y dormí una hora en el sofá. Acabé el primer volumen de *Los hermanos Karamázov*, continué con el segundo, y cuando lo acabé, era ya de noche y el edificio se había llenado de sus ruidos vespertinos. Me sentía como cuando de adolescente a veces me quedaba en la cama leyendo durante horas, como con la cabeza fría, salido de un frío sueño, en cuyos restos de resplandor el entorno parecía duro e inhóspito. Me lavé las manos con agua caliente, me las froté meticulosamente, apagué el ordenador, lo metí en el maletín, me enrollé la bufanda al cuello y me calé el gorro, me puse la chaqueta y los zapatos, cerré la puerta, me puse los guantes y salí a la calle. Faltaba más de media hora para mi cita con Geir en Pelikanen, de modo que me sobraba tiempo.

La nieve de la acera tenía un color entre amarillo y marrón, y una consistencia de grano tan fino que cuando la pisabas se deslizaba y desaparecía. Fui por la calle Rådmann hasta la estación del metro, justo donde se cruza con la calle Svea. Eran las seis y media. Las calles de alrededor estaban casi desiertas, llenas de esa oscuridad elusiva que sólo se encuentra en el brillo de la luz eléctrica, y que aquí salía por cada ventana, de cada farola, sobre la nieve y el asfalto, escaleras y barandillas, coches y bicicletas aparcados, fachadas, cornisas y placas de las calles. Yo igualmente podría ser otro, pensaba mientras caminaba, no había ya nada en mí que me pareciera lo suficientemente valioso para no poder ser sustituido por otra cosa. Pasé por la calle Drottning, por cuyo tramo final pululaba un montón de personas negras como escarabajos, bajé las escaleras que había al lado de Observatorielunden, seguí por el callejón donde estaba el restaurante chino con su asqueroso letrero que invitaba a «glotonear» y luego bajé las escaleras que conducían al metro. Había unas cuarenta o cincuenta personas en los dos andenes, la mayoría de ellas camino de su casa después del trabajo, a juzgar por la bolsas o carteras que llevaban. Me situé donde había más espacio libre, dejé el maletín en el suelo entre mis pies, apoyé un hombro contra la pared, saqué el móvil y llamé a Yngve.

–¿Hola? –contestó él.

–Hola, soy Karl Ove –dije.

–Ya lo he visto.

–¿Me has llamado? –le pregunté.

–El sábado –respondió.

–Quería devolverte la llamada, pero hubo algo de estrés, tuvimos una cena en casa, y se me olvidó.

–No importa –dijo Yngve–. No era nada en especial.

–¿Ya ha llegado la nueva cocina?

–Sí. De hecho la han traído hoy. La tengo aquí, a mi lado. Y me he comprado un coche de segunda mano.

–¡No me digas!

–Tenía que hacerlo. Es un Citroën XM, no muy viejo. Era un coche fúnebre.

–¡No me jodas!

–Es verdad.

–¿Vas a conducir un coche fúnebre?

–Lo han modificado, claro. Ahora ya no caben ataúdes en él. Tiene un aspecto completamente normal, ¿sabes?

–Pero de todas formas. Sólo de pensar que ha llevado cadáveres... Es lo más fuerte que he oído en mucho tiempo.

Yngve resopló.

–Tú eres tan sensible... –dijo–. Es un coche normal y corriente, que entraba dentro de mi presupuesto.

–Bueno, bueno –dije.

Hubo una pausa.

–¿Y por lo demás? –pregunté.

–Nada en particular. ¿Y tú?

–Nada. Ayer estuvimos en el campo, en casa de la madre de Linda.

–¿Ah, sí?

–Sí.

–¿Y Vanja? ¿Anda ya?

–Da algunos pasos. Pero a decir verdad se cae más que anda.

Yngve se rió un poco.

–¿Y Torje e Ylva?

–Están bien –respondió–. Por cierto, al parecer Torje te ha enviado una carta desde el colegio. ¿La has recibido?

–No.

–No quiso decirme lo que había escrito. Ya lo verás tú.

–Sí.

Al fondo del túnel aparecieron los faros de un tren. Una suave corriente de aire recorrió el andén. La gente empezó a adelantarse hacia el borde.

–Ya llega mi tren –dije–. Hablamos otro día.

El tren frenó despacio delante de mí. Cogí el maletín y di un par de pasos con el fin de aproximarme más a la puerta.

–De acuerdo –dijo–. Que te vaya bien.

–Adiós.

Las puertas se abrieron delante de mí y la gente empezó a salir. Justo cuando estaba bajando de la oreja la mano con el móvil, alguien me dio un empujón en el codo por detrás, y el teléfono salió volando hacia delante, sobre la multitud que estaba esperando a entrar, sin que yo fuera del todo consciente de ello, ya que lo primero que hice fue volverme automáticamente hacia la persona que me había dado el empujón.

¿Dónde estaba el móvil?

No lo oí caer al suelo. ¿Habría caído sobre un pie? Me agaché y escruté el andén con la mirada. El teléfono no estaba allí. ¿Alguien le habría dado una patada, desplazándolo? No, me habría dado cuenta, pensé, me levanté, giré la cabeza y miré a los que se dirigían hacia la salida. Tal vez había caído dentro de una bolsa o algo así. Por ahí iba una mujer con un bolso abierto colgado del brazo. ¿Podría haber caído dentro? No, esas cosas no ocurren.

¿No?

Eché a andar detrás de ella. Podría darle un toque en el hombro y pedirle que me dejara mirar su bolso. He perdido mi teléfono, ¿sabe?, y pensé que a lo mejor había caído ahí dentro.

No, no podía hacer eso.

La señal avisando de que se iban a cerrar las puertas sonó desde el vagón. El siguiente tren no llegaría hasta dentro de diez minutos, y yo iba ya con retraso. El móvil era un viejo modelo, pensé justo antes de dar un salto hacia las puertas que estaban ya medio cerradas. Algo aturdido me senté al lado de un veinteañero vestido de gótico, mientras la luz de la estación iluminaba el vagón y de repente fue sustituida por una densa oscuridad.

Quince minutos después me bajé en Skanstull, saqué dinero del cajero automático, crucé la calle y entré en Pelikanen. Era una cervecería clásica, con bancos y mesas a lo largo de las paredes, y sillas y mesas muy juntas en el suelo de cuadros blancos y negros, paneles marrones de madera en las paredes, pinturas en el muro sobre ellos y en el techo, varios anchos pilares de soporte en medio del local, también con paneles marrones en la parte de abajo y bancos delante, y en un extremo una larga y ancha barra de bar. Los camareros eran casi todos viejos y llevaban ropa negra y delantales blancos. En el local no había música, pero de todas formas el nivel de ruido era alto, el murmullo de voces y risas y el tintineo de cubiertos y vasos se posaba como una capa de nubes sobre las mesas, imperceptible cuando llevabas un rato allí dentro, pero sorprendente y a veces también molesto cuando abrías la puerta desde la calle, entonces sonaba como un estruendo. Entre la clientela había todavía algún que otro borracho que podría frecuentar el lugar desde los años sesenta, y algún hombre mayor que comía allí, pero ésos estaban en vías de extinción, lo que predominaba, como en cualquier otro lugar de Söder, eran mujeres y hombres del mundo de la cultura. No eran ni demasiado jóvenes ni demasiado mayores, ni demasiado guapos, ni demasiado feos, y nunca se emborrachaban demasiado. Periodistas culturales, posgraduados que trabajaban en la universidad, estudiantes de humanidades, empleados de editoriales, documentalistas de radio y televisión, algún que otro actor o escritor, pero pocas veces la gente que más aparecía en los medios.

Me detuve a un par de metros de la puerta y dejé vagar la mirada por la gente, mientras me desenrollaba la bufanda del cuello y me desabrochaba la chaqueta. Brillaban las gafas, resplandecían las calvas, lucían los dientes blancos. Había cerveza delante de todo el mundo, sobre las superficies marrones casi ocres de las mesas. Pero no vi a Geir.

Me acerqué a una de las mesas con mantel y me senté de espaldas a la pared. Cinco minutos después apareció una de las camareras y me alcanzó la gruesa carta de imitación de piel.

–Vamos a ser dos –dije–. Así que esperaré para pedir la comida. ¿Pero podría traerme mientras tanto una Staropramen?

–Claro que sí –contestó una mujer de unos sesenta años, con una cara grande y carnosa, y un largo pelo rojizo–. ¿Rubia o negra?

–Rubia, por favor.

Ah, qué bien estaba ese sitio. Su carácter limpio y típico de cervecería me hacía pensar en otros tiempos más clásicos, sin que por ello pareciera museal. No había nada forzado en el ambiente, allí se iba a beber cerveza y a charlar, como se había venido haciendo desde 1930. Ésa era una de las grandes virtudes de Estocolmo, esa gran variedad de lugares de distintas épocas que seguían vivos, sin hacer alarde de ello. El palacio de Van der Nootska, del siglo XVII, por ejemplo, donde según dicen el poeta Bellmann se emborrachó por primera vez cuando el lugar ya tenía cien años, allí comía yo de vez en cuando –por cierto, la primera vez al día siguiente de que asesinaran a la ministra de Asuntos Exteriores Anna Lindh, y el ambiente de la ciudad era extrañamente atenuado y alerta—, y luego estaba el restaurante del siglo XVIII Den Gyldne Freden, en la Ciudad Vieja, los locales del siglo XIX Tennstopet y Berns Salonger, donde se encontraba la Habitación Roja descrita por Strindberg, por no hablar del bonito bar de estilo Jugend, llamado Gondolen, inalterado desde los años veinte, en lo alto del ascensor Katharina, con vistas sobre toda la ciudad, donde tenías la sensación de estar a bordo de un zepelín, o tal vez en el salón de un buque transatlántico.

La camarera llegó con una bandeja llena de vasos de cerveza, puso uno de ellos sobre un posavasos que había colocado un segundo antes delante de mí con una sonrisa, y siguió hacia las muchas mesas ruidosas, donde tal vez en cada dos de ellas era recibida con algún comentario chistoso.

Me llevé el vaso a la boca, sentí la espuma rozarme los labios, el líquido frío, algo amargo, me llenó la cavidad bucal, que estaba tan poco preparada para ese sabor que un escalofrío me recorrió el cuerpo, mientras la cerveza se deslizaba por mi garganta.

Ah.

Cuando se visualizaba el futuro y se invocaba un mundo en el que la vida urbana se hubiese extendido por todas partes y el ser humano hubiese completado su añorada simbiosis con las máquinas, nunca se tenía en cuenta lo más sencillo, la cerveza, por ejemplo, tan dorada y rica en sabores, hecha de los granos del campo y el abejorro del prado, o el pan o la remolacha, con su sabor dulce, pero oscuro, como de tierra, todo lo que habíamos comido y bebido en mesas hechas de madera, tras ventanas por las que entra el sol. ¿Qué se hacía en esos palacios del siglo XVII, con sus sirvientes de librea, tacones altos y pelucas empolvadas sobre calvas llenas de pensamientos del siglo XVII, aparte de beber cerveza y vino, comer pan y carne, mear y cagar? Lo mismo ocurre con los siglos XVIII, XIX y XX. La idea de lo que era el ser humano y también la idea sobre el mundo y la

495

naturaleza cambiaban constantemente, surgían y desaparecían toda clase de extrañas ideas y creencias, se inventaban cosas útiles e inútiles, la ciencia penetraba cada vez más adentro de sus misterios, las máquinas se multiplicaban, aumentó la velocidad, y territorios cada vez más extensos de las viejas maneras de vivir fueron abandonados, pero nadie soñaba con dejar atrás la cerveza o cambiarla. Malta, abejorro, agua. Campo, prado, arroyo. Y en el fondo así ocurría con todo. Estábamos inmersos en lo arcaico, nada esencial en nosotros, en nuestros cuerpos o necesidades ha cambiado desde que el primer ser humano vio la luz en algún lugar de África hace cuarenta mil años o los que sea desde que existió el *Homo sapiens*. Pero nos imaginamos que era diferente, y tan poderosa era nuestra imaginación que no sólo lo creíamos, sino que también nos organizamos conforme a ello, y allí estábamos, emborrachándonos en nuestros cafés y oscuros clubs, bailando nuestros bailes, que seguramente eran aún más torpes que los que bailaban, digamos, hace veinte mil años a la luz de una hoguera en la costa mediterránea.

¿Cómo pudo siquiera surgir esa idea de que éramos modernos cuando la gente se desplomaba a nuestro alrededor, aquejada de enfermedades contra las que no había remedio? ¿Quién puede ser moderno con un tumor cancerígeno en el cerebro? ¿Cómo podíamos ser modernos sabiendo que pronto estaríamos pudriéndonos bajo tierra?

Me llevé de nuevo el vaso a la boca y di unos largos y profundos sorbos.

Cómo me gustaba beber. No hacía falta más que medio vaso de cerveza para que mi cerebro empezara a jugar con la idea de beber hasta sus últimas consecuencias. Ponerme a beber y beber. ¿Pero debía hacerlo?

No, no debía.

En el transcurso de los escasos minutos que llevaba allí sentado, un flujo constante de personas había entrado por la puerta. La mayor parte hacía lo que había hecho yo, detenerse un par de metros más allá para examinar a la clientela, mientras se tocaba el abrigo.

Al final del último grupo reconocí una cara. ¡Pero si era Thomas!

Le hice señas y se acercó.

—Hola, Thomas —lo saludé.

—Hola, Karl Ove —dijo, dándome la mano—. Cuánto tiempo.

—Es verdad. ¿Estás bien?

—Sí, bastante bien. ¿Y tú?

—Yo también.

—He quedado aquí con una gente, están allí, en el rincón. Siéntate con nosotros si quieres.

—Gracias, pero estoy esperando a Geir.

—Ah, ya, creo incluso que me lo dijo. Hablé con él ayer, ¿sabes? Luego me paso a veros, si te parece.

—Claro que sí —dije—. Nos vemos.

Thomas era uno de los amigos de Geir, sin duda el que mejor me caía. Tenía cincuenta y pocos años, se parecía notablemente a Lenin, desde la barba y la calva hasta los ojos rasgados, y era fotógrafo. Había editado tres libros, el primero de fotos de cazadores costeros, el segundo de fotografías de boxeadores —fue en ese ambiente donde conoció a Geir— y el último era una serie de fotos de animales, objetos, paisajes y personas, sobre los que reposaba la oscuridad, y en los que el vacío en ellos y a su alrededor era lo más notable. Thomas era amable y poco exigente en ambientes sociales, era como si uno no tuviera nada que perder hablando con él, tal vez porque no se daba demasiada importancia, a la vez que estaba muy seguro de sí mismo, o posiblemente justo por eso. Se preocupaba por los demás, ésa era la sensación que transmitía. En su trabajo, en cambio, era extremadamente severo y exigente, siempre buscaba la perfección, sus imágenes estaban más orientadas hacia lo estilizado que hacia lo improvisado. De sus fotografías, las que más me gustaban eran las intermedias: la estilización improvisada, la casualidad congelada. Eran brillantes. Algunas de sus imágenes de boxeadores recordaban a esculturas helénicas, tanto por el equilibrio de los cuerpos, como porque estaban tomadas en actividades fuera del ring, otras contenían una gran oscuridad, y violencia, claro. Le compré dos fotografías ese invierno, serían mi regalo para Yngve en su cuarenta cumpleaños, estuve en su laboratorio hojeando la serie de la que constaba su último libro, vacilé mucho, pero por fin elegí dos. Cuando se las di a Yngve, vi que no le gustaron mucho, así que le dije que las eligiera él mismo, y yo me quedé con las dos primeras, que estaban colgadas en el despacho. Eran brillantes, pero también de mal augurio, porque brillaban de muerte. Comprendí que Yngve no las quisiera para su cuarto de estar, aunque también me sentí un poco ofendido, claro. Para ser sincero, no sólo un poco. Cuando fui a buscar las fotos por las que Yngve se había por fin decidido y llamé a la puerta del sótano de la Ciudad Vieja donde se encontraba el laboratorio de Thomas, con paredes macizas de piedra del siglo XVI, el que abrió fue su colega, un sesentón despeinado y algo desaliñado. Thomas no estaba en ese momento, pero si quería, podía entrar y esperarlo. Era Anders Petersen, el fotógrafo con el que Thomas compartía laboratorio, y que para mí era más conocido como el autor de la foto del disco *Rain Dogs,* de Tom Waits, pero que era famoso desde la década de los setenta, cuando se consagró con *Café Lehmitz.* Sus fotografías eran crudas, inoportunas, caóticas, y tan cerca de lo vivo como era posible llegar. Se sentó en el sofá del cuarto que había encima del laboratorio y me preguntó si quería un café, no quería, y él retomó su actividad, que consistía en hojear canturreando un montón de contactos. Yo no quería molestar ni parecer indiscreto, de modo que me coloqué frente a un tablón con fotos y estuve mirándolas un rato, no indiferente a su aura, que a lo mejor se habría disuelto con más personas en la habitación, pero sólo estábamos nosotros dos, y yo percibía cada movimiento que hacía. Irradiaba ingenuidad, pero no derivada de falta de experiencia, al contrario, daba la impresión de haber vivido a fondo, era como si sus experiencias simplemente estuvieran allí, sin que hubiera sacado consecuencias de ellas, como si le hubieran dejado intacto. Probablemente no sería así, pero fue la sensación que me dio al cruzarme con su mirada y verlo allí sentado trabajando. Thomas llegó al cabo de unos minutos, me dio la impresión de que se alegraba de verme, la misma que le daría a todo el mundo. Fue a por café y nos sentamos en un sofá que había junto a la escalera, sacó las fotos, las contempló por última vez, y las colocó en sendas fundas de plástico, que luego metió en un sobre. Al mismo tiempo yo puse el sobre con el dinero en la mesa delante de él de un modo tan discreto que no estaba seguro de que se hubiera percatado de ello, había algo en las transacciones privadas en sobres y al contado que me daba un poco de vergüenza, en cierto modo el equilibrio natural se desplazaba o incluso anulaba, sin que yo supiera bien de qué se trataba. Metí las fotografías en mi maletín, charlamos de todo un poco; aparte de Geir también teníamos otro punto en común, es decir, Marie, la mujer con la que él vivía y que era poeta, había sido profesora de Linda en Biskops-Arnö hacía muchos años, y ahora era una especie de mentora de la amiga de Linda, Cora. Era una buena poeta, clásica en cierto modo; la verdad y la belleza no eran magnitudes incompatibles en sus poemas, y el sentido no era sólo algo que tuviera que ver con el lenguaje. Marie había traducido al sueco obras del dramaturgo Jon Fosse, y ahora estaba trabajando con poemas de Steinar Opstad, entre otros. Yo sólo la había visto un par de veces, pero me daba la sensación de que era una persona con un carácter rico en matices y en la que se intuía una gran profundidad psíquica, sin que lo neurótico, que, como se sabe, es el constante compañero de la sensibilidad, pareciera estar presente, al menos de un modo inoportuno. Pero cuando ella se encontraba frente a mí, no era en todo eso en lo que yo pensaba, porque era como si la pupila de su ojo derecho se hubiese desprendido y bajado, pues estaba en algún sitio entre el iris y lo blanco del ojo, y eso era tan inquietante que dominaba por completo la primera impresión de ella.

Thomas dijo que una noche nos invitarían a Linda y a mí a cenar, yo dije que sería muy agradable, me levanté, cogí el maletín, él también se levantó, me dio la mano, y como me parecía que no había visto el sobre con el dinero, se lo dije, he dejado ahí el dinero de las fotos, él asintió con la cabeza y me dio las gracias, como si fuera un agradecimiento forzado por mí, subí ligeramente avergonzado la escalera y salí a las calles invernales de la Ciudad Vieja.

De eso hacía ya casi dos meses. No había recibido ninguna invitación y no me pesaba; lo primero que había oído decir sobre Thomas era que se olvidaba constantemente de todo. Lo mismo hacía yo, de modo que no se lo reprochaba.

Cuando ahora se sentó en la mesa al fondo del local, vi a un hombre delgado y bien vestido con una máscara de Lenin. Saqué del maletín el paquete amarillo de tabaco Tiedemanns y me lié un cigarrillo, por alguna razón tenía las yemas de los dedos tan sudadas que los hilos de tabaco se pegaban todo el rato en ellas, di unos sorbos largos de cerveza, encendí el cigarrillo y por la ventana vi pasar a Geir.

Me descubrió en el momento de entrar por la puerta, pero de todos modos echó un vistazo al local mientras se acercaba a la mesa, como si buscara más opciones. No del todo diferente a un zorro, podía uno pensar, incapaz de seleccionar un lugar desde el que no hubiese más salidas.

–¿Por qué coño no coges el teléfono? –me preguntó, dándome la mano sin mirarme apenas. Me levanté, le estreché la mano y me volví a sentar.

–Creía que habíamos dicho a las siete –dije–. Son más de las ocho y media.

–¿Qué crees que te iba a decir por teléfono? ¿Que vigilaras dónde ponías el pie al bajar del tren?

Se quitó la bufanda y el gorro y los dejó en el banco a mi lado, colgó la chaqueta en la silla y se sentó.

–He perdido el móvil en la estación –me disculpé.

–¿Que lo has perdido?

–Sí, alguien me ha dado un pequeño empujón en el brazo y el móvil ha salido volando. De hecho creo que ha caído dentro de un bolso, porque no lo he oído golpear contra el suelo. Y en ese momento pasaba por delante de mí una mujer con el bolso abierto.

—Eres increíble —dijo Geir—. ¿Porque supongo que no le habrás preguntado si podía devolverte el móvil?

—No... En primer lugar porque el tren estaba a punto de irse y en segundo lugar porque no estaba del todo seguro de que eso fuera lo que había ocurrido. No puedo ir por ahí acercándome a las mujeres y diciéndoles que me enseñen el contenido de sus bolsos.

—¿Has pedido algo? —me preguntó.

Negué con la cabeza. Él cogió la carta y buscó a la camarera con la mirada.

—Es la que está allí, junto a la columna. ¿Qué vas a tomar?

—¿Tú qué crees?

—¿Panceta y salsa de cebolla?

—Puede que sí.

Geir siempre se mostraba muy distante cuando quedábamos, era como si no captara el hecho de que yo estuviera allí, sino al contrario, que intentara mantenerme a distancia. No me miraba a los ojos, no seguía mis temas de conversación, sino que era como si los estrangulara para dirigir la atención hacia otra cosa, podía mostrarse desdeñoso, irradiaba arrogancia con todo su ser. A veces me dejaba muy desconcertado y en esos casos yo no decía nada, algo que él entonces podía atacar: «Joder, qué mustio estás hoy, tío», o «¿Vas a estar toda la noche mirando al infinito o qué?» o «Qué divertido estás hoy, Karl Ove». Lo que llevaba a cabo en su interior era una especie de escaramuza, porque después de un rato, tal vez media hora, tal vez una hora, tal vez sólo cinco minutos, cambiaba por completo, dejando de lado su actitud defensiva y metiéndose en la situación, atento, considerado, y presente, y su risa, hasta ese momento fría y dura, se volvía cálida y cordial, en una transformación que también afectaba a la voz y a los ojos. Cuando hablábamos por teléfono, no había nada en él de esa actitud defensiva, empezábamos a hablar como iguales desde el momento en que levantaba el auricular. Él sabía más de mí que ninguna otra persona, de la misma manera que yo casi seguro, pero no del todo, sabía más de él que cualquier otra persona.

La diferencia entre ambos, que se había reducido con los años, pero que nunca se borraría del todo, porque no tenía que ver con opiniones o actitudes, sino con los rasgos distintivos básicos, dentro de lo más profundo de lo que para siempre sería inconmovible, se manifestó con toda claridad en un regalo que Geir me hizo cuando acabé de escribir *Un tiempo para todo*. Era un cuchillo, el modelo que emplean los marines, y que no podía emplearse para muchas más cosas que para matar a gente. Él no lo hizo en broma, era simplemente el mejor objeto que se podía imaginar. Eso me alegró, pero el cuchillo, tan aterrador con su acero resplandeciente, su filo cortante y sus profundos entrantes por donde correría la sangre, permaneció en su caja detrás de unos libros en la estantería del despacho. Es posible que se diera cuenta de lo ajeno que me era ese objeto, porque cuando *Un tiempo para todo* salió unos meses más tarde, me hizo otro regalo, una edición réplica de la *Encyclopedia Britannica* del siglo XVIII –cuya mayor fascinación residía en todos los objetos o fenómenos que no describía, ya que aún no existían– que encajaba más conmigo.

En ese momento sacó una carpeta de plástico con unas hojas y me la dio.

–Son sólo tres páginas –dijo–. ¿Puedes leerlas y ver si eso mejora algo?

Asentí con un gesto de la cabeza, saqué las hojas del plástico, apagué el cigarrillo y empecé a leer. Era el principio del ensayo que había echado de menos cuando revisé su manuscrito. Se tomaba como punto de partida el concepto de Karl Jaspers sobre las situaciones límite. Ese punto en que la vida se vive con su máxima intensidad, la antítesis del día a día, en otras palabras: en la cercanía de la muerte.

–Está bien –dije cuando hube acabado.

–¿Seguro?

–Claro que sí.

–Bien –dijo él, volvió a colocar las hojas en la carpeta de plástico, y la metió en su cartera, que estaba a su lado sobre una silla–. Podrás leer más en un futuro.

—Seguro que sí –dije yo.

Acercó más la silla a la mesa, apoyó los codos en el tablero y entrelazó las manos. Yo encendí otro cigarrillo.

—Por cierto, tu periodista me ha llamado hoy.

—¿Quién? –pregunté–. ¿Ese tipo de *Aftenposten?*

Como ese periodista iba a hacer un retrato mío, había solicitado hablar con un par de mis amigos. Le había dado el número de teléfono de Tore, que era un bocazas, capaz de decir cualquier cosa de mí, y el de Geir, que sabía algo más de cómo era yo en la actualidad.

—¿Qué le has dicho? –pregunté.

—Nada.

—¿Nada? ¿Por qué nada?

—¿Y qué iba a decirle? Si hubiera dicho algo verdadero sobre ti, él no lo habría entendido, o lo habría distorsionado por completo. De modo que le he dicho lo menos posible.

—¿De qué ha servido entonces?

—Ni idea. Fuiste tú el que le dio mi número...

—Exactamente. Para que tú dijeras algo. Cualquier cosa, ya te lo dije, no importa qué.

Geir me miró.

—Eso no lo dices en serio, ¿no? Pero sí, le he dicho una cosa sobre ti. De hecho tal vez la más importante.

—¿Cuál?

—Que tienes un alto sentido de la moralidad. ¿Sabes lo que me ha respondido el idiota? «Todo el mundo lo tiene.» ¿Te imaginas? Es justo lo que *no* tiene todo el mundo. Casi *nadie* tiene un alto sentido de la moralidad, ni siquiera saben lo que es.

—A lo mejor simplemente entiende esa expresión de un modo diferente al tuyo.

—Sí, pero lo que estaba buscando era algo suculento. Algunas anécdotas de lo borracho que estabas aquella vez o algo por el estilo.

—Bueno, mañana lo veremos. *Tan* terrible no será. Al fin y al cabo se trata del *Aftenposten.*

Geir movió resignado la cabeza. Luego buscó con la mirada a la camarera, que acudió enseguida.

—Panceta con salsa de cebolla, por favor –dijo–. Y una Staropramen rubia.

—Para mí albóndigas, por favor –dije–, y una más de éstas –añadí, levantando un poco el vaso de la cerveza.

—Ahora mismo, caballeros –dijo la camarera, que se metió la pequeña libreta en el bolsillo del pecho y se dirigió a la cocina, de la que se obtenía una fugaz visión por las puertas giratorias que se abrían y cerraban constantemente.

—¿Qué *quieres* decir realmente con lo de alto sentido de la moralidad? –le pregunté.

—Bueno. Eres una persona profundamente ética, hay una estructura básica ética en el fondo de tu esencia que es irreducible. Reaccionas físicamente a lo impropio, esa vergüenza que te sobreviene no es abstracta ni conceptual, sino puramente física, y no te puedes escapar. No eres exactamente un jugador. Pero tampoco un moralista. Sabes que yo tengo una preferencia por el victorianismo, su sistema en el que todo lo que ocurre en el escenario es visible y todo lo que ocurre detrás está oculto. No creo que una vida así te haga más feliz, pero es más vida. Tú eres protestante hasta la médula. El protestantismo es lo interior, es estar unido con uno mismo. Tú no puedes vivir una doble vida, aunque quisieras es algo que no puedes hacer. En ti, vida equivale a moralidad. De modo que eres éticamente intachable. La gran mayoría de la gente es como Peer Gynt, hace un poco de trampa en el camino de la vida. Tú no. Todo lo que haces lo haces con gran seriedad y conciencia. ¿Alguna vez te has saltado una sola línea de los manuscritos que te mandan para que hagas informes? ¿Alguna vez no los has leído desde la primera hasta la última página?

—No.

—No, y eso significa algo. Tú no sabes hacer trampas. No *sabes*. Eres un archiprotestante. Y, como te he dicho, eres un contable de la felicidad. Si logras un éxito por el que otros hubiesen matado, simplemente haces una cruz en la agenda. No hay nada que te alegre. Cuando estás unido contigo mismo, lo que ocurre casi todo el tiempo, estás mucho más controlado que yo. Y sabes cómo trabajo yo con todos mis sistemas. Tienes tus espacios en blanco en los que puedes perder el control, pero cuando no estás en ellos, y ya casi nunca estás, eres completamente despiadado en tu moral. Estás expuesto a tentaciones mucho más que yo y otros no famosos. Si hubieras sido yo, habrías llevado una doble vida. Pero tú no puedes. Estás condenado a vivir sencillamente. ¡Ja, ja, ja! No eres Peer Gynt, y creo que ése es el núcleo de tu ser. Tu ideal es lo inocente, la inocencia. ¿Y qué es la inocencia? Yo me encuentro completamente al otro extremo. Baudelaire escribe sobre ello, sobre Virginia, ¿te acuerdas?, la imagen de la inocencia pura, que es enfrentada a la caricatura, y oye una risa grosera y entiende que ha sucedido algo vergonzoso, pero no sabe de qué se trata. ¡No lo sabe! Se envuelve en sus alas. Y entonces estamos de vuelta ante el cuadro de Caravaggio, ¿sabes?, *Los jugadores,* el que es engañado por todos los demás. Ése eres tú. Eso también es inocencia. Y en esa inocencia, que en tu caso también está en el pasado, aquella treceañera sobre la que escribiste en *Fuera del mundo,* y esa nostalgia lunática que sientes por la década de los setenta... Linda también tiene algo de eso. ¿Cómo la describirían a ella? ¿Como una mezcla entre Madame Bovary y Kaspar Hauser?

–Sí.

–Kaspar Hauser es la hoja en blanco. Yo no llegué a conocer a tu primera mujer, pero he visto fotos suyas, y aunque no se parece a Linda, había algo inocente en ella, en su aspecto. No es que piense que lo sea necesariamente, pero lo irradia. Esa inocencia es típica de ti. La pureza y la inocencia no son cosas que a mí me interesen. Pero se nota en ti. Eres un ser profundamente moral y profundamente inocente. ¿Qué es la inocencia? Aquello que no ha sido tocado por el mundo, lo no destruido, el lago en el que nunca se ha tirado una piedra. No es que tú no tengas ganas, no es que no desees, porque sí lo haces, lo que ocurre es que conservas la inocencia. Aquí se incluye esa enorme y enloquecida añoranza que sientes por la belleza. No fue una casualidad que escogieras escribir sobre los ángeles. Pues es lo más puro. Más puro no puede ser.

–Pero en mi libro no. En él se trata de lo corporal, lo físico de ellos.

–Vale, pero siguen siendo el símbolo de la pureza. Y el de la caída. No obstante, tú los has humanizado, les has dejado caer, no en el pecado, sino en lo humano.

–Si se mira de un modo tan abstracto, tienes en cierto modo razón. La treceañera era la inocencia, ¿y qué pasó con la inocencia? Tendría que convertirse en algo físico.

–¡Qué manera tan curiosa de decirlo!

–Sí, sí, vale. Que habría que follársela. Y que los ángeles se convertirían en seres humanos. De modo que hay una conexión. Pero es algo que sucede en el subconsciente. En la profundidad. De manera que en ese sentido no es así. Tal vez yo intente llegar allí, pero no soy consciente de ello. Yo no sabía que había escrito una novela sobre la vergüenza hasta que leí el texto del reverso del libro. Y lo de la inocencia y la treceañera no se me ocurrió hasta bastante más tarde.

–Pero está ahí. Obviamente y sin duda.

–Sí, pero oculto para mí. Además, te olvidas de algo. Lo inocente está relacionado con lo estúpido. En realidad hablas de lo estúpido, ¿no es así? ¿De lo que nadie sabe?

–No, en absoluto –dijo Geir–. Lo inocente y lo puro se han convertido en el *símbolo* de la estupidez, pero eso es en nuestra época. Vivimos en una cultura en la que gana el que ha tenido más experiencias. Es enfermizo. Todo el mundo sabe adónde va el modernismo, creas una forma rompiendo una forma, en una eterna regresión, y así continuará, y mientras sea así, la experiencia llevará ventaja. La característica única de nuestra época, el acto puro o independiente es, como sabes, renunciar, no recibir. Recibir es demasiado fácil. Por ahí no se obtiene nada. Ahí es donde te sitúo a ti en algún lugar. Una especie de santo, ¿sabes?

Sonreí. La camarera se acercaba con nuestras cervezas.

–*Skål* –dije.

506

–*Skål* –dijo él.

Di un largo trago, me limpié la espuma del labio superior con el dorso de la mano y dejé la cerveza sobre el posavasos delante de mí. Me pareció que había algo alentador en ese color claro y dorado. Miré a Geir.

–¿Conque una especie de santo?

–Sí, creo que los santos de la fe católica podrían haber estado cerca de tu manera de creer, pensar y actuar.

–¿No crees que te estás pasando un poco?

–No, en absoluto. Para mí lo que haces es mutilación pura y dura.

–¿De qué?

–De la vida, de las posibilidades, de vivir, de crear. Crear vida, no literatura. A mí casi me asusta ese ascetismo en el que vives. O no, ese ascetismo en el que te estás revolcando. En mi opinión, es algo extremadamente inusual. Profundamente desviado. Creo que jamás he conocido a alguien, u oído hablar de alguien..., bueno, tendría que retroceder hasta los santos o los Padres de la Iglesia, como ya he dicho.

–Déjalo ya.

–Tú me lo has pedido. No existe otro aparato conceptual para ti. No es ninguna cualidad externa, no hay ninguna moral en juego, no es ninguna moral social, no es eso. Es religión. Desde luego sin un dios, claro. Tú eres el único que conozco que puede tomar la comunión sin creer en Dios, sin ser blasfemo. El único que conozco.

–¿No lo habría hecho nadie que conoces?

–¡Sí, pero no con pureza! Yo lo hice el día de la confirmación. Lo hice por el dinero, por los regalos. Luego renuncié a la Iglesia. ¿En qué gasté el dinero? Me compré un cuchillo. Pero no estamos hablando de eso. ¿Y de qué estábamos hablando en realidad?

–De mí.

–Ah, sí, es verdad. De hecho, tienes algo en común con Beckett. No en la manera en la que escribes, sino en lo de santo. Como escribe Cioran en alguna parte: «Comparado con

Beckett, soy una puta.» ¡Ja, ja, ja! Creo que es así. ¡Ja, ja, ja! Y Cioran es considerado uno de los más incorruptibles. Yo observo tu vida y la considero totalmente desaprovechada. Bueno, en realidad pienso así de las vidas de todo el mundo, pero la tuya está más desaprovechada, porque hay más que desaprovechar. Tu moral no trata de la declaración de la renta, como pensaba aquel idiota, sino de tu esencia. Simplemente esencia. Y es esa enorme discrepancia entre tú y yo lo que hace posible que podamos charlar todos los días. *Simpatía* es el concepto. Yo puedo simpatizar con tu destino. Porque es un destino, no es nada que tú puedas alterar. Y yo sólo lo puedo contemplar. No se puede hacer nada contigo. No hay nada que hacer. Me das pena. Pero yo sólo puedo contemplarlo como una tragedia que se está desarrollando muy cerca de mí. Como sabes, se trata de una tragedia cuando a una gran persona le va mal. Al contrario que la comedia, que es cuando a una mala persona le va bien.

–¿Por qué tragedia?

–Porque hay una gran falta de alegría. Porque tu vida tiene muy poca alegría. Tienes unos recursos increíbles y tanto talento, que se detienen ahí, que se convierten en arte, pero nunca en nada más. Eres como Midas. Todo lo que toca se convierte en oro, pero a él no le proporciona ninguna alegría. A su alrededor todo brilla y resplandece. Otros buscan sin cesar, y cuando encuentran una pepita de oro, la venden para conseguir vida, lujos, música, baile, goce, suntuosidad, o al menos un poco de coño, ¿verdad?, se lanzan hacia una mujer sólo para olvidar durante un par de horas que existen. Lo que tú deseas es inocente, y eso es un problema de cálculo imposible. Deseo e inocencia nunca pueden ser compatibles. Lo más alto ya no es lo más alto cuando has metido la polla dentro. Se te ha asignado la posición de Midas, puedes tenerlo todo, ¿cuántos crees tú que pueden decir lo mismo? Casi nadie. ¿Cuántos dicen no gracias? Aún menos. Uno, que yo sepa. Si eso no es una tragedia, yo no sé lo que es. ¿Crees que tu periodista podría usar este material?

–No.

–No.

–Él tiene su balanza de periodista en la que pesa a todo el mundo. Los periodistas miden a todos por el mismo rasero, en eso se basa el sistema. Pero así no llega a ti, ni a quién eres tú. No podemos olvidarnos de eso.

–Eso es así para todo el mundo, Geir.

–Bueno, tal vez no. Tu autoimagen distorsionada y tu deseo de ser como los demás también se incluyen aquí.

–Eso es lo que tú dices. Lo que yo digo es que esa imagen que ofreces de mí sólo puedes ofrecerla tú. Yngve, mi madre o algunos de mis otros parientes o amigos no sabrían de qué estás hablando.

–Eso no lo hace menos verdad, ¿no?

–No, no necesariamente, pero pienso en lo que ella dijo de ti aquella vez, que engrandeces a todos los que están cerca de ti, porque quieres que tu vida sea grande.

–Pero es grande. La vida de todo el mundo es tan grande como uno la hace. Yo soy el héroe de mi propia vida. ¿Verdad? Personas conocidas, personas famosas, las personas que todo el mundo conoce, no son conocidas y famosas en sí, en su propio derecho, hay alguien que las ha hecho conocidas, alguien que ha escrito sobre ellas, que las ha grabado en película, hablado de ellas, que las ha analizado, que las ha admirado. De esa manera son grandes para otros. Pero no es más que una escenificación. ¿Por qué iba a ser menos verdadera mi escenificación? Al contrario, porque los que yo conozco están en la misma habitación que yo, puedo tocarlos, mirarlos a la cara cuando hablamos, nos vemos aquí y ahora, y eso no lo hacemos con ninguno de todos esos nombres que zumban a nuestro alrededor a todas horas. Yo soy un hombre del subsuelo, y tú eres Ícaro.

La camarera llegó con la comida. En el plato que puso delante de Geir sobresalía un trozo de panceta como una isla en un mar de blanca salsa de cebolla. En el mío las albóndigas estaban en un oscuro montoncito, junto al verde y luminoso puré de guisantes y la mermelada de arándanos rojos, todo eso junto a una espesa salsa de nata marrón claro. En un bol aparte nos sirvieron las patatas.

–Gracias –dije, mirando a la camarera–, ¿puede traerme otra?

–¿Una Staro? Sí –dijo, y miró a Geir.

Él se colocó la servilleta sobre las piernas y dijo que no con la cabeza.

–Yo espero, gracias.

Me bebí las últimas gotas del vaso y me serví tres patatas en el plato.

–Esto no es ningún cumplido, si eso es lo que crees –dijo Geir.

–¿El qué? –pregunté.

–La imagen de santo. No hay ningún ser humano moderno que quiera ser santo. ¿Qué es una vida de santo? Sufrimiento, sacrificio y muerte. ¿Quién coño quiere tener una buena vida interior si no tiene una vida exterior? La gente sólo piensa en lo que la introversión puede proporcionarle de vida exterior y progreso. ¿Cuál es la visión del ser moderno de la oración? Sólo hay una clase de oración para el ser humano moderno, y es la oración de deseos. Sólo se reza si se quiere algo.

–Yo quiero un montón de cosas.

–Sí, bueno. Pero no te proporciona ningún placer. El no perseguir una vida feliz es lo más provocador que uno puede hacer. Y vuelvo a decir: esto no es ningún cumplido. Al contrario. Yo quiero la vida. Es lo único que vale algo.

–Hablar contigo es como hacer terapia con el diablo –dije, poniéndole delante el plato de patatas.

–Pero siempre pierde el diablo –dijo Geir.

–Eso no lo sabemos –objeté–. Todavía no hemos llegado al final.

–Tienes razón. Pero no hay nada que indique que él vaya a ganar. Al menos que yo pueda ver.

–¿Incluso cuando Dios ya no está entre nosotros?

–Entre nosotros es la expresión correcta. Al principio no estaba aquí, estaba por encima de nosotros. Ahora lo hemos interiorizado. Lo hemos incluido.

Comimos unos minutos en silencio.

–Bueno –dijo Geir–. ¿Cómo te ha ido el día?

–Apenas ha sido un día –contesté–. He intentado escribir esa conferencia, ¿sabes?, pero no me salían más que tonterías, así que he optado por ponerme a leer y he estado leyendo casi hasta ahora.

–Eso no es lo peor que uno puede hacer, ¿no?

–No, en sí no lo es. Pero noto cómo me cabrea todo esto. Por cierto, eso es algo que tú no entenderás jamás.

–¿Qué es «todo esto»? –preguntó Geir, dejando en la mesa el vaso de medio litro.

–En este caso concreto es la sensación que tengo cuando he de escribir sobre mis dos libros. Estoy *obligado* a hacer como si fueran importantes, si no, no se puede hablar de ellos, y es como adularme a mí mismo, ¿sabes?, y eso es repugnante, porque significa hablar en términos elogiosos de mis propios libros, y que los que me escuchen estarán auténticamente *interesados*. ¿Por qué? Y luego se acercan a decirme lo fantásticos que son mis libros, y lo estupenda que ha sido la conferencia, y yo no quiero mirarles a los ojos, no quiero, quiero escapar de ese infierno, porque allí soy un prisionero, ¿sabes? Los elogios son lo más terrible a lo que puedes exponer a una persona. Georg Johannesen hablaba de «competencia de elogios», pero ésa es una distinción innecesaria, porque supone que realmente existe el elogio valioso, pero no, no es así. De cuanto más arriba procede, peor es. Primero me da vergüenza, porque no hay en mí ninguna justificación, y luego me cabreo. Cuando la gente empieza a tratarme de esa forma, bueno, ya sabes, o no, coño, de esto no sabes absolutamente nada. ¡Estás en el último peldaño de la jerarquía! Y tú sí que *quieres* subir. ¡Ja, ja, ja!

–¡Ja, ja, ja!

–Pensándolo bien, lo del elogio no es del todo verdad –proseguí–. El que tú digas que algo es bueno significa algo. El que lo diga Geir significa algo. Y Linda, claro, y Tore y Espen y Thure Erik. Todos los cercanos. Yo me refiero a todo lo que queda fuera de eso. Donde yo ya no tengo el control. No sé lo que es... Sólo sé que no hay que fiarse del éxito. Noto que me enfado sólo al hablar de ello.

–Hay dos cosas que has dicho de las que he tomado buena nota y que me han hecho pensar mucho –dijo Geir, mirándome, con el cuchillo y el tenedor como planeando sobre el plato–. La primera fue cuando hablaste del suicidio de Harry Martinson. Que se abrió el estómago con un cuchillo después de recibir el Premio Nobel. Dijiste que entendías exactamente por qué lo hizo.

–Sí, es obvio –dije–. Recibir el Premio Nobel de Literatura es la mayor vergüenza posible para un escritor. Y el suyo fue sistemáticamente cuestionado. Él era sueco, formaba parte de la Academia, estaba claro que se trataba de una especie de favor de amigos, que en el fondo no se lo merecía. Y si no se lo merecía, no era más que desprecio. Tienes que ser muy fuerte para soportar esa clase de desprecio. Y para Martinson, con todos sus complejos de inferioridad, tuvo que ser insoportable. Por eso lo hizo. ¿Y cuál era la otra?

–¿Eh?

–Dijiste que habías tomado nota de dos cosas. ¿Cuál es la segunda?

–Ah, sí, era Jastrau en *Vandalismo*, de Tom Christensen. ¿Te acuerdas?

Negué con la cabeza.

–En ninguna parte los secretos están más a salvo que contigo –dijo Geir–. Se te olvida todo. Tu cerebro es como un queso suizo sin queso. Dijiste que *Vandalismo* era el libro más escalofriante que habías leído. Dijiste que la caída que tiene lugar en él no es una caída, que él simplemente se soltó y cayó, que echó a perder todo lo que tenía para darse a la bebida, y que en el libro eso parecía ser una alternativa real. Es decir, una buena alternativa. Simplemente soltar todo lo que se tiene y dejarse caer. Como de un muelle.

–Ahora me acuerdo. Escribe muy bien sobre cómo es estar borracho. Lo fantástico que puede llegar a ser. Y te da la sensación de que no es tan grave. Yo nunca hasta entonces había pensado en ese aspecto perezoso, tan falto de voluntad que hay en la caída. Lo había considerado algo dramático, algo decisivo. Así que me resultó chocante pensar en ello como algo cotidiano, arbitrario y tal vez también maravilloso. Porque sí que es maravilloso. La borrachera del segundo día, por ejemplo. Lo que te sube por dentro...

–¡Ja, ja, ja!

–Tú nunca te has dejado llevar por completo –dije–. ¿A que no?

–No. ¿Y tú?

–No.

–¡Ja, ja, ja! Pero casi todo el mundo que conozco lo ha hecho. Stefan bebe todo el tiempo en su granja. Bebe, asa cerdos enteros en la barbacoa y conduce un tractor. Cuando estuve en casa este verano vi a Odd Gunnar beber whisky en vasos de leche. Su excusa para llenarlo a tope era que yo iba de visita. Pero yo no bebía nada. Y luego está Tony, pero como sabemos, él es toxicómano, eso es un poco distinto.

De una de las mesas del otro lado se levantó una mujer que hasta entonces había estado de espaldas, ahora, cuando iba hacia la puerta de los aseos, vi que era Gilda. Durante los breves segundos que estuve dentro de su campo de visión, incliné la cabeza hacia delante y miré al tablero de la mesa. No es que tuviera nada en contra suya, sólo que no quería hablar con ella en ese momento. Durante mucho tiempo fue una de las mejores amigas de Linda, incluso vivieron juntas una temporada, y al principio de nuestra relación pasamos bastantes ratos con ella. Durante un tiempo, Gilda había tenido mucho que ver con la editorial Vertigo, nunca llegué a saber exactamente a lo que se dedicaba allí, pero había fotos suyas al menos en una de sus cubiertas de un libro del marqués de Sade, por lo demás, trabajaba en la librería Hedengren unos días a la semana y hacía poco había montado una empresa con una amiga que también estaba relacionada de alguna manera con la literatura. Gilda era imprevisible y voluble, pero no de un modo enfermizo, más bien era su exceso de vitalidad lo que hacía que nunca pudieras saber lo que iba a decir o hacer. Una parte de Linda encajaba perfectamente con ella. La manera en la que se conocieron era típica de ellas. Linda la había parado en el centro, no se conocían de nada, pero Linda pensó que Gilda tenía aspecto de ser muy interesante, se acercó a ella y se hicieron amigas. Gilda tenía las caderas anchas, el pelo abundante y oscuro y facciones latinas, su aspecto recordaba más bien a un tipo de mujer de la década de los cincuenta, y más de un conocido escritor de Estocolmo le había hecho la corte, pero con esos rasgos se mezclaban a menudo los de chica joven algo insolente, malhumorada e indómita. Cora, de constitución más frágil, había dicho en una ocasión que le tenía miedo. Gilda tenía un novio llamado Kettil, estudiante de literatura, que acababa de recibir una beca para hacer la tesis doctoral. Después de que le hubieran rechazado un proyecto sobre Herman Bang, él se había orientado hacia lo que ellos querían, algo que no le negarían, que era literatura relacionada con el holocausto, lo cual le aceptaron, claro está. La última vez que nos habíamos visto había sido en una fiesta en casa de ellos, él acababa de estar en Dinamarca en un seminario, donde había conocido a un hombre que estudiaba en Bergen. ¿Quién?, le pregunté, Jordal, contestó, ¿Preben?, le pregunté yo, sí, ése era el nombre, Preben Jordal. Le dije que era amigo mío, que habíamos trabajado juntos en la redacción de la revista *Vagant*, que lo apreciaba mucho y que era brillante e ingenioso, a lo que Kettil no hizo ningún comentario, y por esa manera de no decir nada, como si se sintiera un poco incómodo, y por su repentina disponibilidad a servirme más vino y crear así una distancia que hiciera menos obvio el corte de nuestra conversación, sospeché que tal vez Preben no le hubiera hablado de mí con el mismo entusiasmo que yo de él. De repente me acordé de que había puesto por los suelos mi último libro incluso dos veces, primero en *Vagant* y luego en el *Morgenbladet*, y que eso seguramente habría sido un tema en Dinamarca. Kettil se sentía incómodo porque mi nombre no fuera muy venerado. Eso no era más que una teoría, pero estaba bastante seguro de que tenía algo de verdad. Más extraño me resultó no haberme acordado antes de la mala crítica, pero sí entendí lo que había detrás: a Preben lo tenía en la sección Bergen de mis recuerdos, él pertenecía a ese mundo, mientras la mala crítica pertenecía a la de Estocolmo, que era el presente, y estaba relacionada con el libro, no con la vida alrededor de él. Ah, había dolido, había sido como recibir una puñalada en el corazón, o tal vez fuera más acertado decir por la espalda, ya que conocía a Preben de antes. No se lo reproché tanto a Preben como al hecho de que el libro no fuera infalible, y no estuviera protegido contra esa clase de crítica, en otras palabras: que no fuera lo suficientemente bueno, a la vez que también me temía que justo ese veredicto fuera el que quedara sobre el libro, ésas eran las palabras que serían recordadas.

Pero no era ésa la razón por la que no quería hablar con Gilda, ¿no? ¿O sí? Para mí los incidentes como aquél reposaban como sombras sobre todos los involucrados. No, de lo que no quería oír hablar era de esa empresa suya. Se movía en el espacio entre editoriales y libreros, según tenía entendido. ¿Algo sobre eventos? ¿Fiestas y *happenings?* Fuera lo que fuera, no quería oír hablar de ello.

–Por cierto, lo pasamos muy bien en vuestra casa –dijo Geir.

–¿No nos hemos visto desde entonces?

–¿Por qué?

–Hace ya cinco semanas. Es curioso que lo digas ahora.

–Ah, bueno. Hablé con Christina sobre ello precisamente ayer. Pensamos en invitaros a todos a casa.

–Buena idea –dije–. Por cierto, Thomas está aquí, ¿lo has visto? Está sentado allí, al fondo.

–Ah. ¿Has hablado con él?

–Muy brevemente. Ha dicho que luego se pasaría por aquí.

–Está leyendo tu libro. ¿Te lo ha dicho?

Dije que no con la cabeza.

–Le gustó mucho el ensayo sobre los ángeles, opina que debería haber sido bastante más largo. Pero es muy típico de él no decírtelo a ti. Es probable que haya olvidado que tú eres al autor. ¡Ja, ja, ja! Es terriblemente despistado.

515

–Estará muy ensimismado –dije–. A mí me pasa lo mismo. Y sólo tengo treinta y cinco, coño. ¿Te acuerdas de cuando veníamos aquí con Thune Erik? Bebíamos día y noche. Conforme pasaba el tiempo, se ponía a hablar de su propia vida. Hablaba de su infancia, de su padre, de su madre y de sus hermanas, de sus antepasados, porque sobre todo es un narrador cojonudo, y en segundo lugar contó un par de cosas impactantes. Pero aunque yo le escuchaba intensamente y aunque pensé joder, esto es fantástico, al día siguiente me había olvidado de todo. Es decir, sólo quedaba el marco. El que había tratado de su infancia, su padre y su familia. Y que había sido espectacular. Pero no recordaba en *qué* consistía lo espectacular. ¡Nada! ¡Cero!

–Estabas borracho.

–No tiene nada que ver con eso. Recuerdo que Tonje siempre hablaba de algo terrible que había sucedido en su vida hacía mucho tiempo, volvía constantemente a ello, pero no quería decir de qué se trataba, no nos conocíamos lo suficiente, era su gran secreto. ¿Entiendes? Pasarían dos años hasta que me lo contara. No había nada de alcohol por medio. Yo estaba presente al cien por cien, escuché con atención sin perder detalle, y luego estuvimos hablando de ello durante mucho tiempo. Pero unos meses después lo que me había contado simplemente desapareció. No me acordaba de nada, lo que me colocaba en una posición extremadamente difícil, porque aquello era muy doloroso para ella, era un punto muy vulnerable, podría haberme dejado si le hubiera dicho que no me acordaba de nada de lo que me había contado. De modo que cada vez que surgía el tema, yo tenía que hacer como si me acordara de todo. Y así es con todo. Por ejemplo, una vez sugerí a Fredrik, de la editorial Damm, publicar un libro de prosa breve, y en su siguiente correo electrónico él retomó el tema, pero sin referirse directamente a mi sugerencia, de manera que yo no tenía ni idea de lo que estaba hablando. Lo había olvidado por completo. Hay autores que me han hablado con gran pasión de lo que escriben, y yo he respondido con el mismo ardor, hablando tal

vez durante media hora o una hora seguida. Unos días más tarde, todo ha desaparecido por completo. *Todavía* no sé cuál era
el tema de la tesina de mi madre. En un determinado momento ya no puedes preguntar sin que sea una terrible ofensa, y en
esos casos disimulo. Muevo la cabeza para asentir y sonrío
mientras me pregunto de qué coño estamos hablando. Es así en
todos los aspectos de la vida. A lo mejor piensas que se debe a
que no me preocupo lo suficiente, o a que no presto atención,
pero no es eso, sí que me preocupo, sí que presto atención. Y
sin embargo, todo desaparece. Yngve, en cambio, se acuerda de
todo. ¡De todo! Linda se acuerda de todo. Y tú también te
acuerdas de todo. Pero para complicarlo aún más, también hay
cosas que nunca se han dicho o que nunca han ocurrido, y yo
estoy seguro de que han sucedido. Una vez más vuelvo a Thure
Erik: ¿te acuerdas de cuando me encontré con el tal Henrik
Hovland en Biskops-Arnö?

–Claro que me acuerdo.

–Resultó que él venía de una granja muy cercana a la de
Thure Erik. Conocía a la familia, y contó algo del padre de
Thure Erik. Entonces yo dije que el padre de Thure Erik había
muerto. ¿Ah, sí?, dijo Henrik Hovland, no lo sabía. Ya no estaba muy enterado de lo que pasaba en su pueblo, dijo. Y sin embargo parecía bastante sorprendido. Porque no dudó de que
fuera verdad, claro. ¿Por qué iba a decir yo que el padre de
Thure Erik había muerto si no era verdad? La siguiente vez que
me encontré con Thure Erik, él hablaba de su padre en presente, con gran naturalidad y sin ninguna pena. Estaba vivo y en
perfecto estado de salud. ¿Entonces qué me había hecho pensar
que estaba muerto? ¿Y estar tan seguro de ello que lo proclama-
ba como un hecho? Ni idea. No tengo ni idea. Pero, claro, después de aquello cada vez que veía a Thure Erik me ponía nervioso, porque ¿y si había coincidido con Hovland y éste le
había dado el pésame, y Thure Erik había puesto cara de interrogación?, ¿a qué se refería?, sí, tu padre, murió tan de repente, ¿no?, mi padre, ¿quién coño te ha dicho eso? Bueno, me lo
dijo Knausgård. ¿Entonces está vivo? ¿Es eso lo que dices? Pero

Knausgård dijo... Ni una sola persona en el mundo entero iba a creer que yo había dicho eso de buena fe, que realmente me lo creía, porque cómo me lo podía creer, nadie podía habérmelo dicho, ningún otro padre de ningún conocido mío había muerto en esa época, de manera que cualquier confusión estaba descartada. Fue imaginación y nada más que imaginación, pero yo lo creí de verdad. Me ha sucedido varias veces, pero no porque sea mitómano, me lo creo de verdad. ¡Sabe Dios todo lo que yo creo hechos y sólo son mentiras!

—Es bueno para ti que sea tan monotemático que hable todo el rato de lo mismo. De esa manera te entra a martillazos y no puedes equivocarte luego.

—¿Estás seguro? ¿Y tu padre? ¿Hace mucho que no hablas con él?

—Ja, ja, ja.

—Es un defecto. Es como tener mala vista. Aquello de allí ¿es una persona? ¿O un arbolito? Ay, acabo de tropezar con algo. ¡Una mesa! ¡Ajá, es un restaurante! Entonces lo único que se puede hacer es pegarse a la pared y acercarse al bar. ¡Ay! ¿Algo blando? ¿Una persona? ¡Perdón! ¿Me *conoces*? ¡Ah, sí, Knut Arild! ¡Coño! No te había reconocido... Y el terrible pensamiento que surge de todo eso es que seguramente todo el mundo tiene esos mismos defectos. Sus sumideros internos, privados y secretos en ocultar los cuales emplean gran parte de sus esfuerzos. Que el mundo está lleno de inválidos internos que se tropiezan los unos con los otros. Sí, sí, detrás de todos esos rostros hermosos y menos hermosos, pero al menos normales y no inquietantes con los que nos relacionamos. No mental –o espiritual– o psicológicamente, sino de un modo consciente, casi fisiognómico. Defectos en los pensamientos, la conciencia, la memoria, la capacidad de percepción, el entendimiento.

—Pero eso *es*. ¡Ja, ja, ja! ¡Así es como *es!* ¡Mira a tu alrededor, hombre! ¡Despierta! ¿Cuántos defectos de comprensión crees que hay aquí reunidos? ¿Por qué crees que hemos establecido formas para todo lo que hacemos? Formas de diálogo o de conversación, formas de tratamiento, formas de lecciones, formas de servir, formas de comer, formas de beber, formas de andar, formas de estar sentado, incluso formas de sexo. De todo. ¿Por qué crees que se ambiciona tanto la normalidad si no es por eso? Es el único sitio en el que podemos estar seguros de encontrarnos. Pero ni siquiera allí nos encontramos. Arne Næss habló de eso en una ocasión, de cómo se esforzaba por ser normal y corriente cuando iba a encontrarse con una persona normal y corriente, mientras que esa persona normal y corriente seguramente se esforzaba al máximo por llegar a Arne Næss. Y sin embargo no se encontrarían jamás, según Næss, nadie conseguiría construir un puente sobre el abismo que existía entre ellos. Formalmente sí, pero realmente no.

–¿Pero no fue también Arne Næss quien dijo que podía tirarse en un paracaídas desde un avión en cualquier parte del planeta y saber que siempre sería recibido con hospitalidad? ¿Que siempre encontraría un plato de comida y una cama en cualquier lugar?

–Sí, es correcto. Yo escribí sobre ello en mi tesis doctoral.

–Ahí lo habré leído yo. Qué pequeño es el mundo.

–Al menos el nuestro –dijo Geir con una sonrisa–. Pero él tiene razón. También es mi experiencia. Que existe una humanidad mínima común con la que uno se encuentra en todas partes. En Bagdad eso fue notable.

Gilda se acercó por detrás de él, sobre unos tacones de media altura y con un vestido de flores, como de verano.

–Hola, Karl Ove –dijo–. ¿Qué tal todo?

–Hola, Gilda. Pues bastante bien. ¿Y tú?

–Bueno. Con mucho trabajo. ¿Cómo van las cosas en casa? ¿Con Linda y la niña? Hace un montón de tiempo que no hablamos. ¿Ella está bien? ¿Está contenta?

–Sí, sí, ya lo creo. Ahora está muy ocupada con la escuela. Así que por el día yo ando por ahí con Vanja y el carrito.

–¿Y qué tal?

Me encogí de hombros.

–Bien.

–Estoy pensándomelo, ¿sabes? Pensando en cómo sería tener un niño. Los encuentro un poco repelentes. Y eso de la tripa enorme y la leche en los pechos me pone nerviosa, para ser sincera. ¿A Linda le gusta?

–Sí, sí.

–Pues ya ves. Dale muchos recuerdos. La llamaré un día de éstos. ¡Díselo!

–Lo haré. ¡Recuerdos a Kettil!

Levantó la mano a modo de despedida y volvió a su mesa.

–Acaba de sacarse el carné de conducir –dije–. ¿Te lo conté? La primera vez que condujo sola tenía un camión delante, y de repente los dos carriles se convertían en uno un poco más allá, ella pensó que le daría tiempo a adelantar al camión, aceleró y se cambió al otro carril, sólo para darse cuenta de que *no* le daba tiempo. El coche fue empujado hacia el quitamiedos, acabó de costado y se deslizó varios cientos de metros. Pero ella salió ilesa.

–Ésa no va a morir por ahora –comentó Geir.

La camarera vino a recoger la mesa. Pedimos dos cervezas más. Estuvimos un rato sin hablar. Yo encendí un cigarrillo, y con la punta junté la ceniza blanda en un montoncito dentro del reluciente cenicero.

–Hoy pago yo, que lo sepas –dije.

–Vale –contestó Geir.

Si no avisaba antes de pagar, lo haría él, y una vez que lo había dicho, era imposible hacerle cambiar de opinión. Una vez que fuimos los cuatro, Geir y Christina, Linda y yo, a cenar en un restaurante tailandés al final de la calle Birger Jarl, él dijo que pagaría, y yo me negué a ello, diciendo que al menos pagáramos a medias, no, dijo él, yo pago, ya está. Cuando el camarero le cogió la tarjeta, yo había calculado la mitad de la suma y puesto el dinero sobre la mesa delante de él. Geir no hizo ademán de cogerlo, bueno, incluso parecía no haberlo visto siquiera. Llegó el café, nos lo tomamos, y cuando nos levantamos para irnos, él aún no había tocado el dinero. Cógelo, dije. Pagamos a medias. Venga ya. No. Hoy pago yo, volvió a decir. Ese dinero es tuyo. Cógelo. No vi otra salida que la de coger el dinero y volver a metérmelo en el bolsillo. Sabía que si no lo hacía, se quedaría allí, sobre la mesa. Esbozó su sonrisa más insoportable de esas de «ya lo sabía yo». Me arrepentí de no haberlo hecho, ningún sacrificio era demasiado pequeño cuando se trataba de no perder las apariencias ante Geir. Pero la cara de Christina, que era tan increíblemente sensible y que delataba todos sus pensamientos, daba a entender que se avergonzaba de él. O que al menos encontraba la situación embarazosa. Yo nunca había entrado en conflicto abierto con Geir. Con razón, tal vez, porque había algo en él que yo nunca sería capaz de vencer. Si por ejemplo hubiéramos hecho un concurso de mirarnos a los ojos, como los que se hacen cuando uno es pequeño, él habría aguantado una semana si hubiera hecho falta. Yo también podría haberlo hecho, pero tarde o temprano habría pensado que no era necesario y habría bajado la mirada. Él nunca habría pensado así.

–Bueno –dije–, ¿cómo te ha ido *a ti* el día?

–He estado escribiendo sobre la situación de las fronteras. En concreto sobre Estocolmo en el siglo XVIII. Sobre lo alto que era el índice de mortalidad, lo baja que era la esperanza de vida y lo que hacían con ella, en comparación con la nuestra. Luego Cecilia ha venido al despacho, quería charlar. Hemos ido a comer juntos. Salió ayer con su pareja y un amigo de él. Ella estuvo flirteando con el amigo durante toda la velada, y su pareja estaba furiosa cuando llegaron a casa, claro.

–¿Cuánto tiempo llevan juntos?

–Seis años.

–¿Ella piensa dejarlo?

–En absoluto. Al contrario, quiere tener hijos con él.

–¿Entonces para qué ese flirteo?

Geir me miró.

–Quiere las dos cosas, claro está.

–¿Qué le has dicho? Porque supongo que ha ido a verte para pedirte consejo.

–Le he dicho que lo niegue. Que lo niegue todo. Que no flirteó con él, sólo se mostró amable. Que dijera que no, que no, que no. Y también le he dicho que no fuera tan jodidamente estúpida la próxima vez, que debía esperar la ocasión, y tomárselo con calma y prudencia. No le reprocho por lo que hizo, sino por ser desconsiderada. Le causó dolor. Eso era innecesario.

–Ella sabría que le dirías eso, si no, no habría acudido a ti.

–Yo también lo creo. En cambio, si hubiera acudido a ti, habría sido para que le aconsejaras admitirlo todo, arrodillarse y pedir perdón, y a partir de ahí seguir fiel a su hombre legítimo.

–Sí, eso, o dejarlo.

–Lo peor es que lo dices de verdad.

–Claro que lo digo de verdad –respondí–. El año siguiente al que le fui infiel a Tonje y no se lo dije, fue el peor año de mi vida. Completamente negro. Una larga noche horrible. No podía dejar de pensar en ello. Cada vez que sonaba el teléfono me estremecía. Y si en la televisión mencionaban la palabra infidelidad, me ponía rojo de arriba abajo. Ardía. Cuando alquilábamos películas, evitaba escrupulosamente todas las que tuvieran algo que ver con el tema, porque sabía que antes o después ella se daría cuenta de cómo me retorcía como un gusano cada vez que aparecía algo de eso. Y el hecho de que hubiera sido infiel destrozó también todo lo demás en mi vida, ya no podía decir nada con sinceridad, todo se convirtió en mentira y fingimiento. Fue una pesadilla.

–¿Se lo habrías confesado hoy?

–Sí.

–¿Y qué fue aquello que pasó en Gotland?

–No fue una infidelidad.

–Pero te tortura igual.

–Sí, es verdad.

–Cecilia no fue infiel. ¿Por qué iba a contarle a su pareja lo que pensaba hacer?

–No se trata de eso. Se trata de la intención. Mientras exista, hay que cargar con las consecuencias de la misma.

–¿Y cuál era tu intención en Gotland?

–Estaba borracho. No era algo que habría hecho estando sobrio.

–¿Pero lo habrías pensado?

–Tal vez. Pero el salto era demasiado grande.

–Tony es católico, como sabes. Su confesor le dijo en una ocasión, y yo tomé nota, que lo de pecar es colocarse en una posición en la que el pecado se hace posible. Emborracharse, sabiendo los pensamientos que tienes, y la presión que sientes por dentro, equivale a colocarse en una posición de ese tipo.

–Sí, pero antes de empezar a beber creía que estaba totalmente a salvo.

–¡Ja, ja, ja!

–Es verdad.

–Pero Karl Ove, lo que hiciste no fue nada. Una bagatela. Y eso es algo que todo el mundo entiende. Todo el mundo. ¿Qué fue lo que realmente hiciste? ¿Llamar a una puerta?

–Sí, durante media hora. En mitad de la noche.

–Pero no te dejaron entrar.

–Qué va. Ella abrió la puerta, me dio una botella de agua y la volvió a cerrar.

–¡Ja, ja, ja! Y por eso cuando te vi estabas temblando, con el rostro lívido. Tenías una cara que parecía que hubieras matado a alguien.

–Así me sentía.

–Pero en realidad no fue nada.

–Tal vez no. Pero no puedo perdonarme por ello. Y así será hasta el día que me muera. Tengo una larga lista de cosas que no he hecho bien. Porque de eso se trata. No debes engañar, ni de coña. Podría pensarse que es un ideal fácil de cumplir. Para algunos lo es. Conozco a varios, no muchos, que siempre hacen lo correcto. Que siempre son buena gente, buenas personas. No me refiero a los que nunca hacen nada mal porque no hacen nada, porque sus vidas son tan nimias que en realidad no contienen nada que se pueda destrozar, porque también existe esa clase de gente. Me refiero a los que son justos en todo su ser y que siempre saben qué hacer en cualquier situación. Los que no se colocan a ellos mismos en primer lugar, pero que tampoco faltan a sus propios principios. Tú también conoces a gente de esa clase. Buenos hasta la médula, ¿a que sí? Ellos no entenderían de qué estoy hablando. Precisamente porque no es algo que hayan calculado, no piensan que tienen que ser buenos, simplemente lo *son* sin saberlo. Cuidan de sus amigos, son considerados con sus parejas, son buenos padres, pero no de una manera femenina, siempre hacen un buen trabajo, quieren el bien y hacen el bien. Son personas íntegras. Jon Olav, por ejemplo, ¿sabes? Mi primo.

–Sí, lo conozco.

–Él siempre ha sido un idealista, pero no para conseguir algo para él. Siempre ha acudido a todos los que lo han necesitado. Y es completamente incorrupto. Lo mismo ocurre con Hans. Su honestidad..., sí, ésa es la palabra que busco. Honestidad. Si uno es honesto, hace lo correcto. Yo soy jodidamente poco íntegro, siempre sale algo..., bueno, no exactamente enfermizo, pero algo bajo, adulador, reptante, rezuma de mí. Si me encuentro en una situación que exige prudencia, en la que todo el mundo sabe que lo que hace falta es prudencia, yo me lanzo hacia delante, ¿sabes?, ¿y por qué? Porque sólo pienso en mí mismo, sólo me veo a mí mismo, reboso de mí mismo. Puedo ser bueno para otros, pero entonces tengo que haberlo planificado de antemano. No lo llevo en la sangre. No está en mi naturaleza.

–¿Y dónde me colocas a mí, por ejemplo, en ese sistema tuyo?

–¿A ti?

–¿Sí?

–Ah, tú eres un cínico. Eres orgulloso y ambicioso, tal vez la persona más orgullosa que he conocido. Jamás harías algo abiertamente denigrante, antes pasarías hambre y vivirías en la calle. Eres leal con tus amigos. Yo confío ciegamente en ti. A la vez sabes cuidar de ti mismo y puedes llegar a ser desalmado con la gente si por alguna razón tienes algo en su contra, te han hecho algo, o si de esa manera puedes conseguir algo más grande. ¿No es así?

–Sí. Pero siempre soy considerado con los que me importan. De verdad. Más que desalmado tal vez «sin escrúpulos» sea una expresión más adecuada. De hecho, es una distinción importante.

–Sin escrúpulos entonces. Pongamos un ejemplo. Tú conviviste con los escudos humanos en Irak, viajaste con ellos desde Turquía, compartiste todo con ellos en Bagdad. Algunos se hicieron amigos tuyos. Ellos estaban allí por sus convicciones, que tú no compartías, pero eso ellos no lo sabían.

–Creo que lo sospechaban –dijo Geir con una sonrisa.

–De modo que cuando llegan los marines de Estados Unidos, simplemente les dices adiós a tus amigos y te vas con sus enemigos, sin mirar hacia atrás. Los traicionaste, no se puede considerar de otra manera. Pero no te traicionaste a ti mismo. En ese lugar te sitúo yo. Es un lugar independiente y libre, pero el precio para llegar hasta allí es alto. Pues la gente está sembrada a tu alrededor como en un juego de bolos. Para mí eso es imposible, la presión social cruzada se pone en marcha en el momento en el que me levanto de la silla del despacho, y cuando salgo a la calle, estoy atado de pies y manos. Apenas puedo moverme. ¡Ja, ja, ja! Pero es verdad. En el fondo de todo esto, y creo que eso no lo has entendido, no hay nada que se parezca a santidad o alto sentido de la moralidad, sólo hay cobardía. Cobardía y nada más. ¿No crees que no me gustaría cortar los lazos con todos y hacer lo que yo quiero y no lo que quieren ellos?

–Sí.

–¿Crees que voy a hacerlo?

–No.

–Tú eres libre. Yo no lo soy. Así de simple.

–No, en absoluto –objetó Geir–. Es posible que tú estés atrapado por lo social, algo que por cierto suena extraño, pues nunca ves a nadie, ¡ja, ja, ja!, pero entiendo lo que estás diciendo y tienes razón, tú tienes en cuenta a todo el mundo a la vez, yo mismo he podido comprobar cómo vas de acá para allá cuando hemos cenado en vuestra casa. Pero hay más maneras de estar atrapado, hay más maneras de no ser libre. Has de recordar que tienes ya todo lo que querías. Has podido vengarte de los que querías vengarte. Tienes una posición. Hay gente esperando a leer lo que estás escribiendo, y que baten palmas cuando haces acto de presencia. Puedes escribir una crónica sobre algo que te ocupa, y será publicada en el periódico que tú quieras unos días más tarde. La gente te llama para invitarte a muchos sitios. Los periódicos te piden comentarios sobre cualquier cosa. Tus libros se publicarán en Alemania e Inglaterra. ¿Entiendes la libertad que hay en eso? ¿Entiendes lo que se ha abierto en tu vida? Hablas del deseo de soltarte y dejarte caer. Si yo me soltara, me quedaría en el mismo sitio. Yo estoy atrapado en el fondo. Nadie se interesa por lo que escribo. A nadie le interesa lo que pienso. Nadie me invita a ninguna parte. Tengo que meterme a la fuerza, ¿sabes? Cada vez que entro en una habitación donde hay gente, tengo que hacer algo para que se me vea. No existo de antemano, como es tu caso, no tengo un nombre, todo tengo que crearlo desde el fondo cada vez. Estoy sentado al fondo de un agujero en el suelo gritando por un megáfono. No importa lo que diga, nadie me oye. Y, ¿sabes?, cuando digo fuera, hay en ello una crítica de lo que hay dentro. Y entonces ya eres por definición un dogmático. Un tipo amargado y pendenciero. Y mientras tanto, va pasando la vida. Tengo casi cuarenta años, y no he conseguido *nada* de lo que quería. Tú dices que es algo brillante y único, tal vez lo sea, ¿pero de qué sirve? Tú sí que has conseguido todo lo que querías y entonces puedes renunciar a ello, dejarlo estar, no usarlo. Pero yo no puedo hacer eso. Yo *tengo que* entrar. Ya llevo veinte años en esto. Tardaré al menos otros tres en terminar el libro que estoy escribiendo ahora. Noto cómo mi entorno está perdiendo la fe en el libro y con ello el interés. Me estoy convirtiendo cada vez más en un trastornado que se niega a abandonar su proyecto de loco. Todo lo que digo ahora es evaluado conforme a eso. Cuando decía algo justo después de la tesis doctoral, era evaluado conforme a ella, entonces aún estaba vivo académica e intelectualmente, ahora estoy muerto. Y cuanto más tiempo pase, mejor tendrá que salir el libro. No será suficiente con que sea bastante bueno, bien, contiene cosas buenas, porque el tiempo que empleo es tanto y mi edad es ya tan relativamente alta que tiene que ser único. Bajo esa perspectiva no soy libre. Y para enlazar con lo que hablamos antes, el ideal victoriano, que no era ningún ideal, sino una práctica, es decir, la doble vida, también en eso hay algo de dolor, porque esa vida nunca puede ser plena. Y precisamente con eso sueña todo el mundo, con el enamoramiento único, o el enamoramiento de esa única persona, cuando desaparece lo cínico y lo calculador, cuando todo es pleno. Bueno, ya sabes. El Romanticismo. La doble vida es una solución adecuada a un problema, pero no carece de problemas, si eso es lo que pensabas que yo opinaba. Es práctico, provisional, pragmático, es decir, algo vivo. Pero no del todo, y no es ideal. La diferencia más importante entre nosotros no es que yo sea libre y tú no lo seas. La diferencia más importante es que yo estoy contento y alegre, y tú no.

–Tan mustio no estoy, ¿no?

–¡Justo! ¡«Mustio»! ¡Una palabra que sólo usarías tú! Dice mucho de ti.

–Sí, es una buena palabra. Pero tal vez sea hora de cambiar de tema de conversación.

–Si lo hubieras dicho hace dos años, lo habría entendido.

–Vale. Puedo seguir. Después de que ocurriera aquello con Tonje, me fui a una isla y me quedé allí dos meses. Había estado antes, bastó con una llamada telefónica, y todo arreglado. Una casa, una pequeña isla muy dentro del mar, tres personas más en toda la isla. Fue a finales del invierno, y todo estaba congelado e inmóvil. Caminaba por la isla pensando. Y lo que pensaba era que tendría que hacer todo lo posible para convertirme en una buena persona. Que todo lo que hiciera debería tener eso como objetivo. Pero no de esa manera reptante y evasiva que me había caracterizado hasta entonces, ¿sabes?, cuando la vergüenza me sobrecogía por la cosa más nimia. La falta de integridad. No, incluidos en esa nueva imagen que me creé de mí mismo, también estaban el valor y la rectitud. Mirar a la gente a los ojos, decir en voz alta lo que opinaba. Andaba cada vez más encorvado, ¿sabes?, queriendo ocupar cada vez menos sitio, y en la isla empecé a enderezar la espalda. Literalmente. Como lo oyes. Al mismo tiempo leía los diarios de Hauge. Las tres mil páginas. Fue un enorme consuelo.

–¿Él lo pasó peor?

–Seguramente. Pero la cuestión no era ésa. Él nunca dejó de luchar por lo mismo, por el ideal de cómo debería ser, en contra de lo que era. Su voluntad de librar esa batalla era en él enormemente fuerte. Y eso en un hombre que en realidad no era nada, que no tenía vivencias, que sólo leía, escribía y libraba la lucha en su interior en una miserable granjita, junto a un miserable fiordo, en un pequeño y miserable país en el culo del mundo.

–No es de extrañar que a veces se volviera completamente loco.

–Uno tiene la impresión de que también eso era un alivio. El que se dejara caer y en parte la velocidad con la que se precipitó lo hiciera feliz. Soltó su férreo autocontrol y se relajó, ésa era la impresión que daba.

–Tal vez fuera eso lo que era Dios –dijo Geir–. La sensación de ser visto, de ser forzado a arrodillarse por algo que te puede ver. Tenemos un solo nombre más para eso. El superego, la vergüenza o como coño quieras llamarlo. Por eso Dios era una realidad más fuerte para unos que para otros.

–¿Entonces la necesidad de entregarse a los sentimientos más bajos y sólo volcarse en placer y vicios sería el diablo?

–Exactamente.

–Yo nunca he sentido esos deseos. Excepto cuando bebo, claro está. Entonces se tira todo por la borda. Lo que quiero es viajar, ver, leer, escribir. Ser libre. Completamente libre. Y eso lo logré en aquella isla, porque en realidad mi relación con Tonje ya había acabado. Podría haber viajado a cualquier parte. Tokio, Buenos Aires, Múnich... Pero me fui allí, donde no había ni un alma. No me entendía a mí mismo, no tenía ni idea de quién era yo, así que lo único que tenía era todas esas ideas de ser una buena persona, y en eso me refugié. No veía televisión, no leía periódicos, y lo único que comía era pan crujiente de fibra y sopa. Cuando quería darme un homenaje comía albóndigas de pescado y coliflor. Y naranjas. Empecé a hacer flexiones y estiramientos. ¿Te imaginas? ¿Lo desesperado que tiene que estar un hombre cuando empieza a hacer estiramientos para solucionar sus problemas?

–Todo pureza. Nada más. Ascetismo. Nada de dejarse pervertir por la televisión o los periódicos, comer lo menos posible. ¿Tomabas café?

–Café sí tomaba. Pero lo de la pureza es verdad. Hay algo casi fascista en todo eso.

–Pues Hauge escribió que Hitler era un gran hombre.

–No era tan mayor entonces. Pero lo peor es que soy capaz de entenderlo, esas ganas de quitarse de encima todo lo pequeño y mezquino que está pudriéndose dentro de uno, todas esas pequeñeces por las que uno puede enfadarse o entristecerse, que pueden crear una añoranza de algo puro y grande con lo que uno puede fusionarse y desaparecer. Quitar toda esa mierda, ¿sabes? Un solo pueblo, una sola sangre, una sola tierra. Bueno, ese tema ya está desacreditado para siempre. Pero me refiero a lo que hay detrás. Es algo que no me cuesta nada entender. Y como soy tan influenciable ante la presión social cruzada, y estoy tan sujeto a lo que los demás opinan de mí, Dios sabe lo que habría hecho si hubiera vivido en la década de los cuarenta.

–¡Ja, ja, ja! Relájate. Ahora no haces lo que hacen los demás, de manera que tampoco lo habrías hecho entonces.

–Pero cuando me fui a vivir a Estocolmo y me enamoré de Linda, todo cambió. Era como si fuera elevado por encima de las cosas pequeñas, nada de eso importaba ya, todo estaba bien, no había ningún problema en ninguna parte. No sé cómo explicarlo... Era como si la fuerza interior fuera tan grande que hiciera desaparecer todo lo que había fuera. Yo era invulnerable, ¿sabes? Lleno de luz. ¡Todo era luz! ¡Incluso pude leer a Hölderlin! ¡Fue una época fantástica! Nunca me he sentido mejor. Rebosaba felicidad.

–Me acuerdo de aquello. Estabas en la calle Bastu ardiendo. Casi eras fosforescente. Ponías Manu Chao una y otra vez.

Resultaba casi imposible hablar contigo. Rebosabas felicidad. Sentado en la cama sonriendo como una jodida flor de loto.

—Lo que ocurre es que todo esto tiene que ver con la perspectiva. Visto de una manera todo proporciona placer. Visto de otra, sólo dolor y miseria. ¿Crees que cuando yo estaba allí tan feliz me importaba toda esa basura con la que la televisión y los periódicos nos llenan? ¿Crees que me avergonzaba de algo? Era indulgente con todo. No podía perder. Eso fue lo que dije cuando tú estabas tan deprimido y acojonado el otoño siguiente. Que sólo son maneras de verlo. Nada había cambiado en tu mundo y se había convertido en urgente, excepto la manera en la que tú lo veías. Pero claro, no me escuchaste y optaste por irte a Irak.

—Lo último que uno quiere escuchar cuando está metido en el fondo de la oscuridad es obviamente el balbuceo de un bobo feliz. Pero estaba alegre y contento cuando volví. Me sacó de aquello.

—Sí. Y ahora los papeles están otra vez cambiados. Ahora soy yo el que se queja de lo miserable de la vida.

—Creo que es el orden natural —dijo Geir—. ¿Has empezado de nuevo con los estiramientos?

—Sí.

Sonrió. Yo también sonreí.

—¿Qué coño voy a hacer? —dije.

Nos fuimos de Pelikanen una hora después, cogimos la misma línea del metro hasta Slussen, donde Geir cambió a la línea roja. Me puso la mano en el hombro y me dijo que me cuidara y que diera recuerdos a Linda y a Vanja. Cuando se marchó, me hundí en el asiento, deseando poder quedarme allí sentado durante horas atravesando la noche, y no tener que levantarme y bajarme en Högtorget, sólo tres estaciones después.

El vagón estaba casi vacío. Había un joven con una funda de guitarra al hombro, flaco como un palo, y con el pelo negro y rizado saliéndole por debajo de la gorra, agarrado a la barra de delante de la puerta. Dos chicas de unos dieciséis años estaban enseñándose mensajes de texto en el asiento de más adentro. Enfrente de ellas iba un señor mayor con abrigo negro, bufanda color tostado y uno de esos gorros grises lanudos, casi cuadrados, que se llevaban en los setenta. Delante de él iba una mujer baja y regordeta con facciones sudamericanas, envuelta en un enorme plumas, con unos pantalones vaqueros baratos de color azul oscuro y botas de piel vuelta con un borde de lana sintética en la parte de arriba.

Me había olvidado por completo del episodio del teléfono, hasta que Geir me lo recordó justo antes de marcharnos del restaurante. Me alcanzó su teléfono y me dijo que llamara al mío. Lo hice, pero no contestó nadie. Quedamos en que él enviaría a la mujer un SMS para pedirle que me llamara al número fijo de casa, y que lo haría media hora más tarde, para entonces yo ya habría llegado.

¿Pensaría esa mujer que se trataba de una especie de truco para ligar? ¿Que yo había metido mi teléfono en su bolso intencionadamente para poderla llamar?

En la Central T del metro entró un montón de gente. La mayor parte jóvenes, un par de grupos ruidosos, bastantes solitarios con auriculares en las orejas, algunos de ellos con bolsas de ropa de entrenar entre las piernas.

En mi casa estarían durmiendo ya.

La idea me vino de repente y resultó refrescante.

Era mi vida. Eso era mi vida.

Tendría que sobreponerme. Levantar cabeza.

Pasó un tren por la vía de al lado, por unos instantes miré dentro del vagón, que recordaba a un acuario, donde la gente estaba inmersa en sus cosas, luego fueron elevados a su órbita, mientras nosotros éramos lanzados hacia abajo, hacia un túnel, donde lo único que se veía era el reflejo del vagón y en él mi cara vacía. Me levanté y fui hacia la puerta en el momento en que el tren empezaba a reducir la velocidad. Crucé el andén y subí por la escalera mecánica hasta la calle Tunnel. La treintañera rubia y gorda que durante mucho tiempo me había sido desconocida, hasta que un día Linda la saludó y me dijo que habían estudiado juntas en Biskops-Arnö, estaba en la taquilla. Cuando nuestras miradas se cruzaron, ella bajó la suya. A mí qué más me da, pensé, empujé la barrera con el muslo y subí las últimas escaleras corriendo.

Muchas veces, cuando subía la larga escalera hasta la calle Malmskillnad pensaba que el camino hasta mi casa era seguramente el mismo que había recorrido en su día el asesino de Palme. Me acordaba minuciosamente del día del asesinato. Lo que hice, lo que pensé. Era un sábado. Mi madre estaba enferma, y Jan Vidar y yo cogimos el autobús hasta la ciudad. Teníamos diecisiete años. De no ser por el asesinato de Palme, aquel día habría desaparecido como habían desaparecido todos los demás días. Todas las horas, todos los minutos, todas las conversaciones, todos los pensamientos, todos los sucesos. Todo habría desaparecido en el pozo del olvido. Y entonces lo poco que quedaba tendría que representarlo todo. Qué irónico era que quedara precisamente porque se distinguía de lo demás.

En el KGB, junto a la ventana, había unos melenudos bebiendo. Por lo demás, daba la sensación de estar vacío. A lo mejor la acción tenía lugar en el sótano.

Dos taxis negros y resplandecientes pasaron a toda velocidad en dirección al centro. Los copos de nieve se levantaron en torbellinos del suelo para segundos más tarde posarse sobre mi cara, a la altura de la calle. Crucé, corrí el último trecho hasta la verja y la abrí con la llave. Por suerte no había nadie ni en el portal ni en la escalera. El piso estaba en completo silencio.

Me desnudé, pasé sigilosamente por el salón y abrí la puerta del dormitorio. Linda abrió los ojos y me miró en la penumbra. Me tendió los brazos.

–¿Te lo has pasado bien?

–Sí, sí –respondí, inclinándome hacia ella para darle un beso–. ¿Todo bien por aquí?

–Mm. Te hemos echado de menos. ¿Vas a acostarte ya?

–Voy a buscar algo de comer. Luego vengo. ¿Vale?

–Vale.

Vanja dormía en la cuna con el culo en pompa y la cara apretada contra la almohada, como solía hacer. Sonreí al pasar por delante de ella. En la cocina me bebí un vaso de agua, miré fijamente el interior de la nevera y saqué margarina y un paquete de jamón York. Cogí el pan del armario de al lado. A punto de cerrar la puerta, eché un vistazo a las botellas que había en el estante de más arriba. La mirada no fue casual, porque las botellas no estaban donde solían estar. La botella medio llena de aquavit de Navidad estaba en el sitio del calvados. La grappa que estaba al fondo estaba ahora al lado de la ginebra, más cerca del borde. Si sólo hubiera sido eso lo habría dejado estar, me habría dicho que habría fregado ese armario el sábado sin fijarme, pero lo que pasaba era que también parecía que el contenido de las botellas había disminuido mucho. Tuve ese mismo pensamiento sólo una semana antes, pero lo descarté, suponiendo que en esas cenas que habíamos tenido con gente habíamos bebido más de lo que yo recordaba. Ahora alguien las había movido.

Permanecí un rato girando las distintas botellas, mientras me preguntaba qué podría haber sucedido. La botella de grappa estaba casi llena, ¿no? Yo había servido tres pequeñas copas después de una cena que habíamos tenido unas semanas antes. Ahora la bebida sólo llegaba hasta la etiqueta. ¿Y el aquavit? Tan poco no había quedado después de Navidad, ¿no? Y la de coñac también estaba más llena, ¿no?

Se trataba de botellas que yo había traído a casa de viajes al extranjero, o que nos habían regalado. Nunca bebíamos, excepto cuando teníamos invitados.

¿Habría sido Linda?

¿Bebía cuando estaba sola?

¿A escondidas?

No, ni hablar. No había probado ni una gota de alcohol desde que se quedó embarazada. Y mientras estaba dando el pecho, tampoco quería probarlo.

¿Mentía sobre ese tema?

¿Linda?

Ni de coña. Tan ciego no estaba.

Coloqué las botellas exactamente como estaban antes y como yo me acordaría. También intenté memorizar más o menos cuánto quedaba en cada una. Luego cerré la puerta del armario y me puse a comer.

Probablemente yo recordaba mal. Probablemente las últimas semanas se había consumido más alcohol de lo que yo pensaba. La verdad era que no sabía con exactitud cuánta cantidad quedaba. Y cuando el sábado anterior fregué el armario, las habría cambiado de sitio. El que no me acordara de aquello era completamente normal. ¿No fue Tolstói el que escribió sobre ese tema en sus diarios, según Shklovski? ¿Que de repente no recordaba si acababa de limpiar el polvo en el salón o no? Y si se acordaba, ¿qué importancia tenía esa acción, y cuánto tiempo ocupaba?

Oh, formalismo ruso, ¿qué hubo de ti en mi vida?

Me levanté y estaba a punto de recoger las cosas de la mesa cuando sonó el teléfono en el salón. Me asusté. Pero entonces me acordé del SMS que Geir había enviado a mi móvil. No pasaba nada.

Fui corriendo al salón y descolgué.

—Hola —dije—, soy Karl Ove.

Por unos instantes hubo un silencio total al otro lado. Luego una voz dijo:

—¿Eres tú el que ha perdido el móvil?

Era una voz de hombre. Hablaba sueco con acento, y aunque su tono no era agresivo, tampoco es que fuera muy amable.

—Sí, así es. ¿Lo has encontrado?

—Estaba en el bolso de mi novia cuando llegó a casa. Ten la amabilidad de contarme cómo ha llegado allí.

La puerta se abrió y apareció Linda. Me miró preocupada. Levanté la mano en un gesto de despreocupación y sonreí.

—Tenía el teléfono en la mano en la estación de metro de la calle Rådmann cuando alguien me ha dado un empujón y se me ha caído. Me he vuelto hacia la persona que me había dado el empujón, y no he visto dónde caía el teléfono. Pero no he oído que cayera al suelo. Entonces he visto a una mujer que llevaba un bolso abierto colgado del brazo, y he imaginado dónde había ido a parar.

–¿Por qué no se lo has dicho? ¿Por qué le has pedido que se ponga en contacto contigo?

–El tren estaba a punto de irse. Y yo iba mal de tiempo. Además, no estaba seguro de que hubiera caído en el bolso. No podía acercarme a una desconocida y pedirle que me dejara mirar dentro de su bolso, sin más.

–¿Eres noruego?

–Sí.

–Vale. Te creo. Te devolveremos tu teléfono. ¿Dónde vives?

–En el centro. En la calle Regering.

–¿Sabes dónde está la calle Banér?

–No.

–En Östermalm, una calle que sube de la de Strand, muy cerca de Karlaplan. Hay allí una tienda ICA. Ven a las doce. Yo estaré fuera. Si no, el móvil estará en la caja. Pregunta al personal. ¿De acuerdo?

–Muy bien. Gracias.

–No seas tan descuidado la próxima vez.

El hombre colgó. Linda, que se había sentado en el sofá con una manta de lana sobre las rodillas, me miró interrogante.

–¿Qué pasaba? ¿Quién llama tan tarde?

Se rió cuando le conté lo ocurrido. No tanto del desarrollo de los hechos como de la sospecha que yo habría tenido que levantar. Si uno quería contactar con una desconocida de la que no tenía el número de teléfono, ¿qué mejor que meterle en su bolso un teléfono y luego llamarla?

Me senté a su lado en el sofá. Se acurrucó junto a mí.

–Vanja ya está apuntada en la lista de espera de la guardería –dijo–. He llamado hoy.

–¿Lo has hecho? ¡Qué bien!

–Tengo sentimientos contradictorios, debo reconocerlo –dijo–. Es tan pequeña... Al principio podríamos dejarla sólo media jornada.

535

—Claro que sí.

—Mi pequeña Vanja.

La miré. Su cara estaba como difusa por el sueño del que acababa de despertar. Los ojos entornados, las facciones suaves. Era imposible que bebiera alcohol a escondidas. Con esos abrumadores sentimientos que tenía hacia Vanja y la gran seriedad con la que desempeñaba su papel de madre.

No, claro que no. ¿Cómo podía siquiera pensarlo?

—Algo misterioso ocurre en el armario de la cocina —dije—. Cada vez que miro las botellas es como si su contenido hubiera menguado. ¿Tú te has dado cuenta?

Linda sonrió.

—No. Pero supongo que se gasta más de lo que piensas.

—Pues sí, puede ser —dije.

Acerqué la frente a la suya. Sus ojos, que miraron directamente a los míos, me llenaron del todo. Durante ese breve segundo en el que eran todo lo que yo veía, brillaron con vida propia, la vida como ella la vivía por dentro.

—Te echo de menos —dijo.

—Pero si estoy aquí —dije—. ¿Qué pasa? ¿Me quieres entero o qué?

—Sí, eso es justo lo que quiero —dijo, me cogió las manos y me tiró hacia ella en el sofá.

A la mañana siguiente me levanté como de costumbre a las cuatro y media, trabajé hasta las siete en la corrección de la colección de relatos traducidos y desayuné con Linda y Vanja sin decir palabra. A las ocho llegó Ingrid a buscar a Vanja. Linda se fue a la escuela, y yo me quedé leyendo periódicos en la red una media hora, antes de proceder a contestar los correos que se habían acumulado. Luego me duché, me vestí y salí. El cielo estaba azul, el sol bajo brillaba sobre la ciudad, y aunque seguía haciendo frío, la luz daba una sensación de primavera, también en esa calle sombría y profunda por la que caminaba en dirección a Stureplan. No debía de ser el único que se sentía así;

536

mientras que el día anterior la gente iba cabizbaja y con los hombros hacia delante, ahora levantaban las caras, y en sus miradas había curiosidad y alegría. ¿Esa ciudad abierta y ligera era la misma que esa encerrada y abrumadora por la que andábamos el día anterior? Era como si la tenue luz invernal que había atravesado las nubes atrajera todas las superficies y colores entre ellos, minimizando sus diferencias mediante sus tonos grises y su debilidad, y la clara y directa luz del sol las reforzara. La ciudad estallaba en colores a mi alrededor. No los colores cálidos y biológicos de los meses de verano, sino los sintéticamente fríos y minerales del invierno. Pared roja, pared amarilla, capó verde oscuro, placa azul, chaqueta naranja, bufanda malva, asfalto gris casi negro, metal verde intenso, cromo reluciente. Ventanas brillantes, muros resplandecientes y canalones chisporroteantes por un lado del edificio, ventanas negras, paredes oscuras, canalones atenuados, casi invisibles, por el otro. Seguí por la calle Birger Jarl, en la que la nieve se amontonaba a los lados, en parte resplandeciente, en parte gris y muda, según donde cayera la luz del sol. Luego fui a Stureplan y entré en la librería Hedengren, donde un joven estaba a punto de abrir la puerta con llave justo en el instante en el que yo llegué. Bajé al sótano, me paseé por entre las estanterías y saqué un montón de libros que me senté a hojear. Compré una biografía de Ezra Pound con la esperanza de encontrar en ella algo sobre su teoría acerca del dinero, en la que estaba bastante interesado; un libro sobre la ciencia en China entre 1550 y 1900; otro sobre la historia económica mundial, escrito por un tal Cameron, y otro sobre los nativos norteamericanos, que estudiaba todas las tribus que había antes de la llegada de los europeos, una edición de lujo de seiscientas páginas. Además, encontré un libro sobre Rousseau escrito por Starobinski, y otro sobre Gerhard Richter, *Doubt and Belief in Painting*, que también compré. No sabía nada de Pound, ni de economía, ciencia, China o Rousseau, tampoco sabía si eran temas que me interesaban, pero pronto me pondría a escribir una novela, y por alguna parte había que empezar. Llevaba tiempo pensando en los indios. Unos meses antes había visto una foto de unos indios en una canoa cruzando un lago; en la proa había un hombre vestido de pájaro, con las alas extendidas. La imagen penetró todas las capas de ideas que yo tenía sobre los indios, todo lo que había leído en libros y cómics y lo que había visto en las películas, y me introdujo en la realidad: de hecho, habían existido. De hecho, habían vivido sus vidas con sus tótems, espadas y flechas, solos, en un continente enorme, ignorando que vidas diferentes a las suyas no sólo eran posibles, sino incluso una realidad. Era un pensamiento fantástico. Lo romántico que la imagen irradiaba, con su ferocidad, ese pájaro humano y esa naturaleza virgen, salían por tanto de la realidad, y no al revés, como siempre solía ocurrir. Fue estremecedor. No soy capaz de explicarlo de otra manera. Me estremecí. Y supe que tendría que escribir sobre ello. No sobre la imagen en sí, sino sobre lo que contenía. Entonces empezaron a aparecer los reparos. Ciertamente habían existido, pero ya no existían, ellos y toda su cultura habían sido exterminados hacía mucho tiempo. ¿Por qué entonces escribir sobre ellos? Ya no existían, ni existirían jamás. Si yo creara un mundo nuevo con los elementos del antiguo, sólo sería literatura, sería ficción, y en realidad carente de valor. En contra de ese razonamiento podría objetar que por ejemplo Dante sólo había escrito ficción, que Cervantes sólo había escrito ficción, que Melville sólo había escrito ficción. Era innegable que no habría sido lo mismo ser persona si sus obras no hubiesen existido. Así que ¿por qué no escribir ficción y nada más? La verdad no estaba en correspondencia de uno a uno con la realidad. Buenos argumentos, pero no servían, la mera idea de ficción, la mera idea de un personaje inventado en una trama inventada me producía náuseas, reaccionaba físicamente a ella. No sabía por qué. Pero así era. De modo que los indios tendrían que quedarse donde estaban. Pero contando con que tal vez no pensara siempre así.

Cuando pagué los libros, fui a Plattan y entré en la tienda de música y cine, donde compré tres DVD y cinco CD, luego fui a la librería Akademi, donde encontré una tesis sobre

Swedenborg, publicada por la editorial Atlantis, que compré, además de un par de revistas. Seguramente nunca llegaría a leer casi nada de eso, algo que sin embargo no me impedía sentirme bien. Me fui a casa a descargar, me comí unas rebanadas de pan, de pie, junto a la encimera de la cocina, y volví a salir, esta vez en dirección a Östermalm, a la tienda de la calle Banér. Llegué allí a las doce en punto.

No había nadie. Encendí un cigarrillo y me puse a esperar. Buscaba las miradas de la gente que pasaba, pero nadie se detuvo ni se me acercó. Al cabo de quince minutos entré en la tienda y pregunté a la dependienta si alguien había entregado allí un teléfono móvil. Sí, sí, allí estaba. ¿Podía describírselo, por favor?

Lo hice, y ella sacó el móvil de un cajón junto a la caja, y me lo alcanzó.

–Gracias –dije–. ¿Sabes quién lo ha entregado?

–Sí. O mejor dicho, no sé el nombre. Pero era un hombre joven, trabaja en la embajada de Israel, que está aquí al lado.

–*¿La embajada de Israel?*

–Sí.

–Vale. Y gracias de nuevo. Adiós.

–Adiós.

Caminaba lentamente por la calle, sonriendo para mis adentros. ¡La embajada de Israel! ¡No era de extrañar que el tipo se hubiese mostrado desconfiado! El teléfono habría sido minuciosamente examinado. Todos los SMS, todos los números de teléfono... ¡Ja, ja, ja!

Lo encendí y llamé a Geir.

–¿Hola? –dijo él.

–Ayer me llamó un tipo por lo del móvil –dije–. Desconfiaba mucho, pero al final accedió a devolvérmelo. Así que acabo de recogerlo. Lo dejó en la caja de un supermercado. Pregunté a la chica de la caja si sabía quién era. ¿Sabes lo que me contestó?

–Claro que no.

–El tío trabaja en la embajada de Israel.

–¿Bromeas?

–No. Cuando mi móvil desaparece, no se cae al suelo, sino dentro de un bolso. Y cuando lo pierdo dentro de un bolso, no es el bolso de un sueco normal y corriente, sino el de la novia de un tío que trabaja en la embajada de Israel. Curioso, ¿no?

–Creo que puedes olvidarte de lo de novios. Es más probable que ella trabaje también en la embajada de Israel y que se pusiera en contacto con ellos cuando encontró tu móvil. Luego lo examinarían, preguntándose quién coño lo habría metido allí. ¿Y qué era? ¿Una bomba? ¿Un micrófono?

–Y luego se preguntarían por la relación con Noruega. ¿Algo que tendría que ver con el agua pesada? ¿Una venganza por los acontecimientos de Lillehammer?

–Es increíble la facilidad que tienes para meterte en líos. Prostitutas rusas y agentes israelíes. Esa escritora que trajisteis a aquella cena, la que pesaba toda la comida antes de comérsela, ¿cómo se llamaba?

–Maria. Por cierto, ella también tiene relación con Rusia.

–Y que tuvo que llamar a no sé quién justo después de la cena, para contarle exactamente lo que había comido. ¡Ja, ja, ja!

–¿Qué tiene que ver con esto?

–No lo sé. Acaso con las cosas extrañas que suceden a tu alrededor. Aquella amiga de Linda que está enamorada de un drogadicto, cuya hermana de hecho vive en vuestra casa. Ese piso que te ofrecieron en el inmueble donde vivía Linda. Tu portátil, que está expuesto a todo, que se queda fuera y se moja con la lluvia, que se cae del tren a la vía, sin que le pase nada. El que pierdas el móvil dentro del bolso de una empleada de la embajada de Israel encaja muy bien en este panorama.

–Lo que dices suena interesante y estupendo –dije–. Pero, como bien sabes, la verdad sobre mi vida es completamente diferente.

–Venga ya, ¿por qué no podemos imaginarnos por una vez que todo es así?

–Porque no. ¿Qué estás haciendo? –le pregunté.

–¿Tú qué crees?

–No suena como si estuvieras revolviendo detrás del escenario. Así que debes de estar escribiendo.

–Pues sí. ¿Y tú?

–Voy camino de la Casa del Cine a comer con Linda. Hablamos luego.

–De acuerdo.

Colgué, me metí el teléfono en el bolsillo y apreté el paso. Pasé por delante de la fuente sin agua de Karlaplan, atravesé Feltöversten, salí a la calle Valhalla y seguí por ella hasta la Casa del Cine, que brillaba bajo el sol al final del barrio de Gärder, medio cubierto por la nieve.

Después del almuerzo, cogí el metro hasta Odenplan y desde allí me fui al despacho, sobre todo para poder estar en paz. Ingrid tenía llave de casa y estaría allí con Vanja. No me apetecía mucho ir a un café, con todos esos desconocidos y miradas nerviosas. Me senté detrás del escritorio y durante un rato intenté seguir con la conferencia que tenía que dar, pero sólo conseguí deprimirme. Opté por tumbarme en el sofá y me quedé dormido. Cuando me desperté, la calle estaba oscura; eran las cuatro y diez. El periodista del *Aftenposten* vendría a las seis, de manera que tenía que levantarme e irme a casa si quería estar un poco con Vanja y Linda ese día.

–¿Hay alguien en casa? –grité al abrir la puerta.

Vanja vino gateando a toda prisa por el pasillo, se reía y la lancé un par de veces al aire antes de llevarla en brazos a la cocina, donde estaba Linda, removiendo una cacerola.

–Olla de garbanzos –dijo–. No se me ha ocurrido otra cosa.

–Seguro que está muy buena. ¿Qué tal le ha ido hoy a Vanja?

–Creo que bien. Han estado en la ciudad de los niños toda la mañana. Mi madre acaba de irse. ¿No te has cruzado con ella?

–No –contesté, y me llevé a Vanja a jugar a la cama, tirándola de un lado para otro, hasta que me cansé, la senté en la trona junto a la mesa de la cocina, roja y sudada de risa, y fui al salón a ver el correo electrónico. Cuando leí los correos entrantes, apagué el ordenador y miré hacia la casa de enfrente, una planta más abajo de la nuestra. Allí había otro ordenador encendido. Una vez vi a un hombre masturbarse delante de la pantalla, creería que nadie lo estaba viendo, no se habría ni imaginado la posibilidad de ser visto desde aquí. Estaba solo en la habitación, pero no en la casa, al otro lado de la pared estaba la cocina, donde había un hombre y una mujer. Resultó curioso ver lo cerca que puede estar lo secreto de lo abierto.

Ahora la habitación estaba vacía. Sólo se veía la vibración de los puntos de luz de la pantalla, la luz de una lámpara en el rincón que caía sobre una silla, y una mesita con un libro abierto encima.

—¡A cenar! —gritó Linda desde la cocina.

Me levanté y me reuní con ellas. Eran ya las cinco y cuarto.

—¿A qué hora iban a venir? —preguntó Linda, seguramente al darse cuenta de que yo estaba mirando el reloj.

—A las seis. Pero nos iremos enseguida. No tienes ni que dejarte ver. Puedes saludarlos, claro, pero no estás obligada.

—Creo que me quedaré aquí. Fuera de su vista. ¿Estás nervioso?

—No, pero tampoco tengo muchas ganas de hacer esta entrevista. Ya sabes cómo son estas cosas.

—No pienses en ello. Habla con ellos, di lo que te apetezca, y no te exijas nada a ti mismo. Póntelo fácil.

—Estuve hablando con esa tal Majgull Axelsson, ¿sabes?, la que participó en los recitales de Tvedestrand y Gotemburgo, ¿te acuerdas? Mostró cierta preocupación materna por mí durante el viaje. Dijo que tenía como regla no leer nunca nada de lo que se escribía sobre ella, no ver nunca nada en la tele, ni oírlo en la radio. Lo trataba como un acontecimiento único. Es decir, sólo se ocupaba de ello en el momento en el que lo estaba haciendo. Así eran simples encuentros con otras personas, ni más ni menos, sin mayor problema. Me pareció muy sensato. Pero claro, luego está la vanidad. ¿Me están mostrando como un idiota integral, o sólo como un idiota? ¿Es la manera de presentarme, o es que soy así?

—Me gustaría que dejaras de atormentarte por todo eso —dijo Linda—. ¡Es tan innecesario! Te exige demasiado esfuerzo. Estás obsesionado.

—Ya lo sé. Lo dejaré. Diré que no a todo.

—Eres una persona estupenda. Me gustaría que te sintieras como tal.

—Mi sentimiento es justo el contrario. De hecho, lo impregna todo. Y no digas que debo hacer terapia.

—¡Yo no he dicho nada!

—Tú padeces de lo mismo —dije—. La única diferencia es que también tienes períodos en que tu autoestima está bien, por decirlo de un modo suave.

—Ojalá Vanja no tenga que sufrirlo —dijo Linda, mirando a la niña, que nos sonreía. Había arroz por toda la mesa y en el suelo debajo de la silla y ella tenía toda la boca roja de salsa, con granos blancos de arroz pegados.

—También ella lo sufrirá —dije—. Es inevitable. O ha nacido con ello o lo irá adquiriendo por el camino. No se puede ocultar. Pero no es seguro que le deje huella. No necesariamente.

—Espero que no —dijo Linda.

Se le habían humedecido los ojos.

—Estaba todo muy bueno —dije, levantándome—. Yo fregaré los platos, me dará tiempo antes de que lleguen.

Me volví hacia Vanja.

—¿Cómo de grande es Vanja? —le pregunté.

Orgullosa, levantó los brazos por encima de la cabeza.

—¡Qué grande! —dije—. Ven, voy a limpiarte un poco.

La saqué de la silla y la llevé al cuarto de baño, donde le lavé las manos y la cara. La levanté frente al espejo y puse mi mejilla junto a la suya. Se rió.

Luego le cambié el pañal en el dormitorio, la dejé en el suelo y me fui a recoger la mesa. Hecho esto y con el lavavajillas en marcha, abrí el armario para comprobar si en contra de lo que suponía había ocurrido algo con las botellas.

Y sí, había ocurrido algo. De la botella de grappa, y estaba completamente seguro, ya que el contenido llegaba justo hasta la etiqueta, alguien había bebido desde el día anterior. La botella de coñac estaba cambiada de sitio, y también su contenido había disminuido, aunque de eso no estaba tan seguro.

¿Qué coño estaba pasando?

Me negaba a pensar que fuera cosa de Linda. Y sobre todo habiendo hablado de ello justo la noche anterior.

Allí no había más personas.

Tampoco teníamos una asistenta, ni nada por el estilo.

Ah, mierda.

Ingrid.

Ella sí que había estado. Y el día anterior también. Tendría que ser ella, estaba claro.

¿Pero significaba eso que ella bebía mientras cuidaba de Vanja? ¿Estaba allí engullendo alcohol con su nieta jugando a sus pies?

En ese caso debía de ser alcohólica. Pero si Vanja lo era todo para ella... Nunca haría nada que pudiera hacerle daño. Pero si realmente bebía, sería tan poderoso que estaba dispuesta a arriesgarlo todo.

Dios Todopoderoso, ten piedad.

Oí los pasos de Linda acercarse desde el dormitorio, cerré la puerta del armario, me acerqué a la encimera, cogí el trapo y me puse a limpiar el tablero de la mesa. Eran las seis menos diez.

—Bajo a fumarme un cigarrillo antes de que vengan, ¿vale? Queda algo que hacer por aquí, pero...

—Claro, vete —dijo Linda—. ¿Te llevas la basura de paso?

En ese momento llamaron a la puerta. Fui a abrir. Un hombre joven con barba y bandolera me sonrió. Detrás de él había otro, algo mayor, moreno y con una abultada funda de cámara al hombro y una cámara en la mano.

—Hola —dijo el joven, tendiéndome la mano—. Kjetil Østli.

—Karl Ove Knausgård —dije.

—Mucho gusto.

Le di la mano al fotógrafo y los invité a entrar.

—¿Queréis un café?

—Estaría bien. Gracias.

Fui a la cocina, cogí el termo con café y tres tazas. Cuando volví, ellos estaban observando el salón.

–Aquí no importaría nada quedarse encerrado por la nieve –dijo el periodista–. ¡Qué cantidad de libros tienes!

–La mayor parte de ellos no los he leído –dije–. Y de los que he leído no recuerdo nada.

El periodista era más joven de lo que me había imaginado. No parecía tener más de veintiséis o veintisiete años, a pesar de la barba. Sus dientes eran grandes, sus ojos alegres, y su aura ligera y jovial. Era un tipo de persona que no me era ajeno, había conocido a varios que me recordaban a él, pero había sido durante los últimos años, no cuando era un niño. Podría tener que ver con factores de clase social, geografía o generación, probablemente con todo a la vez. Clase media de la parte este, adiviné, posiblemente con padres universitarios. Buena educación, manera de ser desenvuelta, inteligencia aguda y social. Una persona que hasta el momento no se había topado con ninguna resistencia importante, ésa era la primera impresión que daba. El fotógrafo era sueco, por lo que se libró de que intentara captar los matices en su manera de comportarse.

–En realidad había decidido decir que no a las entrevistas a partir de ahora –dije–, pero los de la editorial dijeron que eras tan bueno que no podía perder esta oportunidad. Espero que tengan razón.

Unos cuantos halagos nunca están de más.

–Yo también lo espero –dijo el periodista.

Les serví café en las tazas.

–¿Puedo hacer unas fotos aquí dentro? –preguntó el fotógrafo.

Al verme dudar un poco, me aseguró que sólo serían de mí, y que no sacaría nada del entorno.

El periodista quería hacerme la entrevista en casa, yo dije que no, pero cuando llamó para decidir el lugar de encuentro, le dije que podía pasar por casa y allí decidiríamos. Noté que se alegró.

–Vale –dije–. ¿Aquí?

Me coloqué delante de la estantería con la taza de café en la mano, él se puso a hacer fotos.

Qué mierda era todo eso.

—¿Puedes levantar un poco la mano?

—¿No va a parecer algo artificial?

—Vale. Lo dejamos.

Oí a Vanja llegar gateando por el pasillo. Se acomodó en el marco de la puerta y nos miró.

—¡Hola, Vanja! —dije—. Esto está lleno de hombres sospechosos, ¿a que sí? Pero a mí sí me conoces...

La cogí en brazos. En ese instante entró Linda. Saludó muy brevemente a los dos, cogió a Vanja y volvió a la cocina.

Todo lo que yo no había querido que se viera, se estaba viendo. Todo lo que era yo y lo mío se volvía rígido y fingido en cuanto alguien posaba la mirada en ello. No quería eso, joder. Pero allí estaba yo, una vez más, sonriendo como un idiota.

—¿Puedo hacer algunas más? —preguntó el fotógrafo.

Volví a colocarme.

—Un fotógrafo me dijo una vez que sacarme fotos a mí era como sacar fotos a un tronco talado —dije.

—Sería un mal fotógrafo —señaló él.

—Pero entiendes lo que quería decir, ¿no?

Se detuvo, se bajó la cámara, sonrió, la volvió a levantar y continuó.

—Había pensado que podíamos ir a Pelikanen —le dije al periodista—. Es donde yo suelo ir. No ponen música. Estaría bien.

—Vale, entonces vamos allí.

—Pero primero vamos a sacar unas fotos fuera. Y os dejo iros —dijo el fotógrafo.

En ese momento sonó el teléfono móvil del periodista. Miró el número.

—Tengo que cogerlo —dijo. La conversación que siguió y que no duró más de uno o máximo dos minutos, trataba de nevadas, coche, horarios de trenes y cabaña. Colgó y me miró—. Es que este fin de semana me voy de excursión a una cabaña con unos amigos, ¿sabes? El que llamaba era el que nos lleva desde el tren a la cabaña, un tío mayor que siempre nos ayuda en la montaña.

–Suena bien –dije.

Excursión a una cabaña con amigos. Nunca había hecho ninguna. Cuando iba al instituto, y durante los primeros años de universidad, fue un punto delicado. Apenas tenía amigos. Y los pocos que tenía era gente a la que conocía por separado. Ahora ya era demasiado mayor para sentirme triste por esas cosas, pero de todos modos... Fue como si notara un pinchazo de parte de mi viejo yo.

Se metió el móvil en el bolsillo y dejó la taza en la mesa. El fotógrafo metió la cámara en la funda.

–¿Nos vamos entonces? –dije.

Resultó un poco incómodo estar en la entrada poniéndonos las chaquetas, el espacio era tan reducido y estábamos tan cerca, sin que nadie dijera nada... Grité adiós a Linda, y bajamos las escaleras. Fuera encendí un cigarrillo. Hacía un frío cortante. El fotógrafo me llevó hasta los escalones al otro lado de la calle, donde posé durante unos minutos, con el cigarro escondido detrás de la palma de la mano, hasta que el hombre dijo que le gustaría incluir el cigarro en la foto, si a mí no me importaba. Lo entendí, con el cigarro habría algo de movimiento, de modo que me puse a fumar en el escalón mientras él disparaba, moviéndome según sus indicaciones, todo ello a la vista de los peatones que pasaban por allí, hasta que nos desplazamos hasta la entrada del túnel, donde siguió otros cinco minutos, antes de darse por satisfecho. Luego desapareció, y el periodista y yo bajamos la cuesta en silencio, hasta la estación del metro al otro lado. Un vagón entró en el andén justo en ese momento, nos subimos en él y nos sentamos junto a la ventana, uno enfrente del otro.

–Coger el metro todavía me recuerda a la Norway Cup –dije–. Cuando noto ese olor especial de los vestíbulos del metro, pienso en ello. Yo venía de una pequeña ciudad, ¿sabes?, y un metro era lo más exótico que te podías imaginar. Y la Pepsi-Cola. Eso tampoco lo teníamos.

–¿Jugaste al fútbol hasta que fuiste mayor?

–Hasta los dieciocho. Pero nunca fui bueno. Todo era a muy bajo nivel.

–¿Todo lo que haces es a bajo nivel? Los libros que tienes no los has leído, has dicho. Y en otras entrevistas que he leído hablas a menudo de lo malo que es lo que haces. ¿No crees que eres demasiado autocrítico?

–No, no lo creo, pero depende de dónde pongas el listón, claro.

El periodista miró por la ventana en el momento en el que el tren salió del túnel, junto a la T-Central.

–¿Crees que te van a dar el premio? –preguntó.

–¿El del Consejo Nórdico?

–Sí.

–No.

–¿A quién se lo van a dar entonces?

–A Monica Fagerholm.

–Pareces muy seguro.

–Es una novela muy buena. Escrita por una mujer, y hace mucho que se lo dieron a Finlandia la última vez. Por supuesto que se lo van a dar a ella.

Se hizo de nuevo el silencio. Ese espacio antes y después de una entrevista me resultaba siempre poco claro; él, al que yo no conocía, estaba allí para sonsacarme las cosas más íntimas, pero aún no, porque esa situación no se había presentado todavía, los papeles no estaban repartidos, estábamos equiparados, pero no teníamos ningún punto de contacto, y sin embargo teníamos que charlar.

Pensé en Ingrid. No podía decir nada a nadie, tampoco a Linda, hasta que no tuviera la certeza absoluta de que mis sospechas eran fundadas. Tendría que marcar las botellas, era la única solución que se me ocurría. Lo haría esa noche. Y luego miraría al día siguiente. Si los niveles bajaban, tendría que empezar por ahí.

Llegamos a Skanstull y caminamos sin hablar, con la ciudad brillando en la oscuridad a nuestro alrededor, hasta Pelikanen, donde encontramos una mesa al fondo del local. Estuvimos charlando durante hora y media, sobre mí y lo mío, al final me levanté y me marché; él, ya que su avión no lo llevaría de vuelta a Noruega hasta el día siguiente, se quedó en la cervecería. Como siempre, después de entrevistas más bien largas, me sentía vacío, drenado como una zanja. Como siempre, me sentía como si me hubiera traicionado a mí mismo. Sólo con el hecho de quedarme allí sentado me había manifestado de acuerdo con las premisas, que eran que los dos libros que había escrito eran buenos e importantes, y que yo, que los había escrito, era una persona inusual e interesante. Ése era el punto de partida de la conversación; todo lo que yo decía era importante. Si yo no decía nada interesante era sólo porque lo ocultaba. ¡Porque en alguna parte lo ocultaba! De manera que cuando contaba algo de mi infancia, por ejemplo, algo completamente normal y corriente que todo el mundo había experimentado, se convertía en importante porque lo decía yo. Yo, el autor de esos dos libros tan buenos e importantes, decía algo sobre mí. Y no sólo aceptaba esa valoración, que era la base de la conversación, sino que lo hacía con toda mi alma. Parloteando como un papagayo en el parque de los papagayos. Y eso conociendo la verdad. ¿Con qué frecuencia salía una novela buena e importante en Noruega? Una vez cada diez o veinte años. La última buena novela noruega fue *Fuego y llamas,* de Kjartan Fløgstad, y salió en 1980, es decir, hace veinticinco años. La última buena anterior a ésa fue *Los pájaros,* de Vesaas, que se publicó en 1957, es decir, hace otros veintitrés años. ¿Cuántas novelas noruegas se publicaron entre estas dos? ¡Miles! ¡Sí, sí, decenas de miles! Unas cuantas buenas, algunas mediocres, la mayoría flojas. Así es, nada espectacular, todo el mundo lo sabe. El problema es lo que rodea a todos esos escritores, esa adulación que los mediocres chupan como caramelos y todo lo que basado en su falsa autoimagen llegan a decir en los periódicos y en la televisión.

Sé de lo que estoy hablando, soy uno de ellos.

Podía haberme cortado la cabeza de amargura y vergüenza por haberme dejado seducir, no una vez, sino muchas. Si he aprendido algo durante estos años, algo que me parece extremadamente importante en nuestra época, tan rebosante de mediocridad, es lo siguiente:

No debes creer que eres alguien.

No creas ni de coña que eres alguien.

Porque no lo eres. No eres más que una mediocre mierdecilla.

No creas que eres alguien, no creas que eres nadie en absoluto, porque no lo eres. Sólo eres una mierdecilla.

Así que agacha la cabeza, y ponte a trabajar, mierdecilla. Así al menos sacarás algo en claro. Cállate, agacha la cabeza, trabaja, y sé consciente de que no vales una mierda.

Eso era, más o menos, lo que había aprendido.

Era la suma de todas mis experiencias.

Era lo único verdadero que había pensado jamás, joder.

Ésa era una cara de la moneda. La otra era que me importaba de un modo exagerado gustar a la gente, desde que era pequeño había sido así. Desde los siete años había dado una importancia exorbitante a lo que los demás opinaban de mí. Cuando los periódicos mostraban interés por lo que hacía y por quién era, era por un lado una afirmación de que yo gustaba, y por eso algo que una parte de mí hacía con muchas ganas y alegría, pero por otro lado se convirtió en un problema incómodo, pues ya no era posible controlar lo que los demás opinaban de mí, por la sencilla razón de que ya no los conocía, ya no los veía. De manera que cada vez que me hacían una entrevista y luego ponían algo que yo no había dicho, o aparecía distinto a cómo lo había dicho, removía cielo y tierra para cambiarlo. Cuando no lo conseguía, mi autoimagen ardía de vergüenza. El que a pesar de todo yo siguiera igual, y una vez más me encontrara cara a cara con un periodista en algún lugar, se debía a que el deseo de adulación era más fuerte que el miedo a aparecer como un idiota, y a mi ideal de calidad, además de entender que era importante para conseguir que los libros llegasen a los lectores. Cuando escribí *Un tiempo para todo*, le dije a mi editor, Geir Gulliksen, que no haría ninguna entrevista, pero después de hablar con él, decidí hacerlas a pesar de todo: él solía ejercer esa influencia sobre mí, y expliqué mi nueva decisión diciendo que era algo que debía a mi editorial. Pero de nada sirvió: yo era escritor, no vendedor ni prostituta.

Todo esto se mezcló en un amasijo. Me quejaba muchas veces de que en los periódicos era presentado como un idiota, pero la culpa era mía y sólo mía, porque veía cómo eran presentados otros escritores, por ejemplo Kjartan Fløgstad, y nunca era como un idiota. Fløgstad era un hombre íntegro, se mantenía recto como el tronco de un árbol pasara lo que pasara a su alrededor, tenía que pertenecer, adiviné, a esa rara raza de personas que eran íntegras.

Y nunca hablaba de sí mismo.

¿Qué acababa de hacer yo, sino exactamente eso?

Entregué el bono al hombre de color de la ventanilla y lo selló con un golpe seco, antes de devolvérmelo con mirada inexpresiva. Bajé de nuevo al metro por la escalera mecánica, atravesé el pasillo y llegué al estrecho andén, donde me senté en un banco tras constatar que el siguiente tren llegaría a los siete minutos.

A finales del otoño en el que iba a salir *Fuera del mundo,* el noticiario de TV2 iba a hacerme una entrevista. Vinieron a buscarme, me llevaron en coche a Hurtigruten, donde iba a realizarse la misma, y por el camino, más o menos junto a la Casa de Alta Tecnología, al final del parque Nygård, el periodista se volvió hacia mí y me preguntó quién era yo.

–¿Quién eres tú realmente? –me preguntó.

–¿Qué quieres decir con eso? –le pregunté

–Bueno, Erik Fosnes Hansen es el niño prodigio sabio y viejo, conservador en lo cultural. Roy Jacobsen es el escritor del partido laborista. Vigdis Hjort es la escritora lasciva y borracha. ¿Quién eres tú? No sé nada de ti.

Me encogí de hombros. El sol chisporroteaba en la nieve.

–No lo sé –contesté–. Un tipo normal y corriente.

–¡Venga ya! Tienes que decirme algo. Cosas que hayas hecho.

–He trabajado un poco aquí y allí. He estudiado algo, ya sabes...

Volvió a enderezarse en el asiento. Un poco más tarde ese mismo día, había solucionado ya el problema, enseñándolo en lugar de contarlo: hacia el final de la entrevista había ensartado un montón de pausas y vacilaciones, que deberían mostrar mi personalidad, desembocando todo en la siguiente declaración: «Ibsen dijo que el más fuerte era el que estaba solo. Yo creo que eso no es así.»

Sentado en el banco levanté las manos y respiré hondo al recordar mis palabras.

¿Cómo podía haber dicho algo semejante?

¿Me lo creía?

Sí que me lo creía. Pero eran los pensamientos de mi madre los que había expresado, era ella la que se interesaba por las relaciones entre las personas, la que opinaba que era allí donde residía el valor, no yo. O mejor dicho, sí que lo estaba, entonces creía en eso. Pero no basándome en ninguna experiencia personal, simplemente era una de esas cosas que eran como eran.

Ibsen tenía razón. Todo lo que veía a mi alrededor lo confirmaba. Las relaciones estaban para borrar lo individual, atar la libertad, retener lo que quería emerger. Mi madre nunca se enfadaba tanto como cuando discutíamos el concepto de libertad. Cuando yo decía lo que opinaba, ella bufaba y decía que eso no eran más que americanadas, una idea sin contenido, vacía y engañosa. Existimos para los demás. Pero ésa era la idea que había creado la existencia tan sistematizada en la que vivíamos, en la que lo imprevisto había desaparecido por completo, y se podía pasar desde la guardería, el colegio y la universidad hasta la vida laboral como si fuera un túnel, convencido de que la elección que se había tomado era libre, mientras que en realidad te habían colado como granos de arena desde el primer día de colegio; algunos eran enviados a la vida laboral práctica, otros a la teórica, algunos a la cima, otros al fondo, mientras aprendíamos que todos éramos iguales. Esa idea era la que nos había hecho, al menos a mi generación, *esperar* cosas de la vida, vivir en la fe de que teníamos derecho a algo, verdadero derecho a algo, y echar la culpa a toda clase de circunstancias ajenas si las cosas no salían como pensábamos. Como por ejemplo enfurecerse con el Estado al llegar el tsunami y no recibir ayuda inmediata. Qué patético era aquello. Amargarse cuando no conseguías el puesto que merecías. Y ese pensamiento era el que llevaba a que la caída ya no fuera una posibilidad más que para los más débiles, porque el dinero siempre se conseguía, y la existencia pura, en la que te encontrabas cara a cara con el peligro de muerte, había sido erradicada por completo. Ésa era la idea que nos había proporcionado a todos una cultura en la que las mayores mediocridades, bien abrigadas y con el estómago lleno, aparecían por todas partes proclamando sus pensamientos baratos, y que había hecho que escritores como Lars Saabye Christensen fueran adorados como si se trataran del mismísimo Virgilio, sentados en sus sofás, explicando si escribían con pluma, en máquina de escribir o en ordenador, y en qué momento del día lo hacían. Yo lo odiaba, no quería saber nada de eso, ¿pero quién era el que hablaba a los periodistas de cómo escribía sus mediocres novelas como si fuera el gigante de la literatura, un maestro de las palabras, sino yo?

¿Cómo puedes recibir los aplausos sabiendo que lo que has hecho no es lo suficientemente bueno?

Tenía una oportunidad. Tenía que cortar con todo ese mundo cultural adulador, corrupto hasta la médula, en el que todo el mundo, cada mierda, estaba en venta, cortar toda relación con ese vacío mundo de la televisión y los periódicos, sentarme en un cuarto y ponerme a leer en serio, no literatura contemporánea, sino literatura de la más alta calidad, y luego escribir como si de ello dependiera mi vida. Durante veinte años si hacía falta.

Pero no podía correr ese riesgo. Tenía una familia, tenía que estar ahí para ellos. Tenía amigos. Y tenía una debilidad en mi carácter que me hacía decir sí cuando quería decir no, además de tanto miedo a ofender a los demás, tanto miedo a los conflictos, tanto miedo a no gustar, que era capaz de renunciar a todos mis principios, a todos mis sueños, a todas mis oportunidades, a todo lo que olía a verdad, con el fin de evitarlo.

Yo era una prostituta. Ésa era la única palabra adecuada.

Cuando media hora más tarde entré en mi casa, oí voces procedentes del salón. Asomé la cabeza y vi a Mikaela. Estaban acurrucadas en el sofá, cada una con una taza de té en la mano. En la mesa delante de ellas había un candelabro con tres velas encendidas, una fuente con tres clases de queso y una cesta llena de distintas variedades de galletas.

–Hola, Karl Ove, ¿qué tal te ha ido? –me preguntó Linda.

Me miraron las dos sonrientes.

–Bien –contesté, encogiéndome de hombros–. Nada que merezca ser comentado.

–¿Te apetece una taza de té y un poco de queso?

–No, gracias.

Me desenrollé la bufanda, la colgué en el armario con el chaquetón, me desaté los zapatos y los coloqué en el estante junto a la pared. Debajo, el suelo se había puesto gris de arena y grava. Me sentaría un rato con ellas para no parecer demasiado huraño, pensé, y fui al salón.

Mikaela estaba hablando de una reunión que había mantenido con el ministro de Cultura, Leif Pagrotsky. Era un hombre minúsculo, y ella contaba que estaba sentado en un amplio sofá, con un enorme cojín sobre las rodillas, que tenía agarrado e incluso mordisqueaba, según decía. Pero a ella le merecía el mayor de los respetos, pues el hombre tenía una mente privilegiada y una enorme capacidad de trabajo. En cambio, yo sabía muy poco de las cualificaciones de Mikaela, ya que sólo la había visto en contextos como ése, pero fueran las que fueran, le daban muy buenos resultados, porque con sólo treinta años iba de un puesto directivo a otro. Como muchas chicas a las que yo había conocido, tenía una estrecha relación con su padre, que trabajaba en algo relacionado con la literatura. Al parecer, con su madre la relación era más complicada, una mujer muy exigente que vivía en un piso en Gotemburgo. Mikaela cambiaba a menudo de novio, e independientemente de lo diferentes que fueran entre ellos, tenían una cosa en común: ella era siempre superior. De todo lo que había dicho en los tres años que hacía que la conocía, una cosa se me había quedado grabada: estábamos en el bar del Folkoperaen y ella estaba hablando de un sueño que había tenido. Estaba en una fiesta sin pantalones, desnuda de cintura para abajo, más o menos como el pato Donald, ¿sabéis? Se sentía un poco incómoda por ello, dijo, pero no del todo, pues también había en ello algo cautivador, y de repente se tumbó en una mesa con el culo al aire. ¿Qué pensábamos de ello? ¿Qué podía significar ese sueño?

Pues sí, ¿qué podía significar?

Mientras ella lo contaba, yo pensaba que no podía ser verdad, o que los otros sabían algo que yo no sabía, porque ¿lo que el sueño decía de ella no era algo que ella quería que todo el mundo supiera? Ese inesperado matiz de ingenuidad que había surgido tan inesperadamente en su manera de ser, por regla general tan sofisticada, hizo que a partir de entonces yo la mirara siempre con simpatía y extrañeza. ¿Acaso era ésa su intención? De cualquier manera, apreciaba mucho a Linda, y de vez en cuando le pedía algún que otro consejo, porque conocía, como yo, su infalible intuición y su buen gusto. El que en contextos como aquél pudiera llegar a ser bastante egocéntrica no era de extrañar, y en absoluto imperdonable. Además, lo que contaba de la vida en los pasillos del poder resultaba siempre interesante, al menos me lo parecía a mí, que estaba tan alejado de aquello. Si se daba la vuelta a la perspectiva y se veía desde su lado, ella estaba de visita en casa de una amiga cercana, pero frágil, y de su taciturno marido, ¿y qué podía hacer sino tomar la iniciativa y transmitir a esa pequeña familia algo de su alegría y fuerza? Era la madrina de Vanja y para el bautizo había estado en casa de mi madre, a la que había causado tan buena impresión que de vez en cuando aún me preguntaba por ella. Mikaela había mostrado interés por lo que mi madre contaba y había ayudado a fregar los platos al acabar la celebración, es decir, había comprendido la situación de un modo que Linda nunca había hecho, con todo lo que eso conllevaba de oscuras fricciones entre ella y mi madre. Para eso existen las formas que nos ayudan en la convivencia, y que son en sí una señal de cordialidad o buena voluntad, y cuando esto se tiene en cuenta, se toleran mayores desviaciones personales, más idiosincrasia, algo que las personas idiosincrásicas por desgracia no entienden nunca, ya que está en la misma esencia de la idiosincrasia el no entenderlo. Linda no quería servir, quería que le sirvieran, y en consecuencia no fue servida. Pero Mikaela ayudó a servir, y por eso fue servida. Así de sencillo. Me dolió en el corazón que mi madre se dejara seducir por ello, también porque Linda poseía otra clase de riqueza, además de un carácter imprevisible. Profundidades abruptas, lanzamientos inesperados, enormes muros de resistencia. Conseguir que las cosas funcionen, esforzarse por lograr eliminar la resistencia, es la antítesis de la naturaleza del arte, es la antítesis de la sabiduría, que se basa en parar o ser parado. Luego hay que preguntarse qué elegir, ¿el movimiento, que está cerca de la vida, o el lugar fuera del movimiento, que es donde se encuentra el arte, pero también, en cierto modo, la muerte?

—Bueno, tomaré un poco de té –dije.

—Es té de hierbas –dijo Linda–. Supongo que no querrás de éste, ¿no? El agua estará caliente todavía.

—Prefiero otra clase –dije, y fui a la cocina. Mientras esperaba a que hirviera el agua, cogí un lápiz, me subí a una silla que había colocado delante del armario y marqué todas las botellas. Sólo un puntito en la etiqueta, tan pequeño que había que saber que estaba allí para verlo.

Me estaba comportando como el padre de una adolescente y me sentía bastante estúpido, a la vez que no se me ocurría ninguna otra manera de hacerlo. No quería que la que cuidaba de mi hija, y que era la persona, aparte de Linda y yo, que más contacto tenía con la pequeña, bebiera alcohol cuando estaba con ella.

Luego metí una bolsita de té en la taza y vertí agua encima. Eché un vistazo por la ventana a Nalén, donde los cocineros estaban fregando el suelo y se veía salir vapor de los lavavajillas.

Por las palabras de despedida que salían del salón entendí que Mikaela estaba a punto de marcharse. Salí a la entrada para despedirme de ella. Luego me senté delante del ordenador, abrí internet, miré el correo, no había nada, ojeé un par de periódicos en la red y me busqué en Google. Había poco más de 29.000 entradas. El número subía y bajaba como una especie de índice. Miré un poco al tuntún, evitando las entrevistas y reseñas, y leí algunos blogs. En uno de ellos se decía que mis libros no valían ni para limpiarse el culo. También entré en la página web de una pequeña editorial o revista. Mi nombre aparecía en el texto de una foto de Ole Robert Sunde, donde ponía que él contaba a todos los que le quisieran escuchar lo malo que era el último libro de Knausgård. Luego me topé con los documentos de una disputa entre vecinos en la que al parecer estaba implicado un pariente mío. Se trataba de la pared de un garaje, que era unos metros demasiado corta o larga.

—¿Qué estás haciendo? —preguntó Linda detrás de mí.

—Me miro a mí mismo. Es una jodida caja de Pandora. No te puedes imaginar lo que la gente llega a escribir.

—No lo hagas. Ven a sentarte conmigo.

—Voy enseguida —dije—. Sólo quiero comprobar un par de cosas.

A la mañana siguiente, cuando Ingrid vino sobre las ocho a buscar a Vanja, me fui al despacho. Estuve trabajando en la conferencia hasta las tres, y a las tres y media me encontraba de vuelta en casa. Linda estaba en la bañera, iba a salir a cenar con Christina más tarde. Fui a la cocina a ver las botellas. Había disminuido el nivel de dos de ellas.

Fui al baño, donde estaba Linda, y me senté en la tapa del inodoro.

—Hola —dijo ella con una sonrisa—. Me he comprado una bomba de baño.

La bañera estaba llena de espuma. Una tira se le quedó colgando del brazo cuando se incorporó.

–Escucha –dije–. Tenemos que hablar de un tema.

–¿Sí?

–Se trata de tu madre. ¿Recuerdas que te dije que el alcohol del armario había disminuido últimamente de un modo notable?

Asintió con la cabeza.

–Ayer marqué las botellas para poder comprobarlo. Y veo que alguien ha bebido de ellas. Si no has sido tú, tiene que haber sido tu madre.

–¿Mi madre?

–Sí. Bebe cuando se queda aquí con Vanja. Lo lleva haciendo toda esta semana, y no hay razón para creer que es algo que acabe de empezar.

–¿Estás seguro?

–Sí. Totalmente.

–¿Y qué hacemos ahora?

–Decirle que sabemos lo que está pasando. Y que nos resulta insostenible.

–Claro.

Linda permaneció callada.

–¿Cuándo vuelven? –le pregunté al cabo de un rato.

Me miró.

–Sobre las cinco.

–¿Qué sugieres? –le pregunté.

–Tendremos que decírselo. Darle un ultimátum. Si lo vuelve a hacer, no le dejaremos quedarse sola con la niña.

–De acuerdo –dije.

–Seguramente es algo que ocurre desde hace años –dijo Linda, como ensimismada–. Eso explica un montón de cosas. Estaba tan alterada, era tan difícil mantener un verdadero contacto con ella...

Me levanté.

–No lo sé –dije–. Puede que tenga que ver con Vidar y ella, que se haya quedado como encerrada allí en el campo, infeliz.

–No empiezas a beber a los sesenta porque seas infeliz

–dijo Linda–. Debe de haber sido una salida para ella. Desde hace tiempo.

–Llegarán dentro de algo más de media hora –dije–. ¿Lo dejamos por hoy y lo retomamos más adelante o se lo decimos ya de una vez por todas?

–No tiene sentido esperar –opinó ella–. ¿Pero cómo lo vamos a hacer? Yo no puedo hacerlo sola. Lo negará, y de un modo u otro conseguirá desviar la atención hacia mí. ¿Lo hacemos juntos?

–¿Como una especie de consejo familiar?

Linda se encogió de hombros y extendió los brazos en la bañera llena de espuma.

–Bueno, no lo sé.

–Será demasiado complicado, y seríamos dos contra una. Como una especie de tribunal de acusación. Ya lo haré yo. Me la llevaré fuera y hablaré con ella.

–¿Quieres hacerlo?

–¿Querer? ¡Es lo último que quiero hacer en este mundo! Es mi suegra, joder. Lo único que quiero es algo de decencia y dignidad y paz y tranquilidad.

–Me alegro de que quieras hacerlo tú –dijo.

–Pero debo decir que lo estás tomando con mucha calma –dije.

–Éstas son las pocas situaciones en las que estoy completamente tranquila, cuando ocurre algo inesperado, cuando surge una crisis o algo por el estilo. Es algo que me ha quedado de la infancia. Entonces esa clase de situaciones era la normalidad. Estoy acostumbrada. Pero también estoy cabreada, que lo sepas. Justo ahora es cuando la necesitamos. Ella tiene que significar algo para nuestros hijos. Apenas tienen familia. No puede fallarnos ahora, aunque yo tenga que ocuparme de ello.

–¿Hijos? –dije–. ¿Sabes algo que yo no sé?

Sonrió y sacudió la cabeza.

–No. Pero quizá sienta algo.

Cerré la puerta al salir y me coloqué frente a la ventana del salón. Oí bajar el agua por el desagüe del baño, miré abajo, a la antorcha que flameaba al viento delante del café del otro lado de la estrecha calle, y a las figuras oscuras con caras blancas, como máscaras, que pasaban. En el piso de arriba, el vecino empezó a tocar la guitarra. Linda salió al pasillo con una toalla roja enrollada en forma de turbante en la cabeza y desapareció detrás de la puerta abierta del armario. Me puse a ver el correo. Uno de Tore, otro de Gina Winje. Empecé a escribirle una respuesta, pero la borré. Fui a la cocina, puse la cafetera eléctrica y me bebí un vaso de agua. Linda se estaba maquillando frente al espejo de la entrada.

–¿A qué hora viene Christina? –pregunté.

–A las seis. Pero prefiero arreglarme ahora que estamos solos. ¿Qué tal te ha ido hoy, por cierto? ¿Has podido trabajar?

–Un poco. Haré lo que queda entre mañana por la noche y el viernes.

–¿Te vas el sábado? –preguntó, echando la cara hacia atrás para pasarse el cepillito por las pestañas.

–Sí.

Fuera se oyó el ascensor ponerse en marcha. No había muchos vecinos en la casa, de modo que la posibilidad de que fueran ellas era grande. Sí. La maquinaria se detuvo, la puerta del ascensor se abrió justo delante de nuestra puerta, y al instante se oyó que alguien sacaba un carrito.

Ingrid abrió la puerta y la entrada se llenó al instante de su presencia enérgica y febril.

–Vanja se ha dormido por el camino –dijo–. Mi pequeño tesoro, estaba completamente agotada, pobrecita. ¡Pero ha tenido un día lleno de vivencias! Hemos estado en la ciudad de los niños, he comprado una tarjeta para todo el año, así podéis..., así tenéis entrada libre para lo que queda de año...

Dejó en el suelo todas las bolsas que traía y sacó una pequeña tarjeta amarilla que le dio a Linda.

–Y también hemos comprado un mono nuevo, igualito que el viejo que se le había quedado pequeño... Espero que no os importe.

Me miró a mí. Negué con la cabeza

–Y un par de guantes, ya que estábamos...

Rebuscó en las bolsas y sacó un par de guantes rojos.

–Tienen pinzas para poder fijarlos a la manga. Son grandes y abrigan mucho.

Miró a Linda.

–¿Vas a salir? Ah, sí, habías quedado con Christina, ¿no? –Luego me miró a mí–. Entonces tú y Geir deberíais inventaros algo también, ¿no? Bueno, yo no quiero molestar. Me voy ya.

Se volvió hacia Vanja, que dormía en el carrito detrás de ella, con el gorro tapándole los ojos.

–Dormirá una horita más. Porque esta mañana ha dormido poco. ¿La meto dentro?

–No te preocupes, lo haré yo –dije–. ¿Te vas ahora a Gnesta? Me miró interrogante.

–No. Voy al teatro con Barbro. Pensaba pedirte prestado el despacho otra noche. Creía... Se lo he dicho a Linda. ¿Lo necesitas tú?

–No, no –contesté–. Sólo pregunto. Quería hablar contigo, ¿sabes? Tengo que comentarte algo.

Los grandes ojos tras las gruesas lentes me escrutaron, un poco intranquilos.

–¿Quieres que vayamos a dar un paseo? –le pregunté.

–Claro que sí.

–Entonces vámonos ya. No tardaremos mucho.

Aflojé los tornillos que mantenían junta la puerta doble, saqué el gozne que la fijaba al suelo, la abrí y metí el carro dentro. Mientras tanto, Ingrid se fue a la cocina a beber un vaso de agua. Yo me puse la ropa de calle y ella me esperaba a unos metros, ensimismada. Linda se había ido al salón.

–No os vais a divorciar, ¿no? –me preguntó cuando cerré la puerta detrás de nosotros–. No me digas que os vais a divorciar...

Al decirlo, su cara estaba lívida.

–No. En absoluto. Quiero hablar contigo de algo muy distinto.

–Ah, qué alivio.

Nos fuimos al patio trasero, salimos por la verja de atrás a la calle David Bagare, y seguimos por ella hasta la calle Malmskillnad. Yo no decía nada, no sabía cómo decírselo, cómo empezar. Ella tampoco decía nada, me miró un par de veces, expectante o extrañada.

–No sé cómo decirte esto –dije, cuando hubimos llegado al cruce y empezamos a andar hacia la iglesia de Johannes.

Pausa.

–Bueno, lo que pasa es... Creo que lo mejor es decirlo tal cual. Sé que has estado bebiendo hoy mientras cuidabas de Vanja. Y que también lo hiciste ayer. Y eso... eso es algo que simplemente no puedo tolerar. No puede ser. No puedes hacerlo.

Me miraba muy atenta mientras caminábamos.

–No es que te quiera controlar de ninguna manera –proseguí–. Por supuesto que puedes hacer lo que quieras, no es de mi incumbencia. Pero no mientras cuidas de Vanja. Ahí tengo que poner un límite. No funciona. ¿Entiendes?

–No –contestó extrañada–. No sé de qué estás hablando. Nunca he bebido mientras cuido de Vanja. Nunca. Jamás se me ocurriría. ¿De dónde has sacado eso?

Todo se me vino abajo. Como me ocurría siempre en situaciones en las que había mucho en juego, situaciones desgarradoras en las que iba más lejos, o era forzado a ir más lejos de lo que yo quería, veía todo mi entorno, incluido yo mismo, con una claridad especial, casi irreal. El tejado de hojalata verde de la torre de la iglesia delante de nosotros, los negros árboles sin hojas del cementerio a lo largo del que íbamos andando, el coche que se deslizaba resplandeciente y azul por la calle al otro lado. Mi propio caminar ligeramente encorvado, el más enérgico de Ingrid a mi lado. Cómo me miraba. Extrañada, con una ligera sombra, casi imperceptible, de reproche.

–He descubierto que ha bajado el nivel del contenido de las botellas. Ayer las marqué con el fin de averiguarlo. Al volver a casa he visto que alguien había bebido. No he sido yo. Las otras personas que habéis estado allí hoy sois Linda y tú. Sé que tampoco ha sido Linda. Eso significa que tienes que haber sido tú. No hay otra explicación.

–Tiene que haber alguna –dijo Ingrid–. Porque yo no he sido. Lo siento, Karl Ove, pero no he bebido de tu alcohol.

–Escucha –le dije–. Eres mi suegra. Sólo deseo tu bien. No quiero esto. En absoluto. Lo último que deseo es acusarte de algo. ¿Pero qué puedo hacer si *sé* lo que está pasando?

–No puedes saberlo –dijo ella–. Yo no lo he hecho.

Me dolía la tripa. Iba andando por una especie de infierno.

–Tienes que entenderlo, Ingrid –dije–. Digas lo que digas, esto tendrá sus consecuencias. Eres una abuela fantástica. Haces más por Vanja y eres más para ella que nadie. Eso me alegra infinitamente. Y yo quiero que siga siendo así. No tenemos mucha gente alrededor, como bien sabes. Pero si no admites esto, no podemos fiarnos de ti, ¿entiendes? No es que no vayas a poder ver a Vanja. Claro que la vas a ver, pase lo que pase. Pero si no admites esto y prometes que no va a ocurrir nunca más, no podrás quedarte sola con ella. ¿Entiendes lo que quiero decir?

–Sí, lo entiendo. Es una gran pena. Pero entonces tendrá que ser así. No puedo admitir algo que no he hecho. Aunque quisiera. No puedo.

–De acuerdo –dije–. No vamos a conseguir nada. Sugiero que lo dejemos estar durante algún tiempo, y luego retomemos el tema y busquemos una solución.

–Podemos hacerlo –dijo–. Pero no va a cambiar nada, ¿sabes?

–Entiendo.

Bajamos por las escaleras que había delante del colegio francés, y seguimos por la calle Döbeln hasta Johannesplan, seguimos por la de Malmskillnad y bajamos por la de David Bagare, todo el camino sin decir palabra. Yo, encorvado, con pasos largos, ella casi correteando a mi lado. No debería ser así, ella era mi suegra, no había ninguna otra razón en el mundo para que yo la corrigiera o la castigara más que ésta. Lo sentía como algo indigno. Y aún más viendo que ella lo negaba todo.

Metí la llave en la cerradura y le abrí la puerta de la verja. Ella sonrió y entró.

¿Cómo podía estar tan tranquila y contestar con tanta seguridad?

¿Podría ser Linda a pesar de todo?

No, joder.

¿Me estaría equivocando? ¿Habría marcado mal las botellas?

No.

¿Entonces?

En el patio estaba la peluquera, vestida de blanco y fumando. La saludé, ella me sonrió. Ingrid se detuvo delante de la puerta del portal, yo se la abrí.

–Entonces me voy –dijo cuando subíamos por la escalera–. Podemos hablar de esto más adelante, como tú sugieres. Tal vez para entonces hayas averiguado lo que ha pasado.

Cogió su bolso y dos de las bolsas, sonrió como siempre al decir adiós, pero no me dio un abrazo.

Cuando se hubo marchado, Linda salió a la entrada.

–¿Qué tal? ¿Qué ha dicho?

–Ha dicho que nunca ha bebido estando con Vanja. Hoy tampoco. Y que no puede entender cómo hay menos bebida en nuestro armario.

–Si es alcohólica, negarlo todo forma parte de los síntomas.

–Puede ser –dije–. ¿Pero qué coño vamos a hacer? Se limita a decir no, no lo he hecho. Yo digo sí, sí que lo has hecho, y ella dice no, no lo he hecho. Yo no lo puedo *probar*. No vamos a poner una cámara de vigilancia en la cocina, ¿no?

–Mientras *nosotros* lo sepamos, eso no importa mucho. Si ella quiere jugar a hacerse la inocente, tendrá que pagar las consecuencias.

–¿Cuáles son?

–Bueno, que ya no podemos dejarla sola con Vanja.

–Y una mierda –dije–. Eso es muy jodido. Que yo tenga que pasear con mi suegra y acusarla de beber. ¿Qué es esto?

–Me alegro de que lo hicieras tú. Seguro que acaba por admitirlo.

–No lo creo.

Qué deprisa vuelve a echar raíces una vida. Qué poco tiempo pasa desde que eres un extraño en un lugar hasta que ese lugar te ha absorbido. Tres años antes yo tenía mi vida y mi residencia en Bergen, entonces no sabía nada de Estocolmo, no conocía a nadie en Estocolmo. Y me fui a Estocolmo, que era para mí lo desconocido, poblado por extraños, y gradualmente, día tras día, pero de un modo imperceptible, empecé a entretejer mi vida con la suya, hasta que ya se había hecho inseparable. Si me hubiera ido a Londres, que podría haber sido muy probable, lo mismo habría ocurrido allí, sólo que con otras personas. Tan fortuito era, y tan vital.

Ingrid llamó a Linda al día siguiente y lo admitió todo. Dijo que no creía que fuera tan grave, pero como nosotros sí que lo pensábamos, pondría en marcha las medidas necesarias para que no constituyera un problema para nadie. Ya había pedido hora con un terapeuta de alcoholismo y había decidido dedicar más tiempo a cuidar de sí misma y de sus propias necesidades, pues pensaba que era allí donde radicaba el problema, en la gran presión a que siempre se veía sometida.

Linda estaba desalentada después de esa conversación, porque su madre estaba tan optimista y entusiasmada que resultaba casi imposible comunicarse con ella, era como si hubiese perdido el contacto con la realidad y empezara a vivir en un mundo del futuro, ligero y carente de problemas.

–¡No puedo *hablar* con ella! No consigo un *contacto* real. No son más que frases y trivialidades sobre lo fantástico que es esto y aquello. A ti, por ejemplo, no hace más que elogiarte por la manera en la que te comportaste. Yo soy fantástica y todo está maravillosamente bien. Pero llegará un día en el que se dé cuenta de que no queremos que beba mientras cuida de Vanja. Estoy seriamente preocupada por ella, Karl Ove. Es como si sufriera, pero sin que ella misma lo sepa, no sé si me entiendes. Lo reprime *todo*. Se merece una buena vejez. No tendría que estar atormentada y sufrir y beber para paliarlo. ¿Pero qué puedo hacer yo? No quiere ayuda. Ni siquiera quiere admitir que en su vida hay problemas.

—Pero tú eres su hija —dije—. Claro que no quiere que tú la ayudes. O admitir que algo no funciona. Toda su vida está orientada a ayudar a los demás. Tú, tu hermano, vuestro padre, sus vecinos. Si vosotros la ayudarais, todo se le desmoronaría.

—Puede que tengas razón. Lo único que quiero es tener contacto con ella, ¿entiendes?

—Sí, lo entiendo.

Cinco días después recibí un correo con la entrevista del *Aftenposten*. Me puse muy triste al leerla. Era horrible. No podía echar la culpa a nadie más que a mí, y sin embargo escribí una larga respuesta al periodista, intentando profundizar en mi parte del asunto, es decir, intentando darle un toque de la seriedad que yo tenía en mente, lo cual, claro está, sólo dio como resultado que yo saliera peor parado que nunca. El periodista me llamó inmediatamente y me propuso adjuntar mi correo a la entrevista en la red, a lo que yo me negué, diciendo que no se trataba de eso. Lo único que podía hacer era no comprar el periódico al día siguiente y no pensar más en lo estúpido que aparecía en la entrevista. Si era tonto, tendría que pagar las consecuencias. A las entrevistas tipo retrato se añadían fotos de la vida del retratado; yo no tenía ninguna, y pedí a mi madre que me enviara algunas. Como no llegaron en el plazo que me había dado el periodista y él las reclamó, llamé a Yngve, que escaneó algunas que él tenía y se las envió por correo electrónico. Las fotos de mi madre llegaron una semana más tarde por correo, decorosamente pegadas en hojas gruesas, con textos detallados de su puño y letra. Entendí lo orgullosa que se sentía, y un muro de desesperación se me levantó por dentro. Lo que más me apetecía era meterme en lo más profundo de un bosque, construirme una cabaña y quedarme allí, lejos de la civilización, mirando la hoguera. ¿Personas? ¿Quién necesita a las personas?

«Joven escritor de Sørlandet con los dedos y los dientes amarillos de nicotina», escribió el periodista, esa frase se me quedó grabada.

Pero recibí mi merecido. ¿No había hecho yo una entrevista al escritor Jan Kjærstad hacía muchos años con el título «El hombre sin barbilla» sin entender lo ofensivo que era...?

¡Ja, ja, ja!

No, coño, no había por qué preocuparse. A partir de ahora diría que no a todo, aguantaría los últimos meses cuidando a Vanja, y volvería a trabajar en abril. Trabajaría dura y metódicamente, en busca de lo que me proporcionaría alegría, fuerza y luz. Proteger lo que tenía, olvidarme de todo lo demás.

En el dormitorio, Vanja se despertó. La levanté de la cama, la estreché contra mí y di unas vueltas con ella por el suelo hasta que dejó de llorar y estuvo lista para comer un poco. Calenté una patata y unos guisantes en el microondas, lo aplasté con un poco de mantequilla, busqué algo de carne en el frigorífico, encontré un platito con dos palitos de pescado, lo calenté todo y se lo puse delante. La niña tenía hambre, y como podía verla desde el salón, me puse otra vez a mirar el correo y contesté a unos cuantos, sin dejar de vigilar a Vanja, por si parecía descontenta.

–¡Te lo has comido todo! –exclamé cuando volví a la cocina.

Ella sonrió contenta y tiró la taza de agua al suelo. La cogí en brazos, ella me tiró de la pequeña barba y me metió un dedo en la boca. Yo me reí y la lancé por los aires un par de veces, fui a por un pañal y la cambié, luego la dejé en el suelo y fui a tirar el pañal usado a la basura, debajo de la pila. Cuando volví, ella estaba de pie en medio de la habitación tambaleándose. Empezó a andar hacia mí.

–¡Uno! ¡Dos! ¡Tres! ¡Cuatro! ¡Cinco! ¡Seis! –conté–. ¡Nuevo récord!

Ella misma se dio cuenta de que había sucedido algo extraordinario, porque toda ella radiaba. Tal vez la llenara esa fantástica sensación de poder andar.

Le puse la ropa de abrigo y la llevé en brazos hasta el carrito, que estaba abajo, en el cuarto de las bicicletas. El día era luminoso y primaveral, aunque no brillaba el sol. El asfalto estaba seco. Mandé un SMS a Linda, informándole sobre el primer paseo largo de nuestra hija: «¡Fantástico!», contestó. «Vuelvo a casa a las doce y media. ¡Os quiero!»

Entré en el supermercado que había en la estación de metro de Stureplan, compré un pollo asado, una lechuga, unos tomates, un pepino, olivas negras, dos cebollas rojas y una baguette recién hecha, luego, de vuelta a casa, me pasé por la librería Hedengren, donde encontré un libro sobre la Alemania Nazi, los dos primeros volúmenes de *El Capital*, *1984* de Orwell, que nunca había llegado a leer, una colección de ensayos del mismo escritor, un libro de Ekewald sobre Céline, y la última novela de Don DeLillo, cuando Vanja se negó a más y me vi obligado a ir a pagar. En cuanto salí a la calle me arrepentí de haber comprado la novela de DeLillo, porque aunque al principio sus libros me habían gustado, sobre todo las novelas *Los nombres* y *Ruido de fondo,* no había conseguido leer más que la mitad de *Submundo,* y como el siguiente fue terrible, era obvio que ya se encontraba en el ocaso. Estuve a punto de darme la vuelta y cambiarlo por algún otro libro que me apeteciera, por ejemplo, la última novela de Esterházy, *Armonía celestial,* que trataba de su padre. Pero prefería no leer novelas en sueco, porque se encontraba demasiado cerca de mi propia lengua, y amenazaba constantemente con colarse y estropearlo, de manera que si estaban traducidas al noruego, prefería leerla en noruego, también porque leía demasiado poco en mi propia lengua. Además, iba mal de tiempo, pues tenía que hacer la comida antes de que Linda volviera a casa. Y era obvio que Vanja ya había visto suficiente de la librería.

En la cocina preparé una ensalada de pollo, corté el pan y puse la mesa con Vanja sentada en el suelo dando golpes con el pequeño martillo de madera a las tres bolas, también de madera, que de ese modo rodaban por un canal hasta el suelo.

Pudo hacerlo durante cinco minutos, antes de que la rusa empezara a dar golpes en las tuberías. Yo odiaba ese sonido, odiaba esperarlo, pero no era completamente injustificado, pues ese martilleo podía volver loco a cualquiera, de modo que le quité a Vanja el juguete y la senté en la trona, le puse un babero y le alcancé una rebanada de pan con mantequilla en el momento en que Linda entraba.

–¡Hola! –dijo, se acercó a mí y me abrazó.

–¡Hola! –dije.

–He pasado por la farmacia esta mañana –dijo, y me miró con los ojos resplandecientes.

–¿Sí? –dije.

–He comprado un test de embarazo.

–¿Sí? ¿Qué estás diciendo?

–¡Esperamos otro hijo, Karl Ove!

–¿De verdad?

Los ojos se me llenaron de lágrimas.

Asintió con un movimiento de la cabeza. También sus ojos estaban brillantes.

–Qué feliz me siento –dije.

–Sí, he sido incapaz de hablar de otra cosa en la terapia. No he pensado en otra cosa en todo el día. Es fantástico.

–¿Se lo has contado a tu terapeuta antes que a mí?

–Sí.

–¿Cómo se te ha ocurrido? ¿Crees que ese hijo es sólo tuyo? No puedes contárselo a otros antes que a mí. ¿Se puede saber qué te pasa?

–Oh, Karl Ove, lo siento. No pensé en eso. Estaba tan contenta con la noticia. No era mi intención. Por favor, que esto no se interponga entre nosotros.

La miré.

–No –dije–. Supongo que no importa mucho. En el gran contexto, quiero decir.

Por la noche me desperté con el llanto de Linda. Con ese llanto desesperado tan típico suyo. Le puse la mano en la nuca.

–¿Qué te pasa, Linda? –susurré–. ¿Por qué lloras?

Le temblaban los hombros.

–¿Qué te pasa? –repetí.

Volvió la cara hacia mí.

–¡Simplemente cumplí con mi deber! –dijo–. Nada más.

–¿Qué dices? –pregunté–. ¿De qué estás hablando?

–De esta mañana. He pasado por la farmacia a comprar el test porque sentía mucha curiosidad, ¡no podía esperar! ¡Y entonces, cuando tenía la respuesta, tenía que ir a la terapia! ¡Ni se me ha ocurrido pensar que podría haber venido a casa! ¡Creí que tenía que ir allí!

Se echó a llorar de nuevo.

–¡Podría haber venido a casa a contarte la fantástica noticia! ¡Enseguida!

Le acaricié la espalda y el pelo.

–¡Pero, cariño, no importa nada! ¡De verdad! Me he cabreado un poco en el momento, pero te entiendo. ¡Lo único que importa es que vamos a tener un hijo, joder!

Me miró y sonrió a través de las lágrimas.

–¿Lo dices en serio?

La besé.

Sus labios sabían a sal.

*

Habían pasado casi dos años desde esa noche de noviembre en que estaba sentado en la oscuridad de la terraza de la casa de Malmö, después de haber estado de cumpleaños con Vanja. La niña, que entonces apenas había sido concebida, no sólo había nacido, sino que había tenido tiempo de cumplir un año. La habíamos bautizado con el nombre de Heidi, era una niña rubia y alegre, más fuerte que su hermana en algunas cosas, igual de sensible en otras. Durante el bautizo, Vanja gritó «¡No! ¡No! ¡No!» tan alto que resonó en la iglesia cuando el pastor iba a echar el agua en la cabeza de su hermana. Resultó imposible no reírse, fue como si la niña reaccionara físicamente al agua bendita, como si fuera un pequeño vampiro o diablo. Cuando Heidi tenía nueve meses nos mudamos a Malmö, casi como por impulso; ninguno de los dos habíamos estado antes en esa ciudad, ni conocíamos a nadie, fuimos allí a ver un piso y nos decidimos después de haber estado en la ciudad en total cinco horas. Allí íbamos a vivir. El piso estaba en la última planta de un edificio en el mismo centro, era grande, ciento treinta metros cuadrados, y por estar tan en alto, había luz desde por la mañana hasta por la noche. Nos vino de perlas, nuestra existencia en Estocolmo se había oscurecido cada vez más, al final no vimos otra solución que marcharnos de allí. Alejarnos de la loca rusa con quien habíamos mantenido un conflicto insoluble, y que seguía enviándole quejas al casero, que al final tomó cartas en el asunto y nos convocó a una reunión sin que se solucionara nada, porque aunque nos creía, es decir, acabara por creernos, no podía hacer nada. Por fin actuamos por propia iniciativa. Después de un episodio en el que ella subió, y Linda y yo, con Vanja y Heidi en brazos, le dijimos que se alejara de nosotros, y ella dijo que tenía en casa a un hombre al que mandaría a darme una paliza, llamamos a la policía para denunciarla por amenazas y acoso. Jamás había pensado que llegaría a hacer algo así, pero lo hice. La policía no pudo hacer nada, pero mandaron a dos personas de los servicios sociales, que vinieron a ver en qué condiciones vivía ella, para la que no podía haber humillación mayor. ¡Ah, cuánto me alegré por aquello! Pero la relación vecinal no mejoró. Y con dos niñas pequeñas en una gran ciudad, en la que las únicas zonas verdes y sin coches eran los parques, donde las ventilábamos como si fueran perros, ya sólo era cuestión de cuándo y adónde nos mudaríamos. Linda quería mudarse a Noruega, yo no, y entonces podíamos elegir entre dos ciudades de Suecia; Gotemburgo y Malmö, y como Linda asociaba la primera a algo negativo, ya que había tenido que interrumpir sus estudios de Formación Literaria en esa ciudad al cabo de unas semanas porque se puso muy enferma, la cosa estaba clara: nos mudaríamos a Malmö si nos causaba buena impresión las escasas horas que pasaríamos allí. Malmö era abierta, el cielo sobre la ciudad era alto, el mar estaba cerca y a unos minutos del centro había una larga playa, Copenhague estaba a cuarenta minutos, y el ambiente de la ciudad era relajado, vacacional, tan diferente a ese carácter duro, severo y tan enfocado al éxito de Estocolmo. Los primeros meses en Malmö fueron fantásticos, íbamos todos los días a bañarnos a la playa, cenábamos en la terraza cuando las niñas se habían dormido, estábamos llenos de optimismo y más unidos de lo que habíamos estado en dos años. Pero también allí la oscuridad empezó a descender sobre nosotros; lenta e imperceptiblemente fue llenando todas las partes de mi vida, lo nuevo perdía su resplandor, el mundo se me escapaba, sólo quedaba la frustración, vibrando.

Como esa noche en que Linda y Vanja estaban cenando en la cocina, mientras Heidi dormía su sueño febril en la cuna de nuestro dormitorio y yo me sentía ahogado por la idea de los cacharros sucios en la cocina, de las habitaciones, que tenían pinta de haber sido objeto de un metódico registro policial, como si alguien hubiese vaciado todos los cajones y armarios, tirando al suelo su contenido, y del montón de ropa sucia en el baño. Esa «novela» que estaba escribiendo y que no me llevaba a ninguna parte. Había empleado dos años en nada. Esa vida tan encerrada en el piso. Nuestras broncas, que eran cada vez más intensas e inmanejables. La alegría que había desaparecido.

Mis rabias eran mezquinas, me enfadaba por detalles tontos; ¿a quién le importa quién fregó qué a la hora de mirar hacia atrás al resumir una vida? Linda se movía entre sus estados de ánimo, y cuando estaba bajo mínimos, se quedaba tumbada en el sofá o en la cama, y lo que al principio de nuestra relación había despertado en mí consideración y cuidados, ahora sólo conducía a enfados: ¿iba yo a hacerlo *todo,* mientras ella no hacía más que dormitar? Sí, podía hacerlo, pero no sin alguna condición. Yo lo hacía y tenía derecho a estar enfadado, malhumorado, irónico, sarcástico, a veces furibundo. Esa falta de alegría se extendió mucho más allá de mí, hasta dentro del núcleo de nuestra vida en común. Linda decía que sólo pedía que fuéramos una familia feliz. Eso era lo que ella quería, con eso soñaba, con que fuéramos una familia alegre y feliz. Yo sólo soñaba con que ella participara tanto como yo en el trabajo de la casa. Ella decía que eso era justo lo que hacía, y así nos iba, allí estábamos con nuestras acusaciones, nuestros enfados y nuestras añoranzas, en medio de la vida, que era nuestra vida y de nadie más.

¿Cómo se podía echar a perder la vida enfadándose por el trabajo de la casa? ¿Cómo era eso *posible?*

Quería tener el máximo de tiempo para mí solo, con el mínimo de estorbos. Quería que Linda, que ya se quedaba en casa con Heidi, se ocupara también de todo lo que tenía que ver con Vanja, para que yo pudiera trabajar. Ella no quería. O quizá quería, pero no podía. Todos nuestros conflictos o broncas trataban de una u otra manera de eso, de esa dinámica. Si no conseguía escribir por culpa suya y de sus reivindicaciones, la dejaría, así de sencillo. Y de algún modo ella lo sabía, estiraba mis límites, basándose en lo que necesitaba en su vida, pero nunca tan lejos como para llegar a mi punto cero. Aunque se aproximaba. Mi manera de vengarme era darle todo lo que me exigía, es decir, me ocupaba de las niñas, fregaba el suelo, lavaba la ropa, compraba la comida, hacía la cena, y ganaba todo el dinero, de modo que ella no tenía nada concreto de que quejarse respecto a mí y mi papel en la familia. Lo único que no le daba, y era lo único que ella quería, era mi amor. Ésa era mi manera de vengarme. Observaba con gran frialdad cómo ella se desesperaba cada vez más, hasta que al final un día ya no pudo más y me gritó de rabia, frustración y anhelo. ¿Qué problema tienes?, pregunté. ¿No te parece que hago lo suficiente? Dices que estás agotada. Yo puedo ocuparme de las niñas mañana. Puedo llevar a Vanja a la guardería y sacar a Heidi, mientras tú duermes y descansas. Luego iré a buscar a Vanja a la guardería por la tarde y entonces me ocuparé de las dos. Está bien, ¿no? Así podrás descansar, ya que estás tan agotada. Al final, cuando ya no le quedaba ningún argumento, solía tirar o romper cosas. Un vaso, un plato o cualquier objeto que tuviera a mano. Ella era la que debería hacer todo eso por mí, para que yo pudiera trabajar, pero no lo hacía. Y como para ella el núcleo del problema no era el que hiciera demasiado, sino que ya no hubiera nada de amor, sólo rencor, acritud, frustración y rabia en el hombre al que amaba, situación que ella era incapaz de manejar, mi mejor venganza era cumplir con todas sus exigencias. Ay, cómo disfrutaba cuando conseguía que cayera en mis trampas y yo apareciera como el que cumplía con todas sus exigencias. Tras el acceso de cólera que indefectiblemente llegaba cuando nos acostábamos, ella a menudo se echaba a llorar, intentando que nos reconciliáramos. Eso me proporcionaba un refuerzo más para mi venganza, porque me negaba a ello.

Ahora bien, vivir así resultaba imposible, y tampoco era algo que yo quisiera, de modo que cuando esa rabia tan dura e implacable se acababa, y todo lo que quedaba era ese desgarro en el alma, como si todo lo que tenía estuviera a punto de romperse, nos reconciliábamos. Y todo el proceso volvía a empezar, era cíclico, como algo en la naturaleza.

Apagué el cigarrillo, me bebí las últimas gotas de la Coca-Cola ya sin burbujas, me apoyé en la barandilla y miré al cielo, en el que colgaba una luz inmóvil en algún lugar fuera de la ciudad, demasiado baja para ser una estrella, demasiada quieta para ser un avión.

¿Qué demonios era aquello?

Mantuve la mirada fija en la luz durante varios minutos. De repente descendió hacia la izquierda y comprendí que se trataba de un avión. Inmóvil porque venía por Östersund, y se dirigía directamente hacia mí.

Alguien se puso a dar golpes en la ventana y me volví. Era Vanja, sonreía y agitaba la mano. Abrí la puerta.

–¿Te vas a dormir?

Asintió con un movimiento de la cabeza.

–He venido a decirte buenas noches, papá.

Me agaché para darle un beso en la mejilla.

–¡Buenas noches! ¡Que duermas bien!

–¡Que duermas bien!

Se fue corriendo por el pasillo hasta su habitación, llena de energía incluso después de un día muy largo.

Tendría que ponerme a fregar esos jodidos cacharros.

Tirar los restos de comida al cubo de la basura, vaciar los vasos de leche y agua, limpiar el fregadero de cáscaras de manzana y zanahoria, embalajes de plástico y bolsas de té, enjuagarlo todo y ponerlo sobre la encimera, echar agua hirviendo en el fregadero, echar un poco de jabón líquido, apoyar la frente en el armario y empezar a fregar vaso por vaso, taza por taza, plato por plato. Aclarar. Luego, cuando el escurridero estaba lleno, empezar a secar para dejar sitio. A continuación el suelo, que tendría que fregarse donde había estado sentada Heidi. Atar la bolsa de basura, bajar en el ascensor hasta el sótano, pasar por los laberínticos y caldeados pasillos hasta el cuarto de la basura, que estaba completamente cubierto de porquería y resbaladizo, con tuberías colgando como torpedos debajo del techo, llenas de trozos de cinta aislante, y en cuya puerta ponía, con ese eufemismo típicamente sueco, «Cuarto ambiental», tirar las bolsas en uno de los grandes contenedores verdes, no sin pensar en Ingrid, que la última vez que estuvo encontró cientos de pequeños lienzos en uno de ellos, los subió todos a casa, pensando que, como a ella, nos llenarían de felicidad, sobre todo a las niñas, que ahora tendría material para pintar durante varios años, poner de nuevo la tapadera y subir a la casa, donde Linda en ese instante salía sigilosamente del cuarto de las niñas.

–¿Está dormida? –le pregunté.

Ella asintió con la cabeza.

–Qué bien lo has dejado –dijo, parándose en la puerta de la cocina–. ¿Quieres una copa de vino? Seguimos teniendo la botella que trajo Sissel la última vez que estuvo aquí.

Mi primer impulso fue decir que no, que no quería vino en absoluto. Pero curiosamente la corta ausencia del piso me había dejado en un estado de ánimo algo más indulgente hacia ella, de modo que acepté.

–Vale, no me importaría –dije.

Dos semanas después, una tarde con Heidi y Vanja causando estragos a nuestro alrededor, saltando y gritando en el sofá, estábamos los dos muy juntos mirando por tercera vez en nuestra vida una raya azul en un palito blanco, abrumados de emoción. Era John, que anunciaba así su llegada. Nació a finales del verano siguiente, suave y paciente desde el primer momento, siempre cerca de la risa, incluso cuando soplaban terribles vientos a su alrededor. A veces parecía que lo habían arrastrado por un zarzal, lleno de arañazos que Heidi le hacía en cuanto tenía ocasión, a menudo con el pretexto de un abrazo o una amable acaricia en la mejilla. Aquello que alguna vez en otros tiempos me había molestado tanto ya estaba pasado y olvidado, yo andaba como si nada por la ciudad empujando un desgastadísimo carrito con tres niños a bordo, a menudo con dos o tres bolsas de la compra colgando de una mano, surcos profundos como cincelados en la frente y por las mejillas, y ojos que ardían con una ferocidad vacía con la que hacía tiempo había perdido el contacto. Ya no me importaba nada que pudiera verse como algo femenino lo que estaba haciendo, ahora se trataba de conseguir llevar a los niños a donde fuera, sin que se plantaran en el suelo negándose a continuar, o lo que pudieran inventar en contra de mis deseos de pasar una mañana o tarde sencilla y sin problemas. Una vez un grupo de turistas japoneses se detuvo al otro lado de la calle, señalándome como si fuera el cabecilla de un desfile circense o algo por el estilo. Me *señalaron*. ¡He aquí el hombre escandinavo! ¡Mirad y contad a vuestros nietos lo que habéis visto!

Estaba muy orgulloso de los niños. Vanja era salvaje y valiente, resultaba difícil creer que ese cuerpo tan delgado pudiera tener tanta sed de movimiento, servirse tan ávidamente del mundo físico con sus árboles, trepadores, piscinas y prados abiertos, y ese rasgo en ella cerrado, que tanto la había inhibido los primeros meses en la nueva guardería, había desaparecido ya del todo, tanto que la siguiente «charla de progreso» trataría de lo contrario. Ahora el problema no era que Vanja se escondiera, que no quisiera mantener contacto con los adultos y que nunca tomara la iniciativa en el juego, sino todo lo contrario, que tal vez ocupara un lugar un poco demasiado grande, como ellos decían con prudencia, y que estaba demasiado empeñada en ser la número uno. «A decir verdad», dijo el director de la guardería, «a veces acosa a algún niño. Lo bueno es», prosiguió, «que para poder hacerlo tiene que entender la situación y ser lo suficientemente inteligente para aprovecharla. Estamos trabajando en hacerle entender que eso no puede hacerlo. ¿Tenéis idea de dónde puede haber aprendido la niña esa retahíla de na-na-na-naa-na? Os suena, ¿verdad? ¿La habrá oído en alguna película o algo? En ese caso podríamos proyectarla aquí y explicarles a los niños lo que es.» Después de la última reunión, en la que habían hablado de la necesidad de un logopeda y tratado su timidez como un defecto o una carencia, ya no me importaba nada lo que pensaran de ella. Acababa de cumplir cuatro años, en unos meses se le habría quitado. Heidi no era tan indómita, controlaba su cuerpo de una manera muy diferente a Vanja, que a veces se dejaba llevar por completo por su imaginación, y para quien la ficción no era más que una variante de la realidad. Vanja se ponía rabiosa y fuera de sí de desesperación cuando no dominaba algo desde el primer momento, y aceptaba agradecida toda ayuda posible, Heidi, sin embargo, quería hacerlo todo ella sola, se ofendía si le ofrecíamos asistencia, y seguía hasta que lograba su propósito. ¡Había que ver el triunfo reflejado entonces en su cara! Trepó al gran árbol del patio de juegos antes que Vanja. La primera vez abrazó la rama de arriba. La segunda, impulsada por una *hybris* infantil, trepó por encima de ella. Yo estaba sentado en un banco leyendo el periódico cuando oí su grito: estaba sentada en la punta de la rama, sin ningún sitio donde agarrarse, a seis metros sobre el suelo. Un movimiento imprudente y se caería. Yo subí y la cogí, no pude evitar reírme, ¿qué hacías *allí*? A menudo daba un salto al andar, y eso, pensaba yo, era un salto de felicidad. Al parecer, era la única de la familia que se sentía realmente feliz, o que tenía capacidad para ello. Lo aguantaba todo, excepto que la regañaran. Entonces empezaban a temblarle los labios, a chorrearle las lágrimas, y podía pasar una hora hasta que se dejara consolar. Le encantaba jugar con Vanja, aguantaba de ella

577

lo que fuera, y le gustaba muchísimo montar. Sentada en su burro en el parque de atracciones por el que pasamos ese verano, se la veía con la cara ardiendo de orgullo. Pero ni siquiera eso hizo cambiar de parecer a Vanja, ella no quería montar, no quería volver a montar jamás, se empujó las gafas hacia la nariz, se tiró de repente delante de John y dio un grito que hizo que todo el mundo a nuestro alrededor nos mirase. Pero a John le gustó, le devolvió el grito y entonces todo el mundo se rió.

El sol ya estaba bajo sobre los pinos al oeste. El cielo tenía ese profundo color azul que yo recordaba de la infancia y que adoraba. Algo se desató dentro de mí y subió como una corriente. Pero no me servía de nada. El pasado no era nada.

Linda bajó a Heidi del estúpido burro. Luego agitó la mano para despedirse del animal y de la mujer que vendía las entradas.

–Ya está bien –dije–. Y ahora derechos a casa.

El coche estaba ya casi solo en el inmenso aparcamiento de grava. Me senté en el canto rodado delante de él, con Heidi sobre las rodillas para cambiarle el pañal. Sujeté a John, al que se le estaban cerrando los ojos, en el asiento de delante; Linda hizo lo mismo con las niñas atrás.

El coche era un amplio Volkswagen rojo de alquiler. Sólo era la cuarta vez que conducía desde que me había sacado el carné, de modo que todo lo que tenía que ver con el coche me llenaba de alegría. Arrancar, cambiar, acelerar, dar marcha atrás, conducir. Todo resultaba divertido. Jamás me había imaginado que fuera a conducir, no formaba parte de mi autoimagen, de modo que tanto más grande era mi satisfacción cuando me encontraba conduciendo a ciento cincuenta kilómetros por hora por la autovía camino de casa, a ese ritmo regular, casi perezoso, poner el intermitente para adelantar, adelantar, poner el intermitente para incorporarme de nuevo, en un paisaje que al principio era de bosques, y luego, tras una larga y suave pendiente, de extensos trigales, bajos edificios agrícolas, preciosos bosquecillos de árboles foliáceos, y siempre con el mar como un borde azul al oeste.

–¡Mirad! –dije cuando llegamos al punto más alto, y el paisaje de Skåne se extendía debajo de nosotros–. ¡Qué *increíblemente* hermoso!

Trigales dorados, bosques verdes de haya, mar azul. Todo como intensificado y casi tembloroso a la luz del sol poniente.

Nadie contestó.

Sabía que John estaba dormido. ¿Pero también se habían quedado fritas las de atrás?

Me volví y miré por encima del hombro.

Así era. Allí estaban las tres chicas tumbadas con la boca abierta y los ojos cerrados.

La felicidad estalló dentro de mí.

Duró un segundo, dos, tal vez tres. Luego llegó esa sombra que siempre seguía, esa cola oscura de la felicidad.

Me puse a dar golpes con la mano en el volante y a cantar con la música. Era lo último de Coldplay, un disco que en realidad no soportaba, pero que había descubierto que era perfecto para conducir. Una vez tuve exactamente la misma sensación que ahora. Cuando tenía dieciséis años, enamorado, atravesando Dinamarca al amanecer un día de verano, nos dirigíamos a Nyköping, a un campamento de entrenamiento, todos los del autocar dormían, excepto el conductor y yo, que iba sentado en el primer asiento. Él iba escuchando el disco *Brothers in Arms,* de Dire Straits, que había salido aquella primavera, y que junto con *The Dream of the Blue Turtles,* de Sting, e *It's My Life,* de Talk Talk, era la banda sonora de todo lo fantástico que me había sucedido en los últimos meses. El paisaje llano, la salida del sol, la quietud, las personas dormidas, todo impregnado de una felicidad tan intensa que la seguía recordando veinticinco años después. Pero esa felicidad no iba acompañada de ninguna sombra, era pura, no adulterada, no falseada. Entonces tenía la vida por delante. Todo podía ocurrir. Todo era posible. Ya no era así. Habían sucedido muchas cosas y lo sucedido marcaba las premisas para lo que podría suceder.

No sólo eran menos las posibilidades. Los sentimientos con los que las experimentaba eran más débiles. La vida menos intensa. Y sabía que estaba a mitad del camino, tal vez más lejos aún. Cuando John tuviera la edad que yo tenía ahora, yo tendría ochenta. Es decir, con un pie en la tumba, si no estaba ya allí con todos los huesos de mi cuerpo. En diez años tendría cincuenta. En veinte sesenta.

¿Era de extrañar que la felicidad se viera ensombrecida?

Puse el intermitente y adelanté a un camión con remolque. Tenía tan poca experiencia que me puse nervioso cuando el coche empezó a bambolearse con el viento. Pero no tuve miedo, sólo lo había tenido una vez desde que empecé a conducir, y fue justo el día del examen práctico. Ocurrió temprano por la mañana en medio del invierno, era todavía noche cerrada, y yo nunca había conducido en la oscuridad. Llovía a cántaros, nunca había conducido lloviendo a cántaros. Y el examinador era un hombre de aspecto poco amable, con un aura poco amable. Yo me había aprendido de memoria, claro, las medidas de seguridad obligatorias. Lo primero que el hombre me dijo fue: nos saltamos las medidas de seguridad. Quita el vaho de las ventanillas y con eso es suficiente. Yo no sabía cómo hacerlo fuera del orden programado, y cuando lo averigüé, tras dos minutos de manipulación del salpicadero, me olvidé de arrancar para que funcionara, lo que hizo que el examinador me mirara y dijese «Sabes conducir un coche, ¿no?», y algo desanimado arrancó el coche. Con un principio tan malísimo no ayudó mucho que mis piernas estuviesen completamente fuera de control, temblaban y vibraban sin coordinación, de manera que salimos al tráfico más bien saltando y no deslizándonos. Noche cerrada. Hora punta de la mañana. Lluvia intensa. Después de cien metros, el examinador me preguntó en qué trabajaba. Le dije que era escritor. Entonces le entró una inmensa curiosidad. Él en realidad era pintor, me dijo. Había hecho una exposición y todo. Empezó a interrogarme sobre lo que escribía. Empecé a hablar sobre *Un tiempo para todo*, cuando me indicó el nombre de un lugar. Enfrente de nosotros había un enorme cruce. No vi ningún cartel con ese nombre. Me preguntó si el libro había salido en sueco. Le dije que sí. ¡Allí! Allí estaba el cartel. ¡Pero en el carril más alejado! Giré el coche y aceleré, él frenó con tanta fuerza que nos paramos en seco.

–¡Estaba rojo! –dijo–. ¿No lo has visto? ¡Muy rojo!

Yo ni siquiera había visto que se trataba de un cruce con semáforos.

–¿Entonces ya no hay nada que hacer? –le pregunté.

–Lo siento –contestó–. Cuando tenemos que intervenir, el candidato suspende. Es así. ¿Quieres conducir un poco más?

–No. Mejor volvemos.

Todo había durado tres minutos. Estaba de vuelta en casa a las nueve y media; Linda me miró con impaciencia.

–He suspendido –dije.

–Ay, qué pena. ¡Pobrecito! ¿Qué ha pasado?

–Me he saltado un semáforo en rojo.

–¿En serio?

–¡Claro que es en serio! ¿Quién habría dicho cuando me he levantado esta mañana que me iba a saltar un semáforo en rojo en el examen práctico? Pero no tiene mucha importancia. La próxima vez irá bien. No voy a saltarme un semáforo en rojo en dos exámenes seguidos.

Realmente no importaba mucho. No teníamos coche, lo mismo daba si me sacaba el carné en enero o en marzo. Y ya me había gastado tantísimo dinero en clases de conducir que unas cuantas más no significarían gran cosa. Lo único era que había aceptado dar una conferencia en Søgne, al sur de Noruega, y el plan era que fuéramos toda la familia en coche, y que después del trabajo nos dirigiéramos a la isla de Sand, a las afueras de Kristiansand, para alojarnos unos días en una pensión y ver qué tal era aquello. Me había fijado en la isla de Sand hacía ya varios años, pensando que sería un lugar perfecto para vivir. Una isla sin tráfico de coches, alrededor de doscientos habitantes, con guardería y colegio hasta tercero. El paisaje era idéntico al de mi infancia, que tanto añoraba, excepto que no era la isla de Trom, Arendal o Kristiansand, que eran lugares a los que no quería volver por nada del mundo, sino que deseaba ir a otro sitio, a algo nuevo. A veces pensaba que la añoranza por el paisaje en el que nos habíamos criado era algo biológico, como enraizado en nosotros, y que ese instinto que podía hacer a un gato andar varios cientos de kilómetros en busca del lugar del que venía, también actuaba en nosotros, los animales humanos, a nivel de esas otras corrientes profundamente arcaicas en nuestro interior.

A veces veía en la red imágenes de la isla de Sand, y la emoción que me producía el paisaje era tan fuerte que eclipsaba por completo la potencial soledad y el abandono que se podía sufrir viviendo allí. No era así para Linda, claro, ella era más escéptica, pero tampoco estaba totalmente en contra. Vivir en el bosque junto al mar nos vendría muchísimo mejor que vivir en una sexta planta en medio de la ciudad. De manera que lo estábamos valorando, lo suficiente como para querer ir a comprobarlo. Pero yo no aprobé el carné y tuve que ir solo a Søgne, lo que significaba que el viaje ya no tenía ningún sentido. ¿Para qué iba a ir yo allí a parlotear?

La tarde en la que estaba reservando los billetes de avión por internet, me llamó Geir. Ya habíamos hablado ese día, pero las últimas semanas había estado muy tenso, a su manera controlada, así que no había nada extraño en que me volviera a llamar. Me senté en el sillón y puse los pies en el escritorio. Habló un poco de la biografía sobre Montgomery Clift que estaba escribiendo, cómo ese hombre siempre y de mil maneras buscó el máximo de la vida. La única referencia que yo tenía de Montgomery Clift era The Clash y su canción «Montgomery Clift, Honey», de *London Calling;* resultó que Geir también tenía esa misma referencia, aunque de distinta manera: en Irak se había alojado en una depuradora de agua con Robin Banks, un yonqui inglés que había sido uno de los mejores amigos de los chicos de la banda, había viajado con ellos en las giras e incluso le habían dedicado una canción, y contó cómo Montgomery Clift había llegado a ocupar un lugar importante en sus vidas, algo que inspiró a Geir a buscar información sobre el actor. Otra razón era que *Vidas rebeldes* era una de sus películas favoritas. Yo hablé un poco de *Los Buddenbrook,* de Thomas Mann, que acababa de empezar a leer de nuevo, de lo perfectas que eran sus frases, del alto nivel de toda la obra, que la convertía en una novela de la que yo disfrutaba de cada página, algo que no solía ocurrirme nunca, a la vez que esa perfección, igual que las frases y la forma en general, pertenecían a una época que no era la de Thomas Mann, de modo que en realidad era una imitación, una reconstrucción, o, en otras palabras, un pastiche. ¿Qué pasaba cuando el pastiche superaba al original? *¿Podía* ocurrir? Era un planteamiento clásico, Virgilio ya había luchado con eso. ¿Cómo de cercano es un estilo o una forma a la época y a la determinada cultura en la que aparece primero? ¿Un estilo o una forma se estropea en cuanto aparece? En Thomas Mann no estaba estropeado, no era ésa la palabra, acaso era más bien ambivalente, infinitamente ambivalente, y de esa ambivalencia fluía la ironía, que hacía temblar cualquier base. Luego hablamos del libro de Stefan Zweig *El mundo de ayer* y la fantástica imagen que presenta de la época de alrededor del cambio de siglo, cuando lo deseable era edad y dignidad, no juventud y belleza, y todos los jóvenes intentaban tener aspecto de personas de mediana edad, con sus tripas, cadenas de reloj, puros y calvas. Todo esto saltó por los aires con la Primera Guerra Mundial, que, junto con la Segunda Guerra Mundial, creó un abismo entre nosotros y ellos. Geir empezó a hablar otra vez de Montgomery Clift, de su ardiente vida, el vitalismo desenfrenado. Constató que todas las biografías que había leído el último año tenían en común que todas trataban de vitalistas. No en la teoría, sino en la práctica, personas que siempre buscaban lo máximo de la vida. Jack London, André Malraux, Nordahl Grieg, Ernest Hemingway, Hunter S. Thompson, Mayakovski.

–Entiendo muy bien que Sartre tomara anfetaminas –dijo–. Aumentar la velocidad, alcanzar más cosas, arder. ¿Verdad? Pero el más consecuente de todos fue Mishima. Siempre vuelvo a él. Tenía cuarenta y cinco años cuando se suicidó. Era consecuente, el héroe tenía que ser hermoso. No podía ser viejo. Y Jünger, que fue en la dirección contraria. En su cien cumpleaños bebió coñac y fumó puros, afilado como un cuchillo. Todo trata de fuerza. Lo único que me interesa. Fuerza, valor, voluntad. ¿Inteligencia? No. Creo que eso es algo que recibes si lo quieres. No es importante, no es interesante. Crecer en la década de los setenta y ochenta es un chiste. Una broma. No hacemos nada. O lo que hacemos no son más que tonterías. Escribo para recuperar mi seriedad perdida. Eso es lo que hago. Pero no sirve de nada. Tú sabes dónde estoy. Tú sabes lo que hago. Mi vida es tan pequeña... Mis enemigos son tan pequeños... No merece la pena malgastar las fuerzas en ellos. Pero no hay otra cosa. De modo que aquí estoy, agitando el vacío de mi dormitorio.

–Vitalismo –dije–. No hay otra cosa que vitalismo, ¿sabes? El que está relacionado con la tierra y la estirpe. Noruega en la década de los veinte.

–Ah, eso a mí no me interesa. No hay rastro de nazismo en el vitalismo del que estoy hablando. No es que importara que lo hubiera habido, pero no lo hay. Yo hablo de la alta cultura antiliberal.

–Tampoco había rastro de nazismo en el vitalismo noruego. Fue la clase media la que trajo consigo el nazismo, convirtiéndolo en algo abstracto, en una idea, es decir, en algo que no existía. Trataba de la añoranza por la tierra, la añoranza por la estirpe. Lo que hace que Hamsun sea tan complicado es que él, como ser humano, fuera tan desarraigado y tan poco enraizado, y así tan moderno, en un sentido norteamericano. Pero despreciaba a Estados Unidos, a las masas, la falta de raíces. A quien despreciaba era a él mismo. La ironía que se desprende de eso es infinitamente más esencial que la de Thomas Mann, porque no tiene que ver con el estilo, sino con la existencia básica.

–Yo no soy escritor, soy agricultor –dijo Geir–. ¡Ja, ja, ja! No, no, la tierra te la regalo. A mí sólo me interesa lo social. Nada más. Tú puedes leer a Lucrecio y gritar aleluya, tú puedes hablar de los bosques en el siglo XVII. No hay nada que me interese menos. Sólo cuentan los seres humanos.

–¿Has visto ese cuadro de Kiefer? Un bosque, no ves más que árboles y nieve, con manchas rojas entremezcladas, y luego están los nombres de algunos poetas alemanes, escritos en blanco. Hölderlin, Rilke, Fichte, Kleist. Es la mejor obra de arte realizada después de la guerra, tal vez en todo el siglo pasado. ¿Qué aparece en el cuadro? Un bosque. ¿De qué trata? Bueno, pues de Auschwitz. ¿Dónde está la relación? No trata de pensamientos, penetra en lo más profundo de la cultura, y no se puede expresar mediante pensamientos.

–¿Has visto *Shoah?*

–No.

–Bosque, bosque, bosque. Y rostros. Bosques, gas y rostros.

–El cuadro se titula *Varus,* que era uno de los caudillos romanos, si no recuerdo mal. Perdió una gran batalla en Germania. La línea va, pues, desde la década de los setenta hacia atrás, hasta Tácito. Es Schama quien lo señala en *Paisaje y memoria,* ese libro que leí, ¿te acuerdas? Podríamos haber incluido a Odín, que se cuelga en un árbol. Tal vez lo incluya, no me acuerdo. Pero sí hay bosque.

–Entiendo adónde quieres ir a parar.

–Cuando leo a Lucrecio, todo trata del esplendor del mundo. Y eso, el esplendor del mundo, es un concepto barroco que seguramente se extinguió con él. Trata de las cosas. Lo físico de las cosas. Los animales. Los árboles. Los peces. Si a ti te da pena que haya desaparecido la acción, a mí me da pena que haya desaparecido el mundo. Lo físico del mundo. Sólo tenemos imágenes de él. Con eso nos relacionamos. ¿Pero qué es el Apocalipsis? Los árboles que desaparecen en Sudamérica. El hielo que se derrite, el nivel de agua que sube. Si tú escribes para recuperar la seriedad, yo escribo para recuperar el mundo. Bueno, no este mundo en el que me encuentro. Precisamente no lo social. Los Gabinetes de Curiosidades del Barroco. Los Cuartos de Maravillas. Y ese mundo que está en los árboles de Kiefer. Es arte. Nada más.

–¿Un cuadro?

–Me has ganado. Sí, un cuadro.

Alguien llamó a la puerta.

–Te vuelvo a llamar –dije, y colgué–. ¡Pasa!

Linda abrió la puerta.

–¿Estás hablando por teléfono? –preguntó–. Sólo venía a decirte que voy a darme un baño. Para que estés al tanto si se despiertan. Y que no te pongas los auriculares.

–Vale. ¿Te vas a acostar luego?

Asintió con la cabeza.

–Yo iré enseguida.

–Vale –contestó con una sonrisa y cerró la puerta.

Volví a llamar a Geir.

–En realidad no sé absolutamente nada –dije, con un suspiro.

–Lo mismo me pasa a mí –dijo él.

–¿Qué has hecho esta tarde?

–Escuchar blues. Hoy he recibido diez nuevos CD por correo. Luego he encargado... trece, catorce, *quince* nuevos.

–Estás loco.

–No, no lo estoy... Mi madre ha muerto hoy.

–¿Qué dices?

–Murió mientras dormía. Se acabó su angustia. Uno podría preguntarse de qué sirvió tanta angustia. Pero mi padre está destrozado. Y Odd Einar también, claro. Iremos allí en un par de días. El entierro será dentro de una semana. ¿No ibas tú a Sørlandet más o menos por esas fechas?

–Dentro de diez días –dije–. Acabo de reservar los billetes.

–Entonces quizá nos veamos. Nosotros seguro que nos quedamos unos días más.

Hubo una pausa.

–¿Por qué no me lo has dicho antes? –pregunté–. Llevamos media hora hablando. ¿Intentabas hacer ver que todo está como siempre?

–No. Te equivocas. No quería tocar el tema. Y cuando hablo contigo, se me olvida un poco. Es así de sencillo. ¿No entiendes que no sirve de nada hablar de ello? No sirve. Lo mismo pasa con el blues. Es un lugar donde refugiarse. Bueno, no es que yo sienta mucho. Pero supongo que eso también es un sentimiento.

–Lo es.

Cuando colgamos, me fui al pasillo que había entre la cocina y el salón, cogí una manzana y me puse a masticarla mientras miraba la cocina, que estaba completamente desmantelada. Donde había estado la encimera había un muro, largos tablones de madera apoyados contra las paredes desnudas, el suelo cubierto de polvo, diferentes herramientas y cables, algunos muebles de cocina envueltos en plástico a punto de ser montados. La reforma duraría dos semanas más. En realidad sólo queríamos instalar un lavavajillas, pero la encimera no tenía las medidas adecuadas, y el hombre que iba a instalarlo dijo que sería más fácil cambiar la cocina completa. Eso hicimos. Pagaban los caseros.

Una voz me hizo girar la cabeza.

¿Salía del cuarto de las niñas?

Las dos estaban durmiendo, Heidi en la litera de arriba, con los pies en la almohada y la cabeza sobre el edredón enrollado, y Vanja en la litera de abajo, también ella sobre el edredón, con los brazos y las piernas extendidos, de tal manera que su cuerpo formaba una pequeña x. Movía la cabeza de un lado para otro.

–Mamá –dijo.

Tenía los ojos abiertos.

–¿Estás despierta, Vanja? –le pregunté.

No hubo respuesta.

Debía de estar dormida.

A veces se despertaba por la noche llorando de un modo desgarrador, sin que fuera posible entrar en contacto con ella; seguía chillando, como si estuviera atrapada en sí misma, como si nosotros no existiéramos y ella estuviera sola allí donde se encontrara. Si la levantábamos y la abrazábamos, oponía una resistencia feroz, dando patadas e intentando librarse y bajar al suelo, donde seguía igual de frenética e inalcanzable. No estaba dormida, pero tampoco despierta. Era una especie de situación intermedia. Resultaba desgarrador presenciarlo. Pero cuando al día siguiente se despertaba, estaba de buen humor. Me preguntaba si se acordaba de su desesperación, o si desaparecía en ella como un sueño.

Le haría gracia saber que había dicho mamá entre sueños, tendría que acordarme de decírselo.

Cerré la puerta y fui al baño, donde la única luz era una velita colocada en el borde de la bañera parpadeando en medio de la corriente de la ventana. El cuarto estaba lleno de vapor. Linda yacía con los ojos cerrados y media cabeza bajo el agua. Al sentir mi presencia, se incorporó a medias.

–Aquí estás, sentada en tu gruta –dije.

–Es delicioso –contestó–. ¿Te quieres meter?

Dije que no con la cabeza.

–Lo suponía –dijo ella–. Por cierto, ¿con quién hablabas?

–Con Geir –contesté–. Su madre ha muerto hoy.

–Ay, qué pena... ¿Cómo está él?

–Bien –contesté.

Ella se volvió a reclinar en la bañera.

–Supongo que ya hemos llegado a esa edad –dije–. El padre de Mikaela murió hace sólo unos meses. A tu madre le dio un infarto. La madre de Geir ha muerto.

–No digas eso –dijo Linda–. Mi madre va a vivir muchos años. Y la tuya también.

–Quizá, si sobrepasan los sesenta pueden hacerse muy viejas. Suele ser así. Pero de todos modos, no queda mucho para que nosotros seamos los más viejos.

–¡Karl Ove! –exclamó–. ¡Aún no has cumplido los cuarenta! ¡Y yo tengo treinta y cinco!

–Hablé de esto con Jeppe en una ocasión –dije–. Él ha perdido a sus padres. Yo dije que lo peor para mí sería no tener ya ningún testigo de mi vida. No entendía de lo que estaba hablando. Y no sé en absoluto si lo decía en serio. O, mejor dicho, no quiero un testigo de mi vida, sino de nuestros hijos. Quiero que mi madre vea cómo les va, no sólo ahora, que son pequeños, sino cuando crezcan. Que de verdad llegue a conocerlos. ¿Entiendes lo que quiero decir?

–Claro, pero no sé si quiero hablar de ello.

–¿Te acuerdas de aquella vez que entraste en la habitación preguntándome dónde estaba Heidi? Salí contigo a mirar. Berit estuvo aquí, había abierto la puerta de la terraza. Cuando vi la puerta abierta, me entró un miedo horrible. Se me heló la sangre. Estuve a punto de desmayarme. El miedo, el pánico, el espanto o lo que fuera fue momentáneo. Pensé que Heidi había conseguido salir por su cuenta a la terraza. En esos segundos estaba seguro de que la habíamos perdido. Creo que fueron los peores segundos de mi vida. Nunca había tenido un sentimiento tan fuerte. Lo raro tal vez sea que no lo hubiera sentido antes. El que pueda suceder algo y podamos perderlos. De alguna manera creía que eran inmortales. Pero, bueno, no querías que habláramos de ello.

–Gracias.

Sonrió. Cuando llevaba el pelo así, hacia atrás, y la cara sin maquillaje parecía más joven.

–Tú al menos no pareces tener treinta y cinco años –dije–. Aparentas veinticinco.

–¿De verdad?

Asentí con la cabeza.

–De hecho, la última vez que fui a comprar alcohol a la Systembolaget me pidieron la identificación. Debería sentirme halagada, pero por otra parte, toda clase de organizaciones cristianas me paran en la calle. Siempre me eligen a mí. A los que van conmigo los dejan en paz. Me ven y vienen corriendo. Debe ser algo que irradio. Algo que les hace pensar por ahí va una a la que podemos salvar. Ésa necesita salvación. ¿No crees que es algo así?

Me encogí de hombros.

–También puede ser porque pareces muy inocente.

–¡Ah! ¡Peor aún!

Se tapó la nariz con dos dedos y se metió toda ella debajo del agua. Cuando volvió a emerger, sacudió la cabeza. Luego me miró sonriendo.

–¿Qué pasa? ¿Por qué me miras así?

–Lo que acabas de hacer, por ejemplo. Eso lo hacías de niña.

–¿El qué?

–Sumergirte.

En el dormitorio, que estaba pared con pared con el baño, John se echó a llorar.

–¿Le das unos golpecitos en la espalda? Voy en un minuto.

Asentí con la cabeza y fui al dormitorio. El niño estaba boca arriba en la cama agitando los brazos y llorando. Le di la vuelta como si de una tortuga se tratara, y empecé a acariciarle la espalda con la palma de la mano. Le encantaba y siempre se tranquilizaba, excepto si le había dado tiempo a agitarse de verdad.

Le canté las cinco canciones de cuna que me sabía. Linda vino y se lo puso junto a ella en la cama. Yo me fui al salón, me puse el chaquetón, la bufanda, el gorro y los zapatos, que estaban junto a la puerta de la terraza, y salí. Me senté en la silla del rincón, me serví un poco de café y encendí un cigarrillo. El viento soplaba desde el este. El cielo era profundo y estrellado. Se veían brillar las luces de varios aviones.

El verano que cumplí veinte años, mi madre me llamó un día para decirme que le habían descubierto un gran tumor en el estómago y que al día siguiente la ingresarían para operarla. Dijo que no sabían si era maligno o benigno, y que no se podía saber cómo acabaría todo. Por lo visto el tumor era tan grande que ya no podía tumbarse boca abajo. Su voz sonaba cansina y débil. Yo estaba en casa de Hilde, una amiga del instituto, en Søm, a las afueras de Kristiansand. Unos minutos antes me encontraba fuera, junto a su coche, esperándola para ir a bañarnos a la playa. Y ella gritó desde la terraza Karl Ove, tu madre te llama por teléfono. Capté inmediatamente la gravedad de la situación, pero nada en ella despertó ningún sentimiento en mí, reaccioné con total frialdad. Colgué y salí. Hilde ya se había metido en el coche, abrí la puerta del lado del pasajero, le conté que iban a operar a mi madre y que tenía que ir a Førde al día siguiente. Lo sentí como un acontecimiento, algo en lo que tomaría parte, un papel que iba a desempeñar, el hijo que coge el avión hasta casa para ocuparse de su madre. Me imaginé el entierro, a todos los que me darían el pésame, la compasión que sentirían por mí, y pensé en la herencia que dejaría. Mientras pensaba eso, una voz corría en paralelo diciendo que no, que no, aquello era serio, mamá se está muriendo, ¡significa mucho para ti, Karl Ove, quieres que viva! Contárselo a Hilde me había hecho ganar puntos, sospeché que yo había crecido en importancia. Al día siguiente me llevó en su coche al aeropuerto, aterricé en Bringelandsåsen, cogí el autobús hasta el centro de Førde y desde allí el circular hasta el hospital, donde mi madre me dio las llaves de casa. Acababa de mudarse, todo estaba metido en cajas, que no me preocupara por ello, déjalo todo como está, ya me ocuparé yo cuando vuelva, dijo. *Si* es que vuelves, pensé. Atravesé en autobús el valle y el paisaje de color cardenillo, me quedé solo en la casa toda la tarde y toda la noche, fui al hospital al día siguiente, ella estaba atontada y débil después de la operación, que había ido bien. Cuando volví a la casa, que se encontraba al final de una pequeña llanura, con prados que subían suavemente hacia una montaña a un lado, y con el río, el bosque y otra montaña al otro, empecé a clasificar las cajas, dejando las que contenían utensilios de cocina en la cocina, etcétera. Cayó la noche, pasaban ya menos coches por la carretera, el murmullo del río se volvió más fuerte, la sombra de mi cuerpo vagaba por las paredes y sobre las cajas. ¿Quién era yo? Una persona solitaria. Acababa de empezar a hacerme con ello, es decir, a minimizar su significado, pero aún me quedaba un buen trecho por recorrer, cada vez que interrumpía mi tarea volvía a notar ese frío en la cabeza, ese mal helador, entonces tal vez me ponía el abrigo, cruzaba la hierba, abría la puerta del jardín, seguía el camino hasta el río, que fluía gris y oscuro en la penumbra de la noche de verano, me quedaba entre los radiantes troncos blancos de abedul mirando el agua, lo que de alguna manera suavizaba mis sentimientos, o encajaba en ellos, qué sabía yo. Algo tenía que ser, porque solía hacerlo en esa época: salir por la noche en busca del agua. Mar, ríos, lagunas, no importaba qué. Ah, estaba repleto de mí mismo, y era tan grande a la vez que no era nadie, vergonzosamente solo y sin amigos, lleno de pensamientos sobre esa única mujer, con la que no habría sabido qué hacer si la hubiera conseguido, porque aún no me había acostado con ninguna. Los coños eran para mí mera teoría. Pero jamás soñaría con emplear una palabra así. «Regazo», «busto», «trasero», ésas eran las palabras que utilizaba para mis adentros para referirme a lo que deseaba. Jugaba con la idea del suicidio, era algo que había hecho desde pequeño, y me despreciaba a mí mismo por ello, no sucedería nunca, tenía demasiado que vengar, demasiadas personas que odiar y demasiado que recuperar. Encendí un cigarrillo, y cuando acabé de fumármelo, volví a la casa desierta llena de cajas de cartón. Sobre las tres de la madrugada había acabado de colocarlas todas. Llevé al salón los cuadros que estaban en la entrada. Al dejar en el suelo uno de ellos, de repente un pájaro levantó asustado el vuelo justo delante de mi cara. ¡Joder! Creo que salté al menos un metro hacia atrás. No era un pájaro, sino un murciélago. Aleteó de un lado para otro en el salón con movimientos salvajes y agitados. Yo estaba aterrado. Salí corriendo de la habitación, cerrando la puerta detrás de mí, y subí al dormitorio del piso de arriba. Allí me quedé toda la noche. Me dormí sobre las seis, hasta las tres de la tarde, me vestí deprisa y corriendo y fui en autobús al hospital. Mi madre estaba mejor, pero aún un poco grogui debido a los analgésicos. Estuvimos sentados en una terraza del hospital. Le conté algunas de las cosas horribles que habían sucedido esa primavera. Hasta varios años después no se me ocurrió que seguramente no debería haberla preocupado, recién operada como estaba. Cuando volví a la casa, el murciélago colgaba de la pared. Cogí un barreño y lo coloqué sobre el bicho. Oía cómo se movía allí dentro, y estuve a punto de vomitar de asco. Bajé el barreño arrastrándolo por la pared y conseguí colocarlo contra el suelo sin que el murciélago se escapara. Así al menos estaba capturado, aunque no muerto. Hice como había hecho la noche anterior, cerré la puerta del salón al salir y subí al dormitorio. Me quedé leyendo *Rojo y negro* de Stendhal hasta que me dormí. A la mañana siguiente fui al cobertizo a buscar un ladrillo. Levanté con cuidado el barreño, el murciélago estaba inmóvil, vacilé un instante pensando en cómo sacarlo de allí. Tal vez podría empujarlo dentro de un cubo, y luego taparlo con un periódico o algo así. No quería aplastarlo si no era necesario. Antes de haberme decidido del todo, golpeé con todas mis fuerzas el murciélago con el ladrillo, estampándolo contra el suelo. Apreté una y otra vez el ladrillo, girándolo de un lado para otro hasta estar seguro de que no quedaba vida alguna. La sensación de lo blando contra lo duro se me quedó en el cuerpo durante varios días, por no decir semanas. Lo recogí con un recogedor y lo tiré a la cuneta. Luego fregué minuciosamente el lugar donde había estado el bicho, y volví a irme al hospital en autobús. Al día siguiente mi madre volvió a casa, y yo fui un hijo bueno durante dos semanas. En medio del salvaje verdor, debajo del cielo grisáceo del valle, estuve cargando muebles y desembalando cajas, hasta que llegó el momento en el que iba a empezar la universidad, y cogí el autobús rumbo a Bergen.

¿Cuánto quedaba en mí de aquel joven veinteañero?

No mucho, pensé, sentado en la terraza y mirando las estrellas brillar sobre la ciudad. La sensación de ser yo seguía siendo la misma. Es decir, la que me encontraba al despertar todas las mañanas y la que dejaba al dormirme todas las noches. Pero ese estado vibrante, casi pánico, había desaparecido. También el inmenso enfoque en otras personas. Y lo contrario, el significado megalómano que me atribuía a mí mismo, había disminuido. Quizá no mucho, pero algo.

Cuando tenía veinte años, sólo hacía diez que tenía diez. Todo lo de mi infancia seguía estando cerca. Seguía siendo mi punto de referencia, lo que me hacía entender las cosas. Ya no era así.

Me levanté y entré. Linda y John dormían muy juntos en la oscuridad del dormitorio. John pequeño como una bolita. Me tumbé a su lado y me quedé mirándolos un rato hasta que también yo me dormí.

Diez días después aterricé temprano por la mañana en el aeropuerto de Kjevik, en las afueras de Kristiansand. A pesar de haber vivido a diez kilómetros de allí desde que tenía trece años hasta que cumplí los dieciocho, y de que el paisaje estaba lleno de recuerdos, despertó ahora en mí poco o nada, quizá porque no hacía más de dos años que había estado allí por última vez, o quizá porque estaba más lejos que nunca. Bajé la escalerilla del avión y vi el fiordo de Topdal a mi izquierda, resplandeciente a la luz del sol de febrero, la llanura de Ryen a la derecha, por donde Jan Vidar y yo habíamos bajado laboriosamente una Nochevieja, durante una gran nevada.

Entré en el edificio de la terminal, pasé por delante de la cinta de equipaje y fui al quiosco a comprarme un café, que me tomé fuera. Encendí un cigarrillo, miré a la gente que se acercaba al autobús del aeropuerto y la fila de taxis, mientras oía por todas partes ese dialecto de Sørlandet que me llenaba de tanta ambivalencia. Pertenecía a ese lugar, era el indicador de pertenencia, tanto cultural como geográfica, y seguía oyendo ese rasgo de autosatisfacción que siempre me había parecido oír en él, seguramente en mi propia interpretación, porque yo mismo no pertenecía a ese lugar, ni nunca había pertenecido.

Una vida resulta fácil de entender, son pocos los factores que la deciden. En la mía había dos. Mi padre y el hecho de no haber pertenecido a ningún lugar.

No era más difícil que eso.

Encendí el móvil y miré el reloj. Eran las diez y unos minutos. La primera conferencia era a la una en la universidad nueva de Agder, de modo que iba bien de tiempo. La segunda la daría en Søgne, unos veinte kilómetros a las afueras de la ciudad, a las siete y media de la tarde. Había decidido hacerlo sin manuscrito. Era algo que jamás había hecho hasta entonces, de modo que el nerviosismo y el miedo me recorrían alegremente cada diez minutos o así. También me vibraban las piernas, y tenía la sensación de que me temblaba la mano que tenía cogida la taza. Pero pude constatar que no era realmente así, apagué el cigarrillo sobre la rejilla negra de la papelera, atravesé las puertas automáticas y fui otra vez al quiosco. Compré un par de periódicos y fui a sentarme en una de las sillas altas, que parecían taburetes de un bar americano. Diez años antes había escrito sobre ese local, allí fue el protagonista de *Fuera del mundo*, Henrik Vankel, a encontrarse con Miriam, en la escena final de la novela. Lo escribí en Volda, donde la vista del fiordo, de los ferris que iban y venían, de las luces del muelle y de debajo de las montañas al otro lado, no eran más que una especie de sombra en los espacios y paisajes sobre los que escribía, esa ciudad de Kristiansand por la que yo había paseado en otros tiempos y que ahora repasaba en mis pensamientos. Aunque no recordaba lo que la gente me decía, aunque no recordaba lo que había sucedido donde estaba, recordaba en cambio con gran precisión el aspecto que tenía y la atmósfera en la que estaba envuelta. Recordaba todos los espacios por los que me había movido, y todos los paisajes. Cuando cerraba los ojos, era capaz de evocar cada detalle de la casa en la que me había criado, de la casa del vecino, y del paisaje de alrededor, al menos en un radio de varios kilómetros. Los colegios, las piscinas cubiertas, las gasolineras, las tiendas, las instalaciones deportivas, los clubs de ocio, las casas de mis parientes. Lo mismo pasaba con los libros que había leído. Los temas desaparecían al cabo de unas semanas, pero los lugares donde sucedían permanecieron en mi memoria durante años, quizá para siempre, ¿qué sabía yo?

Hojeé el *Dagbladet*, luego el *Aftenposten* y el *Fædrelandsvennen*, y después me quedé contemplando a la gente que pasaba. Debería aprovechar el tiempo para prepararme, pues todo lo que había hecho hasta entonces había sido repasar unos viejos papeles la noche anterior e imprimir los textos que iba a leer. En el avión había anotado diez puntos que era mi intención tocar. No fui capaz de hacer nada más, porque esa idea de que sólo hacía falta charlar, que nada resultaba más fácil, era fuerte y convincente. Iba a hablar de los dos libros que había escrito. No sabría hacerlo, así que sólo me quedaba hablar de cómo se escribieron, esos años de nada hasta que algo empezaba a tomar forma y poco a poco iba creciendo hasta que al final todo venía por sí mismo. Escribir una novela es ponerse una meta y luego caminar dormido hacia ella, había dicho Lawrence Durrell en una ocasión. Y era verdad, así era. No sólo tenemos acceso a nuestra propia vida, sino a casi todas las vidas que existen en nuestra civilización, no sólo tenemos acceso a nuestros propios recuerdos, sino a todos los recuerdos de esta jodida cultura, porque yo soy tú y tú eres todo el mundo, venimos de lo mismo, vamos a lo mismo, y por el camino todos oímos lo mismo en la radio, vemos lo mismo en la televisión, leemos lo mismo en los periódicos, y en nosotros está la misma fauna de rostros sonrientes de personas famosas. Aunque tú estés en un minúsculo cuarto, en una minúscula ciudad a miles de kilómetros de los centros del mundo, sin encontrarte con una sola persona, su infierno es tu infierno, su cielo tu cielo, sólo tienes que reventar ese globo que es el mundo y dejar que todo lo que hay en él se esparza por los lados.

Diría más o menos eso.

El lenguaje es compartido, crecemos dentro de él, y las formas en las que lo usamos también son compartidas, de modo que por muy idiosincrásicos que seáis tú y tus ideas, en la literatura nunca podrás abandonar a los demás. Al revés, es la literatura la que nos acerca los unos a los otros a través del lenguaje, que no es propiedad de ninguno de nosotros, y en el que apenas conseguimos influir, y a través de la forma, que nadie puede transgredir por sí solo, y si alguien lo hace, únicamente tiene sentido si otros lo siguen de inmediato. La forma te saca de ti mismo, te distancia de tu ego, y es esa distancia la que constituye la condición necesaria para la cercanía a los demás.

Empezaría la conferencia con una anécdota sobre Hauge, ese viejo amargado tan encerrado en sí mismo, durante tantos años casi completamente aislado, y sin embargo mucho más cerca del centro de la cultura y la civilización que casi nadie de su época. ¿Qué clase de conversación mantenía él? ¿En qué clase de lugar estaba?

Me deslicé de la silla y me acerqué al mostrador a por otro café. Cambié un billete de cincuenta en monedas, tendría que llamar a Linda antes de seguir camino, y desde el extranjero no podía llamar con mi móvil.

Todo iría bien, pensé al mirar mis dos hojas con palabras clave. No importaba mucho que fueran pensamientos e ideas que ya no compartía. Lo más importante era que dijera algo.

En el transcurso de los últimos años había perdido cada vez más la fe en la literatura. Leía y pensaba que eso había sido inventado por alguien. Tal vez fuera porque estábamos completamente invadidos por ficción y cuentos. Tanto que había perdido el sentido. Por todas partes te encontrabas con ficción. Todos esos millones de libros de bolsillo, libros de tapa dura, películas en DVD y series de televisión, todo trataba de personas inventadas en un mundo inventado, pero realista. Las noticias de los periódicos, de la televisión y de la radio tenían exactamente la misma forma, los documentales tenían la misma forma, también eran cuentos, y entonces no importaba si lo que contaban había sucedido o no. Era una crisis, yo lo sentía en cada parte de mi cuerpo, algo saturado, como de manteca, se expandía por la conciencia, en particular porque el núcleo de toda esa ficción, verdadera o no, era la credibilidad, y porque la distancia mantenida con la realidad era constante. Es decir, que veía lo mismo. Y eso, que era nuestro mundo, era fabricado en serie. Y eso que era tan único, de lo que todos hablaban, era por tanto anulado, no existía, era mentira. Vivir con eso, con la certeza de que igualmente todo podría haber sido distinto, era desesperante. Yo era incapaz de escribir así, no funcionaba, cada frase era respondida con la idea: esto es simplemente algo que acabas de inventar. No tiene ningún valor. Lo inventado no tiene ningún valor, lo documentado no tiene ningún valor. Lo único que para mí seguía teniendo valor y todavía tenía sentido eran los diarios y los ensayos, la parte de la literatura que no es narración, que no trata de nada, sino que sólo consta de una voz, la voz de la propia personalidad, una vida, un rostro, una mirada con la que uno podía encontrarse. ¿Qué es una obra de arte sino la mirada de otro ser humano? No por encima de nosotros, ni tampoco por debajo de nosotros, sino justo a la altura de nuestra propia mirada. El arte no se puede vivir colectivamente, el arte es eso con lo que uno se encuentra a solas. Uno se encuentra a solas con esa mirada.

Hasta ahí llegaba el pensamiento, ahí se daba contra la pared. Si la ficción carecía de valor, también carecía de valor el mundo, porque lo veíamos a través de la ficción.

Desde luego también podía relativizar este punto. Podía hacerme a la idea de que se trataba más de mi estado mental, mi psicología personal, que del estado actual del mundo. Si hablara de ello con Espen o Tore, que ahora eran mis amigos más antiguos, a los que había conocido mucho antes de que debutaran y se convirtieran en escritores, rechazarían por completo mi visión. Cada uno a su manera. Espen era una persona crítica, pero a la vez tremendamente curiosa, con una enorme sed del mundo, y cuando escribía, dirigía toda su energía hacia fuera: política, deportes, música, filosofía, historia de la Iglesia, ciencia médica, biología, arte pictórico, grandes acontecimientos contemporáneos, grandes acontecimientos del pasado, guerras y campos de batalla, pero también hacia sus hijas, sus viajes de vacaciones, pequeños episodios que había presenciado: escribía de todo e intentaba entenderlo todo con esa ligereza especial que tenía, porque no le interesaba la mirada hacia dentro, es decir, lo introspectivo, lo que la crítica, tan fértil en el exterior, podría llegar a destrozar del todo. Lo que a Espen le gustaba y lo que deseaba ardientemente era esa participación en el mundo. Cuando yo lo conocí, él era introvertido y tímido, encerrado en sí mismo y no muy feliz. Yo había visto el largo camino que había recorrido hasta la vida que llevaba ahora, había conseguido lo que se había propuesto, todo lo que le oprimía había desaparecido. Había aterrizado bien, era feliz, y aunque se mostraba crítico ante muchas cosas del mundo, no lo despreciaba. La ligereza de Tore era de otra índole, amaba el presente y lo cultivaba, lo que posiblemente se debiera a su profunda fascinación por la música pop, la anatomía de las listas de éxitos, lo que es importante una semana es sustituido por otra cosa la semana siguiente, y toda la estética de la música pop, vender mucho, estar visible en los medios de comunicación, ir de gira con el espectáculo, lo había transferido a la literatura, por lo que recibía muchos golpes, claro, pero a pesar de todo lo llevaba a cabo con la constancia que lo caracterizaba. Si Tore odiaba algo, era el modernismo, por ser no comunicativo, inaccesible, oculto e infinitamente vanidoso, sin admitirlo siquiera. ¿Pero qué se podía decir para hacer cambiar de opinión a un tío que en su día admiró a las Spice Girls? ¿Para hacer cambiar de opinión a un hombre que en su día escribió un entusiasta ensayo sobre la serie de comedia televisiva *Friends*? Me gustó el rumbo que tomó luego, hacia la novela premoderna, Balzac, Flaubert, Zola, Dickens, pero yo no creía que la forma pudiera heredarse, como lo creía él. Eso era de hecho lo único que él realmente criticaba de lo que yo hacía, la forma, que en su opinión era floja. También me gustó la dirección que tomó Espen, hacia el ensayo erudito y universal, pero digresivo y atiborrado, algo barroco, pero me disgustaba la postura que tomó dentro de esa tendencia, en la que se celebraba, por ejemplo, el racionalismo y se ridiculizaba el romanticismo. Fuera como fuera, Espen y Tore se implicaron en el mundo con todo su ser, y yo no veía nada malo en ello, al contrario. Era lo que yo tendría que hacer también, afirmar la vida, el sentido nietzscheano, porque no había otra cosa. Eso era todo lo que teníamos, eso era todo lo que había; ¿cómo íbamos a rechazarlo?

Saqué el móvil y abrí la tapa. Aparecieron luminosas fotos de Heidi y Vanja. Heidi con la cara casi apretada contra la pantalla en una gran sonrisa, Vanja algo más prudente, detrás de ella.

Eran las once menos cuarto.

Me levanté y me acerqué al teléfono público, metí cuarenta coronas y marqué el número del móvil de Linda.

–¿Qué tal ha ido la mañana? –le pregunté.

–Horrible –contestó–. Caos total. No he sido capaz de controlar nada. Heidi ha vuelto a arañar a John. Vanja y Heidi se han peleado. Y Vanja ha cogido una rabieta en plena calle nada más salir.

–Vaya –dije–. Qué pena.

–Y cuando llegamos a la guardería Vanja me dijo: «Tú y papá estáis siempre tan enfadados... Siempre estáis enfadados.» ¡Me dio mucha, pero que mucha pena! No te lo puedes imaginar.

–Lo entiendo. Es horrible. Tenemos que solucionar esto, Linda. Es absolutamente necesario. Tenemos que conseguirlo. No podemos seguir como estamos ahora. Yo voy a esforzarme. Mucho de todo esto es por mi culpa.

–Tenemos que buscar una solución –dijo Linda–. Podemos hablar de ello cuando vuelvas. Lo desesperante es que sólo quiero que estén a gusto. Es lo único que quiero. ¡Y no lo consigo! Soy una mala madre. Ni siquiera soy capaz de estar sola con mis hijos.

–No es verdad. Eres una madre fantástica. Ése no es el problema. Vamos a conseguirlo. Seguro.

–Vale. ¿Qué tal el viaje?

–Bien. Ya estoy en Kristiansand. Enseguida iré a la universidad, tengo un miedo que no te puedes imaginar. No hay nada que me guste menos que dar conferencias, y sin embargo me expongo a ello una y otra vez.

–Pero siempre te sale bien, ¿no?

–Eso no es del todo verdad. Pero bueno, no te he llamado para quejarme. Todo va bien. Te llamaré esta noche, ¿vale? Si hay algún problema, llámame al móvil. Puedo recibir llamadas pero no puedo hacerlas.

–Vale.

–¿Qué estás haciendo ahora?

–Estoy en el parque Pildamm con John. Está dormido. Esto es muy bonito, y en realidad debería estar contenta. Pero... lo de esta mañana me ha destrozado.

–Olvídalo. Vais a pasar una buena tarde, seguro. Oye, tengo que irme ya. ¡Hasta luego!

–Hasta luego. ¡Y suerte!

Colgué, fui a por la bolsa y salí a fumar el último cigarro.

MIERDA. MIERDA.

Me apoyé en la pared y miré hacia el bosque, a los peñascos grises entre todo lo verde y amarillo.

Me sentía muy apenado por los niños. Yo siempre estaba enfadado e irritable en casa, a la mínima me ponía a regañar a Heidi, incluso a *gritarle*. Y a Vanja, Vanja... Cuando cogía una rabieta y no sólo se negaba a todo, sino que gritaba, chillaba y pegaba, yo le devolvía los gritos, la agarraba y la tiraba a la cama, completamente fuera de control. Luego me arrepentía, intentaba mostrarme paciente, simpático, amable y bondadoso. Bueno. Y eso era lo que yo quería, lo único que quería era ser un buen padre para los tres.

¿No lo era?

MIERDA. MIERDA. MIERDA.

Tiré el cigarrillo, cogí la bolsa y eché a andar. Como no sabía dónde estaba la universidad, pues no existía cuando vivía allí, cogí un taxi. El vehículo salió silenciosamente del aparcamiento conmigo en el asiento de atrás, primero fuimos en paralelo a la pista de aterrizaje, luego cruzamos el río, pasamos por delante de mi viejo colegio, por el que no sentía ningún cariño, subimos las cuestas y pasamos por la playa de Hamresanden, el camping, y las laderas detrás de las que estaba la urbanización donde vivían la mayor parte de mis compañeros de colegio. Luego atravesamos el bosque y salimos al cruce de Timenes, donde cogimos la autovía E18 hasta Kristiansand.

La universidad se encontraba al otro lado de un túnel, no muy lejos del instituto en el que yo había estudiado, pero aislada por completo de él; reposaba como una pequeña isla en medio del bosque. Grandes edificios nuevos y bonitos. No había duda de que el dinero había llegado a Noruega desde que yo no vivía allí. La gente iba mejor vestida, tenía coches más caros, y por todas partes se veían nuevos proyectos de construcción.

Un hombre barbudo, con gafas y pinta de profesor, me estaba esperando en la entrada. Nos saludamos, me enseñó el lugar donde iba a dar la conferencia, y se fue a seguir con sus obligaciones. Busqué la cantina, conseguí comerme una baguette, y me senté fuera al sol a tomarme un café y fumar. Había estudiantes por todas partes, más jóvenes de lo que esperaba, parecían más bien alumnos de instituto. De repente me vi a mí mismo, un tío de mediana edad con una bolsa y ojos huecos, sentado solo. Cuarenta años, pronto cumpliría cuarenta años. ¿No estuve a punto de caerme de la silla aquella vez que el amigo de Hans, Olli, me contó que tenía cuarenta años? En primer lugar jamás lo hubiera pensado, y en segundo, su vida me pareció de repente completamente diferente, ¿por qué se relacionaba ese viejo con nosotros?

Yo estaba ya en ese punto.

–¿Karl Ove?

Levanté la vista. Nora Simonhjell estaba delante de mí, sonriendo.

–¡Hola, Nora! ¿Qué haces aquí? ¿Trabajas aquí?

–Sí. Vi que ibas a venir, y pensé que te encontraría aquí. ¡Cuánto me alegro de verte!

Me levanté y le di un abrazo.

–¡Siéntate! –le pedí.

–¡Qué buen aspecto tienes! Cuéntame. ¿Qué tal tu vida?

Le conté la versión abreviada. Tres hijos, cuatro años en Estocolmo, dos en Malmö. Todo bien. Nora, a la que había conocido en una fiesta de fin de carrera en la universidad de Bergen y luego volví a ver en Volda, donde ella daba clases y yo preparaba mi primera novela, que ella antes que nadie leyó y comentó, vivió luego algún tiempo en Oslo, donde trabajaba en una librería y en el *Morgenbladet,* publicó su segunda colección de poesía, y ahora trabajaba aquí. Le dije que Kristiansand era para mí una pesadilla, pero que debía de haber cambiado mucho en los veinte años que habían transcurrido. Y una cosa había sido ir allí al instituto, algo muy distinto sería trabajar en la universidad.

Ella se encontraba muy a gusto allí, dijo. Parecía contenta. Había dejado la escritura, pero no para siempre, no se sabía lo que podía ocurrir en el futuro. Se acercó una amiga suya norteamericana, y antes de subir al auditorio hablamos un poco sobre las diferencias entre su antiguo lugar de residencia y el actual. Faltaban diez minutos. Me dolía la tripa, por no decir el cuerpo entero, me dolía todo. Y las manos, que durante todo el día habían temblado en mi mente, temblaban en la realidad. Me senté en la mesa del estrado, hojeé un poco los libros, y miré hacia la puerta. Había dos personas sentadas en la sala, además de mí y el profesor. ¿Sería un día de ésos?

La primera vez que recité en público, unas semanas después de la publicación de mi primera novela, fue en Kristiansand. Acudieron cuatro personas. Para mi gran satisfacción, una de ellas era mi viejo profesor de historia, ahora director del instituto Rosenvold. Me acerqué luego a charlar con él y resultó que apenas se acordaba de mí, había ido para escuchar a otro de los tres debutantes de la velada, Bjarte Breiteig.

Así fue la vuelta a las raíces. Así fue la venganza sobre el pasado.

—Bueno, creo que debemos empezar ya –dijo el profesor.

Eché un vistazo a la sala. Había siete personas sentadas.

Cuando hube acabado, una hora más tarde, Nora dijo que estaba impresionada. Sonreí y le agradecí sus amables palabras, pero me odiaba a mí mismo y a todo lo que era yo, y quería salir de allí lo antes posible. Por suerte, Geir había acudido veinte minutos antes de lo acordado, estaba en medio del gran vestíbulo cuando bajé la escalera. Hacía más de un año que no lo veía.

—Creía que era imposible que perdieras más pelo –le dije–. Pero veo que me equivocaba.

Nos dimos la mano.

–Tienes los dientes tan amarillos que los perros acudirán en tropel a la ciudad a verte –dijo–. Pensarán que eres su rey. ¿Qué tal ha ido?

–Había siete.

–¡Ja, ja, ja!

–Da lo mismo. Por lo demás, bien. Vámonos. ¿Tienes el coche fuera?

–Sí –contestó.

Para haber enterrado a su madre el día anterior estaba sorprendentemente animado.

–La última vez que estuve aquí –dijo, cuando cruzamos la plaza–, fue en un ejercicio con la Guardia de Jóvenes Voluntarios. Nos entregaron el equipamiento por aquí cerca. Pero entonces esto no estaba, claro.

Apretó el botón de la llave del coche y las luces de un Saab rojo parpadearon a unos veinte metros. En la parte de atrás había una silla de niño, era de su hijo Njaal, que nació al día siguiente de Heidi, y del que yo era padrino.

–¿Quieres conducir? –preguntó con una sonrisa.

No se me ocurrió ninguna respuesta adecuada. Abrí la puerta, me senté, eché el asiento hacia atrás, me até el cinturón y lo miré.

–¿No nos vamos?

–¿Y adónde vamos?

–Al centro, ¿no? ¿Qué otra cosa se puede hacer?

Arrancó, dio marcha atrás y salimos.

–Pareces un poco desanimado –me dijo–. ¿No ha ido muy bien, o qué?

–Ha ido bien. Y no voy a molestarte con lo que no va bien.

–¿Por qué no?

–Porque no, ¿sabes...? Hay problemas pequeños, y también hay problemas grandes.

–El que mi madre fuera enterrada ayer no pertenece a la categoría «problema» –objetó Geir–. Lo que ha ocurrido, ha ocurrido. Venga ya. ¿Qué es lo que te atormenta?

Nos metimos por el pequeño túnel y salimos a la llanura de

Kongsgård, que sumergida en la nítida luz invernal parecía casi hermosa.

—He hablado con Linda —le dije—. Ha tenido una mañana difícil, ya sabes. Rabietas y caos. Vanja le había dicho que su madre y yo siempre estamos enfadados. Y tiene toda la razón, joder. Me doy cuenta en cuanto me alejo. En el fondo, lo único que me apetece es volver e intentar arreglarlo. Eso es lo que me atormenta.

—Es decir, lo de siempre —dijo Geir.

—Sí.

Cogimos la E18, nos paramos en el peaje y Geir abrió la ventanilla y lanzó las monedas al cono de metal. Pasamos por delante de la iglesia de Oddernes, y detrás de ella avisté la capilla donde había tenido lugar el entierro de mi padre y Kristiansand Katedralskole, el instituto donde estudié durante tres años.

—Este lugar está repleto de significado para mí —dije—. Mis abuelos paternos están enterrados aquí. Y mi padre...

—Se encuentra en algún almacén de por aquí, ¿no?

—Correcto. No sé cómo no fuimos capaces de hacer aquello bien. Je, je, je.

—A veces los peores son los de la propia familia. ¡Je, je, je!

—¡Ja, ja, ja! Pero en serio, voy a ocuparme de eso pronto. De enterrar sus cenizas. Tengo que hacerlo.

—Diez años en un almacén nunca han hecho daño a nadie —dijo Geir.

—Sí que lo han hecho. Pero no a alguien incinerado como él.

—¡Ja, ja, ja!

Se hizo el silencio. Antes de entrar en el túnel pasamos por el parque de bomberos.

—¿Qué tal el entierro ayer? —le pregunté.

—Estuvo muy bien. Vino mucha gente. La iglesia se llenó. Muchos parientes y amigos de la familia, gente a la que no había visto en muchos años, de hecho, desde que era pequeño. Fue digno y bonito. Mi padre y Odd Steinar lloraron. Estaban completamente destrozados.

—¿Y tú?

Me echó una mirada fugaz.

–Yo no lloré –respondió–. Mi padre y Odd Steinar estaban abrazados. Yo estaba sentado solo a su lado.

–¿Eso te atormenta?

–No, ¿por qué? Yo siento como siento, ellos sienten como sienten.

–Gira por ahí a la izquierda –dije.

–¿A la izquierda? ¿Por allí delante?

–Sí.

Llegamos al centro, y seguimos por la calle Festning.

–Enseguida verás un aparcamiento a la derecha –dije–. ¿Dejamos el coche allí?

–Vale.

–¿Qué crees que piensa tu padre de eso?

–¿De que no llore la muerte de mi madre?

–Sí.

–Seguro que no piensa en ello. «Así es Geir», se dirá. Siempre ha sido así. Siempre me ha dejado hacer. ¿Te he contado alguna vez cuando me recogió de una fiesta? Yo tenía dieciséis años, y tenía que vomitar, él paró el coche, yo vomité y él siguió adelante. Plena confianza. El que yo no llore en el entierro de mi madre, o no le dé un abrazo, no significa nada para él. Él siente lo que siente, y los demás sienten lo que sienten.

–Suena como un hombre bueno.

Geir me miró.

–Es un hombre bueno. Y un buen padre. Pero vivimos cada uno en nuestro planeta. ¿Es aquí donde dices? ¿Ahí delante?

–Sí.

Bajamos al aparcamiento subterráneo y dejamos el coche. Luego dimos una vuelta por la ciudad, Geir quería pasar por las tiendas de música, y luego visitamos las dos grandes librerías, antes de ponernos a buscar un sitio para comer. Acabamos en Peppes Pizza, al lado de la biblioteca. Geir no parecía afectado por lo que había sucedido en su vida en el transcurso de la última semana, y mientras comíamos y charlábamos, me pregunté si se debía a que realmente no estaba afectado, y en ese caso por qué, o si lo que le ocurría era que le importaba mucho ocultar sus sentimientos. Durante mis primeros meses en Estocolmo, Geir escribió unos relatos que me dio a leer, estaban sobre todo marcados por la gran distancia que guardaban con los acontecimientos que describían, y recordaba haberle dicho que era como si hubiera que levantar un enorme barco hundido. Estaba allí, muy dentro de su conciencia. Ya no le preocupaba, no era importante para él, lo que no quería decir que careciera de significado. Él no lo reconocía, y vivía en consecuencia. Pero, entonces, ¿qué estatus tenía eso? ¿Era algo reprimido? ¿Algo que había desaparecido a través de la racionalización? ¿O era, como decía él, «noticias de ayer»? La distancia que mantenía con su familia tenía que ver con esto: mantenía todo lo pasado a distancia. La vida de ellos, que según él consistía en una sucesión regular de eventos cotidianos, entre los que los momentos culminantes eran las excursiones a los centros comerciales de las afueras de la ciudad y una comida dominical en algún restaurante de carretera, y los temas de conversación raramente se elevaban por encima de la comida y el buen o el mal tiempo, le volvía loco de desasosiego, también porque en todo eso no tenía ninguna cabida lo que él estaba haciendo, suponía yo. Ellos no se interesaban en absoluto por los quehaceres de él, de la misma manera que a él no le interesaban en absoluto los de su familia. Para que la relación pudiera funcionar, él tenía que situarse al nivel de ellos, pero eso no quería hacerlo. A la vez elogiaba a menudo el calor que había en ellos, en su preocupación por las cosas cercanas, sus abrazos y caricias, pero esos elogios solía expresarlos después de haberse explayado sobre lo que no aguantaba de ellos, como una especie de penitencia, no sin burlarse de mí de paso, porque mientras yo tenía todo lo que él no tenía en la familia, curiosidad intelectual y conversaciones constantes, lo que él denominaba valores de clase media, en la mía no existían ese calor y cercanía que él consideraba valores típicos de la clase obrera, de la que él provenía, ni tampoco ese deseo de crear ambientes acogedores, tan despreciados en los ambientes académicos, ya que el gusto que expresaba era considerado simple, por no decir ordinario. Geir despreciaba la clase media y sus valores, pero sabía muy bien que eran los que él mismo había abrazado en su carrera universitaria y todo lo que tenía que ver con ella, y por ahí, en algún punto, estaba atrapado, como una mosca en una telaraña.

Se alegraba de verme, de eso me di cuenta, y tal vez también sintiera alivio por la muerte de su madre, no tanto por él como por ella. Una de las primeras cosas que mencionó fue lo poco que ahora importaba la angustia de ella. Ya nada... Pero allí estaba, estábamos tan atrapados los unos en los otros como en nosotros mismos, era imposible escaparse, llevaras la vida que llevaras.

Hablamos de Kristiansand. Para él no era más que una ciudad, para mí era un lugar en el que no conseguía estar sin que los viejos sentimientos brotaran a borbotones. Constaban en su mayoría de odio, pero eso también se debía a mi insuficiencia, pues era incapaz de responder a algunas de las exigencias que se me planteaban en ese lugar. Geir opinaba que se trataba del lugar de la infancia, que estaba coloreado por el propio tiempo, pero yo no estaba de acuerdo, había una gran diferencia entre Arendal y Kristiansand, la mentalidad de ambas era diferente. También las ciudades tienen carácter, psicología, espíritu, alma, o como quiera llamarse, eso que notas en el momento de entrar en ellas, y que marcan a las personas que allí viven. Kristiansand era una ciudad comercial, tenía alma mercenaria. Bergen también tenía alma mercenaria, pero tenía además ingenio y autoironía, es decir, el mundo exterior había sido incorporado a ella, y ella sabía muy bien que no era única.

–Por cierto, volví a leer *Tierra nueva* este verano –dije–. ¿Lo has leído?

–Hace mucho.

–En él Hamsun homenajea al hombre de negocios. Es joven y dinámico, el futuro del mundo y el gran héroe. Por la gente de la cultura sólo siente desprecio. Escritores, pintores, no son nada. ¡Pero el comerciante! Resulta divertido. ¡Te imaginas lo díscolo que era ese hombre!

–Mm –dijo–. Hay un apartado en la biografía sobre cómo tira los tejos a unas sirvientas. El biógrafo Kolloen lo trata con desprecio, o se muestra totalmente ajeno al tema. Pero Hamsun provenía de las capas más bajas. Eso es lo que la gente olvida. Era, al fin y al cabo, un escritor de la clase obrera. Venía de lo más pobre de lo pobre. ¡Para él las sirvientas significaban ascender un escalón en la escala social! Es imposible sacar algo de Hamsun sin entender esto.

–Él no miraba hacia atrás –dije–. Es como si sus padres no formaran parte de su psicología, si entiendes lo que quiero decir. Me quedo con una imagen de unas personas viejas y grises sentadas junto a la pared de una salita en algún lugar de la provincia de Nordland, tan viejas que resulta casi imposible distinguirlas de los muebles. Y tan ajenas a la posterior vida de Hamsun que carecen por completo de relevancia. Pero no pudo ser así.

–¿Crees que no?

–Sí, sí, pero me entiendes, ¿no? No existe una sola descripción sobre la infancia en Hamsun, excepto en *Se cierra el círculo*. Y casi nada de padres. En sus libros los personajes salen de la nada. Sin rastro del pasado. ¿Era porque no importaban nada, o porque su importancia había sido suprimida? En cierto modo, estos personajes se convierten así en las primeras personas de masa, es decir, personas sin un determinado origen propio. Están determinadas por el presente.

Me serví un trozo de pizza, corté los largos hilos de queso y di un mordisco.

–Prueba esta salsa –dijo–. ¡Está riquísima!

–Para ti toda –respondí.

–Por cierto, ¿a qué hora tienes que estar allí?

–A las siete. Empieza a las siete y media.

–Entonces vamos sobrados de tiempo. ¿Quieres que demos una vuelta en el coche? Para que puedas volver a ver algunos de tus antiguos lugares. Yo también tengo un par de lugares en Kristiansand. El tío de mi madre y su familia vivían en Lund. Me gustaría volver a ver ese sitio.

–Podemos tomar un café primero en algún otro lado, y luego nos vamos. ¿Te parece?

–Hay por aquí cerca un café donde solíamos ir cuando era pequeño. Podemos ir a ver si todavía existe.

Pagamos y salimos. Primero dimos una vuelta por el Hotel Caledonien, le hablé a Geir del incendio que hubo allí, yo estaba detrás de las vallas mirando boquiabierto la fachada negra, toda quemada ya. Fuimos andando a lo largo de los contenedores del puerto hasta la estación de autobuses, subimos hacia la Bolsa, pasamos por Markens y nos metimos en algún café artístico, donde nos sentamos en el exterior, a pesar del frío, para que yo pudiera fumar. Luego volvimos al coche; primero nos acercamos a la casa de la calle Elve, donde yo viví el invierno en el que mis padres se divorciaron. La casa se vendió, y la habían reformado. Luego subimos hasta la casa de mis abuelos paternos, donde había muerto mi padre. Dimos la vuelta en la plaza de la Marina, paramos el coche en el pequeño callejón y miramos hacia la casa. Ahora estaba pintada de blanco. Habían cambiado las tablas. El jardín estaba limpio y ordenado.

–¿Era aquí? –me preguntó Geir–. ¡Qué casa tan estupenda! Bonita, burguesa, cara. No me la imaginaba así. Me la imaginaba distinta.

–Sí –respondí–. Aquí era. Pero no tengo ningún sentimiento hacia ella. No es más que una casa. Ya no significa nada. Me doy cuenta ahora.

Dos horas más tarde nos detuvimos delante de la Escuela Superior Popular, donde yo leería fragmentos de mis libros. Se encontraba en medio del bosque, en las afueras de Søgne. El cielo estaba negro, con estrellas resplandeciendo y brillando por todas partes, cerca se oía el murmullo de un río y de los árboles del bosque. El estallido de la puerta de un coche resonando entre las paredes. Luego el silencio se cerró a nuestro alrededor.

–¿Estás seguro de que es aquí? –preguntó Geir–. ¿En medio del bosque? ¿Quién demonios va a venir hasta aquí un viernes por la tarde para oírte a ti leer?

–Buena pregunta –dije–. Pero sí que es aquí. Bonito, ¿no?

–Ah, sí. Muy sugerente.

Nuestros pasos crujían sobre la tierra helada del camino. Uno de los edificios, una gran casa de madera pintada de blanco, con aspecto de ser de alrededor del cambio de siglo, estaba completamente oscura. En el otro, situado en perpendicular a ése, a unos veinte metros de distancia, había luz en tres ventanas. En una de ellas se veían dos figuras. Estaban tocando un piano y un violín. A la derecha había un enorme granero, donde tendría lugar la lectura. Tampoco estaba iluminado.

Caminamos unos minutos, mirando por las ventanas oscuras, vimos una biblioteca, y algo parecido a un salón. Seguimos el camino hasta llegar a un puente de piedra sobre un riachuelo. Agua negra, y el bosque como una pared negra al otro lado.

–Tenemos que buscar un café o algo por el estilo –dijo Geir–. ¿Preguntamos a esos dos de ahí dentro si tienen llave?

–No. No vamos a preguntar nada a nadie –dije–. Los organizadores llegarán cuando tengan que llegar.

–Al menos tendremos que calentarnos un poco –dijo Geir–. No tienes nada que objetar a eso, ¿no?

–No, claro que no.

Entramos en la estrecha casa, inundada de tonos producidos por los dos jóvenes músicos. Tendrían unos dieciséis o diecisiete años. Ella tenía una cara bonita, dulce, y él, que sería de la misma edad que ella, pero que tenía acné y movimientos torpes, e incluso se sonrojaba un poco, no pareció alegrarse mucho de vernos.

–¿Tenéis llave de este edificio? Este señor va a dar una charla, ¿sabéis? Hemos llegado un poco pronto.

Ella dijo que no tenían llave, pero que podíamos sentarnos en la habitación contigua, donde había una máquina de café. Fuimos allí.

–Me siento como en un campamento –dijo Geir–. La luz aquí dentro. El frío y la oscuridad de fuera. Y el bosque. Y el que nadie sepa dónde me encuentro. Nadie sabe lo que hago. Pues sí, produce como una especie de sensación de libertad. Pero la oscuridad hace mucho. El ambiente que crea.

–Entiendo lo que quieres decir –dije–. Yo por mi parte sólo estoy nervioso. Me duele todo el cuerpo.

–¿Por esto? ¿Por tener que hablar aquí? ¡Relájate, hombre! Todo irá bien.

Levanté la mano.

–¿Lo ves?

Temblaba como un anciano.

Media hora más tarde me llevaron a la sala donde se celebraría el acto. Había venido a recibirme otro hombre barbudo, con pinta de profesor, de cincuenta y bastantes años, y con gafas.

–¿A que es bonito? –me dijo cuando entramos.

Asentí con la cabeza. De verdad lo era. Un gran anfiteatro estaba colocado como una cápsula dentro del granero, construido para conseguir una acústica óptima, con tal vez doscientos asientos. Arte en todas las paredes. Había mucho dinero en este país, pensé una vez más. Dejé mi bolsa junto a la tribuna del orador, saqué mis papeles y libros, saludé a un par de personas a las que tenía que saludar, entre ellas la librera que había venido a vender libros después de la conferencia, una agradable y activa mujer mayor, y luego bajé y fui a darme una vuelta en la oscuridad, hasta el río, donde me fumé dos cigarros. Luego estuve sentado en el baño un cuarto de hora con la cabeza entre las manos. Cuando volví a subir habían acudido ya algunas personas. Cuarenta, tal vez cincuenta. Eso estaba bien. También había una banda de bronces que tocaría música barroca. Tocaron durante media hora una noche de viernes en medio del bosque, y luego me llegó a mí el turno. Allí estaba, siendo el centro de atención de todo el mundo, bebiendo agua. Me puse a hojear los papeles, empecé a hablar, vacilaba, me tragaba las palabras, hasta que me acostumbré y pude empezar a hablar libremente. El público estaba atento, su interés me llegaba como en oleadas, me sentía cada vez más relajado, ellos se rieron cuando tenían que reírse, y una sensación de felicidad me invadió, porque no hay muchas cosas más reconfortantes que la de hablar ante un público que te sigue, que no sólo quiere tu bien, sino que también sabe del tema del que estás hablando. Pude comprobarlo, estaban estimulados, y cuando luego me senté a firmar libros, todos querían hacer algún comentario sobre lo que había dicho, había tocado algo en sus vidas, querían decirme, llenos de entusiasmo. Por fin, cuando me acerqué al coche junto a Geir, volví a poner los pies en la tierra, donde solía estar, ese lugar donde crecía el desprecio. Me senté sin decir nada, mirando la carretera que serpenteaba a través del oscuro paisaje.

–Ha estado bien –dijo Geir–. Esto es algo que sabes hacer. No entiendo de qué te quejabas. ¡Podrías ir de gira y ganar dinero con esto!

–Ha ido bien –dije–. Pero yo les doy lo que quieren, les digo lo que quieren escuchar. Coqueteo con ellos como coqueteo con todo y con todos.

–Había delante de mí una mujer con pinta de profesora que se puso rígida cuando empezaste a hablar de abusos a los niños. Entonces pronunciaste la palabra clave. «Infantilización». Y ella asintió con un gesto de la cabeza. Ése era un concepto que ella sabía manejar. Lo arregló todo. Pero si no lo hubieras hecho, si te hubieras adentrado más en el tema, no es seguro que todos hubieran ido a hablar contigo luego. ¿Y qué es la pedofilia, sino algo infantil?

Él se rió. Yo cerré los ojos.

–Y luego esa banda de bronces en medio del bosque. Música barroca. ¿Quién se lo esperaba? ¡Ja, ja, ja! Ha sido una velada estupenda, Karl Ove, de verdad. Casi mágica. La oscuridad, las estrellas y el murmullo en el bosque.

–Sí –dije.

Rodeamos Kristiansand por el puente Varodd, pasamos por el parque zoológico, Nørholm, Lillesand y Grimstad, charlando de todo y nada, nos paramos en Arendal, donde dimos una vuelta por Tyholmen y yo me bebí una cerveza en una terraza, estaba fuera de mí, sin motivo alguno. Me gustaba estar allí, rodeados de esos queridos edificios de Pollen, con la silueta de la isla de Trom al otro lado del estrecho, en un mundo tan denso de recuerdos, aunque me resultaba extraño, sobre todo porque estaba allí Geir, con quien yo sólo asociaba la parte de mi vida en Estocolmo. Sobre las doce de la noche cruzamos a la isla de His, y él me mostró unos lugares que contemplé sin conseguir movilizar demasiado interés, entre ellos un muelle en la punta de la isla, que solía frecuentar en su juventud. Luego fuimos a la urbanización donde se había criado. Aparcó delante de un garaje, yo saqué del maletero la bolsa y el ramo de flores que me habían regalado, y lo seguí hasta la casa, que se parecía a la nuestra, o al menos era de la misma época.

La entrada estaba llena de flores y coronas.

–Como puedes ver, aquí ha habido un entierro –dijo–. Si quieres, puedes poner tus flores en uno de estos jarrones.

Así lo hice. Me enseñó la habitación que me habían preparado, que en realidad era la de su hermano, Odd Steinar. Nos comimos un par de rebanadas de pan arriba en la cocina, y yo me paseé por los dos salones mirándolo todo. Geir siempre decía que sus padres en realidad pertenecían a la generación anterior a nuestra generación de padres, y ahora, viendo su casa, entendí lo que quería decir. Tapetes, alfombras, manteles, todo tenía un aire de la década de los cincuenta, lo mismo pasaba con los muebles y los cuadros de las paredes. Una casa de los setenta amueblada y decorada como un hogar de los cincuenta, ése era el aspecto que tenía. Muchas fotografías familiares en las paredes, un montón de cachivaches en los alféizares de las ventanas.

Yo estuve una vez en una casa donde alguien acababa de morir. Había caos por todas partes. Aquí estaba todo casi inalterado.

Me fumé un cigarrillo fuera en el césped. Nos dimos las buenas noches y me fui a acostar, no quería cerrar los ojos, no quería encontrarme con lo que entonces me encontraría, pero tenía que hacerlo, empleé todas mis fuerzas en pensar en algo neutro, y me dormí al cabo de unos minutos.

A la mañana siguiente, unos ruidos en la habitación de encima de la mía me despertaron sobre las siete. Eran Njaal, el hijo de Geir, y Christina, que se habían levantado. Me duché, me cambié de ropa y subí. Un señor mayor, de unos setenta años, con una cara indulgente y ojos amables, salió de la cocina y me saludó. Era el padre de Geir. Charlamos un poco, comentamos que yo me había criado allí y lo bonito que era el sitio. El hombre irradiaba bondad, pero no de esa forma abierta, casi exhibicionista, del padre de Linda, no, en esa cara había también firmeza. No exactamente dureza, sino... carácter. Eso era. Luego entró el hermano de Geir, Odd Steinar. Nos dimos la mano, él se sentó en el sofá y empezó a charlar de esto y aquello, también él amable y suave, pero con una timidez que el padre no tenía, y menos aún Geir. El padre puso la mesa del desayuno en el salón y nos sentamos. Yo no podía dejar de pensar en que su madre y esposa había sido enterrada el día anterior y que yo no debería estar allí, a la vez que era tratado con buena voluntad e interés. Los amigos de Geir eran sus amigos, la casa era una casa abierta.

Y sin embargo, respiré hondo cuando luego salí de allí.

El avión no salía hasta por la tarde, y habíamos planeado dar una vuelta en coche por ejemplo hasta la isla de Trom, donde no había estado desde hacía mucho tiempo, y Tybakken, donde pasé mi infancia, y luego irnos directamente al aeropuerto, pero el padre insistió en que pasáramos por casa primero, era sábado, él compraría gambas en el muelle de los pescadores, yo tenía que aprovechar la oportunidad, pues no había esa clase de gambas en Malmö, ¿no?

Claro que no.

Nos metimos en el coche y pusimos rumbo a la isla de Trom. Geir hablaba de los sitios por los que pasábamos, contaba anécdotas relacionadas con ellos. De allí salía una vida entera. Luego habló de su familia. De quién había sido su madre, de quiénes eran su padre y su hermano.

–Ha sido interesante conocerlos –dije–. Ahora entiendo mejor de lo que sueles hablar. Tu padre y tu hermano, apenas existen puntos de contacto contigo. Tu genio. Tu rabia y tu curiosidad. Tu desasosiego. Tu padre y tu hermano son todo amabilidad y bondad. ¿Dónde está la relación? Faltaba allí una persona, eso quedó muy claro. Tu madre sería parecida a ti. ¿A que sí?

–Sí, así es. Yo la entendía. Pero también por eso tuve que alejarme. Es una pena que no llegaras a conocerla, ya lo creo que sí.

–He llegado cuando todo ha acabado.

–La relación más sólida entre las tres generaciones es que Njaal, mi padre y yo tenemos la parte posterior de la cabeza idéntica.

Asentí. Subimos las cuestas anteriores al puente de la isla de Trom. Habían dinamitado las rocas y construido nuevas carreteras y edificios industriales, como en toda la provincia.

Debajo de nosotros se veía el islote de Gjerstad, más adentro Ubekilen, que era un brazo de mar. A la derecha estaba la casa de Håvard. La parada de autobús, el bosque donde preparábamos pistas de esquí en el invierno, y por el que nos íbamos a bañar a las rocas en el verano.

–Métete por ahí –dije.

–¿Por ahí? ¿A la izquierda? Ah, coño, *¿allí* era donde vivías?

La casa del viejo Søren, el cerezo silvestre, y allí, la urbanización y la carretera de circunvalación de Nordåsen.

Dios mío, qué pequeña.

–Allí está. Todo recto.

–¿Allí? ¿La casa roja?

–Sí, era marrón cuando vivíamos en ella.

Geir detuvo el coche.

Qué pequeña era. Y qué fea.

–Nada de mirar –dije–. Sigue conduciendo. Sube esa cuesta.

Una mujer con una chaqueta de plumas blanca bajaba la pendiente empujando un carrito. Por lo demás, no se veía a nadie.

La casa de los Olsen.

La montaña.

La llamábamos la montaña, pero no era más que una pequeña ladera. Detrás la casa de Siv. La de Sverre y su familia.

Ni una persona. Ah, sí, allí había un grupito de niños.

–Te has quedado muy callado –dijo Geir–. ¿Te sientes abrumado?

–¿Abrumado? No, más bien lo contrario. Esto es tan pequeño... No es nada. No me había dado cuenta antes. No es nada. Y en un tiempo era todo.

–Pues sí, chico –dijo, con una sonrisa–. ¿Seguimos todo recto?

–Podemos dar la vuelta a la isla, ¿quieres? ¿Por la iglesia? Al menos es una iglesia bonita. Del siglo XIII. Hay unas tumbas fantásticas del siglo XVII, con calaveras, relojes de arena y serpientes. Usé un epitafio de una de ellas en el primer relato que escribí.

Todos los lugares que yo guardaba en mi interior, que había visto en mi mente tantísimas veces en el transcurso de mi vida, pasaron por delante de la ventanilla, sin aura, completamente neutros, como eran de verdad. Rocas, una pequeña bahía, un ruinoso muelle flotante, un brazo de mar, algunas casas viejas, una llanura que bajaba hacia el agua. Eso era todo.

Salimos del coche y nos acercamos al cementerio. Caminamos un poco por entre las tumbas, mirando el mar, pero ni siquiera el mar, ni la visión de los pinos que crecían hacia la playa de piedras, cada vez más pequeñas conforme se acercaban al viento desnudo, despertaba algo en mí.

–Vámonos –dije. Vi los prados en los que había trabajado durante los veranos, el camino hasta el agua donde podíamos bañarnos ya alrededor del 17 de mayo. Sandumkilen. La casa de mi profesora, ¿cómo se llamaba? ¿Helga Torgersen? Ya andaría cerca de los sesenta. Færvik, la gasolinera, la casa del otro lado, donde las chicas de la clase habían mostrado tanto interés en una fiesta justo antes de que me mudara, el supermercado, que podía recordar en construcción.

No era nada. Pero la vida seguía viviéndose en esas casas, y para los que vivían allí esa vida era todo. Allí nacían personas, allí morían personas, allí se amaba y se discutía, se comía y se cagaba, se bebía y se celebraban juergas, se leía y se dormía. Se veía la televisión, se soñaba, se lavaba, se comían manzanas y se miraba por encima de los tejados, vientos otoñales que sacudían los altos y esbeltos pinos.

Pequeño y feo, pero era todo lo que había.

Una hora más tarde estaba sentado solo en la mesa del comedor, comiendo gambas a toda velocidad, servidas por el padre de Geir, que no quería comer, pero que insistió en que me llevara un recuerdo de las gambas de Sørlandet. Luego les estreché la mano, les di las gracias por haberme alojado, me senté en el coche al lado de Geir y nos fuimos al aeropuerto. Cogimos la carretera por Birkeland, porque quería ver cómo estaba la segunda casa de mi infancia, la de Tveit.

Geir detuvo el coche delante de la casa. Se rió.

–¿Vivías *ahí*? ¿En medio del bosque? ¡Está totalmente aislada! ¡No se ve un alma! Qué desolada... Me recuerda a *Twin Peaks*. O a Pernille y Mister Nelson, ¿te acuerdas? Me daban muchísimo miedo cuando era niño.

Seguía riéndose mientras yo señalaba los lugares. Al final también yo tuve que reírme, porque lo veía con la mirada de él. Todas esas viejas casas ruinosas, esos coches escacharrados en el patio, los camiones aparcados fuera, lo alejadas que estaban las viviendas unas de otras, lo pobre que parecía todo. Intenté explicarle lo estupenda que era nuestra casa, y lo bueno que fue vivir allí, que no había echado de menos absolutamente nada, que allí había de todo, pero...

–¡Bueno, bueno! –dijo–. Tiene que haber sido un castigo vivir aquí.

No contesté, estaba un poco irritado, sentía necesidad de defenderme. Pero no me dio la gana. Pasaba lo mismo aquí, la experiencia interior que hacía que todo ardiera de sentido no tenía su equivalente en el exterior.

En el aparcamiento nos dimos la mano, él volvió a meterse en el coche, y yo me fui hacia el vestíbulo de salidas. El avión iba a Oslo, allí haría escala y cogería otro avión hasta Billund, en Dinamarca, donde cogería otro avión hasta Kastrup. No llegaría a casa hasta las diez de la noche. Cuando llegué, Linda me dio un largo y efusivo abrazo, nos sentamos en el salón, ella había hecho cena, yo le hablé del viaje, ella dijo que el segundo día había ido mejor, pero que había comprendido que teníamos que hacer algo para salir del círculo vicioso en el que nos encontrábamos, yo estaba de acuerdo, no podíamos seguir así, teníamos que salir de él y entrar en algo nuevo. A las once y media fui al dormitorio, encendí el ordenador, abrí un nuevo documento y empecé a escribir:

En la ventana delante de mí veo vagamente el reflejo de mi propio rostro. Excepto el ojo, que brilla, y la parte justo de debajo que refleja un poco de luz, todo el lado izquierdo está en sombra. Dos profundos surcos bajan por la frente, un profundo surco baja por cada una de las mejillas, todos ellos como llenos de oscuridad, y cuando los ojos miran serios y fijamente, y las comisuras de los labios apenas señalan hacia abajo, resulta imposible no pensar en ese rostro como algo sombrío.
¿Qué es lo que se ha grabado en él?

Al día siguiente continué. El plan era acercarme lo más posible a mi vida, de manera que escribí sobre Linda y John, que dormían en el cuarto de al lado, Vanja y Heidi que estaban en la guardería, las vistas desde la ventana, y la música que estaba escuchando. Al día siguiente me fui a la cabaña del huerto municipal, donde seguí escribiendo algunos pasajes tipo ultramodernista sobre rostros y sobre los patrones que existen en todos los grandes sistemas, montones de arena, nubes, economía, tráfico; de vez en cuando salía al jardín a fumar y a mirar los pájaros que volaban por el cielo, era febrero y no se veía un alma en el enorme recinto de las cabañas municipales, sólo filas de casitas de muñecas bien conservadas con jardincitos tan perfectos que parecían salones. Al atardecer, una gran bandada de cornejas pasó volando y luego desapareció, tenía que tratarse de varios cientos, una oscura nube de inquietas alas. Cayó la noche, y aparte de lo que era visible a la luz que salía a chorros por la puerta del otro extremo del jardín, todo lo que había a mi alrededor estaba a oscuras. Me quedé tan quieto que un puercoespín pasó lentamente a medio metro de mis pies.

–¿Eres tú? –dije, y esperé hasta que hubiera alcanzado el seto para levantarme y entrar. A la mañana siguiente empecé a escribir sobre la primavera en que mi padre nos abandonó a mi madre y a mí, y aunque odiaba cada frase que escribía, decidí seguir lo que había empezado, tenía que acabarlo, contar esa historia que desde hacía tanto tiempo estaba intentando contar. Al volver a casa seguí con la tarea; en unas notas que había tomado a los dieciocho años y de las que, por alguna razón, no me había desprendido, ponía «bolsas de cerveza en la cuneta»; se referían a una Nochevieja de la adolescencia, podía aprovecharlas si me lanzaba sin preocuparme demasiado y sin aspirar a lo más elevado. Pasaban las semanas, yo escribía, llevaba a los niños a la guardería o los recogía, por la tarde íbamos a uno de los muchos parques, cocinaba, les leía en voz alta y los acostaba, hacía informes para las editoriales y otras pequeñas tareas por las noches. Los domingos me iba en bicicleta a Limhamnsfältet a jugar al fútbol durante dos horas, era mi única actividad de tiempo libre, todo lo demás tenía que ver con trabajo o con niños. Limhamnsfältet era una enorme pradera a las afueras de la ciudad, al lado del mar. Desde finales de la década de los sesenta, todos los domingos a las diez y cuarto de la mañana viene reuniéndose en ese lugar un variopinto grupo de hombres. Los más jóvenes pueden tener dieciséis o diecisiete años, mientras que el de más edad, Kai, que está cerca de los ochenta, juega en el ala y hay que colocarle el balón justo en el pie, pero si se le hace eso, sigue habiendo tanto fútbol en él que consigue participar activamente e incluso meter un gol de vez en cuando. Pero la mayor parte de los hombres están entre los treinta y cuarenta, provienen de todas las capas sociales y sus antecedentes difieren mucho, lo único que todos tienen en común es el placer de jugar al fútbol. El último domingo de febrero me acompañaron Linda y los niños, Vanja y Heidi estuvieron un rato lanzándome gritos de ánimo, antes de irse a un parque infantil al lado de la playa. Yo seguí jugando. El suelo estaba helado, el césped, que solía estar blando, ese día estaba durísimo, y cuando, al cabo de una hora, perdí el equilibrio en un regate y aterricé justo sobre el hombro, supe enseguida que me había lesionado. Me quedé tirado en el suelo sin poder levantarme, los demás me rodearon, me mareaba de dolor. Luego fui despacio e inclinado hasta detrás de la portería, los otros entendieron que no había sido sólo un pequeño golpe y el partido se interrumpió, de todos modos eran ya las once y media.

Fredrik, un escritor de cincuenta y pocos años, y un clásico marcador de goles, que sigue metiéndolos a montones en la liga sueca de empresas, me llevó en su coche al hospital, mientras Martin, un gigante danés de más de dos metros de altura, al que conocía de la guardería, se ocupó de informar a Linda y los niños de lo sucedido. Las urgencias estaban llenas de gente. Cogí un número y me senté a esperar, el hombro me ardía y sentía pinchazos cada vez que me movía, pero no tanto como para no aguantarlo durante la media hora que tuve que esperar. Expliqué la situación a la enfermera de la ventanilla, que salió a hacerme un rápido reconocimiento, me cogió el brazo y lo movió lentamente hacia un lado. Yo grité muy alto y muy fuerte ¡AAAAAAAY! Todos los presentes se volvieron a mirarme. Lo que veían era un hombre cerca de los cuarenta, vestido con la equipación de la selección argentina, botas de fútbol en los pies y el pelo largo recogido con una goma elástica en una especie de piña en la cabeza, que gritaba de dolor.

–Acompáñame –dijo la enfermera– y te examinaremos más a fondo.

La seguí hasta la sala de al lado, me dijo que esperara, unos minutos después entró otra enfermera, me hizo el mismo movimiento con el brazo, y yo volví a gritar.

–Lo siento –dije–. Pero no lo puedo remediar.

–No te preocupes –dijo ella, quitándome con mucho cuidado la parte de arriba del chándal–. También tendremos que quitarte la camiseta. ¿Crees que podremos?

Empezó a tirar de la manga, yo di un grito, ella hizo una pequeña pausa y lo volvió a intentar. Dio un paso hacia atrás. Me miró. Yo me sentía como un niño gigantesco.

–La tendremos que cortar.

Esta vez fui yo quien la miró a ella. ¿Cortar mi equipación argentina?

Vino con unas tijeras y me cortó las mangas. Después de conseguir quitarme la camiseta, me dijo que me sentara en una camilla y me metió una cánula en el brazo, justo por encima de la muñeca. Me pondría un poco de morfina, dijo. Cuando lo hubo hecho, sin que yo notara diferencia alguna, me llevó a otra sala, unos cincuenta metros más al fondo de ese laberíntico edificio. Me quedé allí solo esperando a que me hicieran unas radiografías, no sin miedo, porque pensaba que el hombro se me había dislocado, y sabía que si realmente era así me dolería mucho cuando me lo volvieran a colocar. Pero el médico constató que era una fractura y que tardaría entre ocho y doce semanas en curarse. Me dieron unos analgésicos y una receta para más analgésicos, me colocaron un vendaje en forma de un tenso número ocho por encima y por debajo de los hombros, me colgaron la chaqueta del chándal y me enviaron para casa.

Cuando abrí la puerta, Vanja y Heidi vinieron corriendo. Estaban alteradas, papá había estado en el hospital, era como un cuento. Les conté a ellas y a Linda, que salió con John en brazos, que me había fracturado la clavícula, que me habían puesto un vendaje, y que no era grave, pero que no iba a poder cargar peso, ni levantar o usar el brazo en dos meses.

–¿Lo dices en serio? –preguntó Linda–. ¿Dos meses?

–Sí, en el peor de los casos tres.

–No volverás a jugar al fútbol, eso sí que es seguro –dijo Linda.

–¿Ah, no? –dije–. ¿Eso vas a decidirlo tú?

–Yo voy a pagar las consecuencias –dijo ella–. ¿Cómo voy a

poder ocuparme yo sola de los niños durante dos meses? ¿Me lo puedes decir?

–Ya lo arreglaremos –contesté–. Relájate. Al fin y al cabo sólo me he fracturado la clavícula. Me duele. Y no es que lo haya hecho a propósito, ¿sabes?

Fui al salón y me senté en el sofá. Cada movimiento tenía que hacerlo despacio y planificarlo de antemano, porque la más minúscula desviación me provocaba mucho dolor. Ahh, Ohh, Ay, ay, dije al sentarme con mucho cuidado. Vanja y Heidi seguían cada uno de mis movimientos con los ojos abiertos de par en par.

Les sonreí mientras intentaba colocarme el cojín grande detrás de la espalda. Las niñas se me acercaron, Heidi me pasó la mano por el pecho, como para examinarlo.

–¿Podemos ver el vendaje? –preguntó Vanja.

–Luego –contesté–. Me duele un poco al quitarme y ponerme la ropa, ¿sabes?

–¡La comida está lista! –gritó Linda desde la cocina.

John estaba sentado en su trona, dando golpes en la mesa con el cuchillo y el tenedor. Vanja y Heidi me miraban fijamente a mí y mis movimientos lentos y minuciosos al sentarme.

–¡Vaya día! –exclamó Linda–. Martin no sabía nada, sólo que te habían llevado a urgencias. Nos trajo a casa, menos mal, pero al abrir la puerta se rompió la llave. Dios mío, me veía pidiéndole alojamiento para la noche. Pero por si acaso miré en mi bolso y allí estaba la llave de Berit, fue pura suerte, me había olvidado de volver a colgarla en su sitio. Y ahora llegas tú con la clavícula fracturada...

Me miró.

–Estoy agotada.

–Lo siento –dije–. Creo que lo peor serán los primeros días. Luego podré ir haciendo cosas. Y el otro brazo funciona bien.

Después de comer, me tumbé en el sofá con un cojín en la espalda y vi en la televisión un partido de fútbol italiano. En los últimos cuatro años, es decir, desde que teníamos a los niños, sólo había hecho algo parecido una vez. Estaba tan enfermo que no podía moverme, me quedé tumbado en el sofá un día entero, vi los primeros diez minutos de la primera película de Jason Bourne, me dormí un poco, vi otros diez minutos, me dormí otro poco, vomitando entre medias, y aunque me dolía el cuerpo entero, y todo era inaguantable, disfruté no obstante de cada segundo. ¡Estar tumbado en el sofá viendo una película en pleno día! ¡Ni una sola obligación! Nada de ropa que lavar, ningún suelo ni ningún cacharro que fregar, ningún niño de que ocuparse.

Ahora me invadió la misma sensación. No *podía* hacer nada. Por mucho que me doliera, pinchara y ardiera el hombro, era mayor el placer de estar allí tumbado en paz y tranquilidad.

Vanja y Heidi me rondaban, a veces se acercaban y me acariciaban con mucho cuidado el hombro, luego se ponían a jugar, y volvían otra vez. Para ellas debía de ser inaudito el que de repente me hubiese quedado pasivo e inmóvil. Era como si me descubriesen de nuevo.

Al terminar el partido, fui a darme una ducha. No teníamos nada para fijar el teléfono de la ducha, había que tenerlo cogido, lo que ahora en mi caso estaba descartado, así que tuve que llenar la bañera de agua y meterme trabajosamente dentro. Vanja y Heidi me habían seguido.

—¿Necesitas ayuda para lavarte, papá? —preguntó Vanja—. ¿Quieres que nosotras te lavemos?

—Estaría muy bien —dije—. ¿Veis esos trapos? Coged uno cada una, y luego los mojáis y echáis un poco de jabón.

Vanja siguió minuciosamente mis instrucciones, Heidi la imitó. Luego se agacharon sobre el borde de la bañera y se pusieron a enjabonarme con sus trapos. Heidi se reía. Vanja estaba seria y resuelta. Me lavaron los brazos, el cuello y el pecho. Heidi se cansó enseguida y se fue corriendo al salón, Vanja se quedó un rato más.

—¿Ha estado bien? —preguntó.

Sonreí, eso era lo que yo solía preguntar.

—Sí, estupendo —contesté—. ¡No sé lo que haría yo sin ti!

Su cara se iluminó y ella también corrió al salón.

Me quedé tumbado en la bañera hasta que el agua se enfrió. Primero un partido en la televisión, luego un largo baño. ¡Qué domingo!

Vanja entró un par de veces a ver, no quería perderse cómo se ponía el vendaje. Ella hablaba sueco todavía con el acento de Estocolmo, pero cuando llevaba conmigo una mañana o una tarde, o se sentía cerca de mí de una u otra manera, aparecían cada vez más palabras de mi dialecto noruego en lo que ella decía. Entonces decía *mæ* en lugar de la palabra sueca *mig*, y cosas parecidas. Yo me reía cada vez.

–¿Puedes ir a buscar a mamá? –le pedí.

Asintió con la cabeza y se fue corriendo. Salí con mucho cuidado de la bañera, y ya me había secado cuando entró Linda.

–¿Me puedes poner el vendaje? –le pregunté.

–Claro.

Le expliqué cómo había que ponerlo y le dije que lo atara fuerte, si no, no serviría de nada.

–¡Más fuerte!

–¿Pero no te duele?

–Un poco, pero cuanto más fuerte está, menos me duele al moverme.

–Si tú lo dices –dijo Linda.

Y tiró fuerte.

–¡Aaaaaay! –exclamé.

–¿He tirado demasiado fuerte?

–No, está muy bien –contesté, y me volví hacia ella.

–Siento haberme puesto así antes –dijo–. Pero se me abría una perspectiva de futuro tan terrible que no pude controlarme. Pensar que voy a tener que hacerlo todo yo sola en los próximos meses.

–No será así –dije–. Dentro de unos días podré llevar y recoger a los niños como siempre, estoy seguro.

–Sé que tiene que doler mucho y que no ha sido culpa tuya. Pero estoy tan agotada...

–Ya lo sé. Pero todo irá bien. Todo se arreglará.

El viernes Linda estaba tan cansada que me llevé a John cuando fui a recoger a las niñas. Al ir para allá todo fue bien, iba empujando con la mano derecha el carrito delante de mí con John dentro. La vuelta presentó mayores dificultades. Entonces iba tirando del carrito de John con la mano derecha, mientras tenía apretado el brazo izquierdo contra el costado y empujaba el carrito doble de Vanja y Heidi más o menos con todo el cuerpo. De vez en cuando me recorrían oleadas de dolor y sólo podía defenderme emitiendo pequeños gritos. Dábamos una extraña impresión, y de hecho la gente nos miraba boquiabierta al verme llegar con los dos carritos. Extraña fue también la experiencia que obtuve de aquellas semanas. El no poder levantar o cargar nada, y tener problemas para levantarme y sentarme, me llenaba de una sensación de impotencia que iba mucho más allá de las limitaciones físicas. No tenía ningún poder sobre los espacios, ninguna fuerza, y esa sensación de dominio que había dado por sentada hasta entonces se hizo visible. Estaba sentado sin moverme, pasivo, y fue como si perdiera el control sobre el entorno. ¿Había tenido siempre la sensación de controlarlo y dominarlo? Pues sí, la había tenido. No hacía falta que usara ese dominio y ese control, me bastaba con saber que existían, impregnaba todo lo que hacía y pensaba. Ahora habían desaparecido, y lo veía por primera vez. Aún más extraño fue que lo mismo ocurría con mi escritura. También respecto a ella había tenido la sensación de poder y control, que desapareció al fracturarme la clavícula. De repente yo me encontraba *debajo* del texto, de repente era *la escritura* la que tenía poder sobre *mí*, y sólo con una enorme fuerza de voluntad conseguía escribir las cinco páginas que me había puesto como meta al día. Pero lo lograba. Odiaba cada sílaba, cada palabra, cada frase, y aunque no me gustaba hacer lo que estaba haciendo, no significaba que no fuera a hacerlo. Un año y habría acabado, y podría escribir sobre otras cosas. Las páginas corrían, la historia avanzaba, y un día llegué a otro de los lugares sobre el que había guardado una nota en un bloc durante los últimos veinte años; una fiesta que mi padre había celebrado para amigos y colegas el verano que yo cumplí dieciséis años, esa fiesta en la oscuridad del final del verano se fundió con mi alegría y mi padre que lloraba, fue una velada llena de sentimientos, una noche imposible, todo estaba concentrado en ella, y ahora por fin iba a escribir sobre aquello. A partir de ahí el resto trataría de la muerte de mi padre. Ésa era una puerta difícil de abrir, resultaba difícil estar en ese espacio, pero me acerqué a ello de la nueva forma: cinco páginas cada día, pasara lo que pasara. Luego me levantaba, apagaba el ordenador, cogía la basura para llevarla al sótano y me iba a buscar a los niños. El miedo que tenía agarrado al pecho desaparecía cuando mis hijos venían corriendo hacia mí por el patio. Era una especie de concurso entre ellos, a ver quién podía gritar más alto y abrazarme con más fuerza. Y John participaba, sonreía y gritaba, para él sus dos hermanas eran lo más grande del mundo. Sembraban su vida alrededor de él, él iba sentado en su carrito absorbiéndolo todo, imitando lo que podía, ni siquiera tenía miedo de Heidi, que a veces sentía tantos celos de él que si no la controlábamos, le arañaba, le empujaba o le pegaba. Él nunca la miraba con temor. ¿Lo olvidaba? ¿O encontraba tantas cosas buenas en ello que lo malo desaparecía?

Un día del mes de marzo sonó el teléfono mientras estaba trabajando, era un número desconocido, pero como no era de Noruega, sino de Suecia, lo cogí de todos modos. Era una colega de mi madre, estaban en un seminario en Gotemburgo, mi madre se había desmayado de repente en una tienda, y la habían llevado a un hospital, donde se encontraba en cuidados intensivos de cardiología. Llamé allí, me informaron de que había sufrido un infarto de miocardio, la habían operado y estaba fuera de peligro. Más tarde aquella noche llamó ella misma. La noté débil y tal vez un poco confundida. Dijo que había tenido unos dolores tan horribles que habría preferido morir. No se había desmayado, simplemente se había caído. Y no en una tienda, sino en la calle. Me contó que allí tumbada, convencida de que todo había acabado, pensó que había tenido una vida fantástica. Al oírle decir eso, sentí un escalofrío.

Había algo muy entrañable en ello.

Luego dijo también que fue sobre todo su infancia lo que recordó tumbada en la calle creyendo que iba a morir, y que de repente entendió que había tenido una infancia única, había sido libre y feliz, había sido fantástico. En los días siguientes sus palabras se me venían constantemente a la cabeza. De alguna manera me estremecían. Yo nunca podría haber pensado algo así. Si fuera a morirme ahora y sólo me quedaran unos segundos para pensar, tal vez minutos, antes de que todo hubiera acabado, pensaría justo lo contrario. Que no había llevado a cabo nada, que no había visto nada, que no había vivido nada. Quiero vivir. Pero, entonces, ¿por qué no vivo? ¿Por qué, cuando me meto en un avión o en un coche, me imagino que el avión se va a caer o el coche a chocar, y que en realidad no importa mucho? ¿Que da igual si vivo o muero? Porque eso es lo que suelo pensar. La indiferencia es uno de los siete pecados capitales, en realidad el más grande de todos, porque es el único que peca contra la vida.

Avanzada esa primavera, cuando me estaba aproximando al final de la historia sobre la muerte de mi padre, a los terribles días en la casa de Kristiansand, mi madre vino de visita. Había estado en otro seminario en Gotemburgo, y después pasó por nuestra casa. Hacía dos meses que se había desplomado en esa misma ciudad. Si hubiera ocurrido en su casa seguramente no habría sobrevivido, vivía sola, y si a pesar de todo hubiera podido llamar pidiendo ayuda, el viaje en coche al hospital duraba cuarenta minutos. En Gotemburgo la atendieron casi inmediatamente, y no tardaron mucho en meterla en el quirófano. Resultó que el infarto no le había sobrevenido tan de repente. Había empezado a sentir dolores, incluso dolores fuertes, pero los había achacado al estrés y no les había prestado atención, pensando que ya iría al médico cuando volviera a casa, y entonces se desplomó.

Una mañana estaba haciendo punto mientras yo escribía. Linda había salido con John después de llevar a las niñas a la guardería. Cuando al cabo de un rato fui al salón a ver qué tal estaba, empezó a hablar de mi padre sin que yo se lo hubiese pedido. Dijo que siempre se había preguntado por qué se quedó con él, por qué no nos cogió y lo abandonó. ¿Fue sólo porque no se atrevía? Dijo que unas semanas antes estaba hablando de eso con una amiga cuando de repente se oyó a sí misma decir que lo había querido. Me miró.

–Lo quería, Karl Ove. Lo amaba.

Eso era algo que ella jamás había dicho. Ni siquiera algo parecido. Bueno, no recordaba haberla oído jamás usar la palabra «amar».

Fue estremecedor.

¿Qué está pasando?, pensé. ¿Qué está pasando? Algo está cambiando a mi alrededor. ¿Estaba sucediendo dentro de mí, de manera que ahora veía cosas que no había visto antes, o es que yo había puesto algo en marcha? Porque yo hablaba mucho con ella y con Yngve de la época que pasé con mi padre, de repente había vuelto a sentirla cerca de mí.

Aquella mañana mi madre siguió hablando y me contó el día que se conocieron. Ella estaba trabajando aquel verano en un hotel en Kristiansand, tenía diecisiete años, un día estaba en la terraza de un café de un gran parque, a la sombra debajo de un árbol, cuando le presentaron al amigo de una amiga y a su amigo.

–No me enteré bien de su apellido, y durante bastante tiempo creí que era Knutsen –dijo–. Y al principio me gustó más el otro chico, ¿sabes? Pero luego me decidí por tu padre... Es un recuerdo tan bello... El sol y la hierba en aquel parque, la sombra de los árboles, la gente que paseaba por allí... Éramos tan jóvenes, ¿sabes?... Pues sí, fue un cuento de hadas. El principio de un cuento de hadas. Así lo sentí.

ÍNDICE

Impreso en Talleres Gráficos
LIBERDÚPLEX, S. L. U.,
ctra. BV 2249, km 7,4 - Polígono Torrentfondo
08791 Sant Llorenç d'Hortons